Für Dorian Kammer ist es der Tag, an dem er den Boden unter den Füßen verliert: Als der junge Streifenpolizist zu einem Leichenfund gerufen wird, muß er entsetzt feststellen, dass der Tote sein jüngerer Bruder Robin ist – brutal ermordet. Kommissarin Ina Henkel wird schnell klar, dass der Grund für den Mord in der Vergangenheit der beiden ungleichen Brüder zu suchen ist. Robin und Dorian Kammer waren noch Kinder, als ihre Mutter – eine Sängerin, deren kurze Karriere im Desaster endete – sie bei Pflegeeltern abgab und danach verschwand. Während Dorian zur Polizei ging, geriet sein Bruder immer mehr auf die schiefe Bahn. Bei ihren Ermittlungen stößt Ina Henkel auf Lebensspuren einer faszinierenden, aber verletzlichen Frau, deren Charisma sie immer mehr in Bann zieht. So sehr, dass sie fast zu spät entdeckt, dass auch Dorian nicht die ganze Wahrheit sagt…
›Ina Henkel gehört zu den glaubwürdigsten Figuren, die die deutsche Krimi-Szene im Moment zu bieten hat.‹ *Freundin*

Astrid Paprotta, geboren in Düren, studierte Psychologie und arbeitete nach einigen Zwischenstationen bei psychiatrischen Einrichtungen und Behörden als Journalistin. Sie veröffentlichte ein Buch über die Werbung, »Melitta Mann jagt Dr. Best«, und 1997 ihren ersten Roman, »Der Mond fing an zu tanzen« (FTV 14180). 1999 erschien ihr erster Ina-Henkel-Krimi, »Mimikry« (FTV 14849).

Astrid Paprotta lebt als freie Autorin in Frankfurt am Main.

Unsere Adresse im Internet: www.fischer-tb.de

Astrid Paprotta

Sterntaucher

Roman

Fischer Taschenbuch Verlag

Veröffentlicht im Fischer Taschenbuch Verlag,
ein Unternehmen der S. Fischer Verlag GmbH,
Frankfurt am Main, März 2004

Lizenzausgabe mit freundlicher Genehmigung des
Eichborn Verlags, Frankfurt am Main

Satz: Fuldaer Verlagsagentur, Fulda
Druck und Bindung: Nørhaven Paperback A/S, Viborg
Printed in Denmark
ISBN 3-596-15771-4

Leben will ich. Doch
ich will mich nicht sehn.

(F. G. Lorca: Lied des verdorrten Orangenbaums)

Toward another
he has gone
to breathe an air
beyond his own
toward a wisdom
beyond the shelf
toward a dream
that dreams itself

(Patti Smith, About A Boy)

[1]

Katja Kammer wollte die Sterne vom Himmel holen. Auf einem alten Foto stand sie nachts auf einer Straße und hob die Hände, als sei es leicht, sie zu fangen. Sie trug ein rotes Kleid, das schwarze Haar fiel ihr bis auf den Rücken, und sie lachte den sternenklaren Himmel an. Im Hintergrund konnte man die Kinder sehen, Dorian, wie er winkte, und Robin mit einem Teddy im Arm. *Familienglück* hatte die Zeitschrift über das Foto geschrieben, *Katja Kammer und ihre kleinen Söhne*. Es war Dorians Lieblingsbild, weil es so fröhlich war, doch Robin konnte es nicht leiden, denn ihm fehlte darauf das rechte Bein. Der Fotograf hätte merken müssen, hatte Robin immer gesagt, daß er auf diesem Bild gar nicht vollständig war, also überhaupt kein richtiger Mensch.

Damals war der Fotograf der Freund ihrer Mutter, und sie lebten alle zusammen in einem Dorf mit Feldern, Wiesen und Bergen. Direkt vor ihrem Haus begann ein schmaler Weg, und wenn man da durchgekrochen war, stand man auf einem riesigen Feld. Das war, als liefe man durch einen Luftballon, während er aufgeblasen wurde, erst war alles eng und gedrängt, und dann wurde es groß und weit und rund. Man konnte rennen ohne Ende, konnte die ganze Welt besiegen, wenn man auf einer Bank stand und nur die Bäume und die Berge größer waren als man selbst. Seit jener Zeit hatte Dorian Kammer nie wieder die Berge gesehen.

An das Gesicht des Fotografen konnte er sich nicht erinnern, wohl aber daran, daß er manchmal mit ihm Fußball spielte, während Katja mit Robin, der noch zu klein zum Kicken war, im Gras auf einer Decke lag. Doch die Leute im Dorf mochten sie nicht. Sie hatten keine Ahnung, daß Katja Kammer eine berühmte Sängerin war, oder sie wußten es und gingen ihr deshalb aus dem Weg. Immer knurrten die Hunde, wenn sie an fremden Höfen vorübergingen, die Leute hatten Schäferhunde, die alles bewachten, hängten Bilder von ihnen ans Hoftor und schrieben darunter, daß der Köter Halunken vertrieb und gefährlich war und in fünf

Sekunden am Tor. Robin weinte immer, sobald er das dunkle, böse Knurren hörte, und Katja beschimpfte die Hunde und die Leute, denen sie gehörten.

Fotos aus jener Zeit zeigten Katja Kammer in ziemlich kurzen Kleidern oder in halb zerrissenen Jeans, manchmal mit einem Weinglas und meistens mit einer Zigarette in der Hand. Sie fand es komisch, daß das Zentrum des Dorfes auf einem Schild *Stadtmitte* hieß und es kein Café, dafür aber drei Apotheken gab. Lange hatten sie nicht dort gelebt. Das letzte Bild war das Trümmerbild und zeigte ein ziemliches Durcheinander in ihrem Häuschen, überall standen Koffer und zusammengeschobene Möbel. Das hatte Katja selber aufgenommen, darum war es auch ziemlich verwackelt. Für Dorian war das Sternenbild überhaupt das schönste Foto von Katja Kammer, weil seine Mutter darauf die Sterne fing, ohne sich darum zu kümmern, ob es ging.

Über die Sterne hatte sie auch ein Lied geschrieben, über zwei kleine Jungs, die einen Kopfkissenbezug aus dem Fenster halten, um alles, was am Himmel war, darin zu sammeln. Der Bezug wurde schwerer und schwerer, doch als sie ihn ans Ohr hielten, hörten sie die Sterne spannende Geschichten erzählen, von der Sonne und der Erde und vom Mond. Das Lied hieß *Sandmännchen für Robin und Dorian,* und es war das letzte Lied, das Katja Kammer auf einer Bühne gesungen hatte.

Es war ein paar Wochen, nachdem sie aus dem Dorf zurückgekommen waren, der Fotograf war nicht mehr dabei. Der Saal war halb leer, denn viele Leute, die sie geliebt hatten, erinnerten sich nicht mehr an die Liebe. Jemand warf eine Coladose, als sie die ersten Zeilen des Sternenliedes sang, und weil es ein langsames Lied war, bei dem nur das Klavier sie begleitete, war das Geräusch auch so laut und häßlich, als die Coladose auf die Bühne flog. Doch niemand protestierte, viele lachten und klatschten, und Katja rief ins Publikum, daß Cola ein schlechter Einfall war, Bier wäre ihr lieber gewesen und der Arsch solle sich das merken; »wo bist du überhaupt«, hatte sie gerufen und die Augen mit einer Hand vor dem

Scheinwerferlicht geschützt, »komm her, du Arsch, ich kann dich nicht sehen.« Er meldete sich aber nicht, und während der Saal zur Hölle wurde, mit diesem Höllengeräusch aus Gelächter und Pfiffen, Schimpfwörtern und Flüchen, hob Katja Kammer oben auf der Bühne den Mittelfinger und ging. Das war ihr letzter richtiger Auftritt gewesen und in der Zeitung hatte gestanden: *Kammer kaputt*. Manchmal war es ja so, daß Zeitungen logen.

Dorian erinnerte sich daran, er erinnerte sich an alles, nur nicht an das Gesicht des Coladosenwerfers. Ein Kopf im Schattenlicht, Schultern, ein Arm; so oft hatte er sich ausgemalt, wie er wohl aussah, doch es war ihm nicht gelungen. Sogar jetzt mußte er wieder an ihn denken, als er den toten Körper im Gras liegen sah, ob nicht der Coladosenwerfer die Schuld daran trug, daß alles so gekommen war.

Der Mann ohne Gesicht. Robin und Dorian hatten in der ersten Reihe gesessen und ihr Lied hören wollen, Katjas Lied von den Sternen, und wenn sie es auch an diesem Abend nicht richtig gesungen hatte, so war Dorian doch sicher gewesen, daß sie zurückkehren und es zu Ende singen würde, viele Jahre lang hatte er das geglaubt.

Er suchte die Sterne, doch kein Licht drang durch die Zweige der Bäume, ringsum nur Dunkelheit. Es war still. Er atmete kaum. Er kniete auf dem Boden und spürte die warme, feuchte Luft auf seiner Haut, unter seinen Händen Erde und Blätter vom Baum. Langsam kroch er nach vorn, und das Geräusch, das er dabei machte, das Schleifen seiner Schuhe auf dem Boden, war das einzige, was zu hören war. Vor ihm, wie ein Schattenriß, der Stein.

Was sonst, es gab nur Steine hier, Steine und Knochen und Erde und Gras, und er tastete nach seiner Taschenlampe, um zu gucken, wer da lag.

Grauschwarze Buchstaben unter der Flamme, MARIA … RUHE IN …

Er hörte seinen Atem wie ein Keuchen oder Schluchzen, doch

war es lange her, seit er geweint hatte, Jahre. Außerdem kannte er die Leute ja nicht, Maria, wer immer das gewesen war, und Paul, ihr lieber Mann daneben, PAUL MEIER-MARTINI ... 1941 – ...

Auf einem Grabstein sah ein Doppelname noch viel blöder aus.

Er sah zurück zum Tor, sah das zuckende Licht des Streifenwagens und hörte Nicole mit dem Mann reden, der sie gerufen hatte, doch hier war er ganz allein. Keine Maria, kein Paul, kein richtiger Mensch mehr auf diesem Fleckchen Erde außer ihm. Er kroch weiter, bis seine Hand die andere Hand berührte, sie war kalt. Erneut nahm er die Taschenlampe und sah etwas Weiches, Dunkles, etwas, das zu fließen und sich wie das letzte Viertel des Mondes über die Erde zu legen schien.

Was einem so einfiel. Es war eine Decke, die über dem Körper lag, nur über dem Körper, denn das Gesicht war frei. Der Tote sah ihn an und guckte doch an ihm vorbei. Er trug seine Brille noch, kleine ovale Gläser vor den aufgerissenen Augen, was man sich vorstellen mußte – er selber war kaputt, aber die Brille war noch heil.

Manche Leute vertrugen ja keine Kontaktlinsen, bekamen rote Augen davon wie ein Vampir in der Nacht.

Seine Hand schaute unter der Decke hervor, und Dorian drückte sie mit aller Kraft, denn das mußte ihm weh tun, das mußte er jetzt spüren, doch er spürte es nicht, und Dorian flüsterte mit ihm, weil man den Toten noch irgend etwas sagen mußte.

Er war so fremd. Lag hier oben auf der Erde, während alle anderen darunter lagen. Dorian berührte sein Haar unter der Kapuze. Wie Filz fühlte es sich an. Es war still um ihn herum, bis auf das Wispern in den Bäumen, und er lag jetzt so lange, bis sie ihn holten, er ging von alleine hier nicht weg.

»Komm«, flüsterte er, »komm.«

Komm, hatte sie gerufen, *komm Robbi, komm Dori, komm.* Es war lange her, und jetzt erinnerte er sich daran, ihre Mutter hatte sie an den Händen genommen, und als sie mit Riesenschritten über die Straße rannte, waren sie fast hinterhergeflogen, denn ihre Füße hatten den Boden nicht mehr berührt, *kommt, wir müssen weg.* Wenn er die Augen schloß, konnte er ihr Weinen noch hören, ihre gehetzte Stimme und das Nasehochziehen, das er nicht mochte, *kommt, kommt, kommt!*

Ja. Er mußte zum Wagen zurück. Als er sich umdrehte, sah er Nicole. Im Lichtkegel seiner Taschenlampe schien ihr rotes Haar zu leuchten, und er hörte sie etwas murmeln, das wie »Ach du liebes bißchen« klang.

Minuten später standen sie am Streifenwagen, dessen Licht blaue Blitze auf die Friedhofsmauer warf. In der Dunkelheit legte es Graffiti frei, tanzte über verschmierte Buchstaben, denen man ansah, daß jemand sich vergeblich bemüht hatte, sie wegzukratzen, LIEBE TRUDI ... FUCK ME ... FUCK TRUDI. Nicole lehnte sich über die Motorhaube, als sie mit der Bereitschaft der Mordkommission telefonierte; sie war die schönste Polizistin, die Dorian kannte, mit dunkelrotem Haar und grünen Augen. Vielleicht nahm sie ihm insgeheim ja übel, daß er sie alles allein machen ließ, doch konnte er kaum sprechen, weil er den Schlüssel zu den Wörtern nicht mehr fand. So hatte seine Mutter es ihm früher erklärt, wenn er sauer war und nicht reden wollte, jetzt hast du alle Wörter eingesperrt und findest den Schlüssel nicht mehr. Dann lächelte sie und fragte: Soll ich suchen helfen?

»Ich bin durchaus bei Verstand«, sagte Nicole ins Telefon. »Männliche Leiche, obenauf, noch nicht begraben.« Sie sah aus, als würde sie gleich kichern, dann legte sie eine Hand auf die Sprechmuschel und drehte sich zu Dorian um. »Es ist schwer zu verstehen.«

Er nickte und las erneut die Schrift auf der Mauer, LIEBE TRUDI.

LIEBER DORI, mit Kreide auf eine große Tafel gemalt, sein Geburtstagsgruß. Seine Mutter hatte noch ein Gedicht darunter geschrieben, an das er sich nicht mehr erinnern konnte, doch mußte es zu jener Zeit gewesen sein, als sie am Bahnhof lebten, und wenn er die Augen schloß, sah er Straßen und Häuser, sah er Robin und sich selbst, wie sie auf dem Platz vor dem Bahnhof mit Coladosen kickten. Das Bahnhofsviertel war der letzte Ort, an dem sie alle zusammen waren, sein Bruder und er und ihre Mutter. Im Laden von Frau Manz hatte Robin Lutscher und Schokobrötchen gekauft; jeden Morgen mußte die dicke Frau Manz sich über die Theke beugen, um den kurzen Robin zu sehen, den sie immer Bubele nannte, Bubele, was willste? Viel wollte er haben, Negerküsse, Fußbälle, ein Rennrad und das Meer.

Als er sie noch nicht so gehaßt hatte, dachte Robin immer, daß Katja ihnen das alles schenken könnte, *Meer* hatte er gekräht und wollte es haben, ohne zu wissen, was das ist, das Meer. Ich hol dir das Meer, sagte sie, als sie ihn abends badete und mit beiden Händen das Wasser auf seinen Bauch platschen ließ, ich hol dir das Meer, Robbi, ich hol dir die Sterne.

Dorian drückte die Fingerkuppen auf die Augen, wie er es als Kind gemacht hatte, um die Welt aus seinen Träumen zu verscheuchen. Es half aber nichts, die Welt ging nicht weg. Er war bei der Arbeit. Er war Polizist und sicherte einen Leichenfundort, und hinter seinen Augen brannte das blaue Licht seines Einsatzwagens. Er mußte aufhören zu denken, aber er konnte nicht, weil die Geschichten aus seinem Kopf nicht verschwinden wollten. Robin hatte immer und überall getrödelt, und wenn er endlich angezuckelt kam, Lutscher in der Hand und Kappe auf dem Kopf, lachte er bloß und schrie: »Was rennste so?« Er schrie immer, das war so seine Art.

Nachdem sie aus dem Dorf weggegangen waren, hatten sie in einer Wohnung im Ostend gelebt, nicht mehr mit dem Fotografen, sondern mit einem anderen Mann, an den Dorian sich kaum noch erinnern konnte. Steffen hieß der, das war ihm später wieder eingefallen, Steffen Kemper. Es war ja auch schnell wieder zu Ende gewesen, und sie waren ins Bahnhofsviertel gezogen, wo sie in zwei Hotelzimmern mit Verbindungstür wohnten, in einem ihre Mutter und in dem anderen Robin und er. Manchmal war die Verbindungstür abgeschlossen und man hörte Geräusche drüben, doch ihre Mutter war immer herübergekommen, hatte einer von ihnen geweint.

Tausend Geschichten konnte man am Bahnhof erleben, wenn man zur Schule ging oder heim. Es gab breite, glitzernde Treppen, auf denen Männer mit Mikrofonen standen und andere Männer lockten, und es gab Frauen, die beim Gehen schaukelten, was sie immer nachmachen wollten, ohne daß sie es je lernten. Manchmal trafen sie Leute mit blauen Lippen und roten Augen, die weggeworfene Zigarettenstummel einsammelten, um aus fünf Stummeln eine neue Zigarette zu machen. Es war lustig, die Stummel mit der Fußspitze woanders hinzuschieben und zuzugucken, wie sie suchten, doch mußte man aufpassen, alles lag herum. Mit den Füßen konnte man auch an ganz andere Sachen stoßen, an Scherben oder an Kondome, von denen ihre Mutter sagte, daß sie Präser hießen. Einmal hatte Robin eine Spritze gefunden und sich getraut, sie anzufassen, vorsichtig, mit einem Tempo oder mit Zeitungspapier, und die hatten sie dann ihrer Mutter gebracht, als wären sie Fernsehkommissare, die Spuren sicherten im Krimi.

»Wirf die weg«, hatte sie Dorian angeschrien, obwohl Robin die Spritze in der Hand hielt, »wirf die verdammt noch mal weg!«

Tausend Geschichten und die ganze Welt; wenn sie nachmittags am Bahnhof bei den Gleisen standen und aus den Lautsprechern hörten, wohin die Züge fuhren, dann fuhren sie in Gedanken hinterher, nach Rom, nach Dortmund und nach Istanbul. Die ganze Welt brachten sie nach Hause ins Hotelzimmer mit, um sie mit ihrer Mutter zu teilen, doch zu jener Zeit hatte sie nicht mehr richtig zugehört, sie sagte nur: »Dori-Süßer«, oder »Robbi-Schätzchen, erzählt mir das später, ja?« Später hörte sie aber auch nicht zu. Einmal schrie sie: *»Hört auf, verdammt, hört auf«*, das war kurz vor jenem Tag, als sie sie verloren hatten, als sie sagte, Robin und er müßten jetzt woanders wohnen, bei anderen Leuten, für eine Weile nur, eine Weile. Sie sagte, daß diese Leute Tillmann heißen, aber sie schwindelte, als sie meinte, die wären nett. Sie waren damals noch Kinder gewesen, und nie wieder hatte ihre Mutter sie Robbi und Dori genannt. Robin war achtzehn Jahre alt. Achtzehneinhalb.

Leute glotzten. »Gehen Sie zurück«, murmelte Nicole, »stehen Sie hier verdammt noch mal nicht herum.« Doch sie blieben und bestaunten die heranrollenden Wagen. Vor dem dunklen Vectra der Kripo fuhr der Leichenwagen, ein grauer Kasten ohne Fenster. Die Totenträger stiegen aus und begafften Nicole.

»Durchknallwetter«, sagte sie und erzählte, daß der Luftdruck immer weiter fiel und die Luftfeuchtigkeit – na, sie schätzte mal – inzwischen wohl bei 70 Prozent liegen mußte, zuviel, entschieden zuviel. Nicole erklärte jedem das Wetter, denn sie glaubte fest an seine Auswirkungen auf Körper und Geist.

Dorian ging zur Absperrung, um die Beamten der Mordkommission durchzulassen, und im selben Moment, als sei es ihr Auftritt, leuchtete Scheinwerferlicht hinter der Friedhofsmauer auf. Hauptkommissar Alexander Kissel und Oberkommissarin Ina Henkel, warum habt ihr so ausdruckslose Gesichter? Warum, wollte er fragen, guckt ihr so stumpf? Tote sind Rümpfe für euch mit Gliedern daran, verwundete Haut und Augen, die nie wieder sehen. Er schluckte und holte Luft, denn die Wörter in ihm benahmen sich wie irre Gefangene, die anrannten gegen ein verschlossenes Tor. Lautlos redete er auf die Kommissare ein, wahrscheinlich werdet ihr nicht einmal grüßen. Ihr müßt euch Mühe geben, wollte er schreien, aber ihr habt doch seit sechsunddreißig Stunden Bereitschaft, guckt euch an, eure Augen! Klein wie Stecknadelköpfe die Pupillen, Ritalin-Pupillen, ja, kleine weiße Pillen vernebeln eure Hirne.

»Guten Abend«, sagte Kissel. Er rieb die Handflächen aneinander. »Friedhof, da wird mir ja kalt.«

Dorian überlegte, was es für Worte für Friedhof gab, Gottesacker, Totenacker, Gräberfeld. Auf dem Weg hierher waren Nicole und er an einem Sexshop vorbeigekommen, solche Läden hatten sie als Kinder am Bahnhof am liebsten gemocht. Lustige Sachen lagen da im Fenster, und ihre Mutter ließ sie immer gucken; Mensch, sind das Schniedelchen, werden die groß?

»Manchmal«, sagte Katja, »manchmal auch nicht.«

»Reihe sieben«, murmelte Dorian und ging wie ein Fremdenführer vor den Kommissaren her, spürte erst Kies unter den Füßen, dann Gras. Er drehte sich um; Kissel rempelte einen Zuschauer an, und wer ihn kannte, wußte, daß es Absicht war, Ina Henkel hielt den Kopf gesenkt und guckte nirgendwohin.

Langsam gingen sie auf das Scheinwerferlicht zu, das den versteckten kleinen Weg beleuchtete, auf dem der Tote lag. Die Ermittler guckten auf sein blondes Haar unter der Kapuze, auf seine Brille und die Schuhe, die so zerschlissen waren wie die Jeans, dann drehte Kissel sich um. »Lag der so? Mit der Decke?«

»Ja«, sagte Dorian. »Sicher.« Er sah zu, wie die Kommissarin Henkel Handschuhe überstreifte, was bedeutete, daß sie den Toten berühren würde.

»Die Decke«, fing Kissel wieder an, bevor er eine kurze Pause machte. »Die lag nicht über dem Gesicht?«

»Nein«, sagte Dorian. »Er ist zugedeckt.«

Kissel lachte auf, ein freudlos klingendes Lachen. »Zugedeckt«, wiederholte er und winkte den weißgekleideten Männern von der Spurensicherung, die sie so behutsam, als sei es eine Decke aus Papier, vom toten Körper nahmen.

Darunter lag ein anderer Mensch. Oben das Gesicht war in Ordnung, aber alles andere war falsch, rote Flecken, rote Spritzer, sein Blut überall. Man sah es, als die Kommissarin ihn vorsichtig umdrehte, nur ein wenig seine Schulter hob, man sah einen Krater, der sich rot und blutig durch seine Haut fraß. Dorian hörte Kissel leise fluchen und sah die Henkel die Unterlippe zwischen die Zähne ziehen, als brüte sie über einem Kreuzworträtsel. Sie schien die Luft anzuhalten, dann wandte sie den Blick ab und atmete langsam wieder aus.

Er lehnte sich gegen einen Baum. Alles war anders als sonst, und er sah hin, als hätte er es noch niemals gesehen. Tote Augen, graue Haut; er hatte schon Tote gesehen, doch das hier war anders, war viel fremder als alles bisher. Er sah zu, was die Kommissare machten, studierte ihre Bewegungen und forschte in ihren Gesichtern nach einem Gefühl. Kissel stand gebückt über ihm, Ina Henkel kniete neben ihm im Gras und suchte mit den Augen seinen Körper ab. Sie nahm ein Diktiergerät aus ihrer Tasche, dem sie erzählte, was sie sah: »Oberkörper ist bekleidet mit einer ärmellosen, grünen –«

»Die ist doch nicht grün«, sagte Kissel.

»Natürlich ist die grün. Olivgrüne Weste mit Kapuze. Eingerissen am rechten Schulterblatt. Unterkörper bekleidet mit Jeans. Großflächig eingenäßt. Schwarze Lederschuhe, keine Socken.« Sie sah Kissel an. »Was ist das für 'ne Brille? Sind das Plastikgläser?«

»Sportbrille«, murmelte Kissel. Sein Mund war leicht verzogen wie nach einem bitteren Getränk. »Die hat einen langen Bügel hinter den Ohren, der rutscht nicht.«

»Rutscht nicht«, wiederholte die Kommissarin. Sie sah auf ihr Diktiergerät, als wüßte sie nicht, ob es diese Worte jetzt aufgezeichnet hatte, dann strich sie ihr Haar zurück und hielt es im Nacken fest, als dürfe sich kein Härchen davon lösen, um auf die tote Haut zu fallen. »Stichwunden«, murmelte sie. »Wie es aussieht, übertötet.«

Dorian schloß die Augen. Nicole hatte ihm dieses Wort einmal erklärt; »wenn du einen erschießen willst«, sagte sie, »reichen im allgemeinen ein, zwei Schüsse. Dann hast du ihn getötet. Wenn du aber zwanzig Schüsse auf ihn abfeuerst, immer und immer wieder, hast du ihn übertötet, so nennen die das. Läßt Rückschlüsse auf die Täterpsyche zu, denn dann bist du auch meistens nicht ganz richtig.«

»Ausgeblutet.« Kissels bulliger Körper schien zu dampfen, unentwegt schlug er nach Mücken und Motten.

»Aber nicht hier«, sagte die Henkel. Dorian verstand sie kaum, weil sie so leise sprach. Normalerweise verbreitete die Kommissarin Lärm, knallte Sachen hin, ließ Türen ins Schloß fallen und drehte hinterm Steuer dröhnende Rockmusik auf, nur ihre Stimme war leise und sanft. Sie war mit Nicole befreundet, die genauso war, und gemeinsam konnten sie einen Höllenkrach veranstalten, ohne es zu merken.

Vorsichtig bewegte sie die Beine des Toten und murmelte: »Leichenstarre.« Vielleicht hatte Dorian ein Geräusch gemacht, als er das hörte, denn jetzt guckte sie ihn schräg von unten an, einen Moment nur, bevor sie an ihm vorbei in den Himmel sah. Auf dem Polizeifest hatte sie zweimal mit ihm getanzt, und ihre Bewegungen waren leicht gewesen, nicht so ungeduldig wie die von Nicole. Als sie ihn damals duzte, hatte er beschlossen, es genauso zu machen, denn es kam gut vor Kollegen, wenn man sich mit Kripoleuten duzte, zumal wenn sie älter waren. Er war zweiundzwanzig und sie würde wohl dreißig sein.

»Leiche auf dem Friedhof«, murmelte Kissel, »das erinnert mich irgendwie an *Gorky Park*.«

»Was für 'n Ding?« fragte Ina.

»*Gorky Park*, der Film. Da waren es drei Leichen im Park. Ich hab den noch in Erinnerung wegen dieser Szene, wo er die abgeschnittenen Köpfe durch die Gegend trägt.«

»Wer?«

»Der Bulle in dem Film.« Kissel seufzte.

»Der Bulle trägt die Köpfe rum?«

Kissel nickte. »Macht er.«

»Ich guck so was ja nicht.« Ina stand auf und machte einem weißgekleideten Kriminaltechniker Platz.

Kissel fing an zu fluchen, als das Scheinwerferlicht plötzlich zu flackern begann wie ein Flämmchen im Wind; »fluchen Sie hier nicht«, rief der Techniker, »Sie versündigen sich.«

Ein Vogel sang, konnte das sein? Zweige knackten, und wie Geister in der Nacht kamen die Totenträger aus dem Gebüsch, Männer mit ernsten Gesichtern. Sie stellten die Bahre ins Gras und blieben dahinter stehen, mit auf dem Rücken verschränkten Armen, wie Wachpersonal.

»Ja, dann macht mal.« Die Kommissarin streifte ihre Handschuhe ab und trat von der Leiche zurück. Ihre Augen waren dunkelblau und müde. »In die Rechtsmedizin.« Auf dem Bahnhofsrevier hatten sie einmal gehöhnt, daß die Henkel, diese arrogante Ziege, schon nach einem Packen Handschuhen greife, sobald sie von einem Leichenfundort nur erfuhr. Wie die rumläuft, hatte einer gerufen, wär die doch besser Fotomodell geworden, und die anderen prusteten ihren Kaffee fast über den Tisch, als er fortfuhr: Aber jetzt steht se vor Leichen und *erschrickt* sich.

Draußen rotierte noch immer das Licht des Einsatzwagens. Hob man den Kopf, sah es aus, als sei für ein verrücktes Fest geschmückt, als blitzten auf den Baumkronen blaue Girlanden. Die Träger nahmen die Bahre und stellten sie vor den Toten hin. Gleich würden sie die Decke über ihn legen und die Gurte über ihm zusammenziehen, um ihn zu verschnüren wie ein Paket. Der eine hieß Jan, der faßte die Toten oben an, während für den anderen die Füße blieben, doch das ging jetzt nicht, das durften sie nicht tun. Dorian schob sie zur Seite und kniete sich vor ihn hin. Ein toter Rumpf mit toten Gliedern dran, verwundete Haut und Kälte, wenn man ihm nahe kam. Hier waren so viele Menschen, doch niemand hatte ihm die Augen geschlossen, er sah ihn immer noch an. *Robbi, Robbi, kleine Maus, komm nach Haus*, wie alt war Robin gewesen, als ihre Mutter das gerufen hatte, dreieinhalb? Er dachte, daß er so nicht liegen durfte, verrenkt im Gras mit toten Augen, und daß er schon gar nicht auf diese Bahre gehörte, mit einer Decke über dem Gesicht, die alles verschlang, und daß das Scheinwerferlicht, das Katja Kammer begleitet hatte, nun ihrem Sohn Robin schien auf seiner Reise in ein anderes Land; tot, hatte ihre Mutter einmal zu ihnen gesagt, das heißt, man geht woandershin, aber das war jetzt auch schon wieder ewig her.

Es war so viel, was sie gesagt hatte, und so viel, was er jetzt dachte. Als er den Kopf drehte, sah er das Knie der Kommissarin Henkel, sie trug einen engen, kurzen Rock, eher eine Manschette. Sie hatte schöne Beine und wußte es wohl, sie war immer so schick gekleidet; langsam hob er den Kopf.

Sie sah auf ihn herunter, und ihre Stimme klang gereizt, als sie fragte: »Was machst du denn, was soll das?«

Dorian sagte: »Das ist mein Bruder.«

Niemand erwiderte etwas darauf, und er wandte sich ihm wieder zu, weil er sich fest vorgenommen hatte, ihm endlich die Augen zu schließen, doch das schaffte er nicht. Es lag vielleicht daran, daß Leute zuguckten, oder daran, daß man Scheu hatte, es bei einem Menschen zu tun, den man kannte.

Er konnte es nicht. Er wollte auch nicht mehr.

Robin sah ihn ja dauernd an, als wollte er sagen: Laß es, Mann. Sein Leben lang war er klein gewesen, und auch im Tod sah er winzig aus und dünn.

Dorian stand auf und klopfte seine Knie ab, etwas, das man gedankenlos tat, denn schmutzig wurde die Hose ja nicht im trockenen Gras.

Die Kommissarin starrte ihn an. So vollkommen reglos sah sie ihm direkt in die Augen, daß ihre Lider nicht mehr zuklappten und ihre Lippen leicht geöffnet blieben, was ziemlich doof aussah. Hinter sich hörte er ein Geräusch, und als er sich umdrehte, hatte Jan, der Totenträger, sich auf die Bahre gesetzt, was man eigentlich nicht durfte, aber jetzt hockte er mit übereinandergeschlagenen Beinen da und preßte seine Handflächen gegen die Schläfen. Weiter weg war die Stimme Kissels zu hören, der den Leuten von der Spurensicherung erzählte, daß eine Lebensversicherung sich nicht lohnte.

»Ja«, sagte er. »Mein Bruder, Robin Kammer. Er ist achtzehn Jahre alt. Achtzehneinhalb.« Ein furchtbares Durcheinander war in seinem Kopf, das nun Raum ließ für einen wichtigen Gedanken. Es war die Erinnerung an einen Satz, den seine Mutter einmal gesagt hatte: Tot ist nur der, an den niemand mehr denkt. »Weißt du was?« sagte er, »das wird Aufsehen geben. Er ist der Sohn einer berühmten Sängerin.«

Die Kommissarin sah ihn an, als wüßte sie nicht weiter. Sie zog die Schultern hoch und sah sich um wie ein Kind, das sich verlaufen hat, doch dann legte sie eine Hand auf seinen Arm, und er roch ihr Parfüm. Drei Kilometer Duftlinie, hatte Nicole einmal zu ihr gesagt, Süße, du *badest* darin.

»Komm mit«, sagte sie leise, noch leiser als sonst, und zusammen gingen sie zu den Bänken, auf denen am Tag die Leute saßen, um auf die Gräber zu gucken. Hier war es viel dunkler, doch konnte man den hellen Schein noch sehen, und auch die Stimmen waren noch zu hören, Kissels Stimme gerade, der von irgendwoher rief: »Was ist denn los?«

Dasselbe fragte Ina Dorian jetzt auch, flüsterte es fast: »Was ist los?« Als sie ihn anguckte, wie ihn früher seine Mutter angeguckt hatte, um herauszufinden, ob er Fieber hatte, erinnerte er sich plötzlich an jenen Einsatz in einem Hochhaus, an diesen Mann, der da geborgen wurde, der schon halb verwest, der gar nicht mehr beisammen war. Er hatte Angst in ihren Augen gesehen, als sie an ihm vorbei in die Wohnung ging, und als sie herauskam, hatte sie gezittert. Doch dafür gab es jetzt ja keinen Grund, denn bis auf das verschmierte Blut und die Löcher in seiner Haut sah Robin doch ganz anständig aus, und Dorian freute sich ein bißchen, daß sie vor der Leiche seines Bruders nicht in einem solchen Zustand war.

»Florian«, sagte sie leise, »bitte.«

»Ich heiße Dorian. Dorian Kammer. Es gibt ein Buch von Oscar Wilde, *Das Bildnis des Dorian Gray*, kennst du das?«

Sie schüttelte den Kopf, fragte: »Dorian, was ist passiert?«

»Ich hab es gelesen«, sagte er. »Hat mir aber nicht gefallen. Ja, dieser Mann draußen, der mit dem Hund, er hat uns verständigt, daß hier ein Toter liegt. Reihe sieben.« Er rutschte auf der Bank zurück, bis er ihre Knie sehen konnte. »Ich bin hin, Nicole ist draußen bei dem Mann geblieben, weil der so aufgeregt war, ja, und da hab ich Robin gesehen. Ich hab ihn angefaßt. Die Hand war so kalt.« Er durfte die Toten nicht berühren, das fiel ihm jetzt ein, ohne Handschuhe durfte er es nicht tun. Er hatte es aber schon getan, einmal vor den Augen der Kommissarin hier, als er einen Erhängten abschnitt und zusammen mit dem Totenträger auf die Bahre hievte. Sie hatte den Kopf gesenkt und gemurmelt: »Sieht ja aus, als hätte der zwei Zungen.«

Als er sich umdrehte, sah er Kissel. Gegen einen Baumstamm

gelehnt, hörte er ihnen zu, doch das störte nicht weiter, und Dorian konzentrierte sich auf Inas Fragen, Ermittlerfragen, die er als Schutzpolizist nie stellte. Er war im Streifendienst und nahm Zusammenstöße auf, zwischen Menschen und zwischen Autos, er ging in die Wohnungen, wenn einer durchdrehte und alles zusammenschlug.

Ermittlerfragen, darauf lief es hinaus. Er konnte sie aber kaum beantworten, weil sie ihn nach Robins Freunden fragte, die er nicht kannte, und nach Robins Leben, das ihm fremd geworden war. Er beugte sich vor, zog an seinen Schnürsenkeln und sah der Kommissarin von unten ins Gesicht. War sie noch immer mit diesem langhaarigen Mann zusammen, der sie damals vom Polizeifest abgeholt und ihn so mürrisch angesehen hatte? Was wirst du tun, wollte er sie fragen, wenn du nach Hause kommst? Wirst du dich an ihn klammern und alles vergessen, den Friedhof und das harte Licht, das auf die Leiche fiel, und Robins kalte, graue Haut? Er würde das so machen, wenn er eine Freundin hätte, doch hatte er keine zur Zeit. Wieder roch er ihr Parfüm, eins, das er nicht mochte, und sah, wie ihre Finger sich ab und zu bewegten, als wären sie eingeschlafen, ohne Gefühl.

Tote, kalte Hände. »Vielleicht«, fing er an und spürte, wie ihm die Wörter wie giftige Käfer über die Zunge krochen, »vielleicht ist Robin bestraft worden.«

Er sah hoch. Kissel stand noch immer gegen den Baumstamm gelehnt, ohne etwas zu sagen. Er hatte den Körper eines Boxers, stämmig und wendig zugleich, und jedesmal, wenn Dorian ihn traf, hatte er das Gefühl, dieser Mann könnte töten, ohne mit der Wimper zu zucken, lautlos und lächelnd. Kissel gehörte zu den Männern, denen er nachts auf einem Friedhof auf keinen Fall begegnen wollte.

»Bestraft worden«, wiederholte die Kommissarin seine Worte, und er überlegte, wie man ihre Haarfarbe nannte, dunkelblond, brünett? Er mochte rothaarige Frauen.

»Ja«, sagte er, »Robin hat merkwürdige Leute gekannt, er ist auch bei Leuten untergekrochen, die er nicht mochte, deshalb meine ich ja, daß sie merkwürdig waren.« Wieder sah er auf ihre Knie, weil es komisch war, daß Frauen, wenn sie kurze Röcke trugen, automatisch wußten, wie sie die Beine stellen und vor allem, wie sie sie nicht stellen durften. Trugen sie Hosen, saßen sie ganz anders da, zwangloser, doch im Rock hockte scheint's ein Männlein, das ihnen befahl: Halt die Beine zusammen! »Ich hab auch schon bei Mädchen gewohnt«, sagte er, »aber dann mochte ich die auch. Robin war anders.«

»Welche Leute?« fragte sie. »Welche Leute hat er gekannt?«

»Ich weiß es doch nicht.«

»Welche *Art* Leute, was hat er erzählt?«

»Er hat sie Gesindel genannt.« Dorian lächelte. »Gesindel mit Geld und Gesindel ohne. Er sagte, darauf reduziere sich das Volk.«

Als sie wissen wollten, wann er Robin zuletzt gesehen hatte, schloß er die Augen, weil er ordentlich antworten, sich erinnern wollte, auch wenn es manchmal schwer war, sich zu erinnern. Robin war in den *Taubenschlag* gekommen, Dorians Stammkneipe, in der er manchmal Gitarre spielte, nur so zum Spaß und ohne Geld dafür zu nehmen, denn als Polizist durfte er ja nebenher nichts verdienen, oder?

Ina hob die Schultern. »Keine Ahnung.«

»Nur mit Genehmigung«, sagte Kissel hinter ihm, und Dorian zuckte zusammen, als er so unvermittelt seine Stimme hörte, doch er drehte sich nicht um. Ja, Robin kam also in den *Taubenschlag*, um ihn anzupumpen. »Ich bin im Moment etwas illiquid«, hatte er gesagt.

»Was bist du?« fragte Dorian.

»Klamm. Insolvent. Finanzschwach.« Robin rutschte auf dem Barhocker herum.

»Ich hab fünfzig Mark«, sagte Dorian. »Reicht das?«

»Mensch, Mensch.« Robin seufzte. »Reichen tut's nie.« Er sagte, daß er den Typen, bei dem er im Augenblick wohnte, nicht dauernd anschnorren wollte, weil der ihm auf die Ketten ging. Seine

Stimme wurde dumpf, als er den Kopf zwischen die aufgestützten Arme schob. »Eben hab ich Cheeseburger gegessen, jetzt hängt er mir im Magen.« Er hatte noch etwas gesagt, an das er sich nicht erinnerte, das aber sicher auch nicht so wichtig war. Keiner hatte Tschüs gesagt oder so.

Er lehnte sich zurück und spürte, wie seine Knie anfingen zu zittern. Neben ihm sagte die Kommissarin ganz leise: »Dorian, wir müssen mit euren Eltern sprechen.«

Er nickte. »Wir haben nur unsere Mutter. Unser Vater ist gestorben, da war sie mit Robin schwanger, wir haben ihn gar nicht gekannt. Unsere Mutter ist Katja Kammer, du weißt doch, wer das ist?«

Ina kniff die Augen zusammen und schüttelte den Kopf.

»Sie ist eine bekannte Sängerin, das hab ich doch schon gesagt, sie war auf der Bühne.«

»Ich weiß nicht«, murmelte sie.

»Du kennst sie bestimmt.«

Eine Zeitlang hatte er geglaubt, die ganze Welt müsse sie kennen und mit Rosen nach ihr werfen, die ganze Welt.

»Sie hat ihre Musik selbst geschrieben, sie hat hunderttausend Fans. Es war ihr selber nicht recht.«

»Was?«

»Daß wir zu den Tillmanns mußten, Robin und ich. Wir waren noch Kinder.«

Als er Ina ein wenig seufzen hörte, als wäre sie nicht zufrieden mit dem, was er ihr erzählte, senkte er den Kopf und guckte erneut auf ihre Beine, weil er nicht wollte, daß ihr Blick sich veränderte. Es war schön, wenn sie ihn ansah, als wolle sie sein Fieber messen.

»Es war so«, sagte er, »unsere Mutter hatte damals viel zu tun, da hat sie gesagt, wir müßten eine Zeitlang bei den Tillmanns wohnen, als Pflegekinder. Sie heißen Klaus und Regine Tillmann.« Er sah ihr wieder ins Gesicht. »Na ja, und wir haben ein paar Jahre da gewohnt, aber jetzt nicht mehr. Ich hab meine Wohnung, und Robin ist halt herumgezogen, er hat mal angefangen, Autoschlosser zu lernen, aber –« Er merkte, wie seine Stimme sich verlor und daß er das nicht wollte. »Robin hatte keinen richtigen Job, manchmal hat er in Tankstellen gearbeitet oder in Supermärkten, im Lager.«

»Wo wohnt eure Mutter?«

Er lächelte und sah das Haus und hörte ihre Stimmen, Robins Kinderkrächzen und das Lied, das sie ihm sang, wenn er weinte. Er kramte Zettel und Stift aus seiner Hosentasche und schrieb die Straße auf; im Ostend, sagte er dazu, und daß sie es da versuchen könnten, doch war sie unstet, immer unterwegs, den Sternen hinterher und dem Glück. Die Kommissarin lächelte ein bißchen, als er das sagte.

»Möchtest du mitkommen?« fragte sie.

»Nein.« Er spürte eine merkwürdige Leere im Kopf und würde trotzdem immer weiterreden können, egal was sie ihn fragte, er würde antworten. Wie hieß dein erstes Mädchen? Sie hieß Elke, und ihre Zähne waren schief. Als er ihr das sagte, war sie sein erstes Mädchen gewesen. Wie hieß dein zweites? Sie hieß Ayse, und ihr Vater mochte ihn nicht, schmiß ihn abends schon um acht Uhr raus. Er massierte sich die Schläfen. Die ganze Zeit rumorte dieser Satz in seinem Kopf: Tot ist nur der, an den niemand mehr denkt.

»Du hast bestimmt schon von unserer Mutter gehört«, sagte er, »du kommst jetzt bloß nicht drauf.«

Sie ging nicht darauf ein, sondern fing schon wieder an, ihn Dinge zu fragen, die er nicht wußte: »Was ist das für ein Typ, bei dem Robin gewohnt hat?«

»Ich weiß nur den Namen und die Adresse. Robin hat sie mir gegeben, für alle Fälle, hat er gesagt. Hollstein heißt der. Aber mehr kann ich nicht sagen.«

Als er aufstand, spürte er sein Hemd am Körper kleben, denn die Luft war noch immer drückend und dumpf. Die Adressen mußte er noch nennen, die von Tillmann und von Hollstein und seine eigene auch, dann durfte er gehen. Das Scheinwerferlicht brannte nicht mehr, vor ihnen nur der schwache Schein einer Kerze unter Glas. Wie kleine Parzellen wirkten die Gräber in der Dunkelheit, sorgsam vermessen und behütet, an ihrem Ende die Grabsteine wie Mauern. Das Tor quietschte, als die Techniker gingen, und über ihnen begann ein Nachtvogel sein Lied zu singen.

[2]

Sie hatte ihn nie so richtig wahrgenommen. Dorian war der Typ, der mit Nicole Mewes Streife fuhr und den sie gelegentlich bei Einsätzen traf. Ziemlich hübsch fand sie ihn und ziemlich still.

Konnte man so beginnen? Sie sagten kein Wort, der Mann und die Frau, fragten nichts, forderten nichts, sondern schauten sie nur an. Sie bemerkte eine Kerbe im Holz und noch eine daneben, als hätte an diesem Tisch hier einmal ein Häftling gesessen, der begonnen hatte, seine Tage zu zählen. Aber weil die Strichliste so unermeßlich werden würde, hatte er schon aufgegeben nach dem zweiten Tag.

Sie fürchtete, es nicht erzählen zu können, sich in den Worten zu verheddern wie so oft. Sie konnte nicht so gut reden, das hatte mal jemand zu ihr gesagt, ein Kerl, mit dem sie drei Jahre zusammen war, *deine Formulierungsgabe ist bescheiden*, na ja. Tom, ihr jetziger Freund, machte das nicht, aber darüber wollte sie doch gar nicht reden.

Dorian, ja. Vor dieser Nacht war er ihr kaum aufgefallen. Nur an die Gelassenheit konnte sie sich erinnern, mit der er einmal half, einen Erhängten zu bergen, einen jener Geister, die sie schon heimgesucht hatten in ihren Träumen, wie er den starren Körper in eine Plane schlug und ihn fortschaffte von ihr. Es waren die Handgriffe der Totenträger, und wenn sie sich ihren eigenen Tod vorstellte, sah sie vier Hände, die sie hoben, zwei an den Schultern, zwei an den Füßen und weg.

Weil sie sich an diese Gelassenheit erinnerte, hatte sie sich über seinen Blick gewundert, als sie auf dem Friedhof die Beine des toten Jungen bewegte, von dem sie damals noch nicht wußte, daß es Robin war. »Leichenstarre«, hatte sie zu Kissel gesagt, sicher, ein häßliches Wort. Es gab viele Wörter, die normale Menschen nicht in den Mund nahmen, weil sie vielleicht Angst hatten, sie zu begreifen. Zu Hause hatte sie Tom einmal die Caspar-Regel erklärt, weil das Wort im Fernsehen gefallen war. Das bedeutet, hatte sie gesagt, daß die Leichenfäulnis an der Luft nach einer Woche eintritt, vorausgesetzt, es ist nicht zu heiß, im Wasser nach zwei und in der Erde nach acht Wochen. Wenn du begraben bist, fängst du also erst nach –

Ah nein, rief er, laß doch, und dabei guckte er sie an, als hätte sie sich gerade danebenbenommen.

Auf dem Friedhof hatte sie in Dorians Augen denselben Blick gesehen. Du mußt nicht bleiben, wollte sie ihm sagen, hast du Angst, von ihm zu träumen? Sicher, eines Nachts sucht er dich heim. Doch das wäre ja ohnehin kein Trost gewesen, nicht wahr?

Auf dem Polizeifest hatte sie mit ihm getanzt, und damals hatte er wissen wollen, warum sie Polizistin geworden war und wie es ihr bei der Mordkommission gefiel, aber da das eine Frage war, die sie ohnehin verabscheute, wußte sie auch ihre Antwort nicht mehr. Man wurde etwas und schlug sich dann damit herum. Sie hatte angenommen, er hieß Florian.

Sie hatte auch nie zuvor von seiner Mutter gehört. Es war ihr merkwürdig vorgekommen, wie er schon auf dem Friedhof, zehn Meter von der Leiche seines Bruders entfernt, darauf bestanden hatte, daß sie Katja Kammer kennen müsse. Sie ist eine berühmte Sängerin, hatte er gesagt, sie war auf der Bühne.

Berühmte Sängerin. Klingt seltsam, nicht? Altmodisch, irgendwie rührend. Als hätte sie Opern gesungen oder so, schweren, feierlichen Kram.

Nein, mit dem Namen Katja Kammer hatte sie nichts anfangen können. Sie hatte auch nicht gewußt, daß einer Dorian heißen konnte, das war ja so, als hießen seine Geschwister Tristan und Isolde. Dabei war der Name seines Bruders doch sehr schön, Robin. Das klang nach Popmusik, nach Gitarren. War eine komische Sache mit den Namen, früher hießen in den Sozialsiedlungen alle kleinen Kerle Denis und Jahre später die neuen kleinen Kerle Kevin, während in den Nobelvierteln die Jungs mit dem Namen Anton leben mußten, Jonas oder Dominik. Na, wie auch immer –

»Verdammt noch mal«, sagte der Mann mit leiser, zischender

Stimme, um dann Luft zu holen, als wolle er noch etwas sagen, doch es kam nichts mehr.

Gut, ja, sie redete wieder zuviel und hatte selber auch keinen gescheiten Namen, als Kind hatte sie geglaubt, ihr fehle ein *N*. Als Kind hatte sie auch unbedingt Laura heißen wollen, weil drei ihrer Freundinnen so hießen, Laura-Eins, Laura-Zwei und Zahnspangen-Laura, Mädels aus Nobelvierteln, in die sie nicht paßte.

Ina fror und zitterte dabei, obwohl es hier drin so stickig war, und als sie die Handflächen auf die Tischplatte preßte, verwandelte sich das Holz in Eis. Langsam hob sie den Kopf. Der Mann saß ihr gegenüber, die Frau war weiter weg. Die Frau hatte rote Ränder unter den Augen, als hätte sie sich mit dem Lidstrich vertan und Buntstifte genommen. Sie war müde, nicht wahr? Doch sie sagte kein Wort, sah sie nur an. Gute Polizisten machten das, die konnten warten. Sie hatte es selbst einmal gekonnt, doch wußte sie nicht, ob sie je eine gute Polizistin gewesen war, nein, eher nicht.

Wie war sie denn auf Zahnspangen-Laura gekommen? Zahnspangen-und-Brillen-und-schrecklich-in-Prince-verknallt-Laura, die hatte doch mit all dem hier gar nichts zu tun.

Das erste Foto, das Dorian ihr von der Kammer gezeigt hatte, war jenes aus dem Dorf gewesen, das Sternenbild. Da holte sie ihren Jungs die Sterne vom Himmel, so hatte er das Bild immer verstanden, die ausgestreckten Arme und ihr Blick zum Nachthimmel hin. Ja, den Tick mit den Sternen, den hatte er von ihr.

Wieder hob sie den Kopf. Die ganze Zeit hatte sie auf den Tisch gestarrt, als läge das Foto dort, doch da war nichts außer einem einzelnen leeren Glas. Vielleicht hatte die Kammer damals eine Oase gesucht und eine Wüste gefunden, oder sie war nur auf jemanden hereingefallen, der ihr erzählte, in diesem Dorf mit seiner klaren Luft könne man alles so viel deutlicher fühlen, riechen und sehen, selbst die Sterne am Himmel wie durch ein – wie hieß das Ding?

»Mikroskop«, sagte der Mann, und sie schüttelte heftig den Kopf und fing an zu kichern, so ein Kichern, bei dem man eigentlich geohrfeigt werden müßte, damit es aufhört; mit dem Mikroskop guckst du nach *unten*, du Hirni, aber die Sterne –

»Teleskop«, sagte die Frau, und das war genauso wie eine Ohrfeige, weil dieses eine Wort so brüchig klang, als hätte sie sich eine Stimme geliehen, mit der sie erst üben mußte.

Doch jetzt hatte sie etwas gesagt.

Ina sah ihr ins Gesicht und fing an, lautlos auf sie einzureden, darf ich dich duzen? Nein, das steht mir nicht zu. Aber weißt du, diese Nacht, als wir den Jungen fanden, war tatsächlich sternenlos, ich meine, dunkel. Bißchen unheimlich. Viel zu warm, die Luft bewegte sich nicht, und der graue Himmel lag wie ein Deckel über der Stadt. Und dann kam auch noch der Anruf, daß auf dem Friedhof eine Leiche lag.

Sie saß mit Kissel in der französischen Kneipe in der Nähe des Polizeipräsidiums, die ja im Grunde ein deutsches Wirtshaus war, nur hieß der Wirt Frank Reich. Nach der fünfstündigen Vernehmung eines Raubmörders hatten sie weiße Pillen geschluckt und wurden trotzdem nicht mehr wach, starrten zur Decke, zerrissen Bierdeckel und spülten eine *à la Chef* genannte Hamburger-Kreation mit Apfelwein herunter. Kissel kramte einen Bericht aus seiner Jackentasche und erklärte, das käme als nächstes dran, dieser komische Ehestreit, und mit einer Stimme, als stünde er auf der Bühne, las er vor: »Nach dem heftigen Streit zwischen den Eheleuten soll der Mann in sein Zimmer gelaufen sein. Die dadurch sehr erregte Geschädigte wollte deshalb das Haus verlassen.«

Ina kicherte. »Wurde die denn verletzt?«

»Nein.«

»Schön«, sagte sie, »dann ist sie nur sehr erregt, das glaube ich ja gern, aber keine sehr erregte Geschädigte, wer schreibt denn so was?«

»Klappe.« Kissel hustete. »Als sie ein undefinierbares Geräusch hörte, begab sie sich über die Terrasse zu einem Fenster –«

»Da hätt ich jetzt einfach geschrieben: *ging sie*, weißt du?«

»Begab sie sich zu einem Fenster« – Kissel kniff die Augen zusammen – »das zu dem Arbeitszimmer des Beschuldigten gehört. Beim Blick durch das Fenster habe sie ihren Mann auf einem Stuhl sitzen sehen. In der rechten Hand soll er ein Gewehr gehalten haben.« Er sah hoch. »Weißt du, was ich glaube? Der wird sich gerade einen runtergeholt haben, das hat sie in den falschen Hals gekriegt.«

Ina sah starr geradeaus und prustete dann los.

»Plötzlich«, las Kissel, »habe sie einen Schuß gehört und das Splittern von Glas bemerkt. Donnerwetter. Wer geht denn da morgen hin?«

»Ich bestimmt nicht.« Sie hatte gerade angefangen, ihre Überstunden aufzuzählen, als das Handy piepte, und zuerst glaubte sie ja, die Schutzpolizei wolle sie verarschen. Leiche auf dem Südfriedhof, klar, hatte sie gesagt, das glaub ich gern. Da war ihr auch gleich dieser Witz von dem Geisterfahrer eingefallen, der die Warnmeldung im Radio hört und vor sich hinmurmelt, *ein* Geisterfahrer? Hunderte! Da hatte sie es sekundenlang nicht ernst genommen.

Oberkommissarin Ina Henkel kam sich manchmal wie ein Zombie vor, wandelte zwischen Leichen und berührte kalte, graue Haut. Seit sechsunddreißig Stunden hatte sie Bereitschaft, und als sei eine böse Macht am Werk, gab es Leichen immer dann, *wenn* sie Bereitschaft hatte. Zwischen zwei Gräbern lag der tote Junge wie ein müder Wicht auf Wanderschaft, das kurze, blonde Haar unter einer Kapuze verborgen, zugedeckt wie ein krankes Kind. Als die Techniker die Decke entfernten und sie seinen zerstörten Körper sah, wollte sie zu Hause anrufen, Tom, hör zu, es wird wieder spät, aber das merkst du ja, nicht? Wirst wieder maulen. Wirst zwei Dosen Bier trinken und dem Kater erzählen, wie langweilig das ist, auf dem Sofa Bier zu trinken und es dem Kater zu erzählen. Was wollten wir heute kochen, irgendwas mit Reis? Laß uns eine Flasche Rotwein trinken und am Computer ein paar Moorhühner abknallen, oder welche Ungeheuer beschießen wir zur Zeit? Nein, besser wir gucken ein Star-Trek-Video oder gehen gleich ins Bett, und weißt du was? Ich hab keine Ahnung, wer einen Toten so zudeckt wie einen Lebenden, als dürfe er nicht frieren.

Er war so jung. Sie hatte sich angewöhnt, den Getöteten nicht richtig in die Gesichter zu sehen, nur auf Wunden und Male zu achten, als betrachte man Spuren auf einem Bild. Gewöhnlich konnte man ja den Horror noch erkennen, diesen eingefrorenen Schrecken in ihren Zügen, doch bei ihm war das anders, sein grauweißes Gesicht wollte sie berühren, weil es so ruhig war und zu seinem geschundenen Körper kaum paßte. Tot und doch nicht tot. Schlafend, ja, fast kam es hin, schlafend, bis man den Körper sah. Wie war es möglich, so gelassen auszusehen und so grauenhaft zerfetzt zu sein? Seine hellen Augen hinter der heilgebliebenen Brille waren auf sie gerichtet, als wollte er sagen: Glotz nicht so blöd.

Helle Augen, wie Dorian. Vielleicht würde sie davon träumen, wann immer Zeit zum Schlafen blieb, wie er da stand, neben der Bahre, und sagte: Das ist mein Bruder.

Als sie das Gelände verließ, hatten die Gaffer sich verzogen, nur ein Mann stand noch bei Nicole Mewes, der Leichenauffinder, dem außer der Leiche nichts aufgefallen war. Er hatte seinen Hund an einen Baumstamm gebunden, ein träges Riesenvieh mit traurigen Augen. Mensch und Tier wirkten wie Geschöpfe, die plötzlich aus ihrer Welt herauskatapultiert und irgendwo ausgesetzt worden waren, wo sie sich nicht auskannten.

»Sind Sie das?« Der Mann blickte von Nicole zu Ina Henkel, und sie sagte probehalber: »Ja.«

»Die Kripo?«

»Ja.«

»Der Hund regt sich so auf.«

»Sicher.«

»Das erlebt er ja nicht alle Tage.«

»Sicher nicht.« Sie schlug mit zwei Fingern auf ihr Notizbuch, und der Mann sagte: »Ich hab den gefunden, wie ich gießen war, grauslich.«

Sie nickte.

»Grauslich«, wiederholte er. »Meine Frau, die liegt ja da, die muß ich gießen. Wie ich mich umdrehe, dachte ich erst, da liegt ein Penner auf der Erde, aber wie ich dann genauer gucke, war's ein Mensch, ein junger Kerl.«

»Wieso gießen Sie denn um diese Zeit?« fragte Ina, was der Mann mit einem Abriß seines Lebens beantwortete, Schichtdienst, mußte alles selber machen, weil Frau, wie gesagt, unter der Erde. Kaum Zeit zur Verfügung, weil er in seiner kargen Freizeit seinem Schwager noch half, ein Häuschen zu bauen. »Manchmal hat man Glück«, schloß er, »da ist hier offen. Meistens ist zu.«

»Und heute?« fragte sie.

»Na, es wird wohl offen gewesen sein, sonst wär ich ja nicht reingekommen.«

Sie deutete auf seinen Hund. »Hat der was gemacht? Diese Vie... die Tiere merken doch manchmal was.«

»Er war draußen.« Empört sah er sie an. »Er darf nicht mit auf den Friedhof, das wissen Sie doch genau, das sind doch Ihre Gesetze.«

»Nein«, sagte sie, »ich mache keine Gesetze.«

»Aber natürlich. Der darf nicht mit rein, den hab ich hier draußen angebunden. Gebellt hat er nicht, hätt ich gehört. Sagen Sie, war das ein richtiger Mord?«

Sie antwortete nicht. In ihrem Bericht würde sie Tötungsdelikt schreiben, *Tötungsdelikt zum Nachteil von Kammer, Robin, 18 Jahre*. Sie steckte ihr Notizbuch weg und ging zum Streifenwagen, wo Nicole ihr entgegensah und fast unhörbar murmelte: »Ich faß das einfach nicht.«

Polizeihauptmeisterin Nicole Mewes ließ sich Nicki rufen; so heißt der Kanari meiner Mutter, hatte Ina einmal gesagt, so heißen alle Kanaris, doch das prallte an ihr ab. Der ganze Job schien an Nicki Mewes abzuprallen, Beschimpfungen und Schlägereien, Leichen, Lärm und Gestank, nur an diesem Abend hatte sie ihre übliche Gelassenheit verloren.

»Es ist entsetzlich«, sagte sie. »Der Dorian hat nichts gesagt, die ganze Zeit hier hat er kein Wort gesagt, daß es sein Bruder ist. Das war der Schock, oder?« Sie senkte den Kopf, und nur der Schein einer Straßenlampe fiel auf ihr rotes Haar. Kein Lichtstrahl kam mehr vom Gelände, und auch das blaue Licht des Streifenwagens war erloschen. Wortlos standen sie nebeneinander und starrten vor sich hin, bis Nicole sagte: »Siehst geschafft aus.«

»Kann sein.«

»Der Luftdruck.« Nicole seufzte.

»Was für ein Luftdruck?« fragte Ina. Die Polizeimeisterin hatte einen Wettertick, schob alles, was geschah, auf Temperaturen, Windrichtung und sonst etwas.

»Durchknallwetter.« Nicole nickte, dankbar, wieder auf festem Boden zu sein. »Seit Tagen sagen sie Gewitter an.«

»Die sagen viel.« Ina sah sich nach Kissel um. »Wir hatten heute fünf Stunden Vernehmung am Stück, fünf Stunden. Konnten noch nicht mal aufs Klo, weil's so fisselig war. Außerdem mußten wir den Ventilator ausschalten, weil der die Bandaufnahme versaut hat, und dann noch die Bereitschaft, die haben sie mir aufgedrückt, ich war gar nicht dran, und ich hab verdammt noch mal –« Sie holte Luft, schüttelte den Kopf. »Ich hab noch nie einen Kollegen vernommen.«

Im Wagen gab sie Kissel den Zettel mit den Adressen von Kammer, Tillmann und Hollstein. Zumindest fahren konnte er jetzt; an der Befragung Dorians hatte er sich nicht beteiligt, was sie ihm übelnahm. Sie hatte mehrere Hänger gehabt, da hätte er übernehmen müssen, so ging das Spiel.

»Zuerst zur Mutter«, sagte er. »Oder hast du andere Pläne?«

»Nein.« Sie wünschte, er würde langsamer fahren, denn der Auftritt als Todesbote kam noch früh genug.

»Muß der Friedhof jetzt neu geweiht werden«, fragte er, »weißt du das?«

»Nein«, sagte sie.

»Muß nicht?«

»Mensch, ich weiß es nicht.«

Er gähnte, daß der Kiefer knackte. »Sag was«, murmelte er dann.

»Darf ich schon wieder reden?« Sie sah ihn an. »Ich hätt auch lieber am Baum gestanden und zugehört, weißt du? Warum hast du nichts gesagt?«

»Die Situation war neu. Der Kollege der Schutzpolizei erkennt in der Leiche seinen Bruder.« Pfeifend stieß er die Luft aus. »Darüber kann man einen Roman schreiben.«

»Wir werden ihn auch fragen müssen, nicht?« Sie räusperte sich. »Ich meine, Alibi und so. Wenn wir die Todeszeit haben.«

»Sicher müssen wir.« Kissel lächelte leicht. »Hättest schon mal vorfühlen können, hast doch Leichenstarre festgestellt, kannst dir doch die Todeszeit denken.«

»Sag mal, geht's noch? Stehst da und hilfst mir nicht und der einzige Mist, der dir einfällt, ist das mit der Genehmigung, wenn er sich was dazuverdienen will, ich glaube, ich spinne.«

»Fertig?« fragte er. »Sagt dir der Name der Mutter was? Er hat ja so getan, als wär die ein Superstar.«

»Nein. Gar nichts.«

»Dann wird sie vielleicht was Anständiges singen, weder Rock noch Rap.« Er lachte. »Kannst du sie nicht kennen.«

»So.« Ina sah aus dem Fenster, sah Lichter und wollte ganz woanders sein. Sie besaß alle CDs von Metallica, hielt Nirvana für die tollste Band des vergangenen Jahrhunderts und hatte für Kurt Cobain eine rasende Schwäche gehabt. Sie hatte sich sogar vorgestellt, als Ermittlerin in das Haus zu kommen, in dem er sich erschossen hatte, und vermutlich wäre sie dort mit einem Schreikrampf aufgefallen, oder es wäre sonst etwas Peinliches passiert, von dem sie hoffte, daß es niemals geschah. Nein, mit einer Katja Kammer wußte sie nichts anzufangen. Sie stellte sich eine Frau mit Klampfe vor, die auf dem evangelischen Kirchentag sang.

»Was macht dein Lover?« Kissel fing an zu summen, als interessiere ihn die Antwort nicht.

»Schläft wohl.« Sie sah auf die Uhr.

»Schläft schon? Dann hat er keine Kondition.«

»Doch, die hat er.« Sie löste den Gurt. »Der spielt einmal die Woche Fußball, außerdem raucht er nur noch heimlich auf dem Balkon.«

Als sie vor dem Haus hielten, in dem Katja Kammer wohnte, hatte sie Schwierigkeiten mit dem Atmen. Vielleicht stimmte, was Nicole Mewes dauernd erzählte, und es gab so ein Wetter, Mord- und Totschlagwetter, das einen Hexenkessel im Kopf zusammenbraute. Doch egal, wie das Wetter war, die Worte kriegte sie niemals zusammen, guten Abend, wir müssen Ihnen mitteilen, daß –

Blödsinn, nicht *guten Abend*. Was wir Ihnen sagen müssen –

Ein todschicker Altbau. Nur im Erdgeschoß brannte noch Licht.

Es geht um Ihren Sohn, Ihr Sohn ist –

Man sagte immer das Falsche, denn es gab keine Worte dafür. Was sie am meisten fürchtete, war der Schrei, der manchmal nach sekundenlanger Stille kam, dieser Laut, der verriet, daß in einem anderen etwas zerstört worden war, jetzt und hier, in diesem kurzen Moment der absoluten Stille vor dem Schrei.

Doch Katja Kammer wohnte nicht hier.

Die Frau im Bademantel, die ihnen das erzählte, wollte das Erdgeschoßfenster schon wieder schließen, als sie sich so hastig hinausbeugte, daß sie fast das Gleichgewicht verlor. »Sie meinen doch nicht etwa –«

»Na?« fragte Kissel.

»Ja, warten Sie, das ist doch mindestens – die mit den kleinen Jungs, meinen Sie die? Nein, die sind doch jetzt auch schon groß. Kammer, ja, aber das muß über zehn Jahre her sein, mindestens, ach, noch länger. War das nicht die, die diesen Radau gemacht hat?« Sie schüttelte den Kopf. »Hier hat ein Herr Kemper gewohnt, und zu dem zog eine Frau mit kleinen Kindern. Da ging's hoch her, sag ich Ihnen, immer Lärm im Haus, Gebrüll und die Kinder, wissen Sie? Stimmt, das könnte sein, daß sie Kammer hieß. Ja, du lieber Gott.« Die Frau starrte sie an, und Ina fragte: »Sie wissen auch nicht, wo die hingezogen sind?«

»Woher denn? Das waren komische Leute, die hatten keinen

Kontakt mit dem Haus. Ich wüßte auch nicht, wer es wissen tät, ich wohne am längsten hier, ich wohne hier seit –«

»Danke«, sagte Ina.

»Was ist denn mit der?«

»Danke, gute Nacht.«

»Da zieht's mir doch die Schuhe aus«, sagte Kissel im Wagen. »Über zehn Jahre, ja, hat der einen Knall? Der Kerl muß doch wissen, wo seine Mutter wohnt, jetzt können wir auch noch Wohnsitzermittlung machen.«

Ina nahm ihr Notizbuch und schrieb: *Kammer/Kemper.* »Er wollte ja auch nicht mitkommen«, sagte sie. »Anscheinend weiß er es eben nicht.«

»Ich hatte sowieso den Eindruck, daß der einen Knall hat, Kollege hin oder her.« Er sah auf den Zettel mit den Adressen. »Hollstein, da hat der Kleine gewohnt, ja? Nimmt Jungs auf?«

Sie nickte. Wenn sie Pech hatten, kam eine dieser elenden Strichergeschichten auf sie zu, deren Grundton das Gejammer unbescholtener Männer war, die nichts getan haben wollten und mit Anwälten drohten, nervend von Anfang bis Ende, falls es überhaupt ein Ende gab.

Kissel ließ den Motor aufheulen. »Dann wollen wir ihn mal hübsch wecken.«

Doch Hollstein war hellwach. Moschusduft hing im Flur, darunter lag kalter Zigarettenrauch. Holzverkleidete Wände, die alles kleiner machten und dunkler, gaben der Wohnung das Aussehen eines Hobbykellers. Der Fernseher lief ohne Ton und zeigte Telefonnummern und dämliche Gesichter, nullhundertneunzig-neunzig-sechs-sechs-sechs.

Hollstein führte die Ermittler in die Küche, ein ältlich wirkender Mann, dessen erste Äußerung eine Feststellung war: »Es ist was passiert.«

Kissel war rücksichtslos. »Robin ist tot. Tötungsdelikt.«

Hollstein schloß die Augen und senkte den Kopf wie zum stillen Gebet. »War's ein Sexualmord?«

»Wie kommen Sie darauf?« fragte Kissel.

»Weil er so jung war.«

Ina fragte: »Wann haben Sie Robin zuletzt gesehen?« Man sollte eine Strichliste machen: wie oft im Jahr dieselben Fragen? Anschließend könnte man eine Wette mit sich selbst beginnen: wie viele Jahre noch dieselben Antworten? Er würde jetzt gleich sagen, daß er überlegen müßte.

Hollstein guckte zur Decke. »Da muß ich nachdenken.« Er brauchte eine Weile. »Am Sonntag wohl – ja genau, am Sonntag. Der machte doch, was er wollte, kam an, hat gegessen und ist dann wieder weg.«

»Wann ging er weg?«

»Nach dem Essen, so gegen neun. Gab Thunfischsalat.«

»Hat er gesagt, wohin er wollte?«

Hollstein schüttelte den Kopf. »Der hat nie viel geredet.«

»Wie lange wohnte er hier?«

»Nicht lange.«

»*Wie* lange?«

Er sah sie eine Weile an, als denke er darüber nach, ob er sie hassen sollte. »Fünf oder sechs Wochen. Sechs. Sechs Wochen und paar Tage.« Ein quälendes Geräusch auf dem steinernen Boden, als er seinen Stuhl zurückschob. Ina wollte ihm sagen: Kleben Sie Filz unter die Stuhlbeine, doch deswegen war sie nicht hier. Sie sah sich um und wollte in Urlaub fahren.

»Ging alles sehr ruhig zu.« Hollstein legte die Hände auf die Knie. »Bißchen geredet haben wir, Karten gespielt, ferngesehen.«

»Geredet, hm. Über was denn?«

Er richtete sich auf, legte die Hände in den Nacken. »Übers Fernsehen.«

Ina sah, wie Kissel gähnte. »Irgendwas«, sagte sie, »wird Robin doch von sich erzählt haben.«

Hollstein schüttelte den Kopf. »Der war mundfaul. Aber was werd ich ihn löchern, ich gehör nicht zu den Leuten, die andere löchern.«

Sie schätzte die Todeszeit ab. »Was haben Sie denn gestern mittag gemacht?« Jetzt würde er nachfragen, das machten sie alle.

»Gestern?« fragte er.

Sie nickte, und Hollstein fing an, den ganzen Tag zu schildern und vielleicht sogar sein Leben. »Da war Dienstag, gut, da war ich im Supermarkt. Ich gehe jeden zweiten Tag in den Supermarkt und montags nie, weil da hab ich noch vom Wochenende. Man kauft ja doch eher zuviel, wenn der Sonntag kommt. Dann war ich zu Hause, ich dachte, der Robin käme, der war ja schon seit Sonntag weg.«

»Und dann?«

»War ich zu Hause. Die Frau Spengler hat angerufen, die aus dem ersten Stock, und sich über den im Parterre beschwert, haben wir ewig telefoniert. Das wird so gegen Mittag gewesen sein, da können Sie fragen.«

»Haben Sie Robin geschlagen?«

Hollstein öffnete den Mund, doch kamen die Worte nicht. Erst nach einer Weile sagte er feierlich: »Oh nein.« Dann sprang er auf und fing an, in der kleinen Küche umherzugehen, wobei er eine Hand in einem imaginären Takt auf- und niedersausen ließ. Wie ein Redner sah er aus, der im stillen übt.

Kissel übernahm. »Wo haben Sie ihn denn aufgegabelt?« und Hollstein lachte auf, ja, so war die Welt, war einer hilfsbereit, dachte man schlecht über ihn. Er setzte sich wieder und begann ein Taschentuch durchzukneten, bis es wie ein undefinierbares Stoffknäuel in seinen Händen lag – am Bahnhof.

»Natürlich«, sagte Kissel.

»Natürlich *nicht*«, rief der Mann. »Was Sie sich so denken.« Der Junge tat ihm leid, hockte so gekrümmt auf den Stufen. Am Südeingang.

»Da hocken sie alle«, sagte Kissel.

Der Junge bat um Feuer: einerseits. Andererseits hatte er tierisch gehustet, als er um Feuer bat, was sich ja irgendwie – Hollstein überlegte eine Weile – gegenseitig ausschloß. Er nickte. Inkompatibel. Um Feuer für eine Zigarette zu bitten und wie verrückt dabei zu husten. Das hatte er ihm auch gesagt, du pfeifst doch aus dem letzten Loch, was willst du denn noch rauchen?

Er wollte trotzdem rauchen, dann waren sie ins Gespräch gekommen, und weil der Junge einen guten Eindruck machte – erstens – und weil er zwotens nicht wußte, wohin, bot er ihm einen Schlafplatz an; »ohne Hintergedanken«, schloß er, »ohne *irgendwelche* Gedanken.«

»Und wie war es dann hier?« fragte Ina. »Mit Ihren Gedanken?«

Hollstein reckte den Kopf. Ruhig sagte er: »Sie sind unverschämt.« Er hob eine Hand – wie gesagt, sie hatten meistens ferngesehen, friedlich und harmonisch, denn Robin war ja ganz verrückt aufs Fernsehen, wenn er denn mal da war, und geschlafen hat er auf der Wohnzimmercouch.

»Es ist dann ziemlich heftig geworden, ja? Zwischen euch.« Ina stand auf und stützte die Hände auf den Tisch. Hollsteins ängstliche Augen waren jetzt ganz nah.

Er fragte: »Was stellen Sie sich denn vor?«

»Ich stell mir vor, daß Sie ihm vielleicht ein bißchen zugesetzt haben, wie er wieder nur fernsehen wollte, ich meine, man holt sich doch keinen Jungen ins Haus, nur um dann fernzusehen. Das kann man auch alleine.« Sie lächelte ihn an. »Man will aber nicht immer alles alleine machen, stimmt's?«

»Wie?« fragte Hollstein.

»Ich kann mir sogar vorstellen, daß Robin gar nicht so nett war, wie Sie jetzt sagen. Daß er Geld von Ihnen wollte. Daß Sie ihn mal erwischt haben, wie er in Ihren Sachen gewühlt hat. Da wird man sauer, nicht?«

»Nein«, sagte Hollstein. Noch einmal fragte er: »Was stellen Sie sich bloß vor?«

Sie ging zum Fenster. Was sie sich vorstellte, waren dröhnende Bässe, zwei Hände, die sie hielten und ein rasender Rhythmus, der ihr Herz bezwang. Blumen in den Tanzpausen, Blumen auf einem schön gedeckten Tisch, eine Schüssel Spaghetti, eine Flasche Rotwein und später vielleicht noch ein Joint. Draußen umkreisten

Motten das Laternenlicht, hier drinnen tickte Hollsteins kitschige Kuckucksuhr.

Engelsgleiche Wesen, wohin man auch kam, ich doch nicht, ich weiß doch nichts, ich bin das nicht gewesen, ich hab doch nichts getan. Selbst wenn man sie nach der Zeit fragte, würden sie sagen: Ich hab doch gar keine Uhr.

»Der Junge war anständig«, sagte Hollstein hinter ihr, »der hat nicht gestohlen.«

Sie wandte sich ihm wieder zu. »An irgend etwas müssen Sie sich doch erinnern. Hat er von seinem Bruder erzählt, seiner Mutter?«

Hollstein schüttelte den Kopf. »Ich wußte gar nicht, daß der Familie hat.«

»Kennen Sie eine Katja Kammer?«

»Nee. Seine Mutter?«

»Kemper?«

»Wer ist das?«

»*Kennen* Sie einen Mann namens Kemper?«

»Aber nein, nein.« Wie Rumpelstilzchen stampfte er mit dem Fuß, dann drohte er ihr mit dem Finger. »Wie Sie mich hier behandeln –«

»Zeigen Sie uns seine Sachen.« Kissel sprang auf.

Hollstein schlurfte vor ihnen her in ein Schlafzimmer mit Schrankwand und Liege. »Viel ist es ja nicht. Er hat noch Pullover hier, seinen Rucksack hat er immer mitgenommen.«

Sie hatten nichts bei ihm gefunden. Ina sah sich Robins Sweatshirts an, während Kissel sich den Rucksack beschreiben ließ. Ein ganz normaler Rucksack halt – Hollstein fing an zu stottern – wie sie alle einen haben. Schwarz. Mittelgroß. Leder oder auch nicht, jedenfalls glänzend. Abwaschbar, mit Riemen. Mit Riemen und Schnallen. So 'n Rucksack eben, sehen doch alle gleich aus.

Zwischen zwei ordentlich gefalteten Sweatshirts, auf denen noch die Preisschilder klebten, lag ein kleiner Schreibblock, dessen Pappeinband schon halb zerfallen war. Aufgedruckt war das Bild eines weißen Kätzchens; das linke Ohr war mit Kugelschreiber ausgemalt und im rechten stand in schöner Handschrift: *RoKa*.

»Kennen Sie den?« Ina hielt Hollstein den Block entgegen, aber nein, er wußte ja nichts und schüttelte erwartungsgemäß den Kopf. Er seufzte, was wie ein Schluchzen klang; »wenn der Junge in irgendwas verwickelt war«, flüsterte er, »müssen Sie mir das sagen, nachher kommen die noch zu mir.«

»Arbeiten Sie?« fragte Kissel. »Was machen Sie?«

»Ich bin der Hausmeister hier.« Hollstein nickte vor sich hin. »Ich bin auch der Hausmeister von dem Haus gegenüber.«

»Dann werden Sie ja in nächster Zeit nicht verreisen.«

»Auch in übernächster nicht.« Er kratzte sich am Bein. »In meinem ganzen Leben hab ich mich noch nicht einmal geprügelt, das wollte ich Ihnen nur sagen. Dann hab ich schon gar keinen umgebracht.« Er rieb sich die Oberarme und tippelte hin und her. »Mein ganzes Leben hab ich bloß geguckt, daß ich nette Gesellschaft habe. Das langt mir. Und der Robin war wirklich nett. Der hat hier die Füße auf den Tisch gelegt, als wär er daheim.«

Als sie das Haus der Pflegeeltern erreichten, war es weit nach Mitternacht. Doch die Tillmanns waren nicht zu Hause. Sie warteten noch eine Weile und Ina fing an, Robins Heft durchzublättern. Er hatte Männchen gemalt, das machte sie manchmal auch, kleine Außerirdische mit rappeldürren Fingern. Auf einer Seite stand *E., Sa 12*, dann folgten Beschimpfungen, hingekritzelte Flüche, *Hure geh sterben, fang an.*

»Du warst unfreundlich«, sagte Kissel. »Eben, beim Hollstein.«

»Tatsächlich?« Zahlenreihen auf den nächsten Seiten, Lottozahlen vermutlich, denn keine war höher als 49.

»Ja, du wirst immer mißtrauischer«, sagte er. »Als du angefangen hast, warst du richtig nett. Freundlich. Wenn du heute Vernehmungen machst, siehst du aus, als würdest du hinterm Postschalter sitzen.«

»*Wo?*«

»Postschalter«, wiederholte er. »Wenn man die anspricht, kriegen die auch solche Maskengesichter. Abweisend. Kalt.«

»Aber du, ja? Du bist ein Ausbund an Herzlichkeit, nicht?«

Er lachte. »Ich war ja nie anders, du schon. Paß auf, der Hollstein gabelt sich Buben auf, gut. Jetzt ist er aber der Typ, der es nett haben will, der auf diese Scheißgemütlichkeit steht. Andernfalls hätte er ihn gleich auf dem Bahnhofsklo gefickt.«

»Alex, du brauchst wieder 'ne Frau«, murmelte sie. »Dein Wortschatz verkümmert.«

»Nein, in diesem Leben nicht mehr. Der hätte Robins Sachen verschwinden lassen, der wäre ganz anders aufgetreten.«

»Taktik.«

»Dazu hat er nicht das Format«, sagte er.

»Eifersuchtsdrama?« Sie blätterte weiter. Robin hatte CDs aufgelistet, Portishead, Smashing Pumpkins, Massive Attack, und auf einmal hatte sie das Gefühl, ihn zu kennen.

Sie blätterte zurück. »Hier ist jemand mit dem Buchstaben *E*, mit dem oder der hatte er an einem Samstag um 12 Uhr ein Date. Super. Und hier ist –« Der kleine Robin Kammer hatte große Buchstaben gemalt, *1. KaKa, 1000,–*. Ein Männlein auf der nächsten Seite und ein Geschöpf, das aussah wie ein mißratener Hund. Darunter stand: *2. KaKa 500,–*. Nie hatte er sich verschrieben, nichts war durchgestrichen oder übermalt, *3. KaKa 500,–* und auf derselben Seite: *Gessner, Zimmer 316*.

»Meine Güte«, flüsterte sie.

Kissel sah hin. »Gessner? Unser Gessner von der Sitte?« Er pfiff. »316, stimmt. Hat er wohl eine Vorladung bekommen.«

Sie legte den Finger auf den Eintrag. »Könnte es sein, daß Robin seine Mutter erpreßt hat?«

»Alles kann sein. Mit was denn?« Kissel kniff die Augen zusammen. »Du meinst –«

»Ich meine, daß er Namen auf diese Weise abgekürzt hat.« Sie zeigte ihm den Einband. »*RoKa*, da erkennen wir unschwer Robin Kammer.« Sie schlug den Block wieder auf und blätterte zur Seite mit dem Eintrag *3. KaKa 500,–*. »Und das?«

»Kassandras Kaschmirteppich. Kostete ursprünglich Tausend,

hat er dann auf Fünfhundert runtergehandelt.« Kissel klopfte mit zwei Fingern aufs Steuer. »Katja Kammer, na schön. Sie wird ihm Geld gegeben haben, sie ist seine Mama. Vielleicht auch geliehen, darum notiert er die Beträge. Was soll denn das sein, *erstens, zweitens, drittens?*« Er lachte. »Gescheit wäre das nicht, ein anständiger Erpresser notiert sich das Datum. Ein guter Erpresser hinterläßt gar keine Aufzeichnungen.«

»Erster, zweiter, dritter Versuch«, schlug sie vor. »Ein gewöhnlicher Mörder deckt auch sein Opfer nicht auf diese Weise zu, oder? Das ist irgendwie so – mütterlich. Außerdem der Friedhof, ich meine, wenn ich eine Leiche loswerden will, bring ich sie in den Wald oder stopf sie sonstwohin, aber ich leg sie doch nicht ordnungsgemäß auf dem Friedhof ab. Das sieht nach Beziehungstat aus.«

»Und Mama hat sich schon mal vorsorglich unsichtbar gemacht?« Er nahm ihr das Notizbuch aus der Hand und blätterte zurück. *»Hure geh sterben, fang an«*, las er laut. »Da fehlt ein Komma nach Hure.«

»Erklär mir bitte auch«, sagte sie, »warum er sich den Namen eines Kollegen notiert, der Pornozeug bearbeitet. Der bearbeitet doch Pornozeug, oder?«

»Aber sie ist doch eine berühmte Sängerin, erzählt uns der Sohn.« Kissel lächelte. »Jetzt hast du sie so weit, daß ihr zweiter Sohn sie mit, wie nennst du das, Pornozeug erpreßt hat, weshalb sie ihn schnell mal gemetzelt hat, auch noch feige, wahrscheinlich von hinten. Weiter.«

»Ich will bloß wissen, ob der Gessner Pornos ... Paragraph –«

»Aber ja doch«, sagte Kissel. »Der macht genau das, was du früher gemacht hast. Als es dir noch gut ging bei der Sitte, als du nicht dauernd Leichen gucken mußtest.«

»Laß mich in Ruhe«, sagte sie. »Außerdem hatte ich kaum Pornos, mir haben sie immer diese blödsinnigen Exhis zugeschoben. Wahnsinnig aufregend, viel frische Luft.«

»Ina, ist dein Vater Maurer? Du mauerst so schön.«

»Mein Vater war Bäcker und ich backe sehr gut.«

Er sah sie an. »Einer von uns beiden war beim Polizeipsychologen, ich war das nicht.«

»Und *ich* melde mich nicht dauernd krank und hur dann rum, du –« Sie riß ihm den Block aus der Hand und schlug ihn in die offene Handfläche. »Diese Kammer, wo steckt die Tussi, wer ist das überhaupt?« Dorians Worte fielen ihr ein, eigentlich waren sie die ganze Zeit schon in ihrem Kopf. Sie ist immer unterwegs, hatte er gesagt, den Sternen hinterher und dem Glück.

Ihre Wohnung war dunkel und so still, daß sie den Hall ihrer Schritte auf dem Parkett hören konnte. Schon am Anfang verloren sie Zeit – wo war die Mutter? Warum hatte Dorian Kammer ihnen eine falsche Adresse gegeben? Sie warf ihr Notizbuch quer durch den Flur, wo der Kater, ein schwarzweißer Brummer namens Jerry, es mit einer Maus verwechselte.

Heimkehrrituale: Sie schloß ihre Waffe weg, prüfte zweimal das Schloß und stellte ihre Schuhe neben den quietschbunten Schirmständer, den eine von Toms unzähligen Nichten nach Erpressermanier mit Zeitungslettern beklebt hatte, FÜR TOMMY CZERWINSKI UND INA HENKEL IN DIE SCHÖNE NEUE WONUNG. Dann wusch sie sich dreimal hintereinander die Hände, wobei sie wußte, daß es Blödsinn war, weil einmal gründlich reichte. Man kam aber nicht immer gegen sich selber an. In ihrer Tasche steckten noch die Latexhandschuhe vom Fundort Robin Kammer, schnell heruntergerissen, hineingestopft und vergessen. Seit ein Kollege gehöhnt hatte, Kriminaloberkommissarin Henkel greife wohl schon nach Handschuhen, sobald sie telefonisch von einem Leichenfundort erfuhr, achtete sie darauf, sie frühzeitig wieder auszuziehen, denn sie haßte es, wenn man ihr nachsagte, sie sei zimperlich. Sie war dreißig und wollte Hauptkommissarin werden, woanders, am besten bei der Zielfahndung, aber das klappte ja nicht. Manchmal träumte sie vom Lottogewinn und vergaß zu spielen, wollte die Nächte durchtanzen und am Morgen nicht zur Arbeit gehen, nie mehr zur Arbeit gehen, was man so wollte. Ein Loft in der Stadt, ein Ferienhäuschen im Süden, ein komplettes Outfit von Gaultier. Ein Cabrio.

In der Küche stand ein kleines Abendbrot aus Weißbrot, Käse und Oliven. Mit dem Teller und einem Glas Rotwein ging sie auf den Balkon und stellte fest, daß Schlaf sich kaum noch lohnte. Als sie ihn hinter sich hörte, hob sie ihr Glas. »War ich zu laut?«

Tom setzte sich neben sie und legte einen Arm um ihre Schulter. »Ich hab nicht richtig geschlafen.«

»Danke fürs Essen.« Sie küßte ihn. »Magst du Wein?«

Er schüttelte den Kopf. »Hab zuviel Bier getrunken, muß dauernd pinkeln.« Sein Haar roch nach ihrem Shampoo, der ganze Kerl roch nach Pfirsich. Er trug nur die schwarzen Shorts, die sie ihm gekauft hatte, weil sie die ziemlich sexy fand. Seit sie zusammenlebten, entsorgte sie nach und nach seinen farbenfrohen Wäschebestand.

Sie legte eine Hand auf seine Wange. Noch immer war es windstill und warm; Cabriowetter, wenn man eins hätte. Poolwetter, ein eiskalter Amontillado am Beckenrand. Liebesnachtwetter. »Weißt du was«, murmelte sie, »wenn's klappt, können wir Samstag abend rausfahren. Irgendwohin ans Wasser, ich weiß aber noch nicht, ob's klappt. Oder wir gehen auf diese Party, was meinst du?«

»Klappt ja doch nicht.« Er gähnte und rieb sich die Brust. »Jemand tot?«

»Ja.« Sie schob ihm eine Olive in den Mund. »Wird spät die nächsten Tage.«

»Siehste? Verfluchte Scheiße«, nuschelte er, und sie schob noch ein Stück Käse hinterher.

»Dauernd geht das so.« Er beugte sich vor, stützte die Ellbogen auf die Knie.

»Hast du wieder Frühschicht?« fragte sie.

Er brummte etwas.

»Tommy.« Sie streichelte seinen Nacken, und er murmelte: »Der Eierkoch ist krank.«

Sie lachte. »Ist das ein Beruf? Eierkoch?«

»Na, der kommt vor dem Frühstück. Ich weiß nicht, wie sie es in schicken Hotels nennen, bestimmt was Französisches. Bei uns heißt er halt Eierkoch.«

»So, und dann darfst du jetzt auch noch die Eier kochen? Kartoffeln schälen reicht noch nicht?« Sie wartete seine Antwort nicht ab. »Du bist da Portier, du mußt nicht alles machen.«

»Ich muß das Frühstück machen, weil er halt krank ist. Du mußt bestimmt auch nicht laufend bis nachts da draußen rumrennen, ihr habt doch genug Leute in dem Laden.«

»Du weißt genau, wie es ist«, sagte sie. »Wer Bereitschaft hat, kriegt die Geschichte, meinst du, mir macht das Spaß?«

»Scheiß Bullerei.«

»Ja«, sagte sie, »hast recht.«

Er streckte sich. »Deine Mutter hat angerufen. Sie hat uns für Sonntag wieder ausgeladen, und ich soll dir ausrichten, du weißt auch, warum. Mir sagt sie ja nix weiter, was war denn wieder los?«

»So. Meine Mutter!« Sie knallte das Weinglas auf den kleinen Tisch. »Ich hetz mich ab heute früh, um rauszufahren und ihr diese Kiste Wein zu bringen, und siehe da! Präsentiert die mir so einen Typ –« Sie stellte auch den Teller weg, als brauche sie Platz zum Fuchteln. »Sitzt da einer beim Frühstück und macht sich breit, verstehst du? Ich meine, ich hab den natürlich nie vorher gesehen, und sie tanzt drum herum und nennt ihn ihren *Bekannten*, wie findest du das denn?«

»Mmh. Und was war da jetzt schlimm?«

»Na hör mal, mein Vater ist vor sechs Jahren gestorben, weißt du, wie ich das finde?«

»Na ja«, sagte er, »sechs Jahre ist 'ne lange Zeit.«

»Tatsächlich?« Mit zwei Fingern klopfte sie auf seinen Schenkel. »Du meinst also, wenn man fünfundzwanzig Jahre zusammenwar und einer stirbt von heut auf morgen, dann sucht man sich so mir nix, dir nix –«

»Hat sie ja nicht. Hat doch sechs Jahre gewartet. Die ist doch fuffzig, oder?«

»Dreiundfünfzig.«

»Ja«, sagte er, »das ist noch gar nicht so alt. Und dann hat sie keinen Mann. Wenn sie jetzt auch so viel Spaß am Sex hat, dann –«

»Meine *Mutter?*«

»Klar.«

»Darum geht's mir doch gar nicht.« Sie stand auf und lehnte sich über die Brüstung. »Ich finde das treulos.«

»Ich hätt mal ganz gern bei ihr im Garten gelegen«, sagte er. »Bei dem Wetter.«

»Ich wär sowieso nicht gefahren.« Sie setzte sich wieder neben ihn. »Jetzt schmollt sie, weil ich gleich wieder weg bin, wie ich den gesehen hab, dabei hatte ich eh keine Zeit und überhaupt –« Sie zerbröselte das Weißbrot zwischen den Fingern. »Vergiß es, ich mag nicht mehr drüber reden.«

Irgendwo in den Häusern fing ein Kind an zu schreien. Ein böser Traum vielleicht, von Dämonen mit greisen, spindeldürren Fingern. Ina legte den Kopf zurück. Sie mußte einer Mutter sagen, daß ihr Kind gestorben war. Sie mußte sie erst finden.

»Die hat es gerade nötig«, sagte sie. »Einmal hat sie mich gefragt, ob ich mir das gut überlegt hab, nach einem *Studenten* jetzt mit einem polnischen Aussiedler zusammenzusein, dabei hat ihr der *Student* auch nie gepaßt, weil ich den praktisch durchgefüttert hab mit dem Bißchen, was ich kriege.«

»Ich bin Deutscher.« Tom nahm sich noch eine Olive. »Das muß sie sich mal merken.«

»Ach was, du kommst aus Polen. Wenn die auch noch wüßte, daß du mal gesessen hast, würde sie ausrasten.«

»Nein«, sagte er. »Das hab ich ihr erzählt.«

»Du hast – wann war das?«

»An ihrem Geburtstag. Ausgeflippt ist sie nicht, hat bloß gemeint, ich wär wohl gestrauchelt – so hat sie's gesagt – weil ich so viele Geschwister hab, und daß wir sicher Hunger gehabt hätten und so. Na, ich hab dann nix weiter dazu gesagt. Aber ausgeflippt ist sie nicht. Die fand das gar nicht so schlimm, wenn man Autos klaut, jedenfalls nicht so schlimm wie Leute überfallen und so. Hat sie ja auch recht.«

»Ich faß es nicht.« Sie starrte ihn an. »So was erzählt sie mir natürlich nicht. Ist ja wieder typisch, wird sie irgendwann mit ankommen, so aus dem Hinterhalt, verstehst du?« Sie nahm den Teller, das Weinglas und die Tassen, die noch herumstanden, und schob alles auf ein Tablett. »Geh ins Bett, wir müssen ja eh gleich wieder raus.«

»Kommst du nicht?«

»Ich geh noch duschen. Weißt du was, ich bin hundemüde, aber ich könnte jetzt alles mögliche machen, schwimmen, tanzen, irgendwas.«

»Bist überdreht«, sagte er ruhig.

»Ja, ja, du hast immer für alles 'ne Erklärung.«

Er schlief, als sie sich neben ihn legte, furchtlos sein Gesicht und wunderschön. Das Fenster war weit geöffnet, und durch die dünnen Vorhänge drang der schwache Schein der Straßenlampe. Weiter weg machte noch jemand Musik, verhaltene, traurige Töne aus einem Akkordeon. Tango tanzte man dazu, in schicken Klamotten, ganze Nächte lang kam man nicht voneinander los. Sie drehte sich auf die Seite. Ein Klagelied, Robin Kammers kleines Requiem vielleicht. Der Polizeipsychologe hatte ihr erzählt, daß der Ermittler sozusagen in Etappen denken sollte. Ran an die Leichen, was so geklungen hatte wie ran an die Buletten, hingucken, ermitteln und sie dann herunterspülen, den inneren Abfluß runter, als hätte es sie nie gegeben.

Wo genau befand sich denn der innere Abfluß, hatte sie wissen wollen, brauchte man Abflußfrei von Zeit zu Zeit?

»Sie bocken, Frau Henkel« – er hatte sich eine Zigarette angezündet, sie haßte den Gestank – »damit kriegen Sie sich nicht in den Griff.«

Raucher, sagte sie, sind asozial.

»Nicht ablenken.« Lächelnd hatte er sie angesehen, sie haßte sein Lächeln.

Psychologe. Manche hatten selber einen Knall, das war bekannt.

Sie drehte sich auf den Bauch. Robin Kammers tote Augen waren so ruhig gewesen, doch erzählten seine Wunden von der Hölle. Als sie Toms Schulter berührte, brummte er und zog sie an sich. Es war zu warm, es war unbequem, es war okay.

[3]

Dorian dachte ans Tanzen, schon die ganze Zeit.

Als er den Friedhof verließ, umarmte Nicole ihn so lange, daß er schließlich den Kopf zurücklegte, um die Sommersprossen auf ihrer Nase zu zählen, vier, fünf, sechs, für eine Rothaarige nicht allzuviel. Er verspürte das merkwürdige Bedürfnis, sie zu trösten, so wie man ein Kind tröstet, das sich die Knie aufgeschlagen hat, ist ja gut, ist alles gut, soll ich pusten?

Dann hatte er frei, mitleidsfrei. Er brauchte noch nicht einmal zur Wache, um seine Uniform auszuziehen, weil die Kommissare ihm gesagt hatten, geh nach Hause, geh gleich. Er wollte nicht, daß sie ihn fuhren, weil er die Nachtluft spüren und mit langen, schnellen Schritten laufen wollte wie ein Sprinter, der für Olympia trainiert, doch durch die Straßen am Bahnhof ging er so schleppend wie ein Tourist, der sein Glück nicht fand.

Ruhelos wie hungrige Vögel schwebten seine Gedanken heran, um sich an bösen Bildern festzukrallen. Robin auf einer Bahre, festgezurrt mit Gurten, zwei Leute zum Tragen. Man braucht zwei, hatte ihre Mutter erklärt, das war während ihrer Zeit im Dorf gewesen, als Dorian zum ersten Mal gesehen hatte, wie man Tote trug. Ein Mann packte die Oberarme, ein zweiter die Füße. »Weil er schwer ist«, sagte Katja, »man braucht zwei Leute zum Tragen, damit einer allein ihn nicht fallen läßt.« Er begriff nicht, warum sie es ihm so ruhig sagte und er sie später weinen hörte, so ungestüm und zornig, wie ein Kind weint, wenn es seinem Ball hinterherrennt, der immer weiter von ihm wegkullert, bis in die Hölle hinein. Damals wußte er nicht, daß man die Toten beweint, weil er ja dachte, sie kämen zurück.

Zu viele Gedanken – warum kamen die Erinnerungen, obwohl er sie nicht wollte? Wie ungebetene Gäste lümmelten sie herum und zerstörten die Ordnung im Kopf. Er hatte Robin auf der Bahre ja gar nicht gesehen, weil die Kommissarin Henkel ihn fortgezogen hatte zu den Bänken hin. Der Mensch, den er auf einer Bahre liegen sah, war der andere, der aus dem Dorf, der Fotograf. Es war so lange her, doch manchmal konnte er die Hand noch sehen, die über den Rand der Bahre herabhing, als wollte er noch einmal winken.

Vielleicht liefen die Gedanken mit den Füßen mit, konnte das sein? Immer schneller mit dem Rhythmus der Schritte. Da drüben war das Hotel, in dem sie gewohnt hatten, weiter weg die Frauen. Unterm Laternenlicht tippelten sie hin und her, als übten sie das Gehen, wo sie doch meistens nur stehen oder liegen mußten, und als er länger hinsah, kam es ihm vor, als ob es dieselben wie früher wären, doch so viel älter geworden und dicker. »Wenn ein Auto hier ganz langsam fährt«, hatte seine Mutter zu ihm gesagt, »dann will es zu den Frauen.« Sie fuhr ihm durchs Haar und meinte, er würde das schon kapieren irgendwann.

Einmal hatte er sie tanzen sehen, in ihrem Haus im Dorf, mit Christian, dem Fotografen. Nur Kerzenlicht brannte, und es lief eine langsame, traurige Musik. Auch die Toten konnten tanzen. Nicole hatte ihm einmal erzählt, daß Leute in Madagaskar ihre Verstorbenen nicht beweinten, sondern ihnen ein großes, buntes Fest spendierten, auf dem sie mit den Toten tanzten. Daran dachte er die ganze Zeit, ans Tanzen, und als er den *Taubenschlag* betrat, seine Stammkneipe, die in der Nähe seiner Wohnung lag, war ihm auch das Lied wieder eingefallen, das seine Mutter für den toten Fotografen schrieb, ein Lied ohne Worte, dessen Melodie aber so klang wie ein Totenmarsch.

Bloß ein paar Leute waren noch da, das letzte Aufgebot, das immer erst zur Sperrstunde ging. Drei Männer spielten die Bundesliga nach, malten ein vom blinden Schiedsrichter nicht bemerktes Abseits auf Bierdeckel, ein Suffkopp bastelte Bomben fürs Finanzamt, und in einer Ecke sangen zwei Frauen. Eines Tages würde er alles hier ändern, als erstes den Namen. *Taubenschlag* war kein Name für eine Kneipe, zumal am Tag nicht, wenn nicht viel los war und nur ein paar Hanseln auf der Stange hockten. Nein, er würde die Kneipe *Nachtfalter* nennen oder *Sterntaucher*. Er würde alles renovieren und den Tresen genau in die Mitte stellen. Gelbes Licht sollte über schwarzen Ledersesseln brennen und die Menschen schöner machen, weil es einen warmen Glanz in ihre Augen brachte. Wenn die Wirtin sich endlich zur Ruhe setzte, wollte er die Kneipe übernehmen, denn Polizist war doch kein Job für die Ewigkeit, man verdiente nicht viel, hatte bloß Ärger und war Dreck für viele Leute. Für die Wirtin, Billa Hufnagel, war es überhaupt kein richtiger Job, sie hatte ihn einmal Bulle genannt, und heute, da er die Uniform noch trug, schien sie ihn nicht bedienen zu wollen.

Billa sah zu ihm herüber, und trotzdem wirkte es, als gucke sie woanders hin. Nicht daß sie schielte, sie schien nur jeden Tag und jede Nacht zu träumen. Bedächtig schwenkte sie einen löchrigen Spüllappen wie ein entkräfteter Soldat die weiße Fahne, und ihr Gesicht war bleich und aufgeschwemmt, als hätte sie mehr getrunken als die Gäste. Dorian begann mit beiden Fäusten auf den Tresen zu schlagen, nicht laut, doch in einem langsamen, rhythmischen Getrommel, das alle im Raum zu verzaubern schien, weil es der Takt des Totenliedes war. Die Stimmen wurden leiser, und Billa bewegte sich endlich auf ihn zu. Er bestellte Espresso und fing an zu erzählen, was geschehen war, nicht um sich für seine Uniform zu rechtfertigen, sondern weil er es einmal wenigstens erzählen mußte, sonst würde er ja blöd. Nicht alles, nicht jedes Detail, nur daß er auf seiner Schicht den eigenen Bruder tot auf dem Friedhof fand, und dabei mußte er aufpassen, es nicht zehnmal zu wiederholen, weil es so klang, als sei es nicht wahr. Tot auf dem Friedhof, ja, ja. Robin, sein Bruder, der kleine Wicht, der in den *Taubenschlag* immer bloß zum Schnorren kam, zum Schnorren und zum Stänkern – wieder sah er ihn tanzen, sah seine kleinen Füße, wie sie von der Erde Abschied nahmen.

»Er hatte seine Brille noch auf«, sagte er.

Doch scheinbar wollte Billa das alles nicht hören, denn sie starrte ihn nur an, als würde sie gleich *Du lieber Himmel* schreien. Was hatte Nicole, seine schöne Kollegin, noch gleich gesagt, als sie Robin sah? Du liebes bißchen.

Billa hatte etwas gegen den Tod, was logisch war, denn in eine Kneipe ging man, um zu zeigen, daß man lebte. Einmal, als er von diesem Selbstmörder kam und es ihr auch noch erzählte, hatte sie verlangt, daß er sich die Hände wusch, bevor er sein Schinkensandwich aß. Hältst du mich für blöd, hatte er sie gefragt, glaubst du, ich hätte das nicht längst getan?

»Es gibt so viele Polizisten«, murmelte sie gerade so laut, daß er sie in dem Kneipenlärm noch verstand. »Aber du –«

»Wir sind gerufen worden«, sagte er. »Und der Tote war mein Bruder.«

Sie sah ihn nur an, sah ihn an wie eine Frau, der er gefiel. Merkwürdig. Zwei Brüder, der eine war tot, während der andere die Liebe der Frauen errang. Nicole hatte ihn an sich gedrückt, und auch die Kommissarin Henkel, die ihn früher höchstens einmal angegrinst hatte, war so sanft mit ihm umgegangen, als könnte er vor ihren Augen wie ein Luftballon zerplatzen, den sie mit ihren lackierten Fingernägeln packte. Jetzt Billa, die sich zu ihm herüberbeugte, nach etwas riechend, das er nicht mochte, nach Gin möglicherweise und billigem Wein. Vielleicht liebten die Frauen seinen Kummer, so als adelte ihn das Leid.

Aber eigentlich wollte er das nicht, nicht von ihr. Billa war nicht Nicole, und auch die Liebe der Kommissarin Henkel hätte ihm besser gefallen als die Glotzerei dieser verkommenen Schachtel hier. Nein, er wollte nur die Augen schließen, um irgendwohin zu fliegen, wo er noch nie gewesen war, in ein schönes, duftendes, sonnendurchflutetes Land, in dem er tanzen konnte und eine schöne Frau ihm ein Schlaflied von den Sternen sang.

Doch er würde nicht schlafen können, nicht in dieser Nacht. Draußen war es still, nur wenige Autos fuhren an ihm vorbei, und er dachte ans Tanzen.

Er brauchte nur eine halbe Stunde für den Weg. Bullen fanden sich hier zurecht, selbst als Jungbulle, wie Nicole ihn immer nannte, kannte er sich aus mit diesem Haus, das wie ein unscheinbarer

Kasten dastand und doch etwas anderes war, ein Totenhaus. Die Kollegen sagten Pathologie dazu, andere Leute sprachen vom Leichenschauhaus, und über der Tür stand *Gerichtsmedizinisches Institut*.

So viele Namen. Bist du schon da, Robbi? Als kleiner Bub verschwand er oft, um sich umzugucken in der Welt, und wenn Katja ihn dann an sich drückte, aufschluchzend fast, weil sie solche Angst um ihn gehabt hatte, lachte er und erzählte, wer ihm alles begegnet war, ein schwarzer Hund und ein Riesenmann in einem roten Auto, aus dem die Musik spielte, so schöne Musik. Jetzt hielt er sich schon wieder verborgen und lachte sich vielleicht irgendwo kaputt.

Bist du da drin, oder haben sie dich irgendwo zwischengelagert? Weiß der Teufel, wie das zugeht bei den Totenträgern, ob sie nicht erst Karten spielen oder ihre Frauen beglücken, falls sie welche haben, bevor sie ihre Fracht in diesem Haus hier abladen, dessen Mauern Kälte abstrahlen, wann immer man in seine Nähe kommt. Ein kalter Strom, der durch den Nabel in das Herz zu kriechen scheint – spürst du es, Robbi, kannst du es fühlen? Dorian legte den Kopf zurück, doch den Sektionsraum konnte er nicht sehen. Dort hinein würden sie Robin morgen schieben, um ihn aufzuschneiden und kaputtzumachen und ihm alles Menschliche zu nehmen.

Jetzt wartest du nebenan. Bist im Schubladenraum, dessen Tür so schwer zu öffnen ist, als stemmten sich die Toten von innen dagegen, um zu kreischen: Zutritt für Lebende verboten! Dort drinnen, mit den anderen Toten, wartest du auf den Moment, da sie dich hinüberrollen in den Sektionsraum, wo du einen Weißkittel treffen wirst mit einer Säge. Denn hör zu, Robbi, das ist jetzt keine Spritze, vor der du dein Leben lang Schiß hattest, das ist noch nicht mal ein Skalpell, mit dem der Doktor winkt, das ist eine richtige Säge, weißt du, denn er muß ja an deine Knochen ran.

Kein Geruch herrschte im Schubladenraum, daran erinnerte er sich gut. Nur einmal war er da gewesen, zusammen mit Nicole, als sie einen namenlosen Toten hatten. Damals hatte er gedacht, es würde nach Desinfektionsmitteln riechen, es roch aber nach nichts. Die hohe Wand sah aus, als hätte sie Risse, doch ging man näher heran, konnte man erkennen, daß es die Griffe der Schubladen waren, in denen die Toten ruhten, und als der Bedienstete auf gut Glück eine herauszog, guckten sie in das Gesicht einer Frau. An ihrem großen Zeh hing das Schild, das hier den Personalausweis ersetzte, *Kellermann, Helga*. Dorian erinnerte sich genau an den Namen und daran, daß das kein Name war, den man kennen mußte, denn Kellermann, Helga hatte keine Spuren hinterlassen in der Welt.

Der Bedienstete hatte nach dem unbekannten Toten ewig suchen müssen, und als er eine Schublade nach der anderen öffnete und sie einen alten Mann sahen und einen jüngeren und dann eine Frau in mittleren Jahren, seufzte er, als hätte der Himmel ihm ein Strafgericht geschickt: »Jesses, naaa, wo steckt der dann?«

Leise zischend, denn hier brüllte man nicht, hatte Nicole dem Mann zu verstehen gegeben, daß sie nicht gekommen waren, um alle Insassen zu besichtigen, und daß er seinen Laden bitteschön in Ordnung halten solle, doch Dorian hatte nicht aufhören können, in die toten Gesichter zu sehen, die einander so ähnelten. Ja, alle sahen sie gleich aus in ihren Schubladen, guckten mit geschlossenen Augen nach innen, und die Lippen schienen sich zusammenzuziehen in ihren bleichen Gesichtern. Lippen wie Striche, wie Härchen so dünn. Vielleicht waren das alles Gebißträger gewesen, die nun ohne Zähne dalagen, oder wurden alle Lippen im Tod so schmal?

Scheiße, wenn man so wurde. Robbi, wie kriegst du deine Zeit jetzt rum, mit Tanzen? Musik hast du doch immer gemocht, genau wie ich, weil das in unseren Genen liegt.

Ja, in den Genen, das haben wir geerbt. Dorian starrte das Gebäude an – kam da einer durch die Tür?

Konnte das sein?

Er ging einen Schritt zurück – Robbi?

Was machst du, was soll das, wie konntest du da raus?

Und wie schaust du aus, so fadenscheinig irgendwie, so tot. Aber doch wieder ganz anders als auf dem Friedhof, als Leute um dich herumstanden und deine steifen Beine untersuchten. So still, wie du da warst, hat man dich ja kaum erkannt, hast da gelegen wie ein Püppchen aus dem Wachsfigurenkabinett, das jemand zur Seite legte, um es zu reparieren. Mann, Robbi, da hast du ausgesehen wie deine eigene Attrappe.

Aber jetzt sind all deine Wunden geschlossen, nirgendwo mehr ein klaffendes Loch voll schwarzem Blut. Jetzt willst du wieder leben, ja?

Nein, er täuschte sich nicht, das war sein Bruder, den es nicht hielt in diesem kalten, stillen Haus. Du lieber Gott, er kam heraus und kam tatsächlich auf ihn zu. Bezwang Türen und Wände und Mauern, wollte von der Erde nicht weg. Vielleicht geschah das nur einmal im Leben, daß man so etwas erlebte, doch wenn es passierte, dann hatte es seinen Grund. Er merkte auch, daß es ganz für ihn allein geschah, denn auf der anderen Straßenseite ging ein Mann vorbei, der Robin offenbar nicht sah. Es war, als ob sie wieder Kinder wären und ihre geheimen Zeichen hätten, die kein anderer begriff. Leise fing er an zu summen, sang Katjas Totenlied, und diesmal hatte Robin nichts dagegen, wenn er solche Lieder sang, komm her und tanz!

Das wollte er doch, oder? Tanzen, leben. Als Kind hatte er tapsige Schritte gemacht, doch jetzt, ohne Kleider, ohne Schuhe und fast ohne Gewicht, berührten nur die Zehen den Boden, und es war, als ob er flog. Komm, tanz noch mal, mußt noch lange genug still liegen, um wie die anderen nach innen zu gucken, in ein Land hinein, das den Lebenden verschlossen ist. Aber so schnell hast du in dieses Land gar nicht gewollt, und jetzt, sieh an, jetzt läufst du ihm davon.

Ja. Robbi war schon immer so ein Nervenbündel gewesen, ständig in Bewegung, und selbst wenn er saß, saß er nie ruhig, weil seine Fersen auf den Boden tippten.

Nein, er täuschte sich nicht, das war Robin, und Dorian sah zu, wie sein Bruder immer näher kam, ein kleiner weißer Geist mit diesem Tuch um ihn herum.

[4]

Nach drei, vier Stunden Schlaf fuhr das Polizistenhirn in ihrem Schädel Geisterbahn – Leiche, frische Leiche wieder, Bruder des Kollegen. Ina kochte Tee für sich und Kaffee für Tom und versuchte die verschlungenen Gedanken einzufangen – halber Brustkorb aufgeschlitzt, sorgsam eingewickelt der Körper in eine Decke. Hat sich nicht gewehrt oder konnte nicht, keine Spuren an den Händen, Pathologen fragen. Pathologie, heute noch hin, die Geräusche dort, das Klacken ihrer Absätze auf dem Boden, diese Kälte. Gekühlte Leichen, der Kleine mit den stillen Augen, Robin Kammer. Robins Mutter finden, die muß doch wissen, was passiert ist, oder weiß die das schon längst? Robins Notizbuch mit den merkwürdigen Eintragungen, *KaKa, 1000,–, Hure geh sterben, fang an.*

Sie knallte die Teekanne auf den Tisch, erschrak über den eigenen Lärm und strich Tom durchs Haar. »Sorry.«

Er packte zwei Scheiben Schinken auf seinen Toast und sagte: »Deine Mutter meint, das wär nervös, daß du so oft was fallen läßt.«

»Meint sie, aha. Hab ich sie fallen lassen?«

Mit dem Toast in der Hand deutete er auf das Radio. »Hat einer Benzin geklaut, und die Bu... die Polizisten haben ihn verfolgt und einfach abgeknallt.«

»Einfach so, ja?« Sie warf ihr Messer auf den Tisch, ein Geräusch, auf das er nicht reagierte.

»Na, der Typ hatte 'ne Wasserpistole, sind sie drauf reingefallen und haben geballert.«

»Paß auf, ich sag dir was.« Sie versuchte in seine Augen zu sehen, doch er mampfte vor sich hin. »Wenn ein Kollege abgeknallt wird, hör ich von dir überhaupt nichts. Du kannst dir wohl nicht vorstellen, wie das ist, wenn du noch nicht mal bei einer simplen Verkehrskontrolle weißt, ob du nicht einen Durchgeknallten vor dir hast, der 'ne Pumpgun zieht. Groß reden könnt ihr alle.«

Er nickte. »Sie haben es aber trotzdem gemeldet.«

»Ja klar«, sagte sie, »ist genauso wie mit Demos. Werden paar

Demonstranten verletzt, ist das auf der Stelle 'ne Topmeldung, aber verletzte Polizisten kommen höchstens mal zum Schluß.«

Seine Antwort war ein Lächeln, als wollte er sagen: Hast recht und ich meine Ruhe. Über den Rand ihrer Tasse hinweg sah sie ihn an und wunderte sich, was er um diese Zeit schon alles fertigbrachte, reden, summen, lächeln, kauen, super aussehen, alles zugleich. Manchmal staunte sie über seine Zufriedenheit, das Glück, das er empfand, wenn ihn in der Küche das Frühstück empfing oder sie einen Sonntagmorgen im Bett verbrachten, um gewaltige Pläne zu schmieden: spazierengehen, liegenbleiben, todschick kochen? Er war glücklich, Arbeit zu haben, eine Frau und eine schöne Wohnung – sie kannte die genaue Reihenfolge nicht – während sie sich manchmal schon am frühen Morgen in ein anderes Leben träumte, um den Gedanken zu verscheuchen, daß es Tote gab. Man wußte ja nie, was man zu sehen bekam, und dann blickte sie auf verdrehte Körper, zerstörtes Fleisch und verzerrte Gesichter und glaubte, sie hätte nicht das Recht, das alles zu sehen.

Sie hatte Modezeichnerin werden wollen.

Vielleicht fing das jetzt schon an, mit dreißig, daß man überlegte, was man hätte anders machen können. Blödsinnige Gedanken, die nur Leere hinterließen und schlechte Laune, aber vielleicht hätten Zeichentalent und Modefimmel ja doch gereicht. Hör auf zu spinnen, sagten ihre Eltern, geh zur Polizei. Mach's wie der Dieter, rieten sie, das war ihr Onkel, der es bis zum Hauptkommissar geschafft hatte, dann biste aus dem Gröbsten raus. Sie hatte eigentlich das Gefühl, damit erst in das Gröbste hineingekommen zu sein, doch Polizei klang nach Abenteuern und nach Sicherheit. Sie hatte ja gesehen, wie ihr Vater sich als Schichtarbeiter in einer Großbäckerei zu Tode schuftete, nachdem sein eigener kleiner Laden pleite gegangen war. Immer stiller wurde er von Jahr zu Jahr und immer kleiner, so als verschwinde er zentimeterweise aus dem Leben, bevor er an einem Herzinfarkt starb. Sie wollte nicht so enden, nicht jahrelang ein bißchen sterben, weil so viele Träume zerplatzten und es selten reichte mit dem Geld.

Aber es hätte vielleicht doch geklappt mit dem Zeichnen.

»Träumste noch?« fragte Tom. Hatte er die ganze Zeit geredet?

Sie räusperte sich. »Was sagst du?«

»Ich sag, wir müßten mal wieder putzen.«

»Hab ich letzten Freitag erst gemacht.«

»Merkt man aber nicht.«

»Willst du Streß, ja?«

Er schüttelte den Kopf. »Es sind immer bloß deine Sachen, die rumliegen, du räumst nie was weg. Auf der Fensterbank im Schlafzimmer dieser komische Lippenstift, der liegt schon da, seit wir eingezogen sind.«

»Der bleibt da auch liegen.«

»Ein kaputter Lippenstift, was willste damit, hast doch genug andere.«

»Verdammt noch mal, den hab ich« – sie hob eine Hand und ließ sie wieder fallen – »gesammelt. Ich meine, den hab ich schon ewig, den schmeiß ich nicht weg.«

»Der ist *kaputt*.«

»Darum geht's doch nicht.« Sie seufzte. »Tommy, ich kann dir nicht immer alles haarklein erklären, du kapierst es ja doch nicht.«

»Hast du von 'nem anderen Typen, logisch.«

»Nein, hab ich nicht. Den hab ich mal gefunden.« Sie sah aus dem Fenster, weil sie ihm jetzt nicht in die Augen sehen mußte, um zu wissen, was er dachte: Spinnt wieder. Spinnt öfter mal.

Schön. Na und?

»Iß doch«, sagte er, »von dem Bissen wirste nicht satt«, und sie aß noch eine halbe Scheibe Toast und überlegte, wann der Pathologe mit der Obduktion wohl fertig war. Dann würde sie Robin Kammer noch einmal sehen, bevor die gekühlte Schublade ihn verschlang und später dann das Grab.

Er sah noch immer so unschuldig aus, ein kleiner, bleicher Engel in einem großen, kalten Raum. An der Tür blieb sie stehen und sah zu ihm herüber.

Alles war steril im Sektionsraum, bis auf den Boden, man blieb also besser aufrecht. Sie hatte vergessen, was Leichengifte anrichten konnten, weil sie sich keine Gedanken darüber machen wollte, ob die Leichen neben allem Schrecken, den sie ihr manchmal zufügen konnten, auch noch die Macht besaßen, sie zu vergiften. Leichengifte waren basische Stoffe, das kriegte sie noch zusammen, also etwas Chemisches, und einer davon, so einleuchtend wie einprägsam, hieß Kadaverin.

Giftig. Giftiges Kerlchen, so hatten die Stricher Robin genannt.

Frühmorgens war sie am Bahnhof gewesen, um die Jungs auf den Stufen zu befragen, doch Robin Kammer hatte kaum Spuren hinterlassen in ihrer Erinnerung. So ein Kleiner, ja? Der war mal hier, wo isser denn jetzt? Tot? Echt tot? Träge hatten sie ausgesehen und ein bißchen verstört, so als schliefen sie nie und wünschten sich doch nichts so sehr wie Schlaf, um über diesen kleinen Schreck hinwegzukommen. Nein, der hat nie viel geredet, keine Ahnung, ob der auf Freier aus war oder nicht. Giftiges Kerlchen, das schon. Sprach man ihn an in einem ungünstigen Moment, war er schnell bei der Hand mit Beleidigungen aller Art, *du Träne, du Döskopp, du Arsch.*

Ratlos blickten sie einander an – was konnte man noch sagen? Manchmal hat er ein bißchen getanzt oder Gymnastik gemacht, weiß der Teufel – stand er auf der Bahnhofstreppe und hüpfte wie blöd auf den Stufen herum. War nervös, ja richtig, war ein kleiner Aufschneider, wenn er mal den Mund aufmachte, einer der großkotzig erzählte, eines Tages Geld zu machen, ordentlich viel Geld. Kann sein, daß er sich Hollstein angeschlossen hat, denn Hollstein, hatten sie gekichert, war eine Seele von Mensch, kochte Pasta, tischte Kuchen auf und wusch die Wäsche, wenn einer bloß nett zu ihm war.

Aber sonst? Keine Ahnung.

Mensch, das war doch hoffentlich kein Serientäter, nein? So ein durchgeknallter Psycho, der nachher noch die Runde drehte, was nicht auszudenken war. Aber was soll's – sie versuchten zu lächeln und zogen die Schultern hoch, als wehte ein plötzlicher kühler Wind über sie hinweg – das stehen wir durch, nicht wahr?

»Ciao«, rief ihr einer hinterher, »viel Erfolg, Madame!«

Erfolg im Sektionsraum: Achte nicht auf den Hall deiner Schritte, ignoriere die Kälte auf der Haut und bereite dich darauf vor, daß der Pathologe das Tuch wegziehen wird. Schalt die Nase ab, es riecht nicht nach Tod, das nicht, aber nach Konservierung. Es riecht, als lägen sie hier in einer chemischen Lauge wie dieses Monster, das der Lauge dann entstieg – wer war das gleich, Frankenstein?

Die Obduktion war gerade beendet, und der Pathologe reichte ihr lächelnd die Hand. Wie ein kleiner Junge, der da gar nicht liegen durfte, sah Robin Kammer auf dem Seziertisch aus, eine einzelne Haarsträhne auf der Stirn, die sie wegpusten wollte. Weiß wie seine Haut das Tuch, das ihn bis zu den Schultern bedeckte, doch dann zog der Pathologe es weg wie ein Zauberer, der ein Kaninchen präsentiert. Das rasche Weggucken war ein Reflex, den sie sich abgewöhnen wollte, doch wie wurde man Reflexe los? Da könnte sie sich ja genauso gut das Atmen abgewöhnen oder den Hunger oder die Lust auf einen Kerl. Sie sah auf ihre Schuhe, als wäre Fürchterliches damit passiert, ein Vogelschiß, ein Riß im feinen Leder, und lauschte der monotonen Stimme des Pathologen, bis der rief: »Gucken Sie mal hier!«

Gut, na gut – eine Leber wohl, soweit man das erkennen konnte. So eine hast du selbst, siehst sie nur nie. Kriegst überhaupt nie die Möglichkeit, in deinen Körper hineinzusehen, in dem diese inneren Teile herumblubbern wie Teig in der Schüssel. Sie guckte hin und sagte sogar »Schön«, eine blöde Angewohnheit, bevor sie den Kopf wieder drehte, um sich in ihr Bett zurückzuträumen. Fünf Uhr morgens, Tommys schlaftrunkenes Lächeln und seine Finger, die langsam über ihren Bauch krabbelten, bevor der Wecker in sein Blickfeld geriet und er sagte: »Jo, ich muß.« Der Kicheranfall, der sie da überkommen hatte und der die schwere Müdigkeit halbwegs vertrieb.

»Hier rein«, sagte der Pathologe, »und dann hier und hier, sehen Sie?«

Ja. Sie schrieb es auf und überlegte, wie der Pathologe eigentlich hieß, es war etwas Polnisches, und da kannte sie sich doch inzwischen aus. Tom konnte seinen Namen gewissenhaft buchstabieren, wann immer sich die Möglichkeit bot, Czerwinski Tomas, vorne mit Cäsar-Zacharias, hinten mit Ida und Tomas ohne Heinrich. Einleuchtend, wenn man es begriffen hatte. Neunzehn Czerwinskis waren versammelt, wenn die Familie zusammenkam, und jeder Einzelne fand es schick, auf diese Art zu buchstabieren.

»Da«, sagte der Pathologe neben ihr, »sehen Sie, wie im Rausch. Können Sie mal 'ne richtige innere Blutung sehen.«

»Ja«, sagte sie und blickte auf Robin Kammers Hände. Wie klein die waren. Tom war auch nicht besonders groß, zumindest nicht größer als sie, und wenn sie ihre Lieblingsschuhe trug, ging er zwei Meter neben ihr her. Blöde Gedanken, ein einziger Wirbel im Kopf, ich liebe dich hieß auf polnisch *kocham cie*. War eine komische Sprache, die sich fauchend anhören konnte und drohend, so wie der Fluch, den Tom ausgestoßen hatte, als sie ihn kennenlernte, und den er ihr bis heute nicht übersetzen wollte. Am Bahnhof war das gewesen, er stand vor einem Bumslokal und guckte zu, wie Sanitäter das Opfer einer Messerstecherei versorgten. Drei Wochen vorher war er auf Bewährung entlassen worden, ein kleiner Autodieb, der panisch reagierte, als er Ina Henkel mit zwei uniformierten Polizisten durch die Menge auf sich zukommen sah. Er rannte weg, was sie überhaupt erst auf ihn aufmerksam machte, doch war es kinderleicht, ihn einzuholen, denn er drehte sich beim Laufen dauernd um. Sie erreichte ihn zwei Sekunden vor den Uniformierten und drehte ihm so vorbildlich die Arme auf den Rücken, daß sie wünschte, eine Horde Polizeischüler hätte es gesehen. Auf die Flüche, die der Zappelnde ausstieß, achtete sie nicht, erstens aus Prinzip und zweitens, weil dieses Gezeter eines kriminellen Ausländers ja ohnehin kein Mensch verstand. »Wie – heißen – wir – denn?« hatte sie ihn im Präsidium gönnerhaft gefragt, worauf er leise sagte, er kenne ihren Namen nicht, er selber heiße Czerwinski und habe nichts getan. Als er dann auf diese langatmige Weise seinen Namen buchstabierte und sie anstarrte bei jeder Frage, die sie ihm stellte, wäre sie in seinen Bernsteinaugen fast ertrunken.

»Hat man auch nicht alle Tage«, hatte sie ihm später gesagt, »so 'n süßes polizeiliches Gegenüber, dem die Jeans immer enger wird.«

Zufrieden hatte er genickt. »Das hat dir gefallen.«

»Klar, mit dem letzten Typ, das war drei Monate her.«

»Was für ein Glück«, sagte er, »daß du mich eingeholt hast.«

»Ist wild gestochen worden, aber trotzdem planlos, will ich mal sagen.« Der Pathologe spitzte die Lippen. Koslowski hieß er vermutlich oder Kaminski.

»Hat er lange –«, fing sie an. »Ich meine, ist es schnell gegangen?« Alles war dunkel in Robin Kammers Körper, Blutklumpen, wo sie vermutlich nicht hingehörten.

»Wenn man das immer wüßte«, sagte er – Opialski, richtig, Dr. Opialski. »Ich vermute es. Ich hoffe es für ihn. Es sieht so aus, als wäre er überrascht worden. Hätte er die Chance gehabt, sich zu wehren, hätten wir Spuren an den Händen finden müssen, Sie wissen das vielleicht.«

»Das weiß ich allerdings«, murmelte sie und sah Robin Kammer ins Gesicht, ein Engel mit bläulichen Schatten auf den geschlossenen Lidern. Doch erst als sie seine Füße richtig sah, schnappte sie nach Luft, denn weder ein Strick um den Hals noch ein Messer in der Brust vermochten das Ende eines Menschen so endgültig zu demonstrieren wie dieses dämliche Zettelchen, das hier an seinem Zeh baumelte. Nackt unter einem Tuch, mit einem Namensschild am großen Zeh, das war alles, was gewesen war. Vor was haben Sie Angst, hatte der Polizeipsychologe wissen wollen, doch konnte sie es nicht sagen, weil ihr so oft die richtigen Worte fehlten. Aber es war ja schon besser geworden, seit sie das Schlimmste hatte aussprechen können: Ich hasse diese Leichen, so richtig gewöhn ich mich nicht dran. Sie hatte ja geglaubt, daß sie das nicht sagen dürfe, noch nicht einmal denken, fand, daß es genauso unaussprechlich war wie für einen Priester ein Satz wie: Gott ist ein Arsch. Er meinte, das Nichtbegreifenkönnen des Todes sei das Schlimmste von allem, doch diesen Satz hatte sie nicht verstanden.

Kaugummikauend sah sie hin, denn das beruhigte die Nerven, weshalb sie sich beim Betreten des Gebäudes für Gerichtsmedizin so automatisch Kaugummi in den Mund stopfte wie sie Techno oder Heavy Metal hörte, wenn sie alleine Auto fuhr. Sollte Dr. Opialski das als ungehobelt empfinden, so war es ihr egal, lieber ungehobelt als unprofessionell. Früher war das alles noch schlimmer gewesen, da hatte sie nur so getan, als gucke sie hin, voll panischer Angst, gleich umzukippen und sich fürchterlich zu blamieren. Und der verdammte Boden war nicht steril. Immerhin gab es auch freundliche Pathologen, die einen woanders empfingen und nur erzählten, was ihnen aufgefallen war. Er hier nicht, Opialski zeigte die Früchte seines Tuns.

»Und nach Eintritt des Todes«, erklärte er, »fließt das Blut nicht mehr.«

»Ja, schon klar«, fuhr sie ihn an, worauf er lachte, als hätte sie einen sagenhaften Witz gerissen.

Später im Präsidium umklammerte sie ihr Notizbuch. »Die machen sich einen Spaß daraus, oder? Ich meine, der muß mich nicht in jedes Organ gucken lassen, das hilft mir später auch nicht.«

Sie saßen im Konferenzraum der Mordkommission, Kissel, Hauptkommissar Stocker und der leitende Beamte Pagelsdorf. Stocker sagte: »Sie müssen sich doch ein Bild machen.«

»Von der Leber, ja?« Sie schlug das Notizbuch auf. »Also, das ist vollkommen bescheuert.«

»So, aha.« Pagelsdorf sah sie tadelnd an, er mochte ihre Ausdrucksweise nicht. Aber sie arbeitete daran. Absurd hätte sie sagen sollen, bizarr, skurril, befremdlich – ihr Fremdwörterlexikon, in dem sie gelegentlich blätterte, war doch voll von großspurigen Begriffen. Sie räusperte sich. »Man hat ihm mit einer Stichwaffe mehrere Verletzungen beigebracht, die durch innere Blutung zum Tode führten.«

Sie atmete durch. Der Satz war gelungen.

»Der Angriff wurde von hinten geführt, sagt der Pathologe.«

»Feigheit siegt«, murmelte Kissel. »Oder er konnte ihm nicht in die Augen sehen.«

Ina räusperte sich. »Nun ist es so, daß er – wie soll ich sagen – zugedeckt am Fundort lag, also nicht so verscharrt, wie man das meistens sieht. Die Decke war nur über seinem Körper, nicht über dem Gesicht. Ist auch nicht so weit verbreitet.« Sie sah an Pagelsdorf vorbei, vage, unaussprechliche Bilder im Kopf. »Ich meine, das sah so nach perverser Fürsorge aus. Der Junge ist halb zerfetzt worden, und dann wird er so hingelegt, so – behutsam. Das hatte ich gemeint mit dings, mit bescheuert. Außerdem ist anzunehmen, daß er nicht nur diese ärmellose Weste trug, der Pathologe hat noch Faserspuren gefunden, die von einem weißen T-Shirt stammen. Es ist versucht worden, das Blut vom Körper abzuwaschen.«

»Fundort war nicht Tatort«, sagte Kissel. »Die Decke gibt nichts her. Faserspuren von Robins Weste, Robins Blut. Die Techniker vermuten, die Decke hätte jahrelang irgendwo gelegen, in einem Auto vielleicht. Ist dann ausgeschüttelt worden.« Er nahm einen Zettel vom Tisch. »Todeszeit?«

»Dienstag, meint er, zwischen zwölf und sechzehn Uhr. Er ist dann wohl gegen Abend auf diesen Friedhof gebracht worden und lag dann fast vierundzwanzig Stunden.«

»Auf dem Friedhof vierundzwanzig Stunden?« Pagelsdorf schüttelte den Kopf.

»Na ja«, sagte Kissel, »das ist erstens ein versteckter Weg, und zweitens werden Gräber ja auch nicht täglich frequentiert.«

Ina unterdrückte ein Kichern, weil er das am frühen Morgen, als Pagelsdorf nicht anwesend war, ganz anders ausgedrückt hatte: »Da hat kein Schwein Besuch bekommen.«

Kissel sah unzufrieden aus. »Tja, dann wäre der Dorian erst mal raus«, sagte er zögernd. »Dienstag hatte er ab zwölf Uhr dienstfrei.

Ich hab diese Wirtin des *Taubenschlag* befragt, seine Stammkneipe. Hab's schon mal vorsichtshalber ausgedehnt, aber die sagt, er wäre Dienstag ab Mittag da gewesen, die machen um elf Uhr auf. Erst am frühen Abend wär er gegangen, die konnte sich erinnern, weil er versucht hat, einen Bierhahn zu reparieren, der dann trotzdem nicht funktionierte. Hat anschließend noch Gitarre gespielt. Das macht er da wohl öfter, ist ja auch der Sohn einer berühmten Sängerin.« Er schmiß den Zettel auf den Tisch. »Gestern abend, sagt die Wirtin, war er auch noch mal da.«

»Das ist das Letzte, was du machst«, sagte Ina.

Kissel verschränkte die Arme. »Was ist jetzt wieder?«

»Alibi vom Kollegen prüfen, wenn du noch nicht mal die genaue Todeszeit hast.«

»Was hast du denn bei diesem Hollstein gemacht? Ich meine mich zu erinnern, daß du ihn gefragt hast, wo er Dienstag war.«

»Das war ja wohl was anderes«, sagte sie.

Kissel lächelte. »Nein.«

Mit den Lippen formte sie eine Beschimpfung, dann schlug sie ihr Notizbuch wieder auf. »Es gibt noch ältere Verletzungen bei ihm. Der Pathologe meint, man hätte ihm mal was reingesteckt.« Sie sah Pagelsdorfs Stirnrunzeln und fügte hinzu: »Ältere Verletzungen im Analbereich. Es könnte sich um brennende Kippen handeln, meint er, oder um etwas Größeres. Damit meine ich« – sie seufzte, als sie Kissels Lächeln sah – »einen Stock oder so, einen Stiel. Einen Gegenstand.«

»Ja.« Pagelsdorf zog sein Jackett aus und hängte es über die Stuhllehne. »Wir haben jetzt begriffen, was Sie *nicht* meinen. Weiter?«

»Er könnte ein Stricher gewesen sein, Gelegenheitsstricher vielleicht, er soll ja auch ein bißchen gejobbt haben. Sein Bruder sagt, er wäre bei allen möglichen Typen untergekrochen.«

»Haben Sie Anhaltspunkte?« fragte Pagelsdorf.

»Ja, dieser Hollstein, bei dem er zuletzt gewohnt hat, stromert wohl öfter am Bahnhof rum. Ich hab mich erkundigt, der ist in der

Szene dafür bekannt, daß er Ausreißer aufnimmt, manchmal Mädchen, meistens Jungs. Frührentner.«

Pagelsdorf lächelte. »Ist Frührentner ein Verdachtsmoment?«

»Na ja.« Sie malte ein Männchen ins Notizbuch. »Dann haben wir noch das Ehepaar Tillmann, da waren beide Brüder als Kinder in Pflege. Die haben wir noch nicht erreicht, außerdem suchen wir dringend die leibliche Mutter. Wir möchten uns auch mit einem Herrn Kemper unterhalten, wenn wir wüßten, wer das ist. Mit dem hat diese Kammer in grauer Vorzeit mal zusammengelebt, die Adresse existiert seit über zehn Jahren nicht mehr. Bei der scheint alles graue Vorzeit zu sein.«

»Ja, wird schwer«, sagte Kissel. Er sah unzufrieden aus, denn er haßte Komplikationen. »Gemeldet ist die unter einer Uraltadresse, das ist noch nicht mal die, die uns der Dorian genannt hat, die ist noch älter. Da allerdings ist eine Frau Katja Kammer ebenfalls nur schwache Erinnerung.«

»Katja Kammer?« fragte Stocker. »Diese Sängerin etwa?«

Kissel verschränkte die Arme. »Er hat's erfaßt.«

Ina schüttelte den Kopf. »Jetzt sagen Sie bloß, Sie kennen die.«

»Oh ja«, sagte Stocker.

»Na, da sind Sie aber scheint's der einzige.«

»So eine Verrückte in schwarzen Klamotten. Sie selber würden ausgeflippt sagen. Ja doch, die trug nur Schwarz, so der Typ Großstadtrebellin.« Stocker nickte bedächtig. »Ich selber konnte damit nichts anfangen, was daran liegen mag, daß jemand aus der Provinz wie ich sich einen Sinn für das Bodenständige bewahrt hat.«

»Ach was«, sagte Ina. »Ich komm auch aus der Pampa. Wetterau.«

Stocker lächelte sie an, als wolle er sagen: Das merkt man. »Nun«, fuhr er fort, »wir haben uns aber ein Konzert von ihr angesehen, weil meine Frau sie toll fand. Ich kannte meine Frau noch nicht lange, es muß also bald fünfzehn Jahre her sein. Ich glaube, wir waren im ersten Semester, die Kammer ist im Audimax aufgetreten. Riesenfete, das halbe Publikum war betrunken, die andere Hälfte bekifft.«

»Zu welcher Hälfte gehörten Sie denn?« fragte Pagelsdorf, doch Stocker hob nur lächelnd die Schultern.

Ina lehnte sich zurück. Stocker war undurchschaubar. Er ließ sich von niemandem duzen, hörte Mozart und ähnlichen Kram, war eitel, bissig und ließ sie bisweilen spüren, daß sie im Gegensatz zu ihm nicht studiert hatte, doch konnte er sich selbst immer wieder neu aus dem Hut zaubern, daß es ihr den Atem verschlug.

Er strahlte sie an. »Da hatte ich noch langes Haar, meine Liebe. Nee, meine Musik war das aber nicht, wie ich schon sagte. Wundert mich also, daß Sie die nicht kennen. Ziemlich schrill. Aber an die Frau erinnere ich mich gut. Immer ungekämmt, trotzdem sehr schön.« Er räusperte sich. »Ja, was ist denn aus der geworden?«

»Das genau ist die Frage.« Kissel streckte die Finger aus, als zähle er ab. »Das Opfer ist ihr Sohn. Und Polizeimeister Dorian Kammer auch. Und Mama hat noch keine Ahnung, daß sie nur noch einen Nachkommen hat.«

Ina malte ein Kreuz in ihr Notizbuch. Immer wieder konzentrierten sich die verschwommenen Bilder in ihrem Kopf auf einen einzigen Punkt, so wie eine Kamera unbeholfen durch einen Raum tanzt, um endlich ein Objekt zu fokussieren. Der tote Junge auf dem Friedhof war zugedeckt wie ein schlafendes Kind. Sein abgewetztes Notizbuch, *KaKa, 1000,–, KaKa, 500,–*. Sie sah Kissel nicht an, als sie fragte: »Bist du sicher?«

[5]

Als er aufstand, saß ein kleiner schwarzer Vogel auf dem Fensterbrett. Dorian sah zu, wie er sich putzte, einmal kurz mit seinem gelben Schnabel gegen die Scheibe klopfte und dann weiterflog. Der war gut dran. Konnte machen, was er wollte, konnte fliegen.

Er öffnete den zweiten Fensterflügel, trotzdem spürte er die dumpfe Luft wie eine Schlinge um den Hals. In Tillmanns Haus war das Fenster viel kleiner gewesen, ein Gefängnisfenster ohne Gitter, das sich nicht richtig öffnen, sondern nur kippen ließ. Tagelang hatten Robin und er im Winter das Licht brennen lassen, und manchmal hockte einer von ihnen auf dem Fensterbrett wie der kleine Vogel vorhin, preßte die Nase gegen die Scheibe und konnte nicht fliegen.

Es war so still hier. Früher, wenn Robin ihn besuchte, knallten die Türen und quietschten die Sohlen seiner schicken Schuhe, wenn er sich wie eine Ballerina zu drehen begann, wenn er lachte und rief: »Können Bullen sich bloß 'n Zweizimmerloch leisten?« Etwas quengelig hatte seine Stimme immer geklungen, heiser und auch böse, so wie er selbst geworden war, mit jedem Jahr ein bißchen mehr. Nie hatte er sich darum geschert, wenn andere hörten, was er sagte – *hey, guck dir die Tante da an, Nilpferdstampfer, muß aber Leggings tragen* – doch jetzt war seine Stimme verstummt für die Welt, und nur Dorian allein konnte sie noch hören. Sein Bruder war ein kleiner Wicht in seinem Körper, der tanzte und plauderte und sang.

Etwas war geschehen in der Nacht, als er vor dem Leichenhaus stand. Er rieb sich den Nacken – eigentlich hatte er ja nur von Robin Abschied nehmen wollen in einem stillen Gebet, weil das am Fundort nicht möglich war vor all diesen Leuten. Doch sein Bruder wollte leben. Ja, er hatte Robin gesehen, wie er in das weiße Tuch gehüllt das Leichenhaus verließ, leichtfüßig tanzend wie ein Geist, und dann war es passiert. Robin ergriff Besitz von seinem Körper. Er kroch einfach hinein. Dorian hatte sich nicht wehren können, und er hatte es nicht gewollt, denn wer konnte das schon wollen? Niemand konnte wollen, was er nicht begriff, doch war es geschehen. Sein Bruder schlüpfte in ihn hinein, so schnell und gewandt, wie er getanzt hatte Minuten zuvor. Und er blieb, er ging nicht mehr raus, vielleicht, weil die Toten stärker als die Lebenden waren.

Es war alles so schnell gegangen. Wie hatte er das gemacht? Dorian hatte die ganze Nacht lang überlegt, auf welchem Weg er hineingekommen war, durchs Genick? Ja, er war von oben gekommen, hatte sich noch gestreckt Sekunden zuvor, das war das Letzte, was er von Robin gesehen hatte. Doch jetzt spürte er ihn. Er war schwer. Das Dümmste aber war: Man konnte sich nicht wehren, man begriff es nicht, und dennoch war es wahr. Es mußte damit zusammenhängen, daß Robin leben wollte und es aus eigener Kraft nicht mehr konnte. Nimm mich mit, hatte er gerufen, trag mich. Fast lautlos seine Stimme, unhörbar für die Welt. Sie waren wendig, diese Toten, und stark.

Dorian schüttelte den Kopf. Das glaubte ihm sicher kein Mensch. Doch man mußte die Erfahrung selber machen, nur dann hörte man mit dem Staunen auf. Er hatte ja gehofft, daß Robin am Morgen wieder weg sein würde, doch er blieb, blieb in seinem Körper drin, und Dorian spürte sein Gewicht und hörte, wie er sang. Die ganze Zeit tat ihm der Nacken weh, weil Robin sich streckte in ihm, um noch etwas von der Welt zu sehen. Vielleicht war er halb tot und halb lebend und brauchte einen anderen Körper, in dem er nisten konnte, denn wer wußte schon, wie es zuging mit dem Leben und dem Tod.

Er kochte Kaffee, dann ging er herum und suchte Robins Spuren. Da waren die Fotos und ein Zettel, auf dem in Robins Handschrift stand: *100,– am 11. Mai, von Dorian an Robin Kammer*. Ja, er war ordentlich gewesen, wollte immer alles quittieren und mit seinem merkwürdigen Kürzel unterschreiben, *RoKa*. Er hatte Listen geführt, die er To-Do's nannte, da stand dann drauf, was er einkaufen wollte, was er vorhatte oder welche Songs ihm im Radio gefielen. Einmal rief er sogar beim Sender an, weil er wissen wollte, wie das Stück hieß, das sie gerade spielten, kannste mal buchstabieren? Doch besaß er keinen CD-Player. Einen Walkman hatte er, der war ihm gestohlen worden.

Robbi, du hast mir die hundert Mark nie zurückgegeben. Jetzt geht das auch nicht mehr.

Er breitete die Fotos auf dem Boden aus und legte die schönsten in die Mitte, das Sternenbild, auf dem Robin nicht vollständig war und nur als Schatten hinter seiner Mutter stand, und jenes andere aus dem Dorf, als er eine riesige Kuh anlachte.

Zwerg, hatte Katja ihn früher genannt, mein Zwergelchen.

Einmal, während eines Konzertes, hatten sie hinter der Bühne mit Pingpongbällen gespielt, und noch immer konnte er das Ploppplopp der kleinen hüpfenden Dinger hören, das sich mit der mikrofonverstärkten Stimme ihrer Mutter vermischte und später mit dem Johlen und Trampeln der Leute im Saal. Robin weinte, als nach dem Auftritt der ganze Bühnenraum voller lärmender und lachender Menschen war und er seinen Ball nicht mehr fand. »Du kriegst neue«, rief Katja, »hunderttausend Bälle für mein Zwergelchen.« Umringt von Musikern und Fans lehnte sie an der Wand und drückte sich eine Bierflasche gegen die Stirn, erschöpft vielleicht, weil es auf der Bühne, unter den Scheinwerfern, so heiß gewesen war. Damals hatte das Dorian kaum interessiert. Er war zu jung gewesen und zu dumm und fing ja erst an zu begreifen, als er Jahre später ein Konzert seiner Mutter auf Video sah. Heute wollte er das alles noch einmal erleben, den Applaus, den Jubel und die Musik, doch viel wacher jetzt, bewußter. Damals hatte er mit seinen Pingpongbällen nur darauf gewartet, daß sie zurückkam, um mit ihm zu spielen.

Er schüttelte den Kopf. Robin war das alles egal gewesen.

Der tote Robin auf dem Friedhof hatte fast so ausgesehen wie der Robin, der später aus dem Leichenhaus kam, nicht richtig tot, nur müde, jedenfalls hatte er unter der Decke so ausgesehen, weil man da seine Wunden nicht sah. Es mußte ein einzelner Mensch gewesen sein, der ihn unter den Achseln packte und über den Friedhof zu den Gräbern hinzog, denn da waren Schleifspuren gewesen im Gras. Hatten die Kommissare sie gesehen? Als er die Nummer wählte, hörte er ein leises Geraune in seinem Kopf; »Ist ja gut«, flüsterte er, »ich muß jetzt anrufen, sonst denken sie noch, es interessiert mich nicht.«

Sie war schon da. Die Kommissarin meldete sich mit »Mordkommission Henkel«, was nicht unfreundlich klang, aber auch nicht so, als würde sie gleich noch hinterherflöten: Was kann ich für Sie tun? Sicher, sie hatte die Schleifspuren gesehen, und die Techniker waren dabei, alles zu untersuchen. »Wir sind erst am Anfang«, sagte sie. Ihre Stimme klang anders am Telefon, dunkler und träge.

»Wart ihr schon bei den Tillmanns?« fragte Dorian.

Sie nuschelte etwas, das wie »Noch nicht« klang, dann war es eine Weile still, bis sie wissen wollte: »Dorian, wo wohnt deine Mutter?«

Er schloß die Augen und tänzelte ein wenig hin und her. Auf den alten Fotos konnte man erkennen, wie bunt und voll ihr Haus in diesem Dorf gewesen war, da hingen sogar kleine Teppiche an den Wänden, neben den Bildern des Fotografen. Auch die Wohnung im Ostend war schön, mit drei riesigen Zimmern, in denen ihre Stimmen hallten. Ihre Hotelzimmer am Bahnhof hatte Katja aber nie geschmückt, da waren ja auch nur fremde Möbel gewesen, in denen andere Menschen vor ihnen und wieder andere nach ihnen wohnten.

»Die Adresse, die du mir gegeben hast, stimmt nicht mehr.«

Ja, Ina hatte eine wirklich tolle Stimme am Telefon, auch Robin kriegte das mit. Anscheinend konnte man gut hören, wenn man in einem anderen Körper steckte; Robin kicherte und meinte, die Tussi könnte Telefonsex machen. Dorian stellte sich vor, wie sie Telefonsex machte, während sie die Unterhosen ihres Freundes bügelte.

»Wir haben da gewohnt«, flüsterte er.

Vielleicht bügelte sie die Unterhosen nicht, sondern packte sie einfach nur so in den Schrank.

»Dorian, die Adresse stimmt schon ewig nicht mehr, warum –«

»Dann weiß ich es nicht«, unterbrach er sie. »Du bist doch Ermittlerin, finde es heraus.« Vielleicht bügelte ihr Freund seine Unterhosen selbst.

»Willst du mir nicht helfen?« Er hörte sie Luft holen, als ob sie noch etwas hinzufügen wollte.

»Kann ich nicht«, murmelte er. »Ich weiß nicht, wie ich helfen soll. Das ist die Adresse, die ich kenne.«

»Schön«, sagte sie, und wieder kam es ihm vor, als suche sie nach Worten. Doch dann legte sie auf, und er stand noch eine ganze Weile da, mit dem Hörer in der Hand.

Was hatte sie gesagt, wir sind erst am Anfang? Blöder Satz, natürlich waren sie am Anfang, es war ja gerade erst passiert. Doch daß in jedem Ende immer ein Anfang lag, hatte sie wohl nicht damit gemeint.

Er blätterte die Zeitung durch, bis er Heike Petersens Klatschkolumne fand, die sich mit dem Leben wichtiger Leute befaßte, dann wählte er erneut. Die Stimme der Reporterin klang nach Nikotin; im Hintergrund hörte man ein Faxgerät summen.

»Ich hätte eine Meldung«, sagte er. Heike Petersens Telefonnummer stand über der Kolumne, also legte sie Wert darauf, daß Leute ihr Mitteilungen machten.

Die Reporterin hustete, räusperte sich und sagte: »Aha.« Auch ihr Foto war in jeder Ausgabe zu sehen, eine löwenmähnige Matrone mit giftgrüner Brille.

»Es geht um die Sängerin Katja Kammer.« Mit dem Bleistift malte er Kreise um Heike Petersens Namen. »Sie hat ihren Sohn verloren. Sie hatte zwei Söhne, und einer ist ermordet worden. Robin.«

Die Reporterin sagte nur: »Wat?« Vielleicht war das kein Faxgerät, das im Hintergrund lärmte. Konnte auch ein Drucker sein.

»Wer sind Sie denn?« fragte sie.

»Möchten Sie das nicht bringen?« Jetzt malte er eine Acht über Heike Petersens Namen.

»Sagen Sie mal« – Husten, Räuspern – »von wat reden Sie eigentlich?« Da sie einen starken rheinischen Tonfall hatte, hörte es sich wie *reden Se eijentlisch* an.

»Von der Sängerin Katja Kammer.«

»Jibt et die noch, ach Gott, hören Se mal, da will von meinen Leuten doch keiner mehr wat von lesen, ich meine, da müssen Se mir schon –« Sie schnappte nach Luft. »Wat heißt ermordet? Wer jetzt?«

»Ihr Sohn lag auf dem Südfriedhof und zwar –«

»Wo?« Im Hintergrund gab es ein schepperndes Geräusch, vielleicht hatte sie ihre Tasse auf den Unterteller geknallt. Sie hustete fünf Sekunden lang und sagte: »Hören Se mal, veräppeln kann ich mich alleine. Also noch mal alles auf Anfang.«

»Nein.« Er legte auf und beugte sich über den Tisch, um Heike Petersens Namen in der Zeitung durchzustreichen. Das war nicht in Ordnung. Sie konnte nicht um Anrufe betteln und sich dann so anstellen, als wüßte sie nicht, was ihre Bestimmung war. Das war nicht gut. »Nein«, murmelte er, »nein, sei still.« Er warf den Kopf hin und her und drückte das Kreuz durch, denn alles tat weh, weil Robin so strampelte und keifte, und der ganze Schmerz fing im Nacken an. Was keifte er denn da, was war das für ein dummes Zeug, *guck hin?* Ja, er schrie »GUCK HIN«, der Depp; »NEIN«, schrie Dorian zurück, »SCHEISSE, ROBBI, HALT'S MAUL.«

[6]

Der Kollege Gessner von der Sitte, erzählte Kissel im Wagen, konnte sich an Robin Kammer nicht erinnern. Ein Besuch war nicht verzeichnet, noch nicht einmal ein Telefongespräch.

»Dann hat er's vorgehabt«, sagte Ina. »Wer sich schon die Zimmernummer notiert, plant doch auch hinzugehen. Paß auf, der *sollte* da nicht hin.« Sie fuhren ans Ende der Stadt, in ein stilles Viertel voller unscheinbarer Einfamilienhäuser, hinter deren Fenstern sich Gardinen bewegten.

Hier wohnten die Tillmanns, ein Ehepaar um die fünfzig. »Der war doch erst achtzehn«, sagte Regine Tillmann, worauf Kissel fragte, welches Alter denn das richtige sei. Vor über einem Jahr sei Robin ausgezogen, erzählte sie, und habe nicht sagen wollen, was er tue und wo er wohne. Er schubste sie quer durch die Küche, als sie seine Adresse wissen wollte, was der Dank für all die Jahre war.

»Wir sind nicht die leiblichen Eltern.« Klaus Tillmann nahm ein Glas vom Tisch, aus dem er nicht trank. Seine Hand zitterte. Seine Anzughose und sein weißes Hemd bildeten einen merkwürdigen Kontrast zu dem alten Jogginganzug seiner Frau. »Er hat ja noch einen Bruder.« Er schüttelte den Kopf. »Der Kleine war der Clevere, Robin. Der andere, Dorian, ist ein bißchen –« Er fing an, mit den Fingern auf den Tisch zu klopfen. »Schon der Name. Mit dem Namen Dorian wird man entweder schwul oder blöd. Na ja, schwul ist er nicht, hier gaben sich die Mädels die Klinke in die Hand. Haben wir ihm auch nie reingeredet, solange sich das in seinem Zimmer abspielte.« Er seufzte. »Kennen Sie ihn? Ist doch gewissermaßen ein Kollege von Ihnen.«

»Nicht nur gewissermaßen«, sagte Kissel.

»Ja, die Polizei nimmt jeden.« Tillmann hustete. »Ich hab's ihm nicht ausreden können, hab zu ihm gesagt, da verdienst du doch nichts. Aber er wollte ja unbedingt zur Polizei. Kam vom einen auf den anderen Tag damit an, und es war nichts mehr zu machen.«

»Renitent.« Regine Tillmann beugte sich vor. »Dorian«, fügte sie hinzu. »Stur wie ein Panzer. Robin hat sich immer besser durchmanövriert, auch in der Schule. Wenn wir die beiden damals nicht aufgenommen hätten, wären die doch unter die Räder gekommen.« Sie wollte ihre Zigarette ausdrücken und traf die Tischplatte. »Bei der Mutter.« Sie befeuchtete einen Finger und tupfte den Fleck vom Holz. »Sicher kennen Sie die Mutter nicht.«

»Wo wohnt sie?« fragte Ina.

Regine Tillmann machte ein Geräusch, das wohl ein böses Lachen werden sollte. »Die hat sich nicht mehr gemeldet.«

»Sie haben keine Adresse?«

»Adresse? Nein, Sie etwa?« Tillmann sprang auf. »Ich sag Ihnen was, das fällt in Ihr Ressort.« Er trat in die Mitte des Zimmers, wo er sich in Positur stellte wie ein Fernsehkandidat vor dem Traumgewinn. »Die Kammer! Ich erstatte Anzeige.«

»Wirklich?« Kissel lehnte sich zurück. »Erzählen Sie mal.«

Tillmann atmete schwer, und seine Augen glänzten. Langsam sagte er: »Ich fange vorne an.«

»Wäre ratsam«, sagte Kissel.

»Sie hat ihre Kinder im Stich gelassen. Sie hat die Steuer beschissen, hat alles mögliche gemacht.« Tillmanns Gesicht hatte sich gerötet. »Sie hat ihr ganzes Geld durchgebracht damals, hat ja ein bißchen was verdient mit ihren Liedchen, wollte aber keinen Manager, hat gemeint, sie könnte alles alleine. Dann war sie zu doof, Steuern zu zahlen, ich will ihr gar nicht unterstellen, daß sie am Anfang bewußt betrogen hat, es ist ihr einfach nicht eingefallen, können Sie sich das vorstellen? Dann kriegt sie ein Verfahren und schreibt zurück, daß in Finanzämtern ja sowieso nur traurige Leute mit Neidkomplex arbeiten. Das ist zwar richtig, aber bitte, das sagt man nicht laut und schreibt es auch nicht. Sie hat sich dann erkundigt, für was ihre Steuern eigentlich verwendet werden, und dann fing sie an, bewußt zu betrügen, sagt, nein, dafür und dafür zahle ich keine Steuern, diesen Scheiß unterstütze ich nicht. Hirnrissig. Bekam sie halt noch ein Verfahren. Sie hat Kokain und Tabletten und was weiß ich alles genommen und –« Er schnappte nach Luft.

»Und?« wiederholte Ina.

Tillmann ballte die Finger zur Faust. »Und jetzt das. Der Junge.« Er knöpfte seinen Hemdkragen auf und setzte sich wieder. »Ich kannte die Kammer früher, ich war mal im Musikgeschäft, aber das war mir auf Dauer zu oberflächlich, und ich habe mich anderen Geschäftsfeldern – ja.« Er schien den Faden zu verlieren, sah eine Weile auf den Tisch und schob dann eine leere Tasse in die Mitte, als hätte das jetzt sein müssen. »Sie hat mich gefragt, ob wir ihre Jungen eine Weile in Pflege nehmen könnten, höchstens für ein Jahr. Den Grund hat sie nie genannt. Wir sind damals gerade in dieses Haus hier gezogen, das fand sie günstig. Sie hat gleich dazugesagt, daß ich dafür auch Staatsknete bekäme, das waren ihre Worte. Na ja, das ging dann alles seinen Gang, das Jugendamt war da, hat sich hier umgesehen, und wir wurden offiziell zu Pflegeeltern, na warum nicht, haben wir gedacht, ist ja nur für eine Zeit. Eigene Kinder sind uns nicht, ehm – haben wir keine.« Er stieß die Luft durch die Nase. »Aber dann war sie verschollen, die Gute.«

»Sie kam her«, sagte Regine Tillmann, »brachte die Kinder, drehte sich an der Haustür um und ging.«

»Ganz genau.« Tillmann nickte.

»Die Jungs hatten aber doch wieder Kontakt mit ihr«, sagte Ina. »Oder nicht?«

»Wer sagt das, Dorian?«

»Hatten sie Kontakt mit ihr oder nicht?«

Tillmann wurde laut. »Hier in diesem Haus hat die sich nicht gemeldet.« Er fing an, seine Worte durch rhythmisches Klopfen auf die Tischplatte zu unterstreichen, »in diesem Haus, das Obdach für ihre Kinder war, hat die sich nicht mehr blicken lassen. Wir haben dann vom Jugendamt die Vormundschaft bekommen, was sollten wir machen? Die Jungen auf die Straße setzen? Die hatte ihre Gründe zu verschwinden, das garantiere ich Ihnen.«

»Der Vater ist ja längst tot«, sagte Regine Tillmann. »Das war auch so ein Musikant, starb kurz vor Robins Geburt, da hatte sie sich aber schon von ihm getrennt.«

»Ganz genau.« Tillmann schlug eine Faust auf den Tisch. »Was hat der arme Teufel gemacht? Nimmt eine Überdosis Schlaftabletten, und das war's. *Sie* hat das wohl nicht sonderlich beeindruckt. Sie ist eine verdammte Hure, wissen Sie, und jetzt ist es passiert. Ich zeig Ihnen was, jetzt zeig ich Ihnen was.« Er stand auf und zog eine verschlossene Kassette unterm Schrank hervor.

»Es ist ekelhaft«, sagte seine Frau.

Ina beobachtete ihn. Er ging in den Flur und kam mit seinem Schlüsselbund zurück, was so wirkte, als hätte er auf diesen Auftritt lange gewartet. Zwei Videobänder lagen in der Kassette. Tillmann nahm das oberste und schob es in den Recorder. Ein tanzender Sonnenstrahl fiel auf ein Messer, das eine Brustwarze durchschnitt. Eine Frau war zu sehen und zwei Männer über ihr, Männer mit Messern. Sie war gefesselt und schrie ohne Ton. Kissel atmete hörbar ein.

Ina war von der Sitte zur Mordkommission gekommen. Sie hatte solche Videos gesehen und konzentrierte sich auf die technischen Details. Grobkörniges Bild, unbeholfener Wechsel zwischen Totale und Zoom, schlechte Ausleuchtung, kein Ton, aufgenommen womöglich mit versteckter Kamera. Teuer war das und begehrt, denn nur das Echte war gefragt, nicht das Gespielte. Sie hatte bei der Sitte mit einer Mutter zu tun, die ihre zehnjährige Tochter im Bahnhofsviertel zur Entjungferung anbot. Fünfhundert Mark wollte sie haben, fünfhundert extra, falls einer das filmen wollte. Videos, die Massenvergewaltigungen zeigten, aufgenommen während des Bosnienkrieges, waren zu gefragten Sammlerstücken geworden. Und hier eine Frau auf einem Möbelstück, das aussah wie ein Gynäkologenstuhl. Schemenhaft die Gesichter der Männer über ihr, doch ihr Gesicht war deutlich zu erkennen. Ihre Handgelenke waren an den Stuhl gefesselt und nur die Finger waren noch beweglich, Finger, die sich aufbäumten jedesmal, wenn die Messerspitzen in ihre Haut eindrangen. Sie zogen eine Spur über ihren Körper hinweg, ritzten ein Muster von den Brüsten über den Bauch bis zu den Beinen. Ihr Mund war weit geöffnet, und sie schrie. Es war sicher, daß sie schrie, denn ihr Mund formte Worte. Hohlwangig ihr Gesicht, mit tiefen Falten um den Mund herum, die sie älter machten, als sie vermutlich war. Tränen liefen über ihre Wangen. Sie war jung und litt für ein Menschenleben und darüber hinaus.

Wie lange würde das jetzt laufen, und warum lief es denn überhaupt – sollte sie Tillmann das fragen? Ina fing an, dummes Zeug zu denken, verglich sein rotes Gesicht mit Tommys Zügen, seinen wunderschönen Bernsteinaugen. Sie wollte wissen, ob die Frau auf dem Video sterben würde und ob sie das jetzt zu sehen bekämen, aber *snuff movies*, nur gedreht zu dem Zweck, echte Menschen echte Tode sterben zu lassen, existierten nur in den Köpfen mancher Leute, kein Mensch hatte so etwas wirklich gesehen.

Das Bild zitterte, als die Kamera im Raum umherzuwandern begann. Zuschauer waren zu sehen, fünf weitere Männer, die mit Gläsern in der Hand um diesen Stuhl herum saßen, weiter weg die Gestalt einer Frau.

»DA«, schrie Tillmann. Er hielt das Band an. »Das ist die Kammer.«

»Woher wissen Sie das?« Kissel guckte in die Runde, als suche er jemanden zum Prügeln. Das eingefrorene Bild zeigte eine Frau im Abendkleid, die an der Wand lehnte. Langes, dunkles Haar konnte man erkennen, sonst nicht viel. Sie hatte die Arme verschränkt und ihr Gesicht lag im Schatten.

»Ich weiß es«, sagte Tillmann. »Man erkennt einen Menschen, den man gekannt hat. Außerdem sieht man sie später noch deutlicher, ich schätze mal, daß das hier ein paar Jährchen alt ist.«

»Wie alt ist die jetzt?« fragte Ina.

»Damals, als sie die Kinder gebracht hat, wird sie so Anfang Dreißig gewesen sein. Über zwölf Jahre ist das jetzt her.« Tillmann schwang die Fernbedienung wie einen Dolch. »Sie können sich den Dreck bis zum Schluß angucken, die steht die ganze Zeit da wie die Oberaufsicht. Soll ich weiter?«

Würde die Frau auf dem Stuhl sterben? Ina sah ihn an. Tillmann verzog den Mund, als würde er gleich heulen.

»Machen Sie aus«, sagte Kissel. »Aber Sie geben uns die Bänder. Beide, auch das, was Sie da noch im Schrank haben.«

»Das hat sie uns damals gegeben«, sagte Regine Tillmann. »Das ist privat, also nicht kriminell.« Sie sah zu, wie ihr Mann Kissel das zweite Video überreichte. »Das sind Zusammenschnitte von ihr und den Jungs und anderer Kram. Sie wollte, daß wir es ihnen vorspielen, damit sie ihre Mutter nicht vergessen.«

»Was passiert jetzt?« Klaus Tillmann senkte den Blick. »Ich wollte Ihnen den Dreck sowieso geben, zusammen mit einer Anklageschrift. Ihnen und der Staatsanwaltschaft und der Presse. Ich habe auch meine Anwältin informiert, die Schrift ist aber noch nicht fertig, ehm –«

»Sie möchten wissen, ob es strafbar ist, solches Zeug zu besitzen«, sagte Ina. »Ja, ist es, hat Ihre Anwältin Ihnen das nicht erzählt?«

»Aber ich wollte es doch anzeigen, kommen Sie, ich zeige Ihnen den Entwurf der Anklageschrift, ich hab sie im PC.«

»Sie haben gar keine Anklageschrift zu erstellen«, sagte sie. »Das machen andere Leute. Woher haben Sie das Band?«

»Von Robin.« Tillmann hustete.

Sie lehnte sich zurück, über ihrem Kopf, wie ein flirrender Pfeil, Kissels einsetzendes Gebrüll.

»SIE HABEN WOHL DEN ARSCH OFFEN«, fing er an, »das erzählen Sie so nebenbei?«

Ina sah zur Decke. Das würde jetzt noch drei, vier Sätze lang so weitergehen, und was sie wirklich hörte, war der stumme Schrei der gefolterten Frau. War das Robins Mutter, die wie unbeteiligt im Hintergrund stand und von deren sogenanntem Ruhm sie keinen Schimmer hatte?

Du kennst sie bestimmt, hatte Dorian Kammer gesagt, es fällt dir jetzt bloß nicht ein.

Und Robin? Robin Kammer hatte *KaKa 1000,–* und *KaKa 500,–* in sein Notizbuch geschrieben und den Namen des Kollegen von der Sitte notiert. Also doch. Er hatte sie erpreßt, oder nicht? Der kleine

Engel. Sie sah ihn auf dem Seziertisch der Gerichtsmedizin liegen, mit diesem blaßblauen Schatten auf den geschlossenen Lidern.

Tillmann wirkte eingeschüchtert von Kissels Geschrei. Ja, erzählte er leise, vor zwei Monaten hatte er Robin damit erwischt. Der Junge war ja längst ausgezogen, doch weil er niemanden kannte, bei dem er das Video abspielen konnte, war er kurzerhand in Tillmanns Haus zurückgekehrt, kam ohne Schlüssel, über die Terrasse ins Haus. Er hatte nicht damit gerechnet, daß Tillmann zu Hause war, und strenggenommen war es ein Einbruch gewesen, hatte er doch die Terrassentür aufgestemmt. Es war aber so mit Robin – Tillmann lächelte leicht – er war ein kleiner Cooler, ließ sich seinen Schrecken nicht anmerken, sondern sagte nur: Schau mal her, das ist die Kammer. Woher er das Video hatte, wollte er nicht sagen, auch nicht unter Androhung von Gewalt.

»Wie konnte er sie erkennen?« fragte Ina. »Wann hat er sie zuletzt gesehen?«

»Ich weiß das alles nicht.« Tillmanns Stimme war jetzt fast ein Wimmern. »Und er hat mich angebrüllt, daß er noch eins hätte.«

»Noch ein Video?« fragte Kissel.

»Du Arschloch«, sagte Tillmann leise, »ich hab noch eins, bilde dir bloß nichts ein. Das hat er gesagt, und das waren die letzten Worte, die ich von ihm gehört habe. Seitdem habe ich ihn nicht wieder –« Als er sich zum Fenster drehte, hörte man ihn heftig atmen.

»Und seitdem arbeiten Sie an der Anklageschrift«, sagte Ina. »Oder wollten Sie die Kammer damit erpressen?«

»Hören Sie auf«, flüsterte Tillmann. »Ich habe sofort meine Anwältin informiert, daß ich strafbares Material besitze. Wie ich schon sagte, es handelt sich um Frau Dr. Ellen Severin.«

»Das sagten Sie noch nicht.« Ina stand auf. »Was sind Sie von Beruf, Herr Tillmann?«

»Kaufmann.« Er rieb die Handflächen gegeneinander. »Damals in der Musikindustrie habe ich ein Label betreut.«

»Und was machen Sie jetzt?«

»Ich arbeite in der Buchhaltung eines Unternehmens.« Doch das schien kein Thema, bei dem er bleiben wollte. Er streckte einen Finger vor, und ihr fiel auf, wie kleine Hände er hatte für einen großen Mann. »Sehen Sie mal, *ich* habe Robin ernährt.« Er machte eine bedeutungsvolle Pause. »Jetzt kümmern Sie sich mal darum, was seine wirkliche Mutter mit ihm gemacht hat.« Er sah Ina an, als verrate er ein Geheimnis. »Sie war ganz nett, früher mal. Die Kammer, meine ich. Damals galt sie als sehr talentiert, hat selber komponiert, wissen Sie?«

Nein, wußte sie nicht. Damals hatte sie Nick Cave gehört und sich die Augen schwarz umrandet. Sie fragte: »Wie kamen die Jungs miteinander aus?«

»Ganz gut.« Tillmann seufzte. »Robin hat Dorian immer mitgezogen, der war aktiver.«

»Haben Sie noch Kontakt mit Dorian?«

»Nein. Die sind fast zur gleichen Zeit ausgezogen. Eigentlich war der ein Schulversager, jetzt ist er bei der Polizei.« Tillmann versuchte ein Lächeln, aber sie fand das nicht komisch. Sie kam Kissel zuvor, als sie fragte: »Erinnern Sie sich an Dienstag?«

»Natürlich.« Tillmann kniff die Augen zusammen.

»Schön«, sagte sie, »dann erzählen Sie mal. Dienstag, so von Mittag an, was haben Sie da gemacht? Die Angaben, die Sie jetzt machen, werd ich überprüfen müssen.«

»Ach so.« Er verschränkte die Arme und sah beleidigt aus. »Ich hatte einen Hexenschuß.«

»Ja und?«

»Was heißt *ja und* – wissen Sie, wie das ist? Man ist bewegungsunfähig, verstehen Sie? Kann sich nicht rühren. Wenn Sie mir das nicht glauben, fragen Sie den Notarzt, da kommen Sie doch wohl an die Unterlagen ran. Eine Unverschämtheit ist das.«

»Seien Sie froh, daß Sie es nicht im Kreuz haben«, sagte Regine Tillmann mit ruhiger Stimme, »sonst wüßten Sie, was ein Hexenschuß ist.«

»Aber das ist doch schon sehr schön, was Sie sagen.« Ina lächelte Tillmann an. »Wann haben Sie den Notarzt angerufen?«

»Ich konnte gar nicht ins Büro. Gegen zehn oder elf war das. Das ist das Letzte, was Sie da fragen.«

»Kennen Sie einen Kemper?«

»Kemper? Wer ist das?«

»*Kennen* Sie –«

»Nein«, rief Tillmann. »Zumindest erinnere ich mich nicht.«

»Wir wollten Sie gestern nacht schon aufsuchen«, sagte sie, »als Robin aufgefunden wurde. Gestern ging's wieder?«

»Was?«

»Mit dem Rücken.« Sie sah an ihm vorbei zu seiner Frau, die so ruhig auf dem Sofa saß, als verfolge sie ein Fernsehspiel. Vielleicht hatte sie ihren Spaß daran und gönnte ihm das Schwitzen und die Angst.

»Anzeige.« Tillmann hob die Arme, ließ sie fallen und murmelte: »Anzeige, ich erstatte Anzeige. Ist das gleichbedeutend mit Ihrer Anwesenheit hier?«

»Wie?« Ina kniff die Augen zusammen.

»Das ist die Kammer, hat er gesagt.« Tillmann nickte vor sich hin. »Das hat Robin gesagt, als ich ihn mit dem Video erwischt habe.« Er starrte auf einen fernen Punkt und sah vielleicht die letzten Jahre, sah alles, was falsch gelaufen war und sich nie wieder geradebiegen ließ.

»Er hat nicht gesagt: Das ist meine Mutter.« Er schluckte und vergoß ein paar Tränen und hätte dabei wohl gern in den Spiegel gesehen, wäre in diesem Raum einer gewesen.

Die Frau auf dem Video starb nicht.

Als man ihre Fesseln löste, war ihr Körper noch am Leben, und die Kamera zeigte das Blut. Sie weinte, und die Kamera zeigte ihre Tränen. Sie verschränkte die Arme über den Brüsten und bewegte die Lippen, doch sprach sie ins Leere hinein, und als sie ein paar torkelnde Schritte machte, war auch die Frau im Abendkleid wieder zu sehen. Noch immer lehnte sie wie eine gelangweilte Gastgeberin an der Wand, träge ihr Blick, die Züge wie erstarrt.

Dorians Mutter. Ina nahm den Ausdruck, den die Kriminaltechniker von dieser Aufnahme gemacht hatten, und ließ die Spitze ihres Bleistifts über dem Maskengesicht kreisen. Wie alt war sie gewesen, als sie Stunden damit zubringen konnte, Prinzessinnen und Schauspielerinnen die Zähne schwarz zu malen? Die grinsten ja alle, was ein Fest für den Filzstift war, überall Zähne. Noch heute konnte sie den Aufschrei ihrer Mutter hören: Du hast schon wieder die *Bunte* versaut!

Die hier zeigte ihre Zähne nicht, doch hatte sie leblose Augen, in die man den Bleistift bohren könnte. Wo versteckte sie sich?

Das Band war ein paar Jahre alt, hatten die Techniker notiert, datieren ließ es sich nicht. Spuren, die sich verloren. Wenn Tillmanns Behauptung stimmte, daß Robin dieses Video besessen hatte, welchen Weg war er gegangen, um es zu bekommen? Verschollen im polizeilichen Sinn war die Kammer nicht, doch wie hatte Robin sie gefunden? Hatte sie ihn selbst getötet oder jemanden beauftragt, diesen Typ zum Beispiel, mit dem sie vor Jahren lebte, diesen Kemper? Hatte sie Angst um ihr bißchen Ruhm, wenn in der Zeitung stand, was sie auf Folterpartys trieb? Geschichten gab es doch genug, Geschichten, die man nicht erzählen mochte, von der Kälte und vom Tod.

Sie warf ihren Bleistift auf den Tisch und guckte zu, wie er über den Rand hinaus rollte. Überall lagen Notizen herum, halbfertige Berichte und Protokolle der Kollegen. Ein Supermarktleiter, in dessen Lager Robin jobbte, hatte ihn als still beschrieben, als mundfaulen, eher unfreundlichen kleinen Kerl, der seine Arbeit tat und dann verschwand. Keine Spuren. Ein Team war unterwegs, um die Leute zu befragen, die in der Nähe des Friedhofs wohnten, andere zogen weitere Erkundigungen über Hollstein ein. Ina hätte sich gerne angeschlossen, doch der Chef hatte sie für die Kammer eingeteilt. Pagelsdorf war nervös gewesen; »Aktivieren Sie Ihre Kontakte von der Sitte«, hatte er gesagt, »lassen Sie sich was einfallen. Ich will die Frau hier sitzen sehen, und zwar bald.«

Sie war allein im Konferenzraum zurückgeblieben, um sich

auch das zweite Video anzusehen, von dem Regine Tillmann sagte, es sei privat, nicht kriminell. Auch das hatten die Techniker schon untersucht und notiert, daß die junge Frau darauf mit jener im Abendkleid identisch war. Als sie es in den Recorder schob, hörte sie Kinderlachen, noch bevor das Bild erschien. Zwei kleine Kerle hockten auf dem Boden und guckten in ein Buch. »Eine Schwalbe«, sagte die Stimme einer Frau.

»Walbe«, wiederholte der Kleinere, der tote Junge, der zwischen den Gräbern lag, und Ina schob ihren Stuhl zurück, als müsse sie sich schützen vor dem, was sie sah. Der Junge vom Seziertisch hatte blonde Locken, und auf seinem blauen Sweatshirt leuchtete ein rotes *R*.

»Schwalbe«, erklärte der andere, »heißt *Schwalbe*, Robbi.«

»Walbe.«

Die Frauenstimme sagte: »Dori, weißt du, wie viele verschiedene Schwalben es gibt? Nee, kannst du ja nicht wissen.«

»Nee«, wiederholte Dorian. »Was für Schwalben?«

Zwei Hände hoben den Kleinen vom Boden, und als er in ihren Armen lag, patschte er seine Fäuste kichernd in das Gesicht der Frau. Man sah nur ihren Rücken, als sie ihn an sich drückte. »Paß auf«, sagte sie zu Dorian, »da gibt's die Uferschwalbe und die Felsenschwalbe, die Rauchschwalbe und die Rötelschwalbe. Es gibt überhaupt 'ne Menge Vögel.«

»Ötewalbe«, wiederholte der Kleine.

»Rötelschwalbe, Mensch«, rief Dorian.

Die Frau trug Jeans und ein Männerhemd und eine Schnur aus Perlen im langen, schwarzen Haar. Sie hielt den Kleinen ein Stück von sich weg und sagte: »Hey Robbi, sag mal Fitislaubsänger.«

»Filäng.«

»Klar, und sag mal Kanariengirlitz.«

»Ilitz.«

»Super, und jetzt – paß auf, jetzt sag mal Tüpfelsumpfhuhn.«

Er schien zu grübeln, murmelte dann: »Umpf.«

»Ja, klar.« Sie lachte und küßte ihn auf die Stirn.

»Sind das Vögel?« fragte Dorian.

»Klar sind das Vögel. Es gibt doofe Vögel und ganz tolle, welche willst du zuerst?«

»Die Doofen«, rief Dorian. Er sah glücklich aus.

»Also«, sagte die Frau, »da gibt es so komische Gesellen wie die Zwergschnepfe oder die Kampfwachtel.« Sie lachte. »Wie findest du das?« Der kleine Robin hatte seine Ärmchen um ihren Hals geschlungen, und man sah ihn noch gähnen, dann drehte sie sich um.

War sie das? Die Frau an der Wand?

Sie hatte sehr helle Haut, ein fast durchsichtiges Weiß, und helle Augen, die verträumt aussahen, so wie bei Kurzsichtigen, die keine Brille trugen. Sie schien sehr groß zu sein, aber das kam ihr vielleicht nur so vor. Ina hielt das Band an und nahm den Ausdruck von der Frau im Abendkleid, doch hielt sie ihn nur in der Hand, den Blick auf den Bildschirm geheftet. Was war passiert in den Jahren, die dazwischen lagen? Schwarzes Haar, weiße Haut und rotgeschminkte Lippen wie bei der Prinzessin aus ihrem alten Märchenbuch. Gar nicht mal so schlecht. Sie ließ das Band weiterlaufen; genaugenommen war sie ziemlich schön. Ihre Stimme wurde sehr tief, als sie den Kleinen auf den Boden zurücksetzte und wieder mit Dorian sprach: »Richtig doof ist die Trottellumme. Stell dir so einen Vogel mal vor, eine *Trottellumme*.«

Ina lächelte und räusperte sich sofort, als hätte sie sich falsch benommen. Sie stellte den Ton lauter und hörte Dorian fragen: »Wie sieht der aus?«

»Die Trottellumme? Soll ich dir was sagen?« Sie umschlang ihn von hinten und murmelte: »Ich weiß es nicht. Aber den allertollsten Vogel, den kann ich dir zeigen, das ist der Sterntaucher.«

»Sterntaucher«, wiederholte Dorian, und der kleine Robin murmelte etwas, das wie »Aucha« klang.

Sie blätterte in dem Buch. »Hier, schau mal, der ist fünfzig Zentimeter groß.« Sie maß es mit den Händen ab, »Siehst du?«

Dorian nickte, und sie fuhr ihm durchs Haar. »Aber das Tollste steht hier nicht, der Sterntaucher holt die Sterne nicht nur von oben, der findet sie nämlich überall, am Himmel und auf der Erde und im Wasser. Darum heißt er so, Sterntaucher.« Sie nahm das Buch vom Boden, und als sie sich wieder aufrichtete, guckte sie genau in die Kamera. Einen Moment lang sah sie völlig überrascht aus; »Hey«, rief sie, »Blödmann, Spion!«

Sterntaucher. Ina massierte sich die Schläfen. Wieder fielen ihr Dorians Worte ein: Sie ist immer unterwegs, den Sternen hinterher und dem Glück.

Welchem Glück denn, welchen Sternen? Was für ein kitschiger Kram. Der Sterntaucher taucht nach den Sternen, ja klar, und die Blaumeise ist besoffen.

»Erkenntnisse?« fragte eine Stimme hinter ihr. Stocker stand in der Tür und lächelte sie an.

»Können Sie nicht klopfen?«

»Im Konferenzraum? Sie sind verrückt.« Mit einer Akte in der Hand kam er näher. »Ja, das ist sie. So sah die damals aus.«

»Ich denke, Sie waren bekifft bei dem Konzert.«

»Ich nicht, meine Frau.« Er starrte auf den Bildschirm, wo die Kammer sich mit dem Mann unterhielt, der das Video drehte. »Mach mal Kaffee«, sagte sie gerade, »und für das Zwergelchen Saft.« Sie fuchtelte lachend mit den Armen, »hör jetzt auf, laß das.«

»Sie hat's mit Vögeln«, sagte Ina.

Stocker seufzte. »So, aha.«

»Ja, kennt sich da ziemlich aus, quasselt die ganze Zeit davon.«

»Mit den Kindern?«

»Trottellumme.« Sie gähnte. »Zwergschnepfe, Sterntaucher, was es alles gibt.«

»Sie meinen *Vögel*.« Er schüttelte den Kopf. »Wer hat das gefilmt, der Kindsvater kann's ja nicht sein, der ist doch vor Geburt des Kleinen gestorben, nicht?«

»Sagt der Tillmann, und Dorian sagt es auch.«

»Vielleicht dieser Kamerad hier.« Stocker schlug die Akte auf. »Kemper, Steffen, für den interessieren Sie sich doch. Da gab es einen Anfangsverdacht wegen Hehlerei und Kreditbetrug vor runden fünfzehn Jahren. U-Haft, ist dann im Sande verlaufen, hatte auch einen guten Anwalt. Derzeitiger Aufenthaltsort ungewiß.«

»Keine Anwältin?« fragte sie.

»Anwalt, männlich.«

»Tillmann hat uns mehrmals seine Anwältin unter die Nase gerieben, mit der muß ich auch noch.« Ina stand auf und trat ans Fenster. Wind kam auf, der Himmel bezog sich immer mehr, und in dem dunkler werdenden Raum schien Katja Kammers helle Haut zu leuchten.

»Was ist mit Tillmanns Alibi?« fragte Stocker.

»Ist erst mal nicht dran zu rütteln.« Sie lehnte sich gegen das Fensterbrett. Tillmann hatte tatsächlich einen Notarzt gerufen, etwa zu der Zeit, als Robin Kammer starb. Was kann man denn mit einem Hexenschuß machen, hatte Ina wissen wollen, worauf der Notarzt sagte: »Krabbeln.« Wie schnell wirkt die Spritze? Nicht schnell genug, war seine Antwort gewesen, um in den nächsten Stunden Unternehmungen irgendwelcher Art zu starten. Kann man einen Hexenschuß simulieren? Der Arzt hatte gezögert, simulieren könne man schon ziemlich viel. Tillmanns sogenannter Hexenschuß, ein Ausdruck, den es medizinisch gar nicht gab, war jedoch in Wirklichkeit eine Art Bandscheibenvorfall, einhergehend mit einer kaum zu simulierenden vorübergehenden Bewegungsunfähigkeit der unteren Extremitäten –

– der *was?*

Der Beine. Der Arzt hatte geseufzt; der Mann konnte nicht laufen.

»Kissel überprüft auch Tillmanns Frau.« Ina sah wieder zum Bildschirm, wo Katja Kammer jetzt allein zu sehen war, in einem halbdunklen Raum wie diesem. Sie saß am Klavier, spielte und sang vor sich hin, und ihre Stimme klang nach Tränen und Rauch.

»Ich dachte –« Ina räusperte sich. Die Kammer war nur in Umrissen zu sehen, das schwarze Haar fiel ihr ins Gesicht. »Ich dachte, die hat 'ne Klampfe. So 'ne grauenhafte akustische Gitarre, wissen Sie? Ich meine, E-Gitarren sind ja geil, aber diese Folkloredinger –«

»Nein«, sagte Stocker, »da haben Sie falsch gedacht. Die spielte Klavier. Und im übrigen wüßte ich nicht, was an einer elektrischen Gitarre, ehm, geil sein sollte.«

»Na Sie nicht, nein.« Sie sah noch immer hin. Was spielte die da, ein bißchen Jazz, ein bißchen Rock, ein kleines Durcheinander? Wie ein Instrument setzte sie ihre Stimme ein, sang keine richtigen Worte, und dennoch hörte es sich jetzt so an, als singe sie vom Rausch und von der Lust. Ina schüttelte den Kopf, weil es wie eine vage Erinnerung war, sie zu sehen. Aber sie kannte sie doch nicht. Ein Trugbild? Nein, eher ein Tasten im Dunkeln, ein Spaziergang im Nebel, wenn man einem zaghaften Sonnenstrahl zusah, wie er anfing, die Welt neu zu malen.

»Na?« fragte Stocker. »Fällt Ihnen was ein?«

Doch, ja, sie hätte schwören können, daß sie *White Linen* benutzte, aber das sagte sie ihm jetzt besser nicht, weil sie seine Antwort schon kannte: Sie sind verrückt. Tommy sagte das auch, nur in anderen Worten: Du spinnst ja. Tommy wollte den alten Lippenstift wegwerfen, der auf der Fensterbank im Schlafzimmer lag und den sie vor vielen Jahren einmal mit dem Duft von *White Linen* verband, einem Parfüm, von dem sie sich vorstellen konnte, daß die Frau auf dem Video, die Tatverdächtige Kammer es benutzte –

»Wenn das Band kopiert ist«, sagte sie, »nehme ich es mit nach Hause, vielleicht findet sich noch was.«

»Was wollen Sie denn finden nach all den Jahren?«

Gute Frage, ja. Sie schloß die Augen, als Katja Kammer sich zur Kamera drehte, und sah sekundenlang, wie in einem flüchtigen Traum, die alte Decke über dem toten Körper ihres Sohnes.

Stunden später parkte sie ihren Wagen in einer tristen Seitenstraße und guckte sich die Häuser an. Kaputte Türen und aufgebrochene Briefkästen ließen sie unbewohnt aussehen, doch hin und wieder stand ein Mensch am Fenster, den Kopf so eilig vorstreckend wie eine hungrige Katze, bevor er wieder verschwand. Hier gab es kaum Licht, nur Lärm. Nachts zerplatzten Bierflaschen auf dem Pflaster und kroch das Gejaule der Säufer an den Hauswänden hoch, untermalt von den Schreien übers Ohr gehauener Huren. Kondome im Rinnstein wiesen den Weg zum in der Nähe liegenden Autostrich.

Ina legte beide Arme aufs Steuer. Als ihr Vater seine kleine Bäckerei schließen mußte, hatte ihre Mutter so ein Bild an die Wand gemalt, eine dunkle Straße mit verfallenen Häusern, wo sie leben müßten, wenn er keine Arbeit mehr fand. Seither spürte sie die Kälte, wenn sie solche Gegenden sah, und konnte die Geheimschrift auf den Mauern lesen: Paß auf, ich hol dich, wenn du versagst.

Hier war Katja Kammer aufgewachsen, in diesem längst verfallenen Haus auf der anderen Seite, in dem heute Junkies lebten. »Sie nannte die Straße Zigeunereck«, hatte Ellen Severin gesagt.

Tillmanns Anwältin war eine dieser eleganten Mittvierzigerinnen, die herzeigten, was sie erreicht hatten. Die Möbel in ihrer großen Kanzlei wirkten schlicht und deshalb teuer, und die Bilder an den Wänden waren bunt und blöd, also sicher ziemlich wertvoll. Ja, Klaus Tillmann hatte ihr mitgeteilt, ein unerhörtes Video zu besitzen, auf dem er Katja Kammer zu erkennen glaubte.

»Wann war das?« fragte Ina.

»Vor ein paar Wochen.« Vorsichtig, um keine Fingerabdrücke zu hinterlassen, tippte die Anwältin gegen einen verspiegelten Briefbeschwerer. »Er sprach davon, es Robin Kammer abgenommen zu haben und daß der Junge noch so ein Exemplar besitze, er sagte, daß Robin seine Mutter hasse. Ich verstehe das nicht, er kannte sie doch kaum.« Ellen Severin verzog die Lippen, als hätte sie etwas Saures im Mund. »Natürlich war klar, daß Tillmann das Video der Polizei übergeben müsse, falls es wirklich illegales Material enthalte, doch er hatte Angst, daß die Polizei ihm nicht glauben würde, um ihn dann selbst zum Täter zu stempeln, solche Fälle sind ja schon vorgekommen. Er war völlig verunsichert, das müssen Sie berücksichtigen.«

»Kennen Sie Katja Kammer?«

Die Frage schien sie zu überraschen. Unterbrochen in ihrem Plädoyer, hantierte sie umständlich mit zwei Bleistiften, doch als sie aufblickte, hatte ihr Blick sich verändert. Was lag jetzt darin, Wehmut, Trauer? »Früher kannte ich sie. Damals, als sie die Kinder zu den Tillmanns brachte, habe ich das Wichtigste geregelt, doch dann haben wir jeden Kontakt verloren. Sie wollen mir doch nicht etwa erzählen, Katja hätte mit dem Tod ihres Sohnes zu tun?«

»Ich will Ihnen gar nichts erzählen.« Ina lehnte sich zurück. Natürlich trug die Frau sauteure Klamotten, und da sie selbst manchmal mehr für schicke Kleidung ausgab, als sie sich leisten konnte, wußte sie das zu würdigen: einerseits. Andererseits hatte sie grundsätzlich das Gefühl, von Leuten, die ihre Designerstücke mit links und der goldenen Kreditkarte bezahlten, untergebuttert zu werden. »Ich möchte wissen, wo ich sie finden kann.«

»Oh ja, ich auch.« Ellen Severin schien durch sie hindurchzusehen. »Sie wollte sich nicht endgültig von den Kindern trennen, nur für eine Zeit. Damals lebte der Vater der Kinder schon nicht mehr. Sie waren nicht verheiratet, und das Ganze war ein ziemliches Chaos, weil er depressiv war, manisch-depressiv. Er lag wochenlang im Bett, da mußte sie ihn waschen und füttern, und wenn er dann wieder munter war, endete das oft damit, daß er in der Wohnung alles kurz und klein schlug. Mit dem zweiten Kind wollte sie alles kitten, doch es ging nicht. Sie ist dann zu Freunden in eine Wohngemeinschaft gezogen.« Die Anwältin tippte zweimal mit der vergoldeten Spitze ihres Füllhalters auf den Tisch, als hätte sie diese Geste studiert. »Später hat er sich das Leben genommen, aber sicher nicht deswegen, er hat sie ja kaum noch wahrgenommen. Katja hat nie gejammert, aber sie hat die Krankheit nicht verstanden. Sie hat vor ihm getanzt, um ihn munter zu machen, hat ihm Lieder gesungen, sie sagte dauernd zu ihm: Du hast doch nur dieses Leben, du mußt dich über jeden Tag freuen, den du atmen und sehen und hören kannst. Sie war so, sie ging mit großen Augen durchs Leben. Ich kann mich noch erinnern, wie sie mir dauernd das Baby zeigte, das erste, sie kam ja nicht los von dem Kleinen und staunte ihn an. Wenn er die Händchen irgendwohin patschte, fing sie sofort an, mit ihm zu reden; das ist ein Tisch, da wirst du später dran essen, das ist Gras, willst du mal riechen? Sie trug ihn überall mit sich herum – wie hieß er noch?«

»Dorian«, sagte Ina leise. Sie hatte das Gefühl, an einer merkwürdigen Messe teilzunehmen, die Ellen Severin da zelebrierte.

»Katja hatte dann einen neuen Freund und ist mit ihm und den Kindern aufs Land gezogen, was überhaupt nicht zu ihr paßte. Aber irgendwas ist da passiert, denn sie kam ohne ihn zurück und fing an, sich völlig zurückzuziehen. Alles ging schief, sie hat nicht mehr arbeiten können, die Erfolge blieben aus, und irgendwann kam sie dann an und sagte, es gehe nicht mehr. Sie hatte nicht vor, sich endgültig von den Kindern zu trennen, aber damals war sie ziemlich am Ende. Es war etwas mit Tabletten, sie war fertig. Sie mußte weg und konnte die Jungs nicht mitnehmen.«

»Sie meinen, sie hat eine Entziehungskur gemacht?«

Die Anwältin nickte.

»Wo war das?«

»In der Helberg-Klinik, eine Privatklinik. Ich glaube, sie war nie krankenversichert, hat sich um solche Dinge nicht gekümmert, und das hat sie wohl ihr ganzes Geld gekostet. Aber sie hat sich ja nicht mehr gemeldet. Ich weiß nicht, was alles passiert ist, aber es war nicht vorauszusehen. Damals waren wir eine Clique, alle möglichen Leute waren dabei, auch Tillmann.« Sie lächelte, als sei es unvorstellbar, daß Tillmann einmal Mitglied einer Clique gewesen war. »Katja war wie der Stern, um den wir alle kreisten. Wir anderen studierten und planten unsere Karrieren, Katja war das Rotzgör aus dem Zigeunerviertel, das sich ans Klavier setzte und die Leute zur Ekstase brachte. Wissen Sie, das war lange, bevor es diese DJs gab.« Ein wenig herablassend sah sie Ina an, als wollte sie sagen: Mit DJs kennen Sie sich doch wohl aus.

»Und weiter?« fragte Ina.

»Katja hat sich alles selbst beigebracht.« Die Anwältin berührte ihren gläsernen Briefbeschwerer und suchte vielleicht das Schicksal darin oder eine für immer verlorene Zeit. »Sie war sechzehn, da entdeckte sie bei ihrem Freund, also dem späteren Vater ihrer Kinder, ein Klavier, ist kurzerhand bei ihm eingezogen und konnte nach ein paar Monaten darauf spielen. Plötzlich kam sie mit Liedern an, mit eigener Musik, und das war etwas – ich meine, Tillmann hat es als erster erkannt, es war schick. Die Leute mochten das, ein Kind aus der Gosse, das sein großes Talent entdeckt und einfach unbekümmert loslegt. Sie war kein Star für die Massen, wissen Sie? Star ist überhaupt zuviel gesagt, dazu war sie viel zu kompromißlos. Sie war in einer bestimmten Szene populär, aber mit dieser Begabung hätte sie es viel weiter schaffen können. Sie hat sich um keinen Trend gekümmert, hat nur gemacht, was sie wollte.«

Einen Moment lang herrschte völlige Stille, bis Ina sagte: »Ich möchte eine Liste haben.« Ihre eigene Stimme erschien ihr zu laut. »Eine Liste mit Leuten, die Katja Kammer kannten.«

»Zu den meisten hab ich den Kontakt verloren, es sind nur noch ein paar Namen.«

»Schön, dann geben sie mir ein paar. Kennen Sie einen Kemper?«

»Nein. Zumindest erinnere ich mich nicht. Wir waren so viele damals –« Ellen Severin nahm ihren schweren Füller, schraubte die Kappe auf und schraubte sie wieder zu. »Wenn wir anderen lächelten, dann lachte sie laut, wenn wir im Kino verschämt eine Träne verdrückten, hat sie hemmungslos geheult, und wenn sie Lust hatte, bei Regen spazierenzugehen, packte sie die Kinder ein und trampelte mit ihnen durch alle Pfützen. Ich weiß nicht, ob ich das erklären kann – wenn ihr jemand gefiel, dann umarmte sie ihn wie einen Geliebten, das machte sie mit Männern und mit Frauen so. Sie war so unbekümmert und spontan und voller Herzlichkeit. Sie scherte sich um nichts. Sie war anders.«

Anders war sie, anders als wer? Anders als das spindeldürre Männlein da vorn, das sich aus der Tür des Hauses schob, in dem die Kammer aufgewachsen war? Zwei wankende Schritte kriegte er hin, bevor er sich gegen das verrottete Gemäuer lehnte, als hätten Licht und Luft ihn überwältigt. Ina öffnete die Wagentür einen Spalt und starrte auf das Haus, als müsse sie es daran hindern einzustürzen. Hatte sie sich gefürchtet, je wieder hierher zurückkehren zu müssen, oder war es ihr egal gewesen, wo sie lebte, wenn sie nur lebte? Anders war sie, na schön, war mit sechzehn ausgezogen, um das zu tun, was sie wollte. Hätte sie sich verkniffen, Modezeichnerin zu werden, um einen sicheren Job zu wählen mit garantierter Pension?

Blöder Gedanke, führte zu nichts. Sie hatte sich auf die Frau im Abendkleid zu konzentrieren, die im Notizbuch ihres toten Sohnes stand, *KaKa, 1000,–, Hure geh sterben, fang an.*

Früher trug sie keine Abendkleider, sondern schwarze Jeans. Auf einem alten Foto, das die Anwältin noch herausgekramt hatte, lehnte sie an einer Mauer, und nur die helle Haut hob sich ab von der dunklen Wand. Keine Pose; sie guckte in die Kamera, als schaue sie sich selbst im Spiegel an, um darüber nachzugrübeln, ob noch etwas fehlte – Ohrringe vielleicht oder Lippenstift?

»Es war nicht leicht, sie zu fotografieren. Sie lächelte nicht, wenn man es wollte.« Am Ende ihres Gespräches wirkte Ellen Severin erschöpft vom Blick zurück. Hinter ihrem schweren Schreibtisch, zwischen Notebook, Telefonanlage und Diktiergerät saß sie wie in einem Cockpit und sagte, daß Katja ihre Freude an ihr hätte, würde sie sie heute sehen. »Mir erschien es vernünftig, Anwältin zu werden, das hat sie nie begriffen. Sie glaubte, daß die Vernunft die Freude tötet, die Freude am Leben. Drehen Sie doch das Foto mal um.«

Die Schrift auf der Rückseite war so groß und deutlich wie die in Robin Kammers Notizbuch.

Ellen, heute haben wir einen verwunschenen kleinen Feldweg gesehen, aber Du wirst die gerade graue Straße nehmen. Wenn Du ihr Ende erreicht hast, weißt Du, daß Du den Feldweg nie wiederfinden wirst. Aber immer denkst Du dran.

Ina hob den Kopf. Weißt du was, auf der geraden, grauen Straße lande ich wenigstens nicht in einem Dreckloch wie du. Sie warf das Foto auf den Tisch. »Was soll ich damit, ich will kein Fotoalbum, sondern eine Namensliste.«

Mit hochgezogenen Augenbrauen sah die Anwältin sie an, bevor sie ihr mit müder Bewegung einen Zettel reichte. »Leute von früher«, sagte sie leise.

Leute mit gemeldetem Wohnsitz und keinerlei Verdacht, der auf ihnen lastete, geschäftige Leute, unabkömmlich so von jetzt auf gleich. Leute auf der geraden Straße, eine Architektin, eine Erzieherin und der leitende Angestellte eines Möbelhauses, die ein paar kostbare Minuten opferten, um mit gehetzter Stimme »Katja?« zu fragen, »Katja *Kammer?* Die hab ich doch *ewig* nicht gesehen.« Auch die Architektin hielt Ina ein Foto entgegen, das eine lachende Katja Kammer zeigte, die auf einer Wiese lag mit einem Baby auf dem Bauch.

»Steht was hinten drauf?« fragte Ina.

»Nein, warum?« Die Architektin saß auf einem Gesundheitsstuhl und schob Papiere auf dem Schreibtisch hin und her. Ob Schreibtische Geschwister hatten, Zwillinge sogar? Er sah genauso aus wie der von Ellen Severin.

»Wissen Sie was?« Sie schüttelte lachend den Kopf. »Katja hatte manchmal so ein Gemüt wie Mongoloide es haben, also verstehen Sie mich nicht falsch! Aber diese Mongoloiden sind ja so nett, das wissen Sie vielleicht, die sind keinem Menschen böse, auch wenn der sie verletzt hat, weil sie es am nächsten Tag schon wieder vergessen haben. Katja kam mir genauso vor. Da konnte einer sie schlimm beschimpfen, das tat sie mit einem Achselzucken ab, um ihn am nächsten Tag anzustrahlen wie ihren allerbesten Freund. Manchmal war sie arglos, ja, viele Dinge prallten einfach an ihr ab. Sie ließ sich nicht beeindrucken, ja, das war's, von nichts und niemandem, sie zog ihr Ding durch, wie es ihr gefiel.«

»Aha«, sagte Ina. »Ich möchte eigentlich nur wissen –«

»Woran ich mich erinnere, sind die Gürtel.« Die Architektin

machte eine Handbewegung, als wolle sie die Polizistin aus dem Weg haben. Sie lächelte, wie verkaterte Saufkumpanen einander zulächeln, wenn sie am Morgen danach die Bruchstücke aus einer wilden Nacht zusammenklauben. »Katja trug für jeden ihrer Söhne einen Gürtel, und wir haben noch Witze darüber gerissen, wie viele Gürtel es einmal werden würden. Sie liebte lange Spaziergänge, war stundenlang mit den Kleinen unterwegs. Sie hat mal gesagt, ihr Körper wäre eine Landkarte, da war dann der Bauch Südamerika, das Herz die Wildnis und Deutschland der Kopf. Sie war ein bißchen spinnert. Sie hat ganze Nächte nicht geschlafen, wenn sie meinte, sie müßte ein bestimmtes Stück – na ja, komponieren, oder weil sie meinte, sie versäume was im Schlaf. Die Musik war ihr Rausch. Sie war immer auf der Suche nach etwas, das ihr Glück in den Körper pumpte. Das waren sogar ihre Worte: Glück in den Körper pumpen, mit Musik und Sex, mit dem Anblick der Natur und dem Lachen ihrer Kinder.« Sie räusperte sich und guckte auf ihre Füße. »Aber das interessiert Sie doch alles nicht, oder?«

Doch. Irgendwie schon. Ina sah zu, wie die Frau das halb zerfetzte Foto so behutsam, als sei ihr sein Wert eben erst bewußt geworden, wieder in die Brieftasche schob. »Wann«, fragte sie langsam, »haben Sie sie zuletzt gesehen?« Fast hoffte sie auf ein *Na, kürzlich erst* und sah zum Fenster hinaus, als sie die Worte hörte: »Ich hab sie sicher fünfzehn Jahre nicht gesehen.«

Sie hatte den kleinen Feldweg nehmen wollen und nicht die gerade, graue Straße. Doch dann hatte ihr verwunschener Weg sie wohl auf eine Müllkippe geführt, direkt hinein in ein grauenhaft stinkendes Loch.

Aber damals hätte die nicht gezögert, Modezeichnerin zu werden. Die frühere Kammer wohl nicht.

Ina hielt den Blick auf die wackeligen Häuser gerichtet, bis die Bilder in ihrem Kopf durcheinanderpurzelten. Der tote Robin unter der alten Decke, seine Mutter, die ihn vom Boden nahm und an sich drückte, während sie Geschichten von Vögeln erzählte, von so merkwürdigen Gesellen wie Sterntauchern und Trottellummen. Die Frau im Abendkleid, die zusah, wie eine junge Frau gefoltert wurde, die Frau am Klavier, die vor sich hinsang, als sei sie allein auf der Welt –

– und sie müßte doch jetzt Mitte, Ende Vierzig sein, oder? Warum konnte sie sich das nicht vorstellen?

Wie eine träge Schlange kroch ihr die Müdigkeit durchs Hirn und verscheuchte alle klaren Gedanken. Ganz unten in ihrer Tasche, wo sich grundsätzlich alles versteckte, was sie suchte, war das Briefchen mit den weißen Pillen, bei denen es sich strenggenommen um schwarze Pillen handelte, aber das sah man besser nicht so eng. Sie ließen das Herz ein bißchen stolpern, als sei es aus den Fugen geraten und käme gleich herausgehüpft, um die Welt von außen zu betrachten – egal. »Es war etwas mit Tabletten«, hatte die Anwältin über die Kammer gesagt. Schön, das kam vor.

Sie steckte eine in den Mund und fuhr zusammen, als es neben ihr hupte. Eine Mahnung vom Himmel? Schluck nichts, trink nichts, lebe still vor dich hin. Bleib auf der geraden Straße, mein Kind, mach deine Arbeit. Sie sah einen dicken Mann in einem schwarzen Cabrio herüberstarren, der vermutlich auf dem Weg zum Drogenstrich war. Was für ein Anblick, warum hockten in den schicksten Cabrios die häßlichsten Kerle, gab es dafür ein ungeschriebenes Gesetz? Na gut, paß auf, ich zieh jetzt die Waffe und komm raus und mach dich Wurm zum Würmchen, ja? Du fetter, blöder Sack. Sie blieb sitzen und starrte zurück; war alles nicht erlaubt. Man durfte den Bürger nicht erschrecken ohne Grund. Es gab Vorschriften, und sie hielt sich meistens daran, um sich darüber zu ärgern, daß sie sich daran hielt. Doch hatte der Kerl sich bereits anders orientiert. Er fixierte eine stämmige Blondine, die mit vorsichtigen Tippelschrittchen die Straße herunterkam und dabei eine winzige Handtasche auf- und niederwippen ließ wie ein Kind sein Jojo. Als er erneut die Hupe drückte, warf sie die blonde Mähne zurück, deutete auf sein Nummernschild und schrie: »ICH SACH'S DER MAMA.«

Ina öffnete gähnend die Beifahrertür; die Blondine ließ sich auf den Sitz plumpsen. »Haste das jetzt gesehen?«

»Sicher.«

»Und da krieg ich kein' Schutz von dir?«

»Du schützt dich schon alleine. Weißt du, wie lange ich hier warte?«

»Komm, Kind –« Die Blondine preßte eine Hand auf die Brust. »Schneller kann ich nicht, hab die Blütezeit längst hinter mir.« Sie atmete schwer, eine alternde Marilyn-Kopie mit fleckigem Lidschatten. Kopfschüttelnd sah sie Ina an. »Was ist, kriegste 'nen Gähnkrampf? Komm zu Mama, die macht dich wieder munter. Ich hätt Traubenzucker da.«

»Pfui Teufel.«

»Na, dann nicht.« Sie zupfte an ihrer Mähne. »Was bestellste mich denn ausgerechnet hierher? Ich dachte, wir gehen gepflegt was essen.«

»Madame«, sagte Ina, »ich brauch 'ne Auskunft.«

Die Blondine seufzte nur.

Ina unterdrückte ein erneutes Gähnen. »Jemand hat mir erzählt, daß du Streit mit dem Amtsarzt hattest, kann das sein? Und jetzt steht deine Bewährung auf der Kippe.«

»Der Amtsarzt hat mich diskriminiert, der wollte mich nicht untersuchen. Das ist außerdem unterlassene Hilfeleistung.«

»Du hast ihn getreten«, sagte Ina. »Das ist böse, man darf keine Amtsärzte treten. Dann hast du ihn telefonisch beschimpft und bedroht, das darf man auch nicht.«

»Ich hatte die Geschichte mit der Harnröhre. Der Amtsarzt hat gefragt, ob ich ihn verarschen will.«

»Das ist kein Urologe.« Ina räusperte sich. »Er stellt Huren den Bockschein aus, ich dachte, davon hättest du schon gehört.«

»Erst mal ist er Arzt. Und eine private Krankenversicherung kann ich mir nicht leisten. Was ist denn das für ein Land, wo ein Amtsarzt anfängt zu schreien, wenn er einen Pimmel sieht?«

Ina schüttelte den Kopf. »Es geht darum, daß du dauernd so ein

Gedöns machst. Du hast dich da reingeschmuggelt, du bist keine Hure und du bist keine – hm, ja.«

»Ach, muß man das neuerdings sein?« Die Blondine klatschte Ina eine schwere Hand aufs Knie. »Und?«

»Ja«, murmelte Ina. »Wenn du jetzt brav bist –«

»Hast du da überhaupt noch was zu sagen? Ich meine, wo du nicht mehr bei der Sitte bist.«

»Zu sagen hab ich nirgendwo was.« Ina zog das Foto aus ihrer Tasche. »Konzentrier dich mal auf deine Bewährung und laß den ganzen Quark.«

»Ist das nicht furchtbar«, sagte die Blondine, »Männer sind so rachsüchtig, sogar Ärzte, und die sollen doch Gutes tun. Zeig mal her.« Sie nahm Ina das Foto aus der Hand. »Fies belichtet, muß ich schon sagen. Ist das vom Fernseher fotografiert?«

»Kennst du sie?«

»Wie heißt die denn, was hat die gemacht?«

»Sie heißt Katja, und ich will mit ihr reden.«

»Nee, kann ich nichts zu sagen.«

»Katja Kammer.«

»Nie gehört.«

Ina tippte ihr auf die Schulter. »Wir wollten uns doch anstrengen, oder?«

»Kind, wenn ich's doch nicht weiß. Versuchen wir's mal so rum, wo verkehrt die denn?«

»Es gibt gewisse Partys.« Ina sah aus dem Fenster. »Da wird geprügelt und mit Messern geritzt, da werden Leute gefesselt und gefoltert. Die Gäste sehen nach was aus. Die Opfer nicht.« Sie sah die Blondine wieder an. »Schon davon gehört?«

»Gerüchte gibt es immer, ich meine, ich kann dir auch einen Puff zeigen, da verkehren dieselben Leute, die du dann auf dem Opernball siehst.«

»Ich weiß.« Ina reichte ihr das zweite Foto, das die junge Frau zeigte, die gefoltert worden war. Mit über den Brüsten verschränkten Armen stand sie da und guckte an der Kamera vorbei.

»Jesses, ja«, flüsterte die Blondine. »Ich glaub schon. Das arme Ding.«

»Was glaubst du?«

»Geli heißt sie. Oder nennt sich so. Als ich sie zuletzt gesehen hab, stand sie am Großmarkt. Hat sich auch mal mehr versprochen.«

»Wann war das?« Ina fühlte ein Kribbeln in den Fingerspitzen.

»Ist ein paar Monate her. Ich kenn sie nicht genauer, weiß halt nur, daß es sie gibt.« Die Blondine legte eine Hand auf das Foto, als könne sie nicht ertragen, was sie sah. »Dr. Lippert«, murmelte sie dann. »Also ich weiß von einem, der heißt Dr. Dirk Lippert und arbeitet wohl im Finanzamt, der steht auf so was. Der hat mal ein Schweinegeld für Foltervideos ausgegeben, bitte frag mich nicht, woher ich das weiß. Der hat außerdem ein Mädel, das ich kannte, halb totgeprügelt, an die kommste aber nicht mehr ran, weil die hat sich den Goldenen gesetzt.«

»Finanzamt«, sagte Ina. »Reicht ihm das nicht, wenn er den Leuten das Geld aus der Tasche zieht? Braucht 'ne härtere Dröhnung, was?«

»Dr. Lippert«, wiederholte die Blondine feierlich. »Kind, schneid ihm den Schwanz ab.«

»Das ist vielleicht 'ne Sache im Kopf, nicht im Schwanz.«

»Ach komm«, sagte die Blondine. »Erzähl mir nix.«

»Ich sag dir noch ein paar Namen.« Ina tippte aufs Steuer. »Kemper. Steffen Kemper.«

Langsam schüttelte die Blondine den Kopf.

»Robin Kammer. Oder Robbi.«

»Nein, nie gehört.«

»Dorian.« Ina hatte es nur geflüstert, mit abgewandtem Blick, und die Blondine fragte: »Was sagste?«

»Dorian.«

»Vom Oscar Wilde gibt's das Buch, daher kenn ich den Dorian – nee, aber nicht im richtigen Leben. Muß ein hübscher Kerl gewesen sein.«

»Wer?«

»Dorian Gray. Na, der vom Oscar Wilde.«

»Ich les kaum Bücher.« Ina seufzte.

»Was denn, noch nicht mal Hera Lind?« Die Blondine schüttelte den Kopf. »Das hätt ich dir zugetraut, Hera Lind.« Noch einmal guckte sie auf das Foto Katja Kammers. »Die ist aber eine Klasse für sich.«

»Tatsächlich?«

»Na komm, sei nicht voreingenommen, die Frau hat Eleganz. So ein schönes Kleid. Und die Haare.« Sie seufzte. »Wenn ich mir meine nicht alle zwei Wochen färbe, bin ich weg vom Fenster, und du –« Sie kniff die Augen zusammen. »Bist doch jung und schön und sexy, Kind, könntest in jedem Frauenroman was werden, aber die Haare!«

»Was ist damit?«

»Die können sich auch nicht entscheiden, welche Farbe sie nun haben. Dackel sehen so aus.«

»Egal.« Ina packte die Fotos weg. »Ich hab sie mir mal färben lassen, so was richtig Dunkles, das ging total in die Hose. Sah ich aus wie drei Tage tot.«

»Das tuste jetzt aber auch.« Die Blondine nahm ihr Handtäschchen vom Schoß. »Wirklich kein Stückchen Traubenzucker? Hat Zitronengeschmack.«

»Nein«, sagte Ina. »Und du bist sicher? Sie heißt Geli und du hast sie am Großmarkt gesehen?«

»Geli, ja. Falls sie noch lebt.«

Geli, falls sie noch lebte, würde vielleicht die Auskunft verweigern, weil sie nicht zurückdenken mochte an die Angst und an die Qual. Ina wartete auf Kissel und beobachtete die Huren, die zwischen Containern, Kneipen und Sattelschleppern auf Kundschaft warteten. Sie machten müde kleine Schritte hin und her, die Augen zum Himmel gerichtet, als flehten sie das Gewitter herbei, das nicht kam. Vielleicht wollten sie den Regen spüren, der alles abwusch, und den Wind, der alles hinwegblies, den Dreck auf dem Pflaster und den Gestank aus den Containern und diese Warterei auf das hastige Gefummel für zehn Mark.

Kissel kam zu Fuß. »Du solltest keine Alleingänge machen«, rief er ihr entgegen, »das ist gegen die Vorschriften.«

»So.« Sie schlug die Wagentür zu. »Erstens hab ich einen Informanten getroffen, zweitens pfeif ich mal auf die Vorschriften.«

»Ina, Süße, kriegen wir unsere rebellischen fünf Minuten?« Er lachte. »Und du glaubst, das Mädel ist hier?«

Älter war sie geworden und schien zu verfallen. Sie fragten sich durch und sahen sie zwischen zwei Containern stehen, wo sie ihnen mit dem gleichgültigen Blick einer Hure entgegensah, die das meiste schon hinter sich hat, auch so ein albernes Kinderspiel wie den Dreier mit einem harmlosen Paar. Aber harmlos waren sie ja nicht. Sie fragten nach der Hölle und warfen sie in die Hölle zurück; »Nein«, flüsterte sie und wedelte mit einer Hand, als verscheuche sie Fliegen, »nein, nein, ich hab mit diesen Leuten nichts mehr zu tun.«

»Aber Sie hatten«, sagte Kissel zufrieden. »Sie haben damals keine Anzeige erstattet?«

Darauf sagte sie nichts. Wie lange blieb sie stumm, eine Minute, zwei? Eine Ewigkeit, wenn man auf eine Antwort wartete, und als sie endlich zu reden begann, war ihre Stimme zittrig und schrill. Ein Video? Ihr habt das gesehen? Jetzt noch, *jetzt?*

Man kann es immer noch sehen?

Eine abgebrannte Kippe zitterte zwischen ihren Fingern. »Damals«, sagte sie, »damals der Kerl, da war ich auf dem Drogenstrich, und der kommt an und sagt, ich könnt viel mehr verdienen.« Sie wandte sich ab und redete auf einen Müllcontainer ein, aus dem es nach verfaulten Bananen roch. »Dann hat er mich dahin gefahren. Gute Leute, hab ich gedacht, alle gut aufgemacht und so. Aber die fesseln mich.« Jetzt war die Zeit zurückgesprungen, und einen Moment lang schien sie wieder in diesem Raum zu sein, sah die Männer und die Frau um sie herum und sah den

Stuhl, an den man sie band. Die fesseln mich. Grenzenlose Überraschung legte sich sekundenlang auf ihr Gesicht.

»Sie sagen, es wär nicht schlimm, aber die schlagen mich und dann, Eiswürfel überall rein, gucken, was passiert, und mit der Peitsche und mit dem Messer, und drücken die Kehle zu und schlagen und stochern und machen, und ich dacht ja, ich komm da nicht raus, komm da nie wieder raus –«

»Wann war das?« flüsterte Ina. Sie spürte ein heißes Zittern im Magen, so ein Gefühl, als brenne ein Streichholz im Innern. »Können Sie sich erinnern, wann das war?«

»Ich weiß nicht«, sagte Geli, und in ihren Augen war nichts mehr zu sehen, kein Schmerz und keine Hoffnung. »Ich weiß nicht, warum sie das gemacht haben. Einfach so schlagen.« Mit zitternden Fingern klaubte sie eine weitere Zigarette aus der Hosentasche, aber die war zerbröselt, und darum steckte sie die Hälfte in den Mund. »Haut ab. Ist doch paar Jahre her, was wollt ihr denn jetzt, damals habt ihr euch auch nicht um mich gekümmert.«

»Sie haben ja keine Anzeige erstattet«, sagte Kissel.

»Wozu?« fragte Geli. »Die haben doch die Macht.«

»Welche Macht?«

»Die können lügen.« Sie lehnte sich gegen den Müllcontainer und trat mit der Ferse dagegen, ein dumpfes Gepolter, das die Erinnerung nicht vertrieb. »Sie sagen, man könnte nichts beweisen. Spinnergerede, Gerede von Junkies und Pennern, und dann zeigen sie auf sich selber und sagen sie: Guckt mich an, sehe ich aus, als würd ich das tun? Die haben die Macht.«

»Wissen Sie noch, wo das war?« fragte Ina. »Die Straße, das Haus?« Sie hatte das Gefühl, kaum noch stehen zu können, weil jetzt auch die Beine zu zittern begannen. Manchmal passierte das, und jetzt war es auch nur so weit gekommen, weil Geli vom Eingeschlossensein redete, davon, nicht mehr rauszukommen, nie wieder raus. Sie wollte nicht, daß Kissel das Zittern bemerkte und machte kleine Schritte vor und zurück.

»Da war alles schick«, sagte Geli, »bis auf die Sachen.«

»Welche Sachen?«

»Der Stuhl, die Liege, wo ich angebunden war. Waren schöne Stühle, drumrum, zum Sitzen, zum Gucken. Ich glaub, es war keine Wohnung, es war dafür hergerichtet oder so. Ein Raum, ein großer Raum.«

»Die Straße? Können Sie sich erinnern?«

»Nein, war doch Nacht. Hat mich in der Nacht hingefahren und im Dunkeln wieder abgesetzt irgendwo. War Absicht, heute weiß ich's.« Sie preßte die Handflächen gegeneinander und zog die Schultern hoch.

»Kennen Sie seinen Namen?« fragte Ina.

»Sie haben alle Namen, jeder sagt dir irgendeinen Namen.« Sie rieb sich die Schultern. »Einer hat ihn wohl Stefan genannt, hör ich noch. Muß ja nicht stimmen, die nennen sich alle irgendwie.«

Stefan? Steffen, Steffen Kemper. Ina sah Kissel an, sah ihn lächeln. Sie atmete durch und sagte: »Es war eine Frau dabei.« Noch immer tänzelte sie hin und her und merkte, daß Kissel sie interessiert beobachtete. »Eine Frau in einem Abendkleid. Können Sie sich erinnern?«

»Die Frau, ja.« Geli sah sie gleichgültig an. »Weiß ihren Namen nicht.«

»Was können Sie über sie sagen?«

»Sie war bloß da die ganze Zeit. Hat mir später meine Sachen zurückgegeben, meine Anziehsachen. Hat nicht geredet. Hat mich mit dem Arsch nicht angeguckt.«

»Gehörte sie zu den *Gästen*« – Kissels Stimme war Eis – »oder gehörte sie zum *Personal?*«

»Sie war vorher schon da.« Geli legte den Kopf zurück. »Sie kannte sich aus.«

Kissel verschränkte die Arme. »Katja Kammer. Schon mal gehört?«

Geli kniff die Augen zusammen und fragte langsam: »Heißt die so?«

»Kennen Sie den Namen?«

»Nein.«

»Robin Kammer, kennen Sie den?«

»Nein.«

»Dorian Kammer?«

»Sucht ihr 'ne ganze Familie?«

»Einen Dr. Lippert? Dirk Lippert?«

»Woher denn, nein. Laßt mich doch in Ruhe, ihr seid doch dieselben Arschlöcher wie die, kommt her nach all den Jahren. Haut doch ab.« Sie guckte in den Himmel und flüsterte: »Das hab ich alles hinter mir, das ist längst nicht mehr wahr.«

Kissel lehnte sich gegen den Wagen. »Was ist los?«

»Was soll sein?« Ina schob ihn zur Seite und setzte sich auf den Beifahrersitz. »Ich bin müde, das ist alles.« Der Wagen schien zu eng, am liebsten würde sie mit offenen Türen fahren. Die Welt war zu eng.

»Du wirkst so klapprig.«

»Schön«, sagte sie und hörte von irgendwoher die Stimme des Polizeipsychologen: »Woran Sie leiden, ist ein traumatisches Streßsyndrom, und wenn es wiederkommt, hilft es, über die Ursache zu reden.«

Reden, schön. Aber nicht mit Kissel. Sie sagte: »Der Tarif ist da zwanzig fürs Blasen, man glaubt es nicht.«

»*Was* meinst du?«

»Am Großmarkt.« Sie seufzte.

»Wieviel ist denn üblich?«

»Na hör mal, mindestens achtzig.«

»Ja, woher soll ich das wissen?« Er klang beleidigt. »Ich war nie bei der Sitte.«

»Na ja«, sagte sie.

»Und ich verkehre auch nicht mit Huren, die beim Blasen gelandet sind, ob nun für zwanzig oder für zweihundert.«

»Ach, du findest, das ist eine Sache für Huren, ja? Unanständig?«

»Frau Tillmann hat übrigens Karten gespielt.« Er schloß das Fenster, als die ersten Regentropfen aufs Dach fielen und ein Geräusch machten wie Popcorn in der Pfanne.

»So 'ne blöde Heuchelei«, sagte sie.

»Canasta oder wie der Scheiß heißt.« Seine Stimme wurde lauter. »Im Café am späten Vormittag, so möcht ich auch mal leben.«

»Welches Motiv soll sie haben?« Sie schüttelte den Kopf. »Hast du das mal überlegt?«

Er deutete auf ihre Notizen. »Wie verläßlich ist dein Spezi?«

»Der verläßlichste, den ich je hatte.«

»Dr. Dirk Lippert«, murmelte er zufrieden. »Finanzamt, das gefällt mir. Verbotene Videos, Gewalthandlungen, das ist hübsch, aber 'ne andere Baustelle. Wir können ihn höchstens nach Kammer und Kemper fragen.«

»Alex, vergiß nicht, das ist Jahre her mit dem Video. Vielleicht kennt der die Szene gar nicht, oder er prügelt inzwischen 'ne Beate-Uhse-Puppe.«

»Vielleicht sind sie beide untergetaucht nach einem gemeinsamen Werk«, sagte er. »Kammer und Kemper, merkwürdige Namensgleichheit, findest du nicht?«

»Nein.«

»Hätte sie ihn geheiratet und auf einem Doppelnamen bestanden, hieße sie Kammer-Kemper, wie kindisch.«

»Hat sie aber wohl nicht.« Ina legte den Kopf zurück. »Dorian«, murmelte sie. »Ich werd mit ihm reden müssen.«

»Sie versteckt sich«, sagte Kissel. »Wartet ab. In der Zeitung stand Robins Name, aber sie rührt sich nicht.«

»Ich hab sie auf dem alten Video gesehen. Ich versteh nicht, daß das derselbe Mensch ist.«

»Ob die da Zofe war? In ihrem Haudraufverein?« Kissel gähnte. »Würde mich brennend interessieren, ob die auch mit zugepackt hat.«

»Warum interessiert dich das?«

»Machen Frauen so was?«

»Töten sie ihre Kinder? Ja, tun sie auch.« Sie schloß die Augen. Der Regen war ein Schlagzeugsolo auf dem Wagendach. Den Großmarkt hatten sie längst verlassen, doch noch immer konnte sie Geli sehen, als schmalen Schatten vor einem Müllcontainer. Nur die Glut ihrer Zigarette hatte geleuchtet, als sie gingen, eine tanzende Glut, die erloschen war, als die Zigarette aus ihren zitternden Händen zu Boden fiel.

Ich komm da nie wieder raus, hatte sie gesagt. Noch nach Jahren hatte Geli gewußt, wie es war, keinen Ausweg zu sehen, nur das Dunkel zu spüren, das den Tod umgab mit seiner ausgestreckten Klaue. Gab es keinen Teil im Hirn, der das Böse für immer verschlang? So ein innerer Müllschlucker müßte das sein oder eine Senkgrube, die nichts mehr an die Oberfläche brachte.

Eine halbleere Weinflasche stand auf dem Boden, der Fernseher lief ohne Ton. Ina lag auf dem Bett und sah aus halb geöffneten Augen im Zimmer umher, in dem das Fernsehlicht aufblitzte wie Augen in einem maskierten Gesicht. Ein sich selbst reparierendes Hirn könnte man brauchen.

»Mach doch aus«, murmelte Tom.

»Ich komm nicht ran. Wenn du dich mal bequemen würdest – ich glaub, ich lieg auf der Fernbedienung.« Sie küßte seine Schulter und boxte dann dagegen, doch blieb er faul und satt auf ihr liegen, was nicht das Schlechteste war. Ein bißchen Therapie, auf das sie selbst gekommen war, geh heim, schlaf mit deinem Kerl, was brauchst du Polizeipsychologen. Aber so schnell verschwand es nicht. Das Kribbeln hatte im Magen begonnen, als sie mit Geli sprach, und sich dann wie ein gefräßiges Feuer in ihrem Kopf ausgedehnt, wo es eine Weile lodern würde, egal was sie tat. Das Zittern in den Beinen, unmöglich, wenn man im Auto saß, war nur allmählich zurückgegangen und hatte ein merkwürdiges Ziehen hinterlassen, als sei sie stundenlang gerannt. Blöd, daß so ein Körper sich selbständig machen konnte, obwohl der Kopf ihm befahl: Laß sein.

Traumatisches Streßsyndrom. Klingt schick, hatte Tom einmal gesagt, klingt feierlich.

Sie räusperte sich und murmelte in seine Schulter: »Vorhin war's wieder da.«

»Was?«

Sie streichelte sein Haar. »Ich hab bis zehn gezählt oder so und diese komische Atemübung gemacht, wie er gesagt hat. Aber, na ja –«

Er richtete sich auf. »Die Verrückte?«

»Mmh. Ich hab mit 'ner Frau geredet, die was Schlimmes erlebt hat, da kam's dann wieder, mach doch mal Platz.«

Er rückte von ihr weg, was auch nicht das Richtige war, weil sie ihn wieder an sich pressen wollte wie vorhin, die Beine um seine geschlungen, aufstöhnend, ein Echo die eigene Stimme, wobei ihr sekundenlang sogar eingefallen war, daß das Fenster offenstand und der Kerl aus dem Stockwerk unter ihnen sie schon einmal so dummgeil angeglotzt hatte, egal. Aber es hatte nur kurz geholfen, bevor alles zurückkam, als wäre es gerade erst geschehen.

Das würde immer so sein, oder? Lebenslang die Erinnerung – Geli sah die Männer mit den Messern, Ina die Verrückte mit dem Stock, in deren Gewalt sie eine Nacht lang gewesen war, und die sie schlug, immer nur schlug und nicht entkommen ließ. »Es war so«, hatte sie dem Polizeipsychologen erzählt, »das war eine verrückte Serientäterin, die nach drei Morden die ermittelnde Beamtin töten wollte, also, ehm, mich.«

»Schädeltrauma«, sagte der Psychologe. »Beinbruch, Nierenquetschung, hat sich rumgesprochen.«

»Und ich sollte vielleicht noch dazu sagen, daß ich zu blöd gewesen bin, sie sauber zu ermitteln, denn sonst hätt ich mir das alles ersparen können, das sollte ich vielleicht noch – ja – erwähnen.«

»Können Sie machen«, hatte er gemurmelt. »Ändert aber nichts. Träumen Sie?«

Ja, verdammt, darum war sie doch endlich zu ihm gekommen. Sie hatte schon früher daran gedacht, als Leichen an ihrer Decke zerrten und halb zerfallene Biester sie aufschreien ließen mitten in der Nacht, was sie keinem Menschen erzählen konnte, weil es superpeinlich war, daß eine Ermittlerin sich vor Leichen gruselte und lieber so tat, als sei sie Scully, die tolle, coole Frau aus *Akte X*. Doch erst als diese Verrückte sie überwältigt und halb totgeprügelt hatte, war Scully in ihr zerplatzt wie eine – »Sie wissen schon.«

»Sicher«, sagte er. »Scully ist eine schöne Maschine.«

Vielleicht. Nach zwei Monaten Krankenhaus hatte sie Hals über Kopf ihre Wohnung gekündigt, um mit Tom, den sie erst kurze Zeit kannte, in diesen schönen Altbau hier zu ziehen, der im Grunde viel zu teuer war. Sie hatte trotzdem kaum noch atmen können, keine geschlossenen Türen ertragen und kein geschlossenes Fenster und schon gar kein dumpfes Geräusch, weil dumpfe Geräusche sie an die Schläge erinnerten, die niederprasselten auf ihren Kopf und ihren Körper, überall – »Ich schaff das nicht«, hatte sie dem Psychologen gesagt. »Ich krieg mich, glaub ich, nicht mehr auf die Reihe.«

Es war noch nicht so lange her, und wenn sie überhaupt einmal darüber sprach, nannte sie es ihren Unfall. Sie wußte nicht, wie sie es sonst nennen sollte. Würde es nach Jahren noch rumoren und wie bei Geli im Verborgenen warten, bis jemand kam und es hervorzog wie eine halbtote Maus unterm Sofa?

»Soll ich was kochen?« Toms Allheilmittel, Essen. Iß was, dann geht's dir wieder gut. In der dunklen Zeit war er aus der Küche gar nicht mehr herausgekommen.

»Wir könnten essen gehen«, sagte sie.

»Jetzt noch? Außerdem waren wir eben erst.«

»Am Wochenende. Warum willst du dauernd zu Hause hocken? Wir müssen mehr unternehmen, weißt du das?«

»Ich werd die Lammsteaks braten«, sagte er.

»Hörst du, was ich sage?«

»Ist doch schön zu Hause. In der Kühltruhe sind Bohnen, die mach ich dazu.« Gähnend kroch er aus dem Bett, nahm seine Sachen vom Boden und tappte damit zur Tür.

Man mußte vergessen. Aber man konnte ja nicht. Geli würde es niemandem erzählt haben, weil sie vielleicht dachte, daß die ungeteilte Erinnerung schneller verblaßte, denn wenn niemand danach fragte, würde es mit den Jahren so sein, als sei es gar nicht geschehen. Doch wie lange konnte man vergessen, was nicht auszuhalten war, wann kam es zurück und warf einen um? Was träumte Geli? Sah sie die Frau an der Wand lehnen, als warte sie auf den Bus? Warum hilfst du mir nicht, stehst nur da und starrst irgendwohin? Ina nahm das Privatvideo, dessen Anfang sie im Präsidium gesehen hatte, und schob es in den Recorder. Welchen Titel sollte man ihm geben, *es war einmal?* Die aneinandergereihten Szenen folgten keiner Ordnung, so als hätte jemand alles auf ein Band kopiert, was von der früheren Katja Kammer übriggeblieben war.

Wieder war der kleine Robin zu sehen. Er stolperte auf seine Mutter zu, die ihn lachend in die Arme schloß. Das Bild wackelte, zeigte Himmel, einen Baum und einen Ast auf dem Boden. »Ist die zu schwer?« fragte die Kammer. Sie legte den Kopf schief und zog Grimassen. Ein Kind lachte, während das Bild zu hüpfen begann. »Komm her, Dori«, sagte sie leise, »die ist doch viel zu schwer.«

»*Viel* zu schwer«, äffte Ina sie nach. Sie zog alte Jeans und ein T-Shirt an, hängte ihren Rock in den Schrank und prüfte die Orchideen auf dem Fensterbrett. Im Hintergrund fing die Kammer an, von der Liebe zu singen, von was denn sonst? Alle sangen sie von der Liebe und den anderen Gefühlen, die man im Leben am heftigsten spürte, sangen von Freude, Schmerz und der Hoffnung auf Glück. Ina drehte sich um.

Menschen tanzten, während die Kammer so ruhig am Klavier stand, als sei sie auf einer anderen Party. Zwei Gitarren begleiteten sie, ein Schlagzeug und ein Saxophon, und je wilder die Meute tanzte, desto unbeteiligter schien sie selbst zu sein. Nur manchmal lächelte sie leicht, doch lag kein Stolz in diesem Lächeln, eher sanfter Spott. Wieder kam sie Ina sehr groß vor, so als überrage sie alle, was ja nicht stimmte. Nein, es war doch alles normal mit ihr, bis auf die Haarfarbe wohl, das war kein echtes Schwarz. »Ihr müßt doch mal verschnaufen«, sagte sie ins Mikrofon, und die Menge schrie etwas, das sich wie Protest anhörte. Sie lachte da oben, ein leises Lachen, bevor die Musik wieder schneller wurde und sie das Klavierspielen sein ließ, um am Bühnenrand zu tanzen, als hätte sie jetzt gerade Lust dazu, als würde sie immer nur tun, was sie wollte.

»Ich werd dich fragen«, murmelte Ina. »Du wirst mir sagen, was du getan hast.« Ziellos ging sie im Zimmer umher. »Glaub doch bloß nicht –«

»Glück«, sagte die Kammer. In der jetzt leeren Halle saß sie neben einem Mann, der ihr ein Mikrofon entgegenhielt und wissen wollte: »Was ist Ihr Ziel?« In ihren Augen lag der gleiche freundliche Spott, mit dem sie auch ihr Publikum bedacht hatte. »Ich will Glück sammeln, will das nicht jeder? Glück besteht ja nur aus Momenten, aber ich will so viele wie möglich davon. Ich will nicht blind durchs Leben laufen, ich will alles sehen können, alles hören, alles fühlen. Und ich möchte einmal Mozart spielen können.«

»*Mozart?*« fragte der Journalist, was so klang, als hätte er sich verschluckt.

Einen Moment lang sah sie ihn an, still und sanft wie eine junge Krankenschwester, dann prustete sie los. »Sie glauben, ich müßte auf der Bühne etwas Besoffenes grölen, nur weil ich unter Leuten aufgewachsen bin, die sich halb totgesoffen haben? Na ja, Sie sind Feuilletonist, den Dreck der Straße finden Sie vielleicht spannend, aber sollten Sie sich im richtigen Leben einmal dahin verirren, kriegen Sie doch Ausschlag. Nein, ich mag Mozart, Punkt.« Noch einmal lächelte sie ihn an – Schnitt – und stand wieder auf der Bühne, wo sie über dem Publikum zu schweben schien wie Sunny.

»Sunny«, murmelte Ina. »Meine Güte.« Schon im Präsidium, als sie dieses Band zum ersten Mal sah, hatte sie das merkwürdige Gefühl, die Kammer zu kennen, obwohl sie wußte, daß es nicht so war. Und wieder, wie im Präsidium, schien sich ein bestimmter Duft im Raum auszubreiten, *White Linen*. Ewig her und trotzdem unvergänglich; das Parfüm, der Lippenstift, Sunny.

Ja, ein halbes Leben war das her; Ina war fünfzehn, ein Teenie aus der Provinz, Sunny war viel älter und die Sängerin einer Rockband aus Berlin. Ina lebte in einem Ort, der auf Postkarten seine Kirche präsentierte und dessen Namen man nur hervornuschelte, wurde man gefragt, woher man kam: Nieder-Weisel. Wetterau, Oberhessen, setzte man resigniert hinzu und vergaß auch nie, den Satz korrekt zu beenden: Aber später zieh ich nach Frankfurt oder nach München oder am besten nach Berlin. Sunny hieß Sigrid, und ihre Band hieß *Heartbeat*, und als sie eines Abends über Nieder-Weisel kam, war das so, als zeigte sie in einem kleinen, dunklen Keller den Weg hinaus ans Licht.

Ohne hinzusehen, tastete Ina zwischen den Orchideentöpfen herum, bis sie den Lippenstift fand, dessen Hülle halb zerbrochen war. Natürlich hatte sie Sunnys Konzert besucht, weil man froh über jeden Abend war, an dem sich was tat. Sie träumte viel. Sie hatte Bilder von Rockstars an den Wänden und folgte ihnen ins Herz der Welt, ohne zu wissen, wo das war und welche Sprache man da sprach. Als sie Sunny sah, glaubte sie, daß es möglich war und man reisen konnte, wenn man nur wollte. Sunny war kein großer Star, das nicht, Ina hatte sie vorher gar nicht gekannt. Doch schien sie wie sie selbst zu sein, viel mutiger nur und zäher, denn sie schien ja auf dem Weg zu sein ins Herz der Welt.

Sie blinzelte und spürte ein Kribbeln unter der Schädeldecke, als sie auf dem Video die Kammer mit dem Mikrofon hantieren sah. Nicht daß sie Sunny wirklich ähnelte – die Kammer war schwarzhaarig und Sunny war blond, zumindest damals war sie blond gewesen – doch auf der Bühne waren sie fast gleich. Standen wie Priesterinnen da oben, und unten tobte das Volk. Hämmerten Rhythmen in die Körper, entzündeten Feuer in den Herzen und zauberten in die Augen diesen Glanz, weil in den Köpfen eine Vision entstand: Woanders gibt's ein schöneres Leben, garantiert.

Sunny trug einen Ledermini, sang mit einer Röhrenstimme, die ihr Herz verschlang, und hatte jeden Ton und jede Silbe aus Inas Träumen geklaut. Man war geübt im Träumen, lebte man in der

Provinz, malte sich Bilder von Bars und Saxophonen in der Nacht. Sunny wußte um diese Träume, und sie hatte sie wahr gemacht.

Nimm mich mit, wollte Ina ihr sagen, ich weiß ja selber nicht wohin, bloß weg. Zeig mir, wie du das machst, laß mich dieselben tollen Kerle haben, diesen superschönen Drummer, mit dem hast du doch was, hab ich recht? Und mit dem Bassisten auch, weil's ja egal ist, weil's verdammt öde ist, mit einem langweiligen Mann ein langweiliges Leben zu leben, da pickt man sich die Rosinen raus: reihum.

Zeig's mir. Erzähl mir, wie es geht.

So viel wollte sie ihr sagen, aber dann waren es nur ein paar Worte gewesen, nein, noch nicht einmal Worte. Herausgepreßte Laute bloß, die einen fünfzehn Jahre später noch erröten ließen. Es war auf dem Damenklo, das Konzert war längst vorbei, und Ina glotzte in den Spiegel und wollte nicht heim. Nicht sich selbst sah sie im Spiegel, sondern eine ganze Welt aus flirrenden Städten bei Nacht und aus Stränden bei Tag. Hände sah sie, die sie ins Wasser zogen und dafür sorgten, daß sie nicht unterging, Hände, die Feuer gaben – na gut, sie haßte Zigaretten, also besser so: Hände, die irgendwas mit ihr machten, Hände, die sie spüren und Augen, die sie sehen konnte. Was sie dann sah, waren die sich öffnende Klotür und Sunny.

Sie sah sie näher kommen, das unschickliche Geräusch der rauschenden Spülung auf der Stelle vergessend. Sunny wusch sich die Hände wie ein Mensch und kramte dann in ihrer Handtasche herum, was die Welt nun auch nicht aus den Angeln hob. Aber sie stand neben ihr – nimm mich mit, verdammt noch mal – und ein merkwürdiger Duft ging von ihr aus. Alle Mädels, die Ina kannte, rochen nach Patschuli, nach Patschuli stank ganz Oberhessen bei Nacht, doch Sunny verströmte einen sanften, fremden Duft nach Moos und Beeren.

Laß mich bloß nicht hier zurück, kein Mensch will doof sterben in der Provinz.

»Sag mal«, sagte Sunny, »habt ihr hier 'ne Nachtapotheke?« Sie verzog das Gesicht, als sie in den Spiegel sah, und ihre Stimme klang anders als auf der Bühne, piepsiger, normaler. Aber jetzt sprach sie mit ihr, hatte sie angesprochen, hatte *sag mal* gesagt, also mußte sie antworten.

Meine Güte, sie kannte jetzt auf Anhieb noch nicht mal eine Tagesapotheke.

»Ehm« – wie oft hatte sie sich geräuspert, zweimal, dreimal, ohne Ende? »Hier nicht. In Butzbach drüben. Da schon.«

»Butzbach?« Sunny zog die Nase hoch. »Ist das die nächstgrößere City?«

»Hm. Ja.«

»Na schön.« Sunny hielt einen Lippenstift zwischen zwei Fingern, den sie kurz fixierte wie eine Fliege auf einem Stück Kuchen, bevor sie ihn ins Waschbecken warf. Sie ging und ließ ihn da liegen und murmelte noch: »Gute Nacht.«

Damals hatte der Lippenstift noch keinen Sprung, das mußte im Lauf der Jahre passiert sein. Damals war die rote Hülle glatt und kühl und schien diesen fremden Duft zu verströmen nach Beeren und Moos. Ein namenloser Lippenstift, noch nicht mal eine Marke, achtlos weggeworfen, weil die Spitze abgebrochen war. Ein kleines Juwel. Duftend und wie ein edles Sammlerstück in der Handfläche liegend, hatte er sie durch die Jahre begleitet, so wie Sunnys Parfüm, das sie erst gefunden hatte, nachdem sie sich durch vier Drogerien geschnüffelt hatte, *White Linen*. Sie benutzte es kaum noch und trug auch den Lippenstift nicht mehr als Talisman mit sich herum, doch gehörte er zu den Schätzen ihres Lebens wie die kaputte Armbanduhr ihrer toten Oma und der silberne Ring von Karsten, ihrem ersten richtigen Freund. Zwei Konzerte hatte sie noch gesehen, fuhr Sunny und ihren bildschönen Jungs nach Gambach hinterher und nach Rockenberg, Städtchen im Umkreis, aus denen London wurde und L. A., sobald Sunny auf der Bühne stand. Aber sie hatte sie auf keinem Damenklo je wiedergesehen, und noch Jahre später geisterte Sunny-Sigrid, deren Nachnamen sie nie erfahren hatte, ab und zu durch ihre Träume wie ein Fabelwesen mit einer Laterne in der Hand, das in einem schwarzen Tunnel steht und flüstert: Hier geht's raus, schau her, hier ist das Licht.

Sunny hatte manchmal am Synthesizer gesessen wie die Kammer am Klavier, traumverloren, unerreichbar für einen Moment. Aber Katja Kammer hatte es nie bis Nieder-Weisel geschafft, und Ina Henkel wollte noch immer zum Herz der Welt, dann und wann zumindest, wenn sie ihr Leben dahinschwimmen sah wie ein Paddelboot auf einem windstillen See.

Vielleicht hätte sie die Kammer noch viel mehr angestaunt, denn die hatte verdammt noch mal Stil, wie sie da auf der Bühne stand und mit einer Handbewegung die Band zum Verstummen brachte – aus. Sie guckte ins Publikum, lächelte leicht, belauschte die Stille. Dann nahm sie ein Buch vom Klavier und begann mit ruhiger Stimme vorzulesen:

Das Lied will Licht sein.
Das Lied hat im Dunkel
schimmernde Fäden
wie Phosphor und Mond.

Dann schloß sie die Augen und murmelte ins Mikrofon: »Lorca.«

Interessant. Ina rollte Sunnys Lippenstift zwischen den Handflächen hin und her; Lorca, nie gehört. Klang aber gut, schimmernde Fäden wie Phosphor und Mond. Mußte man erst mal drauf kommen. Sie beschäftigte sich viel zu wenig mit diesen Dingen, müßte mehr lesen, nicht nur Berichte über Tatortspuren und Wunden, die zum Tode führten.

Hast du Sunny gekannt? murmelte sie zum Fernseher hin, könnte doch sein. Wahrscheinlich seid ihr sogar im selben Alter.

Der Duft im Raum – sie legte den Kopf zurück – Moos und Beeren. Nein, kein Scheiß, sie konnte es riechen. Es war der Duft des kleinen Feldweges, den die Kammer gesucht und nie gefunden hatte, weil es nur nach Hölle roch an jenem Ort, an dem sie angekommen war.

Du dämliche Kuh. Was hast du getan?

»Mein Zahnarzt«, sagte die Kammer fröhlich, »hat mir mal erzählt, daß Leute nachts mit den Zähnen knirschen, wenn sie sie am Tag nur zusammenbeißen.« Sie redete wieder mit dem Journalisten und hielt eine Coladose in der Hand. »Sie schließen Kompromisse mit sich selbst, hassen ihren Job und warten auf die Rente, aber was soll kommen? Ich will nicht mit sechzig daran denken, was ich alles hätte machen können und den ganzen Jahren hinterhertrauern, die verloren sind – oh Scheiße, ich predige ja.« Sie lachte wie ein Kind und sagte dann so bestimmt, als sei es das einzige, woran sie wirklich glaubte: »Ich möchte am Ende meines Lebens nicht sagen müssen, daß alle Jahre gleich gewesen sind.«

»Wer ist das?« fragte Tom hinter ihr, und Ina fuhr herum, als hätte er sie bei etwas ertappt.

»Irgend 'ne Musikerin«, murmelte sie und schob Sunnys Lippenstift in die Jeanstasche. »Gefällt sie dir?«

»Mmh. Kommt mir bißchen eingebildet vor. So wie du damals. Auf dem Präsidium, beim Verhör.«

»Ich? Na hör mal, ich denke, du hast dich sofort verknallt.«

»Ja, aber du hast dich so vor mich hingesetzt, auf die Tischkante, und mich von oben angeguckt, das war schon eingebildet.«

»Blödsinn, ich hab dich ganz normal befragt.« Sie kicherte. »So gut ich's konnte in der Situation.« Als sie ausschaltete, dachte sie einen Moment daran, wie es wäre, die Katja Kammer zu kennen, die sie da gerade gesehen hatte. Nicht die Frau an der Wand – diese hier, und sie würde mehr Worte zustande bringen als bei Sunny damals, viel mehr sagen können als »Butzbach, Apotheke« oder sonst einen hervorgestotterten Mist. Ja, aus der Provinz war sie herausgekommen, doch was hatte sich groß geändert? Das schönere, wildere Leben war auch jetzt noch weit weg. Noch immer hatte sie Kissels Stimme im Ohr, *Ina, Süße, kriegen wir unsere rebellischen fünf Minuten?* Der Kammer, dieser hier, hätte er so etwas wohl nicht gesagt. Manchmal glaubte sie, daß die Beziehung mit Tom, einem Vorbestraften, die sie zur größten Empörung ihres Kollegen Stocker begonnen hatte, das bisher Mutigste in ihrem Leben war.

»Ich helf dir beim Kochen«, sagte sie.

»Na, das war jetzt aber schlau von dir, Essen ist nämlich fertig.«

»Ja?« Sie umarmte ihn, biß ihn ins Ohr und wollte ihn fragen, ob sie nachts mit den Zähnen knirschte, aber wenn das so wäre, hätte er es ihr wohl längst gesagt.

Tötete sie den eigenen Sohn, diese Frau, die ihn auf dem alten Video in die Arme nahm wie das Kostbarste, das sie hatte auf der Welt? Wie war sie zu der Frau auf dem anderen Video geworden, was hatte sie getan? Am frühen Morgen fuhr Ina ein weiteres Mal zum Bahnhof, um sich unter Robins Freunden umzuhören. Ein mageres Kerlchen fiel ihr da auf, genauso klein wie Robin, der so tat, als gehöre er nicht dazu.

»Hey«, sagte sie, »ich beiß dich nicht.« Sie setzte sich neben ihn auf die Treppenstufe und sah ihm in die Augen; ein bißchen Koks vermutlich und ein leiser Schmerz.

»Hast du einen Freund verloren«, fragte sie, »oder einfach bloß einen Typ, den du kanntest?«

»Na ja«, murmelte er. »Wir sind halt Kaffee trinken gewesen und so. In der Disco. Und auf der Dippemess. War dann schon ein Freund.«

»Erzähl mir was über ihn«, sagte sie. »Wie war er so, mit wem hing er rum?«

»Ei ja, mit mir.« Er starrte auf ihre Beine. »Hab ich doch grad gesagt.«

»Hatte er Freier?«

»Nicht direkt.« Mit beiden Händen fuhr er sich durchs Gesicht. »Also, der ist nie zu Typen aufs Hotel, nie in Wohnungen oder so, hat er alles nicht gemacht. Hat nur manchmal, wenn er Kohle brauchte, einen hier aufm Klo, äh –« Er wußte nicht weiter.

»Bedient?« schlug sie vor.

»Sozusagen. Aber nicht oft. Der mochte das nicht. Und er hat sich eh geweigert, sich, äh – also, er hat sich grundsätzlich nie, ehm, wie soll ich sagen –«

Sie seufzte. »Hat sich nicht bumsen lassen.«

»Richtig.« Der Junge sah sie an, als hätte sie ihm ein Geburtstagsgeschenk gemacht. »Also nur mit der Hand.«

Wirklich? Der Pathologe hatte von alten, aber schweren Verletzungen im Analbereich gesprochen. Sie fragte: »Hat er dir mal von Partys erzählt, auf denen es ziemlich brutal zuging?«

Fragend sah der Junge sie an.

»SM-Spielchen zum Beispiel, Gewalt, Folter?«

»Nein«, sagte er erstaunt. »Weiß ich nichts von.«

»Kennst du einen Hollstein?«

»Ja klar, den kennen wir alle. Der ist okay, kein Freier.«

»Nein?«

»Nein, der bezahlt nicht. Dafür sorgt er gut für einen, ich meine, bei dem kann man nachts ankommen, wenn man wo pennen will, der macht immer auf.«

Sie versuchte es mit dem Fernsehsatz. »Kannst du dir vorstellen, wer es getan hat?«

Wieder vertiefte er sich in den Anblick ihrer Beine. »Der Robbi konnte Männer nicht leiden«, sagte der schließlich. »Aber auch keine Frauen.« Erstaunt guckte er sie an und zog die Schultern hoch. »Ich denk, der hat sie alle gehaßt. Besonders gehaßt hat er seine Mutter, aber die bringt ihn ja nicht um.«

»Erzähl mir davon«, sagte sie. »Was hat er über seine Mutter gesagt?«

»Ei ja, der hat bloß mal gesagt, er hätte zwei. Er hätte eine Mutter, die wo ihm das Essen hinstellt und ihn versorgt, und eine Sau, die ihn geworfen hat.«

»Hat er das so gesagt?« Sie fröstelte plötzlich.

»Ja, ich hab noch zu ihm gesagt, so redet man nicht über seine Mutter, aber er hat gemeint, das wär so 'ne Drecksau, das könnte er.«

»Was sagt er noch über sie? Hatte er Kontakt mit ihr?«

Der Junge ließ den Blick zu ihren Brüsten wandern. »Kann ich mir nicht vorstellen, wenn er schon so über sie redet. Gesagt hat er nichts davon.«

»Er hatte auch einen Bruder«, sagte sie. Leute liefen an ihnen vorbei die Stufen hoch, sie sah Stiefel, Sandalen und Koffer und hörte die Stimme des Jungen: »Ja, er hat mal gesagt, der wär verrückt.«

»Was heißt das?«

»Verrückt halt.« Der Junge lächelte. »Dachschaden, Webfehler, Rad ab, Sprung in der Schüssel.«

[7]

Die Stadt war voller Spinner. Herumirrende wollten nach Hause und wußten nicht, wo das war, Menschen mit traurigen Augen, die vom Weltuntergang erzählten – am Donnerstag um sechs. In den Straßen brüllten sie herum oder kauerten still in ihren Wohnungen, lauter angefangene Geschichten im Kopf, Geschichten ohne Ende, ohne Ziel. Als Polizist traf man sie alle. Am Nachmittag, kurz vor Dienstschluß, standen Dorian und Nicole in einer liederlichen Wohnung und versuchten einen Mann zu bändigen, der sich einbildete, es sei noch jemand da.

»Jetzt hören Sie doch«, sagte Nicole, »ich bin dreimal durch die Wohnung, Sie sind hier ganz allein.« Dabei ließ sie den Blick wie im Museum schweifen, denn der Mann war ein Sammler. An den Wänden hingen Nacktfotos, und Dildos in allen Größen standen wie Präsentierstücke in den Regalen. Die ganze Wohnung war eine Pornodeponie.

»Interessante Auslese«, sagte sie.

»Ist doch nicht verboten.« Der Mann rieb unablässig seine Handflächen gegeneinander, und sein Blick sprang hin und her. »Sagen Sie mir lieber, warum Sie mir nicht helfen. Der Doktor hält sich hier versteckt, und Sie kommen her und tun nichts, wofür sind Sie denn da?«

»Niemand ist hier.« Nicole lächelte ihn an.

»Aber der Doktor.«

»Nein, auch der Doktor nicht.« Langsam und ruhig sprach sie auf ihn ein. »Sie wissen doch, daß wir überall nachgeguckt haben. Das haben Sie gesehen, nicht?«

Dorian stand neben ihr, ohne etwas zu sagen. Mit den Verrückten sprach meistens Nicole, vielleicht weil sie zwei Ränge über ihm war und manchmal so tat, als wären es drei. Seit einer halben Stunde hörten sie sich sein Gerede vom Doktor an, der ihn verstümmelt hatte und sich nun in seiner Wohnung versteckt hielt, um sein Werk zu vollenden.

Als Dorian sich zum Dienst meldete, hatten die Kollegen auf der Wache sich wie ein Laientrupp benommen, der für einen Auftritt übt. Erst scharrten sie mit den Füßen, als klebten sie plötzlich am Boden fest, dann rissen sie sich los und kamen auf ihn zu, um kurze Hiebe auf seinen Schultern zu verteilen und Dinge zu murmeln wie »Schlimme Sache«, »Tut mir so leid« oder »Ja – na ja«. Er hatte es hingenommen wie ein junger Hund, der vorgeführt und getätschelt wird. »Ist besser, wenn man arbeitet«, sagte der Schichtleiter, »ist besser, wenn man vergißt.«

Was denn vergessen, alles? Wie sollte er Robin vergessen, wenn der sich breitmachte in ihm? Die Leute machten sich ja keine Vorstellung. Aber es war schon okay, im Dienst zu sein, weil man dann mit den lebenden Toten nicht so viel reden mußte, Robbi, verstehst du das? Ich hab zu tun. In ihrem Streifenwagen war es heiß und stickig gewesen, und er hatte angefangen, vom Wetter zu reden, Nicoles Lieblingsthema, weil sie so still gewesen war, was überhaupt nicht zu ihr paßte. Irgendein Satz, den alle Leute sagten, wenn die Sonne länger als drei Tage brannte, daß es bald reiche, nicht? Daß ein Gewitter kommen müßte.

»Oh«, sagte Nicole, »das ist doch ein Klacks. Die höchste monatliche Sonnenscheindauer lag bei über vierhundert Stunden im Juli 1994. Ich glaub, es war auf Rügen.«

Er drehte sich um. Nicole war schon an der Tür, und als er ihre Schritte auf den steinernen Stufen hörte, sprach ihn der Verrückte noch einmal an. »Herr Wachtmeister, vielleicht ist der Doktor ja hinterm Schrank.«

»Nein.« Dorian ging auf ihn zu. »Niemand ist hier, warum begreifen Sie das nicht?« Er packte ihn am Hemd und drückte ihn gegen diese Wand voller Bilder. »Meine Kollegin hat es Ihnen zehnmal gesagt, aber Sie glauben ihr nicht?«

»Lassen Se los«, flüsterte der Verrückte, »hör'n Se doch auf.«

»Glauben Sie uns nicht?« Der war ja ohne Gewicht, war so leicht wie die Schnipsel Dreck an der Wand, die man nehmen und wegpusten konnte. Dorian zog ihn so nah zu sich hin, daß ihre Köpfe sich berührten, und als er ihn erneut zurückstieß, machte sein Schädel an der Wand ein Geräusch wie Charlys großes Schlagzeug. Charly, ja, so hieß der Drummer in der Band seiner Mutter, und sein Schlagzeug war riesig gewesen, oder vielleicht war es Dorian nur so vorgekommen, als er einmal auf dem Hocker gekniet und mit den Stöcken auf alles eingetrommelt hatte, was vor seiner Nase war. Das mußte während einer Probe gewesen sein, denn bis auf Robin und seine Mutter war der Zuschauerraum leer gewesen. Mit Robin auf dem Arm tanzte sie zu seinem Getrommel, rief *Hey, hey, hey*, damit er immer schneller schlug.

Immer schneller, immer lauter, immer heftiger donnerte der verrückte Schädel gegen die Wand; »Hör'n Se doch *auf*«, kreischte der Mann, »hör'n *Seaaahhh* –«

Dann war es still, bis auf das Rascheln, als er an der Wand zusammensackte und zwei Fotos auf ihn fielen, Bilder von grinsenden Kerlen, die hinter nackten Frauen standen.

Wie ein dumpfer Hall, ja. Hast du gehört, Robbi? Charlys Schlagzeug. Kannst du dich erinnern? Nein, da warst du viel zu klein.

Stille, dann ein leises Wimmern. Der Mann fing an zu heulen und hielt sich stöhnend den Kopf.

Robbi, wir müssen hier raus.

Sollte er noch etwas sagen? Nein, denn der Mann könnte Fragen stellen, die er nicht beantworten konnte, *warum haben Sie das getan?*

Ich weiß doch nicht, ich bin Polizist und darf das nicht tun.

Kein Mensch darf das tun.

Er wollte schreien und weinen und sich auf den Boden werfen wie die schwarzen Klageweiber, die er im Fernsehen gesehen hatte, doch er rannte nur, stolperte die Treppen herunter und hörte ein merkwürdiges Pfeifen im Kopf, als er keuchend auf die Straße lief.

Draußen schwatzte Nicole mit der Henkel.

Sieh an, die hat mich abgepaßt. Ein Anruf von den Kripoleuten und die Einsatzzentrale war zu Diensten, jawohl, Frau Oberkommissarin, der Polizeimeister mußte zu einem Perversen, und wenn er den erledigt hat, ist Feierabend. Ihr dunkler Vectra stand hinter dem Streifenwagen, und die Kommissarin lehnte mit verschränkten Armen und gekreuzten Beinen dagegen wie eine der Bahnhofsnutten, wenn sie Langeweile hatten.

Nicole erzählte ihr gerade von dem Verrückten. »Der Typ wurde also von diesem Arzt operiert, und jetzt fühlt er sich verstümmelt und bildet sich ein, der Doktor verfolge ihn auf Schritt und Tritt, um auch noch den Rest zu erledigen.« Sie maß ein bißchen ab zwischen Daumen und Zeigefinger. »Der Doktor hat ihm nämlich für teuer Geld eine Verlängerung gemacht, aber die soll schrecklich mißlungen sein.«

Ina kapierte es nicht. »Wie – Verlängerung?«

»Na, sein Teil, sein bestes.« Nicole lächelte. »Operation mißlungen, Teil lebt auch nicht mehr. Sagt er. Im Endeffekt vielleicht drei, vier Millimeter mehr, und seit Monaten ohne Saft und Kraft.«

»Das erzählt der?«

»Sicher. Er hat es recht ausführlich dargelegt, ich hab befürchtet, er läßt auch noch die Hosen runter.«

Sie kicherten beide. »Mir wär das total unangenehm«, sagte Ina, »wenn ich wüßte, da ist was falsch. Ich meine, von irgendwoher müssen sie den Rest ja holen bei solchen dings, solchen Eingriffen, ich frag mich bloß, was sie da –« In diesem Moment sah sie Dorian und sagte »Hi«, was eine Spur zu munter klang.

»Ist er endlich friedlich?« fragte Nicole.

Er nickte und sah noch einmal zum Haus zurück, weil er fürchtete, der Irre würde sich schreiend aus dem Fenster lehnen, doch alles blieb ruhig, als sei nichts geschehen.

Lieber Gott, Robbi, ich hab noch nie einem Menschen Böses getan.

Du bist schuld, du bist schuld.

»Trinken wir was?« Ina klopfte auf das Dach ihres Wagens. »Hast du nicht diese Stammkneipe, da könnten wir hin.«

Dorian sah aus dem Fenster und sagte: »Sie nehmen es, glaube ich, vom Oberschenkel. Von der Haut da.«

»Was meinst du?« Ina fuhr schnell, ein bißchen zu ungeduldig vielleicht.

»Das hast du doch wissen wollen eben. Ich hab das mal im Fernsehen gesehen, bei Penisverlängerungen nehmen sie Haut vom Oberschenkel.«

»Ah so«, sagte sie zögernd, und als er darüber nachdachte, meinte er, den Bericht vielleicht doch falsch verstanden zu haben. Wenn man es genau bedachte, war Haut ein bißchen wenig. Sollte er das sagen? Nein, sie schien nicht darüber reden zu wollen, zumindest nicht mit ihm, denn wenn sie gerade noch Nicoles schwatzende Freundin war, wurde sie nun wieder zur unnahbaren Ermittlerin, schweigend, abwartend, lauernd. Ihre Fingerspitzen tippten im Takt zu einer unhörbaren Musik auf das Steuer, und der Wind blies ihr durch das offene Schiebedach ein paar Haarsträhnen ins Gesicht.

Robin schlug vor, daß sie besser an die Küste fuhren statt zu einer nutzlosen Vernehmung, aber welche Küste denn, Robbi, hier gibt's doch kein Meer. Egal, wenn der Straßenlärm Meeresrauschen war und sie im offenen Wagen dahinrasten, würde sie ihm alles glauben, auch das städtische Meer. Er guckte auf ihre enge Hose. Klar, sie würden anhalten, um in einem schicken Restaurant zu essen, und mieteten später ein Zimmer in einem kleinen Hotel. Sag schon, Robbi, würde sie sich an ihn klammern, um seinen Namen zu rufen, erst ganz verhalten und dann lauter, immer heftiger, bis zum Schrei? Er drückte eine Hand in den Nacken. Das würde ihm gefallen, was? Nein, Robin mochte Frauen nicht besonders, hatte Dorians vorletzte Freundin eine Dusselkuh genannt, obwohl er sie kaum kannte, und Billa Hufnagel vor allen Gästen eine Schnepfe, aber ob Frauen Lärm machten im Bett, hatte ihn komischerweise immer brennend interessiert. Wie isse denn so, wollte er manchmal wissen, schreit se rum?

Er räusperte sich. »Ich sollte vielleicht erst die Uniform ausziehen.«

»Nein, brauchst du nicht.« Das kam so schnell, als hätte Ina darauf gelauert, daß er endlich etwas sagte. »Stört doch keinen.«

»Doch, die Leute im *Sterntaucher*. Die mögen keine Polizei.«

»Das treiben wir ihnen aus.« Sie lächelte. »Sie könnten die Uniformen natürlich schicker machen. Ist so 'ne potthäßliche Farbe.«

Darüber hatte er noch nie nachgedacht. Die Farbe der Uniform – Frauengedanken.

»Was hast du eben gesagt?« Ina nahm den Blick von der Straße, was leichtsinnig war, und sah zu ihm herüber. »Stern...?«

»Sterntaucher, ja.« Er legte den Kopf zurück. »So würde ich die Kneipe nennen. *Taubenschlag* klingt so doof.«

»Was weißt du von Sterntauchern?«

»Das sind halt Vögel. Sicher schöner als Tauben, wer mag schon Tauben.« Wovon hatten sie geredet, doch bestimmt nicht von Vögeln. »Ich trage die Uniform gern«, sagte er. »Sie drückt etwas aus, zum Beispiel, daß ich bereit bin, zu helfen. Darum erwarte ich auch Respekt, wenn ich sie trage, aber auf der Straße bekomme ich den nicht.«

»Nein«, murmelte sie, »bist nur der Bulle, der Arsch.«

»Tillmann hat mal gemeint, ich bin dümmer als die Polizei erlaubt.« Als sie nichts darauf sagte, wußte er, daß sie bei Tillmann schon gewesen war, aber hatte sie auch den Keller gesehen? Erneut fiel ihm auf, daß sie die Hände auf dem Steuer nicht ruhig halten konnte, und so sah er ihren tanzenden Fingerspitzen zu und dachte dabei an Tillmann, an sein rotes Gesicht, in dem die braunen Augen so leblos in den Höhlen hockten wie verschrumpelte Haselnüsse.

Man durfte nicht böse sein bei Tillmann.

Nie.

Wer ein böser Junge war, mußte in den Keller, mußte in diesem kleinen, dunklen Raum auf der Pritsche liegen und darüber nachdenken, warum er böse war.

Er hörte eine Hupe, der eine wütende Fahrradklingel antwortete, was so klang, als singe eine Schnapsdrossel gegen eine Operndiva an, doch selbst durch diesen Lärm hindurch drang Robins Stimme, die sich wie ein kleiner Geist durch alle Hindernisse wand, als sei aus seinem Bruder eine Stimme mit Flügeln geworden.

Er weint, ja, Robbi weint. Nicht so, wie kleine Kinder heulen, nicht so greinend, eher heiser vor sich hin keuchend; ich mach den kalt, flüstert er, die Ratte bring ich um.

Die Tür ist zu. Sie läßt sich nur von außen öffnen, diese dunkle, schwere Kellertür, zu der nur die Tillmanns einen Schlüssel haben, Klaus Tillmann und seine häßliche Frau. Sie beobachten die Tür und schnappen nach Luft, weil es so stickig ist und stinkt. Was haben sie getan? Viel. Wenig. Zu spät vom Schwimmbad gekommen, zu laut Musik gehört, die Hausaufgaben verschlampt, geflucht, gebrüllt, Dreck gemacht.

Ich sag's euch, schreit Tillmann, hört auf.

Arsch, Arsch, Arsch, murmelt Robin, Wichser, Wichser, Wichser, und da springt Tillmann sie alle beide an, hat starke Arme mit kleinen Händen dran, aber es sind Kerkerhände mit Stahlfingern und damit schubst er sie und stößt sie vor sich her, und dann ist Zeit vergangen, dunkle Zeit, und sie hocken im Keller und warten auf Licht.

Viele Jahre sind vergangen, als sie nach ein, zwei Stunden den Schlüssel quietschen hören im Schloß, sie sind uralte Männer und keuchen vor sich hin. Licht, ein bißchen davon, Licht und Tillmanns rotes Gesicht. Tillmann steht lächelnd da und fragt: Na? Wieder gut?

»Dorian«, sagte Ina neben ihm, so leise und behutsam, wie sie auf dem Friedhof mit ihm gesprochen hatte, als er ihr sagte, daß der tote Junge zwischen den Gräbern sein Bruder war. »Komm jetzt, wir sind da.« Der Motor war aus, und vor ihnen leuchtete das grüne Licht des *Taubenschlag*.

Es war noch nicht viel los. Nur ein paar Rentner standen am Tresen, verhalten ächzend nach jedem Schluck Bier, als würden sie ihr ganzes Berufsleben in diesem Moment noch einmal durchleben. Billa saß bei Karl Hufnagel unterm Fenster, sie redeten über Geld.

»Kauf halt Aktien«, sagte Billa.

»Scheißaktien«, rief Karl. »Da hab ich doch nichts in der Hand.«

Karl war der Pächter und trotzdem ein Schnorrer, und im Grunde war er auch nicht Billas Mann, obwohl er sie geheiratet hatte. Karl Hufnagel wohnte woanders, kam ab und zu vorbei und versuchte, die Zeche zu prellen, weil er sie doch geheiratet hatte. Merkwürdige Leute. Dorian würde das nicht dulden, er würde jedes Aas vor die Tür setzen, das auch nur ein einziges Mal sein Bier nicht bezahlte.

Die Kommissarin steuerte einen Ecktisch an und fragte ein bißchen überheblich: »Was gibt's denn hier?« Sicher, so wie sie sich herausputzte, legte sie wohl Wert auf andere Lokale. An einem Samstag, als er vom Markt gekommen war, hatte er sie einmal mit ihrem Freund im *Café Größenwahn* gesehen, wo sie blinzelnd draußen in der Sonne dösten, ihr Kopf an seiner Schulter. Weil sie ausgesehen hatten, als genügten sie einander, war er vorbeigegangen, ohne zu grüßen.

Als er den Kopf hob, blickte er in Billas trübe Augen.

»Magst du was essen?« fragte sie.

»Bei der Wärme verdirbt dir doch das Essen, so wie du es lagerst.«

»Nein«, sagte sie ruhig, »es ist alles frisch«, doch er schüttelte den Kopf und bestellte ein Pils.

»Einen Tee hätt ich gern«, sagte Ina, und Billa sah sie an, als hätte sie nach einem Präser verlangt.

»Oder haben Sie bloß Beuteltee?«

»Ja, allerdings.« Billa seufzte ungehalten. »Dafür aber zwei Sorten.«

»Nein, dann nehme ich Cappuccino. Mit Sahne.«

»Mit was denn sonst?« fragte Billa.

»Na, zum Beispiel mit Milch. Will ich aber nicht.«

»Das wäre dann Milchkaffee. Café au lait«, sagte Billa, bevor sie sich mit so schleppenden Schritten entfernte, als hätte sie auch einen Geist im Kreuz, wie Dorian.

Ina blickte ihr hinterher. »Kaffee mit Milch ist auch Cappuccino«, murmelte sie rechthaberisch, »wie ich in Italien war –«

Dorian fiel ihr ins Wort. »Die Pressemeldung ist nicht richtig.« Er hatte lange überlegt, ob er das ansprechen sollte, aber die dürren Worte der Polizeipressestelle, die er gelesen hatte, rumorten in seinem Kopf herum. »Sie schreiben da nur, daß der achtzehnjährige Robin Kammer Opfer eines Tötungsdeliktes geworden ist. Sie haben nicht dazugeschrieben, daß er Katja Kammers Sohn ist.«

»Das tun sie nie«, sagte sie, was sich anhörte, als würden am laufenden Band Söhne von Katja Kammer ermordet.

»Aber es interessiert die Leute«, sagte er. »Wenn der Sohn eines Prominenten ermordet wird, ist das doch wichtig.«

»Für wen?« fragte Ina. Mit leicht heruntergezogenen Mundwinkeln sah sie zu, wie Billa ihr den Cappuccino mit Sahne servierte. Vermutlich hatte sie eine Mischung aus der Tüte erwartet, doch es schwammen sogar Schokosplitter auf dem Schaum.

»Die Zeitungen schreiben mehr, wenn das Opfer prominente Angehörige hatte.« Mit dem Ärmel seiner Uniform wischte er die kleine Bierpfütze weg, die entstand, als Billa ihm das Pils hinknallte.

Doch Ina wollte das Versagen der Pressestelle nicht rechtfertigen, das auch ihr eigenes Versagen war, weil die Pressestelle auf Informationen der Ermittler angewiesen war. Sie wartete, bis Billa weg war, dann sah sie ihm direkt in die Augen und feuerte das erste Geschoß auf ihn ab: »Kennst du einen Mann namens Kemper?«

»Ich weiß nicht –« Vor seinen Augen begannen Flammen zu züngeln, knisternde Flammen, vor denen er Ina beschützen mußte, doch sie schien sie nicht zu spüren. Er hob einen Arm, um sie abzuwehren, da sah er ihren erstaunten Blick. Kein Feuer, sie spürte es nicht.

»Steffen Kemper«, sagte sie.

»Steffen, ja.« Er nickte. »Steffen, früher hab ich ihn gekannt.«

»Weiter«, sagte sie. »Was heißt früher? Wann?«

»Wir haben kurz bei ihm gewohnt. Erst haben wir in einem Dorf gewohnt und dann bei ihm.«

»Hast du noch Kontakt mit ihm?«

»Nein. Wir sind ja dann ausgezogen.«

»Wohin?«

»Zum Bahnhof, in das Hotel *Calypso*. Da hatten wir –« Er hätte gerne *eine Suite* gesagt, aber das stimmte ja nicht, und so sagte er: »Zwei Zimmer. Wir sind jeden Morgen zu Frau Manz in den Laden und haben uns Süßigkeiten gekauft, die gehörte zur Familie.« Er schüttelte den Kopf. Das interessierte sie doch nicht.

Ina leckte bedächtig ihren Löffel ab und warf ihn dann mit einem so entsetzlichen Geräusch auf den Teller, als müsse sie auf einer betrunkenen Versammlung um Aufmerksamkeit für eine Rede bitten. Doch ihre Stimme blieb so sanft wie immer. »Auf dem Friedhof hast du uns das Haus genannt, in dem ihr mit diesem Mann gelebt habt, offenbar Steffen Kemper, nicht? Daß wir deine Mutter da nicht finden würden, hast du gewußt, da wohnt sie schon seit über zehn Jahren nicht mehr. Ich hab dich auch am Telefon danach gefragt. Jetzt kommst du mit dem Hotel, und das ist ja nun auch schon wieder eine Weile her.« Ihr Blick schien sich zu verschleiern. »Warum machst du das?«

»Ich war zu durcheinander.« Er fing an, einen Bierdeckel zu zerreißen. »Ich weiß nicht, wo sie zur Zeit ist, aber sie wird zurückkommen.«

»Wann hattest du zuletzt Kontakt mit ihr?«

Polizeideutsch, *Kontakt*, kein normaler Mensch konnte das beantworten. Mit einem Finger strich er über das rauhe Holz des Tisches und zählte die Kerben. Kontakt hatte man mit Holz, mit Erde, mit Bakterien; er fand es unverschämt von ihr, ihm Fragen zu stellen, als wäre er nur ein polizeiliches Gegenüber. Wie sollte er ihr erklären, was er selber kaum begriff, ihr, der Henkel, von der sie im Bahnhofsrevier gesagt hatten, sie sei ein bißchen doof? Manchmal redete seine Mutter ja mit ihm, doch sah sie noch immer wie vor Jahren aus, warum wurde sie nicht älter?

»Ich möchte es nicht als Behinderung der Ermittlungen auslegen«, sagte Ina langsam. »Du weißt, daß ich die Angehörigen aufsuchen muß.«

»Natürlich ist mir das bekannt, es ist –« Er atmete tief ein, wollte den Satz zu Ende sprechen, überhaupt erst einmal zu Ende *denken*, aber plötzlich war alles weg. Es passierte ihm manchmal, daß er nicht weitersprechen konnte, weil etwas gerissen war im Kopf, so als würde ihm eine ferne Macht alle Gedanken entziehen. Hatte sie das gemerkt? Er traute sich nicht, sie anzusehen und hörte ihre Stimme wie aus einem anderen Land: »Gab es außer diesem Steffen Kemper noch andere – ehm – Freunde eurer Mutter?« Sie hob eine Hand und ließ sie in der Luft hängen.

Er nickte. »Christian. Aber ich weiß nicht mehr, wie er aussah. Das war vor Steffen, da haben wir in einem Dorf gelebt, im Vogelsberg. Es war schön da. Christian war Fotograf, sie haben sich bei einem Interview kennengelernt.« Er nahm das Sternenbild aus seiner Brieftasche und legte es auf den Tisch. Inas Gesicht blieb ausdruckslos, doch hörte er ein leises Seufzen, bevor sie fragte: »Wo lebt dieser Christian jetzt?«

»Er lebt nicht mehr.« Er schloß die Augen und lauschte, weil jemand schrie. Robin nicht, nein, der kleine Robin sitzt still am Tisch, ein Zwerg auf einem extra hohen Stuhl, der den Löffel in seinen Brei fallen läßt und sich freut, wenn es spritzt. Sein leises Schmatzen war das einzige Geräusch. Katja hatte ihnen das Frühstück gemacht und war nach oben gegangen, um Christian zu wecken, doch sie kam nicht zurück. Keine Schritte oben, kein Lachen wie sonst, es war so still wie nie. Dorian erinnerte sich an diese Stille, weil ein Schrei sie auseinanderriß, ein langgezogener, wimmernder Schrei, in dem er die Stimme seiner Mutter erkannte. Er lief nach oben und sah Christian im Bett liegen; Christian ist ein Murmeltier, hatte Katja einmal gesagt.

Ein Murmeltier schläft lange, das wußte er, ein Murmeltier steht nicht gerne auf. Aber wenn das so war, warum schrie sie so laut? Seine Mutter kniete vor Christians Bett und hatte den Kopf auf seine Brust gelegt, aber sie konnte doch gar nicht richtig in ihn hineinhorchen, weil sie dauernd seinen Namen rief; *Chris*, schrie sie, *Chris, nein, nein, nein, Chriiis.* Noch nie hatte ihre Stimme so geklungen, *Chris, bitte, Chris*, und Dorian wußte nicht, was passiert war, aber er wußte, es war schlimm. Vielleicht hatte er ein Geräusch gemacht und sie gerufen, denn wenn er Angst bekam, rief er immer nach ihr. Hastig drehte sie sich zu ihm um, und er sah, daß ihre Augen trocken waren, obwohl ihre Stimme gerade so klang, als würde sie weinen. Er sah sie aufspringen und auf ihn zulaufen, und ihre Hände, die eben noch Christians Schultern umklammerten, hielt sie jetzt vom Körper weg, als wären sie naß geworden, und sie fand kein Handtuch zum Trocknen. Er fühlte, wie sie ihn packte und die Treppe heruntertrug, und ihr Gesicht war ganz fremd geworden, grauer und älter, als hätte sie niemals gelacht. In der Küche rührte Robin immer noch in seinem Brei, aber sie zog ihn raus aus seinem Stuhl und fing wieder an zu schreien, *komm Robbi, komm Dori, komm.*

Sie wußten nicht, wohin es ging, doch sie flogen. Katja trug Robin auf dem Arm und zog Dorian hinter sich her, und sie flogen durch das ganze Dorf, über Wiesen und Straßen, bis sie anfingen zu weinen, alle drei. Jemand brüllte ihnen Böses hinterher, das wußte er noch, weil Katja nicht richtig angezogen war, nur etwas Kurzes trug, das neben ihnen hersegelte im Wind. Als sie wieder zu Atem kamen, konnte er das Zittern ihrer Schultern fühlen, und er erinnerte sich, daß auch ihre Stimme zitterte, als sie sagte: »Dori, ich weiß nicht, was ich tun soll.«

Sie hat doch immer alles gewußt.

Als das Zittern aufhörte, erzählte sie ihm, daß Christian woandershin gegangen ist und die Leute sagen würden, Christian ist tot. Das stimmte aber nicht, weil tot sein hieß, man ging woandershin, wo man für die anderen immer noch lebte. Richtig tot, sagte sie, ist nur der, an den niemand mehr denkt.

Er sah auf, weil er das Gefühl hatte, die ganze Welt wäre stumm geworden, doch war es nur in seinem Kopf so still. Robbi, du sagst ja nichts? Nein, das hast du damals gar nicht mitbekommen, hast Christian später nur den Scheißfotografen genannt, der dieses Bild von dir machte, auf dem du nicht vollständig warst. Als er sich zurücklehnte, begegnete er Billas Blick; ja, du neugierige alte

Schlampe, das ist eine Vernehmung hier, und weil die Kommissarin Henkel im allgemeinen weiß, wie man das macht, wartet sie jetzt ab, was er als nächstes sagt.

»Christian ist an Drogen gestorben«, sagte er. »Sie haben damals gedacht, wenn sie im Dorf leben, hört er damit auf. Er hat auch eine Weile aufgehört, das hat sie mir später erzählt. Nicht so erzählt, wie ich es dir jetzt erzähle, halt so, wie man Kindern was verständlich macht, weißt du? Sie hat mir immer viel erzählt. An dem Morgen ist er ganz früh aufgestanden, hat sich was gespritzt, und dann ist er neben ihr im Bett gestorben, und sie hat es nicht gemerkt. Erst wie sie ihn wecken wollte, da hat sie's gemerkt.«

Er schwieg einen Moment. Hörst du zu, Robbi? Kannst du dich erinnern?

»Ich weiß noch, wie die Totenträger ins Haus gekommen sind. Meine Mutter hat gesagt, sie müssen ihn zu zweit tragen, weil er schwer ist. Sie hat dann nicht mehr richtig schlafen können, kam jede Nacht ein paarmal zu uns ins Zimmer, um zu gucken, ob wir noch leben. Sie hat viele Blumen auf Christians Bett gelegt, aber sie hat nicht mehr da geschlafen. Sie hat unten auf dem Sofa geschlafen, halb im Sitzen.«

Ina sagte nichts, und er beobachtete ihre Hände, wie sie Kaffeetasse und Aschenbecher auf dem Tisch hin und her schoben. War sie auch zu Hause so nervös? Dann war es sicher kein Vergnügen, mit ihr zu leben. Stell dir das vor, du vögelst sie gerade, und sie angelt nach links und rückt den Wecker gerade, grabscht dann nach rechts und raschelt mit Bonbons, das kann man sich doch ersparen, nicht? Er lächelte sie an. »Hast du schon mal Drogen genommen?«

»Keine harten«, murmelte sie. »Früher mal, auf Partys, in Discos – haben wir doch alle mal gemacht.«

»Ich nicht«, sagte er. »Ich hab noch nicht einmal geraucht.«

»Geraucht hab ich auch nie.« Das klang eine Spur zu trotzig, als täte es ihr leid, zuviel gesagt zu haben.

»Robin war auch nicht auf Drogen. Das habt ihr bei der Obduktion gesehen, oder?« Er fand es komisch, von der Obduktion zu sprechen, und fragte sich, wie Robin das geschafft hatte, zweimal dazusein, einmal auf dem Seziertisch und das zweite Mal in Dorians Körper drin. So gerne würde er sie fragen, ob sie Robin wirklich *gesehen* hatte auf dem Tisch, weil ihm vieles leichter würde, wenn sie sagte, nein, stell dir vor, die Leiche war weg. Das wäre logisch und er wollte so gerne das Gefühl haben, daß alles mit rechten Dingen zuging, weil doch seit dieser Nacht, als er Robins Leiche auf dem Friedhof sah, alles um ihn herum in Stücke fiel, seine Gedanken, sein halbes Leben und die ganze Welt. Hilf mir doch, wollte er sagen, du suchst einen Mörder, aber vielleicht gibt es keinen, weil Robin ja irgendwie noch am Leben ist. In mir drin am Leben, verstehst du, und vielleicht frißt er mich auf.

Drüben redeten sie über ihn. Sicher hielt Karl Hufnagel die Kommissarin Henkel für Dorians neue Freundin, das dachte er von jeder Frau, die hier mit ihm saß. »Die Mädels sind wählerisch geworden«, sagte er laut zu Billa, »die gucken sich zehnmal um.«

»Brauchen sie bei ihm doch nicht.« Billas Stimme war so schleppend, als sei sie betrunken. »Ist doch ein Hübscher.«

Dorian lächelte. Hatte die Kommissarin das gehört? Aber im Grunde konnte Billa das gar nicht beurteilen, weil sie erstens so verkommen war und zweitens auch noch Karl geheiratet hatte, der weit davon entfernt war, ein Hübscher zu sein. Als wäre ihr das gerade selber eingefallen, fing sie von Karls Haaren an, die er sich doch tönen sollte, um die grauen wegzukriegen, wie sie es im Fernsehen doch auch für Männer zeigten. Kastanie vielleicht.

»Dazu ist mein Teint zu blaß«, sagte Karl, und das schien Billa einzusehen, wo er recht hatte, hatte er recht. Kastanie also nicht. Aber Braun, so ein solides, unbezweifelbares Braun?

»Glatze«, sagte Karl. »Glatze soll erotisch machen.«

»Dich auch?« Billa stand auf. Als sie hinterm Tresen verschwunden war, murmelte die Henkel neben ihm: »Was sind denn das für Vögel?«

»Die Hufnagels«, sagte Dorian abwesend, »Billa und Karl.« Sollte er ihr sagen, daß er die Kneipe übernehmen würde? Aber nein, nachher erzählte sie es noch Nicole, und die sagte es seinem Schichtleiter, oder, was noch dümmer war, die Henkel sprach mit Billa selbst darüber, die noch gar nichts davon wußte. Nein, mehr Schwierigkeiten konnte er nicht brauchen, sie waren ohnehin schon groß genug. Schmerzen überall, ein fremder Körper, halbtot.

»Welches Verhältnis hatte Robin zu eurer Mutter?« Ina rührte hingebungsvoll in ihrer längst leeren Tasse. Als sie ihm in die Augen sah, hörte er Robin flüstern, man sollte ihr die Fresse demolieren. Was soll das, Zwerg? Warum kannst du Frauen gegenüber nie höflich sein, warum kannst du *mir* gegenüber nicht höflich sein und tust du mir so weh? Er drückte das Kreuz durch, wurde größer auf seinem Stuhl und sah den dunklen Polizistenblick, mit dem sie ihn fixierte, doch was sollte er tun? Robin war zwar nur einen Meter fünfundsechzig groß gewesen, doch dieser Giftzwerg war als ganzer Mensch in ihm drin, und wenn er sich bewegte, hatte Dorian Angst, daß ihm das Rückgrat brach. Manchmal hatte er sogar das Gefühl, der käme ihm zu den Ohren heraus oder würde seinen Kopf wegsprengen in einer einzigen, schnellen Bewegung. Sie konnte sich das nicht vorstellen, nein, was hatte sie schon mit sich herumzutragen außer zwei ansehnlichen Brüsten, die sie vorzeigte in diesem hautengen – wie nannten die Frauen das, *Top?* Selbst wenn sie schwanger wäre, wüßte sie es nicht, denn wie sollte sie begreifen, wie es war, einen ausgewachsenen Menschen zu tragen, halb tot und halb lebend, einen Geist im eigenen Körper, einen kleinen bösen Kobold, der sich wie ein Schmarotzer in ihm eingenistet hatte, ohne ihn zu fragen?

»Warst du schon mal schwanger?« fragte er. Das Atmen fiel ihm schwer, und er spürte, wie ihm der Schweiß über den Rücken lief.

Ina schüttelte den Kopf und zog die Oberlippe zwischen die Zähne.

»Willst du es werden?«

Etwas amüsiert sah sie ihn an, aber auch, schau hin, Robbi, verärgert. Vielleicht merkte sie, daß sie sich das Heft aus der Hand nehmen ließ, denn Bullen tun sich schwer damit, Bullen zu befragen.

»Was wolltest du wissen?« fragte er und hörte sie wieder seufzen, leise, aber nachdrücklich wie eine Lehrerin, die es dem Klassendümmsten das zehnte Mal erklären muß.

»Also gut, das Verhältnis«, sagte er gedehnt. »Zum Beispiel hat sie uns Märchen vorgelesen.« Er schob die beiden Hälften des auseinandergerissenen Bierdeckels wieder zusammen. »Sie hat angefangen, ein Märchen vorzulesen, und hat dann mittendrin aufgehört und uns gefragt, wie es weitergehen könnte. Da haben wir dann oft stundenlang über das Märchen geschwatzt, weil – es hätte ja so oder so ausgehen können. Gut oder böse. Sie hat uns immer geglaubt, was wir sagen. Sie war so oft unterwegs zu Konzerten, aber sie hat uns mitgenommen, wenn es ging, sie hatte immer viel Zeit für uns.«

»Und dann?« fragte Ina leise. »Was ist passiert?«

Er bemühte sich, nicht zu kichern, als Robin, ausgerechnet Robin ihm erzählte, daß sie es sicher dringend nötig hatte, so wie sie guckte. Laß es, wollte er ihm zuflüstern, hör auf, aber sein Bruder hörte nicht auf, wollte ihm nur weh tun, oder nicht? Wollte ihn zerstören. Hörte nicht auf zu strampeln und zu keifen, bis es doch jeder hier im Raum hören mußte, jeder. Warum begriffen sie nicht, welche Schmerzen er hatte, wie weh ihm der Rücken tat, warum taten alle so, als sei alles normal? Er wurde doch krank davon, richtig krank; Robbi, verstehst du das nicht? Hör auf, flüsterte er, ich sag's dir, sei still und tu mir nicht mehr weh, ich schaff das nicht, weißt du, kann dich nicht ein Leben lang tragen, bis wir beide sterben, erst ich und dann du ein zweites Mal, oder stirbst du nie?

Willst du niemals sterben, Robbi, nie woandershin gehen? Als er aufsprang, hörte er, wie sein Stuhl umfiel, doch kümmerte er sich nicht darum, denn was er brauchte, war Platz, Platz in sich selbst und ein bißchen Luft zum Atmen. Er schlug einen Arm weg und drehte sich im Kreis, bis er die Tür entdeckte, die ihn endlich ins Freie brachte.

Vier Schritte vom Fenster bis zur Tür, so klein war das Zimmer. Vier Schritte, Tippelschritte hin und her. An der Wand stand das zweistöckige Bett, Dorian lag oben, Robin unten. Erst lag Robin oben, das hatten die Tillmanns so gewollt, weil er kleiner war und dünner, aber da jammerte er jede Nacht, daß er rausfallen würde und sterben. Kannst du dich erinnern, Robbi? So ein Schisser bist du gewesen. Hast laufend geheult und nach deiner Mama gebrüllt, hast um dich geschlagen, wollte Frau Tillmann dich trösten in diesem fiesen, kleinen Loch. Ein Schrank mit ein paar Sachen und ein Tisch, der einem den Rücken verkrümmte, mußte man Aufgaben machen, das war ihr Zimmer bei Tillmanns.

Vielleicht ist er deshalb dauernd gerannt. Dorian rannte, sobald er draußen war, weil er die hundert Meter in acht Sekunden schaffen wollte, acht-komma-null, weil er weg wollte von Tillmann, raus in die Welt. Wenn Tillmann von der Arbeit kam, legte er sich immer gleich hin und drückte sich ein feuchtes Tuch auf den Kopf. Dann war das Wohnzimmer dunkel, und man mußte still sein. Frau Tillmann sagte, der Papa hat Kopfweh, aber Tillmann war nicht der Papa und Frau Tillmann nur seine häßliche Frau. Bei ihrer Mutter mußten sie niemals still sein, durften sie lärmen und lachen, und Katja hatte sie ja auch nicht weggestoßen, wenn sie Fragen hatten oder schimpfen wollten oder weinen. Man konnte in ihre schützenden Arme fliehen, doch dann war sie weg, und man konnte es nicht mehr tun.

Als er die Augen öffnete, kam ihm sein Wohnzimmer wunderbar weit vor, weil er hier viel mehr Schritte machen konnte als bei Tillmanns im Loch.

»Bist du okay?« fragte Ina. Sie saß ihm gegenüber in dem Ledersessel, für den er lange gespart hatte, und sah ihn wieder so an wie auf dem Friedhof draußen. Ja, komm her und bring mich ins Bett, streich mir über die Stirn und laß mich schlafen.

»Es geht mir gut«, sagte er, was gelogen war, weil sein Bruder ihm eine Schneise durch den Schädel zog, die meistens Leere hinterließ und manchmal merkwürdige Gedanken. Auf der Straße hatte sie seinen Arm genommen, ein Bild, das er sich nicht vorstellten mochte, ein Schutzpolizist, von einer Frau geführt wie ein blinder alter Mann.

Er sah sich um. Alles war da, die Bilder an den Wänden und die Kerzen auf dem kleinen Tisch, seine Bücher im Regal und die Gitarre auf dem Boden vor der Wand. Alles hatte seine Ordnung, und er mußte sich nicht schämen für den Zustand seiner Wohnung.

Ina folgte seinem Blick. »Schön hast du's hier.«

»Na ja, es fehlen noch ein paar Möbel.«

»Nein, eben nicht«, sagte sie. »Ich hab zu Hause auch nicht so viel, ich mag es, wenn Platz ist. Mein Freund hat mal gemeint, bei uns sieht's aus, als könnten wir uns nichts leisten, weil so wenig da steht.«

Was sagst du, Robbi, jetzt taut sie doch ein bißchen auf, aber das kam, weil es ihm schlecht gegangen war und die Frauen das mochten.

»Was arbeitet dein Freund?« fragte er.

»Portier.«

»In einem Hotel?«

»Ja, da sind die meistens.« Sie schien ein Grinsen zu unterdrücken, was ihm nicht gefiel. Vielleicht hätte sie auch lieber einen Broker, einen Zahnarzt oder einen Musiker, aber sie hatte halt einen Portier. Konnte man nichts machen.

»Ich muß laufen können«, murmelte er. »Wir hatten so wenig Platz. Wir hatten nur ein kleines Zimmer bei Tillmann. Wenn man ein Kind ist, geht es ja noch, aber später hockt man aufeinander, ob man will oder nicht. Du kannst ja nicht immer nur draußen sein, und irgendwann geht's dann los, willst du allein sein oder fängst an zu wichsen oder –« Er hustete. »Na, sorry, das war jetzt –«

»Nein, ist okay«, sagte sie. »Ich kann's mir gut vorstellen. Ich meine natürlich – ja.« Sie sah an ihm vorbei. »Wie hat Robin sich mit Tillmann verstanden?«

»Besser als ich.« Er lächelte. »Tillmann ist ein Arschloch und am Anfang hatten wir Angst vor ihm, aber später hat Robin sich nichts mehr gefallen lassen. Wenn Tillmann gebrüllt hat, hat er zurückgebrüllt und ich glaube, Tillmann mochte das sogar. Er hat mal zu mir gesagt, Robin ist ein Kerl und du bist ein Weichei. Hast du sein Alibi schon überprüft?«

Darauf sagte sie nichts. Sie sah ihn nur an, als überlege sie sich die nächste Frage genau, doch dann stand sie auf. »Warte einen Moment, ich mach Kaffee, ja?«

Ja, mach. Und überhaupt: Was hieß denn schon *warten*, wußte sie denn, was *warten* war? Er wußte das, er hatte Übung im Warten, denn sein halbes Leben war herumgegangen, indem er Ausschau hielt – deins auch, Robbi, das weißt du doch noch. Zuerst hatten sie jeden Tag in Tillmanns Loch am Fenster gestanden, dann jeden zweiten. Bei jedem Klingeln waren sie zur Tür gelaufen, weil sie dachten, jetzt käme Katja und nähme sie wieder mit. »Für eine Weile«, hatte sie gesagt, doch wie bemaß man das? Frau Tillmann sagte dauernd, sie wüßte es doch nicht und daß sie aufhören sollten mit Maulen und Fragen und dem Rennen zur Tür. Was meinst du, Robbi, haben wir sie vielleicht beleidigt? Da wusch sie unsere Wäsche und stellte uns das Essen hin, und wir quengelten nach unserer Mutter, die uns versprochen hatte, die Sterne vom Himmel zu holen und zum Leuchten zu bringen in ihrer Hand. Also warteten sie weiter, warteten Weihnachtsfeste hindurch und Geburtstage, warteten ganze Jahre lang, bis Robin eines Tages sagte: »Die Sau kommt nicht mehr.«

Es sah so aus, als hätte er recht, der kleine Wicht, der jünger war und alles besser wußte, denn man konnte doch nicht warten, bis man starb. Die Bilder verblaßten und es tat nicht mehr so weh, doch eines Abends zeigte Tillmann ihnen das Video. Besoffen war er und rief, als er sie umarmte: »Ihr Waisenkinder, ihr armen, ausgesetzten Bälger, jetzt guckt einmal her, eure Mama.«

Und von diesem Abend an war sie wieder da, nein, falsch, sie war nie richtig weg gewesen. Sie stand vor ihm auf einer großen Bühne und er sah die Hände, die sich ihr entgegenstreckten, und er sah die Leute tanzen zu ihrer Musik. Scheinwerferlicht fiel auf ihr

Gesicht. Niemand, den er kannte, stand unterm Scheinwerferlicht, kein Mensch war so groß. Sie konnte brennen und steckte mit dem Feuer alle an, das hatte er als kleiner Junge nicht gewußt. Doch das Wichtigste war, daß er sich wieder erinnern konnte, wie sie ihn in den Armen hielt und Lieder sang für ihn allein.

Alles war anders von da an, denn sie war bei ihm. In der Schule war er der einzige mit einer berühmten Mutter, und gab es auch Deppen, die nichts begriffen und nur lachten, so trug er doch ihren Namen. Nein, ein Muttersöhnchen war er nicht, wie denn auch, hatte er doch kaum mit seiner Mutter gelebt. Es war nur so, daß sie anders als die anderen Mütter war, nicht so bieder und so öde, nicht so häßlich, nicht so klein. Darum machte ihm das Gekicher in der Schule auch nichts aus, oder es machte ihm nur dann etwas aus, wenn Robin bei den anderen stand und ihm nicht half. Er blieb allein, bis er seine erste Freundin hatte, die ihm sagte, daß er süß wäre, so still und verträumt. Ja, das erste Mädchen hatte er vor allen anderen, und er hatte sogar das zweite Mädchen, bevor die Wichser auch nur ihr erstes hatten.

Robin wollte keine Freundin und wohl auch keinen Freund, der stänkerte nur. Du bist doch bescheuert, hatte er einmal gesagt, du bist doch bekloppt.

Nein, ich hab mich nur besser erinnert. Aber selbst du wirst dein Leben lang daran gedacht haben, wie wir zu dritt auf das Haus der Tillmanns zugingen, wie Katja unsere Hände nahm und sie wortlos drückte, so sehr drückte, daß es schmerzte, bevor sie ging.

Du blöder Hund. Das hast du nie zugegeben.

»Wo hast du denn Kaffee?« rief Ina aus der Küche.

»Auf dem Brett über dem Herd.«

Eine Weile war es ruhig, bis sie rief: »Okay. Stark oder wie?«

»Ein halber Liter Wasser und drei Löffel Kaffee.« Oh Mann – daneben. Das kam davon, wenn man alleine lebte, da dachte man nur an sich selbst. »Willst du auch?« rief er. »Dann mußt du die doppelte Menge nehmen, vom Wasser und vom Pulver.«

»Dorian«, sagte sie und ihre Stimme klang wieder so dunkel wie am Telefon, »da wär ich jetzt echt nicht drauf gekommen.« Aber sie wollte ja nichts. Sie brachte ein Tablett herein, auf dem nur die Kanne und ein Becher standen, setzte sich ihm gegenüber und guckte ihn an. Er sah auf das Tablett. Milch und Zucker hatte sie vergessen.

»Du bist gut organisiert«, sagte sie. »Bei mir zu Hause ist die Küche chaotischer.«

»Kochst du gerne?«

Sie sah ihn einen Moment an, als hätte sie die Frage nicht verstanden, und sagte dann: »Nö.«

»Kocht dein Freund?«

»Manchmal«, sagte sie nur. Aber das stimmte schon, er war gut organisiert. Bisher war er das jedenfalls gewesen, hatte doch ein ganz normales Leben gelebt, doch nun fiel alles auseinander. Gestern nachmittag hatte er sich in der Buchhandlung ein Buch über Verrückte angesehen. Da stand, daß es Verrückte gab, die Stimmen hörten, doch so war das nicht bei ihm, weil Robin ja nicht bloß Stimme, sondern Leib und Seele war. Er existierte, auch wenn man seinen Körper nicht mehr sah, und weil er allein mit Robin war, machte es keinen Sinn, anderen Leuten davon zu erzählen. Man mußte die Erfahrung selber machen, erst dann hörte man auf zu lästern und zu sagen: So etwas gibt es doch nicht. Als kleiner Junge hatte er auch nicht geglaubt, daß es richtige Schwarze gab, bis er sie am Bahnhof sah. Er besaß ein schwarzes Püppchen, von dem seine Mutter sagte, es hieße Mandela, und er hatte gedacht, daß mit dem Püppchen etwas nicht in Ordnung war, weil es doch schwarz war von oben bis unten. Als er dann auf der Straße einen schwarzen Menschen sah, rief er: »Mama, da ist ein Mandela!« So war das mit den Halbtoten auch. Man glaubte es nicht, bis sie zu einem kamen.

Er setzte sich auf. »Was willst du wissen?«

Darauf schien sie gewartet zu haben, wollte sich verbeißen wie ein kleiner Kampfhund auf dem Übungsplatz. »Ihr habt also auf dem Land gewohnt, zusammen mit dem Freund eurer Mutter.

Nach seinem Tod seid ihr zurückgekommen und habt bei diesem Kemper gelebt, ja?«

»Nicht lange«, sagte er. »Ich weiß nur, daß er Steffen hieß, so hat sie ihn genannt.« Er sah zur Decke, sah eine Weile hin, während er ihren Blick spürte, ihren kalten, blauen Bullenblick. »Steffen Kemper, na schön.«

»Gut«, sagte sie gedehnt. »Könnte es sein, daß deine Mutter mit ihm später wieder zusammen war, nachdem ihr in dieses Hotel gezogen seid?«

Er stand auf und holte die einzige CD, die es von Katja Kammer gab, denn die Oberkommissarin sollte sich ein Bild machen, ein Hörbild, bevor sie ihm tausend Fragen stellte, auf die er keine Antwort wußte. Als die Musik mit einem Schlagzeugsolo einsetzte, dem das Klavierspiel seiner Mutter hinterherhüpfte wie ein neugieriger Spatz einer fetten Taube, fiel ihm der Lärm wieder ein, der ihn eines Nachts in Steffens Wohnung weckte. Kempers Wohnung, gut. Nach Christians Tod hatten sie das Dorf verlassen, und woran er sich erinnerte, waren Frauen mit immer anderen Gesichtern, anderen Stimmen und anderen Betten, Katjas Freundinnen wohl, die ihnen für ein paar Tage Unterschlupf boten. Eine Weile war alles eng und fremd, doch dann waren sie in Kempers großer Wohnung und konnten wieder spielen. Trotzdem war es nicht so schön wie im Dorf, weil Kemper nicht mit ihm kickte, wie Christian es getan hatte, und weil Katja nicht mehr richtig lachte. In dieser lauten Nacht schrie sie sogar, und ihre Stimme übertönte das dumpfe Gepolter, das ihn weckte, *laß mich los, Scheißkerl, hör auf*. Er wußte nicht, ob er aufstehen durfte, denn Kemper mochte das nicht, Kemper fand, die Gören blieben viel zu lange auf. Er fühlte sich ganz allein und wartete auf die Männlein, die ihn mit krummen Fingern am Schlafanzug packten, weil sie wie Geister aus der Flasche aus dem Licht emporsteigen würden, das er sekundenlang sah. Ein schnelles, flüchtiges Licht war das, dem ein leichter Wind folgte, ein kurzer, kühler Hauch, an den er sich erinnerte, und so viele Jahre später wußte er nicht, wie das zuging, daß man solche Kleinigkeiten im Gedächtnis behielt. Steif im Bett liegend, achtete er auf das neue Geräusch, ein Beben, ein Zittern, das er hören konnte. Seine Mutter war der Geist im Zimmer, der herüberatmete im Dunkeln, und als er Licht machte, sah er sie eng an die Tür gepreßt stehen, in ihren Augen einen Blick, den er nicht kannte.

»Schlaf doch«, murmelte sie. »Schlaf weiter, Schätzchen, es ist gut.« Aber sie blutete an der Stirn und ließ es übers Gesicht laufen wie eine rote Träne, und am nächsten Morgen war sie immer noch da, kauerte unterm Fenster auf dem Boden und guckte ihn an.

»Wir ziehen um«, sagte sie. »Wir gehen hier wieder weg.« Das war der letzte Morgen in Kempers Wohnung. Er erinnerte sich nicht an Kempers damaliges Gesicht, er sah nur manchmal ein anderes Gesicht, ein älteres Kemper-Gesicht, das sich verzerrte.

»Warum fragst du mich so viel?« Er seufzte und strich über den Stoff seiner Uniform. »Wir waren so lange bei den Tillmanns, hast du das vergessen? Wie können wir denn wissen, was sie zu der Zeit gemacht hat? Was hat das alles mit Robin zu tun?«

Ina sah zu den Boxen hin, aus denen Katjas Stimme kam. Es war ein einfaches Liebeslied ohne große Worte, denn viel wichtiger als der Text war ihr die Musik und der Klang ihrer Stimme, der ausdrückte, was sie fühlte. Vielleicht verstand man sie in fremden Ländern. Selbst Oberkommissarinnen begriffen es doch, siehst du, Robbi? Sie hört einfach zu. Es gefällt ihr. Sie kann es fühlen.

»Dorian, ich stell mir was vor.« Inas Blick schien von weit her zu kommen. »Robin erzählt dir eines Tages, daß er eine Aufnahme besitzt, ein Video, auf dem er eure Mutter gesehen hat. Es handelt sich dabei um eine – ehm – Veranstaltung, die nicht legal ist.«

Dorian lachte. »So hat der nicht geredet. Außerdem war das ein Video mit Konzertmitschnitten, das haben wir bei Tillmann gesehen.«

»Okay.« Sie beugte sich vor und sah ihm in die Augen. »Hör auf zu mauern, das hältst du nicht ewig durch.«

»Welche Zusammenkunft? Was heißt *nicht legal?*« Er sprang auf.

»Ich bin Polizist. Ich bin Polizist geworden, um zu bestrafen, was nicht legal ist.«

»Nein«, sagte sie und klang auf einmal sehr müde. »Du bestrafst nicht, du stellst noch nicht einmal die Schuld fest. Hast du gepennt, als das dran war? Hör zu, ich –«

FICK SE DOCH, brüllte Robin dazwischen, DIE BLÖDE SAU.

»Halt's Maul«, zischte Dorian, »bitte –«

»Was?« Ina starrte ihn an.

»Entschuldigung«, murmelte er, »bitte, ich hab dich doch nicht gemeint.« Er versuchte, ruhig auf Robin einzureden, hör zu, Junge, das kannst du nicht tun, du mußt dich schon benehmen, weil du mich sonst in Teufels Küche bringst, okay? Als er aufsah, starrte die Henkel ihn immer noch an.

Sie war ein bißchen empfindlich, nein?

Und wenn das so weitergeht, Robbi, hält sie mich noch für verrückt.

»Es geht mir nicht gut«, murmelte er. Das war etwas, worauf sie doch ansprangen, damit konnte er vielleicht wieder gut Wetter machen. »Es ist so viel passiert.« Er faltete die Hände. Alles, was er brauchte, war ein bißchen Frieden. Sie sollte nicht so mit ihm reden, weil alles, was sie sagte, in seinem Kopf zu flackern begann, als hantiere sie mit einem Feuerzeug in seinem Innern und kriegte es nicht richtig zum Brennen. Nur ab und zu schoß die Flamme hoch, die etwas beleuchtete, was böse war. Kemper? Ein Sofa fiel ihm ein, auf dessen Rückenlehne er den Arm eines Mannes sah. Kemper? Er würde sich mit Kemper beschäftigen müssen und wollte die Kommissarin hier anklagen, daß sie es so weit mit ihm trieb. Kemper, ja. Beizeiten. Wenn er ausgeschlafen war. Langsam schüttelte er den Kopf und sagte: »Ich hab so lange nicht richtig geschlafen.«

[8]

Am Abend hatte der *Taubenschlag* sich verändert. Aus dem traurigen Stadtrandcafé war eine richtige Kneipe geworden, mit lärmenden Männern, die ihren Frauen erzählten, was schieflief im Land: alles, Schatz, alles. Nach jedem Satz nickten sie zufrieden vor sich hin und schnippten mit den Fingern noch ein Bier heran. Regierung in die Tonne, hörste? Opposition obendrauf und fertig ist die Laube.

Ina stellte sich an den Tresen und wartete auf die Wirtin, die kaum wacher aussah als am Nachmittag. Sie redete nur wenig mit den Gästen, stellte Bier bereit und nickte bedächtig, sobald sie einer fragte: »Isses nicht so?« Manchmal ließ sie sich auch zu einer Antwort herab, »Sicher, Alfons, aber ja.« Ihr graublondes Haar war hochgesteckt, und ihre Figur verbarg sich hinter einem gräßlichen Kittel. Mit einem Geschirrtuch in der Hand kam sie näher.

»Sorry«, sagte Ina. »Ich hab vorhin vergessen zu bezahlen. Wir sind so schnell raus, Dorian ging es nicht gut.«

Die Wirtin stellte ein paar gespülte Gläser auf ein Brett überm Tresen. »Und jetzt?«

»Möchte ich bezahlen.«

»Wie geht es ihm jetzt?«

»Besser. Ein Pils und ein Cappuccino, was kriegen Sie denn?«

»Nichts.«

»Danke«, sagte Ina. »Machen Sie mir noch ein Wasser?«

Die Wirtin lächelte leicht. »Ich hab noch nie Wasser gemacht, aber ich gieße es Ihnen einfach aus.«

»Ja«, sagte sie lahm. Vielleicht tat die Olle sich mit ihrem Chef zusammen, der sie auch so gern verbesserte. »Schlechtes Deutsch, Frau Henkel, das müssen Sie noch einmal schreiben, lernen Sie es denn nie? Daß Sie keine Kommas mögen, nehme ich in stiller Demut hin, aber Ihr Satzbau verursacht Sodbrennen« – gab Pagelsdorf ihr einen Bericht zurück, fing sie an, ihn lautlos zu beschimpfen. Hätte die Kammer es ihm ins Gesicht gesagt? Oder hätte sie gelacht und ihn umarmt oder sonst etwas getan, was ihn verblüffte?

Irrelevant. Gutes Wort, auf dessen Einsatz sie wartete, Herr Pagelsdorf, das ist irrelevant mit meinem Deutsch, Hauptsache die Fakten stehen drin. Ich will das ja nicht veröffentlicht haben, wissen Sie, das soll keinen Nobelpreis kriegen. Aber sie sagte es ja nicht. Sie nickte nur und murmelte etwas und schmiß mit den Akten nach Kissel, wenn sie ihn grinsen sah.

Was schrieb man denn über Dorian, schrieb man hin, der Bruder des Geschädigten mauert? Hat vielleicht ein Rad ab, läuft ein wenig neben der Spur? Blödsinn, verstört ist er, was verständlich ist nach einem Gewaltverbrechen in der eigenen Familie. Er ist ein Kollege, verdammt noch mal, aber trotzdem kein bißchen kooperativ. Wie formulierte man das um ins Pagelsdorfer Deutsch? Er erwähnte, daß seine Mutter Blumen auf das Bett des verstorbenen Geliebten legte –

Liebe Kollegin, bitte halten Sie sich an das Wesentliche.

Tu ich doch. Vielleicht waren ihre Gefühle das Wesentliche, und vielleicht waren sie grenzenlos, ihre Liebe, ihre Trauer und später ihr Haß. Das Herz ist die Wildnis, hatte sie gesagt, das klang zuerst mal ziemlich blöd, doch in der Wildnis kommst du ja um, wenn du nicht gerüstet bist.

Ina rechnete nach – es mußte wohl zu jener Zeit gewesen sein, als die Kammer ihre Kinder zu den Tillmanns brachte, als sie selber Sunny auf der Bühne sah, Sunny und das andere Leben. Damals hatten all ihre Träume sich darum gedreht, wie Sunny-Sigrid zu sein, und eine Weile trug sie auch die gleichen Klamotten, schwarz, bis der Arzt kam. »Da sieht man doch nie«, hatte ihre Mutter sich beschwert, »daß du dich auch mal umziehst, du siehst doch aus, als trägst du jeden Tag dasselbe.« Doch auch die Partynächte hatte sie damals entdeckt, als man auf das Wochenende wartete und darauf hoffte, der Montag würde abgeschafft. Zu fünft in einen kleinen Wagen gepfercht, rasten sie jeden Freitagabend in die Stadt, um montags träge und mit dicken Augen in der Schule zu hocken und an die Stunden zu denken, die man nur mit Tanzen verbrachte, mit dumpfen Rhythmen, Schmusen und Wein. Mit Jungs, die immer hübscher wurden, und mit Mädels, denen man erzählte, was die hübschen Jungs schon alles konnten.

Kein Gedanke an den Tod, damals nicht. Keine Ahnung von kaputten Körpern, zerstörten Gesichtern und Augenhöhlen voller Blut, von Löchern, Kratern, Maden im Fleisch, nur das federleichte Gefühl, schon von Winzigkeiten halb besoffen zu sein. Das hatten die beiden doch auch gewollt, nicht wahr? Sunny, die davon sang, und die Kammer, als sie sagte, sie wolle Glück in den Körper pumpen und kein Leben, an dessen Ende alle Jahre gleich gewesen sind.

Ina stützte beide Arme auf den Tresen und verfolgte mit den Augen ein dünnes Rinnsal Bier, das sich hinter einem übervollen Aschenbecher seinen Weg zu bahnen begann. Hast es durchziehen wollen, ja? Waren deine Kinder dir im Weg?

Du hast ja keine Ahnung. Hattest nie einen Dienstplan im Hirn und den Dreck vor Augen, in dem du wie ein Maulwurf wühlst. Manchmal, wenn ihr einfiel, daß sie vermutlich noch fast dreißig Jahre damit zubringen mußte, im Dreck zu wühlen, sah sie nur ein schwarzes Loch, aber kein Mensch konnte in schwarze Löcher blicken, ohne Angst zu kriegen oder zumindest schlechte Laune.

»Werd vernünftig«, hatte ihre Mutter früher gesagt, als sie aus allen erreichbaren Frauenzeitschriften die schönsten Models ausschnitt, um sie in Gedanken neu einzukleiden, werd vernünftig, aber ja. Mit Siebenmeilenstiefeln war die Vernunft über sie hinweggetrampelt und hatte sie zur Beamtin gemacht, die sich jeden Morgen um sieben aus dem Bett quälte, Überstunden schob, in tote Augen sah und die Lügen der Lebenden hörte – das waren die Tage, grob skizziert, und die Nächte? Es gab kaum noch Partys, und wenn es welche gab, quasselte man ein bißchen und aß in der Küche Nudelsalat. Es waren immer dieselben Küchen. Manchmal war es auch Reissalat. Hatte man nichts vor am Samstagabend, guckte man ein Video, Star Trek oder einen Film, den man im Kino verpaßt hatte, man verpaßte ja fast alles. Ich muß früh raus, ich brauch meinen Schlaf, wann hatte sie sich denn diesen Satz angewöhnt? Kein drittes Glas Wein, gibt Kopfweh sonst, im Urlaub höchstens mal nach Thailand, dann aber geimpft. Wenn sie ab und zu im Bett von Tommy etwas wollte, das über das hinausging, was sie das Übliche nannte, schien er zu erschrecken, und sie meinte in sein Hirn fast hineingucken zu können – wieso, weshalb, weswegen jetzt? War doch gut bisher.

Sicher, klar, aber es gibt doch noch mehr. Weiß selber nicht so genau – aber du kannst doch nicht jeden Tag dasselbe essen, auch wenn's dir super schmeckt.

Meistens senkte er dann den Kopf und sie sah ihm ein paar elend lange Sekunden beim Grübeln zu, bis sie sagte, nee, laß mal. Man konnte sich doch arrangieren, oder? Man mußte ja nicht alles haben.

Die andere hatte alles gewollt, nicht wahr? Und sie hatte verloren, ihre Kinder, den Geliebten, ihren Ruhm und den Anstand wohl, wie sollte man es nennen – das Menschliche. Hatte sie den einen Sohn getötet und den anderen zum Mitwisser gemacht, zum hündisch ergebenen Söhnchen, das schwieg? Hör zu, ich komm an deinen Sohn nicht ran, Frau Katja Kammer, ich krieg das wieder mal nicht hin. Hab mich nicht getraut, ihn, den Kollegen, zu fragen, was ich wirklich wissen will: ob er weiß, daß seine Mama zugesehen hat, wie eine Frau halb totgefoltert wurde, und ob er weiß, daß Robin das wußte.

Hat er als kleiner Junge schon vor sich hingeflüstert, hast du das bemerkt? Ich würd gern wissen, wie du damit umgegangen bist, komm doch raus aus deinem Loch und laß uns reden.

Hast du Robin getötet? Konntest du ihm dabei nicht in den Augen sehen? Das war eine verdammte Anzahl Messerstiche in den Rücken des kleinen Kerls, dem du Geschichten von Vögeln erzählt hast, von Trottellummen und Sterntauchern und sonstigem gefiederten Volk.

Nein. Ich glaub das nicht.

Verdammt, Frau Kammer, ich muß mir dir reden, ich würd dich gern einmal sehen.

Noch immer guckte sie auf die Bierpfütze, die sich nicht entschließen konnte, bis zum Rand des Tresens vorzudringen. Als sie sacht darüber pustete, um ein bißchen nachzuhelfen, knallte die Wirtin einen Lappen darauf, ein vorüberfliegender Schatten vor ihren Augen, gefolgt von einem dumpfen Schlag – Hände auf den Rücken. Rücken an die Wand.

Die Wirtin sah sie an, mit einem gleichgültigem Blick aus glasigen Augen.

Ina räusperte sich und versuchte den Lärm um sie herum zu ignorieren. »Robin Kammer war hier Gast, ja?«

»Manchmal kam er. Nicht so oft.«

»War er allein?«

»Ja.«

»Was hat er gemacht?«

»Was wird er gemacht haben? Was denken Sie, was man in einer Kneipe macht, beten?« Die Wirtin lehnte sich gegen den Tresen. »Sie sind Polizistin? Ich meine, Sie haben sich nicht vorgestellt.«

Ina zeigte ihr ihren Ausweis, und als die Frau ihn nehmen wollte, zog sie die Hand leicht zurück. An die Vorschriften halten. Niemals den Ausweis aus der Hand geben.

»Frau Henkel«, sagte die Wirtin gedehnt, wie hieß sie gleich, Hufnagel? »Es war schon einer da. Ist das so üblich bei Ihnen, daß Sie sich nach den eigenen Kollegen erkundigen?«

»Sie meinen –« Ina wußte, was sie meinte, doch sie ließ sie reden.

»Ich meine, daß er mich gefragt hat, ob Dorian am Dienstag hier war. Ja, er war hier.« Sie machte eine abwehrende Handbewegung, als ein Mann am anderen Ende des Tresens nach ihr schrie, *»Billa, laminet verdurstn.«*

»Vielleicht hätt ich mich gar nicht erinnert, aber er hat mir den Bierhahn repariert, das war Dienstag. Hat ewig gedauert, und er hat's nicht so richtig hinbekommen, mein Mann war ja wieder nicht da. Mittwoch ist dann einer von der Brauerei gekommen.« Sie brachte dem Verdurstenden ein Bier, das schon bereitstand, und kam mit langsamen Schritten zurück. Sie ging, als wären ihr die Schuhe zu eng. »Was noch?«

»Robin«, sagte Ina. »Haben Sie beobachtet, daß er hier versucht hat, Leute aufzureißen?«

»Hier?« Frau Hufnagel stieß die Luft durch die Nase. »Nein, das habe ich nicht beobachtet.«

»Oder daß er mit jemandem ins Gespräch gekommen ist?«

»Mit seinem Bruder, ja. Er kam, um ihn zu treffen.«

»Ich suche Leute, die ihn gekannt haben.« Ina seufzte, weil es mit diesen Wirten immer dasselbe war, mit Wirten und mit Taxifahrern. Entweder erzählten sie ungefragt die eigene Lebensgeschichte, wobei sie besonderen Wert auf alle Ehen, Scheidungen und Unterhaltsklagen legten, oder sie bekamen das Maul nicht auf.

»Er war allein, glaube ich. Ein kleiner Einzelkämpfer, der sich auch in der Rolle gefiel.« Frau Hufnagel nahm Inas leeres Glas und behielt es in der Hand. »Hier hat er jedenfalls keinen abgezockt, falls Sie das meinen, er war keiner, der –« Einen Moment sah sie aus, als würde sie den Faden verlieren oder hätte Schmerzen; *Billa*, kreischte es wieder von irgendwoher. »Er hatte Jobs, hat hart gearbeitet. Fragen Sie Dorian, wo das war, er hat nicht so viel mit mir geredet.«

»Wann haben Sie Robin das letzte Mal gesehen?«

»Irgendwann –« Die Wirtin drehte ihr den Rücken zu und zog einen Salatteller heran. »Ich weiß nicht, irgendwann vorher.«

»Mmh.« Ina strich sich das Haar zurück. »Hinterher geht nicht.«

Frau Hufnagel mochte offenbar keine dünnen Witze. Sie fuhr herum und schob ein Glas zur Seite, das einen Moment zu tanzen schien, bevor es sich dann doch entschloß, nicht umzukippen. »Sonst noch was?«

»Dorian ist oft hier.« Ina ließ den Blick über den Tresen schweifen und sah verklebte Pfützen, Asche und Bierdeckelreste.

»Er wohnt in der Nähe, das wissen Sie ja.«

»Kennen Sie seine Mutter?«

»Kennen Sie die Jungfrau Maria?« Die Wirtin schmiß Inas Glas ins Spülwasser. »Er hat eine Vorstellung von seiner Mutter, aber wer kennt schon Vorstellungen, Heilige?« Kopfschüttelnd wandte sie sich ab.

Heilige, Teufel, da gab's doch einen Übergang, waren das nicht die gefallenen Engel? Ina sah zu, wie die Wirtin mit raschen, heftigen Bewegungen ein paar Gläser spülte und nahm das Geräusch ihres Handys erst wahr, als ein alter Mann ihr auf die Schulter tippte: »Frolleinsche, bei Ihne piept's.« Vor irgendeinem Einsatz hatte sie mit Nicole Mewes einmal über die Tücken des Handys gesprochen, als sie darauf warteten, jemanden festzunehmen und sich die Nervosität mit sinnlosem Gequassel vertrieben. Ich hasse dieses Gepiepse, hatte Ina gesagt, also hab ich es mal so eingestellt, daß es vibriert, aber je nachdem, wo ich das Ding habe, ist es mir unangenehm, und wenn es in der Tasche vor sich hinvibriert, krieg ich es ja gar nicht mit.

Unangenehm? hatte Nicole geziert gefragt. Ist doch schrecklich nett, wenn es vibriert.

Ich weiß ja nicht, wo genau du dein Handy lagerst, Nicki – Waffen und Handschellen griffbereit, hatten sie gekichert wie aufgeheizte Gören.

Kissel schrie ihr etwas über den Himmel ins Ohr – Himmel? Nein, *himmelschreiend.* Im Hintergrund ein Geräusch, das sich wie Türenschlagen anhörte, dann pfiff und rauschte es wie bei einem Radio, wenn man den Sender nicht hereinbekam. *Sitte* verstand sie, *Amateure.*

»Was willst du?« Sie hielt sich das freie Ohr zu und stellte im selben Moment fest, daß die Wirtin traurige Augen hatte. Nein, auch das nicht, eher müde und teilnahmslos; ihre Mutter hatte nach dem Tod ihres Vaters so ausgesehen. Doch das war schon eine Weile her, und jetzt hatte sie ja diesen Kerl, ach nein, ihren *Bekannten,* der als erstes wissen wollte, ob Kriminalpolizistin nicht ein zu harter Job war für eine zarte, junge Frau.

Depp, blöder.

»Dieser Wichser vom Finanzamt«, schrie Kissel, »hörst du mich? Hier kommt die Adresse.«

Es war ein vierstöckiges Wohnhaus von jener Sorte, die ihre Mutter proper nannte, mit Vorgarten, Garagen und fünf Sorten Mülltonnen. Zwei Streifenwagen störten die Ordnung, von denen die Vorderreifen des einen sich auch noch in ein Blumenbeet geschoben hatten. Kissel war nirgends zu sehen, dafür aber ein Kollege von der Sitte und Nicole Mewes, die mit aufgeregten Nachbarn sprach.

»Ich kann's net sehen«, rief eine Frau, »mir ist ganz schlecht, ich kann's net sehen.«

»Ja, dann gucken Sie auch nicht.« Nicole nahm sie beim Arm. »Gehen Sie jetzt einfach rein und setzen sich irgendwohin.« Sie seufzte, als sie Ina sah, und kam gemächlich auf sie zu. »Für Nachbarn und Gaffer hätt ich gerne Wasserwerfer.«

Doch würden sie jetzt keine Witze reißen, weder über verstörte Nachbarn noch über vibrierende Mobiltelefone. Ina sagte: »Du hast doch längst Dienstschluß.«

»Schön wär's. Ich bin dem Schichtleiter in die Arme gelaufen, als ich uns abmelden wollte, Dorian und mich, und es haben doch sieben Leute Fischvergiftung, all die, die bei der Kollegin Reuter zum Essen eingeladen waren, tja.«

»Und was ist hier los?« Ina preßte ihre Schultertasche enger an den Körper. »Ich hab den Kissel kaum verstanden am Telefon.«

»Bei Fisch muß man wissen, wo er herkommt.« Nicole machte eine beruhigende Handbewegung, als jemand aus dem oberen Stockwerk nach ihr rief. »Wir kriegen ihn nicht vom Fleck, ich muß wieder hoch. Geh erst mal ums Haus herum, da siehst du ihn am besten.«

Ein kleiner Hof lag hinter dem Haus, zwei Quadratmeter Rasen mit einer Bank und Wäschestangen. Keine Leiche, doch hektische Stimmen vom Gebäude her. Ina sah noch nicht hin, sondern konzentrierte sich auf die Sachen, die zum Trocknen hingen, weil die Augen erst Anlauf nehmen, vorbereitet werden mußten wie die

Haut auf heißes Badewasser, wenn man zuerst eine Hand hineinschob.

Jeans, Jogginghosen und taschentuchgroße Babyhemdchen. Bübchen wahrscheinlich, alles in Blau. Zwei kleine Söhne. Was hatte die Kammer auf dem Video gesagt, sie will nicht blind durchs Leben rennen, will alles erleben, alles sehen, was es gibt? Paß auf, ich sag dir, was es bedeutet, alles zu sehen, mal siehst du einen Erschossenen und mal einen Zerquetschten, dann wieder stehst du vor einer Wasserleiche oder hast ein Bündel vor Augen und vor der Nase, das drei Monate in einer gut geheizten Wohnung lag und ein Mensch gewesen ist, wenn du verstehst, was ich meine.

Sehen, ja. Ist ein beschissenes Gefühl, diese Erwartung, gleich in den Abgrund zu gucken, ja wirklich, in die Hölle. Das sind keine einfach so Gestorbenen, sondern Totgequälte wie Robin, und die haben andere Augen, weißt du das? Ein anderer Blick, in dem Angst und Schmerz für immer eingegraben sind, und vielleicht noch als Skelett, wenn man sie ausgräbt, flackert Horror in den leeren Augenhöhlen wie ein Nachtlicht in einem dunklen Gang. Können Sie das genauer sagen, hatte der Polizeipsychologe sie einmal gefragt, können Sie diese Gefühle erklären? Aber wie machst du das, erklär mal Gefühle, beschreib doch mal Freude oder Liebe oder Angst. Geht nicht so gut. Sie hatte lange vor sich hingestarrt und sich gewundert, wie lange der Mann die Stille aushielt. Hockte da und guckte ihrem Schweigen zu, und um das noch einmal klar zu stellen, sagte er: Wir haben Zeit.

Ich hab kein Mitleid mit den Toten, hatte sie schließlich gesagt, Mitleid ist es nicht, ich meine, ich werf mich jetzt nicht hin und wünsch mir, der wär noch am Leben. Ich hab die Leute ja nie vorher gesehen, also die Leichen. Mir wird auch nicht schlecht oder so, es ist was anderes, so eine Angst davor, was alles möglich ist. Wenn ich mir so einen Zugerichteten angucke, dann krieg ich Horror vor dem Ausmaß – wissen Sie, was ich meine? Wie ruhig wir leben, wenn alles gut geht, und wieviel dabei auf uns wartet, wieviel Grauen, von dem wir nichts wissen.

Ja, hatte der Polizeipsychologe gesagt, nichts außer einem verhaltenen Ja. War auch eine Möglichkeit, sein Geld zu verdienen.

Okay, ein bißchen was wußte sie ja seit ihrem Unfall – nein, sag's genauer, seit dem Anschlag der Verrückten, und manchmal nahm sie diese Ahnung in den toten Augen wahr, das Wissen darum, jetzt gleich zu sterben und den unermeßlichen Wunsch, ganz einfach wegzugehen, sich irgendwohin zu verkriechen, wo es wärmer wird und jemand eine Decke über den zitternden Körper legt – eine Decke, verdammt.

Okay. Laß mal sehen.

Langsam drehte sie sich zum Haus und sah zuerst die Beine. Einen Moment lang kam es ihr vor, als sei das auch zum Trocknen aufgehängte Wäsche da oben im dritten Stock, schwer vor Nässe, unbeweglich im Wind. Anzughose, Gürtel, weißes Unterhemd, doch dann, als sie seinen abgeknickten Kopf sah und den Strick um seinen Hals, wurde ein toter Mensch daraus.

Genickbruch. Wenn alle Stricke reißen, hängst du dich auf.

Der Strick war um einen Haken am Fenstersims geschlungen, und der Mann hing an der Hauswand wie ein Bergsteiger, der den Halt verloren hat. Wenn es Suizid gewesen war, und genauso sah es aus, war er mit dem Strick um den Hals nach unten gesprungen, ein klassischer Tod durch Erhängen.

Die Kollegen machten Lärm. Nicole stand mit einem anderen Uniformierten am offenen Fenster, um den Toten nach innen zu ziehen. Es war nur ein kleines Fenster und sie hatten kaum Platz, ihn gemeinsam zu packen, doch versuchten sie es, und ihre herausgepreßten Worte hallten wider in dem engen Hof, *paß auf* und *halt ihn fest* und *verdammt noch mal, das klappt doch nicht*. Der Schatten Kissels war zu sehen, offenbar zerrte er an den beiden, damit sie nicht den Halt verloren und nach vorne kippten. Kissel war nicht schlank genug, um sich auch noch in die schmale Öffnung zu zwängen, und abwechseln konnten sie sich jetzt auch nicht mehr, denn die Schlinge hatte sich vom Haken gelöst. Ina sah vier Hände, die sich in den toten Körper gruben, und hörte Nicole mit ihrer ruhigen Stimme sagen: »Ina? Es kann sein, daß er jetzt runterkommt.«

Sie starrte nur hin und bewegte sich nicht. Sollte sie ihn auffangen, wurde das jetzt verlangt? Aber der kam aus dem dritten Stock herunter, falls er denn kam, und sie konnte doch einen Toten nicht – sie konnte überhaupt keinen ausgewachsenen Mann – aber durfte sie zulassen, daß er hier auf die Erde fiel? Kein Kollege war hier unten, und nur verschwommen, weil sie Gaffern grundsätzlich keine Aufmerksamkeit schenkte, nahm sie die Köpfe der Nachbarn wahr und hörte ihre Rufe, *Jesses, lieber Gott, mir is so schlecht, jetzt batscht der gleich uffs Pflaster.*

Stand sie hier nicht auch herum und gaffte?

Und was zum Teufel war *batschen?*

Warum war die Feuerwehr nicht hier, die hatten Sprungtücher, die machten das doch, die holten auch Katzen aus Bäumen.

»Geh zurück«, sagte Nicole.

Nicki, du hast das doch im Griff oder? Die Anstrengung machte Nicole ein wenig atemlos, doch klang ihre Stimme höchstens so, als käme sie gerade die Treppe hochgerannt und sagte: Mensch, ist das heiß. Neben ihr stöhnte der Kollege auf, ein Laut wie aus dem Karatekurs, wenn der finale Schlag zu führen ist, denn als er sich mit einer letzten Kraftanstrengung nach hinten stemmte, hatte er den Toten so weit nach oben gezogen, daß Nicole seine Knie umfassen und halbwegs schieben konnte. Dabei verlor er einen Schuh, dessen Aufprall die Nachbarn mit einem Schrei kommentierten. Beide taumelten sie vom Fenster zurück, und sekundenlang waren nur die Füße des Toten zu sehen, einer mit Schuh und einer ohne, bevor Nicole zurückkam, die Hände aufs Fensterbrett stützte und sagte: »Der war heftig.«

»Ja«, murmelte Ina. Den Kopf in den Nacken gelegt, blieb sie so reglos stehen wie oben Nicole, und als sie einander eine kleine Ewigkeit lang in die Augen sahen, dachten sie vielleicht dasselbe, wenn sie überhaupt etwas dachten, wenn es nicht nur ein Gefühl war, das sich selten angemessen aussprechen ließ – was für ein beschissener Job.

Oben in der Wohnung sah sie ihm ins Gesicht. War es eins der Schattengesichter, die man auf dem Video sah, das Robin Kammer besessen hatte? Rot war es jetzt, blaurot und geschwollen, wie bei allen Erhängten. Merkwürdig abgeknickt lag der Kopf auf einer Schulter.

»Das Ende eines Finanzbeamten«, sagte Kissel. »Hat sein Leben in Stille verbracht, jetzt will er wenigstens mit einem Paukenschlag sterben und hängt sich vors Haus.« Wie ein gefangenes Tier bewegte er sich in der Wohnung, rannte hin und her und stieß mit dem Fuß gegen Stühle und Schränke. Es waren die drei ordentlichen Zimmer eines Mannes in mittleren Jahren, der alleine lebte. Die hatten meistens ordentliche Wohnungen, zumal wenn sie nach Feierabend neben der Spur liefen, Wohnungen, die sie zweimal die Woche saugten, um anschließend alle Möbel wieder so exakt zurückzuschieben, daß im Teppich kein zusätzlicher Abdruck entstand. Nirgends ein Zeichen, daß hier jemand gelebt hatte, nur Sauberkeit überall. Dr. Lippert also. So stand es auf der Tür, und so hatte er es wohl gebraucht, das Verewigen seiner akademischen Buchstaben selbst auf dem Türschild. Wenn es jener Dr. Lippert war, den sie im Visier hatten, sammelte er wohl Foltervideos und war vielleicht Gast auf diesen Prügelpartys gewesen und kannte womöglich die Frau im Abendkleid – Klappe zu. Hatte sie gekannt.

»Der da« – Kissel deutete auf den Kollegen Marquard von der Sitte – »hat's versaut.« Kissel war kein höflicher Mensch. Möglich, daß er früher anders war, doch jetzt, mit Ende Dreißig und nach zehn Jahren Mordkommission, ging er wie ein Bulle vor, ein echter Bulle, der mit den Hörnern zustieß und dabei niemandem in die Augen sah. Manchmal, wenn es wieder spät geworden war, saß er zurückgelehnt an seinem Schreibtisch, auf seinem Gesicht das Leuchten eines Menschen, der alte Urlaubsfotos betrachtet und sich in all die fernen Lieder zurückdenkt, in denen er glücklich war. Zwei Scheidungen lagen hinter ihm, und er hatte eine Tochter, die er nicht mehr sah. Manchmal glaubte sie, er werde eines Tages Amok laufen.

»Knallkopf«, sagte Kissel zu Marquard, doch Marquard nahm das nicht hin.

»Dieser Mann wurde mir von euch genannt.« Er konnte sich nicht entschließen, wen er anschauen sollte, Ina oder Kissel, also guckte er zu, wie der Tote auf der Bahre festgezurrt wurde. »Es gab eine Anzeige gegen ihn. Schwere Körperverletzung, das war damals eine Prostituierte, und der konnte sich rauswinden. Jetzt haben wir wieder was, zwei Aussagen von Prostituierten, ich wollte eine Gegenüberstellung. Und wenn du mir auch noch sagst, daß der wahrscheinlich illegales Material –«

»Hör zu«, rief Kissel, »ich wollte den befragen in einer aktuellen Geschichte, hab ich das nicht deutlich gemacht? Anschließend hättet ihr ihn haben können, aber was machst du Knallkopf? Schickst ihm eine Vorladung!«

»Konnte ich denn wissen, was für ein Sensibelchen das ist?« Marquard sah aus, als würde er auf die Bahre spucken.

»Jetzt isser weg«, stellte Kissel blöderweise fest.

»Wieso hängt der sich eigentlich nach draußen?« fragte Marquard.

»Weil am Sims ein stabiler Haken ist.« Kissel ging auf ihn zu, und Marquard sprang zurück. »Hat auf ihn gewartet, muß älteren Datums sein. Vielleicht hat er ihn selber vor Jahren da reingeschlagen, als Vorsorge für schlechte Zeiten.«

»Das muß eh noch untersucht werden«, sagte Ina, »ob es Suizid war.«

»So, so.« Kissel lachte. »Vielleicht war's ja die Kammer, trägt ihn zum Fenster und hängt ihn auf. Singt ihm noch eins. Los, steh hier nicht rum, ich will was sehen.«

Sie suchten noch, als alle anderen gegangen waren, guckten in Schränke und Schubladen, wühlten sich durch Papierkram vom Finanzamt, durch Socken, Hosen und Unterhemden, und fanden eine Kiste mit Videos in der Küchenspüle. »Warum fängt man nicht gleich da an«, murmelte Kissel. Er richtete sich auf. »Ein Finanzbeamter hat bei einer guten Fee drei Wünsche frei. Wünscht er sich also auf eine einsame Insel mit Sonne, blauem Himmel und klarem Wasser. Hörst du zu?«

»Mmh«, sagte Ina. Es waren Videobänder ohne Aufschrift und ohne Hüllen.

»Die Fee erfüllt ihm also diesen Wunsch und fragt nach dem zweiten. Och, sagt der Finanzbeamte, jetzt hätte ich gerne noch eine Superfrau dazu. Die Fee schickt ihm eine Superfrau und erinnert ihn, daß er noch einen letzten Wunsch frei hat. Hach, sagt er, gute Fee, ich möchte nie wieder im Leben arbeiten. Schwupps, saß er wieder im Finanzamt.«

»Wir sind auch Beamte«, sagte Ina.

»Ach, du kannst so humorlos sein.«

»Stimmt gar nicht.« Sie ging in Lipperts Arbeitszimmer und schaltete seinen PC ein. Sie suchte Bilder und fand sie schneller als die Videos, Aufnahmen von blutigen Körpern und verzerrten Gesichtern, Rümpfe ohne Beine, Gesichter ohne Augen. Sie lehnte sich zurück und hatte das Gefühl, daß dieser Stuhl in diesem blitzsauberen Zimmer irgendwie klebrig war und sie unter die Dusche müßte, jetzt gleich.

»Hat er eine Adressenliste?« Kissel stand hinter ihr und tippte mit zwei Fingern gegen die Rückenlehne. Computer überließ er ihr prinzipiell, und auch auf dem Präsidium schrie er sie herbei, sobald er etwas zu suchen oder nur einzutippen hatte, denn Computer waren gegen ihn, eigens dafür geschaffen, unter seinen Händen abzustürzen und die Arbeit für immer zu verweigern.

Lippert hatte nur wenige Texte gespeichert, nichts, was sie etwas anging, Gesetzesvorlagen, Durchführungsbestimmungen und Verordnungen aller Art. Doch dann schnippte Kissel mit dem Fingernagel gegen eine merkwürdige Zeichenfolge, die in einem Kommentarfeld am unteren Rand eines noch geöffneten Bildes stand: *Guvryr, Znvyäaqre Fge. 54r.* »Was soll der Scheiß? Verschlüsselt ist das nicht, das sieht anders aus, mit vielen Zahlen.«

»Doch«, murmelte Ina, »das ist verschlüsselt, das heißt, nicht richtig.«

»Ja was nun?«

»Wo hat er ein E-Mail-Programm?« Sie klickte sich durch, bis sie eins fand. »Da gibt's so was, das ist 'ne ganz harmlose Verschlüsselung, die machen wir manchmal aus Jux.«

»Zu Hause?« fragte er. »Da spielst du doch bloß am PC.«

»Nein, ich schreib auch Mails.«

»Du schreibst freiwillig? Wem?«

»Meinen Freundinnen.« Sie startete das Programm und fügte die Buchstaben ein. »Das nennt sich ROT-13 und ist 'ne Verschlüsselung für Arme, also eigentlich bloß 'ne Verschleierung, weil da wird jeder Buchstabe um 13 Buchstaben versetzt. Zahlen gar nicht.« Im Menü wählte sie den Punkt *ROT-13* und auf dem Bildschirm erschien *Thiele, Mailänder Str. 54e.*

»Hey«, flüsterte Kissel. »Der war gut.«

Ina streckte die Finger aus, weil sie auch die Tastatur, auf der kein Staubkörnchen lag, als klebrig empfand.

»Schade eigentlich.« Kissel verschränkte die Arme. »Erhängen geht viel zu schnell.«

»Ja, noch schneller bist du wohl, wenn du dir die Waffe in den Mund schiebst.«

»Ich empfinde es als tröstend, die Waffe zu haben.« Er ging ins Wohnzimmer, und sie hörte, wie er den Fernseher einschaltete. »So muß der Wichser hier vielleicht gefühlt haben, wenn er den Haken da draußen gesehen hat.«

»Komm, sag so was nicht.« Sie hob den Kopf, weil sie darauf wartete, daß er noch etwas sagte, doch hörte sie nur das Summen einer Videocassette, die zurückgespult wurde. Kissel galt als faul. Es hieß, daß er krankfeiere, wann immer sich die Möglichkeit bot. Manchmal knallte er sich mit Pillen zu, gut, das machten sie alle bei zu wenig Schlaf, doch kam es vor, daß sie seine Pupillen nicht mehr sah. Wenn er arbeitete, war er penibel, merkte sich Gefälligkeiten und führte eine Liste mit Leuten, die ihm etwas schuldig waren. Alle guten Menschen, pflegte er zu sagen, sind nur Feiglinge, denn wüßten sie, sie kämen durch, würden sie Schlachtfeste veranstalten. Und du, hatte sie gefragt, was bist du denn als Bulle? Ein Hilfsbeamter der Staatsanwaltschaft, war seine Antwort gewesen, und viel zu schlecht bezahlt. Sie glaubte, daß er alles haßte um ihn herum, und traute sich nicht, ihn direkt danach zu fragen.

Im Telefonbuch gab es einen Oliver Thiele in der Mailänder Straße. Fein, morgen kriegst du Besuch. Eine Weile noch suchte sie im PC nach Namen und Adressen, gab *Kammer* in ein Suchprogramm ein, dann *Katja* und *Kemper*, schließlich *KaKa* und *K.K.* und erhielt die Antwort *Not found*. E-Mails schien er vernichtet zu haben oder war zu dusselig gewesen, sie zu speichern, es gab auch keine anderen Briefe. Es gab nur Bilder von zerstückelten Körpern und Texte über das Eintreiben von Steuern. Existierten überhaupt Verbindungen zwischen Lippert und den Leuten, die auf dem Video zu sehen waren, oder gehörte er einem anderen Zirkel an? Als sie ins Nebenzimmer ging, fiel ihr die Stille auf, eine Stille, die sie daran erinnerte, was sie die ganze Zeit über unterschwellig gehört hatte, das Einlegen und Auswerfen von Videocassetten, das Vor- und Zurückspulen und der anschließende dumpfe Laut, wenn Kissel ein Band auf den Boden warf. Jetzt war nur das Summen des Recorders zu hören, kein Ton und kein anderes Geräusch. Kissel stand gegen den Schrank gelehnt und hielt die Fernbedienung auf den Bildschirm gerichtet wie eine Waffe.

»Was ist los?« Ina drehte sich zum Bildschirm und sah dem Jungen ins Gesicht. Dreizehn war er vielleicht oder jünger, und er riß die Arme empor, um sich zu schützen und sich auszusperren aus der Welt. Doch das nützte nichts, weil er vermutlich geprügelt wurde oder weil sonst etwas mit ihm geschah, was man nicht sah. Fremde Hände kamen ins Bild und rissen seine über dem Gesicht gekreuzten Arme weg, aber er wollte sich doch nur schützen, er wollte sich noch nicht einmal wehren. Er weinte. Es war eine Großaufnahme von seinem verzerrten Gesicht.

»Robin«, flüsterte Ina. »Das ist er doch, oder?« Es war ein Robin mit längerem Haar. Wie viele Robins hatte sie jetzt gesehen? Einen auf dem Friedhof, der ruhig zu ihr hinzusehen schien zwischen diesen Gräbern, und einen auf dem Seziertisch, schmal und bleich, mit geschlossenen Augen. Einen ganz kleinen, lachend in den Armen seiner Mutter. Nur der war glücklich gewesen, nicht? Der ganz kleine. Jener Robin Kammer fiel ihr ein, den andere beschrieben hatten, der schweigsame, unfreundliche Robin, der manchmal prahlen konnte und stänkern. Flüchtige Bekannte hatten das ausgesagt – und sein Bruder? Hatte Dorian ihn überhaupt je beschrieben?

Mach das aus.

Er weinte. Wie weh mußte es tun? Es war ein paar Jahre her, aber das vergaß sie ja, denn hier vor ihren Augen wollte er sich schützen und durfte nicht, denn die ließen es ja nicht zu.

Hör auf damit, schalt aus.

»Na ja.« Sie schnappte nach Luft und hatte das Gefühl, daß es nicht gelang. »Der Pathologe sagt, er hatte noch ältere Verletzungen. Narben.«

Kissel warf die Fernbedienung auf den Boden und starrte sie an. Suchte er nach Worten? Nein, Kissel suchte nie. »Fang nicht an zu heulen«, sagte er. »Guck, daß du die Fotze findest.«

Toms Stimme war ein monotones Quengeln, das durch das Rauschen des Wassers drang, und war alles, was sie jetzt hören wollte. Mit geschlossenen Augen überließ sie sich dieser Stimme wie dem heißen Strahl auf ihrem Körper, ja, Süßer, red weiter. Sollte er ihr doch den Kopf volldröhnen mit schlechter Laune und mit Selbstmitleid, ihr durch die Duschkabine hindurch von seinem Hunger erzählen und seiner Langeweile und von der Tragödie, eine Frau zu haben, die nicht beikam – so nannte er das doch immer, *nie kommst du bei*. All das war besser als Robins Weinen im Kopf, das sie gar nicht gehört hatte, weil auch dieses Video ohne Ton gelaufen war wie das andere, das mit Geli. Aber Gelis stumme Schreie hatte sie ja auch gehört.

Manchmal schaffte sie es, die Dinge einfach nur zur Kenntnis zu nehmen wie ein Postbeamter eine Briefmarke, auf die er seinen Stempel drückte. Manchmal auch nicht. War doch ein Unding, daß es keinen festen Boden mehr gab und kaum etwas stimmte. Opfer wie Robin konnten den Wunsch nach der Todesstrafe wecken, ein Ansinnen, mit dem man sich entsetzlich blamierte, sprach man im Freundeskreis davon. Schweigen, die Leute glotzten sie an, als hätte sie Pocken, und sagten, das darf ja wohl nicht wahr sein, was ist denn mit *dir* los? Sie wußte das selbst nicht so genau. Ab und zu nahm sie ja Mörder fest, die ihr sympathisch waren, während es Opfer gab, die sie für Scheißtypen hielt.

Wann hatte Robin mit dem Weinen aufgehört, Tage später oder erst im Tod? In seinen toten Augen hatte die Gelassenheit eines alten Mannes gelegen, der es hinter sich hatte. Auf den Videos des Finanzbeamten war seine Mutter nicht zu sehen, da gab es keine Frau im Abendkleid, kein kaltes Monster im Raum; »Nein«, hatte Kissel gesagt, »bisher nicht. Warum ist dir das so wichtig? Das heißt doch nichts.«

Als sie das Wasser abstellte, hörte Tom zu reden auf, und sie öffnete fast unverzüglich die Schiebetür, um zu gucken, wo er war. Auf dem Wannenrand hockte er und sah sie vorwurfsvoll an.

»Warum regst du dich auf«, sagte sie, »du hattest doch eh Spätschicht.«

»Ja, aber ich bin schon 'ne Stunde zu Hause, und du hast nichts von Bereitschaft gesagt. Wenn ich spät nach Hause komme, will ich, daß meine Frau da ist.«

»Hey.« Sie warf ihm ihr Handtuch auf den Kopf. »Kriegen wir Allüren?«

»Die Katze kennt dich auch nicht mehr.«

»Jerry steht sowieso auf Männer, glaub ich. Soll's bei Tieren ja auch geben.«

»Schwule Katzen?«

»Ja klar. Hab ich mal im Fernsehen gesehen, also da waren es Affen.« Sie hatte Lust, über schwule Viecher zu reden, doch fiel ihr nichts mehr dazu ein, weshalb sie sich auf ihre Parfüm-Sammlung konzentrierte, achtzehn kostbare Düfte, die so schön in Reih und Glied standen, daß auch das Auge etwas davon hatte. Als sie eine Hand über den Flakons kreisen ließ, sah sie im Spiegel seine zusammengekniffenen Augen.

»Was nimmste denn jetzt noch Parfüm?« fragte er. »Gehst doch nirgendwo mehr hin.«

»Das mach ich vielleicht für mich, weißt du? Oder auch für dich.« Sie entschied sich für *White Linen*, Sunnys Duft, den sie seit Jahren nicht mehr benutzt hatte, und verteilte ein paar Tropfen auf die Handgelenke und zwischen die Brüste. »Du hast manchmal überhaupt keinen Sinn für irgendwas.« Was hatte Nicole Mewes einmal gesagt, Nicole, die ihre Finger in die Leiche dieses Perversen drückte, um ihn hochzuheben und in das Loch zurückzutragen, aus dem er kam? »Ihr seid nicht kompatibel, aber süß.«

Vielleicht, aber was machte das schon? Drehte sie die Anlage auf, um Pearl Jam in der angemessenen Lautstärke zu hören, sprang er hin und stellte leiser, führte sie ihm einen neuen Rock vor, fand er ihn zu kurz, zumindest für die Augen anderer Männer, und wenn sie ihn einmal soweit hatte, Geld in einem todschicken Restaurant zu verprassen, suchte er auf der Karte das Schnitzel. Aber er lebte doch halbwegs in Frieden, man konnte auch sagen, er war glücklich soweit. Hin und wieder schlechte Laune, schön, doch grübelte er weder über kleine Feldwege nach noch über gerade, graue Straßen, die doch bloß in die Rente führten und sonst nirgendwohin. Mit der Kammer, der von früher, hätte er nichts anfangen können, die wäre ihm zu spinnert gewesen, und er hätte sich an die Stirn getippt und gesagt: Die ist ja bekloppt. Vielleicht – man müßte mit ihr reden. Müßte sie fragen, wie ist es gelaufen, warum hast du alles falsch gemacht? Wolltest doch so viel.

Sie drehte sich um und hielt ihm ihr Handgelenk entgegen. »Riech mal.«

»Mmh«, sagte er bloß und sah auf den Boden.

Mit einem Finger strich sie über seine Brust und weiter herunter bis zum obersten Knopf seiner Jeans.

»Willst du noch was essen?« Jeans trug er ohne Gürtel, so daß sie auf die Hüfte rutschten, auch so eine Kleinigkeit, die ihr gefiel. Nur Spießer zurrten sie mit Gürteln fest und bügelten sie womöglich noch.

»Ich hab 'ne Banane gegessen.«

»Und das reicht jetzt bis zum nächsten Ersten?«

»Du hättest anrufen können.« Er ging einen Schritt zurück; na schön, schmoll weiter. Dabei war es ja nicht so, als ob sie es im Bad noch nie getrieben hätten – einmal, oder? Ja, einmal nach dem Ende einer durchfeierten Nacht, halb kichernd und halb keuchend hier an der Wand. Wie viele Nächte machten sie denn durch? Konnte man an einer Hand abzählen, deshalb erinnerte sie sich auch so gut. Über seine Schulter hinweg hatte sie das erste Licht sehen können, das ihr wie ein zaghaftes Glimmen erschien, als fing die Sonne an zu üben und schlich sich aus dem dunklen Himmel heraus, um bei ihnen zu sein. »Glück«, hatte die Kammer gesagt, »besteht nur aus Momenten, aber ich will so viele wie möglich davon.«

Ja, laß gut sein, stell mir das Rad ab im Hirn. In welches Loch hast du dich verkrochen? Glaub mir, es gibt Leute, die wollen gefunden werden, und ich weiß, daß du wartest, denn das hältst du nicht durch.

Sie blinzelte in Toms mürrisch verzogenes Gesicht und murmelte: »Ich hab's vergessen, sorry.«

»Das tut man nicht.« Er folgte ihr ins Schlafzimmer. »Man vergißt nicht anzurufen.«

»Nein, hast recht.« Als Dorian Kammer wie von wütenden Teufeln gehetzt aus dieser Kneipe floh, da hatte sie ihn anrufen wollen, komm her, Tommy, hilf mir mit diesem Kerl, pack ihn, denn ich kenn mich nicht mehr aus. Sie wußte nicht, was sie tun sollte, als sie Dorian unaufhörlich flüstern hörte: Laß mich in Ruhe, hau doch ab. Nein, das geht nicht, wollte sie sagen, wir sind noch nicht fertig, ich muß mit dir reden. Doch als er sich ihr endlich zuwandte, starrte er sie an, als hätte er sie niemals gesehen.

»Scheiß-Bullerei.« Tom folgte ihr in die Küche, wo er sich zu ihr an den Tisch setzte und sie einander eine Weile ansahen, als hätten sie ihre Worte für diesen Tag verbraucht.

»Hör mal«, sagte sie schließlich. »Du hast mir doch mal von einem Typ erzählt, der hat Stimmen gehört.« Sie zog eine halbleere Rotweinflasche heran und fing an, mit dem Fingernagel das Etikett zu lösen.

»Ja, der Johannes. Im Knast war das, der hat mit mir auf der Zelle gelegen.«

»Und wie war der so?« Sie sah nicht auf, sondern pulte weiter am Etikett herum. »Ich meine, woran hast du das gemerkt?«

»Na, diese Stimmen haben ja mit ihm gesprochen.« Er stand auf und nahm Weingläser vom Regal, holte ein Stück Käse aus dem Kühlschrank, ein Brett und zwei Messer aus der Schublade und arrangierte alles ordentlich auf dem Tisch. Sie hätte ihn küssen können und wußte nicht, weswegen. Fürs Tischdecken? Doch, ja, fürs Tischdecken mitten in der Nacht mit schlechter Laune.

»Und weil sie mit ihm gesprochen haben, mußte er auch antworten.« Er ließ sein Messer in den Käse sausen wie ein Beil.

»Der hat also vor sich hin geredet?«

»So hat's ausgesehen, aber ich glaub schon, daß der sich richtig unterhalten hat. Weiß man doch alles nicht, steckt ja nicht drin in den Leuten.«

»Und was ist aus dem geworden?«

»Weiß nicht, bin ja dann verlegt worden.« Er kaute und nuschelte: »Hat halt jeder seine Macke. Ich kann ja nun nicht pinkeln, wenn einer daneben steht. Kann ich noch so 'n Druck haben, geht einfach nicht.«

»Das kannst du doch nicht vergleichen.« Sie goß sein Glas voll und verschüttete etwas, als sie ihn sagen hörte: »Macke ist Macke. Du springst unter die Dusche, sobald du 'ne Leiche hattest.«

»Das stimmt doch überhaupt nicht. Ist irre schwül draußen, schon gemerkt?«

»Du machst das auch bei Dauerfrost.«

»Blödsinn.«

»Macke ist Macke«, wiederholte er. »Der Schwager meiner Schwester meint –«

»Tommy, ich will jetzt echt nicht wissen, was der schon wieder –«

»Der behauptet, wenn Männer nicht vor anderen pinkeln können, hätten sie Angst vor Schwanzvergleichen.«

»Hm«, sagte sie, »die Angst kann ich dir nehmen.«

»Ich sag ja auch nur, was er sagt.« Er gähnte und fragte dann: »Warum willste das wissen? Das mit dem Stimmenhören.«

Sie lehnte sich zurück und guckte so lange ins Lampenlicht, bis kleine bunte Kreise vor ihren Augen tanzten. »Ich hab heute mit einem geredet, da hatte ich den Eindruck, daß der vielleicht – na ja.«

Na ja, man sprach es nicht aus. Es gab Worte, die man nicht zusammenbrachte, Kollege und Schläger zum Beispiel, oder Kollege und verrückt. Nein, es war der Schock; was wußte sie denn, wie sie selbst reagieren würde, stand sie vor einem Toten, den sie kannte? Schon der Gedanke war nicht zu ertragen, obwohl er ihr oft genug kam. Dorian Kammer hatte vor der Leiche seines getöteten Bruders gestanden, und er wußte oder ahnte vielleicht, was geschehen war. Verrückt war anders, und sie hatte es erlebt, als sie die Gefangene dieser prügelnden Frau gewesen war, deren blicklose Augen nichts wahrgenommen hatten außer der Hölle im eigenen Kopf. Seit damals, als sie überall im Zimmer schwarze Schatten sah und plötzlich wußte, daß der Tod kein Sensenmann, kein Teufel war, sondern nur ein Schatten an der Wand, hatte sie einen Horror vor Verrückten, und vor Dorian Kammer hatte sie keinen. Der hatte nur ein wenig vor sich hin geflüstert, wie selbst Tommy das manchmal machte im Schlaf.

Im Bett streckte sie sich aus und sah zu, wie er seine Jeans über den Stuhl hängte und sein T-Shirt in den Wäschebehälter warf. Er war so ordentlich, wie man nur sein konnte, wenn man mit sechs Geschwistern in zwei Zimmern aufgewachsen war. Früher hatte er vom Knast geträumt, so wie sie selbst von jener Nacht mit der Verrückten, und wenn sie sich dann aneinanderklammerten, vermochte sie sich vorzustellen, daß sie kleine Helden waren, bösen Träumen trotzend und der ganzen Welt, Königskinder, bereit, in jeden dunklen Wald zu gehen. Jetzt träumte er nicht mehr. Regte er sich auf, dann darüber, daß sie zuviel arbeitete oder den Müll nicht trennte und überhaupt in vielen Dingen ziemlich nachlässig war. Mit erhobener Stimme konnte er aufzählen, was sie alles nicht essen sollte, weil es giftig war, und wenn nicht direkt giftig, dann aber im großen und ganzen ungesund. Er sah gern fern und ging nicht gern aus, und wenn sie stritten, kriegten sie das kaum hin, weil er irgendwann »Du spinnst ja« sagte und sie anlächelte wie ein beseelter Hirte einen beklagenswerten Wurm. Sei nicht so entsetzlich *lieb*, wollte sie ihn dann anbrüllen, gib mir doch mal einen Grund zu *schreien*, aber das kam ja auch nicht so gut. Sie hatte Angst davor, daß es nachlassen würde wie bei den Kerlen bisher, als sich lauter große Lieben in Kälte auflösten, in schlechte Laune und das Gefühl, etwas verpaßt zu haben, wenn man den anderen nur sah.

Seufzend kroch er ins Bett, hantierte umständlich mit der Decke und guckte nach, wie der Wecker stand. Kein Lächeln, nein, er hatte sich geärgert. Dabei war es ein schönes Lächeln, das hinter seinen Augen lag, bevor er das Gesicht zwischen ihren Brüsten vergrub und sie sich seinen Lippen überließ und seinem Atem auf der Haut.

»Bist du noch sauer?« Sie hielt seine Hand fest, als er nach dem Lichtschalter tastete, küßte ihn auf die Nase, auf die Lippen und streichelte mit den Fingerspitzen seinen Bauch.

»Nein«, flüsterte er. »Aber müde.«

»Ach, dann mach doch, was du willst.« Sie rollte sich herum und hörte ein leises Schnauben, als unterdrücke er ein Lachen.

Die Nacht war schwül und still, eine Stille, die in den Ohren summte, als hätte sie doch ihr eigenes Geräusch. Nur Toms Atem und ein fernes Hundegebell, das herüberhallte wie das Heulen eines gottverlassenen Wolfs. Wo Robin lag, war es wirklich still. Da kam auch keine Wärme hin. Vielleicht lagen sie jetzt im selben gut gekühlten Raum, der Junge und sein Folterer vielleicht. Sein Mörder?

Leise stand sie auf und drehte den Fernseher zum Fenster, damit sein Licht Tom nicht weckte. Sie setzte Kopfhörer auf und schob das Video in den Recorder, der es mit einem leisen Jaulen verschlang. Sicher, es diente der Ermittlung; sie seufzte und versuchte es zu glauben. Möglicherweise gab es auf dem Band etwas, das ihr entgangen war, ein Haus oder eine Straße, die sie weiterbrachte, oder das Gesicht eines jüngeren Finanzbeamten ohne die blauroten Flecken des Erhängten. Nein, sie hatte doch schon alles gesehen. Sie lehnte sich zurück und starrte die Kammer an, die auf einer Bühne unter Scheinwerfern stand und auf einer Wiese unter Sternen. Ihr Leben schien ein niemals endendes Fest zu sein, und heute war sie vergessen. Kein Mensch applaudierte ihr mehr, doch hatte sie ein kleines Licht entzündet, das weiterbrannte, wenn man sie sah. Bei manchen Liedern klang sie wie Sunny. Ein bestimmter Ton lag dann in ihrer Stimme, den man verstand und nie vergaß, weil er eine Spur aus Lachen und Lust mit sich zog, und manchmal aus Tränen.

»Es gibt ein Buch über den Prozeß der Zivilisation.« Sie saß auf dem Klavier und baumelte mit den Beinen. »Was wir anständiges Benehmen nennen, ist eigentlich nur Selbstüberwachung, wir spielen Polizei in uns selber. Von klein auf wird der Mensch darauf dressiert, an sich zu halten. Wir tanzen nicht auf der Straße, auch wenn wir es wollen, wir sagen unserem Gegenüber in der U-Bahn nicht, daß wir es schön finden, weil wir uns zusammennehmen. Wo packen wir uns denn hin, wenn wir uns zusammennehmen?«

Ina schüttelte den Kopf, das hatte sie nie so gesehen, dafür kannte sie sich mit anderen Dingen aus, nimm bloß mal den Tod. Sie streckte einen Finger aus, als ziele sie der anderen ins Gesicht – vier Stunden nach Robins Tod war sein Körper abgekühlt. Das hast du wohl nicht mitgekriegt, falls du dabei gewesen bist, doch die Totenflecke könntest du gesehen haben, die sich schon nach einer halben Stunde bilden, was Anfänger im Polizeidienst nie glauben, weil sie denken, die kämen zuletzt. Du kannst sie wegdrücken in der ersten Zeit, später dann nicht mehr. Wußtest du nicht, nein?

Halb drei. Die andere schlief nie, nicht auf diesem Band, auf dem meistens Nacht war und das Leben nicht müde machte. Ina rieb sich die Stirn, als könnte sie damit alles aus ihrem Kopf verbannen, wenigstens das dumme Gefühl, etwas verloren zu haben – nicht direkt verloren, etwas versäumt vielleicht, das ihr verschlossen war und weit hinausging über ihre kleinen Party-Räusche. Sie sah die Orte, in denen die Kammer sich bewegte, doch wie in einem Vexierbild erschien dahinter etwas anderes, die dunklen und engen Küchen, in die sie als Polizistin kam, und die trostlos vollgestopften Zimmer, in denen Menschen berichteten, wie sie getötet hatten oder jemanden beweinten, der getötet worden war. Es waren immer dieselben erbärmlichen Geschichten, und es war immer dasselbe Geräusch, wenn einer mit den Fäusten auf die Tischplatte schlug. Kennst du nicht, ist nicht dein Job.

Du hast das nicht getan, oder?

Vielleicht lebst du ja gar nicht mehr. War auch eine Möglichkeit, die es zu bedenken galt – sie spulte das Band zurück, bis sie die Stelle fand, auf der die Kammer das Buch mit dem braunen Umschlag in Händen hielt. Las sie diese Gedichte auf der Bühne, sprach sie leiser als gewöhnlich, und ihre Stimme wurde so weich, als spende sie Trost.

Denn gestorben bist du für immer,
wie alle Toten dieser Erde,
wie alle Toten – vergessen
in einem Haufen verendeter Hunde.

Nein.

Nein, hör auf. Erzähl keinen Scheiß.

Hör auf, mir durchs Hirn zu stromern mit deinen Allüren, du bist nicht Sunny, und ich bin keine fünfzehn mehr. Ermittlungstechnisch gesehen bist du eine Tatverdächtige, sonst nichts.

»Also, hör zu.« Ina setzte sich auf Kissels Schreibtisch und baumelte mit den Beinen, wie die Kammer es auf dem Klavier getan hatte. Sie merkte es und sprang herunter. »Der Finanzbeamte hat sich in die Enge getrieben gefühlt wie eine Ratte.« Sie sah zu, wie Kissel drei Schokoriegel, zwei Äpfel und ein Päckchen Kaugummi auf den Schreibtisch legte. Er fragte nicht nach und sah sie nicht an, als wäre ein Teil von ihm noch zu Hause.

»Also«, fuhr sie fort, »dieser Lippert –«

»*Doktor* Lippert«, unterbrach er.

Sie nickte. »Der Arsch gehörte diesem Folterzirkel an. Kemper auch und vielleicht dieser Thiele aus Lipperts PC. Geli gehörte zu den Opfern, und Robin. Ich vermute, Robin ist kurz vor seinem Tod erst an die Videos gekommen, wie, das muß noch geklärt werden. Kann vielleicht der Thiele Auskunft geben, wenn wir den erwischen. Wenn Robin wirklich noch ein zweites Band besessen hat, dann ist womöglich Lippert darauf zu sehen. Robin hat ihn erpreßt oder ihm sonstwie gedroht. Lippert tötet ihn.«

»Und weil so ein Finanzbeamter ein ordentlicher Mensch ist«, sagte Kissel, »legt er den Buben gleich auf dem Friedhof ab. Fehlte eigentlich nur noch ein Ausgangsstempel auf der Leiche.«

»Witzbold.«

Kissel wandte sich ihr ruckartig zu. »Ich dachte, Robin erpreßt seine Mutter. Ich dachte, wir hätten die Kammer eindeutig als Mitglied dieses Zirkels identifiziert. Eindeutiger als jeden anderen.«

»Ja sicher, aber es geht jetzt um den Mord. Ich meine, warum sollte Lippert, wenn er Robin nicht getötet hat, wegen einer Vorladung in Panik geraten? Er kannte ja den Grund der Vorladung nicht, ich meine, wegen Gewaltdelikten an Prostituierten hat der sich schon mal rausgeredet. Außerdem sind die Videos ein paar Jahre alt, aber der Mord an Robin war jetzt. Und jetzt kommt die Vorladung. Bitte, das paßt.«

»Warum meldet sich Robins Mutter nicht?«

Ina legte die Fingerspitzen aneinander. »Das kriegen wir schon noch raus.«

»Ach Süße.« Er betrachtete die Äpfel auf dem Schreibtisch wie ein Maler sein fertiges Bild. »Wir haben ein kleines Problem. Herr Dr. Lippert hatte am Tag der Tat eine fünfstündige Besprechung im Finanzamt, die nahtlos in ein geselliges Beisammensein überging. Bis auf die Besprechung scheint es also ein normaler Arbeitstag gewesen zu sein. Er verbrachte den ganzen Nachmittag, den Abend und die halbe Nacht, auf jeden Fall die Tatzeit vor einer Handvoll Zeugen. Was heißt Zeugen – Beamte! Lückenloser geht es nicht. Er kann Robin nicht getötet haben.«

»Sag das doch gleich«, fuhr sie ihn an. »Läßt mich hier reden.«

»Ich kann dich nicht stoppen, wenn du redest. Das kann keiner.«

»Blödmann.«

»Was regst du dich auf? Es geht halt weiter. Jetzt gucken wir erst einmal nach diesem Thiele. Wenn wir Glück haben, führt er uns zu Kemper. Und der wiederum –« Kissel ließ die Fingerspitzen in der Luft tanzen. »Es ist ein Netz«, sagte er dann. »Wirst sehen.«

[9]

Ein Sofa, auf dessen Rückenlehne der Arm eines Mannes lag, das war das Bild. Die Henkel hatte es ihm eingepflanzt, ein Mann vor dem Fernseher, sein Hinterkopf, seine Schultern und sein Arm.

Hier war er nicht, Dorian sah ihn dennoch überall. Er mußte sich konzentrieren, damit das Bild verschwand. Sie hätte nicht von ihm sprechen dürfen, denn sie hatte auch Robin damit angesteckt, der letzte Nacht seinen Namen flüsterte, Kemper, Kemper.

Sie stellten etwas an in seinem Kopf, beide, sein Bruder und die Kommissarin. Sie zauberten Bilder hervor, die er nicht sehen wollte, und das durften sie nicht.

Hier war kein Kemper, bloß Kinder waren hier. Eng aneinandergedrückte Kinder, ein Mädchen und zwei Jungs. Es war wieder so eine Wohnung, in der die Leute randalierten und es keine Liebe für die Kinder gab, eins der Löcher, wie sie es bald jeden Tag betreten mußten, um den Dreck zu riechen und die Angst. Die Kinder guckten ihn an, während im Flur die brüllenden Eltern sich gegenseitig kaltmachen wollten und dabei die Fäuste hoben wie drohende Affen. Ein Fernseher dröhnte, weswegen sie jetzt hier waren, ein ruhestörender Fernseher, den die Nachbarn gemeldet hatten.

Dorian schaltete ihn aus und spürte die Blicke der Kinder. Aus dem Flur kam Nicoles Stimme, mit der sie die Eltern in Schach hielt, so ruhig wie ein stetiger Strom. Nicole war um die Dreißig, soviel er wußte, so alt wie die Henkel, und er müßte sich einmal ausrechnen, seit welcher Zeit sie nun schon auf Gesindel einredete, ohne zu schießen, müßte es in Tage umrechnen, in Stunden und Minuten.

Es stank hier. Es stank nach Schnaps und Zigaretten, und nach Armut stank es auch. Als er den Stecker des Fernsehers zog, fragte das kleine Mädchen: »Nimmst du ihn mit?«

»Ja.«

»Aber dann können wir doch nicht mehr gucken.«

Er spürte, wie ihm die Tränen kamen, da lief etwas falsch. Er war Polizist geworden, um Pack zu bestrafen, aber doch nicht, um Kindern einen Fernseher wegzunehmen. »Morgen«, sagte er mit heiserer Stimme, »können eure Eltern den wieder abholen.«

»Warum nimmst du ihn denn überhaupt mit, wenn wir ihn wieder abholen können?« Das kleine Mädchen hatte eine harte, böse Stimme, doch die Augen erwarteten eine Antwort auf alle Fragen dieser Welt.

»Das ist halt so«, murmelte er – sollte er *Vorschrift* sagen? Das hätte sie nicht verstanden, er verstand es ja selber nicht.

Er richtete sich auf. Die Kinder waren schmutzig und trugen alte Sachen. Robin lachte darüber; »Sei still«, murmelte Dorian, und das kleine Mädchen sagte streng: »Nein, ich darf mit dir reden.«

Er spürte sein Herz rasen. Manchmal vergaß er, daß er nicht laut mit Robbi sprechen durfte, manchmal ging es schief. Das war mein Bruder, wollte er dem Kind erklären, aber du siehst ihn nicht. Niemand sieht ihn. Warum? Na schau, du siehst ja auch meine Leber nicht und meinen Magen. Wenn man mich aufschneidet, weißt du, dann sieht man ihn auch.

»Vanessa«, schrie der Vater aus dem Flur. »Du sollst die Bullen nicht duzen.«

»Mein lieber Freund«, sagte Nicole. »Ich möchte Ihnen *dringend* empfehlen, sich zu mäßigen.«

Dorian schleppte den Fernseher in den Flur und hörte die Mutter der Kinder hysterisch lachen. Über den Rand des Fernsehers sah er nur ihr aufgedunsenes Asozialengesicht, das ihn an Billa Hufnagel erinnerte, mit der es genauso weit kommen würde, wenn sie noch länger hinterm Tresen stand.

»Den kriegen wir doch eh wieder«, rief die Frau. »Letztens habt ihr uns das Radio weggenommen, das ham wir auch wiedergekriegt. Dafür zahlen wir doch keine Steuern, daß ihr euch auf unsere Kosten zum Möbelpacker umschulen laßt.« Sie sprang auf Dorian zu, als er den Fernseher abstellte, weil ihm plötzlich übel wurde von all der Last, die er trug. Den schweren Fernseher. Robin. Er hatte keine Kraft mehr, weil er schon jemanden mit sich schleppte, der ihn auspumpte und bald nichts mehr von ihm übrigließ.

Die Frau sah aus, als wollte sie ihn schlagen, denn sie holte aus. Er wußte nicht, ob sie Robin jetzt wirklich töten könnte, wenn sie anfing, auf ihn einzuschlagen, denn das war etwas, worüber er sich noch keine Gedanken gemacht hatte. Was passierte mit Robin, wenn er in eine Schlägerei geriet? Tat ihm das weh? Letztlich war es die Frage nach der Zecke und dem Wirt. Die Zecke, die am Wirt, am Menschen klebte, hatte keinen Lebenssaft mehr, wenn der Wirt ihr starb.

»NEIN«, schrie er und spürte, wie ihm die Tränen kamen, die er die ganze Zeit hatte zurückhalten können. Niemand wußte, wie es war, keiner konnte helfen. Nichts wußten sie und belästigten ihn in einer Tour, die Henkel, Kissel, Nicole und diese Asozialen hier. »NEIN«, schrie er erneut und legte seine Hände schützend auf die Brust.

Eine Weile war es still, bis er Nicole husten hörte. »Tja, also, Sie wissen Bescheid«, murmelte sie. »Dann gehen wir jetzt und nehmen den Kühlschrank – das heißt, nein. Wir nehmen –« Sie schien zu überlegen, stand in diesem dunklen Flur wie in der Kleinmarkthalle, na, was nehmen wir denn? »Den Fernseher – ja.« Sie hustete erneut. »Nimm ihn hoch«, sagte sie zu Dorian, und ihre Stimme klang mürrisch und rauh.

»Was war *das* jetzt«, hörte er den besoffenen Mann zu seiner besoffenen Frau sagen, als er mit dem Fernseher zur Treppe ging. »Den sollten se mal besser wirklich umschulen.«

Er zählte. Durch sieben Straßen fuhren sie, bis Nicole endlich etwas sagte. Sie hatte darauf bestanden, selber zu fahren, und jetzt, vor einer roten Ampel, legte sie die Hände in den Schoß und sagte: »Dorian, so geht das nicht.«

»Ich fühl mich nicht gut«, murmelte er.

»Ich weiß. Darum solltest du dir auch Urlaub nehmen. Es ist ganz natürlich, daß du fertig bist nach dieser Geschichte, du mußt dich ausruhen.«

»Die Tillmanns haben mich angerufen«, sagte er, ohne sich erinnern zu können, mit Nicole schon über sie gesprochen zu haben. »Sie sagen, wir müßten uns die Beerdigungskosten für Robin teilen. Sie tun so, als wäre das was ganz Besonderes, daß sie überhaupt die Hälfte zahlen.« Trotzdem war es schade um das schöne Geld, denn was sollten sie beerdigen, bloß eine Kiste, einen Sarg?

»Was ist mit deiner Mutter?« fragte Nicole. »Ich meine, wegen der Kosten.«

»Hat dich die Henkel beauftragt, mich auszufragen?« Er hörte, wie schroff seine Stimme klang.

»Nein«, sagte sie nur, und als er sie ansah, gefielen ihm ihre grünen Augen, ihr dunkelrotes Haar und diese Superfigur unter der Uniform noch immer, auch wenn sie jetzt anfing zu nerven. Alle Frauen nervten, weil sie dauernd Fragen stellten, wie viele Mädchen hatten ihn schon gefragt, *was ist*, wenn er schwieg? Was ist, was ist? Er würde sterben müssen, *das* war, aber das begriffen sie ja nicht, denn kein Mensch begriff den Tod. Er mußte sterben, weil er so nicht weiterleben konnte – andere vergruben ihre Toten, er schleppte einen mit sich herum. Gestern nacht war er mit einem Mädchen zusammengewesen, um Robin nicht länger zu spüren, das half aber nicht. Sie hatte sich an ihn geklammert und seine Augen gesucht, hatte lachend gefragt: Was ist? Nicole konnte schweigen, das hatte er an ihr geliebt, doch jetzt fing auch sie mit dem Fragen an.

»Meine Mutter wird uns das Geld zurückgeben«, sagte er. »Jetzt strecken wir es halt vor.«

»Aha«, sagte sie, was so merkwürdig klang, daß er sie schlagen wollte.

»Ihr geht ja bloß von eurem kleinen Leben aus«, sagte er ruhig. »Ich meine, du als kleine Polizistin oder auch die Henkel als KOK, was ist das schon, das ist ziemlich weit unten.«

»Gut, wir haben keine Ahnung«, sagte Nicole. »Von was bitte?«

Er lachte. »Leute, die oben sind, die könnt ihr nicht begreifen. Ich meine nicht Leute mit Macht, ich meine Künstler, Menschen, die was Besonderes sind. Die lassen euch kleine Geister weit hinter sich.«

»Menschen wie deine Mutter?« fragte Nicole.

»Ja«, sagte er. »Genau.« Er wartete auf ihren nächsten Satz, von dem er ahnte, daß es eine Gehässigkeit werden würde, doch schwieg sie eine Weile, um dann ruhig zu sagen: »Wir haben einen ziemlich niedrigen Luftdruck.«

»Ich bin nicht wetterfühlig.« Er lächelte, dankbar, daß sie nicht streiten wollte. Nein, hatte Nicole Mewes erst ihr Lieblingsthema am Wickel, dann stritt sie nie.

»Hast du heut nacht den Regen gehört?« fragte sie.

Er schüttelte den Kopf. »Ich hatte Watte im Ohr, ich will nachts nichts hören.«

»Hast du laute Nachbarn?«

»Ja.« Er kicherte. »Ja, ja, einen ganz lauten.« Er sah, wie sie die Nase kraus zog.

»Zehn Millimeter Niederschlag«, sagte sie düster.

»Was bedeutet das? Die messen doch nicht nach, oder?«

»Ein Millimeter Niederschlag« – Nicole tippte zweimal aufs Steuer – »bedeutet ein Liter pro Quadratmeter Bodenfläche. In Füssen im Allgäu fielen mal 126 Millimeter in acht Minuten. Das war 1920.«

»Wow«, rief er. »Da war's naß.« Er konnte sich erinnern, wie die Henkel einmal über den Hof des Präsidiums gerufen hatte: »Nicki, wie wird denn übernächsten Mittwoch das Wetter?« Und Nicole hatte ausgesehen, als erwäge sie ernsthaft, diese Frage zu beantworten.

»Heute abend kriegen wir Wind«, sagte sie, bevor ihr Gesicht sich plötzlich veränderte, dunkler wurde und eckiger und vor ihm zu altern begann, als hätte man eine schöne Mumie der heißen Sonne ausgesetzt. Nicole zerfiel zu Staub.

Was ist das, Robbi? Er wußte nicht, ob es am Licht lag oder ob er plötzlich nicht mehr richtig sehen konnte. Nicole? Was ist mit dir? Er schloß die Augen und preßte sich die Fingernägel ins Fleisch, um einen anderen Schmerz zu spüren, einen, den er begreifen konnte, und Robin fing an zu kichern und schrie, *guck doch hin, Mann, guck sie dir an, wie alt und häßlich sie ist, guck sie dir an.*

[10]

Kissel starrte auf das Haus, in dem Oliver Thiele wohnte. Dreißig Stockwerke mochte es haben; legte man den Kopf zurück, schwankte es einem entgegen wie ein betrunkener Riese. »Ich fahr aber nicht Aufzug«, sagte er.

Ina ließ einen Finger über den Klingelschildern kreisen, bis sie ihn fand, *O. Thiele*. »Hast du diese Dings, diese, na –«

»Ein bißchen«, murmelte Kissel. »Im Flieger und im Aufzug und in der U-Bahn manchmal auch.«

»Dann ist es aber mehr als ein bißchen. Wie heißt das gleich? Ich hab's auf der Zunge.«

»Klaustrophobie.« Kissel seufzte laut. »Als Kind bin ich mal im Aufzug steckengeblieben und hab alles vollgeschifft. Dafür bekam ich Schläge.«

»Ah so.« Ina tippte gegen eines der Schilder. »Bist erlöst, müßte Erdgeschoß sein.«

»Auch doof«, sagte er, »im Hochhaus unten zu wohnen.«

»Und wenn's jetzt der dreißigste Stock wäre?« fragte sie.

»Würd ich laufen.«

»Du spinnst doch.«

»Sicher.« Er nickte. »Sag ich ja.«

Niemand öffnete. Sie klingelten, warteten und klingelten erneut. Kissel lehnte sich gegen die Hauswand und sagte: »Noch einen Moment.« Niemand kam heraus, niemand ging hinein. Sie warteten fünf Minuten lang, bis sie drinnen eine Tür schlagen hörten.

»Erdgeschoß«, murmelte Ina. Eng an die Wand gedrückt erwartete sie eine Oma mit Einkaufstasche – nein, eine ältere Dame, die gleich zwischen ihnen stehen und »huch« rufen würde. Doch es war ein Mann, der furchtbar erschrak, als er sie sah.

»Herr Thiele?« fragte Kissel.

Ein schicker Kerl, ölig schick, mit schwarzem Anzug, weißem T-Shirt und straff zurückgekämmtem Haar, als sei er unterwegs zum

Ball der einsamen Herzen. Ina sah einen silbernen Ohrstecker blitzen, bevor er einen Luftsprung machte und Kissel zur Seite stieß, bevor er zu fliegen begann wie von einer Himmelsmacht gepackt. Doch kam er nicht weit, denn seine Flügel schrammten alles, was im Wege war, zwei Frauen und ein Kind, das mit den Ärmchen fuchtelte, bevor es ihm vor die Füße fiel. Ina faßte es an den Schultern und riß es zurück, den Blick auf den Mann gerichtet, der wild zu zucken begann, als Kissel ihn zu Boden warf und brüllte: »POLIZEI.«

Daß es immer so laut zugehen mußte. Doch manchmal, wenn etwas außer Kontrolle geriet, sprang Panik einen an wie ein wütender Hund. Jetzt schrie auch das Kind. Ina spürte einen stechenden Schmerz, als es in ihren Handrücken biß; Milchzähne noch und schon so scharf, so klein das Gör und schon so giftig. Sie ließ los und sprang über die kurzen Beine, während eine Frau – die Mutter? – ihr etwas hinterherbrüllte, das wie »WIR SIND DOCH HIER NICHT –« klang.

»HÄNDE AUF DEN RÜCKEN«, schrie Kissel, als der Mann sich wieder aufzurichten begann. Halb auf den Knien trat er nach hinten aus wie ein tückischer Gaul und traf Kissel zwischen den Beinen. Kissel stöhnte auf und taumelte zurück, während der Mann immer größer wurde, obwohl er noch kniete. Ina zog ihre Waffe, als seine Hand an seinem Jackett zu fummeln begann, rief: »Raus, Raus, LAß DIE HAND AUS DER TASCHE.« Der hatte irre Augen, nein? War der auf irgendeinem Trip?

»SIE SOLLEN DIE HÄNDE RUHIG HALTEN.« Hatte sie ihn eben geduzt? Durfte man nicht. Sie zielte auf seinen Arm und dann auf die Beine – wohin, verdammt noch mal? Auf die Beine, immer auf die Beine, das wurde einem eingebleut, doch nahm er die Hand nicht weg, hatte sie noch immer halb in der Tasche.

Fenster öffneten sich, sie sah es aus den Augenwinkeln. Sie hörte jaulende Bremsen, und ein weiteres Kind fing an zu schreien. Kissel kam wieder heran, während der Kerl ihr starr in die Augen sah und wie ein Kunstschütze, falls es das gab in dieser Kategorie, auf den Lauf ihrer Waffe spuckte.

»Schön«, sagte sie. »Komm hoch, los. Hände ruhig halten.«

Anscheinend wollte er seine Show. Als Kissel mit dem Unterarm seinen Hals umklammerte, fing er an zu japsen wie ein zappelnder Fisch an einem ölverseuchten Strand. Knallcharge.

»Hände in den Nacken«, sagte sie, als er langsam auf die Füße kam. Sie erwartete eine weitere Ladung Spucke, weil er sie unverwandt ansah, doch was kam, war nur sein erster Satz, den er mit so ruhiger Stimme sprach, als fragte er gerade nach dem Weg: »Das ist mir zu blöd.«

»Macht nichts«, sagte sie, und ihre Worte wurden übertönt von Kissels Gebrüll: »LOS JETZT, MACH, STELL DICH HIN.«

Ina steckte ihre Waffe weg, während an einem Erdgeschoßfenster ein Mann theatralisch beide Hände hob.

»Arsch«, flüsterte sie.

Der Festgenommene fühlte sich angesprochen und sagte: »Ich beschwere mich.«

»Sicher«, sagte sie, »können Sie tun.«

Keine Schußwaffe in seinem Jackett, nur ein kleines Taschenmesser von der Sorte, mit der Kerle sich in Hauseingängen schnell die Fingernägel reinigen konnten. Taten die so was? Sie tastete ihn ab, während Kissel ihn umklammert hielt; drei Packungen Papiertaschentücher, eine Tüte Sahnebonbons und eine Brieftasche mit Führerschein. Ja, es war der Mann aus Lipperts PC, Oliver Thiele. Sie tastete an seinen Beinen entlang; »Ui«, sagte er, »holla.« Als sie seine Hosentaschen erreichte, fing er an zu murmeln. Sie holte drei Cracksteine heraus und sagte: »Sie haben ja noch mehr zu naschen.«

»Das gehört nicht mir«, sagte er schnell.

»Nein, bringt das Sandmännchen, ich weiß.« Die ganze Zeit fürchtete sie, er würde sie wieder anspucken; sie wußte nicht, was sie dann tun sollte. Er sah zu ihr hin, als hätte er eine Fliege vor sich, die er mit einer Zeitung zerquetschen würde, sobald sie nur zur Ruhe kam. Übel sah er nicht aus, zu ölig halt, zu schön – nein, er *glaubte*, daß er schön war, das war das Problem. Er war jünger als

Lippert, jünger auch als die Kammer, und sie unterdrückte den Impuls, ihn hier und jetzt schon zu fragen, ob er sie kannte und ob er wußte, wo sie war.

»Mein Guter«, sagte Kissel. »Das war's dann fürs erste.«

Der Mann ging mit Würde. Kissel hatte ihm die Arme auf den Rücken gedreht, doch schritt er dahin wie ein kleiner Herrscher, dem die Ehrengarde salutiert. Ein paar Meter nur bis zum Wagen, Schaulaufen. Eine Frau rief, daß es eine Schande wär, hier auf der Straße mit der Pistole zu fuchteln, hier vor Kindern, ein alter Mann forderte Ina auf, alle zu erschießen. Doch sie sagte nichts. Sie redete nie mit Umstehenden, wenn es sich vermeiden ließ und man sie nicht als Zeugen brauchte, sie sah sie auch nicht an. Sie ging durch Gaffermengen wie durch Fluten, die sich teilten.

Sie roch Thieles Parfüm, etwas mit Zeder, was sie verabscheute, was aber dennoch zu ihm paßte wie *Old Spice* zu einem Finanzbeamten. Hatte Lippert nach *Old Spice* gerochen? Nein, nur nach Tod. Vor ihren Augen Thieles Schultern, schwarzer Stoff, der sich plötzlich hob, als zerrten unsichtbare Finger daran. Es dauerte einen Moment, bis sie registrierte, daß etwas nicht in Ordnung war, weil diese Schulter aus den Fugen geriet und dieser Kerl wieder abheben wollte, zum Flug ansetzte und sich aus Kissels Griff befreite. Doch er stürzte ab, bevor sie richtig begriff, was geschah. Thieles Schulter verschwand, als sie nach ihr greifen wollte, und sekundenlang sah sie nur Kissels Hand in der Luft hängen wie eine sonderbare Skulptur. Mit einem leisen Stöhnen sackte Thiele an Kissel herunter und blieb reglos auf dem Pflaster liegen. Ein Arm war ausgestreckt, der zweite lag auf seiner Brust.

»Ja, was soll *das* jetzt?« rief Kissel. »Will sich losreißen –«

»Nein, der hat –«, fing sie an, doch Kissel schrie: »Ach, leck mich«, und sie registrierte, daß er das vor allen Leuten tat. Sie beugte sich über den Mann, um sie herum nur Lärm. Kissels Stimme, der am Handy nach einem Krankenwagen schrie, Stimmen aus der Gaffermenge: »Jetzt hams ihn erschossen.«

»Aber wie denn? Die Politesse hat doch die Pistole nicht mehr.«

Sie sah hoch. Das Volk kam immer näher. Als sie nach Thieles Puls fühlte, erstickte sie bald an dem unbändigen Wunsch, auf der Stelle loszuschreien: *Ich bin keine Politesse, ihr Armleuchter, ich parke selber falsch.*

»Was ist?« Kissel stand über sie gebeugt, mit den Händen auf den Knien. Er sah angeschlagen aus. »Hat vielleicht was zerbissen, bevor wir ihn hatten.«

»Könnte einen Herzanfall haben«, sagte sie. »Der Puls geht wie blöd.«

»Ja, das ist aber jetzt sein Problem«, sagte Kissel. »Da haben wir nichts mit zu tun.«

Sie hätte ihn sofort fragen sollen, ob er die Kammer kannte, jetzt zog sich alles wieder hin. Kreislaufkollaps, hatte der Notarzt vermutet, im schlimmsten Falle Herzinfarkt. Kissel hatte beleidigt gewirkt, als hätte Thiele ihm das persönlich angetan.

»Hättest du geschossen?« wollte er im Wagen wissen. »Wie du die Waffe auf den gehalten hast, dacht ich einen Moment, jetzt ist Sense, jetzt knallt die los.«

Sie sah aus dem Fenster. »Nein, egal was kommt, ich glaub nicht, daß ich je – aber eins sag ich dir, wenn du mich noch einmal vor allen Leuten anbrüllst, dann ist Feierabend, verstehst du?«

»Ja was«, rief er, »der Kerl klappt zusammen und du stehst daneben wie 'n Ölgötze.«

»Entschuldige mal, *du* hattest ihn, wenn ich mich nicht irre und überhaupt –« Sie schlug aufs Armaturenbrett.

»Überhaupt *was?*«

»Mich kotzt das manchmal an mit dir, ich meine, es gibt Kollegen, die benehmen sich nicht wie Prolls.«

»Ja, ja.« Er lachte. »Lauf doch gleich zum feinen Ralfi und petze. Ist ja eh dein Liebling.«

Sie hatte nichts erwidern können, weil sie sekundenlang nicht wußte, wen Kissel meinte. Da Hauptkommissar Stocker sich nicht duzen ließ, konnte sie sich auch seinen Vornamen nicht merken.

Ralf, ja klar. Ralf wie Rolf, ob das ein Omen war? *Rolf Manz* stand über der Tür des kleinen Lebensmittelladens im Bahnhofsviertel, und sie wollte daran glauben, daß manche Dinge sich nicht änderten. Sie wollte nicht hören, daß drinnen jemand sagte, ach so, das Schild, das gehört noch zu den Vorbesitzern. »Wir sind jeden Morgen zu Frau Manz in den Laden«, hatte Dorian Kammer erzählt, »und haben uns Süßigkeiten gekauft. Die gehörte zur Familie.«

Ina erwartete eine altmodische Klingel an der Tür, doch hatten sie dieses System, das aufheulte, sobald man über die Schwelle trat. Niemand hinter der Theke. Zwei alte Frauen in Türnähe hatten sich anscheinend vorgenommen, das Alarmsystem zu testen, denn sie liefen plaudernd auf und ab, was mit ununterbrochenen Heultönen quittiert wurde.

»Unnerhalt!« sagte die eine, ging zur Seite, und es heulte. »Mein Sohn hat grad noch achthunnert netto.« Sie stampfte mit dem Fuß, und es heulte.

»Kundschaft«, rief die andere, »wo ist dann die Mechthild hin?« Sie streckte sich, machte einen Ausfallschritt, und es heulte schlimmer als zuvor.

Mechthild, war das Frau Manz? Lebte sie noch, oder war sie soeben an Herzrhythmusstörungen verstorben, verursacht durch den grauenhaften Lärm?

Sie war dick. Langsam, das Leben eilte nicht, kam sie mit gefalteten Händen aus dem hinteren Teil des Ladens und sagte lächelnd: »Bittschön.« Eine Frau zum Liebhaben, deren Augen in dem runden, runzeligen Gesicht erzählten, daß sie noch immer an das Gute glaubte.

Ina fragte nach Kaugummi, während es hinter ihr heulte. Die alten Damen erregten sich tänzelnd über den städtischen Verkehr.

»Sparemint?« fragte Frau Manz, falls sie es war. Das Wort paßte nicht zu ihr.

»Ja«, sagte Ina, was im Heulen unterging.

Die Frau kümmerte das nicht. »Sind Sie Frau Manz?« fragte Ina.

»Aber sicher.« Lächelnd reichte sie den Kaugummi herüber wie eine Oma ein Stück Kuchen.

»Frau Manz, ich suche jemanden. Vor vielen Jahren haben Sie mal zwei kleine Jungs gekannt.«

»Tausend kleine Jungs.« Die Frau hörte nicht auf zu lächeln. »Schwarze, gelbe, weiße.«

»Aber einer kann sich noch sehr gut an Sie erinnern, er heißt Dorian. Sein jüngerer Bruder hieß Robin.«

Jetzt verschwand das schöne Lächeln doch aus ihrem Gesicht. »*Hieß?*«

»Ja.«

Frau Manz faltete wieder die Hände über dem riesigen Bauch. »Dann lebt er nicht mehr.«

»Nein«, sagte Ina, und hinter ihr wurde es schlagartig still. Sie zeigte ihren Ausweis und sagte: »Sie erinnern sich also an die beiden?«

Frau Manz guckte lange auf den Ausweis, doch las sie nicht richtig und sah in Wirklichkeit vielleicht die kleinen Jungs, die zu ihr kamen und auf Mohrenköpfe deuteten, die sie in ein Brötchen quetschen wollten, damit es besser schmeckte. »Jeden Morgen kamen sie«, sagte sie schließlich. »Der Kleine war furchtbar vernascht und auch ziemlich laut, so ein hübscher kleiner Kerl –« Frau Manz seufzte leise. »Stimmt, er hieß Robin. Meine Tochter sagte, das wär ein amerikanischer Name. Was ist ihm passiert, Rauschgift?«

»Er wurde getötet.«

»Jesses, ja«, murmelte eine der alten Frauen an der Tür. Aber es heulte nicht mehr.

»Ich habe ihn seit damals nicht gesehen«, sagte Frau Manz. »Mit einem Mal waren die weg, kein Abschied, nichts. Aber meine Tochter wird Ihnen da mehr sagen können.«

Ina legte die Hände auf die Theke, kühles, glattes Holz. Plötzlich schien ein kleiner Sonnenstrahl den Laden zu erhellen, aber das bildete sie sich vielleicht nur ein.

»Ihre Tochter –«, fing sie an, und da begann Frau Manz schon heftig zu nicken und sprach die magischen Worte: »Sie war mit der Mutter befreundet. Wie hat sie es aufgenommen?«

»Ich bin auf der Suche nach ihr. Frau Kammer, die meinen Sie doch?« Ina atmete langsam ein.

»Ich kann mich an Namen so schlecht erinnern, nur an Gesichter. Sie war immer sehr blaß. Aber sie hatte wunderschönes langes, schwarzes Haar.«

»Ja«, sagte Ina.

»Es wird ihr damals nicht so gut gegangen sein, sonst hätte sie nicht drüben im *Calypso* gewohnt, kennen Sie das Hotel?«

Ina nickte. Sie kannte es seit einer Stunde. In einem muffigen Vorraum, der sich Halle nannte, hockten gestrandete Trinker und einsame Geschichtenerzähler, die einen ansprachen, um immer wieder von vorn zu beginnen, zumindest in Gedanken. »Wie ich Kind war«, fingen sie an und hörten nicht mehr auf. Nein, kein Mensch konnte sich an eine Frau mit zwei kleinen Jungs erinnern, das Personal von damals gab es längst nicht mehr.

Doch hier war Frau Manz in ihrem kleinen Laden, der die Zeit zu überdauern schien. Sie nahm einen Schokoriegel aus dem Regal hinter ihr und behielt ihn in der Hand als süßen Trost. »Das kann Ihnen meine Tochter auch alles erzählen, die hat früher da gearbeitet.«

»Wo finde ich sie?«

Frau Manz schrieb die Adresse auf und setzte einen Strich unter den Namen Sabine Klein. »Sie müssen sich nicht wundern«, sagte sie sachlich, »aber meine Tochter ist durch die Ehe an diesen Namen gekommen, sie ist nur unglücklicherweise eins dreiundachtzig groß.«

Die große Sabine Klein hatte wohl zu einer Zeit geheiratet, als sie noch den Namen des Mannes annehmen mußte. Ina schlug mit den Fingerspitzen aufs Steuer. Ein Gitarrensolo überschwemmte den Wagen, und die Bässe erreichten den Bauch. Sollte sie Tom je heiraten, wollte sie auf keinen Fall Czerwinski heißen und alle Naslang buchstabieren müssen.

Sie sah auf die Uhr; jetzt stand er an der Rezeption, um Zimmer zu vergeben, Einzel für die Nacht und Doppel stundenweise. Das Hotel, in dem er arbeitete, war nicht ganz so verloren wie das *Calypso*, es verirrten sich auch Geschäftsleute dahin, die mitten in der Nacht, wenn die Tagung mit einem Besäufnis geendet hatte, nach frischen Handtüchern und Blondinen krähten. Ihn störte das nicht, ihn störte kaum etwas, solange sein Leben überschaubar blieb. Am Morgen in der halbdunklen Küche war er wieder so unverschämt wach gewesen und fing an zu summen, kaum daß er seinen Kaffee roch. Das Radio lief, und mit dem Piepston der Nachrichten wußte sie, daß er jeden Politiker, der darin vorkam, murmelnd einen Armleuchter nennen würde. Sie wußte, daß er nach seinem zweiten Toast auf ihren Teller gucken und »Iß doch« sagen würde, wobei er leicht den Kopf schüttelte, weil es nicht normal war, morgens kaum zu essen. Gerade morgens. Wegen der Grundlage. Alles hatte seine Ordnung bei ihm, dienstags spielte er Fußball mit seinen Kumpels – er hatte keine Freunde, das Wort käme ihm bei Männern nicht über die Lippen, er hatte Kumpels – und mittwochs machte er Pläne fürs Wochenende. Heute morgen hatte er gefragt: »Was willste eigentlich?«

Alles – mehr halt – weiß auch nicht – »Es passiert so wenig«, sagte sie, »merkst du das nicht?«

»Was soll passieren? Ist doch gut, wenn nix passiert.« Er rührte in seinem Kaffee. »In deinem Job passiert schon genug.«

»Wirklich? Leichen und Lügen, darauf läuft's raus, und wenn du es aufgedröselt hast, kommt die nächste Leiche, und du hörst genau dieselben Lügen.«

»Mmh«, sagte er nur. »Hast es dir doch ausgesucht.«

»Was heißt ausgesucht? Ich bin befördert worden, das ist ja okay, aber die Mordkommission war die einzige Stelle dafür. Ich hab nie gesagt, ich will dahin. Aber man will ja auch weiterkommen, nicht?« Sie sah ihm beim Essen zu und wollte ihm erklären, daß die wenigsten aus ihrer Haut kamen, war es nicht so? Der Job war sicher, ja klar, dieses spießige Sicherheitsgefühl, man kriegte sein Geld am Ersten, ob der Täter nun überführt war oder nicht. Die Lust auf Abenteuer, die sie am Anfang gespürt hatte, war ihr längst vergangen und blitzte nur manchmal noch auf, wenn sie an das dachte, was die Leute berufliche Zukunft nannten, als wär die vom übrigen Leben getrennt. Sie wollte Hauptkommissarin werden, weiter würde sie ohne Studium ohnehin nicht kommen, und dann zur Fahndung. Zielfahndung, ja, das war ein kleiner Traum, Leute jagen durch die halbe Welt. Diesen bankrotten Baulöwen damals, den hatten sie in Miami aufgespürt, das war doch was, war anders als der Geruch, der einem entgegenschlug, beugte man sich über zerfetzte Körper und sah in tote Augen. Der Tod hat graue Haut, wollte sie ihm sagen und hätte ihm das nicht erklären können, das mag ich nicht ein Leben lang sehen, alles grau, alles tot – na ja, wirst du sagen, das wird doch Routine, da sollte man doch drüberstehen. Tu ich aber nicht, und ich will auch nicht abends, wenn wir zusammen sind, so ein Nichts manchmal spüren, über das du nachgrübelst im Bett und dich vorm Einschlafen fragst: Was ist denn jetzt gewesen, was haben wir mit der Zeit gemacht?

Das alles hatte sie nicht gesagt, weil sie glaubte, daß es zickig klang, und weil sie ja keine richtige Antwort wußte, hätte er wieder gefragt: Was willste eigentlich? Aber sie brauchte doch jeden Morgen seine blinzelnden Bernsteinaugen, das war es nicht. Sie brauchte sein Lachen, seine Geschichten und seine Hände auf der Haut.

Blödes Spiel. Seit sie von der Kammer wußte, grübelte sie darüber nach. Ganze Nächte war die wach geblieben, weil sie meinte, etwas zu versäumen im Schlaf – wer hatte das erzählt, die Architektin? Eine der Frauen, die aus ihrem Leben längst verschwunden waren. Aber jetzt Sabine Klein – Ina schnalzte mit der Zunge – dieser kleine Laden war ein Versuch gewesen, ein Strohhalm nur, und hatte ihr Frau Manz beschert und ihre Tochter, die Einzige bisher, die mit der Kammer in Verbindung stand, als die Zeiten dunkler wurden. Siehst du? Ich krieg dich, komm immer näher an dich ran. Wie ein Puzzle ist das, Steinchen für Steinchen für Steinchen.

Am Morgen, bevor das verunglückte Manöver mit Thiele begann, hatte Kissel ihr in dürren Worten von der Klinik erzählt, in der Katja Kammer eine Entziehungskur begann, nachdem sie ihre Söhne zu den Tillmanns brachte. »Appetitzügler zum Hochfahren und Valium zum Runterkommen, immer mehr Valium«, sagte er, »dazwischen Schnee. Dann bricht sie den ganzen Zirkus aber ab, weil ihr die Klinik zu teuer war. Konnte nicht mit Geld umgehen, sagt der Arzt, war auch nie gescheit krankenversichert.«

»Der konnte sich noch erinnern?« fragte Ina.

»Und ob.« Kissel lächelte. »So 'ne Schmerzensmadonna, da lacht das Therapeutenherz. Die wär immer so verträumt gewesen, sagt er, abwesend, wollte auch keinen Kontakt zu den anderen Patienten.« Dann streckte er einen Finger aus, als käme etwas Bedeutsames: »Lief manchmal die Gänge auf und ab und summte vor sich hin, sagt er. Hat keine Ahnung, wohin sie verschwunden ist.«

»Die Pillen«, sagte Sabine Klein. »Am Ende hat sie die gefressen.« Die Tochter von Frau Manz schien ihre hundertdreiundachtzig Zentimeter durch eine üppige Dauerwelle noch betonen zu wollen. Sie war nervös, bot Kaffee an, Tee und Orangensaft, und dann wieder Kaffee. »Sie sehen nicht wie eine Polizistin aus«, sagte sie.

Ina konnte die Augen nicht von dem riesigen Vorratsregal abwenden, das Tom Czerwinski neidisch machen würde, der als eines von sieben Aussiedlerkindern von der Angst besessen war, es sei nicht genügend Essen im Haus. Manchmal saß er nachts noch mit einer Liste in der Küche und klopfte mit dem Bleistift auf den Tisch: Das brauchen wir und das und das und jenes. Er liebte Supermärkte, stromerte da durch wie andere Leute durch Museen.

Sie wußte nicht, wie man als Polizistin auszusehen hatte, Jeans, Turnschuhe, Kurzhaarschnitt? In Turnschuhen ging sie noch nicht einmal in den Keller.

»Ich dachte, Sie wären älter«, sagte Sabine Klein hinter ihr. »Wirklich kein Käffchen?«

Ina schüttelte den Kopf. »Ich möchte Sie nicht aufhalten.« Aber natürlich wollte sie das, wollte diese Frau aussaugen wie ein Vampir, und Sabine Klein sagte mit fast atemloser Stimme: »Ich war Kellnerin, so haben wir uns kennengelernt. Es war so eine Schmuddelbar, da stand ich hinterm Tresen, und Katja war Stammgast, denn die mochte keine schicken Bars. Wir haben stundenlang geredet und haben auch außerhalb der Bar viel unternommen, sie war ja kein bißchen eingebildet oder so, auch als sie schon längst berühmt war.«

Berühmt, siehst du? Ina blickte in Sabine Kleins glänzende Augen. Katja kam zu Sabine an den Tresen, Katja war berühmt. Ich hab neben Sunny im Damenklo gestanden, und Sunny war berühmt. Siehst du, Frau Kammer, das vergißt man nicht, ich meine, unsereins vergißt das nicht, die wir nicht so viel abkriegen vom Licht. Ihr seid ja ziemlich schnell berühmt, rülpst einmal vor der Kamera und steht in der Zeitung. Genauso schnell seid ihr vergessen. Aber ihr kommt an, macht Wind in einem anderen Leben, und wenn ihr weiterzieht, steht jemand mit hängenden Armen da. Guck sie dir an, deine alte Freundin, die noch heute auswendig weiß, was ihr getan und geredet habt, zwischen zwei Schlucken, zwischen zwei Nächten. Du könntest mir selbst davon erzählen, ohne Ende aus einem anderen Leben berichten, in dem die Musik ständig dröhnt und der Wecker nie klingelt und die Menschen sich tanzend bewegen, auf der Suche nach Freude und Lust, und ich werd dir zuhören, bestimmt.

»Katja war maßlos.« Mit gehetzter Stimme stieß Sabine Klein ihre Sätze hervor, als wäre sie ein stiller Fluß gewesen, in dem das Wasser sich sammelte und nun über die Ufer trat. »Wenn sie jemanden mochte, hat sie ihn mit Zärtlichkeit überschüttet, aber sie hat keinen beachtet, der sie nicht interessierte. Sie war nicht höflich, nein, sie konnte Gespräche abbrechen und zu einem sagen: Oh je, Sie sind aber langweilig. Vielleicht hatte sie keine Zeit für Höflichkeiten, sie sagte immer, sie wollte ihre Zeit nicht verplempern.«

Sonderbar, nicht? Jeder redete anders über sie. Als arglos und furchtbar nett hatten andere sie beschrieben, als spontan und voller Herzlichkeit – wer bist du denn, laß es mich wissen, laß uns reden übers Leben, über Männer, übers Glück. Ich tu dir doch nichts.

»Sie war wie auf einer Klippe«, sagte Sabine Klein, »und balancierte da oben herum. Man sagt ja auch, jemand steht unter Strom, verstehen Sie?«

»Ja«, sagte Ina und konnte sie einen Moment lang tanzen sehen, hier, ganz allein mitten im Raum. Sie trägt ein schwarzes Trägerkleid und hält ein Glas in der Hand. Sie tanzt für sich allein und mit geschlossenen Augen.

»Katja hatte diesen Vogeltick.« Sabine Klein lachte. »Sie kannte wirklich alle Vögel, ich meine, die Arten und wie sie aussahen, sie stellte sich mitten auf eine Wiese und guckte den Vögeln zu.«

Siehst du, wie sie beim Reden mit den Armen rudert? Gerade so, als ob sie dich zurückholen will, komm doch her und schau's dir an.

»Sie hatte auch welche zu Hause, so kleine Piepmätze, die den Kindern auf den Schultern saßen. Niedlich.«

»Ja.« Ina räusperte sich. »Sterntaucher und so.«

»Nein, nein, das waren schlichte Kanarienvögel. Sterntaucher, das sind doch Riesenviecher, fast wie Enten, also« – Sabine Klein holte Luft – »die hatte sie natürlich nicht.«

»Nein«, sagte Ina. »Ich meine nur.«

Du lieber Himmel, hör dir an, was ich hier rede. Weißt du, was mein Chef sagen würde? *Frau Kollegin, das ist trivial.* So redet mein Chef, wenn er auch sagen könnte: Sie labern Scheiße. Ich meine, das wäre doch klar und deutlich, nicht? Wüßte jeder, was gemeint ist. Na gut, aber du solltest wissen, Frau Kammer, daß ich eigentlich gute Vernehmungen mache, also ich kann viel besser vernehmen als diese Berichte schreiben, macht mir auch mehr Spaß.

»Katjas Eltern haben nie ein Konzert von ihr gesehen.« Sabine Klein ließ die Arme durch die Luft sausen. »Sie hat sie zwar eingeladen, aber sie sind nicht gekommen. Sie hatten keine besondere Beziehung zueinander, und den Eltern war es auch egal, daß sie mit sechzehn wegging von zu Hause. Hatten nie Geld gespart, Katja sah es so. Sie waren beide arbeitslos und haben wohl getrunken.«

»Wo sind sie jetzt?« fragte Ina.

»Friedhof.« Sabine Klein lächelte schief. »Die Mutter hatte einen Unfall, und der Vater ist kurz nach ihr gestorben. Säuferleber. Katja hat nicht getrauert, es hat ihr nur leid getan, sie sagte, sie hätten nicht richtig gelebt oder so, hätten die Möglichkeit nicht gehabt. Aber mit dem Geld, das hat sich vererbt, Katja konnte nicht mit Geld umgehen, das konnten sie alle nicht. Einmal hat sie ihren Eltern etwas zukommen lassen, und die kaufen sich gleich einen Neuwagen davon, das Auto, mit dem ihre Mutter dann den Unfall hatte. Sie ist unter die S-Bahn gekommen, war wohl angetrunken – ich rede durcheinander, nicht?«

»Das macht nichts.« Ina zog die Schultern hoch. Selbstmörder und Unfallfahrer, die den S-Bahnverkehr zum Erliegen brachten, wurden als Betriebsstörung ausgegeben, bis die Strecke wieder frei war. Es gab viel Tod in Katja Kammers Leben, die Eltern, der Geliebte, der Sohn.

»Sie war nicht treu«, sagte Sabine Klein. »Ich meine, bis Christian kam. Sie war ewig mit ihrem Jugendfreund zusammen, Max hieß er wohl oder – nein, warten Sie mal –«

Moritz? Ina unterdrückte ein Kichern und hörte Sabine Klein befriedigt »Micha« rufen. »Er war der Vater der Kinder – zumindest gehe ich davon aus, daß er es war – und sie ist nur bei ihm geblieben, weil er ihr leid tat, er war nämlich krank, also mehr hier.« Sie tippte sich gegen die Stirn. »Aber wenn Sie mich fragen, Depressionen kriegt man eh nur, wenn man zuviel Zeit zum Nachdenken hat, ich meine, ich würde mich auch gern mal einen Tag lang ins Bett legen, aber – na gut. Er war Redakteur bei einer Musikzeitschrift, und sie überholt ihn praktisch, verstehen Sie? Steigt auf aus eigener Kraft, das hat er wohl nie verwunden. Es war also so, daß sie öfters mal mit anderen Männern zusammen war, einfach nur so, für ein, zwei Nächte. Übrigens ab und zu auch mal mit Frauen, sie hat's da nicht so genau genommen, ich hab mich nur immer gewundert, wie sie das alles unter einen Hut kriegte, die Proben und die Konzerte, dann hat sie komponiert und mit den Kindern gespielt. Aber sie hat's geschafft. Die Kinder waren ja auch fast überall dabei, manchmal sogar bei Konzerten, das hielt ich ja nun für übertrieben, aber sie sagte, na gut, dann schlafen sie halt tagsüber, ist doch okay. Und jetzt sagen Sie, der eine Sohn, der Kleine –« Wieder ging ihr die Luft aus, und sie schüttelte heftig den Kopf. »Das kann doch nicht sein. Katja muß doch – sie muß es doch *wissen.*«

»Ja«, sagte Ina. »Was war mit den Männern?« Sie unterdrückte den Impuls, sie zu fragen: Haben Sie auch mal mit ihr? Wie war das?

»Ich hab ihn herumgetragen«, sagte Sabine Klein. »Den kleinen Robin, er war so süß.«

»Kannten Sie die Männer?«

»Nicht direkt.« Sabine Klein lächelte ein Kinderlächeln: Du, ich weiß was, soll ich's dir sagen? »Irgendwelche Männer, die sie auf Konzerten traf oder auch in der Bar. Bandkollegen nie, da wollte sie keinen Ärger, das hat sie immer strikt getrennt.«

»Einen Moment.« Ina tippte auf ihr Notizbuch, in das sie nichts schrieb, weil sie die Worte, die sie hier hörte, ohnehin behielt. »Ich suche Leute aus ihrer Band, die Musiker, mit denen sie gespielt hat, aber das ist ziemlich schwierig.«

»Richtig«, sagte Sabine Klein. Als hätten sie hier eine Dienstbesprechung, fügte sie hinzu: »Das bringt auch nichts, das können Sie sich sparen. Die Musiker haben ständig gewechselt, manchmal kamen sie nur für ein, zwei Konzerte zusammen, die kannten einander kaum. Ich kann mich nur an ganz wenige erinnern, ein Axel war da und ein Charly, aber das waren Arbeitsbeziehungen. Die Männer, mit denen sie Affären hatte, waren manchmal richtige Fernfahrertypen, keine Geschniegelten, solche halt, die in der Bar rumhingen. Einer war sogar mal im Knast.«

»Ah so«, sagte Ina.

»Das war diese Geschichte –« Sabine Klein machte ein Gesicht, als wollte sie sagen: Jetzt wird es ernst. »Der hat am Tresen neben ihr gesessen, ich seh es noch vor mir. Sie haben die halbe Nacht lang nur gestritten, aber ich kannte Katja, ich konnte sehen, daß sie ihn haben wollte. Na ja, als wir uns das nächste Mal sahen, sagte sie kein Wort über ihn, das war ihre Art. Wenn sie nichts mehr mit einem zu tun haben wollte, redete sie nicht über ihn. Er hat das anders gesehen, denn er war ziemlich verrückt nach ihr. Jede Nacht kam er in die Bar, ob sie nun da war oder nicht, und hat mich ausgefragt, aber –«

»Wie hieß er?« Ina sah Sabine Klein direkt in die Augen. Komm schon, grab's aus, mach den Mund auf.

»Steffen«, sagte Sabine Klein.

Ina atmete aus. »Steffen Kemper?«

»Was, Sie *kennen* den?«

»Wissen Sie, wo er sich aufhält?«

»Nein, das möchte ich auch nicht wissen.« Sabine Klein setzte sich endlich. Sie legte die Hände auf die Knie und sah einen Moment lang vor sich hin. »Um ehrlich zu sein, so ein Fernfahrertyp war der nun nicht. Ich weiß nicht, was der war, aber der konnte sich ausdrücken, verstehen Sie? Der war nicht doof und sah gut aus. Deshalb kann man ja trotzdem ein Drecksack sein, hab ich recht? Katja hat ihn wiedergesehen, aber das war später. Erst kam Christian Bauer, er war Fotograf und hat bei einem Interview Fotos von ihr gemacht. Es war komisch, aber die haben sich gesehen und blieben zusammen. Ich weiß noch, was sie mal gesagt hat, daß wir ja alle sexuell befreit sind oder wie sich das nennt, daß wir alle jederzeit Sex haben können, daß es kalkulierbar ist, verfügbar. Nur die Liebe ist nicht zu fassen, so hat sie es ausgedrückt, die ist nicht steuerbar, von nichts und niemandem, von keiner Moral und keinem Gesetz. Sie kommt über dich, du kannst nichts tun.« Sie seufzte und schien mit den Lippen die eben gesagten Worte noch einmal zu formen, *gegen die Liebe kannst du nichts tun*.

Eine Weile sahen sie einander an, bis Sabine Klein von dem Dorf im Vogelsberg berichtete, dem gemieteten Häuschen und Katja

Kammers neuem Lebensstil. »Sie wollten einfach alleine sein, weg von allen. Katja hat da richtig bürgerlich gelebt, sie kam nur für ein paar Konzerte raus. Wo sie ging und stand, Christian war mit der Kamera da, er fotografierte und filmte sie überall. Er kam auch mit den Kindern klar – was ich sagen will –«

»Ja?« fragte Ina. Er war dein Mann, nicht? Das will sie jetzt sagen. Daß du ihn geliebt hast, daß du glücklich warst.

»Sie haben sich so gut verstanden«, sagte Sabine Klein steif und zupfte am Stoff ihrer Hose herum. »Aber der mußte ja –« Sie bewegte eine Hand in der Luft.

Sterben. Und du konntest nichts tun.

»Fixen«, sagte Sabine Klein. »Mußte sich totspritzen. Sie wollte noch ein Kind, eins von ihm, na ja. Sie haben kaum etwas voneinander gehabt.«

»Ja«, sagte Ina. Sie fröstelte plötzlich. Tommy, bleib bei mir, stirb mir nicht weg.

»Das hat sie umgehauen. Zwei Monate nach seinem Tod hab ich sie wiedergesehen, und ich sag Ihnen was, ich hab sie kaum erkannt. Sie war fahrig, schläfrig, hat nicht mehr gelacht, und was hat sie lachen können. Was hat diese Frau lachen können, Sie machen sich keine – ja. Aber das Schlimmste ist mit ihrem Gesicht passiert, es war so verändert. Ich meine, nicht Falten oder so, es war der Ausdruck, es waren die Augen, es war nicht mehr Katjas Gesicht. Alles stumpf. Wußten sie, daß ein Mensch sich so verändern kann?« Sabine Klein stand wieder auf und ging mit langen Schritten in der Küche umher. »Sie kam mit den Kindern vom Land zurück und wußte nicht wohin. Nun hat sie so viel Geld zum Fenster rausgeschmissen, als es ihr gut ging, daß es jetzt kaum reichte. Ich selber hab in der Bar aufgehört und war Kellnerin im Hotel *Calypso*, außerdem hab ich geheiratet, und wir hatten eine winzige Wohnung damals, ich will damit sagen, ich konnte sie auch nicht aufnehmen, beim besten Willen nicht, das waren drei Personen.«

»Sicher«, sagte Ina, denn Sabine Klein schien Nachsicht zu erwarten, so schuldbewußt war ihr Blick.

»Sie ist dann umhergeirrt mit ihren Jungs«, fuhr sie fort, »mal hier und mal da, bis sie den Dreckskerl wiedersah, den Kemper. Vielleicht blieb ihr nichts anderes übrig, jedenfalls ist sie zu ihm gezogen, und was hatte sie davon? Paar Wochen später kam sie zu mir und hat mich nach einem Zimmer im Hotel gefragt, egal, was es kostet.« Sabine Klein nahm jetzt die Finger zur Hilfe, wie Alex Kissel das immer machte, wenn er eine Erzählung schnell zu Ende bringen wollte. »Sie hatte blaue Flecken, sie hatte rote Flecken, sie hatte alles mögliche, Sie machen sich keine Vorstellung. Aber den Kindern hat er nichts getan.«

»Was hat er getan?« fragte Ina. Ihre Stimme war zu leise und sie räusperte sich.

»Sie machen sich keine Vorstellung«, wiederholte Sabine Klein.

Doch, sie hatte eine Vorstellung, sah verschwommen eine andere Frau, Geli, sah ihre über den Brüsten gekreuzten Arme und ihr verweintes Gesicht, und dann sah sie Katja selbst. Sie sah einen Mann ohne Gesicht, sah seinen Schatten, Kemper. Er wollte dich ausprobieren, ja? Hat er es so gesagt? Ich hab Typen vernommen bei der Sitte, die das so gesagt haben: ausprobieren, Grenzen durchstoßen, mundfaul sind die ja nicht. Zuerst fesselt er deine Handgelenke, dann bindet er die Füße zusammen. Immer diese Reihenfolge, damit du dich nicht wehren kannst. Vielleicht legt er Eiswürfel auf deinen Körper, denn das kennt er vom Kino, da will er sehen, was passiert. Erst kalt, dann heiß. Brennende Kippen also, die er auf deiner kalten Haut ausdrückt, und war da nicht was mit der Atemluft? Es soll doch Frauen geben, die kriegen einen Kick beim Röcheln, das will er sehen und drückt dir die Kehle zu. Was hat er noch, ein Fleischermesser, Peitschen, Ketten? Seine Angriffe kommen unvermittelt, und alles ist bloß Spaß. Er braucht das nicht, das sollst du gar nicht von ihm denken. Es interessiert ihn nur.

Sabine Kleins Stimme durchdrang den Nebel in ihrem Kopf. »Den kleinen Robin hätte ich ihr wegnehmen können«, sagte sie gerade, »Gott, war der niedlich. Dorian war ziemlich keß, aber sie hat ihm ja alles durchgehen lassen. Sie konnte ihm nie böse sein.«

»Warum«, fragte Ina, »ist sie nicht zur Polizei gegangen wegen Kemper?«

»Na ja.« Sabine Klein betrachtete ihre Fingernägel. »Sie wollte mit denen nichts zu tun haben. Ich konnte das auch nicht verstehen, denn sie hatte die Flecken. Sie hatte sie überall. Sie wollte nicht, daß die Kinder was mitkriegen.«

Wieder ein Bild. Ina versuchte es wegzublinzeln, doch es blieb und war so klar wie vorhin. Katja legt einen Arm über die Augen, um Kemper nicht zu sehen. Sie dreht den Kopf weg, hör auf. Weck die Kinder nicht. Laß sie in Ruhe.

Und dann gucken wir uns dieses Video an, die Frau im Abendkleid. Gib mir Zeit. Ich muß mir das zusammenreimen.

»Es war eine Nacht- und Nebelaktion.« Sabine Kleins Stimme kam ihr schrill vor wie ein randalierendes Telefon in der Nacht. »Als er nicht da war, haben wir Katja und die Kinder ins Hotel gebracht, mein Mann und ich. Bloß weg von Kemper. Darum hat sie ihn auch nie anzeigen wollen, weil sie meinte, die Polizei macht ja doch nichts, und dann weiß er, wo sie ist. Na ja, und im Hotel konnte ich dann jeden Tag sehen, was mit ihr los war. Die Pillen, sie hat sie gefressen, Valium massenweise. Sie hat früher schon Tabletten genommen, Sachen zum Wachbleiben und ein bißchen Koks, aber niemals Beruhigungspillen, denn sie wollte ja nicht ruhig sein.« Sie lächelte ein wenig. »Am oberen Level wollte sie sein, so hat sie es ausgedrückt, ganz oben, am Rand, auf der Klippe. Aber zu dieser Zeit fraß sie Tranquilizer wie Bonbons, und es war kein schöner Anblick, wie sie durch die Gegend schlich. Es war nicht mehr Katja, man konnte kaum noch mit ihr reden. Auch die anderen haben das gemerkt, ich meine, die ganze Clique. Sie haben sich zurückgezogen, weil man nicht mehr mit ihr – also, sie war ja so anders.«

»Ja«, sagte Ina. Katja hat euch nicht mehr den Kasper gemacht, war es das? Hat nichts mehr springen lassen, nein? Hat aufgehört zu tanzen.

»Auch auf der Bühne war sie anders, stiller.« Sabine Klein sah sie jetzt wie eine Lehrerin an, die vor der Klasse einen Aufsatz auseinandernimmt. »Sie hat noch ein paar Auftritte versucht, aber die sind gnadenlos schiefgegangen. Das Publikum wollte diese wilde Katja, die oben mit ihnen lachte und sie antörnte und so. Jetzt saß sie am Klavier und sang Liebeslieder, richtige Balladen, und das wollte keiner.« Sie sah zum Fenster hinaus und hob einen Arm, als könnte sie Katja draußen sehen und winkte sie herein. »Dann kam die Klinik, weil es mit den Pillen immer schlimmer wurde. Sie wollte clean werden, um sich wieder besser um die Jungs zu kümmern. Nur, die konnten ja nicht mit, also hat sie sie zu diesen Leuten gebracht, wie hießen die gleich?«

»Tillmann«, sagte Ina.

»Richtig, Sie wissen ja schon alles.« Sie fuhr mit einem Finger die Fensterscheibe entlang. »Ich hab diese Tillmanns kaum gekannt, sind aber wohl ganz nette Leute, sonst hätte Katja die Kinder nie da abgegeben. Darum verstehe ich ja auch nicht, was dann passiert ist, sie hat die Jungs einfach nicht mehr abgeholt. Wenn Sie gesehen hätten, wie sie mit den Kleinen umgegangen ist, dann« – ihre Stimme zitterte jetzt – »dann würden Sie das auch nicht verstehen. Die Tillmanns haben damals überall herumtelefoniert, die waren verzweifelt und haben Katja gesucht, aber sie blieb weg. Sie kam nicht zurück. Ich hab sie nie wiedergesehen.«

»Haben Sie sie mal in der Klinik besucht?«

»Ehm, ich wollte, aber da war sie schon weg. Sie ist da einfach weg und –« Die kleine, blöde Handymelodie ließ Sabine Klein das herausgekramte Papiertaschentuch wieder wegstecken. Keine Tränen jetzt, vorwärtsschauen.

»Ihr Handy«, sagte sie überflüssigerweise, denn Ina hielt es schon in der Hand.

»DIESER THIELE, DER HATTE BLOSS 'NE KREISLAUFGESCHICHTE. ZUVIEL CRACK HALT.« Kissel schrie, sobald er eine Handynummer wählte. »KANN VERNOMMEN WERDEN, WO BIST DU?«

»Ja«, sagte sie nur. »Wann?«

»In zwei, drei Stunden schicken sie ihn rüber. Wo steckst du denn?«

Sie seufzte. Er konnte oder wollte sich nicht benehmen, das war sein Problem. »Ich bin im Gespräch«, murmelte sie.

»Mit wem?«

»Okay, ich komme dann.«

»Dient es der Erkenntnis?«

»Sicher«, sagte sie. »Ciao.«

»*Ciao*, Bella«, äffte er sie nach, und sie überlegte, ob das hier wirklich der Erkenntnis diente. Nein, nicht unbedingt, Frau Kammer, denn ich weiß noch immer nicht, wo du bist. Aber du mußtest eine Menge aushalten, stimmt's? Sollte man nicht glauben, wenn man dich auf den alten Videos sieht, auf der Bühne und mit den Jungs zusammen. Na gut, meine Erkenntnis: Du kennst das Leben und bist vielleicht satt davon, kennst die Freude und das Glück, und diesen Scheißschmerz, den kennst du auch. Verdammt, ich will dich sehen.

Langsam und umständlich schob sie das Handy in die Tasche zurück und murmelte: »Sie haben Robin also nicht mehr getroffen. Und Dorian?«

»Auch nicht.« Sabine Klein schien die Geduld zu verlieren. »Sie fragen mich nach Katja und suchen aber doch Robins Mörder, nicht?«

»Ja.«

»Das heißt – ich verstehe das nicht.«

Ina sagte nichts und sah sie an. Sie trug zuviel Make-up.

»Einmal hat Katja gesagt – nein, das gehört nicht hierher.«

»Sagen Sie's.« Kissel würde sagen: Ich entscheide, was hierher gehört.

»Das war im Hotel, sie sagte, er sei so still geworden, zu still für einen kleinen Jungen. Sie fand, er lachte zu wenig, aber dann hat sie so eine Grimasse geschnitten und mich gefragt: Aber wie soll ich ihn zum Lachen bringen, ich bin doch eh am Arsch.« Wieder sah Sabine Klein so aus, als kämen ihr die Tränen, und wieder kam es Ina falsch vor, so falsch wie Kitschmusik am Ende eines Schnulzenfilms. Sie stand auf und sagte, was sie immer sagte: »Danke.« Kissel würde sagen: Das war's fürs erste.

»Ich weiß nicht, ob ich heute noch mit Katja klarkäme.« Sabine Klein machte ein Geräusch, das sich wie Schluckauf anhörte. »Gucken Sie mich an, ich lebe ganz bürgerlich mit meinem Mann, ich meine –«

»Ja«, sagte Ina. »Ich auch.«

[11]

Robbi? Du ziehst mich da mit rein. Du hast mich immer überall mit reingezogen, und jetzt sogar in deinen Tod. Robbi, ich werd wirklich sterben müssen, wenn du nicht gehst.

Dorian beugte sich vor und sah, wie die Lippen dieser Frau sich bewegten. Sie fransten aus, wenn sie redete, und zogen sich zusammen, wenn sie trank, doch wenn sie rauchte, schienen sie aus ihrem Gesicht zu verschwinden. So gierig sog sie an ihrer Zigarette, daß sich sogar Löcher in ihren Wangen bildeten. Schön sah das nicht aus, doch das wußte sie anscheinend nicht, denn sie rauchte pausenlos und trank und redete auf ihn ein. Er begriff nicht genau, was sie ihm erzählte, ihr Leben vermutlich, denn vor einer Stunde hatte sie gesagt, sie fände ihn süß. Robin, der kleine Mistkerl, hätte ihr geantwortet: Hör zu, du Trampel, nerv mich nicht an. Jetzt war er still, was nichts zu bedeuten hatte, weil auch in lebenden Körpern nistende Tote hin und wieder schliefen. Dorian konnte sich nicht vorstellen, was für ein Schlaf das war und ob sie träumten.

»Ich könnt noch einen vertragen«, sagte die Frau, und er winkte dem Kellner. Was trank die denn, Rotwein, Weißwein? Er hatte es nicht mitbekommen, doch als sie »Noch so einen« schrie, sah er den Kellner nicken.

Dorian atmete langsam, weil er glaubte, dann weniger Kraft zu verbrauchen. Alles war schwer, auch das Sitzen an der Bar. Er spürte ihn. Es tat weh, er war eine Last; jetzt wußte er, was der Satz bedeutete, man habe eine Last zu tragen. Neben ihm zündete die Frau sich eine neue Zigarette an und sagte, er wär ja ganz ein Lieber. Fast zwei Stunden lang hatte er vor dem Redaktionsgebäude auf sie gewartet, im Kopf nur das Foto aus ihrer Klatschspalte. Als sie dann herausgerannt kam, sah sie tatsächlich so aus, eine löwenmähnige Matrone mit giftgrüner Brille. Heike Petersen. Eine Journalistin, die nicht schreiben konnte, eine Reporterin, die log. Ein Monster auf plumpen Füßen, mit denen sie aber so schnelle

Schritte machte, daß er kaum mithalten konnte. Sie drehte sich nicht um. Manche merkten ja, wenn sie verfolgt wurden, aber die hier nicht, die rannte durch die Stadt, als müßte sie noch mal schnell in den Supermarkt, bevor der schloß und sie elend verhungern ließ.

Katja hatte sich auch nicht umgedreht; komisch, was ihm in letzter Zeit so alles einfiel, aber als sie vor dem Haus der Tillmanns standen, hatte Katja ihre Hände gedrückt und war gegangen. Das war ein komischer Abschied. Sie dachten ja, sie würde zum Bäcker gehen oder so, zum Friseur und käme dann zurück, um sie wieder mitzunehmen, so war es doch, Robbi; *eine Weile*, hatte sie gesagt, doch wußten wir nicht, daß eine Weile zur Ewigkeit wird und was dann geschieht. Damals, als sie uns im Hotel *Calypso* sagte, daß wir fortmüßten, haben wir es nicht kapiert. Das geht ja auch nicht, kein Mensch, der glücklich ist, kann begreifen, daß es aufhört mit dem Glück.

Es war kein schönes Hotel. Zwar hatten sie ihr eigenes Zimmer, doch war es nicht in Ordnung, weil es keine bunten Tapeten hatte und keine lustigen Möbel, wie sie das kannten. Das geht hier nicht, sagte Katja, das ist bloß ein Hotel. Sie versprach ihnen, bald wieder in eine Wohnung zu ziehen, sie sagte, ich hol euch die Sterne. Ihr selber gefiel das Hotel auch nicht so gut, weil kein Klavier in ihrem Zimmer stand, und einmal, als er lachte, weil sie auf dem gedeckten Tisch ihre Finger tanzen ließ, flüsterte sie: »Dori, ich hör sie nicht mehr.«

»Was denn?«

»Na, die Musik.« Dabei lächelte sie ein merkwürdiges Lächeln, als würde sie viel lieber weinen.

Ihre Hände – was war mit ihren Händen? Ja, sie bewegten sich manchmal wie von selbst, und dann konnte er an ihrem Gesicht erkennen, daß sie das gar nicht wollte. Zappelnde Hände, ruhelos, die Fingerspitzen klopften überall herum. Sie ließ Sachen fallen und machte viel kaputt, lief im Zimmer hin und her und zitterte, wenn sie ihn umschlang. Zitternde Hände und zitternde Beine, ja, aber sie nahm Tabletten dagegen, Tabletten, die sie nicht mochte, denn einmal warf sie eine Handvoll auf den Boden und trampelte darauf herum, nur um sich dann hinzuhocken und alles wieder einzusammeln. Mit einem Zettel nahm sie die kostbaren weißen Reste auf, schob vorsichtig und leise fluchend das Pulver in ein kleines Glas. Einmal schrie sie das Foto von Christian an und fing an zu weinen.

Draußen war es schöner, Robbi, weißt du noch? Wir haben am Bahnhof gestanden und die Züge angeguckt und sind den dicken, schwarzen Frauen in ihren bunten Kleidern hinterher. Auf den Straßen waren Abenteuer, und auf dem Schulhof konnte man kicken. Dorian kickte nicht mehr mit Christian, denn der war ja tot, sondern mit einem Jungen, der Kamil hieß und aus Kurdistan kam und der zu ihm sagte: »Kickst bald wie 'n Maradona, der is aach bißche klaa.« Im Tor stand ein Junge aus der Türkei, der sagte, es gäbe gar kein Kurdistan, und Dorian kicke auch nicht wie Maradona, sondern höchstens wie Bernd Schuster. Damals lachte keiner über seinen Namen, das kam erst später, als er bei Tillmann wohnte und wieder in eine andere Schule ging, da erst sagten sie *Do*rian und näselten dabei wie blöd, *Do*rian, das klingt aber *schwul*.

Manchmal tobten sie im Hotel herum, Robin und er, und wenn sich andere Gäste beschwerten, knallte Katja ihnen die Tür vor der Nase zu. Es konnte auch passieren, daß sie sie gleich wieder öffnete, um den Leuten etwas hinterherzuschreien. »Dori«, sagte sie einmal, »das beschissene Geld«, oder »Dori, wieso kann ich nicht mehr spielen, Himmelarsch.« Er lachte, weil das komisch klang, doch sie lachte nicht mehr mit. Früher hatte sie dauernd gelacht, und dachte er heute an all das Schöne, vermißte er ihr Lachen.

Es kamen auch Leute ins Hotel, die auf Katja einredeten und plötzlich schwiegen, wenn Dorian ins Zimmer kam. Kemper war nicht dabei. Dorian wußte, daß er Kemper damals nicht gesehen hatte, nicht im Hotel, er war nie gekommen. Das hat die Kommissarin Henkel doch wissen wollen, Robbi, ob Katja mit Kemper, nachdem sie ausgezogen waren, wieder zusammen war. Dorian schüttelte den Kopf, nein, er hatte Kemper nicht gesehen, sie war nie wieder mit ihm zusammen. Kemper war dann mit einer anderen zusammen, einer ganz anderen Frau.

»Nee, ne?«

Was? Er zuckte zusammen, als er diese Stimme hörte und das grelle Lachen, aber es war nur die Frau, die noch immer neben ihm saß, ah ja, Heike Petersen, Klatschreporterin, Lügnerin, fett.

»Korrekt«, brüllte sie ihn an. »So seh ich das.« Über was redete die? Fast hatte er sie vergessen, doch hockten sie ja noch immer in dieser schicken Bar, wo er sie reden ließ und trinken, bis es soweit war.

Laut war Heike Petersen, lärmte mit jeder Silbe, die sie sprach, und mit jedem Lachen. Robbi, ich mag keinen Lärm. Einmal im Hotel hörte er Lärm aus Katjas Zimmer, und weil es Nacht war, mußte er an Kemper denken, weil es in der letzten Nacht in Kempers Wohnung auch so laut gewesen war, bevor Katja mit blutender Stirn vor ihm stand. Er kroch aus dem Bett und öffnete die Verbindungstür, doch der Mann, der da saß, war nicht Kemper, sondern nur irgendein großer Mann, der seiner Mutter gegenübersaß, während Katja eher kauerte. Ihr Oberkörper war nach vorn gekippt, und sie hatte die Fäuste auf den Knien und die Stirn auf den Fäusten, und als sie sich langsam aufrichtete, waren andere Augen in ihrem Gesicht, Löcher, wo einst ihr Lachen gewesen war, ein Schlund. Es war Nacht in ihren Augen, und wie er sie anguckte, wußte er, daß er sich im Dunkeln verlief.

»Dori«, murmelte sie, »geh doch, geh, geh –«

Warum redete sie so?

»Hörst du? In dein dings, dein, na, dein Bettchen.« Wie eine Blinde bewegte sie die Hände und tastete nach Dingen, die sie nicht fand.

»Dorian«, sagte der fremde Mann streng. »Sag deiner Mami, sie muß wieder Musik machen und singen.«

Katja lachte, warf etwas vom Tisch und sagte: »Geht nicht – kommt nichts – kommt nichts in den Kopf.«

»Wenn deine Mami nicht singt«, sagte der Mann, »dann müßt ihr verhungern.«

»Laß ihn in Ruhe«, sagte sie, und noch einmal: »Laß ihn in Ruhe«, und dann, als hätte sie Gefallen an diesem Satz gefunden, wiederholte sie ihn pausenlos, laß ihn in Ruhe, laß ihn in Ruhe, *Mensch, laß ihn in Ruhe.*

Dorian mochte es nicht, wenn sie schrie, denn es war neu und voller Gefahr, dieses Geräusch, das er das erste Mal bei ihr gehört hatte an dem Morgen, als Christian starb. Und nie würde er ihren Schrei vergessen, als Robin und er am Bahnhof diese Spritze fanden, die sie feierlich in ein Tempo wickelten, um sie ihr im Hotelzimmer zu zeigen. Erinnerst du dich, Robbi? »Wirf die weg«, schrie sie, *»wirf die verdammt noch mal weg«*, und er hatte geglaubt, sie würde gleich weinen. Darum hatte er auch kein bißchen Angst, als sie ein paar Wochen später Robin und ihn in die Arme nahm und sagte, daß sie eine Weile bei anderen Leuten wohnen müßten und daß die Tillmann hießen, denn ihre Stimme war leise. Ganz leise sagte sie das, und ich weiß noch, Robbi, wie du gelacht hast, weil sie dich kitzelte.

Heike Petersen schrie ihm ins Ohr, sie müsse mal für kleine Mädchen, und als sie zurückkam, kicherte sie laut und meinte, jetzt sei es aber genug. »Ich fang an zu singen«, sagte sie, »nach dem vierten Glas Wein.«

Durch die halbe Stadt war er ihr hinterhergerannt, bis er sie in dieser Bar hier verschwinden sah, die viel eleganter als der *Taubenschlag* war. Als er sich neben sie an den Tresen setzte, merkte er, daß sie keine Verabredung hatte, denn sie kritzelte in ihrem schwarzledernen Timer herum und hob sofort den Kopf, als er das erste Wort sagte. Sicher hatte sie ihm ihr Leben erzählt, ein zweistündiges Leben; er guckte auf die Uhr, als er bezahlte, und erinnerte sich an kein einziges Wort.

In ihrer Wohnung sah er Bilder an den Wänden, die er nicht verstand, und viele CDs im Regal, die er nicht kannte.

»Du hast hier viel Platz«, sagte er.

Sie kam mit einer Flasche Sekt aus der Küche, um deren Hals sie eine Serviette gebunden hatte. »Ja«, sagte sie leichthin, »jeht so.« Sie sah zu ihm auf, ein Lächeln auf den Lippen und in den Augen. »Bist ein komischer Kauz, biste Priester und willst et nicht sagen?«

»Nein, ich bin Musiker.«

»Wat spielste denn?«

»Schlaflieder.« Er deutete auf ihre CD-Sammlung. »Hast du etwas von Katja Kammer?«

»Sollte ich?« Sie lachte. »Hast meine Kolumne jelesen, richtig?« Als sie mit ihm anstoßen wollte, ging er einen Schritt zurück.

»Ja, hab ich gelesen.« Er ließ die helle Flüssigkeit im Glas kreisen, während er aus ihrer Klatschspalte zitierte: »Daß es sich bei dem auf dem Südfriedhof gefundenen achtzehnjährigen Toten um den Sohn der Sängerin Katja Kammer handelt, wollte die Polizei weder bestätigen noch dementieren. Katja Kammer, einst eine kleine Kultfigur in der Tradition von Patti Smith, stieg so schnell wieder ab, wie sie aufgestiegen war. Ihre eher mittelmäßigen Lieder handelten von Liebe, Sex und der Öde der Vorstädte.«

Er räusperte sich. Die Petersen hatte sich nicht gerührt und ihrem Mist gelauscht, als wäre der neu für sie. »Das ist ein Haufen Scheiße«, sagte er.

»Du bist der, der mich anjerufen hat.« Sie lachte, doch jetzt war es kein richtiges Lachen mehr, denn ihre Augen lachten nicht mit. Verwaschene blaue Augen waren das hinter dieser giftgrünen Brille; weißt du noch, Robbi, was wir als Kinder gebrüllt haben? Grün und blau schmückt die Sau. Er stellte sein Glas, aus dem er nicht getrunken hatte, auf das Bücherregal.

»Ich Döskopp.« Sie war wieder nüchtern. »Wat willste von mir?«

»Ich weiß nicht.« Er holte Luft und merkte, daß es beinah ein Hecheln war. Wispern, Tuscheln und Kichern in ihm, und dann ein Tritt gegen seine Niere, ein Tritt von innen. Robin war wach. Er legte den Kopf schief. Sie müßte abnehmen, wirklich. Nachts auf den Straßen wäre sie nicht wendig genug, wenn einer sie packte.

Sie starrte ihn an. »Wat *bist* du für einer, wat willste? Bist du mit der Kammer – ja klar, der am Telefon hat jesacht, die hätte zwei –«

»Warum hast du mich mitgenommen?« unterbrach er sie.

»Hätt ich lassen sollen.« Sie, die ihn gerade noch *lieb* genannt hatte, guckte ihn nun an, als wäre er eine Spinne, fies und gemein. »Ich glaube, du haust jetzt ab, mein Knabe.«

Sie glaubte es nur, sicher war sie nicht. Sie fuchtelte mit den Armen, als könnte sie ihn dadurch schneller vertreiben.

»Warum lügst du?« fragte er. »Lügen alle Journalisten?«

»Erzähl keinen Quatsch. Ich schreib, wat Sache ist, wat hab ich denn jeschrieben, wat is denn so schlimm?« Sie fuchtelte immer noch, und ihre Stimme wurde schrill.

»Ihr habt Macht in der Zeitung.« Er fror plötzlich, dabei war es stickig und schwül. »Was da steht, das steht als Wahrheit da. Ihr seid wie Richter, die Urteile fällen, ohne den Angeklagten gesehen zu haben.«

»Ich recherchiere«, rief sie, »ich –«

»Red keinen Scheiß.« Er nahm die schwere Vase vom Boden, eine leere Vase, was er für Schlamperei hielt, denn normalerweise füllte man sie mit Zweigen. Vor ihr tänzelnd, um ihr den Weg abzuschneiden, schob er zwei Finger unter den Rand und ließ die Vase pendeln, bis sie ihr Gesicht traf. Sie taumelte gegen die Wand, ein Bild fiel herunter. Robin, der kleine Kobold, lachte in seinem Kopf.

Draußen hörte er sie schreien.

Dorian wußte, daß es böse Gedanken gab, die nirgendwohin führten, nur in die Einsamkeit. Sein erstes Mädchen fiel ihm ein, deren Zähne unter der Lippe hervorguckten wie bei einem Hasen. Zuerst war ihm das kaum aufgefallen, bis er eines Abends fand: So geht das nicht, da muß sie was tun. Du hast so häßliche Zähne, sagte er ihr, das sieht schlimm aus. Sie wußte es wohl selbst, aber sie wollte es nicht hören, und seit diesem Abend hatte er sie nie wiedergesehen, obwohl er sich zu jener Zeit eine Freundin wünschte, genaugenommen sogar eine mit schlechten Zähnen.

Eben hatte er die Frau da oben strafen wollen, was noch ein viel böserer Gedanke war, doch er merkte, daß ihn die Bestrafung nicht erlösen konnte, weil nichts, was er sagte oder tat, diesen Geist in ihm vertrieb, den eigenen Bruder, der Böses zischte in seinem Kopf. Immer, wenn er wach war. Unaufhörlich. Robin war schuld, daß sein Kopf immer voller wurde und er Dinge dachte, die er nicht denken, die er wieder wegknipsen wollte wie einer, der Dias anguckt und nur einen Knopf drücken muß, damit sie verschwinden.

Robin, Scheißzombie, laß mich in Ruh.

Als er dastand, eng an die Hauswand gedrückt, überlegte er, ob er wieder klingeln und sich bei der Petersen entschuldigen sollte, denn ihre Wut und ihre Schmerzen konnte er bis hier unten hören. Sie schrie sie in schlimmen Worten heraus, wobei er nicht wußte, auf wen sie wütender war, auf ihn oder auf sich selbst. Er traute sich nicht. Er hatte sich auch als kleiner Junge nicht getraut, den Coladosenwerfer zu stellen, der das letzte Konzert seiner Mutter störte.

Es war ihr schwergefallen, das wußte er jetzt. Viele Leute kamen damals ins Hotel, um ihr zu sagen, sie müsse wieder singen. Doch als sie dann wirklich wieder auf die Bühne ging und Robin und er im Zuschauerraum saßen, war alles anders als zuvor. Sie vergaß Worte. Sie stand vor dem Mikrofon und wußte nicht mehr weiter, und als sie zum Klavier ging, klang auch das Klavier, als sei es verstimmt. Sie machte viel falsch. Sie merkte es wohl, denn sie fing von vorne an und schlug auf die Tasten. Aber das schöne Lied für ihn und seinen Bruder hätte sie bestimmt richtig gesungen, das Lied, das *Sandmännchen für Robin und Dorian* hieß, in dem die Sterne von der Sonne erzählen und von der Erde und dem Mond. Alles wäre gut geworden, wäre der Mann im Schattenlicht nicht gewesen. Man sah ihn nicht, sah nur die Coladose, die er auf die Bühne warf, genauso wie man Katja kaum hören konnte, als sie »Komm her, du Arsch« schrie, »komm her, ich kann dich nicht sehen«, weil das Gelächter und die Pfiffe noch viel lauter waren. Wer hatte denn nach diesem Konzert in der Zeitung *Kammer kaputt* geschrieben, war das die Petersen gewesen? Nein, die war damals wohl zu jung. Aber du verstehst doch, was ich meine, Robbi, nein? So blöd kannst du nicht sein, so stur und voller Haß. Haben sie damals in den Zeitungen über den Coladosenwerfer berichtet oder heute über Ermittler, die laufend falsche Schlüsse ziehen? Nein, haben sie nicht, weil sie alles so hinstellen, wie es ihnen paßt. Robbi, wie soll sie zurückkommen, wenn alles verkürzt und verzerrt wird und nirgendwo die Wahrheit steht? Daß sie auf der Bühne brennen kann, hast du auch gewußt, hast doch das Video gesehen und die tausend Arme, die sich ihr entgegenstreckten. Das ist unsere Mutter, Robin, nicht die, über die eine Petersen faselt oder jene, von der die Henkel Gott weiß was glaubt – Robin, Mensch, was glaubt diese Kuh?

Heute hat sie gesagt, daß du freigegeben bist. Dorian kicherte; weiß Gott, Zwerg, ich würd dich auch gern wieder freigeben, weißt du das? Die Henkel hatte wieder ihre dunkle Telefonstimme, als sie Anlauf nahm und sich sofort verhaspelte. »Die – ehm«, sagte sie, und er wußte, daß sie nicht *Leiche* sagen wollte, »also, Robin ist jetzt freigegeben, also, hm, wegen der Beisetzung.«

Robbi, wie findest du das? Wen sollen wir denn begraben? Ich meine, du *bist* doch schon begraben, für den Rest unseres Lebens, in mir.

Du gehst nicht mehr weg, ich weiß. Bist ein Scheißkerl, läßt mich hier Frauen schlagen, machst meinen Körper kaputt und mein Leben, und ich weiß nicht, warum.

Mir passiert nix, hatte er immer gesagt.

Robin war klein und dünn und fürchtete sich schnell. Er war aber immer vorsichtig gewesen und hatte die große Lippe riskiert: Mir passiert nix. Warum sagte er so was, wenn es dann doch nicht stimmte? Wie alt war er gewesen, als er ankam und sagte: »Paß auf, Mann, das checken wir«, zwölf? Dorian rieb sich die Stirn, weil er die Worte so genau hören konnte und ihre Bedeutung dennoch nicht verstand. »Das checken wir, es passiert nix.« Er konnte die Brillengläser vor Robins Augen sehen, auf die das Deckenlicht fiel, und hörte ihn atmen, als wäre er gerannt. Das war nicht der Robin in ihm, sondern der andere Robin, ein Kerl in zerschlissenen Jeans, das war sein Bruder, wie er ihn kannte. Warum hatte er das gesagt, warum hämmerten die Worte in seinem Kopf herum? Paß auf, das checken wir. Was denn? Sollten sie warten, bis Frau Tillmann das Wohnzimmer verließ, um wieder Asche aus ihrem stinkenden Aschenbecher auf den guten Teppich zu pusten, war es das? War immer nett gewesen, wenn sie dann irgendwann schrie: SCHON WIEDER EIN FLECK. Tja, dann mußte aufhören zu rauchen, hatte Robin gesagt, Raucher machen Dreck, siehste?

Verdammt, Robbi, jetzt sagst du natürlich nichts, jetzt, wo ich was wissen will, hältst du dein totes Maul. Es war wichtig, ich weiß, es hatte eine Bedeutung: *Das checken wir, es passiert nix.* Aber es ist doch was passiert, oder? Ich krieg's nicht mehr zusammen, Mann, ich komm nicht drauf, weil du mir alle klaren Gedanken entziehst, hast du das früher schon gemacht?

Er blinzelte ins Licht. Vor ihm Straßen und Häuser in einer Stadt, die ihm fremder wurde mit jedem Tag, wie ging das denn zu? Räume veränderten und Gesichter verzerrten sich, und alles fiel auseinander in klirrende Stücke. Nicole, seine schöne Kollegin Nicole war vor ihm zur alten, häßlichen Frau geworden, doch zwei Minuten später war sie wieder jung. Da stimmte doch etwas nicht, hör zu, Robbi, ich frag dich: Machst du das mit mir?

Lauschend stand er da und wartete auf Robins Antwort, und als fange sein Bruder plötzlich von weither an zu singen, hörte er seine heiser krächzende Stimme wie in einem gemächlichen Rap, *passiert nix, passiert nix, passiert nix*. Ein lautes Instrument begleitete ihn, das wie eine kaputte Trompete klang und merkwürdige Funken schlug, blaue Funken, helles Licht. Ein Krankenwagen hielt vor dem Haus, vor dem er stand, und da kannte er sich wieder aus in der Welt. Es war das Haus der Petersen, die längst aufgehört hatte zu schreien.

Die Sanitäter gingen ohne Bahre hinein, was wohl bedeutete, daß es so schlimm nicht war. Es war aber dennoch sein Werk, nicht wahr? Er trug die Schuld. Er mußte etwas tun.

Als er in die Stadt zurückging, kam es ihm vor, als würde ihn jemand schieben. Seine Beine schmerzten so sehr wie die Schultern und die Arme, doch er ging immer weiter und kümmerte sich um nichts. Den ganzen Weg über hielt er den Kopf gesenkt, er ging, als schliefe er schon, und nur die Füße waren noch wach und taten, was sie konnten.

Der Pförtner im Präsidium kannte ihn nicht. Er machte sich wichtig hinter seiner Leselampe und guckte auf Dorians Dienstausweis wie ein Prüfer auf Falschgeld. Zwei Telefone befanden sich in dem Pförtnerhäuschen und etwas, das aussah wie ein kleines Mischpult, eine zerlesene Zeitung, eine Banane und ein Brillenetui, dazwischen der Pförtner wie ein unruhiger Wachhund.

»Na ja«, sagte er schließlich, »die sind noch da.« Er blätterte eine Liste durch. »Wissen Sie denn, wo's ist?«

»Natürlich«, sagte Dorian. Dem argwöhnischen Pförtnerblick endlich entronnen, rannte er in das Gebäude hinein, in dem es nach Bohnerwachs roch. Ein dunkler Gang, in dem man nichts hörte, geschlossene Türen überall. Feierabend. In einer kleinen Küche lehnte einer an der Spüle, den er kannte, ein blonder Typ in schicken Klamotten. Hauptkommissar Stocker wartete darauf, daß sein Kaffeewasser kochte.

»Guten Abend«, sagte Dorian, »ich möchte zu Frau Henkel oder Herrn Kissel, der Pförtner sagt, die sind noch da.«

Stocker sah nicht aus, als ob er sich an ihn erinnerte. »Die sind in einer Vernehmung. Ist es wichtig?«

Ja, es war wichtig, weil er gestehen mußte. Ich habe eine Frau verprügelt. Ich war Polizist. Nehmt mir meinen Ausweis ab, alles, auch meine Waffe, aber die hab ich nicht hier. Befreit mich von Robin.

»Ja, ist es.« Er räusperte sich. »Ich heiße Dorian Kammer und die Kollegen –«

»Ah ja, ja«, unterbrach ihn Stocker. Er blinzelte kurz an ihm vorbei und suchte wohl nach Worten. »Nun ja, ehm, das ist eins höher. Zimmer 311.«

Dorian blieb stehen. Stocker schien zu glauben, er werde da erwartet, aber vielleicht war das ja so, weil sie es alle schon wußten, weil die Petersen angerufen und gemeldet hatte: Es war der Sohn von Katja Kammer. Der, der noch ein bißchen lebt.

»Kommen Sie«, sagte Stocker, »ich bring Sie hin«, und wortlos stiegen sie zwei Treppen hoch, um in einen Gang zu kommen, der genauso dunkel war und ähnlich roch, nach ewiger Stille, nach Sünde und nach Bohnerwachs. Die Tür des Zimmers 311 wurde von einem uniformierten Kollegen geöffnet, den Dorian nicht kannte, der aber wohl noch das Recht hatte, Uniform zu tragen, weil er sicher keine Frauen schlug.

Stocker murmelte etwas, bevor er wieder verschwand.

»Kaffee?« fragte der Kollege.

Dorian schüttelte den Kopf. Hier kam er sich vor wie im Wartezimmer eines Arztes. Stühle standen herum, auf einem kleinen Tisch lagen Zeitschriften, und hinter der verschlossenen Tür gegenüber des Eingangs war kein Laut zu hören. Als kleiner Junge hatte Robin andauernd Schnupfen, einmal im Monat bestimmt, und ihre Mutter sagte dann, er hätte seine Tage. Einmal waren sie zu dritt beim Arzt gewesen, nachdem Robin so schlimm hingeknallt war, daß er sich die halbe Stirn aufgeschlagen hatte. Eine Narbe war zurückgeblieben, eine kleine, schräge Narbe auf der Schläfe, von der er glaubte, daß sie ihm bei Dämmerlicht ein gefährliches Aussehen verlieh.

»Was zu lesen?«

»Nein, danke.« Dorian hörte selbst, wie gestelzt das klang, und er konnte ein Lächeln in den Augen des Kollegen sehen, bevor er wieder in seiner Zeitschrift blätterte.

War er der Aufpasser hier? Dorian stand auf. Ein Teil der Wand war mit einem dunklen Vorhang abgedeckt, und als er ihn zur Seite schob, konnte er durch eine Einwegscheibe Kissel sehen, der mit verschränkten Armen an der Wand lehnte. Er bewegte sich nicht, stand so still und lauernd da wie in der Nacht auf dem Friedhof, ein paar Meter von Robins Leiche entfernt. Auch dieser Raum war kahl.

Dorian sah einen Tisch, an dem ein Mann kauerte, der seine Hände nicht ruhig halten konnte. Über die Lippen fuhren sie, wanderten hoch über die Nase zur Stirn und fingen dann am Kinn von vorne an. Ein Kokser vermutlich, irgendein Drogenschwein. Er trug einen schwarzen Anzug, und an seinem kleinen Finger blitzte ein Stein. Vor ihm die Kommissarin Henkel, ihr Gesicht ganz nah an seinem. Sie hatte die Hände auf den Tisch gestützt und redete auf ihn ein.

»Stell mal an«, sagte der Kollege hinter ihm. »Wenn die Pause machen, kannste rein.«

Dorian drehte sich um; »Der grüne Knopf«, sagte der Kollege, und als Dorian ihn drückte, war die Stimme der Henkel im Raum, wie er sie noch nie gehört hatte, hart und kalt, Eis auf Metall.

»Wie viele Fotos haben Sie ihm verkauft?«

»Nichts«, rief der Mann, »ich habe nie –«

»Lippert hat Ihren Namen im PC gespeichert. Zusammen mit den Fotos. Welche Fotos, Herr Thiele? Alle oder nur die Farbfotos, die mit den ausgestochenen Augen?«

»Nein, Quatsch, keine ausgestochenen – ich meine – nein.«

»Gut, keine ausgestochenen Augen. Welche Fotos dann?«

Ein langgezogenes Wimmern. »Ich weiß doch nicht mehr, ich hab ihm zwei Fotos gegeben, harmlose, die hatte ich mal von irgendwoher. Der Scheißkerl war krank, der hat jede Summe gezahlt. Ich selber hab nie so was gesammelt, Sie können meine Wohnung durchsuchen, ich habe nichts. Zwei Stück hatte ich und hab sie ihm verkauft, ich wollte die nicht haben.«

»Lippert hatte auch ein Video von dem Jungen«, sagte Ina. »Wann wurde das aufgenommen?«

Der Mann schüttelte nur den Kopf.

»Wie alt war der Junge?«

»Ich kenne ihn nicht.«

»War er gefesselt?«

»Ich kenne den doch nicht.«

»Ich will wissen, ob er gefesselt war.«

»Ich weiß nicht.«

»Sie erinnern sich nicht?« Sie knallte ihre Sätze so schnell hinter seine, als spielten die Stimmen Nachlaufen, und ihre mußte seine unbedingt überholen.

»Ich *kann* mich nicht erinnern«, rief er, »weil –«

»Hier, schauen Sie ihn sich noch mal an.« Sie schob etwas in seine Richtung, ein Foto vermutlich, doch er drehte den Kopf weg.

»Wurde er geschlagen, gewürgt, mit dem Messer traktiert?«

»Wie soll ich –«

»Wurde er getreten?«

»Wie?«

»WURDE ER GETRETEN? Das ist eine klare, deutliche Frage.«

»Ich glaub nicht«, flüsterte der Mann.

»Nein«, sagte sie und mit einem Mal wurde ihre Stimme leiser, fast zärtlich. »Nein, Herr Thiele, nicht getreten. Das ging ausgefeilter zu. Robin Kammer wurde geschlagen. Mit was, Peitsche, Schlagring, Ketten?«

»Robin Kammer wurde geschlagen«, wiederholte Dorian flüsternd. Er spürte nicht viel bei diesen Worten, nur Leere, doch war Leere ein schlimmeres Gefühl als Verachtung oder Haß.

»Hast du den festgenommen?« fragte der Kollege hinter ihm. »Oder wozu brauchen die dich?«

»Nein, ich hab ihn nicht festgenommen, nein. Den kenne ich nicht.«

»Hm«, sagte er. Dorian drehte sich nicht um und spürte dennoch seinen Blick.

»Ich hab den nie gesehen«, rief drüben der Mann. »Hängen Sie mir das nicht an.«

»Wo fand das statt?« fragte die Henkel. »Wie habt ihr es eigentlich genannt, Partys? Zusammenkünfte?«

Der Mann rieb sich so heftig die Stirn, als müsse er Dämonen vertreiben, Geister, die kamen und gingen. »Ich gehöre nicht zu denen, ich selber hab nie –«

Kissel übernahm. »Wir haben eine Zeugin, Herr Thiele, eines eurer Opfer. Wir machen eine Gegenüberstellung.«

»Aber das wäre falsch.« Der Mann sprang auf, schwankte und setzte sich wieder. »Das ist Jahre her, ich war – ich gehörte nicht zu denen, ich hab mich da nicht beteiligt.«

Die Henkel stützte wieder die Hände auf den Tisch und sah ihm direkt in die Augen. »Wir haben übrigens *zwei* Videos, nicht nur das von dem Jungen. Da hat euch einer gefilmt, sollen wir uns das mal zusammen anschauen?«

Der Mann wurde kleiner auf seinem Stuhl.

»So ein Pech«, sagte die Henkel.

»Aber ich war doch nur da, weil er sagte , weil –« Er riß am Bund seines T-Shirts.

»Wer sagte was?«

»Ich wollte mir die Leute angucken, die dahin kamen, die Kunden. Wollte ein paar Namen. Gut, ich wollte bißchen kassieren bei denen, aber hab's dann doch nicht gemacht, man kam ihm besser nicht in die Quere.«

»*Wem*, Herr Thiele?«

»Dem Typen, der es aufgezogen hat. Weiß nicht mehr, wie er hieß. Er sagte, hör dich um, bring mir Leute. Damals hab ich in einem Laden gearbeitet, da bot sich das an.«

»Welcher Laden?«

Der Mann hob die Schultern. »So ein Pornoshop. Da sollte ich gucken, wer bestimmte Heftchen und Videos kauft, und sollte die Typen ansprechen, ihnen sagen, daß es diese Adresse gibt und wie es läuft. Zweimal hab ich es gemacht, aber es hat sich nicht rentiert.«

»Kemper hat Ihnen das gesagt«, sagte die Henkel ruhig, »Steffen Kemper«, und der Mann betrachtete lange seine nervösen Finger, bevor er fragte: »Haben Sie den? Der Drecksack. Ich hab längst keinen Kontakt mehr zu ihm.«

Dorian sah ein böses, kleines Lächeln auf Kissels Gesicht. Henker mußten so gelächelt haben, wenn sie mit einem sauberen Schlag die Köpfe abtrennten.

»Ich fasse zusammen«, sagte Kissel. »Kemper erzählt Ihnen von diesen Folterabenden und läßt Sie mal gucken, damit Sie sich eine Vorstellung machen. Sie sollen da Kundschaft anschleppen.«

»Aber ich hab ja nicht«, fing der Mann an, doch Kissel fragte: »War es eine Wohnung, ein Haus?«

»Ein Schuppen. Es war so ein Schuppen in einer Kleingartenkolonie, der gehörte Kemper. Die Kunden wollten es so, eine schäbige Umgebung, und auch die Leute sollten so sein, also diejenigen, die – ehm –«

»Die Opfer?« schlug Kissel vor.

Der Mann nickte. »Das waren Junkies und junge Obdachlose, Kemper hat sie besorgt. Die Kunden wollten das so. Ich weiß nicht, was es ihnen gegeben hat, aber sie wollten möglichst verkommene Typen. So Ausgemergelte. Sie selber waren aber piekfein angezogen, also es war schon ein ziemlicher Gegensatz. Es gab ja auch Superessen da drin und teure Getränke.« Der Mann sah auf seine zitternden Beine und schlang die Hände um die Knie, als hätte er Angst, die Beine fingen von selber an zu laufen. »Sie nannten das Sitzung, was sie mit den Leuten gemacht haben, da hatten sie die verrücktesten Wünsche. Also ziemlich bizarr. Sie schlitzten mit Messern an ihnen rum, verrieben das Blut auf den Körpern, legten sie in Ketten und so weiter, ließen sie liegen, dann haben sie was gegessen und getrunken, es war ja ein Buffet da, und dann ging es weiter. Jeder konnte alles sehen, das haben sie gemocht, es war wie in einem Swingerclub, bloß halt mit anderen Praktiken. Die anderen waren – also, die« – er räusperte sich – »diese Opfer waren die ganze Zeit gefesselt, die konnten nicht weg. Sie haben sie aber nicht getötet, soviel ich weiß, töten war verboten, da haben sie drauf geachtet, Kemper und seine Tussi.« Versonnen nickte er vor sich hin. »Die Kunden trugen meistens Masken und so einen Quatsch.«

»Wer hat die Videos gedreht?« fragte Kissel.

Der Mann hob den Kopf. »Ich weiß nicht – Kemper? Ja klar, solche Videos sind sauteuer.«

»Und was wissen Sie von ihm?« Kissel schlug mit der Faust auf den Tisch, wo das Foto lag. »Den Jungen haben Sie auch da gesehen, gefesselt, liegengelassen.«

»NEIN«, schrie der Mann, »ich hab ihn nicht gesehen. Das kann ich mir auch nicht vorstellen, die wollten Frauen. Ich war ja nur zweimal da und dann nie wieder, aber es sind immer Frauen gewesen, die sie hatten, keine Typen. Ich kenne keinen Robert –«

»Robin«, sagte Kissel. Er bückte sich und nahm ein weiteres Foto vom Boden, das er zu dem anderen auf den Tisch warf. »Und die?«

Der Mann sah hin. Er nickte. »Ja«, sagte er, »das ist Katja.«

»Katja wer?« fragte Kissel. Die Henkel stand gegen den Tisch gelehnt und sah dem Mann ins Gesicht.

»Was weiß ich – Katja halt. Kempers Freundin. Sie hat die Honneurs gemacht.«

»Was hat sie?« fragte die Henkel.

»Na eben – verdammt, sie war Kempers Tussi, hat sich um die Gäste gekümmert, ihm zugearbeitet, hat die Musik aufgedreht, wenn's zu hoch herging und die Leute gebrüllt haben.«

»Blödsinn«, sagte die Henkel.

Kissel ließ die Arme hängen, und einen Moment lang, als er Ina anstarrte, sah er schwachsinnig aus. Dann machte er eine ruckartige Kopfbewegung und ging auf den Mann zu wie ein Stier. »Wo ist sie?«

»Woher soll ich das wissen? Ich hab längst keinen Kontakt mehr zu denen.«

Ina ging um den Mann herum. Er folgte ihr mit den Augen. »Wie kommen Sie darauf«, fragte sie, »daß sie Kempers Freundin war?«

»Das war eben so.«

»Gut, gut«, sagte Kissel schnell und machte ein Handzeichen in Inas Richtung, das Dorian nicht verstand. Sie hatten ihre persönlichen Zeichen, wenn sie Vernehmungen machten, da blickte ein Außenstehender nicht durch. Doch da schien etwas falsch zu laufen; er blinzelte und sah die Kommissare in der Mitte des kalten

Raums einander gegenüberstehen wie Boxer vor der Schlacht. Starr guckten sie einander an, bis Kissel mit den Fingern schnippte und etwas nuschelte, das wie »Pause« klang.

»So, jetzt kannste gleich.« Dorian fuhr herum, als er die Stimme hinter sich hörte. Der Kollege legte die Zeitschrift beiseite und hatte wieder dieses kleine Lächeln in den Augen, das aber Verwunderung wich, als hätte er Dorians Gesicht schon längst vergessen.

»Nein.« Dorian bewegte den Kopf hin und her, weil es so schrecklich brummte darin. Viele Fliegen waren gekommen. Fing Robin jetzt an, in ihm zu verwesen, weswegen jetzt all die Fliegen kamen? Aber nein, nein, vorhin hatte er doch noch gesungen und gelacht. Wie ein Blinder ohne Stock ging er mit vorsichtigen, kleinen Schritten zur Tür und sagte: »Nein, ist egal.«

Unwichtig. Keine Lust mehr, mit den Kommissaren über die Petersen zu reden, was hatte er denn schon getan? Gemächlich ging er den Flur herunter, Robins Stimme im Kopf über dem Gebrumm der Fliegen.

Du bist doch ein Lahmarsch, sagte Robin, bist doch ein Kasper. Er hatte die Füße auf dem Tisch, war zwölf oder dreizehn und meistens schlecht gelaunt. Blickte er zurück, kam Dorian sich wie in einem Kino vor, dessen Leinwand sich hinter einem Vorhang befand, den man vergessen hatte wegzuziehen. Der Film lief, doch sah er nur Schattenbilder. Dachte er an die versunkenen Jahre, schien es, als sei er schon als alter Mann geboren, weil es doch ein Merkmal alter Leute war, sich besser an die Kindheit zu erinnern als an den gestrigen Tag. Die frühen Jahre mit Katja vergaß er nicht, doch war das Haus der Tillmanns auf ein paar Quadratmeter geschrumpft, in denen er einen Tisch und zwei Betten sah und manchmal Robins kleine Nickelbrille, auf die das Deckenlicht fiel.

Sie durften nicht mit Straßenschuhen in die gute Stube, wie Frau Tillmann ihr Wohnzimmer nannte. »Erst Schuhe ausziehen«, rief sie ihnen entgegen, »ihr seid dreckig.« Irgendwann hatte Robin sich angewöhnt, mit seinen schweren Stiefeln durchs Wohnzimmer zu sausen wie ein Tänzer übers Eis. Er machte lange Schritte und sprang in die Luft, sobald sie vor Empörung schrie.

»Das machst du mit Absicht«, rief sie.

»Jo«, sagte Robin. »So isses.«

In ihrem Zimmer zog er die Stiefel auch nicht aus, warf sich damit aufs Bett oder legte die Füße auf den Tisch, wenn Dorian da saß und lernte oder las. Er starrte herüber, bis man seinen Blick wie ein Messer hinter den Augen spürte.

»Bist ein Lahmarsch«, sagte er, »was lieste denn da wieder, raffst es ja doch nicht.« Es war blöd, daß Robin immer besser in der Schule war, obwohl er weniger lernte. Er hatte auch mehr Freunde, doch waren das Typen, die Dorian nicht mochte. Über die Jahre hinweg hatten sie keinen einzigen gemeinsamen Freund gehabt, aber war das bei Brüdern nicht normal? Dorian wußte nicht genau, wie er das Leben bei den Tillmanns beschreiben sollte, hätte man ihn gefragt. Er war da, in ihrem Haus, und manchmal redete er auch mit ihnen, doch waren das gewöhnlich Antworten, die er auf ihre Fragen gab. Es wurde nicht viel geredet in diesem Haus, in dem die Tillmanns meistens schwiegen, und manchmal glaubte er, daß sie keine eigenen Kinder hatten, weil sie noch nie auf die Idee gekommen waren, miteinander zu vögeln. Ja, sie hatten da gewohnt, Robin und er, und ein Leben gelebt, das nichts Besonderes bot außer Fußballspielen oder Kurvenziehen mit dem Rennrad um kichernde Mädchen. Sie aßen zusammen und verbündeten sich gegen die Tillmanns, doch redeten sie nicht mehr viel miteinander, seit Dorian das Konzertvideo ihrer Mutter sah und erkannte, wie stark und überlegen sie war, verglich man sie mit all den Dutzendmenschen auf den Straßen. Robin war blind. Vielleicht interessierte es ihn gar nicht mehr, daß sie zurückkehren und sie wieder mit diesem Lachen in die Arme schließen und daß sie Dori-Süßer rufen würde, hat bißchen länger gedauert, Robbi, mein Zwergelchen, nimm's mir nicht krumm. Darüber sprachen sie nicht. Robin war mundfaul, das schon. Nur einmal, vor vielen Jahren, fing er an zu schwafeln, als er Namen nannte, Namen und Wörter, die nicht zusammenpaßten. Sein Kumpel, der einen kannte, der einen kannte, so fing das an. Namen und Wörter, Katja, sagte Robin, Schlampe, Riederwald. Kumpel hat gesagt. Tussi, die da rummacht bei komischen Typen. Katja, hörste? In so 'ner Hütte am Riederwald. War mal Sängerin. Schlampe, Hure jetzt, Dreck.

Was willst du, Robbi, red doch keinen Scheiß. In seinen Worten paßte nichts zusammen, weshalb Dorian ihn auch nicht verstand.

Doch wie war das zugegangen, hatte Robin diese anderen Worte damals schon gesagt, hatte er lauthalt *mir passiert nix* gebrüllt? Nein, wohl nicht. Er nannte bloß einen Namen, der nicht paßte zu all den Dingen, die er weiter sagte, so wie auch dieser Mann, dieser Kokser, den die Kommissarin Henkel vernahm, Namen nannte, wie es sie tausendmal gab. Katja, hatte der Mann gesagt, Kempers Freundin, Kempers Tussi. Nein, das war gelogen. Robin hatte auch gelogen, und Dorian hörte nur den hohlen Klang irgendeines Namens und das Brummen der Fliegen in seinem Kopf.

Fliegen, die ihm verkünden sollten, daß er sterben mußte, denn Fliegen waren überall, wo Leben zerfiel. Fliegen über Särgen und in Erdlöchern summend, Fliegen in flüchtigen Gräbern im Wald, wo Hunde sie rochen und so laut zu bellen begannen, als müßten sie allen Menschen sagen, hört zu, ich Hund, ich bin noch am Leben. Fliegen, wo Dreck war und Verfall.

Fliegen in der Nacht – er konzentrierte sich auf ihr Geräusch, als er an die Tür des *Taubenschlags* klopfte – waren sie hier auch?

Im Türspalt erschien Karl Hufnagels mißmutiges Gesicht; »Ach du«, murmelte er, »is schon zu.«

»Ich will noch ein Bier.« Dorian schob sich an ihm vorbei und ging hinter den Tresen, um sich eins zu zapfen. »Was willst du hier?« fragte er Karl, der in seinem alten, karierten Hemd über der viel zu weiten Hose wieder aussah, als hätte er alle Gäste vergrault.

»Ich werd in meiner eigenen Kneipe wohl mal nach dem Rechten sehen dürfen.«

»Dann zieh dich anständig an.«

Karl stand stramm. »Aber wie du letztens in der Uniform hier reingestiefelt bist, das fandest du anständig?«

»Sicher.« Dorian horchte, weil er etwas scheppern hörte, oben, wo Billa hauste. »Du hast ein Problem mit Uniformen, das wird seinen Grund haben.«

Karl kicherte. »War das dein neues Mädchen letztens? Wolltest ihr imponieren.«

»Nein, das war meine Kollegin. Das war eine Kommissarin der Mordkommission.«

Eine Weile blieb es still, bis Karl mit fast zitternder Stimme fragte: »Das war eine Bulette?«

Dorian nickte.

»Ist doch nichts mehr mit den Weibern los«, flüsterte Karl. »Ich hätt dir gegönnt, daß sie dein neues Mädchen wär. Hast du denn ein neues Mädchen?«

»Nein.« Dorian legte die Hände auf den Tresen.

»Dann war sie wegen deinem armen Bruder da«, sagte Karl. »Die Bulette.«

»Ja.«

Karl nickte lange vor sich hin, bevor er fragte: »Die sucht den Mörder?«

»Den suchen viele. Das macht nicht einer allein, bloß in Büchern macht's einer allein.«

»Ja, ja«, sagte Karl, »aber in Büchern isses einfacher, reich mal 'nen Korn rüber.«

»Hol ihn dir selbst.« Mit seinem Bierglas in der Hand ging Dorian durch den kleinen Gang, der in den Verschlag führte, den Karl großspurig *die hinteren Räume* nannte. Zwei dunkle, unaufgeräumte Löcher, das waren sie, die hinteren Räume, in denen immer irgend etwas schepperte, weil Billa Hufnagel alles fallen ließ. Es war ihr Bau hier; Dorian blinzelte und suchte Fliegen, doch war es zu dunkel, um welche zu sehen. Nur ein schwaches Lämpchen brannte. Billa saß in ihrem Prunkstück, einem Schaukelstuhl vom Flohmarkt, und träumte vor sich hin.

»Paß bloß auf«, sagte er, »der Karl könnte dir die Kasse ausräumen.«

»Nein«, murmelte sie, »so weit denkt der nicht. Wenn er seinen Korn kriegt, ist es gut.« Sie hockte in ihrem Schaukelstuhl, ohne zu schaukeln, saß nur wie eine Puppe darin, die man zurechtrücken müßte, damit sie nicht kippte. Es war spät, und sie konnte vielleicht nicht mehr. Sie sah beschissen aus, kaputt und verbraucht wie diese Asoziale, der er den Fernseher wegnehmen mußte.

Lohnte es noch? Er würde sterben müssen, aber vielleicht war es Magie, wenn er an die Zukunft dachte. »Ich möchte den Laden übernehmen«, sagte er, »du bist zu lahm, entschuldige, wenn ich das sage, und Karl kümmert sich nicht. Ich will eine Bar daraus machen.«

Sie hörte nicht zu, fragte: »Hast du mit deiner Kollegin noch mal gesprochen?«

»Sicher, ich rede mit all meinen Kollegen. Heute war ich bei einer Vernehmung dabei. Ein Kokser war das, so ein Depp.«

»Was sagt er?«

»Nur Scheiße.« Er lehnte sich gegen die Wand. Reden wollte er, nur reden, reden, ganz egal mit wem, denn wenn er redete, wurden sie leiser in ihm, Robin und die Fliegen. Er stellte sich vor, wie die Fliegen in ihm tanzten, unaufhörlich summend sich im Kreis bewegten, und wie Robin verbissen mit ihnen rang.

»Die haben nur Scheiße im Hirn, diese Kokser. Der konnte nichts Zusammenhängendes sagen.« Er schaltete das Deckenlicht ein und sah einen blauen Streifen auf ihrer Wange. Möglich, daß Karl ihr eine geknallt hatte, weil sie ihn nicht ranließ, den eigenen Mann. Sie ließ niemanden ran, soviel er wußte, aber außer Karl blieb auch kaum einer übrig, der sie wollte.

»Setz dich doch«, sagte sie.

Er schüttelte den Kopf. »Du hörst mir nicht zu, ich habe gerade gesagt –«

»Doch, ich hör dir zu. Du möchtest aufhören bei der Polizei?«

»Ja, ich kann schlecht beides machen, nicht?«

»Karl wird Geld wollen«, sagte sie.

»Karl kriegt, was er verdient.« Seine Stimme wurde lauter. »Viel ist der Laden nicht wert.«

»Aber er läuft doch. Wenigstens abends. So ein Umbau ist teuer.«

»Es sind nicht die richtigen Leute hier.« Robin hatte das genauso gesehen. Er beugte sich vor und trommelte auf den Tisch und sah, wie ihre Augen seinen Bewegungen folgten. »Ich will keine Rentner und Feierabendsäufer hier, ich will richtig gute Leute. Erfolgreiche Leute, starke –« Er schwieg, irritiert durch das Geräusch, das sie machte, so ein leises, mühsames Seufzen.

»Du kannst ja dann mit Karl was Neues machen«, sagte er. »Ehm – ehrlich gesagt, paßt du dann nicht mehr unbedingt hier rein.«

»Nein«, sagte sie nur.

»Oder setzt dich halt zur Ruhe.«

»Ja.« Sie stand auf und streckte eine Hand aus, als wollte sie ihn berühren, doch sie zog sie wieder zurück. »Was ist das für eine Frau?«

»Die Kommissarin Henkel. Die ist ein bißchen doof, macht sie eine Vernehmung und hat den Falschen.«

»Du solltest nicht dabeisein«, sagte sie.

»Ich gehöre zur Truppe.« Er folgte ihr in den leeren Schankraum, wo nur Karl Hufnagel wie ein Verlorener an einem Tisch unterm Fenster saß.

»Willste nicht Kasse machen?« maulte er Billa an. »Kümmerst dich um nichts.«

Dorian stellte sich an den Tresen und berührte das rauhe Holz mit seinen tausend Sprüngen. Hier hatte er Robin das letzte Mal als Lebenden gesehen, als Menschen und nicht als das Gespenst, das später aus dem Leichenhaus kam. Er versuchte sich zu erinnern, wie oft sie hier zusammenstanden, doch war Robin kein Stammgast gewesen, weil er den *Taubenschlag* nicht mochte, zu piefig, Mann, zu klein. Er kam, wenn er pleite war, um Dorian anzuschnorren, doch manchmal kam er auch, um ihm das Geld zurückzugeben. Er war kein freundlicher Gast, er lästerte über die anderen Gäste oder verhöhnte Billa, die nie darauf reagierte, was ihn noch mehr anspornte. Dorian drehte sich um. Da hockten die Hufnagels unterm Fenster, zu müde vielleicht, um das Licht zu löschen und ihn, den einzigen Gast, auf die Sperrstunde hinzuweisen. Er beobachtete sie. Karl grabschte nach Billas Hand wie einer, der eine Maus fangen will, doch sie entzog sie ihm. Vielleicht dachte sie an den blauen Streifen auf ihrer Wange. Sie hatte alte, rissige Hände.

»Warum«, fragte er in die Stille hinein, »hast du Robin eigentlich nie Lokalverbot erteilt?«

Billa sah ihn an mit diesem müden Blick von irgendwoher.

»Der hat hier bloß rumgestänkert, erinnerst du dich nicht?«

»Er war jung«, sagte sie nur, und er dachte, sie würde noch etwas hinzufügen, doch stand sie auf und ging an ihm vorbei, ohne ihn noch einmal anzusehen. Stumm stand er da, Robins Stimme im Kopf über dem Gesumm der tausend Fliegen. Robbi, hörst du? Die verwechselt uns, die alte Kuh, die denkt vielleicht, daß ich der Böse bin. Robbi? Mann, die kennt dich nicht.

[12]

Dauerregen hatte am Morgen von Robin Kammers Beerdigung eingesetzt, als müßte ein Film gedreht werden, und der Himmel spielte mit. Doch auf den Fotos des Kollegen Stocker gab es kein Meer aus schwarzen Schirmen, nur Dorian und die Tillmanns waren gekommen und bildeten eine armselige kleine Versammlung vor dem offenen Grab. Den Blick in die dunklen Wolken gerichtet, umschlang Dorian Kammer mit beiden Armen seinen Oberkörper, als hätte er Angst, ihm fiele das Herz heraus. Klaus Tillmann schien zu weinen. »Da beobachte ich das erste Mal in meiner Laufbahn eine Beisetzung«, hatte Stocker gesagt, »und was soll ich sagen: Es regnet.« Leere auf den Fotos, die die umliegenden Reihen zeigten, nasse Bänke ohne Menschen. Nirgends eine unbekannte Frau, keine Katja Kammer, auch nicht im Verborgenen; es war ein Versuch gewesen, von dem sie vorher schon ahnten, daß er nichts brachte.

Traust dich nicht, stimmt's? Was ist mit dir, bist du feige oder was? Kann ich mir kaum vorstellen, warst es doch früher nicht.

Früher, immer wieder früher – wie siehst du heute aus, wie lebst du jetzt? Ina sah aus dem Fenster auf eine regennasse Straße und hörte Kissels Atem neben sich, ein ungeduldiges Schnaufen, weil man ihn warten ließ. Tagelang war er auf ihren Fehler bei der Vernehmung Thieles zurückgekommen: »Du darfst einem zu Vernehmenden doch nicht mit persönlichen Ansichten kommen«, hatte er gesagt. »Warum fährst du ihm in die Parade, wenn er aussagt, was die Kammer auf den Partys gemacht hat? Und wen interessiert das denn, ob die Kempers Freundin war oder seine wasweißich.«

»Frag diese Frau Klein«, sagte sie, »die kann dir das bestätigen. Wenn der Typ Mist redet –«

Doch Kissel war ein Hund, der sich verbiß. »Das interessiert doch überhaupt nicht«, brüllte er. »Ob der ihr Stecher war oder ihr Master, geht mir am Arsch vorbei.«

»Er hat sie mißhandelt, verdammt noch mal.«

»Gut«, rief er, »irgendwo mußte er ja mal anfangen zu üben.«

»DU BIST EIN SCHEISSKERL.«

»Ich weiß.« Er hatte gelächelt, bevor er sich mit Genuß auf den nächsten Fehler stürzte, den wiederum Stocker beging, als er Dorian Kammer ohne ihr Wissen zur Vernehmung bat. Doch dein Sohn lief weg, Mama Kammer, warum? Weil sie neu für ihn waren, die Geschichten von den Partys, oder weil er sie kannte? Weißt du was, dauernd sehe ich den kleinen Jungen auf dem Video, der den Geschichten seiner Mama lauscht, Geschichten von Vögeln. Warum hattest du diesen Vogeltick, wegen der Freiheit? Wolltest fliegen, ja? Sie blieb am Fenster stehen, malte unsichtbare Blumen auf die Scheibe und sah dem Regen zu. Kein Vogel war draußen zu sehen. Rücklichter eines Wagens leuchteten in einer Pfütze wie ein Alien mit bösen Augen.

Sie warteten auf Richard Belloff. Seine Frau hatte sie unfreundlich empfangen und in ein altmodisch eingerichtetes Wohnzimmer geführt.

»Meinen Mann muß ich erst wecken«, erklärte sie. »Er braucht viel Schlaf, auch am Tag. Außerdem sind wir nicht eingerichtet auf unangemeldeten Besuch.«

»Wir sind kein Besuch«, sagte Kissel. »Wir sind Polizisten.«

Noch einmal war sie erschienen, hatte polternd die Tür aufgerissen und sich mit kleinen, schnellen Augen umgesehen, bis Kissel sagte: »Wir klauen nichts. Wir sind Polizisten.«

»Hattest du Knatsch mit deinem Lover?« fragte er jetzt.

Ina sah ihn nicht an. »Nein, wieso?«

»Du bist so versonnen, versponnen, verloren.«

Sie schüttelte den Kopf. Man quasselte in fremden Wohnungen nicht drauf los, noch nicht einmal Privates. Sollte sie ihm das jetzt sagen? Doch gegen den großen Verbesserer der Fehler anderer kam sie ja ohnehin nicht an.

»Ich finde mich nicht unbedingt mit Dorian Kammers Alibi ab«, hatte sie im Wagen gesagt, worauf er leise lachte und wissen wollte: »Auf einmal? Aber er ist doch ein *Kollege*, Schatz.«

»Vielleicht läuft alles falsch. Wir unterstellen der Kammer ein Motiv, weil wir Robin unterstellen, sie erpreßt zu haben.«

»Wofür es Indizien gibt.«

»Außerdem die Anzahl Messerstiche«, sagte sie. »Ich meine, Übertöten deutet in erster Linie auf einen Perversen hin.«

»Und auf eine Beziehungstat, auf rasende Wut«, sagte er, was genauso klang, als hätte er *Schluß jetzt* gesagt, *halt die Klappe*. Sie hatte ihn daran erinnern wollen, daß es ihr Verdienst gewesen war, diesem fahrigen Crack-Bündel Oliver Thiele im Vernehmungszimmer Namen zu entlocken – Richard Belloff war einer dieser Namen, den sie aus Thiele fast herausgeschrien hatte, Kissel vergaß so etwas leicht. Belloff also, Mittagsschläfer, und was noch? Ein leises Surren auf dem Flur, und dann wieder die schnellen Schritte der Frau. Diesmal wurde die Tür behutsam geöffnet, und Ina sah zuerst die Beine, dann den Rollstuhl, dann den Mann.

Schön, da mußte man jetzt durch. Eine von Tommys Schwestern fiel ihr ein, diese Superschlaue, die sich nicht beruhigen konnte, als sie bei Ina ein Computerspiel sah, dessen Sinn es war, einen Rollstuhlfahrer durch ein Labyrinth zu bugsieren.

»Das ist doch menschenverachtend«, hatte sie gerufen.

»Das ist *was?*« fragte Ina. »Du hast wohl einen Knall, das ist ein realistisches Spiel, ich meine, wenn ich einen Rollstuhlfahrer schiebe, muß ich auch aufpassen, daß der nicht überall gegenknallt. Mach mal meinen Job, dann paßt du bißchen auf mit den Worten. *Menschenverachtend*, wenn ich das schon höre.«

»Aber ihr macht euch lustig über einen Behinderten.«

»Nur über die Effekte. Wenn er gegen die Wand brettert, jault es halt, aber das Spiel ist ja dazu da, daß man aufpaßt.«

»Das ist doch unmöglich.«

»Na, wenn du meinst. Wahrscheinlich liest du einen Haufen Bücher abends, stimmt's?«

»Nein, immer nur eines.«

»Ja, glaub ich dir. Und dann gibt's Deppen, die behaupten, am

Computer wär man isoliert oder so. Da kann man aber wenigstens noch mit anderen quasseln. Es gibt doch nichts Isolierteres als so vor sich hin zu lesen.«

»Ina, du hast wirklich keine Ahnung.«

»So, findest du?«

Tom hatte gar nichts gesagt, was sie ihm noch tagelang übelnahm, Tom war dem Streit gefolgt wie ein Zuschauer einem Tennismatch, Kopf nach links und Kopf nach rechts.

»Frau Belloff«, sagte Kissel gedehnt, »wir möchten jetzt eigentlich nur mit Ihrem Mann sprechen.«

Frau Belloff sprach einen Spielfilmsatz. »Wir haben keine Geheimnisse.« Sie verzog die Lippen, doch es wurde kein Lächeln daraus, noch nicht einmal ein böses. Sie schob einfach ihre Mundwinkel nach oben, ohne daß sich etwas tat in ihrem Gesicht.

Ihr Mann schien zu ahnen, worum es ging. »Ich hatte einen schweren Unfall«, sagte er. »Seitdem ist Aufregung Gift für mich.« Ein älterer Mann mit schütterem Haar, dem sie die Rolle des Postbeamten geben könnten in einer dieser Fernsehkomödien. Ina biß sich auf die Lippen, als sie seine Hosenträger sah, warum trug er die im Sitzen? Rutschte doch nichts mehr. Aber vielleicht hatte er das sein halbes Leben lang so gemacht und brauchte sie, so wie sie selbst Parfüm brauchte auf der Haut, morgens, abends und manchmal in der Nacht.

Sie räusperte sich. »Herr Belloff, es geht um diese ehemalige Kleingartenkolonie am Riederwald. Es geht um einen ausgebauten Schuppen da in der Nähe. Sie wissen, was ich meine?«

Der Mann hüstelte. »Ich bin Ingenieur. Was wollen Sie mit einem Schuppen?«

Sie reichte ihm das Foto, auf dem Geli zu sehen war und die Männer mit den Messern über ihr. »So etwas fand da statt.«

Belloff schien sich aufrichten zu wollen. Er drückte eine Hand auf die Räder seines Rollstuhls und beugte den Oberkörper vor. Dann rief er so laut, als hätte er sich im Wald verirrt: »Ja und?«

Kissel lachte los, ein Lachen, das fast fröhlich klang. »Was haben

Sie denn sonst noch für Hobbys, Häuten, Zerlegen, Vierteilen? Lassen Sie mich nachher mal in Ihren Kühlschrank gucken.«

Stille, jetzt saß er einfach nur da. »Wieso«, fragte seine Frau, »kommen Sie auf meinen Mann?«

»Weil es eine Zeugenaussage gibt.« Kissel lehnte sich zurück und wirkte gutgelaunt. »Genauer gesagt, gibt es zwei Zeugen, mit denen man Sie konfrontieren kann und wird, Herr Belloff.«

»Nach unseren Erkenntnissen«, sagte Ina, »gehörten Sie zu den Besuchern dieses Schuppens. Damit werden sich im einzelnen unsere Kollegen von der Sitte auseinandersetzen, wir sind von der Mordkommission.«

Stille. »Haben Sie das verstanden?« fragte sie und hörte, daß sie fast brüllte.

»Die haben alle überlebt«, rief der Mann. Wieder sah es aus, als wollte er den Rollstuhl verlassen, sich herausschwingen und rennen. »Mordkommission, so ein Unsinn, wie kommen Sie auf die Idee, da wäre jemand tot geblieben? Kein Mensch ist da tot geblieben.« Er schnaufte.

»Da haben Sie aufgepaßt«, sagte Ina. »Ja?« Sie sah Kissel lächeln, während Belloff schon wieder an ihr vorbeiguckte, als sei es ein langweiliger Nachmittag mit lästigen Verwandten. Neben ihm seine Frau mit grauem Gesicht, in dem ein Muskel zuckte, bevor sie aufstand und fragte: »Ist er nicht genug gestraft? Gucken Sie ihn sich doch an, wie man ihn zugerichtet hat, das war Fahrerflucht. Hat sich die Polizei da angestrengt? Nein, den haben sie bis heute nicht gefunden. Außerdem ist diese andere Geschichte doch verjährt.«

»Nein«, sagte Ina. »Sicher nicht.«

»Glauben Sie, ich hätte das nicht gewußt?« Leicht vorgebeugt stand Frau Belloff wie eine Reisende da, die auf dem Bahnsteig den Zug einfahren sieht. »Was haben sie denn groß verbrochen? Er hätte ja alles mögliche machen können, zu Prostituierten gehen oder, Sie wissen schon, mit Kindern, das kommt ja alles vor. Kümmern Sie sich doch mal um die ganzen Kinderschänder, überall sind die doch, aber so war er nie, so etwas hat er nie getan. Das waren doch bloß Asoziale, mit denen sie da –«

Kissel nickte interessiert. »Die sie bestraft haben.«

Frau Belloff sah ihn an mit leerem Blick. »In diesem Land ist ja am wichtigsten, daß den sogenannten Randgruppen bloß nichts passiert, die sind anscheinend wichtiger als normale Bürger. Lesen Sie doch mal Zeitung, die kriegen es doch hinten und vorne, die kriegen vom Sozialamt ihre Möbel und alles kriegen sie reingesteckt.«

»Hinten und vorne«, sagte Kissel, und da streckte Belloff einen Arm aus wie ein Verkehrspolizist auf einer Kreuzung und sagte müde zu seiner Frau: »Laß, hat doch keinen Zweck.«

»Rauschgiftsüchtige waren das«, rief Frau Belloff, »Penner und sonst etwas, die haben sich damit ihr Geld verdient. Die haben mitgemacht, und jetzt kommen Sie von der Mordkommission und plustern sich auf. Das waren Asoziale, hören Sie?«

Ina sah auf ihre Fingernägel und wartete darauf, daß Kissel etwas sagte. Doch Frau Belloff sprach weiter. »Da hat sich dann mal irgend jemand totgespritzt, und jetzt kommen Sie plötzlich hierher, das ist doch nicht richtig.«

Kissel ließ die Fingerknöchel knacken und sagte freundlich: »Da haben Sie aber 'ne richtig flammende Rede gehalten.«

»Kennen Sie ihn?« Ina warf den Videoausschnitt, der das schmerzvoll verzerrte Gesicht Robin Kammers zeigte, Belloff in den Schoß. Der sah nicht lange hin. Fast sofort schüttelte er den Kopf.

Sie stand auf, und als sie langsam um Belloffs Rollstuhl herumging, verspürte sie Lust, ihn umzukippen. »Gucken Sie genau hin. Sie müssen mir nicht sagen, was sie im einzelnen mit ihm gemacht haben, ich möchte nur von Ihnen wissen, ob Sie sich an ihn erinnern.«

»Nein«, sagte Belloff, und seine Frau assistierte ruhig: »Der ist doch viel zu jung.«

»Ja, dieser Asoziale wird da so zirka zwölf, dreizehn gewesen sein«, sagte Kissel munter. »Was meinen Sie?«

Belloff schüttelte den Kopf.

»Haben Sie ihn wiedergesehen?« fragte Ina. »Danach?«

»Nein, ich habe nichts gemacht. Andere vielleicht. Das ist zu lange her, ich weiß nichts.« Er bewegte den Kiefer, als hätte er eine heiße Kartoffel im Mund. »Ich weiß nur, daß Jungs nur ganz selten da waren.«

»Sie mochten Frauen lieber?« Ina reichte ihm das letzte Foto, Robins Mutter, die Frau im Abendkleid. Belloff warf es auf den Boden.

»Sie kennen sie«, sagte Ina.

»*Ja*«, schrie er, »ja, ja.«

»Wer ist das?« fragte seine Frau, und Ina sprach jene Worte, von denen sie geglaubt hatte, sie kämen nur im Fernsehen vor: »Sie stellen hier nicht die Fragen.«

»Das ist die Katja.« Belloff schaukelte hin und her. »Was soll ich denn da sagen? Das war ein zweigeteiltes Schwert« – er keuchte – »mit der.«

»Wenn er sich aufregt«, sagte seine Frau ruhig, »ist das Ihre Schuld.«

»Frau Belloff«, sagte Kissel leise und legte einen Finger über die Lippen. Sanft sah das aus, doch seine Augen töteten sie.

»Was ist mit der, wegen der sind Sie hier?« Belloffs Stimme klang jetzt lebhafter, beflissen, so wie sie bei allen Leuten klang, die glaubten, das Unheil zöge sich zurück. »So hat die nicht immer ausgesehen, nein, nein.«

»Sondern?« Ina blieb stehen, weil sie merkte, daß ihr Hin- und Hergehen den Mann irritierte. Denk schön nach, alter Sack, laß dich nicht ablenken.

»Später stand die so herum im feinen Kleid, ja, aber da war einmal eine Zeit, da hat sie nicht das Luder markiert, da war sie ganz klein.«

Ina verschränkte die Arme. Da war eine Mauer, Katja, eine riesiges Ding, aber jetzt wird sie kleiner, kannst du es sehen? Wir reißen sie ein.

Richard Belloff zeigte seine Zähne, zog die Oberlippe hoch wie ein kampfbereiter Hund. Langsam schlug er mit zwei Fingern gegen ein Rad des Rollstuhls, wodurch seine Worte etwas Rhythmisches bekamen. »Die dachte ja mal, sie wär 'ne ganz große Nummer, ja, die hat sich mal eingebildet, über uns zu stehen. Hat sich da halbnackt auf eine Bühne gestellt und herumgebrüllt und hat's Musik genannt, der Kemper hat uns das doch mal gezeigt. Und was hat sie in der Zeitung denn gefaselt, hat uns für Spießer gehalten, alle rechtschaffenen Menschen. Wollte uns die Zunge rausstrecken und dabei auf unsere Kosten leben, so eine ist das doch gewesen. Kam sich vor wie sonstwas, und dann war sie nur noch ein Würstchen.« Er schwieg und schmeckte seinen Worten hinterher, und etwas Böses leuchtete in seinen Augen, Haß oder irrer Triumph.

»Weiter«, sagte Ina, und weil er schwieg, wiederholte sie seine letzten Worte: »Nur noch ein Würstchen.«

»Ja.« Belloff schloß die Augen. »Dann hat sie auch bloß noch geschrien und gebettelt. Der hat man gezeigt, wo das endet, wenn sogenannte Berühmtheiten sich für was Besseres halten.«

Gelis Worte fielen ihr wieder ein, als sie auf den Mann heruntersah: »Hat mir meine Anziehsachen zurückgegeben«, so hatte sie ihre kurze Begegnung mit Katja Kammer geschildert. Das Ende einer Folter. »Hat nicht geredet. Hat mich mit dem Arsch nicht angeguckt.«

Nein, hast du wohl nicht. Was hättest du ihr auch sagen können, was sagen die Leute denn so? Nimm's nicht tragisch, ich weiß selber, wie das ist.

»Was«, fragte sie Belloff, »haben Sie mit ihr gemacht?«

»Es waren andere Leute«, sagte er schnell. »Ich nicht.«

»Was haben diese anderen Leute mit ihr gemacht?«

Er antwortete nicht sofort. Er schien seine Worte zu wählen, denn das war ja nichts, was man beiläufig erzählte. Sicher hatte er noch nicht so oft über Sitzungen oder Folterungen oder Behandlungen gesprochen, egal, wie sie das nannten. Vermutlich hatte er das jahrelang gewollt, einen solchen Moment herbeigesehnt, da er auch mit Worten den ganzen Zauber beschreiben durfte, so wie sie selbst manchmal Lust hatte, ihren Freundinnen von Momenten zu berichten, die doch unwiederholbar waren, jeder für sich. Er hat meinen Bauch gestreichelt und meine Brüste geküßt, ziemlich lange, bis ich es nicht mehr ausgehalten hab. Das hat er raus, echt, der davor war zu blöd dazu. Konnte irgendwie nicht koordinieren. Sein Haar hat gekitzelt, es ist ziemlich lang, na ja, ich hab ihm den Friseur verboten, das heißt, nur die Spitzen, was ich ja auch selber machen könnte, ich meine, ich könnte ihm durchaus die Haare schneiden, die Spitzen, sparen wir wieder Geld, aber er läßt mich nicht. Als Kind hat ihm die älteste Schwester die Haare geschnitten, aber die hat den Pony nicht hinbekommen, so gerade, weißt du? Sah er aus wie ein Depp, sagt er.

Findest du auch langhaarige Typen so gut, Katja?

»Mit Feuer«, sagte Richard Belloff, »mit Feuer und Eisen.«

»Heißt?« Sie ging einen Schritt zurück.

»Es gab da Leute, die haben sie gebrannt und dann mit Klingen gekühlt.«

»Heißt?«

»Man hat ihr die Brustwarzen verbrannt, ja, so etwas haben sie getan.« Zufrieden klang er, heiter fast.

Ina drehte den Kopf, bis sie Kissels Füße sah. Er trug klobige Schuhe, die zu seinem Körper paßten. Anschreien wollte sie ihn, Alex, sag doch was, laß mich nicht alles alleine machen. Doch Kissel kaute an seinen Fingernägeln und guckte auf den Teppich.

»Geh«, sagte Frau Belloff zu ihrem Mann, »sag doch so was nicht.«

»Sie ist geblieben«, sagte Ina. »Sie war später noch dabei.« Sie wollte es als Frage formulieren, doch wußte sie nicht, wie. Was ist los, bist du bescheuert? Als sie dich in Ruhe ließen, hättest du gehen können, nein? Aber du wirfst dich in ein todschickes Abendkleid und guckst zu, wie sie dasselbe mit anderen machen. Hattest keine Kraft mehr, war es das? Konntest nicht mehr gehen? Wolltest nicht? Ich weiß nicht, wie das zugeht, keine Ahnung. Hatte noch kein so schlimmes Leben bisher, lief meistens alles vor sich hin. An diese eine Nacht denk ich nicht mehr so oft, als die Verrückte mich totprügeln wollte, das war auch nicht so – bodenlos. Da standen keine Kerle im Kreis, die sich womöglich einen runterholten, während sie den Schreien lauschten, Angstschreien, Todesschreien und diesem Wimmern vielleicht, das du ausstößt, wenn du die Schatten siehst, die schwarzen Schatten, von denen du glaubst, daß sie dich gleich krallen und woandershin bringen, in die Hölle vielleicht, in den Tod.

Hast du die Schatten gesehen?

»Kemper hat ein Auge auf sie gehabt«, sagte Belloff. »Der hat sie wohl ausgehalten. Tönt die groß rum, daß wir alle Spießer sind, das hat sie ja gemacht, nicht wahr, und hat selber kein Geld. So ist das immer mit denen, das geht alles auf unsere Kosten.«

»Kemper.« Kissel stand auf. »Und Frau Kammer.« Er packte den Rollstuhl und drehte ihn spielerisch herum, während ein leises Zischen von Frau Belloff ihn begleitete. »Adresse, Aufenthaltsort. Bitte, ich höre.«

»Bei Gott.« Belloff holte keuchend Luft. »Ich weiß nicht, wo die steckt.«

»Bei Gott?« Kissel lachte. »Sie machen ja Dinger.« Er hob beide Hände, und die Vorderräder krachten auf den Boden zurück. »Sie wissen ihre Adresse nicht. Sie kannten vermutlich auch Robin Kammers Adresse nicht?«

»Wie? Wer?« Belloff blinzelte, und seine Frau murmelte: »Wie meinen Sie das?«

Kissel deutete auf das Foto des Jungen. »Robin Kammer. Der tote Junge vom Südfriedhof, haben Sie es nicht in der Zeitung gelesen?«

»War er damals jung genug?« fragte Ina.

»Unterstehen Sie sich«, rief Belloff.

»War eine tolle Sache.« Sie fing wieder an, langsam um ihn herumzugehen. »Zwölf, dreizehn, was meinen Sie? Ganz frisch. Und er konnte sich nicht wehren, damals nicht. Schauen Sie her, das ist doch gefilmt worden, dieses Foto ist ein Ausschnitt dieses Films. Er weint, sehen Sie?«

»Nein.«

»Aber ja, das tut er. Er hat laut geschrien, nicht wahr?«

»Nein.«

»Nicht? Leise geweint? Das vergißt man doch nicht.«

»Lassen Sie das.« Belloff drehte den Kopf zu seiner Frau, doch die sah woandershin.

»Gucken Sie doch hin.« Sie beugte sich über ihn, das Foto in der Hand. »Heute können Sie so was gar nicht mehr machen, ich meine, da sitzen Sie herum und träumen davon. Hab ich recht?«

»Aufhören, hören Sie auf.«

»Schauen Sie, und zu diesem Foto haben wir den ganzen Film. Wissen Sie, wen wir sonst noch auf dem Film gesehen haben?«

Belloff sah sie an, ein Hündchen, bevor es zu winseln begann, und da wußte sie, daß sie ihn hatten. Manchmal war es einfach zu bluffen, meistens ging es ja schief.

»Ich hab ihn nur das eine Mal gesehen«, murmelte Belloff. »Danach nie wieder.«

»Wie kam er hin?«

»Was meinen Sie?«

»Ich frage, wie er dahin kam. Er wird nicht einfach so hereinspaziert sein, nicht? Wie lief das ab?«

»Das war seine Angelegenheit.« Belloff machte ein trotziges Gesicht. »Kemper hat dafür gesorgt, daß sie kamen. Ich weiß von nichts.«

»Ah, Sie wissen nichts. Herr Ingenieur, wir könnten weiterkommen. Vor ein paar Wochen hat er Sie aufgestöbert, kann das sein?«

»Aber nein«, rief Belloff. »Sie können mir so etwas nicht unterstellen, ich hab doch niemanden ermordet, wer weiß, wo der sich rumgetrieben hat.«

»Bei Ihnen?« Sie lächelte ihn an. »Er kam und wollte Geld, und er hat Ihnen von Videos erzählt, die er besaß.«

»Wie soll ich jemanden umbringen, gucken Sie mich doch an.«

»Herr Belloff«, sagte Kissel leise. »Sie wissen, daß wir Ihnen sehr entgegenkommen, wenn Sie aufhören, so stur zu sein. Das bringt doch nichts, da haben Sie uns viel länger am Hals.«

»Gucken Sie *mich* doch an«, brüllte Belloff. »Nach mir fragt keiner. Die hat mich zum Krüppel gefahren, aber ich, ich habe niemals jemanden –«

»Zum Krüppel geschlagen, meinen Sie das?« Ina holte Luft und wollte weiterreden, immer weiter auf ihn eintrommeln, bis er zusammenbrach, als sie in Kissels Blick etwas sah, was sie innehalten ließ.

»Von wem sprechen Sie?« fragte Kissel leise und sanft. »Sie sagten, *die* hat mich zum Krüppel gefahren. *Wer* hat Sie zum Krüppel gefahren?«

Der Mann kämpfte mit den Tränen. »Das Miststück«, flüsterte er.

»Das Miststück hat einen Namen«, sagte Kissel.

»Die Katja.«

»Frau Kammer?«

»Ja.«

»DAS HAST DU NIE GESAGT«, schrie Frau Belloff. »Du hast immer gesagt –«

»ICH HAB SIE DOCH GESEHEN.« Belloff wollte heraus aus seinem Stuhl. Er beugte sich nach vorn und fand keinen Halt. Er streckte die Arme aus und griff ins Leere. Wimmernd legte er den Kopf schief und wartete auf seine Frau, die ihn mit hartem Griff zurückschob wie ein Kissen, das vom Sofa fiel. Würde sie ihn jetzt zurechtrücken und mit der Handkante auf ihn einschlagen?

»Sie hatte Kempers Wagen.« Belloff saß zusammengesunken da. »Ich hab mich noch gewundert drüber, weil er sie kurzgehalten hat, der wußte, warum. Den hat sie sich einfach genommen, denke ich mir, denn das durfte sie nicht. Ich bin den Weg entlang, und sie ruft mich, ruft mich aus dem Auto heraus. Hatte so ein schwarzes Tuch auf. Sie guckt raus und ruft: Kann ich Sie ein Stück mitnehmen? Da bleib ich stehen, weil ich mich gewundert hab, und dann – *dann fährt sie einfach auf mich los* und dann –« Belloff schlug die Hände vors Gesicht und flüsterte: »Und dann weiß ich doch nichts mehr.«

[13]

Dorian sah auf die Kinder. Fröhliche Zwerge tobten vor seinem Fenster, trampelten durch Pfützen und fischten mit Stöckchen nach kleinen Wundern. Ein Wurm? Iiih, ein Wurm, nee, laß mal gucken, ist doch gar kein Wurm, Mensch, ist so ein Ding, was die haben, womit se dann – also, ich weiß net so genau, aber ich glaub, es is ein Präser, weißte?

Weißte, was des is?

So hatten sie es als Kinder auch gemacht, Robin und er, immer gegraben, in Wiesen und auf Feldern und unter Bäumen am Straßenrand. Robin war ein Maulwurf, der grub alles aus, grub sein kurzes, blödes Leben lang im Dreck. Selbst wenn es anfing zu stinken und nur noch Schlamm zwischen seinen Fingern spritzte, wühlte er weiter und hörte nicht auf. Mir passiert nix.

Ja, genau.

Paß auf, Mann, sagte Robin, das checken wir.

Dorian trat vom Fenster zurück und sah sich um. Das war noch immer seine Wohnung, doch erschien sie ihm kleiner und fremder mit jedem Tag. Immer wieder leuchteten Feuer in seinem Kopf, kurze, helle Blitze, die etwas beleuchteten, was modrig war und kein Mensch sehen wollte, weil kein Mensch auf dieser Welt Lust dazu hatte, mit einer Taschenlampe in einem verkommenen Keller ein Rattennest aufzustöbern.

Ihm passierte das aber. Die Taschenlampe steckte in seinem Kopf, und die Keller waren überall, wohin er sich auch drehte. Moder und Rauch überall und Gesichter, die sich verzerrten, sah er nur lange genug hin. Vor seinen Augen zerfiel die ganze Welt.

»Geh«, hatte Nicole zu ihm gesagt. »Geh nach Hause.«

Geh sterben.

Feige Nicole, feige, schöne, ängstliche Nicole, du hast mich verraten. Aber der Betrunkene, den sie aus einer Kneipe abholen mußten, war doch ein renitentes Schwein gewesen, das ihn beschimpft und bespuckt und getreten hatte. Die Polizei war aber nicht dazu da, von jedem Asozialen mit Dreck beworfen zu werden, so hatte er das immer gesehen, die Polizei trat an, den Dreck fortzuschaffen, und als er im Streifenwagen diesem Säufer seinen Schlagstock in die Rippen rammte, hatte Nicole die Tür aufgerissen, und ihre Stimme war rauh gewesen: »Geh. Geh hier weg.«

Geh sterben. Darauf lief es hinaus. Wachte er morgens auf, versuchte er die Tage zu schätzen, die er schon am Leben war. Die Zeit kam ihm gering vor, 8200 Tage, grob gerechnet, und er glaubte nicht, daß er neuntausend schaffte oder noch mehr. Bald würde er sterben müssen, nur wußte er nicht, wie das geschah. Vielleicht durch Ersticken, wenn Robin sich schwer auf seine Lungen legte? Robin hatte 6753 Tage geschafft, draußen im Licht, und hauste jetzt in einer dunklen Höhle voller Blut.

»Robbi«, flüsterte er. »Bist du wach?«

Doch Robin war ein unhöflicher Mensch, der keine Antworten mehr gab, bloß schwerer und schwerer wurde mit jedem Tag und in ihm herumplumpste wie ein Sack schimmliger Kartoffeln. Robin war der einzige Mensch, der seiner Beerdigung zuschauen durfte, oder hatte Christus das auch getan? Auf dem Friedhof hatte Dorian zu Tillmann sagen wollen: Die Kiste ist leer. Oder vielleicht lagen auch Steine darin oder einer dieser unbekannten Toten, die im Leichenhaus darauf warteten, daß einer kam und sagte: Ja, den hab ich gekannt, der war mal ein Mensch. Man war ja niemals ein Mensch gewesen, lag man tot mit einem Fragezeichen herum, ohne vermißt zu werden, ohne daß irgendwo sich einer sorgte. Wer lag in Robins Sarg? Du mußt nicht so tun, als würdest du heulen, du Sack, wollte er zu Tillmann sagen, Robin ist nicht drin. Aber Tillmann hatte so schwer geatmet, daß Dorian glaubte, der fiele vor Schreck in die Grube, wenn er ihm erzählte, wie es war.

Verlorene Zeit. Lebenszeit hatte er verloren, an einem Grab zu stehen, in dem niemand lag, den er kannte.

Langsam durchquerte er sein Wohnzimmer und holte noch einmal den Schuhkarton hervor, in dem die Bilder lagen, der kleine

Robin vor der großen Kuh oder ihre Mutter im roten Kleid, wie sie die Sterne vom Himmel holte, nachts auf einer Straße. Robins kleiner Teddy war auf dem Bild zu sehen, und Dorian erinnerte sich plötzlich, daß er Paco hieß. Es waren so fröhliche Bilder, die erzählten, wir müssen nie sterben, denn was soll geschehen?

»Mir passiert nix«, sagte Robin. Wie alt war er, zwölf? Er hockte auf der Fensterbank und stieß mit dem Absatz seiner schweren Stiefel gegen die Wand, weil er wußte, daß die Wand darunter litt. Frau Tillmann, wenn sie durchs Haus fegte, redete so, für Frau Tillmann litten alle toten Dinge, wenn man darin lebte, litten der Teppichboden und die Tapeten und überhaupt alle Möbel aus Holz, gegen die sie manchmal traten.

Zieh die Schuhe aus, Robin, der Teppichboden leidet.

Dorian, hampel nicht so herum, da leidet das Sofa.

Oben im Haus war der Fernseher zu hören und Tillmanns lautes Gejammer über seinen Chef. Hier unten in ihren paar Quadratmetern ließ Robin die Wand leiden und sagte: »Hat mein Kumpel erzählt. Mein Kumpel, der kennt einen, der weiß das. Da ist so ein Schuppen am Riederwald, da treffen sich immer welche, und so 'ne Tussi ist dabei.«

»Na und?« fragte Dorian.

»Der Kumpel von meinem Kumpel war da mal drin. Der hängt am Bahnhof rum, und da haben sie ihn eingeladen, alles streng geheim. Und wie der zurückkam, sagt er, daß er da nie wieder hinwill. Wollte aber nicht sagen, was da abgeht.« Robin trat mit voller Kraft gegen die Wand, und seine Stimme wurde etwas dünn. »Jetzt erzählt der aber, die Tussi, die da rummacht, wär 'ne ehemalige Sängerin und hieß Katja.«

In Robins Brillengläsern tanzte das Deckenlicht, und jetzt, Jahre später, konnte Dorian sie plötzlich wieder sehen, Gläser, die funkelten. Da war kein richtiges Gefühl in ihm, als Robin das erzählte, oder hatte er es vergessen? Kein Gefühl, nur etwas, das sich aufpumpte in ihm wie ein Luftballon.

»So 'n Quatsch«, sagte er. »Robbi, wenn das unsere Mutter wär, dann wär die ja hier, hier in der Stadt, dann würde sie doch kommen.«

»Bah, du Arsch.« Robin sah aus, als würde er gleich auf den Boden spucken und ihn leiden lassen. »Du blöder Depp.«

»Mensch, was willst du von mir? Das kann doch nicht sein.«

»Das check ich«, sagte Robin. »Das find ich raus, ob die das ist. Wenn's die Sau ist – ich sag dir, Mann –«

»Quatsch doch nicht. Die würde doch nicht zwei Kilometer von uns weg sein und sich nicht bei uns melden.« Dorian sagte längst nicht mehr: Sie wird uns holen, denn sie waren keine Kinder mehr. Doch er wußte, daß sie kommen würde, wußte es besser als Robin, der einmal gesagt hatte: Die hat uns loswerden wollen, die Sau. Seitdem hatte er nie wieder von ihr gesprochen, bis zu diesem Abend, als er ihren Namen nannte, an diesem Abend in ihrem Zimmer, als von oben der Fernseher dröhnte.

»Was ist?« fragte Robin. »Willste's wissen oder nicht?«

»Du kannst doch nicht einfach in irgendeinen Schuppen gehen, wer weiß, was da abgeht. Wenn dein Kumpel nicht drüber reden will, wird's da so toll nicht sein.«

»Ich mach das«, sagte Robin. »Wenn du zu feige bist, laß es. Mir passiert nix.«

»Die kann es nicht sein, Robbi, das ist irgendeine Frau. Dein Kumpel redet Mist, der will dich verarschen.«

»Ich find's raus. Was ist, kommste mit oder haste Schiß? Paß auf, Mann, das checken wir.«

Paß auf.

Robbi, wir haben uns nicht viel dabei gedacht, oder? Sind einfach los und kamen uns vor, als hätten wir einen wichtigen Auftrag zu erfüllen. Grimmig entschlossen der eine, skeptisch der andere, der eigentlich nur mitging, um den kleinen Bruder, der unbedingt Detektiv spielen wollte, zu beschützen.

Dorian preßte die Handflächen gegen die Wand und merkte, daß er wie ein Festgenommener im eigenen Wohnzimmer stand. Schwach tönten die Laute der Kinder durch das geschlossene

Fenster, doch schafften sie es nicht, Robins Stimme zu verdrängen. Feuer im Kopf und seine Stimme – nicht diese dumpf klingende Stimme des Toten in ihm, sondern jene von früher, Robins heiseres Krächzen. Seit Tagen dachte er über diese Worte nach – checken wir, passiert nix – doch erst jetzt loderte das Feuer in seinem Kopf so hell, daß er ihren Sinn wieder verstand. Paß bloß auf.

Es war dunkel, und er suchte die Sterne, doch sah er nur einen Zipfel vom Mond. Es war ein kalter Herbstabend, wie hatte er das vergessen können? Ein heftiger Wind blies ihnen Nieselregen ins Gesicht, und sie gingen geduckt wie Diebe auf der Flucht. In der U-Bahn zählten sie die Stationen; »Noch drei«, sagte Robin, »noch zwei – die nächste – hier isses.«

Hier? Bäume und ein paar Bänke auf matschigem Gelände, nirgendwo ein Haus. Trostlos alles um sie herum. Bei besserem Wetter kämen vielleicht Jogger vorbei, angekläfft von Hunden, deren Herrchen und Frauchen den Joggern zuriefen, daß die Tölen bloß spielen wollten, doch an diesem Abend waren sie allein.

»Hier ist doch nichts«, sagte Dorian. »Was erzählst du denn?«

Robin kramte einen Spickzettel hervor und las nach, was sein Kumpel berichtet hatte. »Hinter den Gärten«, murmelte er, »Stück dahinter.«

Es war still. Die wenigen Geräusche verstärkten die Stille noch und drängten sich auf wie ein Poltern in der Nacht, eine Hupe, ein Motorrad, Fahrradgeklingel von irgendwoher. Nach fünf Minuten konnten sie die Kleingärten sehen, ein paar abgezäunte Stückchen Erde, die Dorian an die Felder im Dorf erinnerten, an denen sie mit Christian und ihrer Mutter vorbeispaziert waren – ob Robin sich erinnerte? Katja hatte ihn getragen, wenn er müde und quengelig wurde, und sie sang ihm ins Ohr, damit er wieder lachte. Aber die traurigen, kleinen Felder hier würdigte Robin keines Blickes. Er hob den Kopf, stellte sich auf die Zehenspitzen und sagte: »Da hinten, siehste den Bau?«

Bist dir wie ein Fahnder vorgekommen, Robbi, stimmt's? Undercover durch Nacht und Nebel schleichend, alles besiegend, den Wind und den Regen und die Kälte auf der Haut. Vielleicht auch das Böse, aber was wußten wir vom Bösen denn? Wir haben bloß diese Bude gesehen, in der vielleicht Penner hausten und die so aussah, als wäre sie vor langer Zeit einmal ein Wochenendhäuschen gewesen. Was sollte da sein? Aber du hast ja gucken müssen, Robbi, weil dein Kumpel es dir so genau beschrieben hat: hinter den Gärten das Haus.

»Brennt Licht«, flüsterte Robin. »Siehste?«

Zwischen den Ritzen der Jalousien kam es hervor und schien sie zu verschlingen, als sie näher kamen. Lieber wieder weg, Mann, was sollen wir hier? Was mußtest du dir da bloß in den Kopf setzen, hast du gedacht, du könntest wie ein Spanner durchs Fenster gucken, hast du geglaubt, man ließe es zu?

»Hör auf«, sagte Dorian, als Robin sich am Fenstersims hochzog, »laß es.« Das war in dem Moment, als ihn jemand umarmte.

Es war kein harter Griff. Er guckte auf Robins Füße, die Halt suchten am Gemäuer, als er die Hände spürte. Dann sprang Robin herunter und drehte sich um. Was hast du sagen wollen, hast du was gesehen? Dorian sah Robins Blinzeln, dann ließen die Hände ihn los.

Man hat uns umzingelt, nicht? So könnte man das nennen, denn sie waren zu zweit. Zwei Männer in Mänteln, Robbi, einer für dich und einer für mich, die nicht gefährlich aussahen, weder wie Wachen noch wie Türsteher einer Diskothek. Es waren einfach Männer, die du auf der Straße siehst, ohne dir etwas zu denken. Am Käsestand bei Hertie würden sie den teuersten Käse kaufen und vielleicht noch ein Glas Wein dazu trinken, genauso sahen sie aus. Man mußte keine Angst vor ihnen haben.

Nur einer sprach, der andere stand abwartend da. Es war ein großer, schlanker Kerl, der redete, einer mit lockigem Haar, den Dorian zu kennen glaubte. »Habt ihr das Schild nicht gesehen?« fragte er. »Da steht Privatgrundstück.« Erneut faßte er Dorian an, packte sein Handgelenk und schob seinen Jackenärmel nach oben.

»Wolltet einen Bruch machen, ja? Bengelchen, was glaubt ihr denn, was es hier zu holen gibt?«

Er hatte eine tiefe Stimme, die Dorian schon gehört hatte, ohne zu wissen, wann das gewesen war. Doch irgendwann einmal, vor vielen Jahren, hatte diese Stimme schon einmal Bengelchen gesagt.

»Wo simmer dann?« krähte Robin los, »es kann uns keiner verbieten –«

»Bengelchen«, rief der Mann, »mach mal halblang, ja?« Dorian sah ihn lächeln, so wie Menschen lächeln, die sich einig sind. Ein kurzes Zucken der Lippen war es nur und ein Weiten der Augen für einen Moment. Es galt nicht Robin, dieses Lächeln, es galt dem stummen anderen Mann.

Aber wir haben nichts getan, Robbi, wir waren keine Junkies, die einen Bruch machen wollten. Du hast geschrien, als der Stumme dich packte, hast vor Wut mit den Beinen gestrampelt, das hab ich gesehen. Weißt du, daß ich so lange auf deine in der Luft tanzenden Stiefel geguckt hab, daß ich die Hände, die meine Arme auf den Rücken rissen, gar nicht mehr spürte? Deine Stiefel waren hin, das kam von dem Matsch, durch den wir gelaufen sind, und Frau Tillmann würde sagen, sie haben gelitten. Sie litten und starben, deine Stiefel, und als wir drin waren im Haus, da waren sie längst tot.

Die Kinder vor seinem Fenster spielten nicht mehr. Kein Lachen mehr und keine Rufe, denn jetzt waren alle Zwerge daheim. Bevor sie gingen, hatten sie mit ihren wackeligen Stimmchen noch ein Lied gesungen, was ihn an jenen Tag erinnerte, als Katja ihn auf den Schoß zog, seine Hände nahm und übers Klavier fliegen ließ. Staunend guckte er zu, was sie mit seinen Fingern machte, denn was er hörte, war beinah richtige Musik. Sie hatte ihm applaudiert, als die Töne verklungen waren, und gesagt, die Musik hieße Türkischer Marsch.

Dorian ließ sich an der Wand heruntergleiten, bis er auf dem Boden saß. Neben ihm lag das Sternenbild, Robin mit seinem Bärchen im Arm, mit Paco, Robin nur mit einem Bein, was Christians

Fehler war, der Fehler des Fotografen, Robin hinter Katja stehend, die ihm die Sterne holte, und neben Dorian, der irgendwohin winkte, wo vermutlich niemand war. Später, Robbi, Jahre später hockten wir als Gefangene auf der Erde, weißt du es noch? Drückten wir die Köpfe gegen die Wand. Schlugen wir mit den Fäusten auf den Boden in atemloser Wut.

Seine Arme brannten.

Es war nicht sehr hell, doch sah er seine Haut in vielen Farben schillern, in blau und gelb und grün. Als piekten ihn tausend feine Nadeln, so fühlten seine Arme sich an, doch in der Armbeuge tat es richtig weh, denn da war das Feuer gewesen, die Glut. Er versuchte langsam zu atmen, damit der Schmerz verging, der überall in seinem Körper war, sich von den Armen bis herunter in die Füße zog und dumpf in seinem Schädel klopfte.

Warum denn, warum hatten sie das getan?

Sie wollten nicht einbrechen, das hatte er immer wieder gesagt, nichts wollten sie, nur gucken. Doch der Mann mit den Locken und der Stumme, die sie draußen abgefangen hatten, schleppten sie in diesen kleinen Verschlag und ließen sie sitzen. Keiner kam, als sie gegen die Wand und auf den Boden trommelten, keiner kümmerte sich, als sie brüllten, was ihnen so einfiel, ihr Schweine, ihr Ärsche, laßt uns hier raus.

Robbi, damals hast du wie ein Stier gebrüllt.

Die Tür war zu. Sie ließ sich nur von außen öffnen, kannst du dich erinnern? Du hast ja noch gesagt, die lassen uns verschimmeln, die sind alle längst weg. Aber dann kam der mit den Locken zurück und packte Dorian, während Robin weiterschrie.

»Hey Mann«, brüllte er, »hey, du Arsch, laß den gehen.«

Dorian wurde in einen schönen Raum geführt und fand, es sei ja nicht so schlimm. Keine finsteren Gestalten hier, nur vier Männer, von denen einer ihm Sekt reichte und Käsehäppchen, na also, warum hatte er sich aufgeregt? Aber sie hatten Robin nicht geholt.

Robbi, hatte er rufen wollen, als sie ihn packten, nachdem er das letzte Häppchen verschlungen hatte, Robbi, wo bist du, hau ab und ruf die Polizei. Wo bist du, Robbi, hilf mir doch. Sie stießen ihn auf einen Stuhl. Es wurde dunkler im Raum, und er hörte Musik. Sie zogen ihn aus. Nein, nicht alle zusammen, einer bloß, die anderen hielten ihn fest. Vivaldi kam aus den Lautsprechern, Streicher, langweilige Musik. Kerzen brannten. Drinnen war diese Bude ziemlich fein, mit weißen Wänden, schwarzen Möbeln und dicken roten Kissen, was man sich kaum vorstellen konnte, stand man draußen davor. Sie hatten auch so eine Kerze, die sie ihm in den Arsch rammten, eine angezündete Kerze, aber die ging ja aus, Robbi, die konnte nicht brennen, darum tat es auch nur am Anfang so weh, als sie noch brannte, aber dann ging sie aus, als sie tiefer drin war, da konnte sie nicht mehr brennen, was sie doch hätten wissen müssen, aber sie versuchten es immer wieder, wollten, daß die Kerze brannte, aber das konnte sie ja nicht, verdammt noch mal, Robbi, die ging doch immer wieder aus.

Aber das weißt du ja selber, nicht?

Nicht weinen, bloß nicht schreien. Vielleicht stöhnte er ein wenig, so wie beim Zahnarzt, wenn er den Nerv traf. Doch sein Zahnarzt sagte immer: Ist gleich vorbei, und das sagte hier keiner. Sie blieben stumm, während sie heißes Wachs auf seinen Bauch tröpfeln ließen und Zigaretten ausdrückten, zuerst auf seinen Armen und dann auf seinem Bauch. Als sie anfingen, ihn zu schlagen, sah er nicht mehr hin, da guckte er nur noch im Zimmer umher und hörte zu, was sie machten auf seiner Haut. Es hörte sich an, als ob der Zirkusdirektor die Löwen bändigte, ja genau, als kleiner Junge war er doch dreimal mit Katja im Zirkus gewesen. Er hörte ihre Stimme noch, *da kommen die Clowns*, und er hörte ihr Lachen.

Da sind die Clowns, Dori, siehst du?

Was ist ein Clown?

Ein Clown, sagte sie, kann lachen, während er weint.

Sie war doch gar nicht hier, natürlich nicht. Warum hatte Robin so einen Scheiß erzählt, so eine himmelschreiende Lüge, die ihn hierherführte und leiden ließ, jetzt und für alle Zeit?

Er wußte nicht, wie lange sie ihn schlugen, er achtete nur auf das Geräusch. Es war ja ein bestimmtes Geräusch, das so eine Peitsche machte und an das er sich sofort erinnern konnte, weil er die Löwen viel lieber mochte als die Clowns. Schöne Tiere waren das, die Löwen, stolz und stark. Der Direktor knallte die Peitsche auf den Boden, während sie im Kreis um ihn herum standen, und das war das Geräusch, das er nun auf seiner Haut hörte, ja, er konnte es hören, noch bevor er die Peitsche spürte, so ein Schußgeräusch, so ein hartes, kurzes Knallen, bevor ein anderer Laut hinzukam, etwas Langgezogenes, Gemeines, so wie streunende Katzen kreischten in der Nacht.

Das war er selber gewesen. Er wollte nicht schreien, aber er mußte.

Weiße Wände, schwarze Möbel, rote Kissen. Noch mal von vorn, sieben rote Kissen, sechs Kissen, nein, sieben. Zähl nach, guck hin. Rote Kissen. Alles hatte er sich eingeprägt, weil er so viel wie möglich sehen wollte, um den Schmerz nicht so stark zu spüren, und er fing sogar an, die Möbelstücke auszumessen, bis der Schmerz so stark wurde, daß er den Faden verlor. Doch er hörte die Kamera klicken und er hörte das Surren über die Musik hinweg. Sie fotografierten ihn und filmten ihn, und er glaubte, daß er der Welt nicht mehr ins Gesicht sehen könnte, wenn es hier zu Ende war. Zwei Männer mit Masken über ihm, die ihn schlugen und verbrannten. Zwei weitere, die zuguckten und dabei rauchten und tranken, Männer, die er bestrafen würde eines Tages, wenn die Zeit soweit war.

Robin, wo warst du? Bist du die ganze Zeit in diesem Verschlag gewesen und hast warten müssen, bis sie dich holten? Er lag eine ganze Weile da und glaubte, unter ihm löse der Stuhl sich auf, weil er ihn kaum noch spürte. Angebunden lag er da, bis sie ihn heruntemahmen und auf den Boden legten. Einer gab ihm zu trinken, der Stumme von draußen. Flößte ihm etwas ein, das nach Blut schmeckte, ließ ihn dann liegen. Er dachte ja, daß er nie wieder hochkam, daß etwas kaputtgegangen wäre in ihm drin, doch als er

Robin sah, versuchte er aufzustehen, krabbelte er herum, bis jemand ihn trat.

»Bleib liegen«, befahl eine Stimme. »Rühr dich nicht.«

Robin war kleiner geworden und stumm. Wie ein geduckter Zwerg schlich er herein, zwölf Jahre, geführt von dem Mann mit den Locken, an dessen Namen sich Dorian noch immer nicht erinnern konnte. Er wußte, daß er ihn kannte, doch fiel ihm nicht ein, woher. Robin guckte sich nicht um, der sah nur starr geradeaus. Die Musik wurde leiser, und er hörte wieder das Surren der Kamera.

Aber ich weiß nicht, Robbi, so genau kann ich es nicht sagen. Der Stumme war es bei dir, nicht wahr? Bei mir hat er nur zugesehen, aber dich hat er dann – ja, Robbi, ich weiß. Und mit der Peitsche auch, und dann hat er seine Hosenträger abgenommen, Hosenträger trug der Typ, und die hat er dir um den Hals gebunden, und alle haben gelacht. Hosenträger um den Hals, Knoten rein, zugezogen, Mann, du hast gehechelt und geweint. Ich weiß das doch, Robbi, ich weiß. Sie haben dich nur an den Füßen gefesselt und dir dann bald die Arme gebrochen, weil du dich dauernd wehren wolltest und nicht einsehen konntest, daß es nicht ging. Später, als sie dich losbanden, haben sie dich auf mich draufgelegt, als wären wir zwei Schwuchteln, was sie auch ziemlich komisch fanden, denn ihr Lachen war im Raum, ihr dumpfes, heiseres Lachen, bevor die Musik verklang.

Der mit den Locken kam zurück. Er war nicht dabeigewesen, hatte uns nur hereingebracht, bevor er wieder ging. Jetzt stand er mitten im Raum wie ein Handwerker, der den Bodenbelag prüft. Aber *wir* lagen da auf dem Boden, Robbi, weißt du noch? Seine Schuhspitzen haben wir gesehen, glänzende Spitzen, und dann diese blöden Dinger, diese Stöckelschuhe einer Frau. Hohe Schuhe, Tippeldinger mit steilen Absätzen, wie Nutten sie tragen, bloß die.

Robbi, du hast die ganze Zeit geweint.

Als die Musik verklang, hörte Robins Schluchzen sich viel lauter an. Eine Weile war es das einzige Geräusch, bis die Schritte hinzukamen, dieses Getrappel auf dem Boden. Dorian sah Schuhe, gut geputzte, glänzende Schuhe, und dann plötzlich diese Stöckelschuhe, von denen er nicht wußte, wie man sie nannte. Frauen hatten einen Namen dafür, etwas Kurzes, das sich komisch anhörte, und er suchte sein Gedächtnis nach diesem Namen ab, als hänge sein Leben daran, dieser Rest, den sie ihm gelassen hatten. Denn lag er nicht schon seit Jahren hier, mit dem Boden längst verwachsen, war er nicht Teil der Erde geworden, ausgegraben, freigelegt und nun bestaunt? Oder waren sie Würmer, Robin und er, aus der Erde gezogen und zertreten? Einer von ihnen blutete, denn da war ein Fleck auf dem Boden, doch wußte Dorian nicht, von wem er stammte, weil er kaum mehr etwas spürte.

Eine Frauenstimme sagte: »Das ist doch ein Kind.« Eine schleppende, rauhe Stimme war das, die vielleicht einer Drogensüchtigen gehörte, doch lag ein merkwürdiger Klang darin, der ihn einen Moment lang glauben ließ, sie hätte noch etwas anderes gesagt, *Dori, weißt du, wie viele Vögel es gibt?* Er überlegte noch immer, wie diese Nutten ihre Schuhe nannten, als er Robin den Kopf heben sah. Tränenverschmiert war sein Gesicht, und wie ein Stromstoß ließ das Schluchzen seinen Körper zucken.

Sei vorsichtig, Robbi, bleib liegen. Laß alles, wie es ist, sonst fangen sie wieder an. Robbi, paß auf. Als er sich auf die Seite rollte, konnte er die Beine sehen, die zu diesen Schuhen gehörten, schwarze Beine, denn die Frau trug dunkle Strümpfe und sah wie eine Witwe aus oder wie die Hexe aus dem Märchenbuch.

»Mmmh«, flüsterte Robin. »Mama –«

Dorian richtete sich auf. Sie stand zwei Meter von ihnen entfernt und sah mit leerem Blick auf sie hinab. Sie war groß. Sie könnte ihn tragen. Sie könnte sich herunterbeugen zu ihm und ihn fortschaffen von hier. Wieder glaubte er, daß sie etwas sagte und hörte eine Stimme von irgendwoher, *es gibt doofe Vögel und ganz tolle, welche willst du zuerst?*

In Afrika gibt's bunte Raben.

»Hörst du das?« sagte sie zu irgend jemandem, »Kinder«, und

da konnte er sehen, daß sie bei ihnen stand, zwischen dem Mann mit den Locken und dem mit den Hosenträgern, denn sie war eine von denen, sie gehörte dazu. Nichts weiter, ihre Nutte war sie, ihre Komplizin, warum hatte er geglaubt, sie würde etwas anderes sagen? Schwarz war sie, schwarz und weiß, mit bleicher Haut und aufgestecktem dunklen Haar, eine Schlampe, die er wegblinzeln wollte, denn er mochte keines dieser Gesichter länger sehen, Augen, die stierten und gafften und sich aufgeilten an ihm.

Sie gehörte dazu, mehr nicht.

Einer sagte: »Die sind alt genug.« Es war der Kerl mit den Hosenträgern, der auf Robin zuging und ihm seine Schuhspitze unter die Nase hielt. »Kleine Diebe, Räuber, wollten sich was holen hier.« Dann trat er zu und traf Robin mitten ins Gesicht.

»NEIN«, schrie Robin. Er verschränkte die Arme vor dem Gesicht. »DORIAN, DORIAN.«

Jemand machte ein Geräusch, das sich wie ein Niesen anhörte, war es der Mann mit den Locken? Als er den Kopf hob, begegnete Dorian wieder dem Blick dieser Frau. Ihre Augen waren größer geworden, als sie ihn nun ansah, und sie wuchsen immer weiter, als kämen sie aus den Höhlen heraus. Sie öffnete die Lippen, doch konnte er nicht hören, ob sie etwas sagte. Zwei Schritte machten diese Stöckelschuhe mit ihrem harten, hellen Geräusch, dann war sie ganz nah. Würde sie treten? Das machten sie doch hier, treten, treten, paß auf, Robbi, paß auf.

Doch sie kniete sich hin, kniete neben Robin nieder. Lange, sehr lange blickte sie auf sein Gesicht, als müßte sie all seine Wunden zählen, all seine Schmerzen ausmessen von Anbeginn an. Robin hielt still, als sie die Hand ausstreckte und langsam sein Haar zurückstrich, zögernd fast, als dürfe sie nicht. Wo blieb die Musik? Da gehörte doch Vivaldi her, zum Befummeln. Doch es blieb still. Behutsam legte sie einen Finger auf Robins Schläfe, genau dahin, wo er seine Narbe hatte, als kleines Kind war er gefallen. Dorian konnte sich noch genau erinnern, wie ihre Mutter ihnen das erklärt hatte; »Eine Narbe«, hatte sie gesagt, »ist etwas, das die Haut sich merkt. Dann zeigt sie ihr ganzes Leben lang, wo ihr etwas weh getan hat.«

Diese Frau hier ließ ihren Finger auf Robins Narbe liegen, und obwohl Dorian sie selber nicht spürte, kam es ihm vor, als sei ihre Berührung leicht und kühl. Sie bewegte die Lippen, doch keiner hörte, was sie sagte, sie formte Worte, die niemand verstand. Was wollte sie von ihm? Laß ihn los, wollte Dorian schreien, das ist mein Bruder, laß ihn in Ruhe, du Schlampe, jetzt ist genug. Doch etwas in ihm schien ihn stumm zu machen für alle Zeit, und er wünschte sich eine Pistole und einen Schlagstock, mit dem er das Böse hier vertreiben könnte. Die Frau ließ seinen Bruder nicht in Ruhe. Sie guckte ihn so lange an, bis Robin sich verkrampfte, bis er den Kopf wegdrehte und die Augen schloß, dann stand sie auf. Sie schwankte. Sie machte ein paar unbeholfene Schritte und drehte sich ziellos im Raum.

»Geh«, sagte der Mann mit den Locken. Er hatte sich verändert, sah plötzlich aus, als ob er fror, und da fiel Dorian ein, an wen der ihn die ganze Zeit erinnerte, an Kemper. Ja, als Kinder waren sie bei so einem Mann gewesen, einem mit Locken, der immer Bengelchen zu ihm sagte und dessen Wohnung sie wie Flüchtlinge verlassen mußten. So sah er aus, wie Steffen, wie Kemper. Er packte die Frau an ihrem schwarzen Kleid und stieß sie zur Tür. »Geh, geh, geh«, sagte er so lange, bis sie nicht mehr zu sehen war.

»Was soll das jetzt?« fing einer an, doch der mit den Locken stieß ihn zur Seite, bevor er sich über Dorian beugte.

»Kannst du aufstehen?« fragte er. »Willst du was trinken?«

Sein Bauch brannte.

Als er wieder in diesem Verschlag warten mußte, hatte seine Haut sich verfärbt und schillerte in vielen Farben. Wo war Robin, warum war er nicht da? Dorian starrte auf die Tür, die sich nicht öffnen ließ, und wollte an das Böse nicht mehr denken. Einmal hatte ein Mädchen, in das er verliebt gewesen war, ihm einen Abschiedsbrief geschrieben, den sie auch groß angekündigt hatte;

dieser Brief, sagte sie am Telefon, ist das letzte, was du von mir hörst. Doch er hatte ihn nie geöffnet und auch ewig so getan, als sei er nie gekommen.

Robin ging es gut, ganz bestimmt. Nicht an das Böse denken, nur an das Gute. *Robbi, Robbi*, rief ihre Mutter, *kleine Maus, komm nach Haus*, ja, ganz deutlich konnte er Katjas Stimme hören, denn wenn er Angst hatte, war sie immer in seinem Kopf, ganz gleich, wo er war und was mit ihm geschah. *Der Sterntaucher holt die Sterne nicht nur von oben, der findet sie überall.* Das hatte sie vor langer Zeit einmal erzählt, und heute lächelte er darüber, weil es nicht stimmte. Der Sterntaucher holte gar keine Sterne.

Wie war Robin auf die Idee gekommen, hier ihre Mutter zu suchen, in dieser Hütte, bei diesen Leuten? Die einzige Frau, die es hier gab, war ihre Komplizin, eine Schlampe auf Stöckelschuhen, die Robin befummelt hatte in ihrem Suff.

Das hast du jetzt davon, Robbi, so geht es Leuten, die alles glauben, was man ihnen erzählt.

Als die Tür sich endlich öffnete, fühlte er sich stärker. Der Mann mit den Locken kam auf ihn zu und sagte: »Steh jetzt auf.«

»Robin«, murmelte Dorian.

»Robin ist okay.« Der Mann sah an ihm vorbei. »Hat was Gutes gekriegt« – er lächelte schwach – »Melissengeist, das macht ihn wieder fit.«

Dorian stand auf und zuckte zurück, als er die Hand des Mannes wieder auf seiner Schulter spürte. »Warum«, fragte der Mann, »seid ihr gekommen?«

»Ich weiß nicht. Keine Ahnung, nur so.«

»Nur so kommt man nicht hierher.«

»Es stimmt aber. Wir sind hier rumgelaufen und wollten gleich wieder weg.«

»Wer hat euch diese Adresse gegeben?«

»Niemand. Wir wollten hier laufen, joggen, dann kam der Regen. Wir wollten uns unterstellen.«

Der Mann seufzte. »Du kannst zur Polizei gehen«, sagte er leise.

»Die schicken dich zu Ärzten. Die werden dich von Kopf bis Fuß betatschen, überall. Es werden Fotos von dir gemacht.«

»Nein«, murmelte Dorian. Er wollte dem Mann einen Gefallen tun, damit der ihn endlich rausließ. »Ich hab mich schon öfter geprügelt, das wird die kaum interessieren.«

Der Mann nickte. »Kennst du hier jemanden?« fragte er dann.

»Wen soll ich hier kennen? Ganz bestimmt nicht.«

»Nein?« fragte er. Seine Stimme klang lauernd, doch seine Augen blickten müde mit einem Mal.

»Nein«, sagte Dorian. »Von solchen Leuten kenn ich keinen.«

Der Mann schüttelte leicht den Kopf, wie sein Zahnarzt es machte, wenn Dorian ihm sagte, daß er wieder zu faul gewesen war, sich jeden Abend die Zähne zu putzen. »Dorian«, sagte er dann leise und lauschte dem Klang des Namens hinterher. »Kein Mensch heißt Dorian.«

Doch er ließ ihn gehen. Er schob ihn zur Tür hinaus und führte ihn durch einen engen, dunklen Gang. So klein, wie diese Hütte war, hatte sie doch einen Hinterausgang, und Dorian wollte heulen, als er Robin draußen sah. Auf seiner Stirn klebte ein riesiges Pflaster, und er sagte: »Ich hab hundert Mark.«

Bis zur U-Bahn hatten sie ewig gebraucht. Sie humpelten und hatten Schmerzen und sprachen nicht davon. Sie sahen einander kaum an.

Jahre später hörte er die Kommissarin Henkel in einem Vernehmungsraum sagen: »Robin Kammer wurde geschlagen.«

Nichts ging weg, alles kam zurück.

Er saß noch immer auf dem Boden neben dem Sternenbild und überlegte, wieviel Zeit vergangen war. Seit wann rechnete man überhaupt in Stunden und Minuten, es war doch so, daß die Menschen irgendwann einmal mit diesem Quatsch begonnen hatten, nur um ihrem Tod viel ängstlicher entgegenzusehen. So war das doch, sie sagten, ach Mensch, schon wieder Weihnachten, das war doch eben erst, oder sie hörten auf, ihre Geburtstage zu feiern, weil sie Angst bekamen: so viel Zeit schon, so viele Jahre. Früher hätte er seine Mutter gefragt, und die hätte bestimmt eine Antwort gewußt, die ihm gefiel. Seit er sie als Kind verloren hatte, schluckte er seine Fragen herunter, weil ihm niemand mehr Antworten gab. Er hob das Bild auf und behielt es in der Hand, sah sich selber winken und sah Katja die Hände zum Himmel heben, um die Sterne zu fangen. Robin mit seinem kleinen Teddy im Arm –

»Du kleiner Lügner«, flüsterte er. »Du Wicht mit deinem großen Maul.«

Ein bißchen hatten sie ja doch darüber geredet, nur in der U-Bahn, aber dann eine lange Zeit nicht mehr. Nur manchmal konnte einer im Gesicht des anderen erkennen, daß der töten wollte.

»Siehste, daß ich recht hab«, sagte Robin in der U-Bahn. Er sagte es nicht laut, sondern wisperte es nur vor sich hin.

»Recht mit was?« Nie zuvor und nie danach hatte Dorian sich so sehr nach dem Haus der Tillmanns gesehnt, denn er wollte baden und duschen und dann wieder baden. Schlafen wollte er, ein Jahr lang oder zwei. Und er wollte nicht reden, schon gar nicht über das, was geschehen war.

»Die Tussi.« Robin sah aus dem schwarzen Fenster, sah sein eigenes Gesicht mit dem großen Pflaster auf der Stirn. »Sie isses gewesen.« Seine Augen wurden schmal, als er sagte: »Sie hat uns erkannt.«

»Was, diese Schlampe da?« Dorian lachte so laut, daß die paar Gestalten, die zu dieser Zeit noch U-Bahn fuhren, mißtrauisch herüberglotzten. »Du Knallkopf, der waren wir total fremd, hast du das nicht mitgekriegt? Ist ja auch logisch, woher sollte so eine uns kennen?«

»An den Namen«, sagte Robin müde.

»Nein, die gehörte da hin. Vielleicht – ich meine, vielleicht ist sie nicht freiwillig da, ist so eine Gefangene von denen, kann ja sein.«

»Mensch, sie isses gewesen.«

»QUATSCH.« Dorian packte ihn und wollte ihn schütteln, als

ihm einfiel, wie weh ihm das tun mußte überall. Sofort ließ er los. »Du hast an unsere Mutter gedacht, darum bildest du dir das jetzt ein. Du hast nach ihr gerufen, hast Mama gerufen, Mama.«

»Hab ich *nicht*«, zischte Robin. »Ist nicht wahr.«

»Klar hast du. Ist ja auch okay. Kannst es ihr eines Tages erzählen, wenn sie zurückkommt, da wird sie lachen, glaub's mir, das wird sie freuen.«

»Du blöder Arsch«, murmelte Robin. »Du Knallkopp, du.«

In der Nacht bekam er Fieber. Er stöhnte und weinte leise vor sich hin und wollte viel trinken.

»Ich paß auf«, sagte Dorian. Früher, wenn der kleine Robin Fieber hatte, trug Katja ihn herum. Sie drückte ihre Lippen auf seine Stirn und wiegte ihn langsam hin und her. Das konnte er nicht tun. Aber er blieb wach und achtete auf Robins Atem, und irgendwann, als er schon die ersten Sonnenstrahlen sah, fiel ihm der Name der Schuhe, dieser Nuttenschuhe ein, auf denen die Schlampe vor seinen Augen hin- und hergetippelt war. Pumps hießen sie, einfach Pumps, so kurz und blöd, daß es zum Lachen war.

»Pumps«, murmelte Dorian. An diese Schuhe hatte er ewig nicht gedacht. Aber es war ja immer so, daß Dinge einem in den Sinn kamen, wenn man an ganz andere Dinge dachte.

[14]

Als sie mit Belloff fertig waren, spürte sie ein Zittern in den Beinen. Bloß keine Zustände jetzt, diese Psychoscheiße, die der Polizeipsychologe traumatisches Streßsyndrom nannte. Immer fanden sie Namen für den ganzen Mist, deuteten, erklärten und sprachen jeden frei von Schuld. Fast hatte sie erwartet, daß Belloff ihnen vorjammern würde, er sei als Kind mißhandelt worden, frühkindliches Trauma, wissen Sie? Mußte deshalb selber mißhandeln, so quatschten die doch daher, kamen mit Erklärungen an und konnten nichts dafür. Wollten womöglich noch Hilfe.

Zitternde Beine, als wäre sie im Trainingsraum fünf Kilometer Rad gefahren und hätte anschließend Gewichte gestemmt, bevor sie fünf Kilometer auf dem Laufband rannte, ins Nichts hinein, mit geschlossenen Augen der Musik aus dem Walkman lauschend. Manchmal kriegte man so einen Fimmel. Ina lehnte sich gegen den Wagen und murmelte: »Ich kann nicht mehr.«

»Ja«, sagte Kissel und blinzelte in die Wolken. »Wir kriegen anderes Wetter. Das wird deine Freundin wissen, wie heißt die noch? Frau Mewes, die scharfe Rote?«

»Nicole«, sagte sie. »Ja, die weiß das.« Sie sah ihn an. Obwohl sie sich nicht abgesprochen hatten, war Kissel bei Belloff eher der *good cop* gewesen, während sie selber, was sie bei Unsympathen am liebsten tat, das Bulettenschwein gab, als das man sie in unzähligen Vernehmungen schon bezeichnet hatte. Früher hatte sie gedacht, mit Kissel ginge das nicht, weil sie ihn immer für einen *bad cop* hielt, vom frühen Morgen bis in die Nacht, doch drehte er sich mit dem Wind, um sich wie ein Chamaleon zu färben, und wenn der Bulle fertig war, hatte sie den Menschen noch immer nicht gesehen. Sie kannte ihn kaum. Sie hatte keine Ahnung, wer er war.

Ganz sanft war er am Ende mit Belloff umgegangen. »Sie haben die Frau Kammer nie beschuldigt, Sie überfahren zu haben, weil Sie fürchten mußten, es käme alles heraus, nicht wahr?«

»Ja«, hatte Belloff geheult, »die Gründe, die Gründe.« Doch er gab nicht auf. »Bloß ein einziges Mal«, schrie er, »habe ich diesen Jungen gesehen, an diesem Abend, und dann nie wieder. Ich wußte doch nicht, wer er war, keiner hat es gewußt, Kemper auch nicht. Die Katja hat ihn ja zuerst auch nicht erkannt.«

Ina sah ihre Hände auf den Griffen seines Rollstuhls und wußte nicht, wie die da hingekommen waren. »Sie war dabei? Sie hat den Jungen da – *gesehen?*«

»Ja, die ist später gekommen und guckt so rum, und da schreit der plötzlich los.«

Ina sah Kissel an. Der spitzte die Lippen, als würde er gleich pfeifen.

Belloff sagte: »Es wußte doch keiner, daß er ihr Sohn ist. Sie hat's wohl selber nicht mehr gewußt, ich meine, wir wußten überhaupt nicht, daß sie Kinder hat. Nur Kemper, der hat es gewußt. Und jetzt ruft er nach ihr, und da hockt sie sich hin zu ihm, aber wir dachten, sie will nur nach ihm gucken, wir wußten nicht, daß die sich kannten.«

»Er hat nach ihr gerufen«, sagte Ina. »Was – was hat er –«

»Na, Mama halt. Was sie so rufen.«

Sie drehte sich um und sah ein kitschiges Bild an der Wand. Blumen. Sie wollte es auswendig lernen, um es gleich hier mit den Augen noch einmal zu malen, dieses potthäßliche Bild mit den bescheuerten weißen Blumen auf blauem Grund.

Mama, Mama.

Wenn es wenigstens blaue Blumen wären auf weißem Grund oder lila Orchideen auf einem ganz sanften, gebrochenen Weiß, dann könnte man ja drüber reden, über Orchideen. Nicht über das da, nicht über Geranien oder wie das Zeug hieß, wer malte denn Geranien und welche Deppen hängten sich das hin?

»Sie ist ja wieder weg«, sagte Belloff hinter ihr. »Hat ihn da einfach liegen lassen, hat kein Wort geredet und ist weg, *so* ist die nämlich, aber was kann ich denn dafür? Alle, die da waren, sind wieder aufgestanden, aber ich – gucken Sie *mich* doch an, und da kommen Sie hierher, wo sie doch *mein* Leben zerstört hat, ich bin das Opfer, gucken Sie mich doch an.«

»Ja.« Sie hatte sich wieder zu ihm umgedreht. »Ich sehe Sie. Und?«

»Flott, die Frau Kammer.« Kissel warf den Wagenschlüssel in die Luft und fing ihn mit der anderen Hand wieder auf. »Wie findest du das?«

Ina schloß die Augen und hörte aufs neue Katjas Worte: »Ich will nicht blind durchs Leben laufen, ich will alles sehen können, alles hören, alles fühlen.«

Hast du dir anders vorgestellt, ich weiß. Was hast du gefühlt? Mama ruft er, und dann? Siehst ihn da liegen, nach Jahren. Vielleicht denkst du dir ja jetzt, daß es besser wär, man würd etwas weniger fühlen und sich irgendwie durchwursteln, solange es geht.

»Ich weiß nicht«, murmelte sie. »Ich find's eigentlich gut.«

Er lachte. »Laß das Pagelsdorf nicht hören. Wird ein schlechtes Gewissen gehabt haben, die Gute. Holt die Gören nicht mehr ab, und dann trifft man sich wieder, stell dir das mal vor. Aber es zeigt ihre Gewaltbereitschaft, können wir uns darauf einigen?«

»Nein«, sagte sie, »können wir nicht. *Gewaltbereitschaft*, das ist auch wieder so ein Scheißwort.«

»Weißt du ein besseres? Später kann dann was schiefgelaufen sein. Macht sie mit Robin ebenso kurzen Prozeß.«

»Blödsinn.«

»Blödsinn ist auch ein Scheißwort. Mehr fällt dir nicht ein?« Kissel machte ein Polizeipsychologengesicht, seine Brauen hoben sich etwas, und sein Blick bohrte sich in ihre Augen. »Was ist los, bist du plötzlich mit der Kammer verwandt?«

Stimmen und Rauch hingen in der Luft und eine leise, traurige Melodie. Der *Taubenschlag* bereitete sich auf den Abend vor, saugte die Nachbarn der umliegenden Häuser auf und ihre Geschichten vom Tag. Würfelnde Rentner hockten an einem Tisch unterm Fenster, Taxifahrer lasen Zeitung, und am Tresen zankte sich ein Paar.

Am kleinsten Tisch, halb verdeckt von der Garderobe, saß Dorian Kammer wie einer, der sich verstecken wollte vor der Welt. Ein Salatteller stand vor ihm, über dem er die Gabel kreisen ließ, als wäre er auf der Suche nach Raupen.

»Laß ihn erst essen«, sagte Kissel und setzte sich an den Tresen. In seiner Wohnung hatten sie ihn nicht angetroffen, und Ina hatte diesen kleinen Aufschub begrüßt. Doch hier saß er nun, was vorauszusehen war, saß er wie einer, der keine Ahnung hatte, was er sonst machen sollte.

Kissel winkte der Wirtin. »Sind die Frikadellen so vielversprechend wie Sie?«

»Die sind vom Mittag«, sagte Frau Hufnagel lahm. Sie trug wieder etwas Sackförmiges, das allenfalls zum Hausputz taugte, und sie schien Angst zu haben vor Friseuren.

»Sehr gut«, sagte Kissel. »Dann möchte ich zwei mit Ketchup.«

»Mit Senf«, schlug sie vor.

»Oh, ich bin ein Tomatentyp.« Er schnippte mit den Fingern. »Frisch und rot vor Energie. Senftypen sind Kleinbürger, gelblich.«

»Also mit Senf«, sagte sie.

»Ketchup. Und zum Nachtisch ein Lächeln von Ihnen.«

»Ja«, sagte sie nur, bevor sie verschwand.

Ina prustete los. »Seid wann stehst du auf Schraubendampfer?«

»Och, ich steh auf viele.« Kissel sah der Wirtin hinterher. »Diese geht ja nun zum Lachen in den Keller. Aber deine scharfe Freundin von der Schupo macht mir das Herz so schwer, Frau Nicole Mewes. Zum Anbeißen. Ist die eigentlich liiert?«

»Davon kannst du ausgehen.«

»Das ist doch immer dasselbe mit euch.« Er legte ein Feuerzeug vor sich hin, was er in jeder Kneipe tat, um Frauen Feuer zu geben. Gewöhnlich vergaß er es aber. »Wärest du woanders, Ina-Süße, würde ich dich auch äußerst interessant finden, aber mein Prinzip ist es, mich unmittelbaren Kolleginnen nicht zu nähern. Davon abgesehen, solltest du etwas zunehmen.« Er rieb sich die Nase, als die Frikadellen vor ihm standen.

»Kannst mir ja abgeben, was du zuviel hast«, sagte sie.

»Ich bin nicht dick, ich bin muskulös.«

»Aber nicht überall.« Sie unterdrückte ein Gähnen und hörte der Musik zu, einer Schnulze vom Haben, Verlieren und Wiederfinden, und die krallenartigen Finger des Belloff schlugen den Takt dazu. »Man hat ihr die Brustwarzen verbrannt – dann hat sie auch bloß noch geschrien und gebettelt – Mama halt, was sie so rufen – dann fährt sie einfach auf mich los.«

Jahre, Lebensjahre, kaputte Zeit. Komm doch raus. Ich hab mir vorgestellt, wie das wird, wenn ich dich endlich habe, ich werd dich siezen müssen. Mit dem einfachsten Satz wollte ich anfangen: Haben Sie es getan? Bullensatz, klar, doch war ich mir so sicher, die Antwort in deinen Augen lesen zu können. Jetzt nicht mehr, jetzt glaube ich, daß da nur etwas Dunkles sein wird, so wie bei einer Vergiftung, einer Blutvergiftung, weil die Wunde, die man nicht behandelt, schwarz wird mit der Zeit. Stirbt man auch dran irgendwann, hält man auf Dauer nicht aus. Sie lehnte sich zurück und wünschte sich etwas Magisches, das alle Gedanken vertrieb. Pillen konnten das nicht, das hatte sie schon ausprobiert, Pillen trommelten nur in der Herzgegend herum wie die Hände dieser Frau Hufnagel auf dem Tresen. Nervös ließ die Wirtin ihre Finger auf dem Tresen tanzen; Polizei in der Hütte, das mochten sie nicht.

Ina rührte in ihrem Cappuccino, bis von der Sahne nichts mehr zu sehen war. Nichts konnte die Gedanken vertreiben, bis auf eine Liebesnacht vielleicht – nein, was für ein aufgeblasenes Wort, ein Liebesviertelstündchen, falls sie nicht zu müde war – aber dann kehrten sie zurück, summend und nicht totzukriegen wie boshafte Fliegen. Glück, sagte diese Frau aus Katjas früherem Leben, Glück ist ihr Zauberwort gewesen, »Sie wollte Glück in den Körper pumpen, mit Musik und Sex, mit dem Anblick der Natur und dem Lachen ihrer Kinder.«

Doch dann raste die Achterbahn runter und kam nicht mehr hoch.

Eigentlich will ich dir gar nicht mehr im Präsidium begegnen, lieber im Park, bei den Enten am Weiher. Sind doch auch Vögel, die Enten? Ich kenn mich da nicht so aus. Sicher wirst du frieren, es ist so kalt in deinem Leben, doch vielleicht haben wir ein bißchen Sonne – im Park auf einer Bank, und wir füttern die fetten Enten, verdammt.

»Du baust ab«, rief Kissel, »ich hab dich gefragt –«

»Laß mich in Ruhe, Mensch.« Sie versuchte sich auf das Stimmengewirr zu konzentrieren, auf Samstaglotto, Eintracht Frankfurt und Eheknatsch. Erzählt mir was. Erzählt mir vom Beinahe-Sechser, als jede Zahl haarscharf daneben lag, von zittrigen Torhütern und von den klammen Socken fußwäschefauler Ehemänner.

Kissel hörte auf zu kauen und starrte sie an. Dann schluckte er, hustete und zischte: »Was ist los, fängst du an zu flennen?«

»Nein, seh ich so aus?«

»Ja, genau so. Aber probier mal die Frikadellen, die sind nett.«

Sie wehrte seinen Arm ab und sah Dorian noch immer über seinem Salatteller sitzen. »Der hat auch keinen Hunger«, murmelte sie. Als sie dem Blick der Wirtin begegnete, wußte sie nicht, ob Stumpfsinn darin lag oder Verachtung. Sie räusperte sich, wollte sie nach Dorian fragen, was sie seit Tagen schon vorhatte, und fragte: »Was ist denn in dem Salat drin?«

»Tja.« Frau Hufnagel hob die Schultern. »Salat halt. Was soll drin sein?«

»Na ja, ich meine –« Was meinte sie denn? Es interessierte sie doch überhaupt nicht. »Also, ist das gemischter Salat?«

»Gemischter, ja. Grünzeug und Tomaten.«

»Ah so«, sagte Ina.

»Wollen Sie welchen?«

»Später vielleicht.« Sie stützte beide Ellbogen auf den Tresen. »Dienstag, der achte. Dorian war nicht hier, stimmt's?«

Die Wirtin seufzte, was man nicht hörte, aber doch sah. Behutsam, als sei es bis zum Rand gefüllt, schob sie ein leeres Glas beiseite. »Frau Henkel, ich hatte es Ihnen gesagt, das ändert sich auch nicht, wenn Sie mich das immer wieder fragen. Und diesem Herrn da« – sie deutete auf Kissel – »hab ich es auch gesagt.«

»Was?«

Die Frau sah sie ruhig an. »Sind Sie so beschränkt oder ist das Taktik?«

»Hören Sie, es geht nur darum, daß man öfter mal was verwechselt. Geht uns allen so.« Ina sah sich um und rückte näher an den Tresen heran, weil sie fürchtete, daß Dorian plötzlich neben ihr stand. »Sie sagen, Sie erinnern sich an diesen Tag, weil da Ihre Spülmaschine kaputt war und Dorian –«

»Nein«, unterbrach sie die Wirtin. »Das sagte ich nicht. Der Bierhahn war kaputt.«

»Schön«, sagte Ina und wußte nicht weiter.

»Ich habe keine Spülmaschine.« Die Wirtin schüttelte eine filterlose Zigarette aus einer Packung, die sie dann achtlos auf den Boden warf. Kissel gab ihr kein Feuer. »Abends, wenn es voll ist«, sagte sie, »wäre ich mir wohl gar nicht so sicher gewesen, aber an diesen Tag erinnere ich mich nun mal.«

Kissel mischte sich ein und faselte ins Blaue. »Sie wissen, was auf falsche Aussage steht?«

Frau Hufnagel nahm einen tiefen Zug. »Nein, weiß ich nicht.« Eine dünne Rauchfahne begleitete ihre Worte, als sie fragte: »Waren die Frikadellen okay?«

Er nickte.

Sie schien ein wenig zu lächeln, als sie mit einer Hand seinen leeren Teller nahm. In der anderen hielt sie die Zigarette.

»Doch, ja«, murmelte Kissel. Er sah aus, als hätte Frau Hufnagels Lächeln, diese Andeutung davon, ihn überwältigt. »Die waren ganz gut, hm. Auch der Ketchup.« Er wartete, bis sie den Teller neben das leere Glas geschoben hatte, dann langte er über die Theke und packte ihr Handgelenk. Sie ließ es geschehen.

»Ihr Herz klopft.« Er streichelte sie ein wenig mit dem Daumen.

Frau Hufnagel sah ihn nicht an. »Das wird auch bei Ihnen so sein.«

»Würden Sie für einen Mann lügen?«

»Das kommt auf den Mann an.«

»Ja, ich dachte mir, daß Sie so etwas sagen.« Er verstärkte den Druck. »Dorian ist jung.«

»Ach so«, sagte sie nur. Reglos und mit apathischem Blick stand sie wie ein Mensch in einer Supermarktschlange, der einsieht, daß es keinen Zweck hat, zu drängeln und zu schubsen und zu schreien. Jemand lachte, jemand klatschte, und einer rief: »Die Billa! Jetzt guck.«

»Schlafen Sie mit ihm?« fragte Kissel.

»Nein.«

Lächelnd sah er zu ihr auf und ließ erst los, als er Dorian Kammer auf sich zukommen sah, der seinen unberührten Salatteller wie eine Trophäe trug. Er ging um den Tresen herum, stieß die Wirtin zur Seite und sagte: »Das ist Dreck. Friß das selbst.«

Die Hufnagel guckte auf den Teller wie auf einen bizarren Gegenstand, den sie sekundenlang nicht erkannte. Asche tropfte darauf. »Dann nimm Käsetoast«, schlug sie vor. »Oder Schinkenbrötchen.«

»Noch mehr Dreck?« Dorian zog mit einem Finger eine Linie durch die Luft. »Die hier fressen ja alles, was du so zusammenschmierst. Gäste, die gute Lokale gewöhnt sind, würden kotzen.«

Frau Hufnagel sagte nichts. Sie nahm das schmutzige Geschirr und trug es in die Küche, während ein alter Mann anfing zu maulen.

»Ihnen«, sagte er und deutete anklagend auf Dorian, »gehört Lokalverbot.«

»Mir?« Steif lehnte Dorian sich gegen den Tresen und verzog das Gesicht, als hätte er Schmerzen. »Friedhofsgemüse hat hier bald nichts mehr zu suchen, wie alt sind Sie überhaupt?«

»Siebbeunsiebzig«, sagte der Alte feierlich. »Und da hinne hockt die Lilo mit ihrer Freundin, die wo schon neunundsiebzig is'. Die Lilo. Freundin is' erst Stückche über Siebzig. Und? Dürfe mir jetzt nimmer vor die Tür? San mir Ungeziefer, wolle Sie uns vergase?«

»Herr Kammer«, sagte Kissel. »Das reicht.« Er stand auf und lehnte sich über den Tresen, so daß seine Stirn Dorians Nase fast berührte. »Führen Sie sich in Ihrer Freizeit immer so auf?«

Dorian lächelte ihn an. »Herr Hauptkommissar, ich verbringe nicht mein ganzes Leben bei der Polizei, ich bin doch nicht blöd.«

Kissel setzte sich wieder.

»Ich möchte diesen Stall hier übernehmen.« Wie ein Schwimmer breitete Dorian die Arme aus. »Das wird hier alles anders werden, ich könnte ein Toplokal daraus machen, wenn mir genug Zeit bleibt. Aber vorher fotografiere ich euch alle und häng das Bild dann raus an die Tür, schreib drunter: Wir müssen draußen bleiben.«

»Dorian.« Ina malte ein Kreuz auf den Tresen, das in einer kleinen Bierpfütze gleich wieder verschwand. »Hör doch auf.«

»Frau Oberkommissarin.« Dorian zwinkerte ihr zu. »Von Kollegen hab ich schon gehört, daß du ein bißchen begriffsstutzig bist.«

»Ah ja«, murmelte sie.

»Du hast doch schon mal einen Fall versiebt, da hast du es noch nicht einmal geschafft, dich gegen eine verkrüppelte Irre zu wehren.«

»HALT JETZT DIE SCHNAUZE.« Kissel sprang auf und fuchtelte mit der Hand, als hätte er einen ungezogenen Hund vor sich, sitz, sitz. »Komm her, los, setz dich *hier*her.«

Dorian zog die Schultern hoch. Steifbeinig kam er um den Tresen herum und preßte eine Hand auf den Magen. »Duzen Sie mich nicht.«

»Ich mach noch ganz andere Sachen.« Kissel packte ihn an der Schulter, doch Dorian wich zurück und riß die Augen auf, als hätte Kissel ein Schlachtermesser in der Hand.

»Nicht«, murmelte er. »Nicht anfassen.«

Ina trat nach Kissels Bein und schüttelte leicht den Kopf. Nicht jetzt, nicht hier, das hatte keinen Zweck. Gab es tatsächlich Kollegen, die auf diese Weise über sie lästerten? Nein, lieber nicht darüber nachdenken, am besten gleich vergessen.

»Gut«, sagte Kissel. »Da Sie ja freiwillig nicht reden möchten oder können, werden wir Ihnen in den nächsten Tagen eine Vorladung schicken. Haben Sie das verstanden?«

»Warum?« Dorian legte den Kopf schief. »Ich habe schon alles gesagt.«

»Es gibt neue Fragen.«

»Ich habe keine Antworten mehr. Ich muß mich mit der Kneipe hier beschäftigen, muß Farbe aussuchen für die Wände. Hell muß es werden, ist doch alles verräuchert.« Er sah Ina an. »Guck auf die Wände, wie sieht das denn aus.«

Kissel lächelte böse. »Sie möchten sich also neu orientieren. Oder sagen wir es mal so: Wer nichts wird, wird Wirt, kennen Sie die Weisheit?«

Dorian nickte. »Wer nichts weiß und wer nichts kann, der geht zu Post und Bahn.«

Kissel verschränkte die Arme. »Und ist ihm auch dieses nicht gelungen, so macht er in Versicherungen. Ja, ja. Billigt Frau Hufnagel Ihre Pläne? Oder wollen Sie die einfach vor die Tür setzen?«

»Die paßt nicht.« Dorian streckte sich. »Wenn so eine da steht, kommen keine gescheiten Gäste. Ich dachte ja erst, ich könnte sie in der Küche gebrauchen, aber gucken Sie sich den Fraß an, den die macht.«

»Gute Frikadellen zum Beispiel.«

»Schöne, junge Frauen«, murmelte Dorian, »locken gute Gäste an.«

»Jo«, sagte Kissel. Seine Augen glänzten. »Besorgen Sie sich auf dem Flohmarkt mal das T-Shirt mit der Aufschrift *Alles Fotzen außer Mutti.*«

Dorian nickte, während Ina erneut nach Kissel trat. Das war daneben, Blödmann, merkst du's nicht? Aber Kissel wollte nichts merken. Er lächelte wie im Rausch und trat spielerisch zurück.

Es war stiller geworden, jetzt, da es diese kleine Vorstellung gab. Die Leute verrenkten die Köpfe und guckten herüber, wie sie es bei

Unfällen machten, bei Bränden und immer dann, wenn es Tote gab. Die Wirtin stand am anderen Ende des Tresens und starrte auf Dorians Rücken.

Hatte sie Angst vor ihm? Hatte Dorian sie zu einer falschen Aussage gezwungen? Ina rutschte vom Hocker, doch die richtige Frage fiel ihr nicht ein, weil Billa Hufnagel zu jenen Menschen gehörte, die sie nicht anzusprechen wußte. Kein Blick, der sie weiterbrachte, kein Lächeln, noch nicht einmal Angst, kein Gefühl, auf das sie reagieren, das sie entkräften oder bestärken konnte. An Leuten wie der Hufnagel biß sie sich in Vernehmungen die Zähne aus. Sie legte einen Geldschein auf den Tresen und sah Frau Hufnagels gelbe Fingerspitzen, als sie ihn nahm.

»Was macht eigentlich ihr Mann?« fragte Ina. »Hilft er Ihnen nicht?«

»Er trinkt und fällt um«, sagte sie ruhig. »Ich trinke auch, aber ich bleib stehen.«

»Ah so.« Ina räusperte sich. »Hat Dorian mit Ihnen drüber gesprochen, daß er hier, ehm –«

»Ja, er möchte renovieren und übernehmen.«

»Lassen Sie ihn?«

»Mein Mann ist der Pächter.«

»Sie haben Angst vor ihm.« Ina sah nur den Zigarettenrauch vor Billa Hufnagels Augen.

»Vor meinem Mann?« Leichter Spott lag in dieser Frage.

»Vor Dorian.«

»Nein.« Frau Hufnagel drückte ihre Zigarette aus und legte die Hände flach auf den Tresen. Rauh und rissig waren diese Hände, und sie zitterten leicht. »Dorian war nicht immer so, er war ein ganz normaler Gast. Er hat in Ruhe sein Bier getrunken. Er hat mit anderen Gästen Karten gespielt und ab und zu hat er geholfen, das hab ich ihm auch bezahlt. Manchmal hat er Freundinnen mitgebracht, aber denen gefiel es hier nicht. Manchmal hat er auch Musik gemacht. Und er war am achten hier.« Sie sah nicht hoch bei diesen Worten, deren monotoner Rhythmus den Anschein erweckte, sie habe sie auswendig gelernt. »Aber jetzt ist sein Bruder tot.«

»Ja.« Ina drehte den Kopf und sah Kissel noch immer auf Dorian einreden, doch der schien längst woanders zu sein. »Welche Musik hat er gemacht?«

»Gitarre.«

»Ja klar, ich meine, was hat er gespielt?«

Frau Hufnagel zuckte mit den Schultern. »Schnulzen.«

»Auch Lieder seiner Mutter?«

»Kann sein.« Sie goß etwas Cognac in ein viel zu großes Glas, schnupperte daran und schloß die Augen. »Es hat ihm niemand zugehört.«

Holen, vorführen, ausquetschen, hatte Kissel im Wagen gesagt, »wir schicken ihm eine ordnungsgemäße Vorladung und machen ihn alle.«

Und dann?

»Dann verrät er uns vielleicht, wo seine Mami steckt. Oder welche merkwürdige Störung er hat, der ist doch bekloppt.«

Irre, bekloppt, Worte, die in ihr widerhallten und wie ein Stromstoß durch den Körper gingen, weil sie mit ihnen jene Nacht verband, in der sie schwarze Schatten sah. Ina setzte Kissel vor dem Präsidium ab und fuhr zurück. Sie wußte nicht genau, warum, vielleicht weil Tommy Nachtschicht hatte und sie zu Hause nicht allein sein wollte, allein mit diesem Video, auf dem die junge Katja Kammer ihr das Leben erklärte und den Rausch. Allein mit den Worten Belloffs, *dann hat sie auch bloß noch geschrien und gebettelt*. Allein mit diesen Bildern, *Mama, Mama*.

Doch bei Dorian brannte kein Licht. Sie blieb eine Weile sitzen, und als sie ihn die Straße entlangkommen sah, stieg sie aus. Laß uns reden, Junge, du bist doch okay. Sie mußte das loswerden, denn wenn sich das bei der Mordkommission noch länger hinzog, würde sie unzähligen Irren noch begegnen, wirklichen Irren, in deren Augen die Hölle lag, so ein Inferno aus Angst und aus Haß. Dorian hatte solche Augen nicht. »Jetzt ist sein Bruder tot«, hatte die Wirtin gesagt, einfache Worte, die alles erklärten.

Er ging nicht nach Hause. Vier, fünf Meter von ihr entfernt, schloß er einen klapprigen Golf auf und fuhr los.

Sie versuchte so weit wie möglich hinter ihm zu bleiben, weil er den dunklen Vectra sicher kannte. Sie drehte die Musik ab und schaltete das Handy aus, alle Sinne auf den Golf gerichtet und darauf, wohin er vielleicht fuhr. Was hatte Kissel gesagt? »Dann verrät er uns vielleicht, wo seine Mami steckt.« Ja, murmelte sie, fahr mich hin, egal, wo es ist. Ein Hochhaus vielleicht, so ein Kasten am Ende der Stadt, in dem man sich verstecken konnte? Fahr schneller, fahr mich hin zu ihr.

Am Riederwald bog er in eine Seitenstraße ein. Er parkte den Golf vor einer Schranke und ging los, ging durch Morast und über unbepflanzte Wege und an Bänken vorbei, auf denen seit Jahren niemand mehr saß. Nirgends ein Haus, hier wohnte kein Mensch. Totes Gelände war es, das menschenscheuen Joggern Auslauf bot oder bösen, häßlichen Hunden. Es war die Gegend, die ihnen Oliver Thiele beschrieb, der Schuppen hinter den Kleingärten, das Folterhaus. Doch das gab es nicht mehr, und die Kleingärten lagen brach, hier war nichts außer morschen Bäumen und mickrigen Sträuchern, in denen ein paar schlaflose Vögel raunten.

Sie blieben gleichzeitig stehen, Dorian mitten auf dem Weg und Ina hinter den Sträuchern. Er legte den Kopf in den Nacken, als suche er den sternenlosen Himmel ab oder lauschte in die Nacht, ob jemand hinter ihm war. Stille, und nur der eigene Herzschlag in den Ohren. Ina hatte ihre Waffe in die Jackentasche geschoben; sie trug sie gewöhnlich in der Schultertasche, wo sie gar nicht sein durfte, aber es konnte doch kein Mensch verlangen, daß sie unförmige Ökotantensachen trug, nur damit man das Holster nicht sah. Sie hatte sie entsichert und sich verflucht dafür, aber es war eine Scheißgegend hier, und sie sah nur Dorians blondes Haar. Er tänzelte hin und her, und sie hörte ihn murmeln, dann griff er in das

Innere seiner Jacke, und ein Lichtstrahl überflutete den Weg. Polizisten trugen Taschenlampen mit sich herum, auch wenn sie nicht im Dienst waren oder längst als Pensionäre Zeitung lasen; Polizisten trugen Taschenlampen wie Schulkinder ihr Handy.

Er drehte sich um. Wie ein Fremdkörper hing sein Arm herab und füllte den Boden mit Licht. Starrte er zu ihr hin? Was war los mit ihm? Er kam auf sie zu. Sie blieb, wo sie war, und umklammerte den Griff ihrer Waffe, doch sie holte sie nicht heraus. Der tat doch nichts, der suchte etwas; Dorian, wollte sie sagen, erzähl mir, was los ist, das ist doch nicht okay, hier herumzustromern, in dieser Gegend hier, fast in der Nacht. Er blieb stehen, starrte in ihre Richtung – er war *Polizeibeamter*, okay? Kein Grund, hier nervös zu werden, hinter einem Strauch auf modrigem Gelände stehend, das ziemlich gut geeignet war, um Leichen loszuwerden.

Der Hammermörder war auch Polizeibeamter gewesen.

Dorian ging zurück, als hätte er Angst bekommen, hatte er sie gesehen? Ihr Körper war schwerer geworden. Sie wollte auf ihn zugehen, ihn ansprechen, als sie ihn einen kleinen Sprung machen sah. Nach links ging er jetzt, an den Büschen vorbei, hinter die sich doch zu dieser Zeit ein normaler Mensch gar nicht traute. Er schlich weiter, bis sie ihn nicht mehr sah, doch da war das Licht. Da war auch die Waffe in ihrer Jackentasche und das Brennen in ihrem Innern, eine Mischung aus Neugier und Angst. Was machst du da, wo willst du hin? Sie ging ein Stück weiter und beobachtete das Licht. Als es sich nicht mehr bewegte, überquerte sie den Weg wie ein huschendes Kaninchen, um von der anderen Seite an ihn heranzukommen. Jetzt würde sie ihn ansprechen müssen, weil sie sicher war, daß er sie bemerkte, doch als sie ihn sah, kam er ihr wie ein kleiner Junge vor, der im Sandkasten spielte und nichts mehr wußte von der Welt. Bübchen im Sand, hat keine Schaufel, nur die Hand.

Zwischen zwei Büschen kniete er und spielte mit einer Hand in der Erde. Das Licht seiner Lampe fiel auf eine unebene Stelle, die aussah, als hätte man einen Hügel flachgeklopft, irgendwann einmal, vor Jahren. Aufgeschüttete Erde, man grub ein Loch, verscharrte etwas, schüttete das Loch wieder zu. Was vergrub man denn, Schätze, Lösegeld, Leichen. Er fuhr mit der Hand darüber, hob Erde auf und ließ sie zwischen den Fingern rieseln, Förmchen, Töpfchen, Kuchenbacken. Regenwürmer ausgraben, Mama zeigen, staunen. Ina lehnte sich gegen einen Baum, und es war ihr egal, ob er sie jetzt sah. Er flüsterte, wie man es manchmal auf Friedhöfen tat, wenn man den Toten noch etwas sagen wollte, wenn man sie ansprach, weil man wußte, daß sie da lagen. Lag hier jemand? Das war ein Ort für Leichen. Sie wollte ihn ansprechen, doch sie konnte sich nicht bewegen. Sie konnte auch nicht reden, noch nicht einmal hassen.

Als er aufstand, glaubte sie, seine leise Stimme noch zu hören, bevor er Dreck von den Hosenbeinen klopfte, als sei er in der Welt wieder angekommen. Sie rührte sich nicht, sah ihm blinzelnd hinterher und stand noch reglos da, als sie das Licht seiner Lampe längst nicht mehr sah. Irgendwann nahm sie ihre eigene, Polizisten trugen Taschenlampen, und sah dem zitternden Licht hinterher, wie es über eine unauffällige Erhebung glitt, auf deren verkrusteter Erde ein frisch hingemaltes Kreuz erschien.

Nein. Nicht das.

Kannst doch nicht weg sein, einfach so, kannst doch nicht –

Im Wagen drehte sie die Musik so weit auf, daß sie an den Ampeln herüberglotzten. Schlagzeug und Baß und schreiende Gitarren, gut, ja, fegt mir das Hirn weg für alle Zeit. Sie raste durch Pfützen, ging auch an einer Bushaltestelle nicht vom Gas und sah im Rückspiegel eine hüpfende Frau an sich heruntergucken. Der gute Mantel: über und über, die neuen Schuhe: du Sau. Eine Faust hob sich drohend in die Luft, egal, es gab Schlimmeres. Als sie vor Nicole Mewes' Wohnung hielt, war es eigentlich zu spät für einen unangemeldeten Besuch.

Nicole saß mit ihrer Freundin in der Küche beim Wein. Ina sah kaum hin, sagte: »Hallo Claudia.«

»Nein, das ist Ute.« Nicole rückte ihr einen Stuhl zurecht und holte ein Glas aus dem Schrank. Beim Eingießen sah sie Ina kurz ins Gesicht wie eine Krankenschwester, bevor sie die Spritze ansetzt. »Und Ute will auf n-tv die Börsenkurse gucken.«

Die Frau, eine langhaarige Schönheit, zögerte einen Moment, bevor sie aufstand und ihr Glas nahm. Obwohl sie sehr jung war, guckten milde Augen aus ihrem Gesicht, mit denen sie wie eine friedfertige Mama auf ihre ungezogenen Töchter sah.

»Das ist jetzt superpeinlich«, murmelte Ina, als sie draußen war. »Nicki, du wechselst die aber wirklich wie die Wäsche.«

»Och.« Nicole schnupperte am Wein. »Probier mal, der ist aus der Pfalz. Guter Jahrgang, die hatten ideales Wetter damals.«

»Du gibst einem ja überhaupt nicht die Chance, sich mal an eine zu gewöhnen.« Ina trank einen Schluck, der nach nichts schmeckte. »Macht Wind.«

»Der Wein?«

»Nein, sie.« Vage deutete sie auf die Küchentür. »Ich meine das positiv, ich meine –«

»Ich weiß, was du meinst.« Nicole lächelte. »Ist was mit Tom?«

Ina schüttelte den Kopf.

»Wie geht's ihm?«

»Tom«, sagte Ina, »wär am liebsten Hausmann, glaub ich, der kann sich stundenlang damit beschäftigen, wie wir in der Küche Ordnung mit den Gewürzen kriegen und so. Außerdem kocht er jetzt viel öfter, aber nur, weil ich angeblich immer dasselbe mache.« Sie seufzte und murmelte dann: »Ist doch egal.«

»Was ist los?« Nicole schob eine Hand unters Kinn. Ihre grünen Augen waren ausdruckslos, oder wie sagte man – neutral? Immer diese Wörter. Ina wollte jetzt einfach ein paar davon aneinanderreihen, einfach so quatschen, als gäbe es diese verkrustete Erde nicht, versteckt zwischen zwei Bäumen; Kissel steht auf dich, wollte sie sagen, hat er mir selber gesteckt, wie findest du Kissel?

»Ich muß dich was fragen«, sagte sie. »Ich hab so was noch nie gemacht, das heißt, ich hab's natürlich schon – na ja, aber ich hab's nie angeleiert.«

»Aha«, sagte Nicole, als würde sie alles verstehen. »Was denn?«

»Es ist so, ich brauch ein paar Leute von euch, ich meine, ich werd natürlich Pagelsdorf informieren müssen, oder? Nimmt die Schupo das nur von den Chefs entgegen?«

»Nicht unbedingt.« Nicole trank einen Schluck und stellte ihr Glas vorsichtig wieder ab. »Wenn du die ermittelnde Beamtin bist, mußt du ihm nur auseinandersetzen, daß du die Schupo brauchst, den Rest machst du dann selbst. Wozu brauchst du sie denn?«

»Zum Graben.« Ina starrte auf die Tischplatte.

Nicole lachte. »Was denn, sollen wir 'ne Leiche ausbuddeln?«

»Ja.«

Nicole spitzte die Lippen und blies die Backen auf, doch es kam kein Pfiff und kein Laut. Erst nach einer Weile fragte sie: »Du möchtest Robin Kammer exhumieren? Der ist doch gerade erst rein. Nein, dafür brauchst du allerdings einen Gerichtsbeschluß.«

»Was?« Ina hob den Kopf. »Nein, nicht Robin. Es ist nicht auf dem Friedhof, ist am Riederwald. Also nicht da, wo die Eintracht trainiert, weiter weg, so ein Gelände. Und da –« Sie preßte die Fingerspitzen auf die Augen und wünschte sich weit weg.

Nicole stand auf, trat hinter sie und legte ihr die Hände auf die Schultern. Weich waren sie und kühl. »Jetzt red mal«, flüsterte sie.

Ina lehnte sich zurück, bis ihr Kopf Nicoles Brüste berührte. »Ich bin Dorian hinterher, zu diesem Gelände.«

»Allein?«

»Ja, ich –«

»Du hast es *schon wieder* gemacht?« Aus Nicoles sanftem Streicheln wurde ein harter Griff. »Du weißt doch genau, daß das nicht geht, du bist schon mal allein irgendwo rein und warst ein Vierteljahr im Krankenhaus, bist du denn überhaupt nicht lernfähig?«

»Ach, hör auf, das war Dorian.«

»Eben«, sagte Nicole.

»Und diesmal hatte ich meine Waffe, damals hatte ich die ja nicht.«

»Du drückst doch nicht ab«, sagte Nicole. »Was muß denn passieren, damit du – na ja.«

Ina schüttelte ihre Hände ab und stand auf. »Dorian ist kein guter Polizist?«

»Nein.« Nicole sah an ihr vorbei.

»Warum nicht?«

»Weil er unbeherrscht ist und sich manchmal aufführt, als wären wir die SS. Und in letzter Zeit glaube ich, daß er irgendwelche Halluzinationen hat. Was zum Teufel hat er jetzt wieder gemacht?«

»Er ist da hin«, flüsterte Ina. »Zuerst hat er sich nicht richtig orientieren können, hat es ausgesehen, als wär er lange nicht da gewesen. Das ist so eine versteckte Stelle, weißt du, Erde, wie ein Grab. Da hat er mit den Fingern drin rumgespielt, und es hat sich angehört, als rede er mit jemand – da unten. Und dann hat er so ein Kreuz draufgemalt.« Sie zeichnete es mit einem Finger in die Luft. »Ein Kreuz.«

Wie in Zeitlupe schüttelte Nicole den Kopf. »Du glaubst doch nicht im Ernst, der hat da jemanden begraben? Wer soll denn da liegen?«

»Seine Mutter.« Ina drehte sich zum Fenster. Verschwimmende Lichter brannten in den Augen, und das Geräusch schließender Autotüren schmerzte hinter der Stirn.

»Das hieße, er hätte sie umgebracht«, sagte Nicole. »Ina, wir sind doch nicht in *Psycho*.«

»Wir finden sie ja nicht.« Als sie mit zwei Fingern auf die Fensterbank klopfte, sang ein böser Teufel den Text dazu: Tot-tot-tot. »Was meinst du mit Psycho?«

»Hitchcock, den Film.« Nicoles Stimme hörte sich kratziger an. »Aber da war die Mutter nicht begraben, da saß sie im Keller.«

»Hm, stimmt«, sagte Ina. »Ich weiß jetzt.«

»Der Schluß, kannst du dich erinnern? Zuerst war sie ja nur von hinten zu sehen, mit dieser Perücke –«

»Ja«, sagte Ina, »ja, ja.«

»Und dann dreht er sie um, und man sieht dieses Skelettgesicht, das war –«

»Ja, verdammt, *hör auf.*«

Eine Weile blieb es still, bis Nicole leise sagte: »Du hast sie doch gar nicht gekannt.«

»Doch«, murmelte Ina. »Irgendwie schon.«

Vielleicht hatte sie mit dem Kennenlernen auch gerade erst angefangen, als sie versuchte, ein paar ihrer Wege zu gehen. Ina legte einen Finger auf die schwarze Fensterscheibe und zeichnete das Licht nach, das ein parkplatzsuchender Wagen aufs Pflaster warf. Am Sonntag zuvor war sie mit Tom in jenem Dorf gewesen, in dem Katja eine Weile lebte. Sie suchte ihre Spuren, als sie an den Feldern vorbei und über saubergekehrte Straßen gingen, auf denen die Bewohner in kleinen Grüppchen beieinanderstanden. Hatten die schon immer diesen forschenden Blick gehabt, der das Fremde ausschloß, sobald er es erkannte? Hier gab es noch die feine Sonntagskleidung, mit der die Leute sich zum Kirchgang schmückten, bevor sie geschlossen ins Wirtshaus marschierten, ein kleines Ritual, das Ina an ihre Jugend in der Provinz erinnerte. Früher hatte sie Sonntage gehaßt, weil sie glaubte, es müsse ein Sonntag sein, an dem die Welt in aller Stille starb, und sie war sicher, daß es Jahre später der Kammer genauso ging. Hier war sie gelaufen, mit Christian und den Kindern an diesen dunkelgekleideten Menschen vorbei, und hatte wohl über die Handtäschchen gelacht, die die Frauen gegen die Bäuche preßten, damit man sah, wie gut sie zu den schrecklichen Schuhen paßten.

»Ist doch schön hier«, sagte Tom. »Suchste was Bestimmtes?«

Ja, ich such ein anderes Leben. Sie schüttelte den Kopf und drückte sich enger an ihn, während sie das Haus suchte und diese schmale, kleine Straße, auf der das Foto entstanden war, das Dorian das Sternenbild nannte. Es war ein friedlicher, schöner Tag, an dem man nichts hörte außer Kirchenglocken und leiser Musik, die aus geöffneten Fenstern drang. Tom legte einen Arm um ihre Schulter und erzählte von dem polnischen Hof, auf dem er aufgewachsen war; nichts Großes, bloß eine Scheune und paar Fleckchen Gras drumherum, wie hier. Nur ein paar Quadratmeter

Land mit einem harten, störrischen Boden, der nichts abwarf und den sie verfluchten jeden Tag. Sie waren zu zehnt und besaßen drei Hunde, eine magere Kuh und zwei Stiere. Sie war auch die einzige, die gut dran war, die Kuh, weil sie Glück hatte und sich aussuchen konnte, welcher Stier sie bespringen sollte.

»Das hat ihr gefallen.« Er blinzelte in die weißen Wolken und sagte: »Wir können ja später mit unseren Kindern auch auf dem Land wohnen.«

Ina stolperte fast. »Mit unseren – was?«

Er blieb stehen. »Ich denk schon, daß wir ein Baby haben könnten.«

»Tommy, das *hat* man nicht einfach so. Wieso sagst du das jetzt?«

»Willst du denn kein Baby?«

Vielleicht war es das Erstaunen in seiner Stimme, das ihr diesen Kloß in den Hals schob. »Ich kann das nicht«, murmelte sie. »Ich meine nicht das Kriegen, sondern überhaupt.«

Er lachte. »Jede Frau kann das.«

Sie setzte sich auf eine Mauer und rupfte ein paar Grashalme aus. »Früher hab ich mal gewollt, da wollte der Kerl nicht, und dann hat sich das verändert, ich meine, ich bin zu hysterisch, verstehst du? Ich krieg ja schon einen Horror, wenn du abends mal spät von der Schicht kommst. Wenn ich an so einem dämlichen Müllberg vorbeikomme, fällt mir als erstes 'ne Leiche ein, die da liegen könnte, ich meine, da haben natürlich schon Leichen gelegen, aber ich denk das jedesmal. Ich seh die direkt, selbst wenn wir spazierengehen, im Wald oder so, hinter Büschen –« Sie sah ihn an und fand ihn wunderschön. Nachts auf dunklen Parkplätzen packte sie ihn bei jedem Geräusch, nicht, um sich schützend an ihn zu klammern, sondern um ihn aus der Schußlinie zu bringen.

»Ich würd durchdrehen«, murmelte sie, »mit einem Kind. Dauernd würd ich denken, dem passiert was. Ich war ja schon zu blöd, mit deinem kleinen Neffen im Park zu spazieren, dem Niklas. Den hab ich so fest angepackt, daß er sich dauernd losreißen wollte und gebrüllt hat wie am Spieß.«

»Der kann alleine laufen, der ist vier.«

»Ja, aber ich *wollte* das nicht, ich sag doch –«

»Das ist alles wegen deiner Drecksarbeit da. Frauen sollten da nicht sein, bei der Mordkommission.«

»Du wirst gehen«, murmelte sie. »Eines Tages bist du weg, kommst ja aus einer Großfamilie, bist das alles gewöhnt, und ich seh dich doch mit deinen tausend Nichten und Neffen. Irgendwann suchst du dir 'ne Tussi, die nicht so blöd ist wie ich, die wirft dir dann eins nach dem anderen.«

»Nö«, sagte er nur. »Glaub ich nicht.«

»Gib's doch zu, verdammt.«

»Nein.« Er lachte, und als sie die Tränen herunterschluckte, tätschelte er ihren Rücken, als bereite er sich dennoch schon vor auf ein quengeliges Gör. »Hast ja noch fünf Jahre Zeit zu überlegen«, sagte er. »Oder vier. Mit fünfunddreißig biste dann zu alt.«

»Du nicht?« fragte sie. »Bist noch einen Monat älter.«

»Nein, bei Männern ist das nicht so schlimm.«

»Echt?«

Doch sie stritten nicht. In einer Dorfkneipe, in der ein paar alte Männer beim Kartenspiel saßen, bestellte er erwartungsgemäß den Schweinebraten, und sie verzichtete darauf, etwas zu sagen, als er für sie gleich mitbestellte. Die Wirtin hier, steif hinterm Tresen stehend, ihre kleine Gästeschar beäugend, erinnerte sie an die Hufnagel aus dem *Taubenschlag*. Nein, die Hufnagel sah aber nie richtig hin, oder? Die starrte ins Leere hinein.

»Iß doch«, sagte Tom.

»Die Sau war arg fett, nicht?«

»Wer?« Er drehte sich um.

»Das Fleisch«, zischte sie.

»Nö, ist gut.«

Ja klar. Sie schob die Gabel hin und her und sah sich die kitschigen Bilder an, Berge, Blumen und Schäferhunde. Hatte auch Katja diese Angst, daß jeden Tag etwas geschehen könnte, jede Nacht, in der die Kinder in ihren Betten lagen und vielleicht erstickten?

Nein, früher war sie furchtlos gewesen. Sie erzählte Tom davon, daß diese Frau hier gelebt hatte, diese Sängerin, weißt du? Ihre Kinder nahm sie mit, wohin sie auch ging, zu Konzerten und zu Proben, und sicher war sie auch mit ihnen hierhergekommen, in diese stille Kneipe, in der alte Männer die Köpfe hoben bei jedem Geräusch an der Tür.

Du hast es hier keine fünf Minuten ausgehalten, Katja, stimmt's?

»Ist nicht richtig«, nuschelte Tom mit vollem Mund. »Konzerte sind doch abends, und da gibt's Drogen und all das, ist es laut. Wenn die ihre Kinder da mitschleppt, gehört die geprügelt.«

»Die hat anders gedacht«, sagte sie. »Anders gelebt.«

»Ja, glaub ich.« Er tippte sich an die Stirn. »So überkandidelte Weiber sollten keine Kinder haben dürfen.«

Doch sie stritten nicht. Erst später fingen sie damit an, als sie das Haus sahen, das hinter einer kleinen Hecke so unscheinbar wie alle anderen dastand. »Heute ist Sonntag«, sagte Tom. »Kannste mit dem Scheiß nicht mal aufhören?«

Bloß ein graues Haus. Ein schmaler Weg führte daran vorbei, auf dem vielleicht das Bild entstanden war, das Katja mit ihren Jungs unter den Sternen zeigte. Ina sprach eine Frau an, die eine Gießkanne schleppte, als wären Steine drin. Unwirsch sah sie hoch, bevor sie die Kanne behutsam auf den Boden stellte. Zwei Meter abseits machte Tom ein böses Gesicht.

»Hier hat einmal eine Frau Kammer gewohnt«, sagte Ina. »Können Sie sich erinnern?«

»Wer soll das sein?«

Frage, Gegenfrage, neuer Versuch. »Sie hatte zwei kleine Jungs, kam aus der Stadt.« Das merkten sie sich doch, da wußten sie Bescheid. Wer aus der Stadt kam, den hatten sie im Visier.

Die Frau nickte. »Die mit dem Rauschgift. Die ist schon lange weg.«

»Ja«, sagte Ina. Wie weiter, was wollte sie überhaupt? Sie wußte es selber nicht.

»Es hat ein Unglück gegeben, damals.« Die Frau nahm ihre Kanne wieder auf. »Der Mann ist gestorben, da ist sie wieder weg. Sie hat immer nur Guten Tag gesagt, das war alles.«

»War sie mit jemandem hier befreundet? Könnte es sein, daß sie noch Besuche macht, hier im Dorf?«

Fassungslos sah die Frau sie an. »Wen soll die denn hier besuchen, die hat sich hier um nichts und niemanden gekümmert. Wissen Sie, wie lange das her ist?«

Ewig her, ja, und dazwischen lag eine Hölle, die sie alle verschlang, Katja, Robin und Dorian. Das Licht, das der parkplatzsuchende Wagen aufs Pflaster warf, verschwamm wie etwas, das man verzweifelt festhalten wollte und das einem dennoch entglitt. Nicoles Fenster, Nicoles Küche, Nicoles Straße da unten. Nicoles Zeit, die sie stahl. Ina preßte die Fingerspitzen gegen die Fensterscheibe und versuchte es mit einer kleinen Beschwörung: Wenn jetzt noch ein Wagen kommt, liegt morgen keiner da unten in der Erde.

Sie blinzelte, schloß die Augen und öffnete sie wieder. Kein Wagen. Kein Licht.

Nicoles Stimme kam aus einem anderen Land: »Kann es nicht auch anders sein? Vielleicht hat Dorian da ein Meerschweinchen liegen oder einen Hund. Ich hab früher auch alle naslang Meerschweinchen begraben, die halten ja nicht lange.«

Ina schüttelte den Kopf. »Hast du auch Kreuze draufgemalt? Hast du dich überhaupt so benommen?«

»Ich sag doch, der muß irgendwelche Halluzinationen haben.«

»Ich muß es wissen, Nicki. Ich muß.«

»Manchmal hat er von ihr geredet«, sagte Nicole. »Es war ihm unheimlich wichtig, daß sie ein *Star* war, keine Ahnung, ich hab sie nicht gekannt. Verglichen mit ihr, so kam es rüber, sind wir Nullen.«

»Ja.«

»Durchschnittsweiber.« Nicole seufzte.

»Ja.«

»Aha. Sehr schön war sie natürlich auch noch.«

»Ja«, sagte Ina. Nach einer Weile drehte sie sich um und sah Nicoles forschenden Blick. »Sie war anders als wir. Was sind wir denn schon?« Sie öffnete den zweiten Fensterflügel, doch schien alle Luft für diesen Tag verbraucht. »Nicki, wenn du es einrichten kannst – könntest du dabeisein? Das kriegst du doch hin, oder? Ich glaub einfach, ich pack das nicht.«

»Mmh«, sagte Nicole. »Einen Lei… also, einen Hund brauchen wir auch.«

»Ich weiß.« Sie sah wieder nach unten. Noch immer kein Wagen, kein Licht. Als sie mit Tom aus dem Dorf zurückgekommen war, hatte sie das Sternenbild so klar vor Augen, daß sie die kleinen Jungs sehen konnte und die Frau im roten Kleid, die ihnen die Sterne fing. Sie wußte nicht, wie sehr Tom sich wirklich ein Kind wünschte und traute sich auch nicht, ihn direkt danach zu fragen. Babys werden groß, Tommy, sag nicht immer Baby. Die bleiben auch nicht süß. Manchmal wachsen sie zu Monstern heran und fressen dich auf.

[15]

Als Dorian am Morgen seine Wohnung verließ, guckte er den Frauen auf die Füße. In schmalen, offenen Schuhen tänzelten sie dahin oder schienen in hochgeschnürten Tretern für die Bergwanderung zu trainieren, so beschwerlich war ihr Schritt. Nur die hochhackigen Nuttenschuhe sah er nicht, aus denen schwarze Netzstrümpfe wuchsen und die auf dem Boden zu detonieren schienen mit ihrem harten, hellen Geräusch. Er wollte sie auch nicht sehen und hielt dennoch den Blick aufs Pflaster gerichtet wie ein schnüffelnder Hund. Es war etwas mit seinem Kopf passiert, er dachte an Dinge, an die er nicht denken wollte.

Was machst du, Robbi, stellst du das mit mir an?

Er glaubte, er würde sich besser fühlen, nachdem er die halbe Nacht damit verbracht hatte, den *Taubenschlag* neu einzurichten, zumindest auf dem Papier. Er zeichnete eine Skizze und schrieb hin, wo der Tresen stehen sollte und die Tische und die Stühle, doch es war sonderbar, wie lange er für ein paar hingeschriebene Worte brauchte, weil er seine eigene Schrift nicht mehr erkannte. Sechs, sieben, acht Versuche, und jedesmal standen diese komischen Buchstaben auf dem Blatt, die ihm fremd waren, fremd wie sein Wohnzimmertisch, an dem er schrieb, fremd wie seine Wohnung und die Welt.

Keine Ahnung, Robbi, ob das richtig ist, diesen Laden einmal zu übernehmen. Lach nicht, hör auf zu treten. Morgens kann ich nicht mehr gerade gehen, willst du das? Willst du, daß es so ist wie vor Jahren, wie damals nach der Riederwaldnacht? Da konnten wir auch nicht mehr gerade gehen. Du Scheißkerl. Frißt mich auf von innen, bist meine Krankheit, mein Tod, aber kicherst blöde in einer Tour. Hast dich lustig gemacht über meine Uniform und das bißchen Geld, das sie einem zahlen, damit man den Kopf hinhält. Aber immerhin *habe* ich einen Beruf – und du? Du kleiner Versager. Er blieb stehen, sah den Frauen auf die Schuhe und hörte Robins Stimme.

»*Was* willst du werden?« hatte er damals gefragt. »Biste jetzt blöd im Kopf?«

»Polizist, warum denn nicht? Ich hab im Fernsehen gehört, daß die unterbesetzt sind.«

Es war an dem Morgen nach der Riederwaldnacht, als Robins Fieber langsam sank. Sie guckten einander nicht richtig in die Augen, als hätte jeder von ihnen etwas Schlimmes getan, und weil sie keine Worte fanden für diese Nacht, in der es geschah, erzählten sie es keinem. Robin hatte noch immer etwas Fieber am Morgen, und als er sich aufrichtete und die Beine aus dem Bett hängen ließ, konnte man seine Wunden sehen, Striemen und getrocknetes Blut überall. Jetzt, da er saß, fing er wieder an zu stöhnen, und er blinzelte die Tränen weg, als er murmelte, es täte da drin so beschissen weh.

»Wo?« fragte Dorian, obwohl er es ahnte.

»Im Arsch, Mann.«

»Ja«, sagte Dorian. Er selber war fast ohnmächtig geworden, als er frühmorgens auf dem Klo saß, doch wollte er Robin nicht sagen, daß er noch gut dran war mit seinen Schmerzen, weil sie ihm nur einen Stock in den Arsch gerammt hatten, während es bei Dorian eine brennende Kerze war. Eine Scheißkerze, von der sie nicht kapieren wollten, daß die immer wieder ausgehen mußte, dauernd wieder aus.

Robin ging krumm. Er hinkte. Dorian hinkte selber, doch tat er so, als sei alles normal. Auf dem Weg zum Frühstückstisch fingen sie fast an zu heulen, weil es schwer war, so zu gehen wie an jedem anderen Tag und nicht zu wissen, wie sie es zulassen konnten, daß in ihren Körpern ein Schmerzglühen war und sie ihre Haut verstecken mußten.

Frau Tillmann fragte, warum sie krank aussahen. Hatten sie etwas Falsches gegessen?

»Leck mich«, sagte Robin.

»Da! Schon wieder«, sagte Frau Tillmann triumphierend zu ihrem Mann, und Tillmann, der jeden Morgen krank aussah, weil er sich mit seinem Chef nicht verstand, murmelte nur: »Robin, ich bitte dich.«

»Jo«, flüsterte Robin. »Gern geschehen.«

»Ich werde Polizist«, sagte Dorian, da wurde Tillmann munter. Er schmiß seinen angebissenen Toast auf den Teller und nannte ihn einen Versager.

»Da verdienst du nichts«, schrie er. »Selbst bei deinen Noten gibt es bessere Jobs. Oder willst du da nur hin, weil die wirklich jeden nehmen?«

»Nein, weil's mir Spaß macht.«

Er dachte die ganze Zeit daran. Er saß in der Schule und stellte sich die Uniform vor mit der Waffe im Holster und dem schönen, schlanken Knüppel, den sie zogen. Er hockte in seinem Zimmer und überlegte, wie man schoß, mit einer Hand, mit beiden? Zwei Tage lang schoß er Verbrecher aus dem Weg, knüppelte ihnen bei Verhören die Fresse wund und schob die Mütze tief in die Stirn. Am dritten Tag konnte er wieder aufs Rad, obwohl ihm immer noch der Hintern brannte. Robin sah er kaum, der hockte vor dem Fernseher, sobald er nach Hause kam, kroch wortlos ins Bett und fing im Schlaf dann manchmal an zu jammern wie ein kleines Kind.

Dabei hätte ich dir was erzählen können, Zwerg, ich hab's aber nie getan. Erinnerst du dich an die U-Bahnstation? Wir haben sie damals nur im Dunkeln gesehen, eine überdachte Bank, auf der manchmal Penner sitzen, um sich vor dem Regen zu schützen und sich der Illusion hinzugeben, sie hätten ein Dach über dem Kopf. Fast genüßlich hören sie dem Regen zu, während sie den Kopf ein wenig vorstrecken wie Leute, die aus dem Fenster gucken. Was glaubst du, was die alles machen in Gedanken? Halten Hausputz, holen die Post rein, kochen sich was Warmes, sind zu Hause, bis der Regen nachläßt oder einer kommt, der sie verjagt. Man trifft die komischsten Leute da.

Dorian fuhr weite Strecken und kam doch immer näher an den Riederwald heran. Die ersten Nachmittage schaffte er es nur bis zur U-Bahnstation, dann schwänzte er die Schule und radelte auf dem holprigen Weg entlang, bis er die Kleingärten sah. Es war alles so normal, nur Bäume, Sträucher und Steine, denn die Hölle brannte nicht. Es gab kein Fegefeuer, nur abgenutzte Wege, die kaum ein Mensch betrat. Irgendwo da drüben war das Haus. Er zielte mit Gewehren darauf und versuchte es zu sprengen, warf Brandsätze, fuhr mit einem Bagger heran und entzündete ein großes Feuer. Geräusche umzingelten seinen Kopf wie tückische Wespen, sein eigener Schrei unter der Peitsche und Robins Wimmern, das Surren der Kamera und das Lachen der Männer. Ein Rudel Töne in seinen Ohren, das sich abrufen ließ wie ein Programm auf einer Festplatte; du klickst einfach ins Hirn, Robbi, und es schreit in dir drin. War das genauso bei dir?

Nur die Stimme der Frau konnte er nicht richtig hören, weil sie in seinem Kopf verschwamm und nicht mehr hart und gewöhnlich mit diesen Männern sprach, sondern zart und weich mit ihm selbst. Dann erzählte sie ihm von Sterntauchern und Schwalben und von bunten Raben, die es in Afrika gab, *wirklich, Dori, in Afrika gibt's bunte Raben.* Das war unangenehm, weil es nicht zusammenpaßte, weil es überhaupt keinen Sinn ergab. Irgendwo da drüben war das Haus, doch er schaffte es nicht näher heran.

Weißt du was, ich war ein Feigling. Ich wollte sie töten, aber am Tag waren sie sicher nicht da, kamen nur nachts, krochen wie Ratten zum Licht.

Auf dem Rückweg löste er die Luftpumpe vom Rad, seinen Knüppel, mit dem er Zweige wegschlug, die ihm das Gesicht zerfetzen wollten, kommt doch her, ich schlag euch alle tot. Noch auf der Straße hielt er sie in der Hand; er schlug auf den Lenker, richtete sich auf und sah die verlorenen grauen Mietshäuser, die U-Bahnstation und die Frau.

Oberirdisch, Robbi, das war das Wort, das du früher nie auf die Reihe kriegtest. In dieser gottverlassenen Gegend fuhr die U-Bahn oberirdisch, doch du hast das jahrelang verwechselt und überirdisch gesagt, als käme sie aus dem Himmel, bevor sie runter in die

Hölle fuhr. Am Riederwald fährt die U-Bahn oberirdisch, hörst du? Aber jetzt brauchst du das auch nicht mehr zu wissen.

Er war nicht überrascht, die Frau zu sehen, und hatte einen Moment lang sogar das Gefühl, er hätte sie gesucht. Auf der Bank des Wartehäuschens lag eine Sporttasche, sie selber stand davor und schien kleiner geworden ohne ihre Nuttenschuhe, die sie wohl nur am Abend brauchte. Abends, ja, wenn die Ratten sich unterm Licht versammelten, lebte sie auf. Jetzt trug sie Stiefel unter Jeans, doch war das Haar genauso wie in der Riederwaldnacht, hochgesteckt, mit feinen Strähnen, die sich lösten. Da stand sie ganz allein und von ihren Komplizen verlassen, die Frau der Folterer, die Schlampe aus dem Schuppen. Ganz allein. Er trat in die Pedale und bremste erst ab, als das Vorderrad sie fast berührte. Als sie den Kopf hob, schlug er erneut mit seinem Schlagstock auf den Lenker.

Mann, sie erschrak. Sie zuckte zurück und suchte Halt, sie schien sogar Luft zu holen für einen Schrei. Während sie ihn anstarrte wie eine Schiffbrüchige, die nach Jahren einen Menschen sieht, formten ihre Lippen ein Wort, das er als seinen Namen erkannte. Warum tat sie das? Sie sprach ihn an, sie flüsterte: »Dorian.«

»Was?« rief er. Er stützte sich auf den Lenker und sah ihr ins Gesicht. Merkwürdige Augen. Hatten sie ihn vor langer Zeit schon einmal angesehen, nicht nur in der Riederwaldnacht, als er vor ihr auf dem Boden lag? Nein, woher denn, nur seine Mutter hatte ihn so angesehen, mit solchen Augen. Doch Katja war schön gewesen, schön und stark, und die hier war es nicht, das war die Hure aus dem Hexenhaus mit ihrer fahlen Haut – wie hatte Robbi sich so täuschen können? Katja hätte sie zurückgeholt, die hätte niemals bei Schlägern gestanden, um ihre Wunden zu begaffen. Katja war vielleicht tot.

Sie wiederholte seinen Namen, lautlos wie vorhin, flüsterte ihn dem rauschenden Verkehr hinterher und dem heiseren Gekläff von Hunden. Er mochte das nicht. Robin war schuld, daß sie seinen Namen kannte, weil er »Dorian, Dorian« schrie, als der Hosenträger-Mann ihm auf die Nase trat. In dieser Nacht, als sie auf Dorian heruntergIotzte wie auf einen Wurm, da hatte Robin seinen Namen gebrüllt, er war doch erst zwölf. Die U-Bahn kam, doch sie achtete nicht darauf, stand steif und blöd wie eine Schwachsinnige herum, entsprungen, entflohen, die Tasche mit dem Nötigsten dabei, um im Bahnhof zu pennen oder warm auf den Lüftungsschlitzen in den Eingängen der Kaufhäuser. Mit der Luftpumpe schlug er auf ihre Tasche und fragte: »Was ist da drin?«

Verstand sie ihn nicht? Sie guckte auf den Boden und dann zu ihm zurück.

»In der Tasche«, rief er.

»Sachen«, sagte sie leise. »Meine –« Sie hob die Schultern, als müsse sie sich entschuldigen oder als sei ihr schrecklich kalt mit einem Mal.

»Wohnen Sie da?« fragte er. »In dem Schuppen? Machen Sie Urlaub jetzt, wollen Sie verreisen?«

Das war eine einfache Frage, Robbi, zwei einfache Fragen, aber die hat mich blöd angeguckt. Ein Flackerblick, weißt du, als wär ich der Mann aus dem Mond oder E. T., gewachsen, groß geworden und auf der Erde zurück.

»Nein«, sagte sie nur, stotterte herum. »Nein, nein.«

Die Stimme, was für ein Quatsch. Vielleicht maßte diese Schlampe sich an, die Stimme seiner Mutter zu imitieren, weil sie Katja einmal auf der Bühne sah und selbst so unbedeutend war in ihrem schwarzen, schmutzigen Nichts? Das war doch möglich, die Leute machten die verrücktesten Sachen, wenn sie am Ende waren, und siehst du, Robbi, das hat dich damals in der Riederwaldnacht schon total verwirrt. Bist du drauf reingefallen, du Depp.

Er zog am Lenker und rutschte auf seinem Sattel hin und her wie ein Polizist auf einem unruhigen Pferd. Es war kälter geworden, die Luft roch nach Rauch, und die nächste U-Bahn kroch wie ein Gespenst heran, mit glühenden Augen im aufkommenden Nebel. Er hob sein Rad hinein und schob es an Leuten vorbei, die böse glotzten, weil man mit einem Fahrrad nicht in die U-Bahn durfte, in die S-Bahn aber wohl, oder war es umgekehrt? Pommes und Eis waren auch verboten, Robin fraß das alles den ganzen Sommer über da drin.

Sie kam hinter ihm her. Zögernd fast, als dürfe sie nicht, setzte sie sich auf die gegenüberliegende Bank und schien dreimal Anlauf zu nehmen, bevor sie fragte: »Wie geht es dir?«

»Gut. Was geht Sie das an?«

»Und Robin? Was ist mit ihm?«

»Woher wissen Sie seinen Namen?« Er hielt sein Rad mit der Rechten und schlug mit der Luftpumpe leicht auf seine Knie, während sie ihn wie ein Bild betrachtete, das sie nicht verstand. Nach einer Weile legte sie den Kopf zurück und fragte noch einmal, doch diesmal so leise, daß er sie kaum verstand: »Wie geht es deinem Bruder?«

»Bestens, warum? Was wollen Sie eigentlich?«

Sie schien nach einer Antwort zu suchen und probierte, ob die Wörter es bis auf ihre Zunge schafften. Wieder fiel ihm ein, was seine Mutter sagte, als er ein Kind gewesen war: Du hast die Wörter in dir eingesperrt und findest den Schlüssel nicht mehr. Sie sah ihn an und blickte wieder weg, nur um dann wieder hinzusehen wie so ein Gör, das sich etwas wünscht und gleich gucken muß, ob es auch eingetreten ist. Er ließ sie gucken, es machte ihm nichts aus. Diesmal war er nicht der Wurm zu ihren Füßen, weil er ihr jetzt das Gesicht wegschlagen könnte mit einer einzigen Bewegung.

Sie fuhren bis zur Innenstadt. Beim Aussteigen beachtete er sie nicht weiter, schob das Rad hinter eine Säule und sah, wie schwach und holprig ihre Schritte waren, genauso tastend wie ihr Blick. Doch sie sah ihn nicht mehr. Die war am Ende, Robbi, die kannte sich nicht mehr aus, bloß noch Reste waren zu sehen. An der Konstablerwache schlug sie den Weg zu den alten Huren ein, die wie aussortierte Schaufensterpuppen an vergammelten Häuserwänden lehnten, schlich weiter, an Pennern und Junkies vorbei, um in einem Drecksbau zu verschwinden, auf dem in abbröckelnder Schrift

Hotel Sylvia stand, so ein Bumshotel, das sie aufsaugte wie eine Kehrmaschine den Dreck, und zu dieser Frau, Robbi, hast du Mama gesagt?

[16]

Das Gelände war schon abgesperrt, als Pagelsdorf seinen Wagen hinter dem Bus der Bereitschaftspolizei parkte. »Nun, Frau Henkel«, sagte er, »ich habe ein ungutes Gefühl.«

»Glauben Sie, ich hab ein gutes?« Es hatte wieder geregnet in der Nacht, und als Ina über den weichen Boden ging, fielen ihr die Worte ihrer Mutter ein: »Als Kind hast du fast die Beerdigung deines Großvaters gesprengt.« Sie selber konnte sich nur undeutlich daran erinnern, doch ihre Mutter erzählte jedem, der es hören wollte, wie Ina sich am offenen Grab an ihren Vater wandte: Ist er da jetzt drin?

Ja, da ist er jetzt drin.

Aber du hast doch gesagt, er wär im Himmel.

Ja, sei still.

Aber das ist die Erde.

Ja.

Aber warum hast du gesagt, er wär im Himmel?

Vielleicht hatte sie sich schon seit diesem Tag ein Paradies nicht mehr vorstellen können, genausowenig wie die Hölle als einen unterirdischen Ort. Die Hölle war hier, war in den Wohnungen, aus denen sie verschimmelte Leichen zogen, und in den Augen von Leuten wie Belloff. Der Himmel aber war nirgends, sinnlos, die Sterne zu suchen. Sie streckte sich und sah die Mützen der Beamten; es war Nicoles Schicht, das hatten sie gemeinsam so gedeichselt, nur daß der Chef der Mordkommission den verdatterten Kissel zurückweisen und sie begleiten würde, war nicht geplant.

»Nach dem Regen wird dieses Kreuz weg sein«, sagte Pagelsdorf. »Ich hoffe, Sie finden die Stelle.«

»Sicher, ich hab sie ja markiert.«

»Mit was?«

»Na, mit dem, was ich dabei hatte.« Ina fiel das Atmen schwer und deshalb auch das Reden. »Siegel.«

»Und wenn dieser Mensch nun zurückgekommen ist?« Pagelsdorf knöpfte sein schickes Jackett zu. »Als Polizist wird er wissen, was so ein Siegel bedeutet.«

»Es klebt gegenüber.« Ohrfeige deinen Chef, und du bist raus aus dem Spiel. »Auf der anderen Seite.«

»Gut«, sagte er. »Das wollte ich hören.«

»Halten Sie mich für doof?«

»Aber ich bitte Sie.« Er blieb stehen, um Nicole Mewes mit Handschlag zu begrüßen. »Sie haben die Einsatzleitung übernommen?«

Nicole nickte. »Ich kann nicht gut buddeln.«

Pagelsdorf versuchte es mit Konversation. »Stellen Sie sich einen Obstgarten vor, und Sie fahren die Ernte ein.«

»Hm«, sagte Nicole. »Die hol ich von Bäumen.« Sie nickte den übrigen Beamten zu, Männern mit Schaufeln, zu deren Füßen der Leichenhund lag.

»Nun ja«, sagte Pagelsdorf. »Wir dürfen nichts auslassen. Wie ich schon sagte, besteht die vage Vermutung, daß wir hier eine Leiche haben.«

»Hoffentlich schon skelettiert«, sagte der Hundeführer. »Oder noch frisch. Ich sag immer: ganz oder gar nicht, das dazwischen ist übel.«

»Nun ja«, murmelte Pagelsdorf erneut. Als sie die Stelle zwischen den Büschen betraten, war die Erde Matsch und das gemalte Kreuz nicht mehr zu sehen.

Nicole schob die Spitze ihres schweren Stiefels in den Boden und sagte düster: »Frisch schon mal nicht.«

»Der Dexter wird aktiv, wenn so einige Zentimeter runter sind«, sagte der Hundeführer. »Oder auch nicht.« Dexter, ein stiller Schäferhund, gähnte zufrieden und sah nicht so aus, als sei er jemals in seinem Hundeleben aktiv gewesen.

»Auf geht's«, sagte Nicole, und wie kleine Jungs, die dabei sind, etwas Verbotenes zu tun, sahen die Männer einander unschlüssig an, bevor sie zu graben begannen.

Ina drückte die Schultern gegen einen Baum und konzentrierte sich auf das schwere, dumpfe Geräusch, das entstand, wenn die Spaten in die Erde drangen. Die drückende Luft war wie ein Schleier vor ihren Augen, hinter dem sie Katja Kammer am Klavier sitzen sah. Die Finger einer Hand waren um das Mikrofon gelegt, und in ihren Augen lag ein sanftes Leuchten.

»Durchknallwetter.« Nicole kam langsam auf sie zu und berichtete, daß es morgens schon begonnen hatte, als eine betrunkene Autofahrerin auf einen leeren Spielplatz raste, im Sandkasten hängenblieb, um daraufhin minutenlang zu hupen. Kurz darauf ein Nackter im Kaufhof, schwer zu fangen. Wie ein Waldschrat durch die Haushaltswaren, mit dem Bundesfinanzminister zankend, den außer ihm niemand sah. Prügeleien, Saufereien, kopflose Mütter und verlorene Kinder, so würde es weitergehen, weil mit dem niedrigen Luftdruck auch die Reizschwelle sank.

»Ich komm dann morgens nie raus«, murmelte Ina. »Wenn's so ist.«

Nicole legte beide Hände auf den Baumstamm, direkt über Inas Kopf, und vielleicht standen sie jetzt wie ein Liebespaar da, das sich im Wald verbarg. »Bist du in Ordnung?« fragte sie.

»Ja klar.«

Nicole schien es zu bezweifeln. »Dazu noch die Luftfeuchtigkeit«, fing sie an, als ein hoher Ton die Luft zerriß. Er kam von Dexter. Wie ein Welpe fiepend, sauste der Hund um das Häuflein aufgeschütteter Erde herum, schlug mit einer Pfote, stemmte dann beide Vorderpfoten in den Dreck und reckte das Hinterteil in die Höhe. Die nächsten Laute kamen gleichzeitig. »Na, dann Prost«, sagte der Hundeführer, Nicole stieß die Luft durch die Nase, und Pagelsdorf rief: »Oh Gott.« Dann war es still, bis auf das Hecheln des Hundes.

Pagelsdorf, der sich vorsichtig der Stelle genähert hatte, sagte: »Ich sehe nichts.«

»Noch nicht«, sagte der Hundeführer drohend. »Die haben feine Nasen.« Unschlüssig blickte er auf Nicole.

»Die Kripokollegen rufen die Gerichtsmedizin«, sagte sie, »und wir machen hier weiter.«

Die Beamten streiften Mundschutz über, während Pagelsdorf sein Handy zog. Alles lief gleichzeitig ab wie bei einem einstudierten Tanz, sekundenlang waren die Schaufeln zu sehen, bevor sie wieder in der Erde verschwanden. Die Männer gruben vorsichtiger jetzt und ängstlicher auch, weil sie wohl nicht wußten, wie das war, in der Erde auf etwas anderes zu stoßen als auf Erde. Niemand hier wußte, wie es war. Ina sah zu Pagelsdorf, der leise vor sich hin murmelte: »Den Zahnarzt müssen wir suchen.«

Zahnarzt, ja. Warum überstehen die Zähne die Ewigkeit, warum nicht die Augen? Du hattest wunderschöne Augen, früher war da ein Schimmer drin.

Auf die Zeit kam es jetzt an, Monate, Jahre? Bedeutete Arbeit für die Gerichtsmedizin, weil Katja Kammer polizeilich nie in Erscheinung getreten war. Hast ein bißchen gekokst, nicht wahr, und kamst auf Speed mit den Jahren, doch kein Mensch hat dich behelligt. Hast einen Scheißkerl zum Krüppel gefahren und bist davongekommen, ja, war okay. Bloß gegen deinen Sohn kamst du nicht mehr an.

Wie lange schon? Weißt du, wie das ist, ich such dich wie blöd, und du bist längst nicht mehr da.

Ich will dich nicht sehen. Nicht so, nicht da drin.

Worte im Kopf, nur im Kopf. Zitternde Hände und ein Beben in den Beinen, komm mit mir an den Strand, irgendwohin.

Meer, blaues Meer, Ina versuchte es sich vorzustellen, während das Geräusch, mit dem die Spaten in die Erde fuhren, ihr vorkam, als explodierten Knallkörper direkt in den Ohren. Der Polizeipsychologe hatte ihr nicht erzählt, daß man wegdriften konnte, der faselte viel lieber davon, man müsse sich stellen. Doch manchmal funktionierte es. In einer lauschigen Vorstadtsiedlung schoß ein Ehemann seiner Frau sechsmal in die Brust; Ina zählte die Einschußlöcher und ging am Strand spazieren. Nach den Schüssen stach er ihr die Augen aus; sie blickte in die schwarzen Höhlen und hörte Toms Stimme in dem kleinen Fischerlokal, wo er am ersten Abend ihres ersten gemeinsamen Urlaubs seine ersten Muscheln aß. Zuerst wollte er ja nicht; »Ich eß so was nicht«, sagte er, »ich eß nix von unten.« Manchmal konnte sie woanders sein, doch diesmal funktionierte es nicht. Sie vernahm das leise Stöhnen in der Stimme des Beamten, der sich vor ihr aufrichtete und sagte: »Da ist was. Und da.« Er preßte einen Handrücken auf seine Stirn wie einer, der sich den Schweiß abwischen will oder rasende Kopfschmerzen hat.

»Hier auch«, sagte ein anderer. »Hier ist – äh – Himmel, was ist das?«

»Das gehört zum Schädel«, sagte Nicole. »Laß mal sehen.« Ihre langen roten Locken leuchteten auf der dunklen Jacke mit der weißen Aufschrift *Polizei.*

»Männlich oder weiblich?« rief der Hundeführer herüber. Der Mundschutz machte seine Stimme dumpf. »Erwarten Sie jemand Bestimmtes?«

»Ja, ja, wir denken weiblich.« Pagelsdorf räusperte sich laut, bevor er sich diesem elenden Grab mit kleinen, behutsamen Schritten näherte.

»Liegt auf dem Bauch«, sagte Nicole. »Vorsichtig, trag das hier noch ab. Sieh mal an, das sind Stoffreste, oder? Wurde in irgendwas eingewickelt. Ja, gut. Ah, die Beine, ja, das dauert seine Zeit. In Madagaskar holen sie ja alle zwei Jahre ihre Verwandten aus den Gräbern, um mit denen ein Fest zu feiern. Die sind dann natürlich in Tücher gehüllt, wie hier. Das machen sie so lange, bis es wirklich nicht mehr geht.«

»Um Gottes willen«, sagte Pagelsdorf. Er keuchte ein wenig, bevor er mit höflicher Stimme fragte: »Warum denn nur alle zwei Jahre?«

»Weil so ein Fest teuer ist.« Nicole ging in die Knie. »Und die Sippen sind da unten riesig.« Sie blickte eine Weile auf was immer sich ihr bot und sagte dann: »Ich denke, wir haben alles beieinander.«

Einer der Beamten wandte sich Ina zu. Schweiß glänzte auf seiner Stirn, und seine Augen fragten: Warum tust du mir das an? Stehst da herum und hast es bequem, sagten seine Augen, willst du nicht wenigstens mal gucken, wenn ich dir schon die Drecksarbeit mache?

Nein, ich will nicht, ich kann auch nicht, nein. Sie schüttelte leicht den Kopf, während sie versuchte, in seine erschreckten, zornigen Augen zu kriechen; gewöhnlich guck ich doch alles an, was ich nicht sehen will, kennen wir uns nicht? Dann wüßtest du es. Alles in der Regel, erstochen, erschossen und erschlagen, zerstückelt oder aufgedunsen, weil wochenlang in der eigenen Wohnung begraben und von niemandem vermißt, all diese grauenhaft häßlichen Leichen guck ich dir an, nur jetzt, verstehst du, geht das nicht. Kapier das doch endlich, guck weg. Sie wandte den Blick ab und konzentrierte sich auf Nicoles rotes Haar. Nicole stand mit verschränkten Armen neben Pagelsdorf und sagte: »Also, ich weiß nicht. Was meinen Sie?«

Pagelsdorfs Stimme klang hohl. »Sie ist halt noch nicht vollständig, ehm, Sie verstehen mich?«

»Ich halte das nicht für eine Frau«, sagte Nicole.

Zwei Tage Warten, Tage, in denen die Zeit zum Stillstand kam. »Ich sage nichts«, hatte der Pathologe schon an der Fundstelle erklärt, »ich spreche nur, wenn ich mir sicher bin. Im übrigen habe ich zwei ungeklärte Todesfälle aus einer Klinik liegen, das eilt momentan.«

Zwei Tage, in denen Kissel sechsmal seine Ansicht änderte. Wenn die Kammer bezüglich Robin nicht in Frage kam, dann Kemper. Oder Belloff, was in seinem ganz speziellen Fall sogar bedeuten würde, Belloffs Frau. Das war die Abteilung Zeugen ausräumen, Kemper, Belloff, das ganze Geschmeiß, das sich durch Robin Kammer bedroht fühlen konnte. Nicht zu vernachlässigen auch das, was Kissel die innere Abteilung nannte, Beziehungstäter, Mörder aus Haß, Mörder aus Liebe, Mörder aus Gier. Was war mit den Tillmanns, und wie sah es mit Hollstein aus, der ihm vielleicht sein letztes Essen kochte, waren diese Leute tatsächlich hinreichend überprüft? Blieb Dorian. Kissel spuckte seinen Namen aus wie einen allerletzten Trumpf, blieb die Tatsache, daß sie unversehens zwei Opfer hatten und Dorian Kammer am Anfang und anscheinend auch am Ende stand. Alibi hin oder her, der war nicht normal.

»Erst die Mama«, sagte Kissel, »später den Bruder. Sieht er die Pflegeeltern auch als Verwandtschaft an? Wird wieder peinlich, wenn die Presse dann Polizeibeamter schreibt.«

Sie ließen ihn überwachen, was nicht viel brachte, weil er seine Wohnung nicht verließ. Niemand kam, niemand ging. Zu jeder vollen Stunde riß er die Fenster auf und guckte fünf Minuten lang auf die Straße, bevor er sie wieder schloß.

Der Pathologe meldete sich nicht.

Es war wie bei diesem bescheuerten Brettspiel: zurück auf Null. Bist bis hierhin gekommen, und dann kickt dich jemand raus; Mensch, ärgere dich nicht, versuch, nicht zu schreien. Alles auf Anfang, und dazwischen hat dir jemand das Ziel zerstört. Ina versuchte das Tempo zu erhöhen, keine Ruhe, Ruhe war tödlich, Ruhe trieb das Rad an im Hirn. Nicht grübeln, nicht denken, nur immer weiter wie geölt. Noch einmal versuchte sie Robin Kammers letzten Weg zu gehen, der sich zwischen der Wohnung dieses Hollstein, dem *Taubenschlag* und einem unbekannten Ort verlor. In Hollsteins kleiner Wohnung saß nun ein anderer Junge, dem ein Lächeln von vollendeter Schönheit gelang, als Hollstein sich empörte.

»Ich schon wieder?« rief er. »Sie haben doch schon mein ganzes Leben inspiziert, was hab ich denn getan? Man kriegt sie nicht mehr los«, sagte er versonnen zu dem Jungen, »wenn die einen nicht leiden können, kriegt man die ums Verrecken nicht los.«

Erneut ließ sie ihn erzählen, wie Robin zu ihm kam und wann er das letzte Mal ging. Es gab keinen Widerspruch zu ihren Notizen, nur den, daß Hollstein jetzt aggressiver war, nicht mehr so wehleidig klein.

»Ich werde wiederkommen«, sagte sie, nur um ihn zu ärgern. Dann fuhr sie vierzig Kilometer, um ihre Mutter zu besuchen, blieb eine halbe Stunde und machte auf dem Rückweg im *Taubenschlag* halt. Als sie die Tür aufschob, fiel ihr ein, daß sie am frühen Morgen, kurz vor dem Aufwachen, von dieser Hufnagel geträumt hatte. Sie erinnerte sich nicht mehr, was es war, nur an das merkwürdige Gefühl beim Aufstehen, an den vagen Wunsch, noch einmal mit ihr zu reden. Wenn sie Pech hatte, ging es wieder los und sie fing an, auch von den Leichen zu träumen mit ihrer grauweißen Haut und diesen Augen aus einer anderen Welt. Wenn es wieder soweit ist, hatte der Polizeipsychologe gesagt, kommen Sie wieder.

Bloß nicht.

Nur zwei Männer waren da, die Zeitung lasen. Die Wirtin saß an einem Tisch weitab von ihren Gästen. Es roch nach billigem Schnaps, wo sie saß.

Ina zog einen Stuhl zurück und sagte: »Ich bin lästig, ich weiß.«

Langsam hob Billa Hufnagel den Kopf. »Ja«, sagte sie nach einer Weile.

Ina schob den übervollen Aschenbecher zur Seite. »Wissen Sie was, es gibt wichtigere Dinge als die Treue zu einem Stammkunden.«

»Sicher«, sagte die Hufnagel. »Wieso?«

»Dorian hat seinen Bruder gehaßt, nicht wahr? Wie oft haben die sich hier gezofft?«

»Das kam schon mal vor.« Die Hufnagel schien aufstehen zu wollen, aber sie schien auch zu merken, daß es so einfach nicht war. »Es ging wohl meistens um Geld. Dorian konnte es nicht leiden, wenn er ihn dauernd an…, angeschnorrt hat, ja richtig, das mochte er nicht, der verdient ja selber nicht viel.«

»Nein«, murmelte Ina. »Wann sagen Sie mir die Wahrheit? Erst wenn ich sie Ihnen auf den Tisch lege? Dann haben Sie Ärger.«

»Tatsächlich?« Die Hufnagel klang amüsiert. »Dann habe ich Ärger, aha. Wie sieht so eine Wahrheit denn aus, die Sie mir auf den Tisch legen wollen? Dorian war hier, ich kann's nicht ändern. Vielleicht gehen Sie von einer falschen Zeit aus.« Mühsam stemmte sie sich hoch. »Wie nennen Sie das, Todeszeit?«

»Ja.«

»Todeszeit«, wiederholte sie. »Dorian hat mal ein Lied hier gesungen, daß alles seine Zeit hat, das Leben, das Sterben – na ja, vielleicht auch die Liebe und der Haß.« Sie stützte die Hände auf die Stuhllehne und murmelte: »Heißt das nicht Exitus?«

»Ja, medizinisch.«

»Aha.« Die Hufnagel schritt mit der Würde einer Betrunkenen zum Tresen. »Das klingt besser«, sagte sie. »Da stellt man sich nicht so viel vor. Möchten Sie was trinken, hab ich Sie das schon gefragt?«

»Nein, ich –« Ina spürte den Rauch, der in den Augen brannte, wann war hier das letzte Mal gelüftet worden? Langsam ging sie zur Tür und sah sich noch einmal um. Die Wirtin hatte ihr wieder den Rücken zugedreht.

Der Mann, der hinter ihr herkam, hatte seine Zeitung noch in der Hand. »Hören Sie mal?« rief er draußen. »Es geht doch um diese Kerle, nicht?«

Ina blieb stehen. Er schlug die zusammengefaltete Zeitung in seine Handfläche. »Der Knirps, der ist tot, der mit der Brille. Der Große ist sein Bruder, nicht?«

Sie nickte.

Der Mann kam auf sie zu und sagte: »Neonazis.«

»Ach ja.«

»Natürlich, bei dem Knirps gehe ich jede Wette ein, da brauchen Sie nicht so überheblich zu gucken. Wenn der hier reinkam, sind einige gegangen, so hat der sich aufgeführt. Ging hin, schmiß den Leuten die Karten durcheinander, trat gegen die Stühle, der hat Terror gemacht, verstehen Sie? Und dann diese streichholzkurzen Haare, machen Sie mir doch nichts vor.« Er schlug mit seiner Zeitung in die Luft. »Eine Frau, die neben ihm saß, hat er mal angebrüllt, sie soll verschwinden, weil sie stinke, wie eine Fotze nur stinken könne, bitteschön, das waren *seine* Worte. Und der Billa, der Wirtin, hat er ins Gesicht geschlagen, weil sie ihm nicht schnell genug seinen Kaffee gebracht hat.«

Ina rieb sich die Nase. »Wie hat sie reagiert?«

»Nichts hat sie gemacht, hat es hingenommen. Die hatten Angst vor ihm, alle. Die Billa hat sich nicht getraut, ihn rauszuschmeißen, wohl weil die wußte, daß er dann mit einer ganzen Bande zurückkommt und alles kurz und klein schlägt.« Er klemmte sich die Zeitung unter den Arm. »Jetzt fängt der Große ganz genauso an, benimmt sich auch schon wie ein Schwein. Kümmern Sie sich da mal. Das muß man euch ja extra dazusagen, daß ihr euch um die Neonazis kümmern sollt, das macht ihr ja nicht von alleine.«

»Finden Sie?«

»Das weiß ich.« Er ging ohne Gruß und schloß ein Taxi auf, einen dieser Kleinbusse, in dem man als Einzelgast wie auf dem Präsentierteller saß. Ina schrieb sich die Nummer auf.

Zurück im Präsidium sah sie die gelben Zettel durch. Keine Nachricht vom Pathologen. Kissel hatte die Beine auf dem Tisch und sagte: »Du bist so zappelig.«

»Ich sollte mal was essen.«

»Ja, dann mach doch.« Er gähnte. »Wenn es die Katja Kammer ist, freut sich die Presse. Dann wird sie noch mal richtig berühmt.«

»Du bist ein Arsch«, sagte sie.

»Was ist los, bist schon den ganzen Tag so mürrisch.« Er legte die Hände hinter den Kopf. »Schlechten Sex gehabt?«

»Hatte ich einen Blackout?« Sie warf ihm eine Akte auf den Schoß. »Bist du das gewesen?«

Zu Hause kochte sie Toms Lieblingsessen und hatte das Gefühl, daß ihr übel würde, wenn sie mehr als zwei Bissen davon aß. Sie wollte Geschichten über verrückte Hotelgäste von ihm hören oder seine unendlichen Erzählungen aus dem Leben einer Großfamilie, doch hatte er keine Zeit zu reden, wenn es Hähnchenbrustfilet mit chinesischer Reispfanne süßsauer gab.

»Ich war heute bei meiner Mutter«, sagte sie. »Die hat sich total verändert.«

»Mmh«, nuschelte er. »Habt ihr euch wieder vertragen?«

»Es geht so. Die sieht vollkommen anders aus, kannst du dir das vorstellen? Ewig häng ich ihr in den Ohren, sie soll sich mal 'ne gescheite Frisur machen lassen, jetzt kommt so ein Typ, und da rast sie zum Friseur.«

»Ist doch gut«, sagte er.

»Neue Schuhe hatte sie auch.«

Als er hochsah, funkelten seine Augen. »Gönnst du es ihr nicht?«

»Natürlich gönn ich ihr das, blöde Frage. Aber du solltest den Typ sehen, zum Feuer schreien. Mein Vater sah tausendmal besser aus.«

Nach dem Essen kuschelten sie sich vor dem Fernseher aneinander und sie zappte hin und her, bis Tom ihr die Fernbedienung aus der Hand nahm. »Ich will mal was sehen«, sagte er. »Mach doch nicht so hektisch da rum.«

»Ach komm, ich bin überhaupt nicht hektisch.« Ich hab nur Angst, wollte sie sagen, so ein beschissenes Gefühl, das alles verloren ist, alles weg irgendwie, alles kaputt. Verstehst du das? Nein, wie solltest du, dir ist keiner ins Leben gefahren, den du gar nicht kennst.

Sie küßte ihn auf die Wange. »Magst du noch ein Bier?«

Am nächsten Morgen stand sie um fünf Uhr auf, fütterte den Kater, goß alle Pflanzen und stellte Tom ein Frühstück hin, das seine Sippe über den Winter gebracht hätte.

»Ißt du nichts?« fragte er, und als sie ging, rief er ihr jammernd hinterher: »Das muß ich doch jetzt alles wegräumen.«

Um sieben saß sie im Präsidium, las noch einmal die Akte Robin Kammer und ging Punkt für Punkt alle Aussagen und Berichte der Kollegen durch. Innehalten war das Schlimmste. Bloß nicht haltmachen und zur Decke starren und dann diese Bilder sehen, lachende Jungs, um die sich die Arme ihrer Mutter schlossen, weißes Scheinwerferlicht, das eine schwarzgekleidete Frau beschien, und dann etwas Unförmiges, Dunkles, das zwei Männer in einen luftdichten Zinksarg legten. Nein, bloß keine Bilder, wisch sie mir raus aus dem Hirn.

Auch Pagelsdorf kam früh. Er ging zum Fenster, fummelte an den Jalousien und fragte nach dem Pathologen.

»Nein«, sagte sie, »noch nichts.«

»Unschön das Ganze«, murmelte er. »Ausgesprochen unschön.«

Richtig, wollte sie sagen, ganz besonders unschön ist, daß ich meinen Job nicht mehr kann, oder wie würden Sie das sehen? Was gehen mich auf einmal Leute an, die wir Tatverdächtige nennen oder Opfer oder Täter? Darf man nicht persönlich nehmen, hat der Polizeipsychologe gesagt, den Sie mir selbst damals empfohlen haben, weil ich mit den Leichen nicht zu Rande kam und schon gar nicht mit dem Unfall. Aber ich hab's doch halbwegs hingekriegt, hab es hundertmal richtig gemacht, nur jetzt nehm ich es persönlich, weil es genauso ist, als wär mir jemand weggestorben, mit dem ich noch leben wollte, ein paar friedliche, schöne Jahre lang. Ich wollte mit ihr reden und hatte nie die Chance dazu, hab sie ja früher schon verpaßt, als mein Zimmer voller Bravo-Starschnitte war und mich außer Sunny-Sigrid singende Frauen nie interessierten, zu leise halt, zu piepsig und erotisch schon mal überhaupt nicht. Nichts zum Träumen, wenn man die Wände anstarrt und woanders sein will. Ich hab sie verpaßt, weil ich zu doof für sie war, denn was hätt ich schon anfangen können mit einer, die sich hinstellt und Gedichte liest von einem Lorca? Die verstehe ich heute noch nicht richtig, aber ich will es versuchen, und vielleicht schaffe ich es ja, sie zu lesen, ohne diesen Horror zu kriegen und das dunkle Bündel zu sehen, das Ende, bevor es begonnen hat.

Sie sah Pagelsdorf ins Gesicht. Still sah er sie an wie ihr Vater früher, wenn sie das Essen stehenließ, weil wieder so ein Kerl dahergekommen war, der ihr nicht unbedingt das Herz gebrochen hatte, sondern, was viel wahrscheinlicher war, den Magen.

Was hatte er gerade gesagt, unschön?

Womit dieser sprachgewandte Mensch aber sicher nicht dasselbe wie häßlich meinte, oder?

»Ja«, sagte sie, bevor sie sich wieder in die Akte vertiefte, »stimmt.«

Mittags traf sie sich mit Nicole. Sie setzten sich auf eine Mauer im Hof des Präsidiums und versuchten, über Filme zu reden und über Mode und Musik.

»So ein schönes Sinfoniekonzert«, sagte Nicole, »willst du nicht mal mit?«

»Was denn, in die Oper?«

»Konzert hab ich gesagt, das ist etwas anderes als Oper.«

»Ist für mich derselbe Kram, da schlaf ich ein.«

»Ach Süße.« Nicole strich ihr durchs Haar. »Du kannst dich nicht immer nur zudröhnen.«

»Das tut aber gut.« Ina rieb die Handflächen gegeneinander. Seit dem Morgen war ihr ständig kalt. »Die Kammer hat Mozart gespielt. So nebenbei, nicht auf der Bühne.«

»Aha?« Nicole klang skeptisch. »Konnte sie es denn?«

»Es hörte sich richtig an.« Ina schloß die Augen. »Wir lassen Dorian überwachen.«

Nicole sagte nichts.

»Ich weiß nicht, wie es jetzt weitergeht. Robin hat seine Mutter gehaßt. Ich sag dir, wie es war: Der hat sie vor Jahren getötet. Vielleicht hat Dorian es jetzt erst herausgefunden, oder es hat sich in ihm aufgestaut, aber Robin, denke ich, geht auf Dorians Konto, und dafür krieg ich auch sein Geständnis. Er hat sie gerächt, nicht? Ich meine, es ist doch ein Unding, daß sie da einfach so herumliegt wie ein verscharrtes Vieh im Wald, das ist so –«

»Warte es ab«, sagte Nicole.

Ina legte die Fingerspitzen aneinander und spürte das Zittern darin. »Nicki, wie war das für dich, als du da reingeguckt hast? In dieses Grab?«

Nicole ließ sich Zeit. Ihre Stimme blieb gleichmütig, als sie schließlich sagte: »Es ist halt keine schöne Arbeit.« Sie strich ihre langen Locken zurück. »Manchmal zieht man Wasserleichen heraus oder zerrt Verkohlte aus abgebranntem Schutt, die sind dann so schwer, saut man sich ein, muß man jedesmal um eine neue Uniform betteln und kriegt dann eine, die eh schon auseinanderfällt – ich weiß nicht, ich versuche nichts zu denken.«

»Na, wenn das geht«, murmelte Ina. Als sie einen Arm ausstreckte und spürte, wie Nicole ihre Hand nahm, wollte sie ein paar Stunden lang schlafen, mit dem Gesicht zur Sonne und einem leichten Wind auf der Stirn. Aus den Augenwinkeln sah sie Kissel aus dem Gebäude kommen, erkannte ihn an seinen ausgetretenen, nie geputzten Schuhen. Als sie das erste Mal mit ihm arbeitete, hatte sie sich geschworen, nie so zu werden wie er, nicht so gleichgültig den Toten gegenüber, nicht so bissig gegenüber den Lebenden, nicht so abgestumpft und träge. Doch diese Ungerührtheit war sicher nicht das Schlechteste, ließ vielleicht Raum für ein besseres Leben nach Dienstschluß. Doch was machte er abends? Sie hatte ihn das mal gefragt, worauf er lächelte und sagte: »Ich lebe still vor mich hin.«

Sie sah ein kleines, irritiertes Lächeln in seinen Augen, als er vor ihnen stehenblieb und fragte: »Störe ich?«

»Meine Güte«, sagte Ina, »laß mich doch mal zehn Minuten Pause machen, ich bin seit sieben –«

»Männlich«, sagte Kissel.

»Du? Wieso?«

»Sie steht wieder auf der Leitung.« Mit einem hingerissenen Lächeln wandte er sich an Nicole. »Eine noch nicht identifizierte männliche Leiche haben Sie ausgebuddelt.«

»Sag ich doch«, murmelte Nicole. »Das war keine Frau.«

[17]

Dorian öffnete das Fenster und lehnte sich weit hinaus. Die Bullen waren noch immer da, hockten faul in ihrem dunklen Vectra und warteten auf ihn. Wer hatte das angeordnet, Kissel, die Henkel, oder kam das von oben, vom Staatsanwalt? Welchen Grund gab es, ihn zu überwachen, einen Kollegen, warum trauten sie sich das? Log Billa ihnen etwas vor, weil sie plötzlich Angst um ihre Spelunke hatte und deshalb die Kripo auf ihn hetzte, Billa, die sich an ihr bißchen Leben klammerte, das sie hinterm Tresen versoff? Für sie wäre es besser, wenn er nicht mehr da wäre, um die Kneipe zu übernehmen, weil sie dann weitermachen konnte in ihrem Dreck. Robin, so viel hatte er erfahren, mußte mittags gestorben sein, an diesem schwarzen Dienstag, als Dorian sein Bier im *Taubenschlag* trank. Der kleine Fernseher lief. Über dem Tresen in der Ecke hing er und war nur selten an, weil er flimmerte und so ramponiert war wie alles da drin. Eine rotblonde Frau sprach die Nachrichten, sie ähnelte seiner schönen Nicole. Er starrte hoch zum Fernseher, während der kaputte Bierhahn unaufhörlich tropfte und Billa Hufnagel mit den Fingern auf den Tresen schlug, er starrte hin, bis die rote Frau verschwunden war und das Wetter kam und die Werbung. Mittags im *Taubenschlag*, ja, so war das gewesen. Ein tropfender Bierhahn und eine ferne, rotblonde Frau, als Robin starb.

Er sah herunter auf den dunklen Wagen. Man könnte diese Bullen ein bißchen herumführen, was meinst du, Robbi, sollen wir sie verarschen? Zeigen wir ihnen den Zoo mit den Löwen und dem Vogelgehege, in dem womöglich gar die bunten Raben aus Afrika fliegen, von denen Katja mir erzählt hat, *wirklich, Dori,* sagte sie, *in Afrika sind viele Raben bunt.*

Interessiert dich nicht, nein?

Nichts bewegte sich im Wagen. Wären sie näher an seinem Fenster, könnte er einen Eimer Wasser auskippen, wie Robin es gemacht hätte, klar, du hättest sicher noch Nägel reingetan, du Spinner, oder Meister Proper.

Er schloß das Fenster wieder und setzte sich an den Küchentisch, an dem er seit dem frühen Morgen so reglos saß wie seine Bewacher unten im Wagen. Der tote Robin sprach jetzt weniger mit ihm, nur nachts, da schlug er Purzelbäume und raubte ihm den Schlaf.

Ich laß dich doch raus, du mußt nur gehen.

Jetzt, am Tag, hörte er Robins andere Stimme, die des Lebenden, der mit vierzehn, fünfzehn bei Tillmanns vor dem Fernseher saß und sagte: »Hau ab, du stehst im Bild.« Manchmal war das der einzige Satz, den er an einem Abend sprach. Seit der Riederwaldnacht redete Robin noch weniger als zuvor, und wenn er spät in der Nacht nach Hause kam, ging er wortlos an Tillmann vorbei, der wie ein Gespenst im Hausflur stand und »ROBIN« schrie, »ICH HAB AUF DICH GEWARTET.«

Robin drehte sich um und glotzte ihn nur an.

»Was bildest du dir ein«, brüllte Tillmann, »es geht auf Mitternacht zu.«

»Echt«, sagte Robin. »Kannst die Uhr lesen, hm?«

»Du wirst unter die Räder kommen, genau wie deine Mutter. Ich werde dir Hausarrest geben.«

»Jo, mach mal.«

Tillmann gab ihm Hausarrest, doch Robin kümmerte sich nicht darum. An vielen Abenden sah man ihn nur zum Essen, und doch schien er woanders zu sein. Keiner wußte, wo er war, wenn er am Tisch vor sich hinstarrte und nur die Mundwinkel sich ein wenig in seinem Gesicht bewegten, ohne daß jemals ein Lächeln daraus wurde. Träumte er? Nein, er war kein Träumer mehr, denn seine Gedanken waren kalt. »Mußt was machen«, sagte er manchmal zu Dorian, »mußt die richtigen Leute kennen.«

Früher hatte er bestimmt geträumt und wie Dorian die unendlichen Räume gesehen, in die sie vordringen wollten und die so groß wie der Platz vor dem Bahnhof waren, auf dem sie als Kinder mit Coladosen kickten. Auch später noch, wenn sie am Tag auf ihren Betten lagen, weil es regnete und der Wind so gehässig durch das kleine, undichte Fenster blies, war er sicher, daß auch Robin von irgendetwas träumte, weil keiner ohne Träume überleben konnte, wenn er fror. Doch er sprach nicht mehr darüber, er sagte nur: »Mußt Kohle bringen, Depp. Wenn du Bulle werden willst, kannste gleich die Bettelbüchse holen.« Oder er sagte: »Von nix kommt nix, Depp, mußte dir merken.« Halbe Sätze spuckte er aus, die er vielleicht von den Typen übernahm, mit denen er sich traf, Kerle mit brüllenden Stimmen, an deren Hand neben fünf Fingern noch ein Gettoblaster klebte und die verächtlich über alles lachten, was sich ihnen bot.

Einmal ging er sogar auf ihn los, das war an dem Abend, als Dorians Freundin in ihrem Zimmer war und Robin früher nach Hause kam als gewöhnlich. »Hier stinkt's nach Fisch«, sagte er gleich beim Reinkommen, und dann, als sie weg war, fragte er: »Fickste die etwa?«

»Ja«, sagte Dorian. »Klar.«

»Äh, pfui Deibel, die stinkt doch.«

Dorian sah ihn. Kurz nach der Riederwaldnacht hatte Robin sich die Haare so kurz schneiden lassen, daß nur noch Stoppeln übrigblieben, und seit ein paar Wochen trug er einen Ring am rechten Ohr.

»Bist du schwul?« fragte er. »Bist du 'ne Tucke?« Es interessierte ihn wirklich, doch bekam er keine Antwort, weil Robin sich auf ihn stürzte und mit beiden Fäusten auf ihn einzuschlagen begann.

Doch du hattest keine Kraft, du Zwerg, du hattest nur dein großes Maul. Jederzeit konnte man dich umpusten wie einen Grashalm im Wind. Bist gleich umgefallen. Hast geschrien.

In seiner Küche preßte Dorian die Hände auf den Bauch – jetzt sagst du nichts, nein? Ich glaub, du warst ein Neutrum oder wie man das nennt, hast nie etwas gefühlt. Na ja, früher mal, als kleiner Kerl, der sich von seiner Mama Schlaflieder singen ließ, da hast du immer nur gelacht. Da hast du die Freude gefühlt wie Jahre später den glühenden Schmerz, als sie dir den Stock reinschoben und dich traten. Danach, glaub ich, hast du nichts mehr gefühlt.

Hätte man richtig mit dir reden können, zum Beispiel über Frauen, hätte ich dir vielleicht von dieser Schlampe aus dem Schuppen erzählt, von dieser Hure, weißt du, die in der Riederwaldnacht bei den Schlägern stand. Aber über Frauen konnte man halt nicht mit dir reden, über schöne, sanfte Frauen so wenig wie über verkommene Schlampen.

Ihr Haar wurde grau.

Von Zeit zu Zeit kam er am Hotel *Sylvia* vorbei, in dem die Huren hausten und an kalten Tagen die Penner und Säufer ein Zimmer fanden. Ja, das war der richtige Ort für sie. Er stand auf der Straße davor und guckte sich den Ramsch der umliegenden Geschäfte an, warme Decken für zehn Mark, lieblos ins Schaufenster geworfen, Gummischuhe und Kinderpullis für zweifuffzig, in denen gierige Hände wühlten. Falscher Schmuck im Pfandhaus nebenan, Silberringe und versetzte Uhren, die irgendwann stehengeblieben waren, Buddha-Statuen und Heiligenbilder im Im- und Exportladen gegenüber. Eines Abends verließ sie das Hotel in dem Moment, da das Laternenlicht so zaghaft aufzuflammen begann, als hätte es eine große Scheu, diesen ganzen Dreck hier zu beleuchten.

Sie sah ihn nicht, schien niemanden zu sehen. Ihr Haar war nicht länger hochgesteckt, sondern fiel strähnig auf die Schultern. Auch an ihrer billigen Kleidung konnte man sehen, daß sie nur noch ein jämmerliches Luder war, das auch die Riederwald-Schläger nicht länger in ihrer Mitte duldeten, nicht einmal die. Das war ihre Strafe, und die wollte er sehen.

Sie ging nicht weit, sie trug eine große Tasche, mit der sie im Seiteneingang einer Bar verschwand. Dorian zögerte und blieb ein paar Minuten draußen stehen; vor einem Jahr hatte so ein Schlägertyp ihn abgewiesen, als er mit einem Mädchen in eine Bar gehen wollte, doch jetzt, mit achtzehn, hatte er das Recht dazu. Wer wollte es wagen, ihn in dieser Drecksgegend hier abzuweisen? Er stieß die Tür auf und rannte fast zum Tresen, hinter dem eine Fregatte stand, die »Oh« sagte, als sie ihn sah.

»Oh, ein Hauch Sonne.« Ihre Stimme klang gekünstelt, so als parodiere sie eine Barfrau in einem billigen Film.

Er guckte sich die Flaschen an, was trank man hier? »Ein Bier«, murmelte er. »Ein Pils.«

»Und den Zuschlag, nicht wahr?« Sie strahlte ihn an.

»Wofür?«

»Für das Programm.« Sie schob ihm das Glas hin und sagte: »Ich kassiere gleich.«

Es war teuer, zwanzig Mark wurde er los. Aber der Laden war es nicht wert, ein dunkler Raum mit Plüschsesseln, in denen ein paar schlechtgekleidete Männer hockten, die in stummer Verbissenheit ihre Gläser leerten. Keiner sprach und niemand lachte, und es gab auch keinen Applaus, als die Riederwald-Frau die Bühne betrat. Tatsächlich, Robbi, die traute sich auf eine Bühne, aber was verstanden sie in diesem Schuppen schon unter Bühne? Er lehnte sich nach vorn, er hatte richtige Bühnen gesehen, blankgeputzte Höhen, auf denen seine Mutter im Scheinwerferlicht stand, diesem rotierenden Feuerball, glühend von all den Menschen da unten. Hier war die Bühne nur eine dunkle Fläche, die sich in den Raum hineinschob wie ein frisch geteerter Abschnitt auf einer ramponierten Straße. Da stand die jetzt und war Programm. Sie trug etwas Schwarzes, während der dicke Mann, der hinter ihr auf einer altertümlichen Heimorgel zu spielen begann, sich in ein weißes Jackett gearbeitet hatte, das zwei Nummern zu klein für ihn war. Sie waren ein lustiges Duo, Robbi, du hättest gebrüllt. Der kleine Dicke klimperte etwas, was Jazz sein sollte, und diese Frau versuchte zu singen. Aber sie konnte es nicht, weißt du? Stell dir eine Pennerin vor, die im U-Bahnhof *As Time Goes By* singt, um ein paar Münzen einzustreichen, die mitleidige Passanten ihr vor die Füße werfen, stell dir das vor, dann hast du sie. Sie war jämmerlich und ohne Kraft.

Sie war ein Baum, gegen den ein Rudel Hunde pißte. Sie schnüffelten, die Hunde, die Männer im Raum, und betatschten sie mit ihren Pfoten, doch tat sie so, als merke sie es nicht oder als sei das ganz normal. Sang sie eigentlich? Nein, sie probierte Töne, stand steif wie ein Kind, das sich verlaufen hat und nun wartet, bis einer kommt, der es an der Hand nimmt und fortbringt von hier. Sie hatte Hänger, da krallte ihr Blick sich an den nikotinzerfressenen Wänden fest, wo keine Worte standen, doch hob sie manchmal eine Hand, als wollte sie sich an etwas erinnern, das ihr im selben Moment schon wieder entglitt. So war das, Robbi, ich hab sie gesehen. Mit jedem Lied wurde sie leiser und sang bald nur für sich allein, weil sie wohl wußte, daß sie dem Publikum nicht gefiel. Es gab ja auch kaum Beifall, als der Spuk zu Ende war, es gab nur Pfiffe und Gelächter. »Schleich dich«, schrie einer, »geh sterben.«

Dorian stellte sein Glas ab. Es war widerlich, das alles zu sehen, man stand am Abgrund und guckte in ein Loch voller Ratten, man sah nur Schwäche und Verfall. Er fror. Steif saß er auf seinem Hocker, bis die Barfrau kam und sich so weit über den Tresen beugte, daß er seine Nase zwischen ihre Brüste hätte drücken können.

»Zwanzig Mark«, sagte er laut, »sind zu teuer dafür.«

»Ach Sonnenschein«, sagte sie, »das ist ganz ein moderater Preis.«

»So eine gehört in die Bahnhofsmission.« Sein Herz raste, und er wollte schreien. Der ganzen Welt wollte er erzählen, daß es etwas anderes gab als Fäulnis und Niedergang. Daß es Größe gab und Ruhm, wollte er sagen, und Schönheit, daß es Liebe gab und Wärme und eine leise, zärtliche Stimme in seinem Ohr. »Meine Mutter ist auch Sängerin«, stieß er atemlos hervor, »aber eine richtige. Nicht so abgewirtschaftet wie die.«

»Jetzt sei net so bös.« Die Barfrau hustete geziert und sah an ihm vorbei. Als wollte sie auf Teufel komm raus das Thema wechseln, fragte sie mit falscher Munterkeit: »Wie alt bist du, Burschi?«

Weil man ihn immer jünger schätzte, machte er sich gerne älter. Dorian reckte sich und sagte: »Ich bin zwanzig.« Er deutete auf die Fläche, die sie hier Bühne nannten. »Das ist bloß Dreck. Und der Ort für Penner ist die Bahnhofs…«

»Bist so ein Hübscher«, unterbrach sie ihn, »aber hast keinen Anstand.« Wieder guckte sie angestrengt an ihm vorbei, so lange, bis er den Kopf drehte und sie da stehen sah, die Schlampe. In diesem schwarzen Flohmarkt-Fetzen lehnte sie neben ihm am Tresen, schlaff und verbraucht wie eine, die sich ohne viel Aufhebens betrunken hatte und nun nicht wußte, wie sie wieder gerade Schritte machen sollte. Sie sah ihm in die Augen, was er nicht wollte, denn es tat weh, und er begriff nicht, warum. Rennen wollte er, als sie sich plötzlich zu ihm herunterbeugte, um sein Gesicht in beide Hände zu nehmen, in kalte, rauhe Hände, die er auf seinen Wangen spürte wie tiefgekühltes Sandpapier. Wieder flüsterte sie seinen Namen, wie damals schon, an der U-Bahnstation in der Nähe des Folterhauses, und wie damals sah sie ihn an, als müsse sie sein Gesicht im Gedächtnis behalten, für den Moment und für alle Zeit. So ein Grau war in ihren Augen, ein vernebeltes Grau vor seinem Gesicht.

»Lassen Sie mich in Ruhe.« Er fing an zu fuchteln und stieß ihr eine Faust in den Magen, vielleicht schrie er auch etwas, an das er sich nicht erinnerte, denn die Barfrau kam wieder angerannt, und ein paar Männer glotzten herüber. Nur sie, die Schlampe, reagierte kaum, als hätte sie seinen Hieb nicht gespürt. Sie lehnte sich ein wenig zurück und sah ihn immer noch regungslos an.

»Burschi, Burschi«, sagte die Barfrau tadelnd. Mit schiefgelegtem Kopf sah sie die Schlampe an. »Kennt ihr euch?«

»Ja.« Als wäre sie aus einem Traum erwacht, lächelte sie ein kleines, fast glückliches Lächeln, das nicht zu ihr paßte. »Ja, das ist –« Doch dann schwieg sie plötzlich, und wie sie ihn so ansah, forschend, fragend, als wüßte sie nicht weiter, meinte er, ihr ein wenig helfen zu müssen, damit sie nicht ganz so bescheuert dastand.

Er setzte sich ganz gerade hin und sagte: »Ich heiße Dorian.«

»Ei wei«, rief die Barfrau. »Siehst, das hat nicht jeder, ist das englisch?«

Er nickte und hörte im selben Moment diese Frau neben sich sagen: »Griechisch.«

»Quatsch«, sagte er, doch da beugte sie sich erneut zu ihm herunter und flüsterte: »Vom Volk der Dorer. Das waren Griechen.«

»Wenn's schön macht.« Die Barfrau zögerte, bevor sie sagte: »Wißt ihr was, ihr habt die gleichen Augen.«

»Ja«, sagte die Schlampe, doch Dorian schüttelte den Kopf. Er hatte nicht so etwas Leeres, Totes in den Augen, und auch sein Bruder hatte das nicht. Auch ihre Mutter sah nicht so aus, Katjas Augen waren leuchtend, daran erinnerte er sich so gut wie an den Lichtstrom, der aus ihren Augen kam, wenn sie lachte. Eine ganze Weile schwiegen sie beide, bis die Frau eine Hand auf seinen Arm legte und fragte: »Warum hast du zwei Jahre draufgepackt?«

»Was meinen Sie?« Er sah sie kaum an, denn er wollte diese Augen nicht sehen.

»Du bist achtzehn«, sagte sie. »Und zwei Monate und elf Tage.« Sie versuchte ein Lächeln, das müde war und scheu. »In zehn Jahren wird's dir nicht mehr einfallen, dich älter zu machen.«

Er antwortete nicht. Sie trug Informationen zusammen, was bedeutete, sie schnüffelte hinter ihm her. Aber er konnte sich den Grund zusammenreimen, eine Erkenntnis, die ihn einen Moment lang sogar lächeln ließ, denn tat sie das nicht, weil sie seinen Bruder und ihn auserkoren hatte, ihr schlechtes Gewissen zu beruhigen? Natürlich war es so, und nichts war kompliziert daran, so waren die Menschen nun einmal, die Helden und die Unscheinbaren und die Verwahrlosten auch. Sie waren alle verrückt. Er lächelte noch immer, als er sie im nächsten Moment sagen hörte: »Erzähl mir von euch.« Ihre Stimme war zittrig. »Von Robin und dir.«

Robbi, du hättest dabeisein sollen. Vielleicht wollte sie wissen, wie lange der Arsch uns damals weh tat von diesen Stöcken und Kerzen, was meinst du, wollte sie das wissen? Sie gehörte zu den Schlägern, und die Schläger prügelten die Leute halbtot, einfach nur so, um sich zu amüsieren und sich einen runterzuholen dabei. Sie holten sich Huren, die ihnen halfen, und wenn die Huren selbst für die Schläger zu verlottert waren, schickten sie die Huren fort. Ja, so war das, Robbi, und das ist doch logisch, oder? Es könnte schon sein, daß sie ein bißchen Mitleid mit uns hatte und ihre eigene erbärmliche Existenz nun an uns reinwaschen wollte; »Dorian«, sagte sie leise und drängend, »wie geht es euch?«

Er konzentrierte sich auf die Geräusche um ihn herum, auf die Schreie nach Bier und nach Gin und die heiseren Rufe nach Weibern. Umständlich fing er an, sein Kleingeld zu zählen, wobei er sagte: »Sie sind ganz schön im Arsch.« Er nahm ein Fünfmarkstück und warf es ihr vor die Füße, doch sie reagierte nicht, sah ihn nur weiter an.

»Ich hab nicht gewußt, wie«, sagte sie nach einer Weile. Sie nickte vor sich hin, als sei sie sehr alt und gucke Fotos an, um sich leise seufzend zu erinnern. »Ich hab kein Geld gehabt und keine Wohnung. Und dann, weißt du, war ich zu feige.« Ihre Augen versuchten in seine zu kriechen, diese grauen, toten Augen. »Ich wollte nicht anrufen, nur um zu sagen, daß es nicht geht. Und ihr hattet doch ein neues Leben, ihr –«

Wie der absterbende Ton eines schlecht gestimmten Instrumentes hing ihre Stimme in der Luft, ein hilfloser Laut, den er von den Wracks kannte, die ihm manchmal auf der Straße begegneten. Einmal an einer Straßenbahnhaltestelle konnte eine Frau ihn nicht in Ruhe lassen, die ihn dauernd Schorschi nannte, Schorschi, bring mich fort, bring mich fort von hier. So waren sie alle, wußten kaum, was sie sagten, warum war er so böse mit ihr? Sie war bedauernswert und kam aus einer anderen Welt, in der es dunkel war und kalt und fremd.

Er sah ihre Hände zittern, und sogar ihre Stimme kippte weg, als sie sagte: »Das Haus.« Er dachte, daß sie über das Folterhaus und über ihre Komplizen reden würde, doch es dauerte alles so lange, und was sie schließlich herausbrachte, war: »Ich wußte es nicht.« Sie legte ihre Hände flach auf den Tresen, doch da blieben sie nicht richtig liegen; manche Menschen klapperten mit den Zähnen, die hier mit den Fingerspitzen.

»Tja«, sagte er. Er fühlte sich stark mit einem Mal, weil er die Geringsten mit einem Hieb erledigen konnte, wenn er nur wollte. Die hier müßte er nur anstoßen, sie fiel dann von selbst.

»Sie können nicht singen«, sagte er ruhig. »Sie können gar nichts.«

»Nein«, sagte sie nur.

Er stand auf, nahm das Fünfmarkstück vom Boden und drückte es ihr in die Hand. »Kaufen Sie sich was Schönes.«

Sie guckte in ihre offene Handfläche, als hätte sie noch nie so viel Geld gesehen. »Dorian«, murmelte sie dann, »wir könnten woandershin gehen.«

»Sicher nicht.« Langsam band er seinen Schal um und zog seine Jacke an. Sie war kleiner jetzt, da er vor ihr stand, wieso hatte er sich eingebildet, sie wäre ziemlich groß? Woandershin gehen? Als er ein Kind war, hatte seine Mutter ihm gesagt: Tot sein heißt, man geht woandershin.

Diese Bar hieß *Lunaland*, Robbi, kannst du dir das vorstellen? Je verkommener diese Schuppen, desto hochtrabender ihre Namen.

Wieder sah er auf die Straße, wo der Wagen noch immer stand, man sollte ja meinen, alle Ermittler der Stadt hockten im selben unscheinbaren, dunklen Wagen. Manchmal konfiszierten sie welche, das war dann immer ein Fest. Die Henkel war doch einmal scharf auf einen Porsche gewesen, den die Drogenfahndung sicherstellte, aber natürlich hatte sie den als kleine Bulette nicht bekommen. Warum dachte er darüber nach, sie stellten sich doch gegen ihn, alle miteinander. Sein Schichtleiter hatte ihm Sonderurlaub gegeben, den er nicht wollte; ruh dich aus, Junge, hatte er gesagt, mach paar Tage frei. Es war ein Befehl gewesen, über dessen Grund er nicht nachdenken mochte. Das Beste wäre, man hörte ganz mit dem Denken auf. Kleine Kinder dachten nicht nach oder Leute, die man schwachsinnig nannte, bloß weil sie nicht jeden Morgen die Zeitung lasen und lieber irgendwo herumtatschten mit ihren kleinen, dicken Händen. Vor ein paar Wochen waren Nicole und er zu einem Behindertenheim gerufen worden. Es hatte eine Bombendrohung gegeben, und sie standen alle auf der Straße, standen lächelnd vor dem Haus, ohne Gefahren zu kennen oder böse Menschen. Sie freuten sich einfach über zwei Leute in Uniform, und weil er noch nie so viele glückliche Gesichter gesehen hatte, wollte er sie alle beschützen. Geht weiter weg, rief er ihnen zu, macht schon, ihr müßt noch weiter weg vom Haus, und er wußte keine Antwort, als Nicole ihn leise fragte: Warum duzt du sie?

Waren alle Menschen glücklich, in deren Hirnen nichts krabbelte? Fliegen waren es, Fliegen in seinem Kopf, und sie kamen von überall her, giftsprühende Fliegen, die ihm Gedanken brachten, die er nicht denken, und Bilder, die er nicht sehen wollte. Seit Robin tot war, ging das so, seit Robin tot war und Dorian sein Grab.

Im Wagen rührte sich nichts. Robbi, kannst du dich erinnern, wie wir als Kinder auf protzige Kutschen kleine Abziehbildchen klebten? Blümchen und Herzen und kleine Teufel sind es gewesen, die in Kaugummis drin waren und im Bonbonpapier. Katja hat so getan, als gucke sie nicht hin, aber einmal hat sie mir ins Ohr geflüstert, da vorn, da ist ein BMW, siehst du? Tausend Geschichten im Kopf, tausend Erinnerungen, wir haben doch immerzu gelacht, weißt du es denn nicht? Du, ich hab ein Video im Kopf, seit du ein Zombie bist, hast du das mitgebracht? Es spielt von selber, da muß ich noch nicht einmal die Fernbedienung drücken, das läuft einfach los. Diese Geschichte von dem Mann im BMW und der Frau am Straßenrand – damals warst du zu klein, glaub ich, daran kannst du dich nicht erinnern. Der Mann stieg aus, verprügelte die Frau und fuhr wieder weg. Ganz verrenkt lag sie dann da, weinte und schrie und kam nicht mehr hoch. Wir sind auf der anderen Straßenseite gelaufen, Katja hielt uns an den Händen und rief: »Diese Drecksau!« Dann ließ sie meine Hand los, um hinter dem Wagen herzupfeifen, und als sie neben der verletzten Frau niederkniete, schrie sie: »BMW-Fahrer! Alles Arschlöcher.«

Als er sie noch nicht so gehaßt hatte, wollte Robin immer pfeifen können wie Katja, doch das kriegte er nicht hin. Sein Pfeifen war bloß ein Pusten gewesen, pfhhh.

Dorian öffnete das Fenster. Keine Menschen da unten, nur Geister, nichts als leere Hüllen, die sich gegen den aufkommenden

Wind stemmten, als wären sie stärker als die Natur. Immer wenn er hinsah, veränderten die Menschen ihre Gesichter, immer dann. Möglich, daß da eine Verschwörung im Gange war und die Menschen sich häuten wollten vor seinen Augen wie Schlangen. Sie wollten ihm Angst machen, hatten sich abgesprochen, denn auch diese beiden, die jetzt vor dem dunklen Wagen standen, hatten diese verzerrten Fratzen, waren wie Zauberer, die ihn frieren ließen, Schamanen, die ihre dunklen, schattigen Gesichter zu seinem Fenster hoben und mit einer Handbewegung dafür sorgten, daß der Wagen endlich verschwand. Erst als sie oben waren, erkannte er sie, als sie vor seiner Tür standen wie Missionare, die ihm etwas andrehen wollten, *Glauben Sie an Gott, kennen Sie die Bibel? Bald kommt der Weltuntergang.* Über Gott wollten sie nie sprechen, diese Missionare, nur über den Teufel und die Hölle und über das Feuer der anderen Welt.

»Hallo Dorian.« Die Kommissarin Henkel sah ihn nicht länger wie einen Bekannten an, mit dem sie schwatzen wollte. Sie sah ihn überhaupt nicht richtig an, doch grüßte sie ihn wenigstens, während Kissel schwieg. Als wären sie hier zu Hause, gingen sie an ihm vorbei und setzten sich auf sein Sofa. Kissel lehnte sich nach vorn und stützte die Ellbogen auf die Knie, die Henkel saß mit übereinandergeschlagenen Beinen daneben wie seine brave Frau.

»Warum werde ich überwacht?« fragte Dorian. »Seid ihr wirklich zu blöd, es so einzurichten, daß man es nicht merkt?«

Sie antworteten nicht, weshalb er erneut fragte: »Warum?«

»Warum haben Sie eine Leiche vergraben?« Kissel sah ihn mit dem erwartungsvollen Gesicht eines Mannes an, der sich soeben erkundigte, ob Bayern München verloren habe.

Sie wußten es. Dorian spürte, wie sich etwas drehte in seinem Kopf; Robbi, hast du das gehört? Er schwankte und seine Stimme schwankte mit, als er flüsterte: »Ich hab ihn nicht vergraben. Er ist von selbst gekommen.«

»Pardon?« fragte Kissel. Er kaute Kaugummi, vielleicht wollte er nicht rauchen. Hatte er ihn jemals mit Zigarette gesehen? War das jetzt wichtig, mußte er sich darüber Gedanken machen?

Er preßte eine Hand auf die Stirn. »Ich hab doch kein Skalpell, ich kann doch nicht, kann mich doch nicht – das hieße ja, ich hätte mich aufschneiden müssen, um ihn zu vergraben, denkt doch mal nach. Er ist von selber gekommen. Ich hab ihn vor dem Leichenhaus gesehen, da kam er raus im weißen Hemd, und dann war er in mir drin.«

»Wie das?« Kissel klang amüsiert.

Dorian versuchte ein paar kleine Schritte, bis er genau vor der Henkel stand. »Wen hast du gesehen? Bei der Obduktion, das war nicht Robin, stimmt's? Da konnte er nicht liegen, weil – da war er schon drin.« Langsam ließ er sich zu ihren Füßen nieder wie ein frierendes Hündchen, das sie tätscheln durfte. Ihre Beine waren vor seinen Augen, schöne Beine, nein, das hatte er sich nicht eingebildet, lange, glatte, strumpflose Beine. Zart lackierte Fußnägel. Der Schichtleiter im Bahnhofsrevier hatte einmal gezetert, daß es einen abscheulichen Eindruck auf Angehörige von Mordopfern machen mußte, tanzte die Ermittlerin wie eine Schaufensterpuppe an, aber das stimmte nicht. Er selber war doch Angehöriger eines Opfers, und ihm gefiel, was er sah. Sie trug ein Kostüm, dessen kurzer, enger Rock einen anmachen könnte, wäre man in besserer Verfassung und hätte ein richtiges Leben zu leben, ohne einen Geist im Bauch und ohne ein Video im Hirn, das anfing zu spielen, obwohl man es nicht wollte. Als er den Kopf hob, sah er in ihren violett schimmernden Augen etwas wie Furcht, aber sie mußte doch keine Angst vor ihm haben. Sie würde ihn kaum anders anstarren, hätte er gerade gesagt, paß auf, dir ist eine Spinne die Beine hochgekrochen, hast du es nicht gemerkt? Schau mal, jetzt ist sie unterm Rock und krabbelt weiter in dich rein. Ich bin doch kein Monster, Ina, wollte er sagen, ich doch nicht, bloß Robin, ja, der schon.

»Was meinst du?« fragte sie endlich, was sich anhörte, als wäre sie dabei, eine fremde Sprache zu lernen. »Ich versteh dich nicht.«

Etwas Beschwörendes lag in ihrer Stimme, das ihn im selben Moment trösten konnte und friedlicher stimmte. Sie verstand es auch nicht, niemand konnte es verstehen. Es war, wie es war, es gab keine Antwort und keine Erklärung, es war eine dunkle Macht, die kein lebender Mensch bezwang. Ich muß dich hinnehmen, Robbi, ich kann nichts tun.

»Mein Lieber«, sagte Kissel leise, »wenn Sie uns verarschen wollen, kommen Sie nicht weit. Wenn Sie Hilfe brauchen, können wir sie vermitteln.«

»Ja«, murmelte er, obwohl er nicht richtig zuhörte, denn während Kissel sprach, war ihm etwas eingefallen – ein Putzeimer und jemand, der putzte. Das Gesicht des Mannes, das er sich kaum noch vorstellen konnte, obwohl es manchmal zu ihm kam, manchmal in der Nacht, bevor es hinter einem Schleier wieder verschwand.

Kissel beugte sich noch weiter vor. »Im Riederwald wurde eine Leiche ausgegraben, nachdem Sie die Kollegin hier freundlicherweise hingeführt haben.« Er deutete auf die Henkel, die ihn immer noch anstarrte, als hätte er nicht das Gesicht eines Menschen. »Wann haben Sie ihn verbuddelt? Der Pathologe schätzt, vor gut zwei Jahren, kann das sein?«

Dorian wartete noch immer darauf, daß Ina über sein Haar strich, einmal wenigstens, nur um ihn spüren zu lassen, daß er noch am Leben war. »Ich weiß nicht«, murmelte er. »Die ganze Zeit eben mußte ich an diese Bar denken, *Lunaland*, kennst du sie? Da stand diese ordinäre Barfrau.« Er drückte die Fingerspitzen auf die Stirn und schloß die Augen, weil er wieder diesen Arm auf der Rückenlehne eines Sofas liegen sah. Wie hatte das angefangen, wie kam dieser Arm dahin? Gib mir Zeit, Ina, wollte er sagen, laß mich nachdenken, gib mir deine Hand. Schick Kissel weg, der stört. Der wird mich nur wieder anbrüllen, so wie Tillmann wird er brüllen, Tillmann, ja.

Tillmann brüllte, was nichts Besonderes war, der schrie ja dauernd irgendwelche Flüche und Befehle. Doch an diesem Abend war es anders. Wie immer kam Robin sehr spät nach Hause, und wie immer ging er grußlos an Tillmann vorbei.

»BLEIB STEHEN«, schrie Tillmann, »glaube nicht, daß du mit sechzehn erwachsen bist, noch hast du zu tun, was ich dir –« Seine Stimme blieb in der Luft hängen, als Robin die Zimmertür knallen ließ, und auch sein Arm hing blöde in der Luft, als hätte ihn der Blitz getroffen und versteinert. Dorian hatte sich eine Cola aus der Küche geholt und sah nun Tillmanns Blick auf sich gerichtet.

»Das wird den Bach runtergehen mit ihm«, sagte Tillmann. »Das wird böse enden.«

Er sagte nichts, hörte nur Tillmanns Geschrei, als er schon an der Treppe war: »Was haben wir denn getan? Hattet ihr es nicht immer gut bei uns?«

»Ich weiß nicht«, sagte Dorian. Seit er seine Ausbildung bei der Polizei begonnen hatte, redete er noch weniger mit ihm, denn noch immer hatte er seine Worte im Ohr: Die nehmen tatsächlich jeden, sogar Versager wie dich.

»Vielleicht hätte ich euch nicht in den Keller sperren dürfen.« Tillmann nickte vor sich hin. Es war das erste Mal, daß Dorian ihn so sah, demütig, klein und verloren. »Ihr wart aber auch so verdammt wild früher, selbst du. Wir waren ja nun eigentlich gar nicht eingerichtet auf zwei Buben.«

»Nein«, sagte er.

»Sie sagt das auch.« Tillmann deutete zum Wohnzimmer, wo seine Frau vor dem Fernseher saß. »Ich hätte euch nicht in den Keller sperren dürfen.«

»Scheiß drauf«, sagte Dorian. »Ist lange her.«

Robin hockte auf der Fensterbank wie eine kranke Katze und sagte: »Da kommen Recht und Ordnung.« Schwach und elend sah er aus an diesem Abend, viel älter, als er war. Er hatte die Schule geschmissen, obwohl zwei Lehrer ihn davon abhalten wollten, was er gerne erzählte, wobei seine Stimme hämisch wurde und tuntig: »Für *begabt* halten die mich, für *talentiert*, aber ich sag dir, Mann, fürs *Begabte* kann ich mir nix kaufen.« Merkwürdig war nur, daß Tillmann immer nur Dorian einen Versager nannte, niemals Robin, obwohl Dorian es bis zum Abitur geschafft hatte und Robin schon seine erste Lehrstelle als Automechaniker wegen Faulheit verlor.

Robin machte überhaupt immer Eindruck auf die Leute, selbst auf die Folterschlampe vom Riederwald, die sich dauernd nach ihm erkundigte. Das mochte daran liegen, daß er so klein und drahtig war und die runde Nickelbrille seinen Augen etwas Hilfloses verlieh, was die Leute vielleicht glauben ließ, sie müßten ihn streicheln. »Wie geht es Robin?« fragte diese Schlampe jedesmal, wenn sie Dorian sah, worauf er keine Antwort gab, weil er es selber nicht so genau wußte.

Ja, er sah sie dann und wann. Zufall vielleicht. Immer wenn er in der Gegend war, sie lief ihm praktisch über den Weg. Manchmal kam sie aus dem Hotel *Sylvia*, um ihren Plunder in einen Waschsalon zu bringen, viel war es ja nicht, und dann hockte sie rauchend vor der Trommel und sah zu, wie sie sich drehte. Er ließ es ihr durchgehen, wenn sie wie eine Verliebte seinen Namen flüsterte, ihren eigenen wollte er lieber nicht wissen, doch als sie einmal nach seinen Schultern griff, um ihn an sich zu ziehen, stieß er sie weg. Es waren ihre Augen, die er nicht ertrug, nicht dieses neblige Grau, in dem Drogen und Schnaps um die Wette tanzten mit einem total vermurksten Leben.

Kurz nachdem er sie in dieser Bar gesehen hatte, war er noch einmal hingegangen, zu einer Uhrzeit, da er sicher sein konnte, daß sie mit ihrer erbärmlichen Darbietung schon fertig war. Sie hing an der Bar herum, steckte ihre Nase in ein Schnapsglas und hielt sich einen Kerl vom Leib, der sie betatschen wollte. Als sie ihn sah, sprang sie auf ihn zu, als wären zehn Jahre vergangen.

»Ich hab so gehofft, daß du kommst«, sagte sie.

Er nahm sie mit zu einer Würstchenbude, wo sie kaum etwas aß, weil sie wohl noch nicht einmal genügend Geld hatte, um satt zu werden. Es regnete, er erinnerte sich an das beständige Pochen auf das Plastikdach und an ihre verhaltenen Stimmen.

»Was willst du machen?« fragte sie. »Willst du zur Uni?«

»Nein.« Er streckte sich. »Ich werde Polizist.«

»Wirklich?« Es war das erste Mal, daß er ein Lächeln in ihren Augen sah, ein seltsames Funkeln, das er nicht mochte, weil es von weit her zu kommen schien. So ein merkwürdiges Gefühl löste es aus, er sah sich eine dunkle Straße entlanglaufen, an deren Ende ein kleines Licht brannte. Warm leuchtete es herunter auf die Straße, und als er den Kopf hob, erkannte er, daß es aus seiner eigenen Wohnung kam. Er fand keine Erklärung dafür, nur ein Lied fiel ihm ein, in dem es hieß, man solle für jene, die man liebte, ein Licht brennen lassen, damit sie zurückfanden in einer dunklen, kalten Nacht. Doch diese Gedanken trösteten ihn nicht, sondern ließen ihn frieren und schwitzen zugleich. Er blinzelte, denn ihre Augen waren heller geworden, größer auch, sie zogen ihn hinab in eine Schlucht, aus der es kein Entkommen gab. Aber so ein Gefühl durfte er nicht haben, nie mehr, er bekam einen Herzanfall sonst, oder etwas anderes geschah, was er nicht wollte.

Er kannte sie kaum. Sie war kein Mensch, den er kannte. Sie war nur eine Schlampe, mit der er Mitleid hatte, weil sie so erbärmlich war. Sie war nicht schön. Sie war nicht stark. Kein Hahn krähte nach ihr.

»Hey«, flüsterte sie, »du wirst so ein richtiger« – ihr Lächeln blendete ihn – »*Bulle?*«

»Ja, genau.« Abrupt drehte er sich weg von ihr. »Es wird zu wenig gegen das Gesindel getan, es wird einen Kampf geben, einen letzten Kampf am Ende, und dann wird sich zeigen, wo wir stehen.«

»Wer gehört zum Gesindel?« fragte sie schlicht.

»Sie.« Er wandte sich ihr wieder zu und hatte Lust, sie zu schlagen. »Sie doch auch, hab ich recht? Denken Sie an Ihre Komplizen oder denken Sie an die Bar. Das ist alles so erbärmlich, man müßte Sie filmen, wie Sie da trällern, das ist zum Kotzen. Sie müßten sich das angucken hinterher, dann würden Sie sich das nie wieder trauen. Wissen Sie was, meine Mutter ist auch Sängerin, ich verstehe was davon, ich hab sie auf der Bühne gesehen, da war was los, da sind die Leute nach vorne gerannt, und die Füße haben getrampelt und so.« Er hatte sehr schnell gesprochen, war atemlos jetzt, und seine Zunge war nur noch ein trockener, fremder Lappen in seinem Mund. Gierig griff er nach dem Plastikbecher voll lauwarmem Bier und sah über den Rand hinweg, daß ihre Augen jetzt wieder leer und leblos waren und ihr Leuchten im Dunst verschwand.

Schwach war sie und sehr bleich. Sie lehnte sich gegen die verschmierte Bretterwand, die voll von riesigen Schwänzen und durchstoßenen Herzen war. Sie schien zu frieren in ihrem fadenscheinigen Fummel, und die klamme Kälte machte sie stumm. Die Kälte trieb ihr auch die Tränen in die Augen, das konnte er noch sehen, bevor sie den Kopf wegdrehte und ihre Schultern vor Kälte kurz zuckten. Sie sagte nichts mehr, erst als sie gingen und er sich überlegte, ob er sich so weit herablassen sollte, ihr die Hand zu geben, hörte er sie leise sagen: »Sie war nicht besonders gut, Dorian. Singen konnte sie noch nie. Und sie hat dich wahnsinnig vermißt, all die beschissenen Jahre lang.«

»Na schau.« Er schob die Hände in die Jackentasche; arm dran war sie, genau wie damals diese Frau an der Straßenbahnhaltestelle, die ihn zu kennen glaubte, Schorschi, Schorschi brüllte und ihn festhalten wollte. Arm dran. Die hier auch. Er dachte an Robin, dachte verzweifelt an Robin, wie er manchmal krähte: *Besser arm dran als Arm ab.* »Was quasseln Sie da?« fragte er.

»Nur so«, sagte sie völlig sinnlos, faselte blöd in die Nacht hinein, während im Rinnstein gegenüber ein Besoffener lauthals zu weinen begann.

Nie wieder danach redete sie sinnloses Zeug, sonst hätte er sie sicher nicht mehr getroffen. Manchmal, wenn er Zeit hatte, trank er einen Kaffee mit ihr oder saß neben ihr im Waschsalon, wobei er fast glaubte, ein gutes Werk zu tun, weil sie sich so sehr freute, ihn zu sehen. Dauernd fror sie, nie hatte er erlebt, daß ein Mensch so frieren konnte. Doch wie ein scheues Reh wagte sie sich hin und wieder in seine Nähe, um ihn zu berühren, abwartend, ob er es nicht verscheuchte. Immer war sie es, die etwas von ihm wissen wollte, sie erzählte nie von sich selbst. Neugierig war sie schon, wollte wissen, welche Musik er hörte, welche Mädchen er mochte und was sonst noch in seinem Leben geschah. Sie fragte auch immer wieder nach Robin, mit einer Stimme, aus der ein Flehen wurde, doch konnte er nicht viel sagen, da er das Gefühl hatte, Robin immer weniger zu kennen, mit jeder Stunde, die verging.

An diesem Abend, als Robin wie ein wundes Tier auf der Fensterbank hockte, stellte er sich vor, wie er ihr seinen Bruder beschreiben sollte: verschlossen und böse, immer unterwegs mit obskuren Gestalten, ohne Sex und Liebe lebend, geldgeil, faul, aber sicher nicht dumm. Ob sie damit etwas anfangen könnte, sich vielleicht sogar selbst erkannte?

Robin fragte in die Stille hinein: »Hast du schon mal einem Handschellen angelegt, Bulle?«

Dorian schüttelte den Kopf. »Darf ich noch nicht. Ich bin in der Ausbildung, bin doch erst –«

»Jungbulle«, schlug Robin vor. »Man braucht also besondere Fähigkeiten fürs Handschellenanlegen, willste das sagen?«

»Man muß die Gesetze kennen und muß wissen, wie man es macht.« Dorian hatte keine Lust auf seinen Spott. Doch vielleicht täuschte er sich auch, und Robin wollte wirklich mit ihm reden, denn seine Stimme war matt.

»Haste auch schon gelernt, wie man einen zusammenhaut?«

»Das muß ich nicht lernen, das kann ich auch so.«

»Kannste?« Robin rutschte von der Fensterbank herunter und holte den Koffer unterm Bett hervor, in dem Dorian die Sachen verstaute, die er in seiner Freizeit nicht tragen durfte, die Uniformmütze und die dunkle Jacke mit der weißen Aufschrift *Polizei.*

»Wo ist die Hose?« fragte er.

»Was geht's dich an, ich hab keine Hose, jedenfalls nicht hier.«

»Er hat keine Hose«, wiederholte Robin mitleidig. »Aber die Mütze ist doch gut, und die Jacke ist echt geil. Ziehst die schwarzen Jeans dazu an, merkt keiner.«

Dorian wollte ihn wegstoßen, doch dann sah er Robins Schultern heruntersacken und fragte: »Was ist los?«

»Mensch, Mensch«, flüsterte Robin. »Weißte was, du mußt mir helfen, ich brauch einen Bullen, aber keinen richtigen.«

Was redete er? Er redete vom Geldmachen, wie so oft, fing umständlich an und verhedderte sich immer wieder, während er seine Hände an den Schenkeln rieb und dann an den Oberarmen, um sich Trost zu spenden oder Mut zu machen, wer wußte das schon. Er sprach von Typen, die viel bezahlten, wenn man sie nur mit der richtigen Ware belieferte, und er sagte, daß er nichts Verkehrtes tat, denn er *tat* ja eigentlich nichts, das waren die anderen, die es machten, die Typen selbst. Seine Augen wurden schmal, als er es aussprach: Typen, die darauf standen, andere zu foltern und halb totzuprügeln, und Dorian dachte schon, sie würden nach Jahren nun darüber reden, über den Schmerz und über die Angst, diese beschissene Angst, die vielleicht ein Leben lang blieb und sie schon anspringen konnte, wenn sie nur eine brennende Kerze sahen, weil sie die brennende Kerze im Arsch spürten, bevor das Feuer erlosch. Er meinte, Robin würde sagen: Ich denk da manchmal dran, du auch? Dabei will ich überhaupt nicht dran denken, weil: Das tut ziemlich weh. Doch Robin sagte: »Da gibt's also diesen Laden, da kriegste die Videos, weißte? Kriegste unterm Tisch.«

»Sind wir da auch drauf?« Dorian hörte das Zittern in seiner Stimme und spürte, wie ihm der Schweiß den Rücken herunterlief, doch Robin zuckte nur mit den Schultern.

»Weiß ich nicht«, sagte er. »Ich guck mir so 'n Scheiß nicht an. Na jedenfalls kommen da die Typen hin, die du nur gescheit abpassen mußt und ihnen sagen, wie du sie da hinbringst, wo sie wirklich was machen können, nicht bloß Videos gucken.«

»Im Schuppen«, flüsterte Dorian. »Im Riederwald.«

»Nee, da isses nicht mehr. Ist jetzt woanders.« Er sagte nicht, wo es jetzt war, doch er sagte, daß er nun einen Teil dieses Geschäftes betrieb, sozusagen im Vorfeld tätig war und sich bezahlen ließ für die Vermittlung einer Adresse.

»Der Typ traut sich das nicht«, sagte er. »Der, dem der Videoshop gehört, der bringt das nicht. Ich mach es.«

»Du Arschloch«, sagte Dorian, »du verdammter Wichser.«

Robin achtete nicht darauf. Wie aufgezogen sprach er weiter, klopfte sich auf die Knie und schaukelte hin und her, sprach von einem Mann, der nicht wollte, daß er das tat und der ihm schon aufgelauert hatte, um ihn zu bedrohen, er sprach vom Boß, sagte er großspurig, von Kemper.

»Der Typ mit den Locken, weißte? Der uns geschnappt und nachher heimgeschickt hat. Hast du auch gewußt, daß wir bei dem mal gewohnt haben? Hat er mir erzählt, ich wußte das nicht mehr.« Er blinzelte Dorian an. »Nee, du weißt das garantiert nicht, bist ja 'n ganz Großer im Vergessen, willst ja noch nicht mal deine eigene Mutter kennen, wenn se vor dir steht.«

»Du Quatschkopf«, sagte Dorian. »Die erkennen wir unter –« Was sollte er sagen, Hunderten, Tausenden, Millionen? Er sah auf seine zitternden Hände und rief: »Was willst du eigentlich?«

Robins Stimme kippte, als er flüsterte: »Dori, ich steck echt in der Scheiße. Der Kemper, der läßt mich nicht in Ruhe, der will mich abservieren, verstehste?«

»Und?«

»Mach ihn alle.« Robin hielt sich den Kopf. »Oder noch besser, du sagst, daß seine Verhaftung kurz bevorsteht, daß du das weißt, weil du ja Bulle bist. Du mußt ihm Angst machen, weißte? Er soll verschwinden.«

Er war sechzehn, hatte keinen Schimmer. Was machte man mit ihm? Dorian lief im Zimmer umher, vier Schritte vom Fenster bis zur Tür, drei große Schritte zurück. Ein Käfig, nicht wahr, ein Loch. Als Kinder hatten sie herausgewollt, nicht nur für einen Nachmittag, nein, für immer, da trommelten sie mit ihren kleinen Fäusten auf die Wände ein und auf den Boden, traten gegen den Schrank und gegen den Tisch, nur um zu heulen am Ende und zu schreien. »Mama, Mama, Mama«, hatte Robin gebrüllt, »Mama, komm.«

Vier Schritte hin, drei Schritte zurück. Auf dem Boden lag seine

Jacke, sie war so schön, seine schwarze Jacke mit der weißen Aufschrift *Polizei*. Sie beruhigte ihn wie ein Mensch, der ihm die Hände auf die Schultern legte und flüsterte: Alles wird gut. Schau her, Dori, es tut nicht mehr weh, soll ich pusten? Sie stimmte ihn friedlich, seine Jacke, doch was nützte sie ohne ihre perfekte Ergänzung, was war sie wert, wenn sie nicht den letzten Schliff bekam? Aus seinem Schrankfach holte er ein paar Sweatshirts heraus, darunter lag der Schlagstock mit seiner glatten Oberfläche, den er gleich zu Anfang seiner Ausbildung hatte mitgehen lassen. Er hatte nichts Besonderes mit ihm vor, wollte nur wissen, daß er da lag, unter Sweatshirts verborgen, seiner Stunde harrend, seiner Bestimmung. Mit zwei Fingern fuhr er darüber und drückte dann die Spitze auf Robins Stirn. »Wie findest du den?«

Wieder gingen sie am Abend los, wie damals schon, als sie aufbrachen, um im Folterhaus zu landen. Doch diesmal würden sie nicht Opfer sein, sie würden niemals mehr Opfer sein. Sie sahen ihre Gesichter im spiegelnden Fenster der S-Bahn; wird schon gut, sagten ihre Mienen, diesmal wird's gut. Robin kicherte darüber, daß Dorian die schicke Polizeijacke in seinen Rucksack gepackt hatte, weil er sich nicht traute, sie unterwegs schon zu tragen. Den Schlagstock hatte er in den Ärmel seiner Jeansjacke geschoben, und von dort aus schien er auch Robin Mut und Kraft zu geben, denn er quasselte in einer Tour und machte Faxen. Er fing an zu singen und pfiff Frauen an, die sich auf ihrem Einzelsitz zusammenkauerten, als warte ein Teufel an der Endstation.

Kemper wohnte am anderen Ende der Stadt in einem grauen Bau, der in seiner beschmierten und bekritzelten Trostlosigkeit kaum zu jenem Haus paßte, in dem der Mann von früher lebte. Nie hatte Dorian dieses schöne alte Haus vergessen, dessen warm leuchtende Fassade aussah wie aus Ton gemacht. Vögel sangen in dem hohen Baum davor, und einmal hielt Katja ihn fest, als er auf der Fensterbank saß. Er fühlte das Streicheln ihrer Hände auf seinen Schultern, als sie sagte: »Oben ist er braun und unten ist er weiß.«

»Wer?«

»Der Sterntaucher.«

»Ist er hier?«

»Nein, hier ist er nicht.«

»Warum nicht?«

»Es gibt keine Sterne.«

Dorian legte den Kopf in den Nacken. »So gut scheinen seine Geschäfte nicht zu laufen.«

»Mußt es mal von innen sehen«, flüsterte Robin. Wieder fing er hysterisch an zu kichern, als er zusah, wie Dorian die schwarze Jacke anzog und die weiße Mütze aufsetzte, dann legte er seine kurzen Finger für einen Moment auf den Schlagstock wie auf einen Kultgegenstand. »Jo«, murmelte er, bevor er klingelte, einmal lang, einmal kurz und einmal lang.

Überraschten sie ihn? Den ganzen Weg über hatte Dorian sich sein Erschrecken vorgestellt, Angst und Unruhe in seinen Augen, doch Kemper lächelte, als er sie sah, ein Lächeln, das auf seinen Lippen war, nicht in den Augen. Wie dunkle, blankpolierte Knöpfe waren die Augen, man guckte ihn an und dachte, daß er den Frauen gefiel. Er war höflich, sagte: »Nehmt doch Platz, wollt ihr was trinken?« Doch sie blieben stehen und wollten nichts, Dorian umklammerte den Schlagstock, während Robin sich fast auf die Zehenspitzen stellte, um sich größer zu machen, als er war. Möbel aus Leder, Stahl und Ebenholz standen in der Wohnung, die zu der düsteren Fassade des Hauses kaum paßten. Aber zu ihm paßte das alles, weil er genauso war, er tat Böses und sah gut aus.

Kemper setzte sich auf ein weißes Ledersofa und lächelte in den Raum hinein. »Robin hat also seinen großen Bruder mitgebracht.«

Dorian sagte: »Das hat seinen Grund.« Er starrte ihn an, wie er da saß. Was sollte außergewöhnlich daran sein, natürlich saß er wie ein Mensch, ein entspannter, gutgelaunter Mensch, der bereit war für ein Plauderstündchen. Keine Angst, nein, noch nicht einmal Besorgnis schimmerte in seinen Augen. Doch Dorian hatte lodernde Feuer gesehen, sobald er an ihn dachte, zitternde Flammen, die sich in sein Hirn fraßen, um die Bilder auszulöschen und alle Geräusche zu ersticken, schlagende Hände, Peitschen, Ketten, Schreie, ihre eigenen Schreie, über die sie nie gesprochen hatten, Robins Weinen, die Stimme der Frau. So war das gewesen in diesen Jahren, und jetzt, als er ihn sah, brannten keine Feuer mehr. Es war der Mann, der seine Arme auf den Rücken drehte, um ihn in das Folterhaus zu schleppen, aber war es auch der Mann von früher? Der Mann von früher hatte ihm nicht weh getan. Ein großer, dunkler Mann, dessen Gesichtszüge verschwammen, ein Mann mit einem schweren Fuß, den er auf den Traktor stellte, den Dorian über den Boden schob, ein Mann, dessen leise Stimme sagte: Sei nicht so laut. Das war alles. Nein, das war nicht alles, da war noch ihre Stimme, Katjas Stimme, die aus einem anderen Zimmer kam: »Hör auf, Scheißkerl, laß mich in Ruhe.« Katja sagte: »Wir gehen hier wieder weg.« Wie war das zugegangen? Er hatte sie bestimmt nicht geschlagen, denn sie ließ sich nicht schlagen, sie nicht.

Kemper schien seine Gedanken zu lesen, denn er sagte blöde: »Ja, Bengelchen, du bist groß geworden. Und ein Wachtmeister bist du auch, oder hast du das vom Fasching übrig?«

»Sie kriegen dich.« Robin beschloß wohl, daß es Zeit war, mit dem Geplänkel aufzuhören. Seine Stimme war schrill. »Die Polizei weiß von dir, und wenn du mich nicht in Ruhe läßt, weiß sie noch mehr.«

Kemper beachtete ihn nicht. Er legte den Kopf zurück und schien seine Worte von der Decke abzulesen. »Dorian, sag deinem Brüderchen, es soll aufhören, sich in Dinge zu mischen, die es nichts angehen, dann bin ich der erste, der den Kleinen in Ruhe läßt. Mal davon abgesehen, daß ihr nichts in der Hand habt und niemand euch glauben wird – das ist nichts für Kinder.«

Aber Kinder schlagt ihr doch halb tot, erinnern Sie sich? Robin war zwölf damals und weinte. *Das ist doch ein Kind*, sagte sie, und Dorian hörte ihre Stimme so deutlich, als stünde sie neben ihm. Die Frau aus dem Folterhaus trug wieder ihre hochhackigen Nuttenschuhe und sagte: *Das ist doch ein Kind.*

Wieder guckte Kemper genau in seinen Kopf hinein. Er legte die Fingerspitzen aneinander, und seine Brauen zogen sich zusammen. »Damals, das hat nicht sein sollen«, sagte er leise. »Das hab ich nicht gewollt. Ich hab euch nicht erkannt, natürlich nicht. Ich verstehe nicht, warum Robin sich da jetzt dranhängen will, er sollte es besser wissen.«

»Spielt sich auf wie die Mafia«, schrie Robin los, doch Dorian sah, daß er Abstand hielt. »Du kannst mir nix verbieten, hörste? Dazu hast du zuviel Dreck am Stecken.« Er deutete auf Dorian. »Ein Wort von ihm zu seinen Kollegen, und du bist am Arsch, Mann, Feierabend, die kommen dich holen.« Er machte kleine Schritte vor und zurück. *Sag was*, brüllten seine Augen Dorian an.

»Bengelchen«, sagte Kemper, und Dorian wußte nicht, zu wem er jetzt sprach. Er schlug die Beine übereinander, ein entspannter Plauderer in seinem eleganten Reich. »Ihr habt eurer Mama das Herz gebrochen.« Heiter und leicht wie ein Vogel flog seine Stimme durch die Luft. »Sie euch vermutlich auch. Dinge, die außer Kontrolle geraten sind, muß man begraben.« Nun endlich sah er Robin direkt an. »Halt dich dran. Kauf dir einen Anzug und mach eine Banklehre, da bist du besser bedient.«

»Quatschkopp«, sagte Robin.

Kemper verzog die Lippen zu einem flüchtigen Lächeln, das wie die Flamme eines Feuerzeugs wieder verschwand. »Nach diesem Malheur damals ist sie gegangen, ich dachte nicht, daß sie das jemals tut. Was für ein Ziel sollte sie denn haben, sie hat doch nichts. Schau mal, sie hat mir auch mit allem möglichen gedroht, falls ich sie verfolge, das hast du von ihr geerbt. Sie weiß aber auch sehr genau, daß sie gut daran tut, nichts zu unternehmen, denn ich weiß auch etwas von ihr.« Er rieb die Hände aneinander und sah aus, als würde er sich gleich auf die Schenkel schlagen. »Es beruht immer alles auf Gegenseitigkeit. Junge, ich tu euch allen nichts, wenn ihr mir nichts tut.«

»Wo ist die jetzt?« Robin hatte diese Frage so beiläufig wie möglich gestellt, doch er hampelte hin und her.

Kemper legte einen Finger auf die Lippen, als gäbe es ein Geheimnis auszuplaudern, jetzt und hier. »Sie ist untergetaucht – sagt man das? Nein.« Er schüttelte den Kopf. »So wild ist es nicht. Irgendwo schlägt sie sich wohl durch, das muß sie lernen. Sie ist ja nun nicht der Typ für harte Arbeit, richtig gearbeitet hat sie noch nie. Also, Robin, mach's besser.«

»Das sowieso«, sagte Robin, und in seiner Stimme lag Verachtung. »Da gehört nix zu.«

Dorian fing an, im Zimmer hin- und herzugehen, unter seinen Füßen lag ein weicher Teppich. Mit seinem Schlagstock drückte er die Tür zum Nebenzimmer auf und sah ein breites Bett. »Ja.« Kempers Stimme kroch hinter ihm her. »Das ist jetzt ein trauriges Bett, sie lag rechts – also von dir aus gesehen links. Sie mußte immer nahe der Tür sein, merkwürdig, aber sie kam ja nicht weg.«

Der Mann log in einer Tour, merkte Robin das nicht? Kemper brachte seine Frauen durcheinander, verwechselte die eine mit anderen. Wäre ihre Mutter hier gewesen, wären das acht S-Bahnstationen zum Haus der Tillmanns, zu Robin und ihm. Lächerlich, das war nicht auszudenken, das war nicht wahr. Vielleicht war sie auf Tournee in Afrika, da wollte sie schon immer mal hin, Dori, sagte sie, in Afrika sind viele Raben bunt. Vielleicht war sie tot.

»Früher«, sagte Kemper, »lief ja alles wie von selbst, da klimperte sie auf ihrem Klavier und konnte sich damit durchschlagen, die Leute fanden sie toll, und sie hat sich wohl gedacht, so geht es ewig weiter. Sie war so dumm zu denken, das Leben wäre Schokolade, bis sie nur noch saure Gurken im Mund hatte, und da wollte sie keiner mehr außer mir.«

Dorian drehte sich um. Kemper streckte sich ein wenig wie ein fauler Kater. »Sie hatte nichts mehr, und ich habe sie aufgenommen. Zweimal habe ich sie aufgenommen, einmal mit euch, das wißt ihr doch noch, und ich würde es sicher auch ein drittes Mal tun. Bei mir hatte sie alles, was sie brauchte.« Mit den Fingern zählte er ab. »Pillen, Stoff, Essen, Kleidung, Heizung, Sex. Mehr brauchte sie nicht.« Er ließ seine Hand durch die Luft segeln. »Nein, stimmt nicht, euch hat sie gebraucht.« Er schwieg und rieb sich die Augen und sagte dann: »Ja.«

Auf einem Glastisch neben dem Fernseher standen Vasen aus Ton. Kamen die aus Afrika? Sie waren bunt bemalt. Clowns und Püppchen aus Porzellan auf einem Bord an der Wand, Sammlerstücke, so sah es aus.

»Sie lügen«, sagte Dorian. »Auf dem Briefkasten steht nur Ihr Name, das sieht nicht so aus, als wär da jemals ein zweites Schild gewesen.«

»Nein«, sagte Kemper, »da war nie eins. Wieso auch, sie hat niemals Post bekommen.«

Dorian ging zum Fenster. Keine Pflanzen, nirgendwo Pflanzen, kein Leben hier. Mit einem Finger strich er über die Tapete, sie hatte feine, hauchdünne Streifen. Kempers Stimme, die nicht verging, seine Lügen.

»Sicher hätte sie sich zu Tode geschämt, so vor euch anzutanzen.« Kempers leise Stimme, Falschaussagen, Irreführung. »Aber sie hat das Spiel nun einmal mitgespielt. Dafür hat sie eure Geburtstage begangen, in Stille begangen, muß ich sagen. Sie hat ja nun überhaupt nicht viel geredet, aber an diesen Tagen war sie stumm.«

Schwarzpoliertes Holz. Der Schrank. Dorian strich mit dem Knüppel an seiner Kante entlang.

»Elfter Februar und dritter August«, hörte er Kemper sagen und schlug mit dem Knüppel auf das Bord an der Wand. Zwei Clowns fielen herunter, ohne zu zerbrechen; er holte aus und fegte den Rest hinterher, Püppchen mit geschwungenen Kleidern aus Porzellan.

»Bengelchen.« Kemper blieb sitzen, sprach lauter jetzt, doch lag keine Unruhe in seiner Stimme. »Mein Gott, Junge, sie hat euch nicht verlassen, nicht richtig, nicht im Innern, es war halt eine schlechte Zeit.« Sein Arm fing an zu rudern, und als er »Hier« sagte, »hier, schau«, sah es aus, als bitte er ihn, Platz zu nehmen. Doch er deutete nur auf den niedrigen Tisch, vor dem er saß. »Hier, schau, das hat sie vergessen, das hab ich ihr mal geschenkt, und sie mochte es sogar. Nimm es, Junge, nimm es mit und hör auf zu kaspern.«

Es war ein kleiner Vogel aus Ton, der neben dem Aschenbecher stand, eine Schwalbe? Dorian schlug ihn vom Tisch, und er flog in Robins Richtung, Robin schrie: »Ja, Mann.« Er drehte sich, schlug alle Vasen herunter, schlug kurz und heftig auf den Glastisch, und das machte noch nicht einmal viel Lärm.

»Mensch, Mensch«, rief Robin, doch Dorian sah ihn nicht, hörte nur seine Stimme, »Mensch, Mensch«, als er den Knüppel in den Fernseher schlug. Jetzt war es richtig laut, alles zerbrach und fiel in Stücke, alles platzte auseinander, und er sprang herum und schlug Kemper gegen den Hals, als er ihn auf sich zukommen sah.

Kemper fiel aufs Sofa zurück, fiel so ordentlich auf den Sitz, als wäre er nie aufgestanden. Was war das hier, der klappte den Mund auf, nur um zu lügen – Dorian rannte hinterher, und der Knüppel ging auf Kempers Schultern nieder, auf der linken, auf der rechten und wieder auf dem Hals; schau, wie alles auseinanderplatzt, wie es sich auflöst in Blut, Blut kam aus der Nase wie rotes Wasser aus dem Hahn. Stille jetzt, nur ein Stöhnen und ein paar undeutliche Worte, aber keine Lügen mehr. Er drehte sich um.

»Hier«, sagte er und hielt Robin den Schlagstock hin.

Robins Augen weiteten sich hinter der Brille und wurden groß und rund wie Wolken. Mit einem Grunzen riß er ihm den Knüppel aus der Hand und sprang auf das Sofa. Frau Tillmann hätte geheult, würde sie das sehen, Robin mit seinen dreckigen Stiefeln auf dem weißen Ledersofa. Links und rechts von Kempers Oberschenkeln waren seine Stiefel und sauten alles ein. Es gab ein zischendes Geräusch, als er ausholte und die Luft einsog, doch als der Knüppel niederging, um mitten auf Kempers Kopf zu zerplatzen, war ein leises Wimmern alles, was von ihm zu hören war, das klanglose Winseln des kleinen Robin, der Trost brauchte, weil er müde oder hungrig war oder einfach schlecht gelaunt. Katja beugte sich über ihn und sang ihm leise ins Gesicht, dann fing sie an zu lachen, sagte: »Du kleines, ungnädiges Kerlchen du.«

Ab und zu hörten wir Schritte, kannst du dich erinnern? Wie auf einer trostlosen Party hockten wir nebeneinander auf dem Teppich und glotzten vor uns hin. Nichts geschah, nichts war zu hören außer Schritten, wenn draußen jemand war. Unser Herzrasen dabei, hast du das vergessen? Unsere Fingerspitzen, die lauter Fasern aus dem Teppich rupften, bis du sagtest: »Mann, hör auf, die Fingerabdrücke.« Ganz cool hast du das gesagt und ahnungslos: Fingerabdrücke.

Auf was haben wir gewartet, auf Kemper? Aber der blieb stumm und bewegte sich auch nicht mehr, darum hast du irgendwann gesagt: »Der ist weg.«

Hin meintest du, nicht weg. Komische Worte. Man sollte meinen, seine Seele ging irgendwohin, aber weißt du was, der hatte keine. Sein Kinn lag auf der Brust, weshalb wir ihm nicht ins Gesicht sehen konnten, und auf der Rückenlehne des Sofas lag sein Arm. Entspannt lag der Arm auf der Lehne, als würde er fernsehen – ein Sofa, ein Arm, ein toter Lügner.

»Du warst es«, sagte Robin leise.

»Nein, du.« Dorian legte ihm eine Hand aufs Knie. »Du hast ihm den Schädel gespalten, das warst du.«

»Aber du hast angefangen«, flüsterte Robin.

»Ist doch egal jetzt.« Dorian dachte die ganze Zeit daran, daß Robin es war, den man mit Kemper in Verbindung bringen würde, nicht ihn. Robin verkehrte in dem Pornoshop, in den Kempers spezielle Kunden kamen, obwohl er in seinem kurzen Leben wohl noch keinen einzigen Porno gesehen hatte. Egal, würde der Besitzer sagen oder der Verkäufer oder wer immer da stand, da war doch was mit einem Kurzen, den Kemper weghaben wollte, dieser Kleine, dessen Geldgier so riesig war – so etwas würde kommen, blieb Kemper hier liegen, sie würden Robins Spur aufnehmen, sobald man ihn fand.

»Er muß hier weg«, sagte Dorian.

»Wohin denn?«

»Weiß ich auch nicht, aber er muß weg.« Er stand auf und zog seine Polizeijacke wieder aus.

»Wie sollen wir das denn machen?« Robin schnaufte. »Ich pack den nicht an.«

»Doch, wirst du, sonst bist du dran. Mich kennt keiner von seiner Gefolgschaft, dich schon. Bist ja selber schuld.«

»Aber wie?« Robin flüsterte die ganze Zeit, als schliefe Kemper nur und er wollte ihn nicht wecken.

»Wir brauchen ein Auto«, sagte Dorian.

»Ja, Mensch, ja.« Robin sprang auf und fing schon wieder an zu hüpfen. »Mach ich, kann ich. Schließ ich kurz.«

»Womit denn?«

»Hab was dabei.«

Wie Mäuschen verließen sie die Wohnung und nahmen den Schlüssel mit, der von innen steckte. Sie grasten dunkle Seitenstraßen ab, und Robin versuchte es zweimal ohne Erfolg, bis sie einen alten Kombi entdeckten. Es klappte auf Anhieb, als hätte der Wagen auf sie gewartet.

»Du hast keinen Führerschein«, sagte Dorian, als Robin sich auf den Fahrersitz schieben wollte, da fing er blöde an zu kichern und hörte erst auf, als sie wieder in der Wohnung waren.

Kempers Arm auf der Rückenlehne des Sofas, Kempers Blut auf seinen Kleidern. Ihr Atem, während sie warteten, ein endloses leises Seufzen in die Stille hinein. Sie redeten nicht, starrten nur vor sich hin, bis Robin schließlich flüsterte: »Jetzt aber.«

Für ein paar Stunden war das Leben auf der Straße zu Ende. Das letzte, was sie gehört hatten, war schüchternes Hundegebell, gefolgt von einer lauten Stimme: »Oskar!«

Hieß er so, der Hund? Wie sah ein Hund aus, der Oskar hieß? Robbi, Mensch, wir hatten doch früher Kanaris, die hätte ich fast vergessen, kleine gelbe Luder, die jedem auf die Schulter schissen. Katja hat ihnen komische Namen gegeben, ich weiß nicht mehr genau – Patti hieß der eine, und ich glaube, der andere hieß Sid. Irgendwas Kurzes.

Er war so häßlich mit seinem eingeschlagenen Schädel. Eine Puppe jetzt, nichts mehr, was lebt. Eine Puppe, sagte er zu Robin, doch der hörte ihn nicht. Sie kramten seine Schränke durch, bis sie die Bettwäsche fanden, und stopften ihn, so gut es ging, in zwei Bezüge. Robin fing wieder an zu wimmern, und Dorian meinte, ihm selber müßte übel werden, doch nichts geschah. Sie zogen einen Bettbezug über seinen Kopf und einen zweiten an seinen Füßen hoch, mehr nicht. Eine alte Puppe, Robbi, etwas zum Entsorgen. In der Mitte blieb etwas frei, darum wickelte er einen dritten Bezug um seinen Bauch, bis er aussah wie ein verschnürter, zusammengerollter Teppich.

Nur einmal hatte er das Gefühl, daß nichts hier wirklich geschah. Daß er nie wieder daran denken durfte, wenn alles ausgestanden war, daß er es ausradieren mußte, falls das ging. Eine Puppe, ein Teppich, etwas zum Entsorgen, sonst nichts.

»Und jetzt?« fragte Robin.

Dorian wuchtete das Bündel auf seine Schulter, wie man es mit Teppichen machte, Robin löschte das Licht und ging im Treppenhaus vor ihm her. Er öffnete die Haustür und dann die Tür des Kombis, und zusammen schoben sie ihn da rein. Sie guckten an der Hauswand hoch und sahen kein Licht, sie guckten sich zehnmal um, ohne einen Menschen zu sehen.

Sie konnten fahren.

Aber wohin?

»Wir müssen ihn ersaufen«, sagte Robin, und Dorian murmelte: »Der ist doch schon tot.«

»Ins Wasser.«

»Nein, da findet man ihn zu schnell. Wir müssen ihn begraben.« Dorian startete den Wagen und fuhr in die stille Nacht hinein. Hatte Kemper das nicht selbst gesagt? »Dinge, die außer Kontrolle geraten sind, muß man begraben.« Eine heisere Stimme im Radio meldete, daß es auf den Straßen nichts zu melden gab. Doch, zwei Geisterfahrer, von denen sie nichts wußte, denn in einem gestohlenen Kombi fuhren die Brüder Kammer einen Geist durch die Stadt. Sie fuhren über die Brücke, von der aus man alle Hochhäuser sah; stolz glitzerten sie vor sich hin und schienen unverwundbar. So war das auch im Leben, alles, was stark war, stand im Licht.

»Wie denn, wir haben keine Schaufel. Und wo?« Robins Stimme fing an zu zittern, doch Dorian konnte ihn trösten. Er wußte es, vielleicht wußte er alles in diesem Moment. Kemper hatte mit seinen Lügen seine Komplizin gemeint, seine ehemalige Komplizin, mußte man sagen. Der Scheißkerl hatte ihnen nur wehtun wollen, denn sie war es, die in seinem Bett schlief, acht S-Bahnstationen von ihnen entfernt, bis sie ihn verließ oder er sie hinauswarf, das kam auf dasselbe hinaus.

»Tillmann hat eine Schaufel im Schuppen. Sei jetzt ruhig.« Er fuhr zum Haus der Tillmanns, das wie ein monumentaler schwarzer Grabstein dastand. Sie schliefen längst. Jeden Abend nach den Tagesthemen streckte Frau Tillmann die Arme seitlich aus, als fange sie jetzt noch mit Gymnastik an. »So«, sagte sie, »wissen wir das auch wieder.« Dann räumte sie alles vom Tisch und ging ins Bad, während Tillmann noch eine halbe Stunde sitzen blieb, um in den ausgeschalteten Fernseher zu starren und sich vielleicht mühsam zu erinnern, wer sie war und wie es kam, daß er mit ihr lebte.

Mach keinen Lärm, flüsterte Dorian vor sich hin, als er die Tür des Schuppens öffnete, sei leise. Hinter leeren Kanistern lehnte die Schaufel an der Wand. Er nahm sie, schloß ab und rannte zum Wagen zurück, in dem Robin wie ein müder Zwerg auf dem Beifahrersitz kauerte.

»Ich glaub, der stinkt schon«, flüsterte er.

»Quatsch, doch nicht nach ein paar Stunden.«

Er fuhr zum Riederwald, dorthin, wo kein Leben war. Sie schleppten das Bündel zwischen zwei Büsche und wechselten sich mit dem Graben ab; hatten sie gedacht, es sei leicht? Sie gruben und ächzten und gruben und stöhnten und gruben und heulten, bis das Loch ihn verschlang. Das erste Licht kam durch die Wolken, und ein Vogel machte einen Laut, der wie eine Frage klang, da trugen sie ihn zu seinem Grab. Breitbeinig standen sie da oben mit ihrem Bündel, das ein wenig zwischen ihnen wippte, und guckten herunter in das schwarze Loch. Sie sprachen nicht, sie ließen ihn fallen.

Zuschütten ging leichter, Robbi, weißt du noch? Da waren wir ziemlich schnell. Dein Atem ging wie ein Sägewerk, und als du plötzlich wieder angefangen hast zu kichern, hast du dich verschluckt, ich weiß es doch wieder, kann es jetzt sehen und hören wie einen Film. Was los ist, hab ich gefragt, und du hast Frau Tillmann zitiert, hast ihre Worte wie ein hysterischer kleiner Clown in den grauen Morgen gebrüllt: »Nicht hudeln! Mach's ordentlich.«

Dann sind wir in die Stadt zurückgefahren, halb betäubt und trotzdem wach wie nie. Den Kombi haben wir in einer Seitenstraße abgestellt, und Tillmanns Schaufel landete hinter Mülltonnen in irgendeinem Hauseingang. Es war zu Ende, und wir redeten nicht darüber; das war unsere zweite Riederwaldnacht, und auch über die erste redeten wir nie.

Sieben war es oder halb acht. Sie standen vor den Ramschläden und guckten in das Schaufenster mit seinen Kindersachen, die wie Topflappen aussahen und zweifünfzig kosteten. Sie starrten hinein, ohne zu wissen, warum sie guckten und wie es nun weiterging.

Dorian sagte: »Ich muß dir was zeigen.« Er konnte sich nicht erinnern, Robin wirklich hierher geführt zu haben, in diese traurige Gegend, in der das Hotel *Sylvia* stand. Aber nun waren sie hier, und das hatte vielleicht seinen Grund.

Ein müder alter Mann stand am Tresen. Er fragte nicht, ob sie ein Zimmer wollten, er putzte seine Brille. Ihr seid nicht wichtig, erzählte diese Geste, wer außer Pennern, Säufern und Huren kommt schon hierher? Da eilt es nicht, da hat man Zeit. Kann man die Brille putzen und überlegen, welche Lottozahlen man in dieser Woche tippt.

»Was denn?« fragte er, als er mit der Brille endlich fertig war.

Seufzend stützte Dorian sich am Tresen ab. Wir möchten zu dieser Frau, wollte er sagen, eine der Schlampen, ja, eine Hure ist sie wohl nicht. Noch nicht.

»Was für 'n Scheiß«, sagte Robin laut und meinte den Alten vielleicht oder das ganze Hotel. Dann sah er sie, sah sie eine Sekunde vor Dorian und zischte: »Nein, du Arsch, *nein.*«

Sie kam aus einer dunklen Höhle hervor. Es hatte sich nur ein Vorhang bewegt, ein schmutziges, braunes Ding, das am Ende eines kleinen Korridors hing. Sie trug eine Plastiktüte und schien wieder zu frieren, wurde so früh am Morgen schon zu Eis. Es brauchte eine Weile, bis sie merkte, daß da zwei Menschen neben dem Alten standen, der vielleicht schon längst zum kümmerlichen Mobiliar gehörte. Sie blieb stehen und probierte zu atmen, dann sagte sie mit leiser, fast fragender Stimme: »Hey – Robbi.«

Robin bewegte die Füße wie in Kempers Wohnung, trampelte mit kleinen Schritten auf der Stelle. Er ballte die Finger und holte Luft, ohne etwas zu sagen, dann trat er gegen den Tresen, drehte sich um und rannte hinaus.

Sie sagte nichts dazu. Sie guckte zur Tür, hinter der Robin verschwunden war, als hätte sie besondere Augen, die seinen Weg verfolgen könnten bis zum Ziel. Als sie Dorian endlich ansah, lag in ihrem Blick der Ausdruck eines Menschen, der gerade aufgewacht war.

»Du Schöner –« Sie versuchte ihn anzulächeln. »Trinkst du einen Kaffee mit mir?«

Zwei Häuser weiter war ein Stehcafé, das mehr nach Pisse als nach Kaffee roch. Er starrte auf ihre ausgebeulte Plastiktüte, in der wohl alles drin war, was sie besaß, weil in so einem Hotel nichts sicher war.

»Bücher«, sagte sie, als er hochsah. »Aus der Bücherei, ich will sie nachher zurückbringen.« Sacht fuhr sie mit einem Finger über seinen Handrücken und murmelte: »Er ist so dünn.«

»Mein Bruder?« Er lachte. »Besser klein und dünn als kurz und fett.«

»Ist er gesund?«

»Ja sicher.« Er glaubte, er müßte ihr einen Gefallen tun und wußte nicht genau, wie er es sagen sollte.

»Und so blaß.« Sie sah ihm ins Gesicht. »Du auch.«

Er pustete in seinen Kaffee. »Ich hatte 'ne harte Nacht.«

Wieder versuchte sie ein Lächeln. »Hast du deine Freundin besucht?«

»Nee, wir haben 'ne Leiche vergraben.« Er unterdrückte ein Kichern.

»Ach so«, sagte sie ernst. »Das muß ja auch mal sein.«

»Ja.« Er trank einen Schluck und fand, daß Kaffee mit Cognac drin besser schmeckte. »Kemper.«

Sie sah ihn eine Weile an, und ihre Finger hoben sich ein wenig wie bei einem Menschen, der gleich mit dem Klavierspiel beginnt. »Was ist mit ihm?«

»Alles in Ordnung.« Er versuchte die richtigen Worte zu finden, und vielleicht stotterte ein wenig, als er sagte: »Mit dem Schlagstock. Und dann weggetragen aus der Wohnung. In einen Kombi, war gestohlen. Ja, und dann ins Gebüsch. Riederwald, da kommt keiner hin, außer euch Gesindel kommt da keiner hin. Begraben. Richtig tiefes Loch gegraben, war schwer. Aber jetzt ist gut, jetzt liegt er da. Ist alles zu, sieht kein Mensch.« Das Atmen fiel ihm nun leichter, und das Kribbeln auf der Haut, das ihn vor Kempers Grab befallen hatte, ließ nach. Er war zufrieden und wußte, daß es mit dem Leben weiterging. Britta hieß das Mädchen, mit dem er vor zwei Nächten wie blöd im Auto ihres Vaters geknutscht hatte, Britta mit dem roten Haar, die er wiedersehen würde. Am Wochenende könnte er sie mitnehmen zum Fußball, und dann, er mußte mal sehen, gingen sie schick essen. Es war in Ordnung, er hatte etwas ausradiert.

Sie berührte seinen Arm und fragte: »Wie sieht sein Sofa aus?«

»Och, das ist weiß. Darf man nicht mit schmutzigen Stiefeln drauf. Die ganzen Porzellanfigürchen sind auch ziemlich blöd, lauter Kitsch. Sind jetzt aber kaputt.«

Ihre Augen bohrten sich in seine – die Schlüssel. In diesem Moment fiel ihm ein, daß er Kempers Schlüssel noch hatte. Sie steckten in seiner Hosentasche, weil er Schlüssel immer in die Hosentasche schob. Das machte man automatisch, dachte nicht darüber nach. Er zog sie heraus und sah, wie sie die Hand ausstreckte – du lieber Gott, Robbi, ob sie Abschied nehmen wollte von dem ganzen Kram? Von diesem Bett vielleicht, in dem sie zur Tür hin lag, wie Kemper sagte, von den zerplatzten Figuren, Püppchen und Vögeln? Wollte sie das?

Zusammen fuhren sie hin. Sie wollte nicht, daß er sie begleitete, doch was konnte sie schon machen, sie kam ja nicht gegen ihn an. In der vollen S-Bahn wurde sie gegen ihn gedrückt, und als er ihre zitternden Schultern spürte, fiel ihm ein, wie er als Kind seine Mutter einmal beim Klavierspielen sah. Er rief sie, doch sie antwortete nicht, und als er dann auf sie zumarschierte, sah er sie lächeln, noch bevor sie etwas sagte. Ein winziges Lächeln war es gewesen, als probte sie nur, dann nahm sie ihn hoch und drückte ihr Gesicht in sein Haar, während sie mit einer Hand weiterspielte. War Christian da schon tot? Er erinnerte sich nicht, nur daran, daß ihre Schultern zitterten, während sie ihn an sich drückte. Mit einer heftigen Bewegung lehnte er sich zurück und prallte gegen eine alte Frau, die keifte: »Uffpasse, uffpasse.«

Als sie die Treppen zu Kempers Wohnung hochstiegen, schien sie vor der letzten Stufe zu kapitulieren. Sie blieb stehen und starrte auf die Tür.

»Sie ist abgeschlossen«, sagte er.

Drinnen war viel Blut, Robbi. Haben wir nicht darauf geachtet oder fanden wir das normal? Haben wir so auf diesen Mann gestarrt, daß all das Blut hinter unseren Augen verschwamm? Na wie auch immer, sie guckte sich das an, dann fing sie an zu putzen. Sie holte einen Eimer aus der Küche und rutschte auf den Knien durch die halbe Wohnung, sammelte alle Scherben auf und kratzte ganze Stücke aus dem Teppich. Sie zog den blutigen Bezug vom Sofa und stopfte ihn in einen Müllsack; das ist ja interessant, wollte er sagen, der läßt sich abnehmen? Frau Tillmann hätte das gefallen. Doch er sagte nichts und versuchte, ihr nicht im Weg herumzustehen, er sagte auch nicht, wie er das jetzt fand. Das war ihre Art, glaubte er, mit Kemper abzurechnen, ihn aus ihrem Leben zu streichen, sie putzte einfach alles weg. Im Flur setzte er sich auf den Boden und zog ihre Plastiktüte heran, in der tatsächlich Bücher lagen, abgegriffene Bücher aus der Bibliothek, die durch tausend Hände gegangen waren und auch so rochen, *Vian: Der Schaum der Tage, Lorca: Gedichte, Freud: Das Ich und die Abwehrmechanismen, Link: Das Haus der Schwestern*. Was für ein Kram. Er stopfte alles zurück, während sie sich mit dem Fernseher abmühte, mit dem aber nichts mehr zu machen war. Sie sammelte die Scherben der zerbrochenen Mattscheibe auf und deckte den Rest mit einem Bettuch ab, dann blieb sie mitten im Zimmer stehen, und er sah, daß ihre Finger blutig waren.

»Gibt's hier Pflaster?« fragte er.

»In der Küche.« Ihre Stimme war zittrig. »Hinterm Brotkasten.«

Sie stand wie eine Schlafwandlerin da, die nichts mehr in der Welt erkennt, doch streckte sie ihm bereitwillig ihre Hand entgegen. »Den Kühlschrank räum ich noch aus«, murmelte sie, während er zwei Pflaster um ihre Finger wickelte. »Jetzt ist niemand mehr hier, jetzt ist er weg. Ausgeflogen, zahlt die Miete nicht. Ich meine, wenn sie dann nachgucken und sehen nur die leere Wohnung –«

»Ja«, sagte er und hatte das Gefühl, daß sie nur für sich selber sprach. Auch als sie ihn plötzlich umarmte, wußte er nicht, was sie nun genau meinte. Hatte er ihr einen Gefallen getan, indem er Kemper hier herausschaffte, wegschaffte auch aus ihrem Leben, oder vermißte sie ihn sogar? Sie zog ihn an sich und flüsterte in sein Ohr: »Geh jetzt zur Arbeit oder zu deiner Freundin. Es ist gut, hörst du? Es ist nichts passiert.«

Aber immer wieder sah er sie putzen. Auf Knien sah er sie liegen, sah ihren gekrümmten Rücken und hörte ihren keuchenden Atem, als sie das ganze Blut aufwischte und die Scherben aufnahm, um den Tod wegzuräumen aus diesem Haus. Es war merkwürdig, aber später, bei einem seiner ersten Einsätze als Polizist, kam er in eine

Wohnung, in der eine Frau in der Küche auf den Knien lag, und er wußte noch, was sie sagte, als sie sich flüchtig zu ihm umdrehte. »Zwei Türen weiter«, sagte sie, bevor sie einen Lappen auf den Boden klatschte, und meinte ihren randalierenden Mann. Aber er blieb an der Küchentür stehen, starrte auf ihre Knie, die mit dem Boden fest verwachsen schienen, und wußte nicht, ob er sie schlagen oder umarmen wollte. Es war ein merkwürdiges Gefühl, das immer wiederkam und ihn ansprang bei allen Frauen, die auf Knien waren, ganz unten, ganz allein, in Kneipen, in Bahnhöfen und auf der Straße. Er wollte nichts mit ihnen anfangen, denn als Frauen interessierten sie ihn nicht, er wollte nur bei ihnen sein und sie ein bißchen schützen, wenn die Kälte sie fraß.

»Ja«, sagte er laut, als ihm einfiel, daß er bis vor ein paar Tagen das Grab im Riederwald vergessen hatte – blöd, wenn einem einfiel, daß man etwas vergessen hatte. So viele Dinge kamen zurück, und daran war nur Robin schuld, sein toter Bruder, der in ihm flüsterte: Da liegt er. Unter der Erde im Riederwald.

»Ja«, sagte er erneut. Er blinzelte. Sie saßen noch immer da, Hauptkommissar Kissel und Oberkommissarin Henkel, und starrten ihn an. »Robin hat gesagt, daß er da liegt.«

»Wer?« fragte Kissel mit merkwürdig resignierter Stimme.

»Kemper.«

»Ja.«

»Sie wußten das schon?«

»Herzchen«, sagte Kissel, dann seufzte er schwer wie ein alter Mann, der ein letztes Mal dran denkt, was er einst mit Frauen machte. »Es gibt die Gerichtsmedizin. Und es gibt eine alte, unbedeutende Akte des Kemper. Wann haben Sie ihn zuletzt gesehen?«

»Der mochte keinen Lärm«, sagte Dorian. »Als Kinder durften wir abends nicht mehr spielen.«

Damals im Folterhaus hatte er Kemper nicht erkannt, nicht direkt jedenfalls, nicht so, daß er hätte sagen können: Das ist der Mann von früher, bei dem haben wir gewohnt. Die Leute veränderten sich, und gerade wenn man ein Kind war, trug man Gesichter mit sich herum, von denen man glaubte, sie blieben ein Leben lang gleich. Auch sein eingeschlagenes Gesicht hatte er vergessen, nur sein Arm war geblieben, der Arm, der auf der Rückenlehne seines weißen Sofas lag. Er hob den Kopf und sah wieder in Ina Henkels dunkelblaue Augen. Sag doch was. Doch wieder war es Kissel, der redete; »Herr Kammer, sollen wir Sie zu einem Arzt bringen?«

»Nein, nein.« Sacht fuhr er mit einem Finger über Inas Schläfe. Ein wenig zuckte sie zurück, doch dann hielt sie still.

»Da hatte er die Narbe«, flüsterte er. »Sind wir beim Arzt gewesen, alle drei.«

»Wer?« Ihre Stimme noch leiser als seine.

»Na, Robin. Ist er gefallen als Kind. Sie hat dann ihre Hand auf seine Schläfe gelegt, auf die Narbe, als er da lag.«

»Wer?« fragte sie wieder.

»Diese Frau.« Er seufzte. »Die Frau vom Riederwald. Als er geschlagen wurde, lag er da und hat geweint, da war er zwölf. Sie ist zu ihm hin und hat ihm das Haar zurückgestrichen, da hat er aufgehört zu weinen.« Er nickte, und als er sie wieder ansah, hatten ihre Augen sich verändert, waren noch dunkler jetzt, noch blauer. Eine winzige Träne löste sich aus ihren Wimpern, als sie flüsterte: »Wo ist sie?«

»Wer?«

»Deine Mutter.«

»Wieso?«

»Bist du dabeigewesen?« Ihre Stimme war nur noch ein Flüstern. »Damals, als Robin das passiert ist, warst du dabei?«

»Nein«, sagte er, denn das ging sie nichts an. Das ging keinen Menschen etwas an.

»Und er?« fragte sie. »Wie ist Robin dahin gekommen – in diesen Schuppen?«

Er sah sie an. Was wußte sie denn, hatte sie Ahnung von Ketten, Peitschen und Gelächter? Von einer brennenden Kerze im Arsch? Sie wußte nichts, machte sich jeden Morgen schön vor dem Spiegel und spazierte leichtfüßig aus dem Haus.

»Robin hat sich halt herumgetrieben.« Er stand auf und registrierte, daß er die ganze Zeit vor ihr auf dem Boden gesessen hatte. »Ich sag dir Bescheid, wenn meine Mutter wieder da ist. Aber vielleicht ist sie ja tot.«

»Haben Sie Kemper getötet?« Kissel stellte ihm diese Frage, doch guckte er die Henkel an. Er schien wütend auf sie zu sein. Sie erwiderte Kissels Blick und sah dann gelangweilt weg, interessierte sich anscheinend nicht für Kemper.

Dorian schüttelte den Kopf. »Robin hat gesagt, daß er da liegt.«

»Schau an.« Kissel verzog die Lippen zu einem giftigen Lächeln. »Jetzt denken wir wieder klar, ja? Kommen Sie mit.«

Auf der Fahrt zum Präsidium hockten sie stumm neben ihm im Wagen, während er sich fragte, wie oft er die Stadt noch sehen würde. Er sah sie am liebsten vom Auto aus, wenn die Häuser vorüberflogen und die Gesichter der Menschen nur flüchtige helle Flecken waren. In ihrem Zimmer, das nur aus zwei Schreibtischen, einem Schrank und einem Aktencontainer bestand, versteckte Ina ihre Beine unter einem Tisch und fing mit schläfriger Stimme an zu fragen: Hast du Kemper getötet? Nein? Wieso wußtest du dann von seinem Grab? Wer hat Kemper getötet, du, Robin, eure Mutter? Immer dasselbe, wie in einer Beschwörung, immer wieder von vorn, doch alles, was er antwortete, war: Robin sagte, daß einer da liegt.

Kissel stand am Fenster und starrte ihn bloß an.

Okay, Robbi, mal sehen, wie lange ich dich da raushalten kann. Ich hab's dir versprochen damals, erinnerst du dich? Als ich dir klarmachte, daß der rausmuß aus der Wohnung, weit weg.

»Zwei Schüsse«, sagte die Henkel und sah ihn unbewegt an. »Kannst du dich erinnern?«

»Ich weiß es nicht.« Klar, daß sie das häufig so machte, stellte falsche Fragen, um auf die richtige Antwort zu warten, die man gedankenlos gab, nein, keine Schüsse, der wurde doch erschlagen. Doch er sagte nichts, und Müdigkeit und Verdruß krochen in ihren Augen hoch wie Schatten an der Wand.

»Weißt du, wo Robins weißes T-Shirt ist?« Die ganze Zeit über drehte sie einen Stift zwischen den Fingern, als brauchte sie etwas zum Festhalten.

Langsam schüttelte er den Kopf, weil er nicht begriff, was sie wollte – sprach sie nicht von Kemper?

»Robin trug ein weißes T-Shirt, als er erstochen wurde. Als man ihn fand, trug er es nicht mehr.« Ausdruckslos waren ihre Augen jetzt. »Hast du es ihm ausgezogen?«

»Nein«, sagte er. »Ich weiß das nicht. *Man* hat ihn auch nicht gefunden, *ich* habe ihn gefunden. Na gut, dieser Mann mit dem Hund, der uns gerufen hat. Aber ich hab ihn identifiziert.«

»Wer hat versucht, das Blut vom Körper abzuwaschen, du? Deine Mutter?«

»Abwaschen«, wiederholte er. »Ich weiß doch nicht – wie kommst du auf unsere Mutter, warum redest du so mit mir?«

»Vielleicht«, sagte sie ganz langsam, »ist Robin bestraft worden.« Doch sie sah ihn dabei an, als hätte sie gar nichts gesagt, nichts Wichtiges jedenfalls, einfach ein paar Worte an der Bushaltestelle, wenn man wartend beieinanderstand.

Heftig schüttelte er den Kopf. »Was soll das, wer sagt das?«

»Du hast das gesagt. Auf dem Friedhof, neben der Leiche.« Sie spitzte die Lippen ein wenig wie zum Kuß, dann tippte sie mit dem Stift auf ihr Notizbuch und wiederholte: »Vielleicht ist Robin bestraft worden.«

»Ja, vielleicht«, murmelte er. »Er war böse, mehr weiß ich nicht. Er hat überhaupt nie geliebt, nur gehaßt.«

Sie ließ den Stift auf die Tischplatte fallen.

Eine Weile war es still im Zimmer, nur vor der Tür hörte er müde Schritte schlurfen wie von einem alten Nachtwächter auf seinem letzten Gang. Dann sprach Kissel endlich, mit einer Stimme, die so ruhig und gemessen war wie die eines Tagesschausprechers: »Sie verprügeln gern mal jemanden, Herr Kammer?« Er wartete ein paar Sekunden, bevor er zwei beschriebene Blätter aus einer Schublade zog. »Es geschah bei Ihrem Einsatz in der Buchwaldstraße. Ein Herr Matern meldet, daß Sie ihn tätlich angriffen und dabei seinen Kopf mehrmals gegen die Wand schlugen, kurz nachdem Frau Mewes die betreffende Wohnung verlassen hatte.« Er sah hoch wie ein Tagesschausprecher und nahm das nächste Blatt. »Hier haben wir die Anzeige einer Frau Petersen, Journalistin. Sie sind ihr in ihre Wohnung gefolgt, wo Sie ihr mit einer schweren Bodenvase eine erhebliche Gesichtsverletzung beigebracht haben.«

»Ich bin ihr nicht gefolgt«, sagte Dorian. »Die wollte mich abschleppen.«

»Wollte sie?« Kissel lächelte ihn an. »Dann ist sie ja ähnlich verwirrt wie Sie. Jedenfalls erstattete sie Anzeige gegen einen jungen Mann, von dem sie sicher war, daß sein Name Kammer sei, und der diensthabende Beamte meinte, sie müsse das nicht buchstabieren, so einen hätten sie auch.« Er ließ das Blatt sinken. »Damit werden sich Kollegen beschäftigen. Glauben Sie nicht, wir schaffen das für Sie aus der Welt.«

»Nein«, sagte Dorian. »Das will ich nicht, das tut mir leid. Aber ich weiß nichts von Kemper. Ich weiß auch nichts von Robin, es ist verrückt, wenn du nichts weißt.«

Er schloß die Augen. Robin rumorte und trat ihn mit Füßen. Robin keifte und schimpfte, doch sie hörten das nicht. Stellten sie sich taub oder konnten sie es wirklich nicht hören? *Knallkopf*, schrie er, *blöder Depp*. Ja, schrei. So bist du gewesen zum Schluß, hast dich aufgeführt, als wärest du zwei Meter groß und jeder müßte dich fürchten.

Ja, ich seh dich, so ein Zwerg in verwaschenen Jeans, der auf der Straße einer Türkin hinterherbrüllte: Nimm's Kopftuch ab, du Trulla, wir sind hier nicht in Anatolien. Ein Gernegroß, der im *Taubenschlag* einer Frau an den viel zu blonden Haaren riß und rief: Nuttenblond, frisch aus Ihrer Drogerie! Hast du gebrüllt, um nicht zu heulen, war es das? Bist durch dein Leben gestolpert, ohne diesen Platz zu finden, an dem dich jemand hält, der es dir warm macht und angenehm und der dafür sorgt, daß du nicht frierst, jemand, der dir auf die Finger bläst, weißt du? Komm her, es tut nicht mehr weh, soll ich pusten? Hast es überhaupt nicht leiden können, wenn man dein Verhalten ignorierte, da wurdest du so richtig wild. Billa Hufnagel stellte dir etwas zu essen hin, das hast du ihr vor die Füße gekippt, bin ich dein Testfresser, Fotze, hast du gefragt. Mann, ich seh euch noch einander gegenüberstehen wie träge Löwen vor der Schlacht – Billa war ja eh zu dickfellig, um dir eine zu scheuern oder dich wenigstens rauszuschmeißen; Karl hätte es gemacht, aber der war ja wieder nicht da. Billa tat, als sei es nicht wahr, als wär ihr Kittel nicht voll Gulaschsuppe, und du hättest stattdessen mit vollem Mund gesagt: Schmeckt gut. Sie guckte auf den leeren Teller, bevor sie in der Küche verschwand, das mochtest du nicht, hab ich recht? Wolltest, daß sie alle kuschen und vor Angst die Augen verdrehen, wolltest sie riechen, die Angst, wie ein Kampfhund, wenn er die Zähne fletscht. Hast uns alle beschimpft, mich auch, und noch im Schlaf kann ich dein Gekeife hören, doch weiß ich nicht mehr, was es bedeutet, *du blöder Depp, du armer Irrer,* warum hast du das gesagt? Ich hab dir nichts getan. Wann genau ist das gewesen, war es Abend, war es Tag? *Guck doch hin, du Arsch,* hast du geschrien, mit einer Stimme, die sich fast überschlug, *guck hin.* Warum, was willst du von mir, was tust du da, hör auf, sei still, halt endlich dein böses, gottverfluchtes Maul – sei still wie ein Baby, das schläft.

Robbi, soll ich dir was sagen? Ich glaub, ich hab dich getötet, aber ich weiß nicht, warum.

[18]

Ein Sturkopf, dein Junge, alles in allem – hat er das von dir? Selbst in seinem größten Elend scheint er die Kurve zu kriegen, um wie ein kleiner Junge blinzelnd wieder festen Boden zu betreten.

»Ich kann also gehen?« fragte er.

Ina nickte, sah ihn lächeln. Es lag kein Triumph darin und keine Häme, wie sie es oft bei Kerlen sah, die sie nach einer Vernehmung nach Hause schicken mußte, es war das warme Lächeln eines hübschen Jungen. In einer Kneipe hätte sie zurückgelächelt.

»Ich bin zu Hause«, sagte er. »Ich stehe zur Verfügung.«

»Schön.« Sie sah zu, wie er seine Jacke anzog und sorgsam in den Taschen nach Brieftasche und Schlüssel tastete. Hat ein bißchen was von einem Fisch, dein Junge, stimmt's? Entgleitet deinen Händen, sobald du glaubst, daß du ihn hast. Als er draußen war, lehnte sie sich zurück und massierte sich die Schläfen. Kissels Stimme kam wie ein Kanonenschlag.

»Bekloppt, bescheuert.« Er schien nach weiteren Worten zu suchen – wirr, rappelig, verdreht, was gab es denn da noch?

»Das sind nur Phasen«, sagte sie, »hast du's gemerkt? Ich wette, der trickst jeden Doktor aus.«

»Ich merke alles«, sagte Kissel. »Auch wenn meiner Kollegin die Tränchen kommen.«

»Es reicht halt noch nicht.« Ina schloß ihren Schreibtisch ab. »Was können wir ihm nachweisen?«

»Weiter überwachen, basta. Ich will ihn kirre machen.«

»Ich denke, das ist er schon?«

»Er wird uns zu Mama führen.« Kissel spuckte seinen Kaugummi auf ein Blatt Papier, knüllte es zusammen und warf es in den Papierkorb. »Ich sehe die Sache ja so: Zuerst fährt Mama diesen Scheißer zum Krüppel, der Robin gefoltert hat. Nehmen wir an, sie hat daraufhin auch Kemper des Irdischen entbunden.«

Ina sah ihn an und biß sich auf die Lippen.

»Söhnchen war in dieser Sache behilflich«, fuhr er fort. »Sie hat Kemper ja kaum allein dahin schleppen und eigenhändig begraben können.«

»Vielleicht«, sagte sie. »Das Motiv wäre okay, nicht? Kann man nichts sagen.«

»Meine Liebe, du verlierst langsam jegliche –«

»Ich verliere gar nichts. Ich versuche nur, mich in sie hineinzudenken.«

»Dein Kopf raucht schon.«

»Und dann? Wer tötete Robin?« Sie klappte ihr Notizbuch auf, in dem unter dem heutigen Datum nur zwei Worte standen, die Dorian gesagt hatte: *Lunaland, Bar.*

»Sie oder er.« Kissel legte den Kopf schief. »Mama oder Bruder.«

»So, aha«, sagte sie. »Deine Logik möcht ich haben. Erst rächt sie ihren Sohn, nur um ihn dann zu töten?«

»Das war später. Wer weiß, was sich in der Zwischenzeit ereignet hat. Möglicherweise hat Dorian das von ihr, und sie ist selber nicht klar im Kopf.«

»Nein«, sagte sie. »Das ist alles Quatsch.«

»Ah natürlich.« Kissel sah sie lange an. »Weißt du was? Du bist zu jung, Ina, und zu romantisch.«

»Bestimmt nicht. Bei mir hat sich noch jeder Typ beschwert, daß ich kein Kerzenlicht mag. Außerdem kannst du mich jagen mit Schnulzen und so.«

»Nun«, sagte er, »dann hast du dir gewisse Klischees bewahrt. Vielleicht guckst du zu viele Mutterdramen in SAT 1. Blut ist keineswegs dicker als Wasser, und das Herz einer Mutter ist auch bloß ein Muskel.«

»Und?« Sie schob ihren Stuhl unter den Tisch, ein Geräusch, das ihn zusammenzucken ließ.

»Verstehst du dich mit deiner eigenen Mutter?« fragte er.

Sie warf eine Akte auf den Tisch. »Machst du jetzt auf Analytiker? Ich seh die Frau bestimmt nicht als Idealmutter.«

»Als was dann?«

Sie hob die Schultern und sah an ihm vorbei. »Ich weiß nicht«, murmelte sie.

»Fängst vor einem Tatverdächtigen an zu heulen, mein Gott.«

»Das stimmt nicht.«

»Nein? Ist dir Wimperntusche ins Auge gekommen?«

»Ich brauch keine Wimperntusche, hab ich nicht nötig. Nein, sie hat ihren Sohn nicht – ich meine, das kann sie überhaupt nicht.«

»Na sicher, du verstehst sie vollkommen. Warum findest du sie dann nicht? Muß doch eine Kleinigkeit für dich sein, dich so hübsch in sie reinzudenken, daß du weißt, wo sie sich verkriecht.«

»Ich finde sie«, sagte sie leise. »Verlaß dich drauf.«

Als sie das Gebäude verließ, glaubte sie aus dem Sirren der Luft eine kleine Melodie herauszuhören, als bewegten sich zwei Hände leicht auf den Tasten eines Klaviers. Sie hatte sie oft genug auf dem Video gehört und konnte nun auch das Gesicht der Kammer sehen, dieses leichte, träumerische Lächeln auf ihren Lippen, das einem Schmollmund wich, wenn sie sich verspielte.

Ja, verdammt. Ist gut.

Sie legte den Kopf in den Nacken – Sterne am Himmel, auch das noch. Nie hatte sie sich für den Mond und für die Sterne interessiert, nur für die Sonne in einem anderen Land, dennoch spürte sie wieder dieses Ziehen im Magen, als wäre etwas vorüber, bevor es die Chance hatte zu beginnen. Als sie Nicoles Wagen aus einer Parklücke kriechen sah, rannte sie los.

Nicole öffnete die Beifahrertür. »Wieviel Überstunden sind's denn diesmal? Soll ich dich mitnehmen?«

»Nein, mein Wagen steht drüben.« Ina lehnte sich zurück. »An Dorian beiß ich mir was aus.« Sie rieb sich die Augen. »Sag mal, hat er seine Mutter schon mal *diese Frau* genannt?«

Nicole sah sie verständnislos an.

»Als wär sie eine fremde Frau – irgendeine? Hat er schon mal irgendwas von einer Frau vom Riederwald erzählt?«

»Nein, bestimmt nicht, seine Mutter ist begabt und schön und stark und selbstverständlich die zärtlichste Mutter. Das ist doch nicht irgendeine Frau. Wie kommst du darauf?«

»Heute hat er so was gesagt«, murmelte Ina.

»Deshalb wechselt er auch seine Freundinnen so oft«, sagte Nicole. »Sicher reicht keine an sie heran.«

»Na ja.« Ina sah sie von der Seite an. »Was das Wechseln von Freundinnen betrifft –«

»Die letzten Male war Pech«, sagte Nicole.

»Bei ihm vielleicht auch. Hat er dich eigentlich mal angemacht? Ich hatte immer das Gefühl, der steht auf dich.«

Nicole zuckte mit den Schultern. »Er hat mich mal gefragt, ob ich einen Freund habe. Als ich nein sagte, strahlte er mich so lange an, bis ich sagte, dafür hab ich 'ne Freundin. Scheint ihn nicht gestört zu haben, er hat überhaupt nicht reagiert und hübsch weitergemacht, allerdings mit einem umwerfenden Charme, ja, das kann er. Ich glaube, Sachen, die ihm nicht geheuer sind, blendet er einfach aus.«

»Wie Robin vielleicht.« Ina sah auf die beiden kümmerlichen Blumenkästen, die vor dem Pförtnerhäuschen standen. »Was hältst du davon: Robin wird von diesen Kerlen mißhandelt, und seine Mutter kommt hinzu, das ist Fakt, das haben wir recherchiert. Sie erkennt ihn an seiner Narbe und vielleicht, weil er in seiner verdammten Not nach ihr ruft. Später wird er Dorian davon erzählt haben, aber womöglich konnte er nicht wahrhaben, daß das wirklich seine Mutter war, ich meine, vielleicht hat er Dorian nur von *dieser Frau* erzählt. Gibt es das?«

»Ich verstehe zu wenig davon«, sagte Nicole. »Ich hab nur mal gelesen, daß ein Trauma so sehr dem Bewußtsein entzogen werden kann, daß man steif und fest behauptet, es wäre niemals geschehen. Verdrängen, das ist so ein Modewort, aber wenn du es richtig machst, vergißt du vielleicht deine eigene Mutter.«

»Aber das ist kein richtiges Vergessen, oder?«

Nicole hob die Schultern. »Das ist alles so kompliziert da drinnen, ich meine, ich glaube jetzt nicht an diese Ödipus-Scheiße, aber wenn etwas schiefläuft zwischen den Menschen, gibt's halt Spuren.«

»Ödipus, das ist, wenn er mit der eigenen Mutter will? Also, das find ich ja nun bizarr.« Ina gähnte. »Diese Psychologen, die analysieren vielleicht nur sich selber und unterstellen ihren Dreck der ganzen Menschheit. Halt ich dich auf?«

»Nein.«

»Triffst du dich nicht mit – oh Mensch, man behält ja keine Namen bei dir.«

»Ute.« Nicole lächelte. »Später.«

»Was macht sie?«

»Promoviert in Politologie.«

»Ach du Schreck. Geht das?«

Nicole nickte. »Ist ein ordentliches Studium.«

»Nein, ich meine – also, ich kann ja nicht mit solchen. Toms Vorgänger, dieser Informatiker, hat mir gereicht.«

»War der nicht die große Liebe?«

»Weißt du was, wenn so einem nach drei Jahren einfällt, daß ich ihm eigentlich zu doof bin, dann hat es sich. Wo hast du sie kennengelernt?«

»In der Sauna.«

»Na, das war ja richtig.« Ina unterdrückte ein Kichern.

»Wieso? Welche Vorstellungen hast du von der Sauna? Da guckt man sich höchstens mal in die Augen.«

Ina prustete los. »In der Sauna guckst du einer in die Augen? Das kannst du später deinen – ehm, ja.«

»Guckst du Männern gleich zwischen die Beine?«

»Manchmal.« Ina öffnete die Tür und schob einen Fuß aufs Pflaster. »Aber ich war noch nie in der Sauna.«

»Das merkt man.« Nicole sah sie schräg von unten an. »Was ist? Du hältst mich nicht auf, sagte ich das schon?«

»Nicki, ich will dich was fragen.«

»Tu's einfach.«

Ina ließ sich wieder in den Sitz fallen. »Ist ein bißchen kompliziert.«

Nicole sagte nichts.

»Man kann es auf zwei Arten fragen.«

»Na, dann fang mal mit der ersten an.«

»Hast du dich schon mal in einen Mann verliebt?«

»Eigentlich nicht.«

»Nicht? So. Ja, dann frag ich mal andersrum.« Ina rieb sich die Nase. Nicole stellte den Motor ab.

»Also, mal so: Wenn du dich in eine verknallst, hast du dann schon nach zehn Minuten Lust, mit ihr zu schlafen?«

»Nein«, sagte Nicole.

»Aha. Ja, bei mir ist das nämlich so, wenn ich mich in einen Kerl –«

»Nach fünf Minuten«, sagte Nicole.

»Immer?« Ina seufzte. »Ich meine doch nur, gibt es das bei euch, auch ohne daß man Lust hat auf so was?«

»Ist mir noch nicht passiert.«

»Aber theoretisch kann man sich –«

»Theoretisch kann man alles. So, und bevor du noch länger herumstotterst –« Nicole sah sie ruhig an. »Du kriegst diese Frau Kammer nicht aus dem Kopf, ist es das?«

»Mmh.«

»Eine fünfzehn Jahre jüngere Frau als die, die du suchst.«

»Ja, und ich weiß halt nicht, was das ist. Es hat überhaupt nichts mit Sex oder Erotik zu tun, ich meine, ich hab da mit Frauen kein Interesse, es ist nur – ich weiß nicht, ob das normal ist.«

»Nein.« Nicoles Stimme war gleichmütig wie immer. »Für eine Ermittlerin ist das nicht normal. Du könntest dich verrennen, alles durch deinen Filter sehen. Sicher tust du's schon.«

»Ich hatte das schon mal. Mit fünfzehn, da war es auch eine Musikerin.«

»Aber da warst du noch keine Ermittlerin.« Nicole strich mit einem Finger übers Steuer. »Hast du Mitleid mit ihr? Dann siehst du sie nur als Opfer, nicht auch als Täterin. Dann entschuldigst du, wo es vielleicht nichts zu entschuldigen gibt.«

»Ich will sie einfach treffen, ich kann das nicht erklären. Sie hat so was –« Ina malte eine kleine Blume auf die Windschutzscheibe. »Vielleicht hat sie einfach versucht, so zu leben, wie sie will, und man hat ihr nur Steine in den Weg gelegt.«

»Hat man? Oder hat sie sich die selber in den Weg gelegt?«

»Ich weiß nicht.« Ina legte die Fingerspitzen aneinander und blies darüber. »Ich bin sicher, daß ich stundenlang mit ihr reden könnte, sie tausend Sachen fragen, kann ich schwer erklären. Seit ich sie kenne – nein, ich kenne sie ja nicht, aber ich denk jetzt darüber nach, daß ich gern was anderes machen würde, was weiß ich.«

»Du solltest es aber wissen«, sagte Nicole.

»Was ist das denn?« Ina schloß die Augen. »Man sieht die Menschen, wie man sie nie sehen will, irre, böse oder tot. Und dann hat man höchstens noch ein paar Stunden für sich selber, so ist es doch, oder?«

»Ich glaube, du machst dir falsche Vorstellungen«, sagte Nicole.

»Was, von meinem Leben?«

»Nein, von ihr. Ich stell mir gerade vor, du hast sie endlich, und dann stehst du vor einer bösartigen alten Hexe. Sie hat ihre Kinder im Stich gelassen, nicht?«

»Ach –« Ina schüttelte den Kopf. »Sicher wird sie anders aussehen, die Haare waren ja eh gefärbt früher. Außerdem hat sie – hatte sie blonde Kinder.« Sie beugte sich herüber zu Nicole und küßte sie auf die Wange. »Als käm's darauf an.«

»Auf jeden Fall«, sagte Nicole, »würd ich dann gern einmal Mäuschen spielen.«

Ihre Stimme drang durch das Piepsen des Weckers am nächsten Morgen; Nicole sagte: »... alles so kompliziert da drinnen.« Raubmord war einfacher. Klares Motiv, rekonstruierbarer Tatverlauf, kein Gedöns mit der Psyche. Ina holte den randalierenden Wecker unter die Bettdecke, weil sie die Taste zum Abstellen wieder nicht fand, und hörte Toms leises Seufzen, als er sich auf die andere Seite drehte. Er feierte Überstunden ab, durfte ausschlafen. Sie beugte sich über ihn und strich ihm durchs Haar; er seufzte lauter und murmelte: »Mach mich bloß nicht wieder wach.«

Am Morgen zuvor hatte sie ihn tatsächlich rüde geweckt, weil sie seinen Atem nicht hörte. Nie darauf geachtet, und dann fiel ihr die Kammer ein, deren Freund neben ihr gestorben war. Eigentlich fiel sie ihr jeden Morgen ein, mal mit diesem, mal mit jenem. Tommy? Sie schubste ihn, bis er sich jammernd beschwerte und mit dem Kopf unter der Decke verschwand.

Sie nahm Robin Kammer mit unter die Dusche, konnte ihn noch immer zwischen den Gräbern liegen sehen mit diesem grauweißen, ruhigen Gesicht. Hatte er seinem Bruder von einer fremden Frau erzählt, die ihre Hand auf seine Schläfe legte? Doch kurz vor seinem Tod, als Klaus Tillmann ihn mit diesem Video erwischte, sagte er: Das ist die Kammer. Wie war er an das Video gekommen, das hatten sie noch immer nicht geklärt. Überall Schleier, so kam es ihr vor, Schleier, die man zur Seite schob, bloß um ins Nichts zu sehen, in eine nie endende Dunkelheit.

Krieg ich dich heute?

Im Konferenzraum der Mordkommission ging Pagelsdorf mit einer Liste auf und ab. Dorian Kammer war noch ein paar Tage zu überwachen, auch wenn er wieder im Dienst war, seine Mutter war ausfindig zu machen und die Teilnehmer dieser monströsen – er räusperte sich energisch – Zusammenkünfte in diesem Schuppen waren ebenso vollständig zu ermitteln wie das nähere Umfeld des getöteten Steffen Kemper.

»Mit links«, murmelte Kissel.

»Sie kriegen noch weitere zwei Kräfte«, sagte Pagelsdorf.

Kissel deutete Beifall an. »Übernehmen Sie sich nicht.«

Zurück in ihrem Zimmer rief Ina beim Ordnungsamt an, um sich nach einer Bar namens *Lunaland* zu erkundigen. Was ging vor in Dorians Hirn, warum hatte er sie erwähnt, ohne daß es einen Grund dafür gab? Aber genaugenommen hatten sie doch immer ihre Gründe, hatte alles, was sie erzählten, einen Sinn, den außer ihnen niemand verstand.

Der Beamte am anderen Ende konnte nichts Auffälliges berichten, stinknormale Schmuddelbar, weiter nichts. Früher hieß sie einmal *Pink Crack*, da war sie ein bißchen derber, doch auch da war nichts Besonderes los.

»Pink Crack?« fragte sie. »Was soll das denn, da verrenkt man sich ja den Gaumen.«

»Übersetzt sollte das heißen rosa Ritze«, sagte die müde Stimme. »Haben sie dann abgeschafft wegen dem Wort Crack, nicht wegen dem schlechten Englisch. Der Kundschaft isses eh Wurscht, die parliert nicht fremd.«

Sie nahm ihre Tasche. »Kommst du mit?« fragte sie Kissel.

»Jetzt?« Demonstrativ sah er auf die Uhr.

»Ja, man merkt, daß du nie bei der Sitte warst. Geschäftsführer und Leute, die Bescheid wissen, sind meistens am Tag da. Abends feiern die woanders.«

»Dann hau ab«, brummte er.

»Ich denke, ich soll keine Alleingänge machen?«

»Ist doch alles Schwachsinn«, sagte er. Betrübt sah er aus, als grübele er dem Sinn seines Lebens hinterher. »Geh schon, ich kriege Krämpfe in einer leeren Bar.«

Lunaland war wirklich leer. Ein kleiner Mann hatte geöffnet und skeptisch auf ihren Ausweis gestarrt. Seine Stimme klang vorwurfsvoll, als er sagte: »Gehen Se mal da durch«, jetzt stand sie vor dem Tresen und guckte sich die leeren Sitze an. Groß war der Raum und wirkte trotzdem eng, die Sessel mit abgewetztem rotem Plüsch, die dunkelroten Lämpchen und eine holzvertäfelte Decke sahen aus, als hätte sich einer einen Traum erfüllt, der ein einziges Mal, vor dreißig Jahren, in einer Bar auf dem Land gewesen war. Sie drehte sich um, als eine Stimme hinter ihr fragte: »Gefällt es Ihnen?«

»Mmh – nein«, sagte sie. »Aber das muß es auch nicht.«

»Wo gehen's denn so hin?« Die blonde Frau hatte versucht, ihre Falten wegzuschminken, aber es nutzte nicht viel. *Da stand diese ordinäre Barfrau*, hatte Dorian gesagt.

»Wo geh ich hin?« Ina zuckte mit den Schultern. »Dahin, wo es heller ist.«

»Und teurer«, ergänzte die Frau, was nicht wie eine Frage klang. »Wir sind hier moderat im Preis.« Sie trug eine dünne Strickjacke über einem fadenscheinigen Kleid, was meinte Dorian mit ordinär? Sie sah aus, als sei es in diesem stickigen Raum hier viel zu kalt.

»Arbeiten Sie an der Bar?« Ina zog erneut ihren Ausweis, doch sie winkte ab und sagte freundlich: »Früher hab ich hier bedient, jetzt halt ich die Küche in Ordnung und putz und guck ein bisserl. Der Geschäftsführer ist ganz ein Netter, der schmeißt einen nicht gleich raus, wenn man zu alt ist, der findet eine andere Arbeit. Suchen's an Kriminellen?«

Ina schüttelte den Kopf. Vorsichtig, als sei es mit Gift besprüht, holte sie das Foto Dorian Kammers heraus, das sie aus seiner Personalakte genommen hatte. Sie kam sich wie eine Verräterin vor. Polizeimeister Kammer. Das Polizeifest, auf dem er mit leiser Stimme sagte: »Ich bin gerne Polizist, da kann ich etwas Wichtiges tun.«

»Glaubst du?» hatte sie gefragt.

Sein Lächeln war bezaubernd gewesen. »Sie haben mich jetzt schon sechsmal geduzt, jetzt duze ich dich einfach zurück. Ist das ein Problem?«

»Dieser, ehm« – sie räusperte sich – »Haben Sie den schon mal hier gesehen?«

Die Frau sah eine Weile hin. »Jesses«, murmelte sie dann, »ist das der Burschi?«

»Wer?«

»Ja«, sagte sie, »der war vor einer ganzen Weile mal hier, paar Jährchen her, da hab ich noch bedient. Mir ist er aufgefallen, weil – na ja, erstens sieht er fesch aus, und zweitens hat er sich schlecht benommen, das merkt man sich.« Sie hob den Kopf. »Wollen's was trinken?«

»Nein«, sagte Ina. »Schlecht benommen, was meinen Sie damit?«

»Er hat nicht randaliert oder so, aber er wollte uns beschimpfen, wenn ich mich recht erinnere. So als wären wir der letzte Dreck, wissen's? Wie hieß der gleich, der hatte so einen ausgefallenen Namen – was hat er angestellt?«

Ina leierte den Standardspruch: »Ist nur eine Routinesache.« Seit sie ihn immer öfter im Fernsehen hörte, traute sie sich kaum noch, ihn zu benutzen, zumal er so bescheuert war. Auch das Aufspüren eines Schwerverbrechers war Routine. Sie nahm das Foto der Kammer, den Videoprint, der sie im Abendkleid zeigte, mit diesem maskenhaften Gesicht auf eine Folterszene starrend. »Und sie?«

Die Frau seufzte einmal kurz, bevor sie sagte: »Jetzt weiß ich wieder, der hieß Dorian. Ich hab noch gedacht, es wär englisch, aber da sagt sie, es käm aus dem Griechischen.«

»Wer sagt das?«

»Na sie.« Sie deutete auf das Foto. »Er ist ihr Sohn, nicht?«

Ina nickte und redete sich selbst gut zu. Keine Frage, nicht so schnell. Laß sie reden.

»Ich hab mir so was gedacht«, sagte die Frau. »Andererseits konnt ich es mir wieder nicht vorstellen, verstehen's? Das war schon komisch, sie hat mir so oft von ihren Buben erzählt, also immer, wenn was war, was sie dran erinnert hat, da sagt sie: Das hat mein Großer auch so gemacht oder: Der Kleine mochte keinen Blumenkohl. Solche Sachen halt, ich kannte ihre Namen nicht, dann hätt ich das ja gleich gewußt mit dem Dorian. Sie sagte immer nur, der Große und der Kleine. Ich wußte ja, daß die woanders lebten, die Buben, aber selbst dann hätt er sie nicht so beschimpfen müssen, das gibt's doch nicht. Ich hab mich nimmer ausgekannt und hab sie auch gefragt nach ihm, aber sie hat nicht drüber reden können.«

Ina lehnte sich gegen den Tresen und rief es den Sitzen zu, diesen elenden Plüschsitzen hier: »Er hat sie *beschimpft?*«

»Freilich, richtig gedemütigt hat er sie, als hätt sie da nicht schon genug hinter sich.«

Merkwürdig, wenn kein Stein mehr auf dem anderen stand, wenn alles zu bröckeln begann.

»Sie wissen es«, sagte sie und hörte nur ein Seufzen neben sich.

»Sie kennen das Haus. Am Riederwald.«

Eine ganze Weile blieb es still, doch das machte nichts. Sie würde nicht gleich reden wollen, da mußte man warten können. Mußte es versuchen. Als Ina sich endlich zu ihr umdrehte, hatte die Frau ihre Strickjacke ausgezogen und hielt ihr ihren Arm entgegen. Brandwunden waren zu sehen, zerstörte Haut, Hautlappen, die fremd aussahen, als hätte sie Folie auf den Arm geklebt.

»Das geht bis zur Schulter hoch«, sagte sie. »Das ham's mit mir gemacht, verbrannt und geschlagen halt. Ich war am Ende damals, war grad mit der Scheidung durch, hab die Wohnung verloren und häng so rum in einer Wirtschaft, da hab ich dann auch den Mann kennengelernt. Nett isser gewesen und sah fesch aus, der hat mich eingeladen auf ein Fest. Ich sag noch, na, so wie ich ausschau, kann ich auf kein Fest, macht nichts, sagt er, du strahlst von innen. Wissen's was, ich hab's ihm geglaubt, man hört's halt doch irgendwie gern. Na, das war mir dann ein schönes Fest, aber was red ich, bin es doch selber schuld, weil ich damals so viel gesoffen hab. Haben Masken getragen, die Herren, und er, der mich geholt hat, der war nie dabei, bloß später ab und zu, wenn's vorbei war. Mit Schnaps hab ich es ausgehalten, denn wissen's, ich bin immer wieder hin. War immer so besoffen, hab das gar nicht richtig mitgekriegt. Die haben gut bezahlt, so war's ja nicht, da hab ich mir die Straße erspart, wo simmer dann, hab ich gedacht, ich setz mich doch nicht zu den Pennern. Du spürst es ja dann auch nicht mehr – na ja, das Feuer schon, das spürst auch mit Wodka, und mit Pillen spürst du's auch. Wollen's net doch was trinken?«

Ina schüttelte den Kopf. Sie müßten sich doch jetzt setzen, müßten in einer Ecke sitzen und einander ansehen, doch standen sie hier am leeren Tresen einer leeren, traurigen Bar und guckten aneinander vorbei. Das war manchmal so, daß die Leute vor sich hinsprachen und es niemandem erzählten als dem Boden vor ihren Augen, niemandem als sich selbst, um sich zu vergewissern, daß es auch tatsächlich geschehen war.

»Sie«, sagte die Frau und deutete wieder auf das Foto der Kammer, das auf dem Tresen lag, »hat die Pillen genommen, die wärmen zwar nicht, aber tun auch ihr Gutes.« Sie ging zwei Schritte und kam wieder zurück. »Ich hab's ja noch gut gehabt, weil ich denen schnell langweilig war, aber sie, die haben's gehaßt. Haben immer wieder Liederl von ihr gespielt und sie angebrüllt: Na und jetzt? Jetzt bist ein Dreck, du Aas, jetzt ist Schluß mit lustig. Das war schick, wissen's? Die hatten so an richtigen Bühnenstar erwischt und ham's kleingemacht. Die haben sie wie ein Viech gehalten, und nur ein einziges Mal, wo ich dabei war, hat sie geschrien. Bloß einmal, aber das hat sich so angehört, daß ich gewußt hab, es wird auch das letzte Mal gewesen sein. Sie hat dann bloß noch diesen leeren Blick gehabt, hat's mir dann auch gesagt, ich spür nichts mehr, sagt sie, ich hab den Körper nicht mehr. So hat sie's gesagt, der ist weg.« Sie legte einen Finger auf das Foto und sagte: »Weißt – du hast immer so einen Moment, da ist gut. Da kannst nimmer. Da ist was am End.«

»Warum«, murmelte Ina, »ist sie da überhaupt hin?«

»Soviel ich weiß, ist sie damals aus einer Klinik weg, hat eine Entziehung abgebrochen. Sie hätte ja durchhalten können, nicht? Na, das sind so Fehler, die man macht im Leben. Nun wollte sie sich was verdienen, wieder arbeiten, Wohnung, wie man's so will und braucht, aber da hat sie wohl keiner mehr wollen außer ihm, diesem Obermeier da –«

»Kemper.«

Sie nickte nur. »Der hat ihr was versprochen, sagt, hier kommst über die Runden, hier kannst dir was verdienen. Es war aber anders mit ihr, er hat sie denen nicht nur vorwerfen wollen, das war am Anfang, nein, der wollte sie behalten.«

»Und warum ist sie nicht wieder weg?«

»Ah, komm.« Die Frau sprach zu den Wänden. »Warum ist sie hin, warum ist sie nicht weg – sie hat doch keinen Willen mehr gehabt, keine Kraft. Und dann kommt er, der Kemper, kommt er jedesmal an und tröstet sie und ist gut zu ihr und hat die Taschen voller Pillen für sie. Ich glaub, der hat gewußt, was er tut, hat irgendwann befohlen, jetzt ist Schluß, da durfte sie keiner mehr anrühren. Da hat er sie ausstaffiert und ist Arm in Arm mit ihr stolziert, was glauben's denn, da sahen die aus wie ein fesches Paar. Wissen's was«, sagte sie und sah ein wenig verlegen aus, »der hat sie wirklich gemocht.«

Der ist längst tot, wollte Ina ihr sagen, der lag wie ein Hund verscharrt an jenem Ort, an den er gehörte. Ist das eine gute Nachricht?

»Vielleicht«, sagte die Frau, »wollte sie wieder auf die Beine kommen, sie hat ein paarmal versucht, den Gästen Geld zu stehlen, da hat sie sich aber so dumm angestellt, daß er es gemerkt hat.« Sie machte eine Pause, in der sie sich die Flaschen ansah, die auf zwei spiegelnden Brettern hinter dem Tresen standen. »Sie wissen nicht«, sagte sie dann sachlich, »wieviel Kraft es kostet, wegzugehen, die Trösterchen nicht mehr zu schlucken und sich durchzuschlagen ohne Geld? Das wissen's nicht, nein?«

»Nein.«

»Ich schon. Sehen's mal her, die Flaschen, die hätt ich früher der Reihe nach geköpft, jetzt guck ich sie an und freu mich, daß sie mir nix mehr machen. Sie hat's dann endlich auch versucht, wollte die Kurve kriegen. Von heut auf morgen kam sie hier an und sagt, daß sie sich schon einmal etwas aufgebaut hätt, vor vielen Jahren schon. Sie hat hier ein bisserl gesungen, aber es kam nicht so recht an. Dann hat sie geputzt, weil der Geschäftsführer gemeint hat, das könnte sie vielleicht besser. Hat sie eine Weile gemacht, dann ist sie weg. Ich glaube, sie hat jemand kennengelernt, aber ich weiß es nicht genau.«

»War ihr Sohn noch mal hier?« fragte Ina.

»Ein-, zweimal ist er noch gekommen. Er war nie nett zu ihr.«

Die Frau reichte Ina das Foto zurück. »Nehmen's das wieder mit, es tut mir weh, das zu sehen. Ich möcht gar nicht wissen, was aus ihr geworden ist – nur wenn's was Gutes ist.«

Es hätte ja so oder so ausgehen können, hatte Dorian gesagt. Gut oder böse. Da sprach er davon, wie sie ihnen Märchen vorlas und mittendrin aufhörte, um sie zu fragen, wie es weitergehen könnte. Gut oder böse. Dazwischen hast du nichts gekannt.

Dann gucken wir noch ein letztes Mal nach den guten Zeiten – guckst du manchmal auch zurück? Oder hast du die Erinnerung ausradiert? Das tröstet ja nicht, wenn man an das Schöne denkt, das ist doch Quatsch, Pfaffengesülze oder so. Ina parkte im Halteverbot und rannte hinüber zum CD-Laden, um ein letztes Stück der anderen Katja Kammer zu erhaschen. Von dem aufgeblasenen Verkäufer wurde sie mit einem Aufschrei begrüßt.

»Schwerarbeit!« Er wedelte mit beiden Händen. »Wie kommst du denn auf so einen Stuß?«

»Interessiert mich halt.« Solange sie in CD-Läden geduzt wurde, mußte sie sich nicht alt fühlen – egal, vielleicht machten die das ja auch nur, um zu schmeicheln. Aber der hier nicht, das war kein Schmeichler; »bezahlt mir kein Mensch«, murmelte er, als er vor ihr in die Hocke ging, um in einer Kiste zu kramen. Dramatisch schnaufend kam er wieder hoch und knallte die CD auf den Tresen, auf der nur ihr Name stand, sonst nichts.

»Da hab ich sieben Ramschläden anrufen müssen«, sagte er anklagend. »An- und Verkauf, sieben Stück.«

»Hm.« Sie holte das Booklet heraus und begann darin zu blättern.

»Sieben«, wiederholte er, was wollte er denn, einen Kuß? »Die ist ja längst nicht mehr im Handel. Das ist Dienst am Kunden, was ich mach.«

»Kann sein«, murmelte sie. Ein Schwarzweißfoto, nur ihr Gesicht. Große Augen, ja, graue Augen, schwarzes Haar und helle Haut. Schwarzweiß. Ein anderes Foto zeigte nur das Klavier. Nirgends ein Putzeimer, natürlich nicht, nur ein schönes Gesicht, kein zerschlagener Körper, nur Hände über Klaviertasten und keine kaputten Knie, auf denen du durch eine billige Bar gerutscht bist.

Unter den Fotos eine Zeile von Lorca:

Nicht du bist vorbereitet
und nicht ich, einander zu begegnen.

»Oh verdammt noch mal.« Sie warf das Booklet auf den Tresen.

»Das kann nicht nur sein, das *ist* so«, hatte der Verkäufer gerade gesagt, jetzt schwieg er und spitzte die Lippen. »Ist was?« fragte er dann. »Weißt du das nicht zu schätzen?«

»Doch, doch«, murmelte sie und las die Zeilen erneut, *...einander zu begegnen.* Nicole würde vorschlagen: Krieg dich wieder ein.

»Das ist die richtige, 'ne andere gibt es nicht.« Er tippte auf die Hülle. »Kammer, was ist das für 'ne Musik?«

»Bißchen Jazz, bißchen Rock.« Sie sah auf die Uhr. Sie mußte hier weg, doch sie blätterte weiter. Keine Gedichte und keine Fotos mehr, nur die Daten der Produktion und die Namen der Musiker. Danksagungen, klar, Widmungen für Dorian und Robin und Christian.

»Ich hab hier noch die definitiv letzte von Smashing Pumpkins«, sagte der Verkäufer.

Sie nickte.

»Soll ich die holen?«

»Ja, mach mal.« Sie wollte das Booklet wieder in die Hülle schieben, als sie diesen Blitz spürte im Kopf. Im Kopf, von wo aus er direkt in den Magen fuhr wie bei einem großen Schreck. Im Magen, von wo aus er wieder etwas höher raste und das Herz stolpern ließ. Sie sah noch einmal hin, buchstabierte für sich allein wie ein Schulkind, das übt, und starrte auf das Blatt, das sie zwischen zwei Fingern hielt wie etwas, das tropfen könnte.

»Sodele«, polterte die Stimme des Verkäufers. »Atemberaubend.« Er hielt ihr etwas entgegen, was sie nicht erkannte.

»Ich muß weg.« Sie sagte es und blieb stehen.

»Smashing Pumpkins.«

»Ja, ja, ich muß –« Langsam schob sie die CD in die Tasche und ging zwei Schritte zurück. Sie wollte ihm sagen: Das kann nicht sein, das ist unmöglich, doch damit hätte er nichts anfangen können.

Etwas mitleidig sah er sie an. »Du bezahlt sie aber schon noch, gell?«

Draußen wollte sie rennen und kam doch kaum vom Fleck. Eine Politesse machte sich an ihrem Wagen zu schaffen, was nun aber im falschen Moment geschah. Was hatte sie alles tun wollen, früher, in Gedanken – lässig den Ausweis ziehen, um ihn dieser uniformierten Hausfrau unter die Nase zu halten, sehen Sie mal, so sieht das aus, wenn man bei der Truppe ist. Strafzettel zerknüllen und in den Rinnstein werfen, und wenn sie dann Zicken machte, zurückzicken, na klar, zetern, was das Zeug hielt, brüllen vielleicht, endlich einmal brüllen. Kissel konnte brüllen, sie nicht. Es lag nicht daran, daß sie nicht wollte, hin und wieder wollte sie ja schon, doch schien sich ihre Kehle dann zu verkrampfen, und es kam immer nur ein Krächzen heraus. Oder sie räusperte sich erst umständlich und wußte dann nicht mehr, was sie hatte brüllen wollen, was logisch war, weil Brüllen mit Anlauf gar nicht ging.

Wortlos nahm sie der Politesse den Strafzettel aus der Hand und schloß den Wagen auf. Die blieb stehen, mit dem Block in der Hand, und wartete vielleicht auf ein Gewitter.

»Ja, ist gut«, sagte Ina. »Haben Sie schön gemacht, lassen Sie mich jetzt fahren?«

Sie fuhr zwei Ecken weiter und hielt wieder an, um eine der Sekretärinnen anzurufen. Mach jetzt bloß nicht Mittag, steh nicht schwatzend irgendwo herum. Ich gönn's dir ja, nur jetzt nicht, weil –

Die Sekretärin meldete sich sofort.

»Sie haben die Ämterlisten?« Ina sah einen kleinen, grauen Hund auf den Wagen zukommen, den ein großer, grauer Mann versuchte einzufangen. Ein kleiner Mann mit einem großen Hund hatte Robin Kammer auf dem Friedhof gefunden.

»Natürlich«, sagte die Stimme am Telefon. Welche von ihnen war es jetzt? Ina kniff die Augen zusammen; sie schwatzte jeden Tag mit ihnen und hatte sie alle vergessen.

»Gut, ich brauche die Nummer vom Einwohnermeldeamt. Horten die da irgendwelche Familienstammbücher, wissen Sie das?«

Der kleine, graue Hund beschnüffelte ihren Vorderreifen. Sie sah zu, wie er das dürre Beinchen hob.

Die Sekretärin sagte: »Da fragen Sie mich was.«

[19]

Nie hatte er als Polizist etwas Gefährliches erlebt. Nachts hielt er besoffene Autofahrer an und nahm Randalierer fest, am Tag holte er Selbstmörder vom Haken und suchte nach verlorenen Kindern und Greisen. Der Tod machte ihm nichts aus, er sah Lebende und Tote, und manchmal sah er keinen Unterschied. Doch nicht ein einziges Mal hatte er seine Schußwaffe gezogen, obwohl er tausendmal davon träumte. Immer wieder sah er die Mündung, die sich vor die Augen eines Täters schob, immer wieder seine ruhige Hand. Doch dazu war es nie gekommen, Polizeimeister Dorian Kammer hatte noch nichts Besonderes geleistet. Vielleicht hatte er das Böse in Schach halten können bis zu jenem Tag, da Robin starb, denn zuvor war sein Leben in geordneten Bahnen verlaufen. Er ging zum Fußball, wo er Freunde traf, und wenn er eine Freundin hatte, verbrachte er die Abende mit ihr. Er hatte eine Wohnung und kam mit den Leuten aus, er hatte eine Stammkneipe, in der ihn jeder grüßte. Bis Robin starb, hatte er geglaubt, daß sein Leben friedlich war und angenehm. Doch jetzt traten Gespenster an sein Bett, Geister, die er schon als kleiner Junge sah, bei Kemper, als seine Mutter nachts in sein Zimmer kam mit blutender Stirn. Geister griffen ihn mit dürren Fingern an, er sah Augen im Dunkeln und ein irres Gelächter war um ihn herum. Er hörte Schreie.

Und es wurde schlimmer jeden Tag und jede Nacht.

Manchmal schrie es so laut in ihm drin, daß er die Stirn gegen die Wand preßte, um zu beten, doch fielen ihm keine Worte dazu ein. Sie hatten niemals gebetet früher, das hatte Katja nicht mit ihnen geübt. Er wußte ja noch nicht einmal, ob er würdig war zu beten mit dem Tod in ihm drin, mit Robin, der schrie.

Jede Nacht hörte er ihn schreien, *guck hin, guck hin*, und obwohl er sich nicht erinnern konnte, was er damit meinte, glaubte er doch ein paar quälende Sekunden lang, daß sein Leben eine Lüge, eine Täuschung war.

Er mußte sich ablenken. Früher, wenn er sich weh getan hatte, zeigte Katja ihm alles mögliche, das er längst kannte, doch tat sie so, als hätte er so etwas Tolles noch niemals gesehen – hey, wie findest du das? Guck mal.

Guck doch, schrie Robin in ihm, *guck hin*.

In Gedanken richtete er den *Taubenschlag* neu ein, weil er fest daran glauben wollte, daß es seine Bestimmung war, die Kneipe zu übernehmen. Die Hufnagels waren kaputt, er aber war jung und wollte nicht, daß sein ganzes Leben nutzlos war.

Nutzlos wie das ihre. Nachdem sie damals das Blut aus Kempers Wohnung geputzt hatte, meinte er eine Weile, sie nicht mehr sehen zu dürfen, weil er immer nur Blut sah, wenn er an die Riederwald-Frau dachte. An ihren Wangen lief es hinab und beschmutzte die Lumpen, die sie trug, und einmal träumte er sogar davon, daß sie die Hände zum Himmel hob, um Klumpen voller Blut aufzufangen. Ekelhaft war das gewesen, darum schloß er auch die Augen, als er sie dann doch wieder traf. Inzwischen war er mit seiner Ausbildung fertig, nur fuhr er damals noch nicht mit Nicole Streife, sondern mit einem alten Mann, der immer nur von seinem Hund faselte, von einer Töle namens Bodo. Egal, was sie gesehen hatten, Verkehrstote oder zerlumpte, arme Kinder, heulende Trinker oder grinsende Dealer, er vergaß das sofort und quasselte von Bodo, der viel rechtschaffener war als jeder Mensch. Nach dem letzten Einsatz, der ganz in der Nähe war, sagte Dorian, daß er zu Fuß zur Wache zurückgehen wollte; »Biste bekloppt?« hatte der Typ gefragt, »mit meinem Bodo geh ich schon gern zu Fuß, aber doch net so.« Nun stand er vor dem Ramschladen mit den Kindersachen, bis sie aus dem Hotel *Sylvia* kam und ihn am Arm berührte. Er schloß die Augen, doch als er sie wieder öffnete, war kein Blut an ihr. Sie selber dachte wohl auch daran, weil sie ihn eine Weile ansah, bevor sie etwas sagte, so als würde sie in Gedanken noch einmal diesen Lappen auswringen, aus dem blutiges Wasser in den Eimer tropfte.

»Ich hab dich gesehen«, sagte sie endlich. »Oben.«

»Stehst du den ganzen Tag am Fenster?« Er fand, daß er eine Frau duzen könnte, die auf Knien lag und putzte.

»Manchmal schon.« Sie nahm den Stoff seiner Uniform zwischen zwei Finger und murmelte: »Schick.«

Er nickte. Sie sah nicht so aus, als ob sie das wirklich meinte.

»Geht's dir gut?« fragte sie, und weil sie immer noch mit gesenktem Kopf den Stoff befühlte, sah es aus, als erwarte sie die Antwort von der Uniform.

»Sehr gut.« Er nickte. »Alles sehr gut.«

»Ich hab dich vermißt.« Langsam hob sie den Kopf. »Ich warte jeden beschissenen Tag auf euch.«

»So.« Er räusperte sich. Arme Sau, sie schien ja wirklich niemanden zu haben. »Auf Robin kannst du lange warten, der hat Besseres zu tun.« Er deutete auf das Hotel. »Wie wohnt man denn in diesem Stall?«

»Willst du's sehen?« Sie hob die Schultern. »Ist nicht besonders toll.«

Das war noch geschmeichelt, es war jämmerlich. Ein Bett, ein Tisch, ein Stuhl und ein Schrank, so lebten Penner. Kein Mensch konnte das aushalten, war er nicht längst halb tot oder so verlottert, daß er es nicht merkte. Rannte man hier nicht mit dem Kopf gegen die Wände, mußte man nicht schreien mitten in der Nacht? Was für ein Dreck. Er drehte sich um die eigene Achse und sah sie gegen die Fensterbank gelehnt stehen – was wollte sie hören, ach, wie nett? Schön hast du es hier, sollte er das sagen?

»Es gibt Schlimmeres«, meinte sie mit einer merkwürdigen Gelassenheit in der Stimme. »Man kann sich sogar setzen.« Im Vorbeigehen strich sie ihm durchs Haar und räumte ein paar Sachen vom Stuhl. Eine Gitarre lag auf dem Boden, und er fragte, ob sie darauf spielen könne.

»Ein bißchen. Die hat mir einer geschenkt, und ich hab's versucht, ist nicht besonders schwer. Aber es klingt halt ziemlich langweilig.«

Sollte er ihr erzählen, daß er auch Gitarre spielte? Nein, nachher bat sie ihn noch, ihr etwas vorzuspielen, doch er hatte lange nicht geübt und wollte sich nicht blamieren.

»Man kann nicht Mozart auf der Gitarre spielen«, sagte sie, »weißt du, wie dumm das klingt?«

Was wollte sie mit Mozart? »Meine Mutter spielt Klavier«, sagte er. »Ich meine, sie spielt richtig, sie kann es.«

»Hör auf damit.« Ihre Antwort war nur ein Flüstern, das erst nach einer Weile kam, als er schon dachte, sie hätte ihn nicht verstanden. Sie hatte sich ihm gegenüber auf das schmale Bett gesetzt, und weil hier alles so eng beieinanderstand, mußte sie nur eine Hand ausstrecken. Sie packte ihn am Unterarm und sagte: »Dorian – rede mit mir.«

Nun, was tat er denn die ganze Zeit? Hier saß er in einem verwanzten Hotelzimmer bei einer heruntergekommenen Schlampe, war das keine gute Tat, wußte sie das nicht zu schätzen?

»Bitte – versuch es.« Wie ein verwundetes Tier hörte sie sich an; sicher jaulte Bodo so, die Töle seines Kollegen, wenn er sich etwas gebrochen hatte, was brachen diese Viecher sich denn so, Vorderpfote, Hinterpfote? Rückgrat auch, da war dann Schluß.

»Frag mich doch, ich werd dir alles sagen.« Wie eine Klammer war ihre Hand auf seinem Arm. »Du weißt doch noch alles, das Klavier – du kannst dich erinnern, warum sagst du nicht einfach –«

»Was?« Im Aufspringen, als er sie abschüttelte, konnte er das Gewicht seiner Waffe spüren. Mit einem Finger öffnete er den Knopf des Holsters, das machte ein kurzes, klackendes Geräusch, doch schien sie keine Angst zu haben, sah einfach nur hin. Natürlich wußte er noch alles. Nachts, wenn er nicht schlafen konnte, sah er die Ketten und Peitschen und die Absätze ihrer Nuttenschuhe auf dem Boden. Nachts sah er sie trällern in diesem Puff, verhöhnt und verlacht und hinter die Bühne geschickt wie die allerletzte Vorstadtschlampe.

»Weißt du, wie du jetzt aussiehst?« fragte sie. »Wie der kleine Dorian, der Cowboy spielt. Steht ihr immer so breitbeinig da, wenn ihr die Waffe zieht?«

Er sah an sich herunter.

»Wie im Western.« Sie zog die Beine an und stützte das Kinn auf die Hände. Seine Waffe schien sie nicht weiter zu interessieren. »Ich würd so gern mal mit dir laufen«, sagte sie, »einfach so spazierengehen, zwei, drei Stunden lang. Magst du?«

Er schüttelte den Kopf. Zwischen seinen Ohren war ein merkwürdiges Geräusch, ein hohes Pfeifen, als er ihre nebligen Augen sah. Nicht schön, nein, düster. Als hätte Rauch sich vor die Sonne geschoben, nicht gut. Mit den Augen sollten sie lachen, die Menschen, da mußte ein Funke glimmen und sollte sich ein Licht entzünden, das einen ruhig stimmte und glücklich zugleich. Früher, wenn er traurig war, sah seine Mutter ihn so an, das wußte er noch genau, bloß hatte er die Gründe vergessen – weswegen war man traurig, wenn man doch eigentlich glücklich war? Weil man seinen Stoffhasen verloren hatte oder der Lutscher einem aus dem Mund in den Dreck gefallen war, deswegen nur. Der kleine Robin, der sich die Lunge aus dem Leib schrie, weil er seinen Pingpongball nicht fand, es war so wenig. Katja sah ihn an und lachte alles weg; »Hey«, sagte sie, »schau dir mal diesen Vogel da an, der hat eben auch geweint, aber jetzt sitzt er auf dem Baum und sieht, wie schön alles ist.«

War es ein schwarzer Vogel, den Katja ihm zeigte, ein Rabe?

»Ja«, sagte sie, »ein schwarzer Rabe. Es gibt auch bunte Raben, hab ich dir das schon erzählt? Die sind weit weg.«

Das hatte sie ihm schon ein paarmal erzählt. »In Afrika«, sagte sie, »da sind die Raben bunt.«

Sie hatte viel hellere Augen als diese hier, die frierend auf dem Bett hockte und herüberglotzte zu ihm.

»Sie haben ihn nicht gefunden.« Er schloß das Holster wieder und lehnte sich gegen die Wand, hinter der man ein besoffenes Gelalle hörte. »Er wird noch nicht einmal vermißt.« Es war egal, ob er das sagte oder nicht, denn Kempers Gesicht wurde immer unschärfer in seinen Träumen, als hätte er niemals gelebt. Nur sein Blut blieb, das Blut auf den Möbeln und auf dem Boden, das Blut im Wasser, aufgewischt und ins Klo gekippt. »Wenn sie ihn aber finden, ich meine, es könnte ja sein, daß ein Hund da schnüffelt, dann kommen sie darauf, wer mit ihm zusammen war. Zusammen, verstehst du? In diesem Schuppen und in seiner Bude.«

»Ja«, sagte sie nur.

»Dann lassen sie sich seine Frau beschreiben, seine Komplizin.«

»Sicher.«

»Die ist dann zuoberst auf ihrer Liste.«

»Ja, natürlich.« Sie hob ein wenig die Brauen, als hätte er gesagt, am Tag scheint die Sonne, und manchmal in der Nacht gibt es Sterne. »Mach dir keine Gedanken.«

»Nein.« Er ging zur Tür. »Ich brauch mir auch keine zu machen. Ich nicht.«

Komm wieder, hatte sie gesagt, hatte es nur leise geflüstert, als er ging. Dieses Flüstern – er sah von seinem elenden Papierkram hoch, den sie ihn auf der Wache machen ließen; sein ungewollter Urlaub war vorbei, doch sie ließen ihn nicht auf die Straße – es war so ein beschwörendes Flüstern, eher ein Flehen. Komm wieder. Ja, das hatte er gemacht, warum auch nicht, es war sein Hang zu Frauen, die auf Knien waren, die schrubbten und bedienten und immerzu froren. Eine Weile putzte sie in der Bar, weil kein vernünftiger Mensch sie mehr singen hören wollte, und als er eines Tages ins Hotel *Sylvia* kam, putzte sie auch da. Doch er gab ihr kein Geld, weil das so ähnlich wie mit den Bettlern war, die sich auch bloß zusoffen, warf man ihnen etwas in den Hut.

An ihrem letzten Tag im Hotel stand ein Mann in ihrem Zimmer, der bloß »Na?« sagte, als er Dorian sah. Wie ein Schwachkopf – *naaa?* Blöde lächelnd zeigte er zwei Zahnlücken und guckte ihn an wie ein seltenes Tier aus dem Wald. Sie redete über ihn, als sei er gar nicht da, sagte, daß er eine Wohnung für sie hätte, weil es hier immer kälter würde und lauter und weil das verdammte Geld sich verhielt wie eine Seifenblase, weißt du?

»Früher«, sagte sie, »hatte ich mal welches, da hab ich geglaubt, das reicht für immer. Kam mir vor wie das Meer.«

Der Mann kicherte darüber und sprach sie mit einem merkwürdigen Kosenamen an, doch beachtete sie ihn nicht. Fügsam und trottelig kam er Dorian vor, halt ein bißchen doof, doch als er ihn das nächste Mal sah, schlug er ihr mit einer mächtigen Pranke mitten ins Gesicht. Sie fiel gegen die Wand, die fast am Abbröckeln war, denn das, was sie eine Wohnung genannt hatte, war auch bloß ein Unterschlupf. Aber vielleicht mußte sie hier kein Geld auf den Tisch legen, sondern bezahlte mit ihrem Körper – das, dachte er, würde noch passen. Es war dunkel hier und eng und fast genauso kalt wie im Hotel. Verhalten, fast lautlos fing sie an, den Typ zu beschimpfen, so wie man als Erwachsener vor Kindern sprach, wenn sie etwas nicht hören sollten.

»Was sagste?« fragte der Mann. Entschuldigend guckte er Dorian an und meinte, sie sei langsam und noch viel zu faul. Die Küche sei nicht aufgeräumt, und hier im Flur, guck hin, da lag ein Schirm auf dem Boden, für den es einen gottverdammten *Schirmständer* gab. Dorian lachte, weil ihm das so wichtig war, als sei so ein Schirmständer das Wichtigste in einer Wohnung; kümmer dich nicht um Schimmel an den Wänden, laß den kalten Wind durch undichte Fenster ziehen, aber sieh um Himmels willen zu, daß du einen Schirmständer hast. Lachend schlug er dem Kerl seine Faust in den Magen und fragte: »Noch mal?« als er ihn nach Luft schnappen sah.

»Laß ihn«, sagte sie, wobei sie ihn merkwürdig ansah, ein bißchen erschreckt und auch ein wenig stolz, so als hätte sie, heruntergekommen wie sie war, ihren Privatpolizisten gefunden wie ein großer Star, ihren eigenen Bodyguard.

Ja, darauf lief es wohl hinaus. Er schob seinen Stuhl zurück und schaltete den Computer aus – es lief darauf hinaus, daß er ihr Privatpolizist war. Elf Uhr erst, doch er mußte hier raus, er wollte keinen halben Dienst machen, so einen Deppendienst am Schreibtisch. Nicole war mit einem anderen unterwegs, einem selig sabbernden Polizeiobermeister, der nicht wußte, armer Depp, daß er keine Chance hatte bei ihr, niemals eine Chance haben würde, und sie hatte sich noch nicht einmal gerechtfertigt, daß sie ohne ihn fuhr. Wie ausrangiert hockte er hier über Anzeigen und Berichten und wußte nicht, wer ihm das antat, denn der Schichtleiter bekam doch auch seine Befehle, doch von wem? Von der Kripo etwa, der Mordkommission?

Tausend Fliegen im Kopf, ein Gesumme und Gezerre, das ihn atemlos machte. Er lief zum Fenster, doch es gab keine Luft, dann rannte er hinaus und schlug die Tür hinter sich zu. Ein Kaffee würde vielleicht helfen, er rannte den ganzen Weg und spürte seine Waffe an der Hüfte wie damals, als er vor ihr im Hotel das Holster öffnete. Im *Taubenschlag* stellte er sich an den Tresen und hörte den Bierhahn tropfen, was das traurigste Geräusch in einer Kneipe war, trauriger noch als die verklingende Stimme eines Priesters in einer Kirche, in der niemand betete außer ihm selbst. Kirchen und Kneipen sollten nicht leer sein, weil man dann das Gefühl bekam, man sei ganz allein auf der Welt – soll ich beten, Robbi, wird mir das helfen? Was sag ich da?

»Billa, verdammt noch mal!« schrie er in den leeren Raum. Hier mußte er aufräumen, falls er am Leben blieb, mußte er Ordnung machen wie in seinem Kopf.

Sie kam mit einem Kännchen Kaffee aus der Küche und fragte: »Magst du was essen?«

»Hast du schon mal gebetet?«

»Nein.« Sie schlug gegen den Bierhahn, der weitertropfte, ein Geräusch, das er schon einmal gehört hatte, dieses monotone Ploppen in die Stille hinein.

»Warum nicht?«

»Weil es nicht hilft.« Sie starrte auf den Hahn wie auf einen persönlichen Feind.

Mit den Fingerspitzen fuhr er über den klebrigen Tresen – plopp, wieder ein Tropfen. Er ging zwei Schritte zur Seite – plopp, es hörte nicht auf, tropfte wie an jenem Tag, als Robin kam. Hier, genau hier hatte er gestanden. Robin quengelte, daß er Geld brauchte, wobei er mit rudernden Armen das beschrieb, was er seine derzeitige Finanzlage nannte: »Illiquid, klamm. Insolvent, finanzschwach.« Dorian hatte ihm fünfzig Mark gegeben.

Und dann?

Dieses Summen im Kopf, das er nicht länger ertrug – tausend Fliegen tanzten im Kreis. Hör zu, Robbi, um diese frühe Zeit werde ich den Laden nicht öffnen, nein, erst am Abend oder gegen fünf. Ich werde auch Cocktails anbieten, und ein erstklassiger Koch wird hier arbeiten. Was glaubst du, wie du staunen würdest, könntest du noch einmal kommen und alles sehen, die neuen Lampen und die Sitze und den sanften Glanz in den Augen der Gäste. Es gibt Kredite für Jungunternehmer, hast du das gewußt?

Was hast du getan, hier am Tresen, was hast du gesagt? Der Fernseher lief, richtig? Dorian schaltete ihn ein. An diesem Tag tropfte der Bierhahn wie heute, und eine schöne Frau sprach die Nachrichten, blond war sie oder rot oder beides, rotblond; Robin kam herein und sagte: »Na, guckste wieder geile Weiber? Macht er manchmal«, sagte er zu Billa, »guckt sich Weiber auf Video an.«

Dorian schaltete hin und her, doch jetzt gab es keine Nachrichten, nur Werbung, kreischende Hausfrauen und Musik. Begleitet vom Jubel des Publikums hüpfte eine Sängerin, die wie Madonna aussehen wollte, auf einer Bühne herum, um sich am Ende ihres bescheidenen Vortrages zu verbeugen. Dabei stellte sie sich an, als wär's der größte Tag in ihrem Leben, warf Küßchen und lachte das ungläubige Lachen einer Bettlerin, die gerade im Lotto gewonnen hatte. Das hatte seine Mutter nie getan, Katja war stolz gewesen. Nur ein Lächeln galt den Leuten da unten, eine kleine Geste, daß sie einander verstanden. Das hast du nie mitbekommen, Robbi, nein? Warst damals zu klein, und auch später hast du dir das Video nie richtig angucken wollen, auf dem die Leute klatschten und trampelten und mit Rosen werfen wollten, hätten sie daran gedacht, welche mitzubringen. Überall war Licht, weißt du, es umhüllte unser Leben, denn wir hatten teil daran, so klein wir auch gewesen sind. Du hattest ja keine Ahnung, aber Menschen wie unsere Mutter leben in einer anderen Welt, und genau das konnte man in den Gesichtern lesen, zeigte das Video einmal die Leute im Publikum. Sie wollen doch alle ans Licht, wollen heraus aus der

Leier, die ihr Leben ist, darum gucken sie hoch zu den Sternen, auf die Bühnen der Welt.

Sie kommt wieder, Robbi, wir holen sie zurück. Wir haben es vielleicht schleifen lassen, sind mürbe geworden bei den Tillmanns und mutlos sicher auch. Das macht nichts, daß sie ein bißchen älter geworden ist, denk an die Sängerinnen, die mit vierzig, fünfzig noch auf den Bühnen stehen und bejubelt werden, weil sie schön sind und groß und zeitlos irgendwie. Sie sterben nicht. Sind immer da. Sie kommt wieder, und wir denken, daß sie nie weggewesen ist, wie die Sterne, die du in der Nacht am Himmel siehst und dennoch am Tag nicht vergißt. Und weißt du, was noch wichtiger ist? Daß wir wieder reden und einander anschauen können, einfach lachen und reden und glücklich sein, wir drei. Stell dir vor, alles wird wieder, wie es war, dann wirst du auch nicht mehr schreien in mir drin, wirst dir die Augen reiben und dich wundern, was du verpaßt hast in deinem elenden Leben.

Man kann das doch praktisch angehen, oder? Man setzt eine Anzeige in die Zeitung, ich weiß jetzt nicht, was da stehen soll, aber sie wird sie lesen und wissen, daß wir warten, und sie wird wieder dasein und uns in die Arme nehmen wie früher, wenn es geregnet hat und wir spielen wollten und nicht konnten. Wenn das blöde Tropfen vor dem Fenster nicht aufhören wollte, hat sie uns an sich gedrückt und gesagt, daß wir die Welt nur richtig sehen können, wenn die Sonne scheint.

Das blöde Tropfen, plopp, plopp. Er schaltete den Fernseher wieder aus und hörte erneut den tröpfelnden Hahn. Billa stand davor, als könnte sie durch ihre pure Anwesenheit das Ding dazu bewegen, damit aufzuhören – wie sah sie denn wieder aus? Geh mir aus den Augen, wollte er sagen, geh sterben und laß mich hier allein, stell dich irgendwo an, wo es warme Suppe gibt, da fällst du nicht auf. Ein Anziehungspunkt für die Menschen am Licht soll meine Kneipe werden, denk sie dir wie die Sonne, um die sich die Erde dreht, da kann ich Finsternis nicht gebrauchen.

»Der ist verstopft«, murmelte sie.

»Wenn er verstopft wäre«, sagte er, »würde er nicht tropfen, dann käm überhaupt nichts raus.«

Doch sie schüttelte den Kopf und ließ es tropfen, schaute fahrig und lustlos, als sei es ja eigentlich egal. An diesem anderen Tag hatte sie sich mit einem Fleischermesser an dem Hahn zu schaffen gemacht, was aber auch nichts nutzte – ich hab ihr das Messer weggenommen, Robbi, weil ich es selber versuchen wollte, das Messer, wo ist es geblieben?

Geh sterben, alte Kuh. Hau ab.

Er schloß die Augen – hatte Robin das nicht gesagt? Nochmal von vorn, warum brummte es im Kopf und schob sich etwas Dunkles vor seine Augen, schwarze Krallen wie die Hand vom Tod? Robin brüllte, ja, so war das gewesen, Robin stand *hier*. Genau hier trommelte er mit seinen Fäusten auf den Tresen und keifte, aber warum? Das Geld, es war das Geld – Dorian hatte ihm fünfzig Mark gegeben, gut, da mußte er doch nicht ausrasten, gab es doch keinen Grund. Doch so war er gewesen. Manchmal kam er, stänkerte und haute wieder ab. Aber jetzt ging er nicht, warum?

Krallen vor seinen Augen, die schwarze Hand vom Tod. Mit kleinen Schritten ging er zu den Tischen herüber, ließ sich auf einen Stuhl fallen und preßte die Handballen auf die Augen. Stimmen, Gewisper waren die ganze Zeit in seinem Kopf gewesen, nun war es still, er sah nur noch Bilder. Er sah Robins Gesicht und dann sah er auch das Blut. So viel Blut auf dem Boden, viel mehr als bei Kemper. Ganze Pfützen davon, Blut auf dem Boden, nein, ich will das nicht sehen, warum hilfst du mir nicht, warum kommst du nicht und hältst mich fest, Mama, hilf mir doch, komm.

Robin war hier drin gestorben, so mußte es gewesen sein, denn jetzt hörte er wieder den Schrei. Wer schrie denn, er selber, Robin, Billa? Sei still. Hör auf zu schreien.

»Geht's dir nicht gut?« Sie kam mit einem Handfeger auf ihn zu und fing an, unter den Tischen zu fegen. Aber so ging das doch nicht, das machte man, bevor der Laden öffnete, man konnte nicht fegen, wenn Gäste da waren, man fegte auch nicht, sondern putzte und lüftete und stellte frische Aschenbecher hin. Hör zu, Robbi, meine Kneipe wird sauber sein und wird gut riechen, glaubst du mir das?

»Ich hab solches Kopfweh«, murmelte er.

»Willst du ein Aspirin?« Sie kroch unter den Tischen herum, weswegen er sie kaum verstand.

»Nein, davon bekomme ich Magenbluten.«

»Ach was, doch nicht, wenn du mal eine nimmst.«

»Doch, das steht auf dem Beipackzettel.« Er massierte sich die Schläfen, hinter denen sie wieder anfingen zu brummen, seine Geister, seine Teufel, seine Mörder.

»Heb mal die Beine hoch.« Sie rutschte auf ihn zu. »Das steht auf dem Beipackzettel, daß Dorian Kammer Magenbluten kriegt?«

»Halt doch die Klappe«, sagte er. Robin war hier drin gestorben, doch was war mit dem Blut passiert, der ganze Boden war doch voll, oder bildete er sich das ein? Was war passiert, war denn alles besudelt hier? Wie konnte er seine Kneipe dann noch *Sterntaucher* nennen, wenn alles besudelt war? Mama, Mama, wollte er schreien, wollte weinen wie ein kleines Kind. Mama, warum hilfst du mir nicht? Komm doch her zu mir, komm.

»Schwarzer Rabe«, flüsterte er. War doch ein Unglücksvogel, ein Todesvogel, ein krächzender Teufel. »Ich kann sie nur Schwarzer Rabe nennen.«

»Was meinst du?« Behutsam packte sie seinen Knöchel und kehrte den Dreck unter seinen Füßen weg.

»Schwarzer Rabe wird er heißen. Der *Taubenschlag*, wenn ich ihn hab.«

»Sicher gibt es fünfzig Kneipen, die so heißen.« Sie sah ihn müde an. »Ist doch einfallslos, mach Bunter Rabe daraus.«

»Bunter Rabe«, wiederholte er.

»Ja, die gibt's«, sagte sie. »In Afrika gibt's bunte Raben.«

Bunte.

Er spürte, wie seine Schultern sich zusammenzogen. Bunte Raben.

Was wußte sie davon, was wußte sie von bunten Raben?

Auf Knien lag sie vor ihm und guckte zu ihm hoch. Er sah ihre bleichen Wangen, Tote sahen so aus. Eine Wasserleiche, von drei Polizisten geborgen, hatte nichts Menschliches mehr gehabt, ein ans Ufer gespültes Wesen mit verschrumpelten Fingern.

»Nein«, flüsterte er, »nein, nicht.« Er konnte sich nicht bewegen, obwohl er doch aufstehen wollte. Er konnte sich nicht bewegen.

Er wollte nur schreien.

Sie hatte auch Robins Blut aufgewischt, ja? Sie war das gewesen, sie wischte ja dauernd Blut, überall kroch sie im Dreck herum.

Das blieb ihr doch, der Dreck, das war ihr Leben, sie trampelte durch Dreck. Erst auf Nuttenschuhen in diesem Haus, bis selbst Kemper sie loswerden wollte und nur noch Karl sie nahm. Karl, richtig, Karl, wenn er nett war, hatte diesen Kosenamen für sie, mit dem sie sich schmückte, und wenn sie zu faul war, nannte er sie du Aas. Also, was willst du von mir?

Schau mich nicht an. Sag nichts von Raben. Was weißt du denn von Raben? Weg, weg mit den Augen –

guck hin, hatte Robin geschrien, *Mann, guck sie dir doch an, wie alt und häßlich sie ist.*

[20]

Sie hatte kein Talent zum Warten. Manche Kollegen nahmen es hin, wenn sie warten mußten, als wäre es ein heiliges Schicksal, in das sie sich zu fügen hatten, andere, wie Kissel, drehten dann auf. Ina starrte auf die geschlossene Tür – Kissel würde vergessen anzuklopfen, Kissel würde noch einmal seinen Ausweis ziehen und um Tempo bitten; wissen Sie, wo wir wären, würde er sagen, wenn alle so arbeiten würden wie Sie? Auf den Bäumen, pflegte er die Antwort dann vorwegzunehmen, dann würden wir alle noch auf Bäumen sitzen oder im Finanzamt.

Sie mußten doch nur etwas nachgucken, überstieg das ihre Kräfte? Ein paar Tasten auf dem Computer, verdammt noch mal, ein paar Zeilen lesen, oder machten die erst Mittag? Das war ein Amt hier, das erklärte vieles, vielleicht auch ihren idiotischen Wunsch, einfach auf den Putz zu hauen, Polizei, ihr faulen Säcke, jetzt habt ihr zu springen. Sie lehnte sich gegen die Wand und spürte wieder dieses merkwürdige Summen in den Ohren, das von der ungewohnten Stille kam. Geisterhaft die Flure hier, wie im Präsidium um sechs Uhr morgens. Vielleicht fanden sie ja nichts, und sie stand wieder am Anfang, auf Null, vielleicht war es eine andere Stadt, aber wie sollte sie die finden? Pagelsdorf würde sich verklausuliert nach ihrem Zustand erkundigen, fing sie an, die Ämter aller Städte abzugrasen, bloß weil sie eine alte CD in Händen hielt. Als vor ihr die Tür geöffnet wurde, stieß sie sich von der Wand ab und blieb stehen.

»So«, sagte die Frau, eine ältlich wirkende Bedienstete, die höchstens dreißig war. Komisch, daß manche tatsächlich so aussahen, wie man sich vorstellte, daß sie aussehen mußten.

»Ich hab hier was.« Die Frau zog sich wieder in das Innere ihres Dienstzimmers zurück, in dem es auch nicht anders aussah als im Präsidium, langweilige Möbel mit ein paar langweiligen Pflanzen.

»Diese hier«, sagte sie und drückte Ina einen Ausdruck in die Hand. »Wenn Sie in der Zeit zurückgehen wollen, müßte ich –«

Was müßte sie? Vielleicht sagte sie es, doch Ina hörte es nicht mehr. Zwei Eheschließungen, eine vom letzten Jahr, *Hufnagel, Robert Michael und Hufnagel, Martina, geb. von Mensing*. Warum hatte die ihren Namen nicht behalten? Die andere war zwei Jahre her, *Hufnagel, Karl und Hufnagel, Sybille Katja, geb. Kammer*.

»Ja«, sagte Ina. »Danke.«

»Sind die Richtigen dabei?«

»Ja.« Sie ließ das Blatt sinken und spürte nur Leere. Sie wußte nicht, was sie erwartet hatte, alles Mögliche wohl, nur keine Leere.

Hättest auch nicht gedacht, daß sich noch irgendein Mensch für deine CD interessiert? *Schlagzeug: Charly Hufnagel*. Klar, heute ist er älter, heißt er wieder Karl.

»Das sind die Hufnagels«, sagte Dorian, als sie zusammen im *Taubenschlag* hockten, »Billa und Karl.«

Dorian, verdammt noch mal –

»Haben Sie auch zwei Vornamen?« fragte sie.

Die Frau sah sie an, als hätte sie sich unanständig benommen. »Drei«, preßte sie dann heraus.

»Ich hab nur einen«, sagte Ina. »Danke, Wiedersehen.«

Draußen blieb sie stehen und guckte hoch in den trüben Himmel. Siehst du, ich hab dich. Es hat etwas gedauert, und tatsächlich hatte ich dich die ganze Zeit.

Sie nahm die CD aus der Tasche und ließ einen Finger über ihrem Foto kreisen, ohne es zu berühren. Ein kleiner blonder Junge mit einem Lutscher in der Hand stapfte heran und sah ihr ins Gesicht – vielleicht hieß er Robin. Oder Dorian. Nein, so hieß er sicher nicht.

»Biste traurig?« fragte er.

»Ich weiß nicht.«

»Das weiß man doch.« Ratlos biß er in seinen Lutscher, dann hielt er ihn ihr hin. »Is' Erdbeer.«

[21]

Komm hoch, alte Schlampe, steh auf.

Dorian sah sie auf Knien liegen wie damals schon, als sie Kempers Blut wegwischte. Ihre Stöckelschuhe hatte sie längst ausgezogen, auf denen sie im Folterhaus herumgetippelt war, und auch in dieser Bar trällerte sie nicht länger wie die letzte der Heulsusen herum. Sie putzte und bediente, Billa Hufnagel, Karls Frau.

Sie wußte nichts von Vögeln.

Karl, wie oft hatte er Karls quengelnde Stimme gehört, Billa mach Kasse, träum nicht herum, du Luder, du Aas hast wieder nicht aufgeräumt, Billa, komm her. Schon damals im Hotel hatte er sie so genannt, Billa, hatte er damals gesagt, nein, eher geflüstert, Billa, wird Zeit. Zeit für was, zum Sterben? Sie hauste in seiner Wohnung, oben über der Kneipe hauste sie in den *hinteren Räumen*, wie Karl sie nannte, Räume, die keine Wohnung waren, sondern ein abgeteiltes Loch. Da gehörte sie hin, Karl wußte das, hatte das so eingerichtet, Karl besuchte sie ab und zu, dann wollte sie ihn zuerst nicht ranlassen, das hatte der Trottel ihm selber erzählt, und wenn er sie schlug vor seinen Augen, gab Dorian ihm eins drauf, weil er doch ihr Privatpolizist war. Das waren Fakten.

Karl ließ sie arbeiten und gab ihr eine Wohnung dafür, und was tat sie für ihn? Wie alt ist Karl, hatte er einmal von ihr wissen wollen, da guckte sie ihn groß an und murmelte: Keine Ahnung. Aber du hast ihn doch geheiratet, sagte Dorian, da weißt du nicht, wie alt er ist? Nein, sagte sie nur und daß sie ihn auch nur geheiratet hätte, weil das seine Forderung war und sie sonst die Wohnung verlor, Karls hintere Räume.

Auf Knien war sie. Sie war nicht stolz und nicht schön, sie putzte Dreck weg und Blut.

»Steh auf«, murmelte er, da blickte sie ihn wieder an. Neblige Augen.

»Willst du wirklich nichts essen?« fragte sie. »Kopfschmerzen kommen oft vom leeren Magen.«

Nein, es war kein richtiger Schmerz im Kopf, das war ein Druck, ein Brummen, das waren die Fliegen da drin. Er konnte sich noch immer nicht bewegen. Bunte Raben. *Wirklich, Dori, in Afrika sind viele Raben bunt.* Er starrte sie an.

Er sah ihre Hand, die mit einem feuchten Lappen über die Tische wischte, und er wollte mit ihr reden; Billa, wollte er sagen, hör zu, du machst es wieder falsch – die Reihenfolge, verstehst du? Man putzt von oben nach unten, kapierst du das nicht? Erst die Möbel, dann den Boden, doch dazu bist du zu blöd. Kennst dich nicht aus, hab ich recht, was weißt du denn von Vögeln?

»Hey«, sagte sie. »Mach doch mal Platz.« Wie vorhin seinen Knöchel hob sie jetzt sein Handgelenk an, um darunter zu wischen. Er spürte ihre rauhe Haut, als sie mit dem Daumen über seinen Handrücken strich, und er sah ihre grauen Augen, wie sie in seine eigenen krochen. Doch seit Robin tot war, starrte sie ja gewöhnlich nur vor sich hin, guckte an den Menschen vorbei in leere Räume, in denen vielleicht Bilder hingen, die nur sie alleine sah.

Robbi, kleine Maus, komm nach Haus. Und lachend rannte er in ihre Arme.

Sie hatte sein Blut weggewischt. Sie hatte seinen Namen geschrien, ROBBI.

Es hatte angefangen mit den fünfzig Mark, die hatte er Robin gegeben an jenem Tag. Aber dann wollte sie ihm auch noch Geld geben, sie gab ihm noch mal fünfzig, da hatte er hundert Mark, das war doch okay. Doch fing Robin an zu schreien, FÜNFZIG MARK, DU DUMME SAU, GLAUBST DU, DAVON KANN ICH MIR WAS KAUFEN?

Hör auf, sagte sie müde, schrei doch nicht immer. Es war ein Tag wie dieser, als man den Bierhahn tropfen hörte und im Fernseher eine rote Frau die Nachrichten verlas. Mit dem Messer hatte er versucht, den Hahn zu reparieren. Wo war das Messer?

Robin kam selten, und gewöhnlich fing er an, sie zu beschimpfen. Er wollte Geld von ihr, soviel Dorian wußte, viel mehr Geld als fünfzig Mark, er schrie sie dann an, du Miststück hast das gehortet, erzähl mir nichts, du hast doch Geld genug. Du wirst es mir auch geben, schrie er, denn ich muß nur ein Wort sagen, dann hast du die halbe Bullerei auf dem Hals.

Robbi, sagte sie, Robbi, ich hab doch nichts mehr.

NENN MICH NICHT ROBBI, DU FOTZE.

Trotzdem schien es, als freute sie sich über seinen Besuch, jedenfalls so lange, wie er den Mund halten konnte. Als er das erste Mal in die Kneipe gekommen war, hatte sie ihn nur angesehen wie einen fernen Geliebten, und immer, wenn er sie anschrie, tat sie so, als sei das ganz normal. Nur diesmal sagte sie: Hör auf.

Laß sie, sagte Dorian, du siehst doch, daß sie nichts hat. Die hat mit ihrer Trällerei genug verdient, rief Robin, und Dorian fragte: In dieser Bar? Das glaub ich nicht. Welche Bar, schrie Robin, du blöder Depp, du armer Irrer, das waren Säle!

Säle – Dorian hatte das komisch gefunden, wie kommst du darauf? In einer Bar hat die geträllert, bevor sie die Kneipe hier hatte; BIST DU VÖLLIG BESCHEUERT, schrie Robin, HÖR DOCH MAL AUF MIT DEM SCHEISS.

Jetzt sah er ihre Hände auf dem Tisch, sie wischten Aschereste weg und Ränder vom Bier, doch im nächsten Moment sah er sie wieder auf Knien, sie wischte den Boden, wischte das Blut weg, Robins Blut.

Aber warum, wie war das gekommen, Robin schrie doch nur, ja, und wie der schrie, der schrie ihn ja tot. Er wollte hin zu ihm, zu Robin, wollte ihm den Mund zuhalten, dieses böse, schlechte Maul, denn mit einer Stimme, die sich fast überschlug, brüllte er, daß er HINGUCKEN sollte, GUCK DOCH HIN, MANN, DIE HURE DA, DAS IST UNSERE MUTTER, DU ARSCH.

War er dann tot? Er wußte es nicht. Konnte sich nicht erinnern. Er hatte nur das Blut auf dem Boden gesehen und sie schreien gehört, so ein langgezogener, wimmernder Schrei war das gewesen wie damals, als Christian starb, der Fotograf des Sternenbildes.

Genauso. Jetzt fiel es ihm ein.

Langsam hob er die Hände vom Tisch und guckte auf seine Finger, die ihm vorkamen wie Klauen. Auch das Holz, vor dem er saß, der Tisch, sah anders aus. Als wär es kein Tisch mehr, als wär es etwas anderes. Robin war nun still. Er schrie auch nicht mehr in ihm drin, vielleicht, weil es keine Hoffnung mehr gab, nichts mehr auf der Welt.

»Der Sterntaucher«, sagte er laut.

»Was meinst du?« Sie stand am Zigarettenautomaten und zog sich eine Marlboro. Die rote Packung hatte er schon als kleiner Junge gesehen.

»Meine Kneipe«, flüsterte er. »Sterntaucher.«

»Ja«, sagte sie, »das war immer mein Lieblingsvogel, nur wegen dem Namen. Der sieht ja eher wie eine fette Ente aus.«

Er nickte und sah Hände in einem Buch blättern, *hier, schau mal, der ist fünfzig Zentimeter groß*. Was hatte sie mit ihren Händen gemacht? Weiche Hände waren das früher, die ihn streicheln konnten, wenn er traurig war. Es war so lange her. Sie riß diese Folie von der Zigarettenpackung ab – wie siehst du denn aus, was bist du denn jetzt?

Robbi hatte das nicht sagen dürfen. Aber hatte er nicht recht gehabt?

»Ich fand die Vorstellung so schön«, sagte sie, »daß der die Sterne findet, überall.« Sie ging an ihm vorbei auf die Tür zu, die zu Karls hinteren Räumen führte, und im Aufspringen sah er wieder ihr Gesicht, sie drehte sich um. Ein Geräusch, ein Blick; er hörte, wie der Stuhl hinter ihm zu Boden fiel und sah in ihre Augen. Er zog seine Waffe, er war Polizist. Seine Füße machten Lärm, das hörte er genau, nur ihre Stimme war ein fernes Rauschen – »Dori«, sagte sie leise, »komm her, steck die weg.«

Niemand sonst hatte ihn so genannt. Nur Robin ab und zu, wenn er ihm einen Gefallen tun sollte. Niemand sonst.

»Warum«, fragte er, »bist du nicht zurückgekommen?« Er sah die Waffe in seiner Hand und dann sah er wieder ihre Augen. Sie stand ganz ruhig da und sah ihm entgegen. Er hörte nicht, ob sie antwortete, wahrscheinlich nicht.

[22]

Natürlich ein Stau, was denn sonst? Es regnete ja. Diese beschissene Stadt, in der jeder Regentropfen die Wagen zu einer Schlange zusammenschob, diese ewigen Baustellen, die auch nichts verschönerten, diese Amateure, die durch harmlose Pfützen krochen wie verendende Maultiere durch die Wüste – Ina dachte daran, das Blaulicht auf das Wagendach zu schieben, doch so weit war die Fahrt zum *Taubenschlag* nicht, außerdem galten Regeln dafür. So weit kriegst du mich nicht, daß ich alle Regeln breche, da muß man der Typ für sein, okay?

Frau Hufnagel. Großer Gott.

Klar wär ich gern der Typ für was anderes, aber kommt man denn aus seiner Haut? Bist du aus deiner Haut gekommen mit deinem anderen Namen, der noch nicht einmal ein falscher Name ist, nein, im Gegenteil, der so korrekt ist wie ein Name nur korrekt sein kann? Hast gewußt, daß du uns damit verarschen kannst, richtig? Sie schlug mit den Fingern aufs Steuer und hörte den eigenen Atem wie ein Zischen. Zähfließender Verkehr. Wann war ein Verkehr zähfließend, wann war er stockend? Hatte sie doch alles einmal gewußt. Zu Beginn ihrer Polizeilaufbahn mußte sie eine Woche in einer Verkehrsleitstelle verbringen und sich mit diesen Formulierungen herumschlagen, die den Radiostationen durchzugeben waren – bei Bad Rappenau liegengebliebener LKW – bitte machen Sie eine Gasse für die Räumfahrzeuge frei – auf der Gegenfahrbahn Stau durch Gaffer, nein, durfte man nie sagen, mußte ja höflich sein zu dem Pack, Schaulustige also. Falschfahrer auf der A 6, bitte überholen Sie nicht, Rinder auf der Fahrbahn, weiß Gott, ganzer Stall davon.

Sie sah auf ihre Finger, wie sie auf das Steuer schlugen, und dann, wie durch einen Schleier, sah sie die Wirtin des *Taubenschlag*, deren Finger auf den Tresen pochten – nein, nicht voller Ungeduld, wie sie angenommen hatte; Frau Sybille Katja Hufnagel-Kammer ist Pianistin gewesen, da hält man die Finger nicht still. Sie wollte die Wagentür öffnen und auf die Straße hinausschreien, statt dessen nahm sie ihr Handy und rief Katjas alte Freundin an, Sabine Klein.

»Gibt es neue Erkenntnisse?« rief die geziert, wahrscheinlich hörte jemand zu.

»Nur eine Frage«, sagte Ina. »Erinnern Sie sich an Karl Hufnagel?«

»Wen?«

»Er war Schlagzeuger bei ihr.«

»Ja, natürlich«, schrie Sabine Klein, »der Charly! Was ist denn mit dem?«

»Das frag ich Sie ja. Waren die zusammen?«

»Ach du lieber Himmel, Charly? Nein, mit Bandkollegen hat sie doch nichts angefangen. Charly war wohl hinter ihr her, aber da war er nicht der einzige. Sie hat das ignoriert, hat sich immer ein bißchen über ihn lustig gemacht. Charly war treu, wissen Sie? Der hat ihr brav alles hinterhergetragen, Mikro, Koffer, das war ein Gutmütiger.«

»So.« Ina versuchte sich an einem Cabrio vorbeizuschlängeln, was mißlang. Hämisch glotzte der Fahrer herüber. »Haben Sie Katja immer Katja genannt?«

»Ja, was denn sonst?« Sie kicherte blöd. »Schätzchen? Nein, so eng waren wir nicht.«

»Katja ist nicht ihr erster Vorname.«

»Aber natürlich ist – nein, warten Sie mal, nein.« Sabine Klein klang erstaunt. »Zu Hause bei ihren Eltern und von ganz alten Freunden wurde sie wohl anders genannt, ich komm jetzt nicht drauf. Es war ein Name, den sie gehaßt hat, der wurde immer so verhunzt, so wie man Tussi zu Tusnelda sagt, verstehen Sie, was ich meine? Aber sie hat sich immer nur Katja genannt.«

»Schön«, sagte Ina. Hieß irgendeine Frau auf dieser Welt Tusnelda? War das ein Name oder eine Strafe? »Das war's schon.«

»Halten Sie mich auf dem laufenden?«

»Danke, tschüs.« Dämliche Kuh. Als sie ausstieg, um sich zu

überzeugen, daß es an der Kreuzung kaum weiterging, blickte sie wieder in das grinsende Gesicht des Cabrio-Fahrers. Na gut. Sie schob das Blaulicht aufs Dach, stellte das Signal an und machte ihm ein Zeichen, zurückzufahren – noch ein Stück, na komm, dein Hintermann hat's doch auch kapiert. An einem anderen Tag wäre beim Anblick dieser einfrierenden Gesichtszüge ihre Stimmung jetzt wohl obenauf, doch alles, was sie spürte, war ein Ziehen im Magen, als ginge es zum Zahnarzt, der mit drei Spritzen wartete und einer Zange.

Es ging immer noch nicht schnell genug.

Viel später war es eine Weile das einzige, woran sie sich wirklich erinnerte: die Fahrt zu ihr. Bleifuß auf dem Gas und Stimmen im Kopf, Sabine Klein, die über ihre Freundin sagte: »... es war der Ausdruck, es waren die Augen.« Da war ihr Freund gestorben, Christian. »Daß ein Mensch sich so verändern kann, haben Sie das gewußt?« Kissel, der die Wirtin fragte: »Sind die Frikadellen so vielversprechend wie Sie?« Nein, im Grunde hatte er keinen Witz gemacht, auch wenn sie das damals komisch fand, weil sie sich kaum vorstellen konnte, daß diese Frau, *diese* Frau ihm gefiel – der grüblerische Blick, mit dem er ihr hinterherstarrte, als spüre er einer fernen, vagen Erinnerung nach. Vielleicht guckten Männer Frauen anders an, ja, ganz sicher sogar, er hatte die Videos doch auch gesehen, die Frau an der Wand und die Mutter, die ihren Jungs Geschichten erzählte von Trottellummen, Sterntauchern und Schwalben. Er hatte sie unnötig betatscht, als er sie befragte, und eine blöde, hilflose Konversation versucht: »Die Frikadellen waren gut, auch der Ketchup.«

Hatte sie genau hingesehen? Es war etwas wie Befangenheit, das sie Billa Hufnagel gegenüber empfunden hatte und über das sie nie weiter nachdenken wollte, weil es sie störte, so ein blödes Gefühl. Weißt du was? Mit dieser Wirtin sind wir nicht klargekommen. Keinen Schimmer, wie ich mit ihr reden sollte, und einmal, weißt du, hab ich sogar von ihr geträumt, von ihren Augen, in denen etwas schlummerte, was vielleicht einmal schön gewesen war.

Wie konnte das passieren, warum hast du dich versteckt in dir selbst?

Die Fahrt zu ihr – das Gefühl, über den Asphalt zu kriechen und nur an den erschreckten Augen eines über die Straße hetzenden Fußgängers zu merken, daß es nicht so war. Die linke Hand, die das Steuer umklammerte, die rechte, deren Finger auf die Gangschaltung trommelten, im Kopf diese Zeilen aus dem Booklet der CD: *Nicht du bist vorbereitet und nicht ich, einander zu begegnen.* Als sie mit kreischenden Bremsen vor dem *Taubenschlag* hielt, stand der Wagen der Kollegen da. Dorians Bewacher waren zwei junge Kerle, denen vor Langeweile die Augen tränten. Einer schob den Kopf aus dem Fenster und sagte: »Nix los. Er ist da drin, macht Mittag oder spätes Frühstück, wer weiß.«

»Ja«, sagte sie und mußte sekundenlang überlegen, warum sie eigentlich warteten, wer sie waren und welcher Tag heute war. Möglich, daß er noch etwas sagte und der andere vielleicht auch, doch rannte sie auf die Eingangstür zu und blieb nur zwei Sekunden lang stehen, als ihre Hand die Klinke berührte.

Hallo Katja.

Der Raum war leer. Eine trostlose Kneipe. Kein Mensch hinterm Tresen, niemand davor. Sie war sicher gewesen, ihr direkt in die Augen zu sehen und erneut diesem Blick zu begegnen, der sie auf Distanz hielt, weil er halb gleichgültig schien und halb genervt.

Komm her, versteck dich nicht.

Sie drehte sich einmal im Kreis. Leere Hocker, unbesetzte Tische, ein Stuhl, der auf dem Boden lag, als sei jemand aufgesprungen wie ein Verrückter –

Dorian? Er sollte doch hier drin sein, hatten die draußen gesagt.

Undeutliche Geräusche, ein stetes Tropfen hinterm Tresen, als ob es hereinregnete, ein Summen aus der Küche, der Kühlschrank vielleicht. Dann eine Stimme, ein Schrei von irgendwoher.

Dorian? Als hätte er Schmerzen.

Ein kleiner Gang führte am Tresen vorbei, dunkel und eng. Einen Moment lang konnte sie sich nicht orientieren, bis sie erneut diesen Schrei hörte, der nach Verzweiflung klang und Raserei, seine kippende Stimme, die schrie: »DU VERDAMMTES –«

Dann diese Stille.

Sie rannte los, sah die offene Tür am Ende des Ganges, sah Dorian Kammers ausgestreckten Arm und seine Hand, die eine Pistole hielt. Seine Mutter war hier, doch schien sie ohne Angst zu sein. Ein, zwei Sekunden lang sah Ina ihre Augen und glaubte diesen alten Film zu sehen, in dem ein Typ, so ein Revolutionär, zum Galgen geführt wurde, den er so ruhig betrachtete wie ein Tourist eine Kirche oder ein schönes Haus. Der wollte nicht kämpfen, der erwartete die andere Welt – genauso sah sie aus, und wie ein Film war das hier auch, das Ende, eine Exekution. Auf Knien lag sie vor ihm, gegen die Wand und zu Boden gedrückt, bewegungslos und ohne Chance. Dorian hatte ihr den Lauf seiner Pistole in den Mund geschoben.

»Dorian.« Ina zog ihre eigene Waffe. Sie wußte nicht, wie laut sie sprach, weil sie kaum spüren konnte, ob sie atmete. »Laß sie los.«

Aber er war nicht mehr hier. Sie wußte nicht, wo er war, hörte nur seinen Atem, ein Schnaufen, als sei er gerannt, und die Welt schrumpfte zu einem Ausschnitt zusammen, zu einer Hand, einer Pistole und einem Mund. Ina nahm ihre Waffe in beide Hände, eine Heckler & Koch, vom Kollegen Stocker Henkel und Topf genannt, warum fiel ihr das jetzt ein?

»Dorian, sieh mich an. Wirf die Waffe weg.«

Sie sah seine Hand, die nicht zitterte, und begriff nicht, warum er so ruhig dastand, denn sie hörte doch seinen schnellen, heftigen Atem.

»Laß die Waffe fallen.«

Laß sie leben, laß sie leben.

Das war seine Dienstwaffe da, eine Sig-Sauer P6, da war der erste Schuß nicht vorgespannt und deshalb schwerer abzugeben, was die einzige Sicherung war, der nicht vorgespannte erste Schuß. Sie mußte sie ihm aus der Hand schlagen, was nur ein paar Schritte wären, zwei Schritte vielleicht, ein kurzer Sprung, doch lag die halbe Welt dazwischen, denn vor ihr war sein linker Arm, und er hielt die Waffe mit der Rechten. Zu weit weg zum Überrumpeln, für einen Ausweg keine Zeit, keine Luft zum Atmen, eine Hand, eine Pistole, ein Mund.

»Laß sie los. Laß sie los, oder ich schieße. Dorian, sieh mich an, LASS SIE LOS.«

Sie sah seinen Finger am Abzug und glaubte eine winzige Bewegung zu sehen, ein Zucken, nicht wahrnehmbar – nein – doch – und von dem Schuß, den sie dann hörte, meinte sie, daß es seiner war, weil Dorian Kammer auf der anderen Seite der Erde stand, unerreichbar für die Menschen von hier –

geh weg da, nicht schießen.

Erst als sie den Rückstoß wie einen Schlag gegen den Ellenbogen spürte, begriff sie, daß er aus der eigenen Waffe kam, daß sie selber es war, die schoß. Auf die Beine, immer auf die Beine, aber sie konnte nichts sehen, weil das ein Karussell hier war, das niemand mehr anhielt. Immer auf die Beine, doch sie sah nur seine Waffe, darum schoß sie erneut, bis er weg war, endlich weg da, weg von ihr.

Sie sah ihn nicht fallen.

Sie hörte ein Murmeln, ein Gurgeln, dann stand er nicht mehr da, und die Welt vergrößerte sich ein wenig, ließ Platz für eine Wand, auf der ein Blutfleck war.

Katja? Wo bist du, was hat er gemacht? Sie wollte hin zu ihr, spürte ihre Schultern nach vorne kippen und sah ihn da liegen. Er sah sie immer noch nicht an. Dorian lag auf dem Boden, auf dem Rücken, ein Bein lag krumm, das andere gerade. Mußte sich ausruhen. Guckte zur Decke hoch und bewegte sich nicht. Blutete, blutete so stark. Sie ließ die Waffe fallen.

Ein schwarzes Ding auf dem Boden, zwei Meter von Dorian entfernt. Sie wußte nicht, was sie tun sollte, sah nur hin und konnte nichts hören, kein Stöhnen und keinen Schrei, es war so still, als sei nichts geschehen. Dann hob sie den Kopf und sah Katjas graue Augen, die über sie hinwegblickten, irgendwohin in die Ferne. Ruhig stand sie da, gerade und aufrecht, und sie bewegte nur ein wenig den Kopf, so als suche sie ihn; »Dori«, flüsterte sie, »du mußt atmen – atmen.« Dann kniete sie neben ihm nieder und berührte sein Haar.

Es war der jüngere der Kollegen von draußen, der den Raum als erster erreichte, die gleiche P6 im Anschlag, mit der er herumfuchtelte und sein Ziel nicht fand.

»Ich hab geschossen«, sagte Ina. Sie nahm ihre Waffe vom Boden und überreichte sie ihm, wie es Vorschrift war. Ein Kollege bekam die Waffe; die schmutzige Waffe hieß sie dann, der Dreck, das elende Ding. Jetzt hatte er zwei Waffen. Dorians P6 lag neben seinem abgewinkelten Bein, da rannte er hin und nahm sie hoch – drei Waffen nun, die er gegen den Bauch drückte wie eine Handvoll Äpfel. Dann blieb er stehen und starrte sie an, und Ina glaubte, daß jetzt alles getan war und im Leben nichts mehr übrigblieb.

Sie hatte noch nie einen Menschen sterben sehen. Sie sah sie als Tote, was ganz anders war. Konnte es so lautlos gehen, sackte man nur zusammen ohne Schrei?

»Notarzt«, sagte sie und lehnte sich gegen die Wand. »Und Leitstelle. K 15, Mordkommission.«

»NOTARZT«, schrie es von hinten, das war der andere. »LEITSTELLE, ich ruf an. Andi, du sperrst unten ab. ABSPERRUNG, HÖRST DU?«

Nein, er hörte nicht. Er starrte auf seinen Kollegen am Boden und auf die Frau, die über ihm kniete. Katja legte eine Hand auf Dorians Stirn und strich ihm durchs Haar. Sie berührte den blutgetränkten Stoff seiner Uniform.

Andi – hieß er so? – holte einmal kurz und heftig Luft, was wie Schluckauf klang, da hob sie den Kopf und sah ihn an.

»Er muß atmen«, sagte sie, »damals wollte er auch nicht. Haben sie ihm richtig was draufgeben müssen bei seiner Geburt. Er wollte nicht, wollte einfach nicht atmen.«

Andi schien zu frieren. Ina sah, wie sein Brustkorb sich hob und senkte, und als sie sein beständiges Nasehochziehen hörte, begriff sie, daß er weinte und daß er der einzige war, der das tat. Katja, unser Leben fällt in Stücke. Kannst du es hören?

Sie blieben bei ihm, beide, bis der Notarztwagen kam. Ina lehnte an der Wand und sah Katja reglos neben Dorian knien, ein, zwei Meter entfernt. Weit weg. Stumm hielt sie seine Hand und blickte in sein Gesicht, nur in sein Gesicht, nirgendwohin sonst. Keine von ihnen bewegte sich, und auch Dorian lag still, viel zu still. Kein Geräusch, nur die Stimmen im Kopf, »Er muß atmen.«

»Sie trug ihn überall mit sich herum«, wer sagte das, das war doch Katjas alte Freundin gewesen; »wenn er die Händchen irgendwohin patschte, fing sie sofort an, mit ihm zu reden – das ist ein Tisch, da wirst du später dran essen, das ist Gras, willst du mal riechen? Sie trug ihn überall mit sich herum.«

Katja, nein, es ist nicht wahr. Wir träumen schlecht, wir wachen gleich auf, alle drei.

Sag es, sag, daß wir träumen. Ein böser Traum, du wachst auf und schlägst die Decke weg, weil es so heiß ist, und sekundenlang willst du schreien, bis du merkst, es ist ja nicht wahr. Ist nur so dunkel überall, aber die Welt ist noch da, unser Leben. Sag das jetzt.

Doch Katja sprach nicht, sah Dorian an. Erst als der Notarzt sich über ihn beugte, sagte sie: »Er atmet nicht.«

Der Arzt war ein sanfter Mann mit einer so starken Brille, daß man seine Augen nicht sah. Er löste ihre Hand aus seiner und ging so behutsam mit Dorian um, als könnte er noch einmal zerbrechen. Ina wollte mit ihm reden, nein, nicht reden, ihn nur um etwas bitten. Sag es nicht, wollte sie sagen, laß es gut werden, laß ihn atmen. Sag es nicht. Er sagte es auch nicht, sondern schüttelte nur den Kopf. Die beiden Sanitäter, die mit ihm gekommen waren, sahen verlegen aus, als sie ihre Trage wieder hinausschoben, denn Tote fuhren nicht mit. Sanitäter transportierten keine Toten, und wenn einer starb unterwegs, mußten sie den Wagen desinfizieren. Als die Kollegen kamen, sagte sie: »Ich hab ihn getötet.«

Stocker vertrat Pagelsdorf, Kissel kam hinterher. Beide hatten fremde Gesichter, bleich und krank, und guckten mit starren Augen auf Dorian, der jetzt warten mußte, bis die Totenträger ihn holten, um ihn mit einer grauen Plane zu bedecken wie seinen Bruder.

»Was passiert nun mit ihm?« Katja hatte eine Hand auf seiner Wange.

Kissel sagte: »Ja, er – ich weiß nicht, ich muß –« Er zog die Schultern hoch und blickte auf das Blut an der Wand.

»Sie wissen es nicht.« Katja nickte leicht vor sich hin, den Blick auf Dorian gerichtet. »Sie hat dreimal auf ihn geschossen, wissen Sie es jetzt?« Dann sah sie Kissel an. »Jetzt hab ich keinen mehr, das ging so schnell – alle beide – weg.«

Kissel holte Luft. Etwas Unbekanntes lag in seinem Blick, etwas wie Entsetzen. Er ging auf sie zu und legte ihr eine Hand auf die Schulter. Leise fragte er: »Sie sind Frau Kammer?«

Sie sah Dorian ins Gesicht und nahm eine Haarsträhne zwischen zwei Finger. »Früher«, murmelte sie, »so hieß ich früher mal.«

Kissel sah sie nur an. Nach einer Weile atmete er heftig aus, als hätte er zu lange die Luft angehalten. Wie in Zeitlupe ließ er ihre Schulter los, dann schob er die Hände in die Hosentaschen und verließ den Raum.

Ein enger, dunkler Raum war das, den Ina erst richtig sah, als Stocker sie hinausschob. Eine kleine Höhle. Kaum Platz für Schritte, bloß ein paar alte Möbel und nichts an den Wänden. Blut jetzt, Blut war an der Wand, Dorians Blut. Stockers Finger umklammerten ihren Arm, als er sie in die Kneipe führte, und seine Stimme war hart, als er anfing zu fragen, wieviel Schüsse, wohin und warum?

»Er wollte sie töten«, sagte sie.

»Sagen Sie mir, wieviel Schüsse es waren. Wissen Sie das?«

Sie dachte darüber nach. Sie versuchte sich zu erinnern, wollte das Geräusch zurückholen, das Dorian tötete, es war ihr ja so vorgekommen, als hätte der laute Knall ihn zu Boden geworfen, dieser entsetzliche Lärm. Sie versuchte zu zählen, wollte einen Knall vom anderen unterscheiden, doch es gelang ihr nicht.

»Wieviel Schüsse?« wiederholte Stocker.

»Ich weiß nicht, sie sagt doch – sie sagt drei.« Sie hielt zwei Finger in die Luft. »Das hat sie doch gesagt eben. Drei.«

»Hat er Sie bedroht?« Seine Augen waren Schlitze, zu schmal jetzt, um hineinzusehen.

»Nein, sie.« Ina schüttelte den Kopf. »Sie hat er bedroht, seine Mutter. Er wollte sie töten.«

»Haben Sie ihn gewarnt?«

»Ja.«

»Was haben Sie gesagt?«

»Daß ich schießen werde.« Sie legte die Hände flach auf den Tisch und das Holz verwandelte sich in Eis. »Und das hab ich dann getan, ich hab ihn getötet.«

»Wohin haben Sie gezielt?«

»Auf die Beine?« Sie erinnerte sich nicht.

»Nein«, sagte Stocker. »Kaum.«

»Ich wollte auf die Beine –«

»Das haben Sie aber nicht.« Er ballte die Finger und streckte sie wieder, tastete auf dem Tisch herum und fand einen Bierdeckel, den er zusammenknüllte wie Papier. »Wie stand er?« fragte er dann. »Erklären Sie mir das.«

»Seitlich. Er stand – mit der Seite, mit der linken Seite zu mir. Rechts hatte er die Waffe. Er wollte sie exekutieren, hat sie runtergedrückt, sie konnte nicht weg. Da war seine Waffe – war in ihrem Mund.«

»Warum waren Sie alleine?«

Sie sah ihn an, verstand seine Frage nicht.

»Sie sind alleine hierhergekommen, warum?«

»Ich wollte mit ihr reden. Ich wußte doch jetzt, wer sie ist.«

»Das beantwortet meine Frage nicht.« Stocker trommelte mit den Fingern auf den Tisch, aber nicht so, wie sie das gemacht hatte, Katja, Billa, ihre Hände auf dem Tresen, leicht und achtlos, als spiele sie eine Tonleiter im Schlaf.

»Es wird eine Untersuchung geben«, sagte er.

»Ja.«

»Vermutlich auch vor Gericht.«

»Ja.« Als die Tür von außen geöffnet wurde, sah sie den Sarg und dann die Träger. Das war richtig, daß sie mit einem Sarg kamen und nicht mit einer Bahre, über die eine Plane gezerrt wurde oder manchmal eine Decke. »Ich hab ihn getötet«, sagte sie erneut und wollte doch andere Worte finden, Worte, die es besser trafen, weil sie glaubte, daß Stocker das Ausmaß nicht begriff, denn Dorian war nicht mehr in der Welt, und sie hatte ihn da herausgestoßen. Jetzt trugen sie den Sarg in Katjas kleinen, dunklen Raum.

Sie blieb an diesem Kneipentisch sitzen, weil sie das Gefühl hatte, man müsse sie stoßen und zerren, damit sie sich wieder bewegen konnte. Draußen war alles abgesperrt, und einer der Beamten kam herein und sagte: »Die Presse.«

»Soll mich am Arsch lecken«, sagte Stocker, was eigentlich Kissels Worte waren, denn Stocker war nicht der Typ dafür. Wo war Kissel denn, war er bei ihr, ließ sie das zu?

»Wollen Sie was trinken?« fragte Stocker, eine Frage, die ihr so absurd erschien, daß sie glaubte, sie hätte sich verhört. Etwas trinken, weil sie hier in einer Kneipe saßen? Aber im Grunde war das richtig, man trank in einer Kneipe, man tötete da nicht. Sie schüttelte den Kopf.

Sprach er weiter? Immer war seine Stimme so leise, egal, worüber er gerade sprach, über den Tod, einen Film oder über Tim, seinen kleinen Sohn. Nein, stimmte nicht, Till hieß der, da hatte sie sich noch blamiert am Anfang, hatte gesagt, das ist doch ein Vogelfutter. Trill, hatte er sie leise korrigiert, verwechseln Sie da nichts, Trill ist das Futter, Till ist mein Sohn.

Katja hatte Vögel zu Hause, hatte das die Freundin nicht erzählt? Kleine gelbe Piepmätze, die den Kindern auf den Schultern saßen.

»Bleiben Sie sitzen«, sagte er und sie begriff nicht, warum er das sagte, denn sie hatte sich doch überhaupt nicht bewegt. Da war der Sarg wieder, kam er heraus, vorne ein Träger und hinten. Sie gingen jetzt, als wäre er schwer, weil er drinlag, wirklich, als hätten sie ihn da hereingelegt. Waren das dieselben Träger, die zu Robin gekommen waren? Ja, der Jüngere hatte auch Robin getragen, den sah sie dauernd, ein Typ mit Zopf. Trug alle Leichen der Stadt und brachte sie in stille, kalte Räume. Jan hieß der, und in den letzten Tagen hatte sie sich manchmal vorstellen können, ihren Sohn so zu nennen, falls Tom recht behielt und sie doch einen wollte.

Dorian ist nicht da drin.

Sie wollte sich überzeugen, wollte sie stoppen und diesen Sargdeckel öffnen, doch kam sie nicht richtig hoch – »Bleiben Sie sitzen«, sagte Stocker, und sie fiel fast über den Tisch und legte den Kopf auf die Arme.

Stockers Hand wie ein Fremdkörper vor ihren Augen, da lag sie vor ihr auf dem Tisch, die Hand mit dem schmalen Ehering aus Platin, den sie immer so schick fand, so edel. Sie wußte nicht, wieviel Zeit vergangen war, hatte nur diese Hand gesehen und diesen Ring. Doch als sie langsam den Kopf hob, begegnete sie wieder Katjas grauen Augen. Sie stand vor ihr und sah auf sie hinab, einen Moment nur, bevor sie in die Ferne blickte, in ein anderes Land. Kissel stand weiter weg am Tresen wie einer, der alles bewachte.

Stocker sprang auf. »Sollen wir Ihren Mann anrufen?«

Katja schien zu überlegen, wer das war. »Nein«, sagte sie dann.

Ich muß dir alles sagen.

Wieder versuchte Ina aufzustehen, und wieder wurde sie von Stocker auf den Stuhl zurückgedrückt. »Sie müssen mir nicht zuhören«, sagte sie, »aber ich will Ihnen alles –« Sie hob die Arme und ließ sie wieder fallen.

»Nein«, hörte sie Stocker murmeln.

»Doch«, sagte sie. »Sie muß es doch wissen. Wissen, wie es gekommen ist.«

Katja schob einen Stuhl zurück, den sie so drehte, daß es aussah, als sitze sie nicht richtig am Tisch, nicht bei ihnen, der Mörderin und dem Polizisten. Doch dann sah sie direkt zu ihr hin, sah sie an mit einem starren Blick, der wie eine Frage war, wie ein Schrei.

Sie hatte rote Ränder unter den Augen, als hätte sie sich mit dem Lidstrich vertan und Buntstifte genommen.

»Alles«, murmelte Ina, doch verhedderte sie sich immer wieder, es kam ihr vor, als rede sie immer nur im Kreis herum. Dorian war der Typ, der mit Nicole Mewes Streife fuhr, so hatte sie ihn kennengelernt und fand ihn ziemlich hübsch und ziemlich still. Dann war aus dem Kollegen einer geworden, dem sie anders begegnen mußte, als Ermittlerin, was sie nicht richtig auf die Reihe bekam, und als sie von seiner Mutter erfuhr, war sie von deren Leben nicht mehr losgekommen. Er hatte sie töten wollen.

Konnte man es so erzählen? Im Kopf stand alles still. Katja sah sie an, und einen Moment lang konnte sie hinter diesen grauen Augen etwas anderes sehen, etwas, das einmal leuchten konnte und brennen. So war das doch, wenn etwas zerbrochen war, etwas Schönes, und eine einzelne Scherbe sah so aus, als wär sie etwas Eigenes, dann wollte man sie aufheben. Sie hatte das mit ihrer kaputten Lieblingstasse so gemacht, irgendwo lag die eine Scherbe noch zu Hause herum. »Glück«, hatte Katja geantwortet, als ein Reporter sie fragte: »Was ist Ihr Ziel?« Das war einfach und schön, und vielleicht war es richtig, sich an die andere Katja zu erinnern, in deren Augen immer ein Lächeln lag, weil dann ein Teil ihres Lebens unvergänglich war. Dori, weißt du, wie viele Schwalben es gibt? Damals war ihre Stimme heller und ihre Bewegungen so leicht gewesen. Das ist Dreck, rief Dorian viele Jahre später, als er ihr den Salat zurückgab, da vorne am Tresen, und sie sagte: Dann nimm Käsetoast. Wie ruhig sie mit ihm gewesen war, hatten sie das übersehen? Weil sie ihn schützen wollte, ihn bewahren vor der Raserei.

»Dorian hat es nicht gewußt«, murmelte Ina. »So war das doch, oder? Daß Sie seine Mutter sind, das hat er nicht –«

»Hören Sie auf mit dem Quatsch«, sagte Stocker. Er hatte inzwischen alle Bierdeckel zerrissen.

Katja legte die Hände in den Schoß und sagte: »Er wollte es nicht wissen.« Sie sagte es zu niemandem hier. »Es war sein Schutz.«

Stocker nickte, und man sah, daß er nichts verstand.

Katjas Hände zitterten leicht. »Er hätte mit der Wahrheit nicht überlebt. Robin war anders, Robin hat mich so gehaßt, das war vielleicht besser. Guck doch hin, hat er zu Dorian gesagt, das ist unsere Mutter, diese Hure da. Aber das durfte er ihm nicht sagen.«

Stocker räusperte sich und legte die Fingerspitzen aneinander.

Ruhig sah sie ihn an. »Dorian hat sie sich anders vorgestellt.«

Stocker fuhr sich heftig durch das kurzgeschorene Haar, als hockte da eine Laus, die er weghaben wollte. »Warum haben Sie es ihm nicht gesagt?« murmelte er.

»Weil ich ihn dann verloren hätte.«

»Sie müssen das jetzt nicht sagen«, begann Kissel am Tresen, und als sie alle, bis auf Katja, zu ihm herübersahen, hörte er wieder auf. »Hier ist das gewesen?« fragte er nach einer Weile. »Robin meine ich, Robin ist hier gestorben?«

»Ja«, sagte Katja. »Da am Tresen hat er gesessen, da, neben Ihnen.«

»Und Dorian war –«

»Dorian saß hier.« Sie machte eine Geste, die den Tisch einschloß, an dem sie saßen. »Robbi hat so geschrien, hat Dorian angeschrien, er hat so furchtbar geschrien.«

»Man müßte dann sagen, nicht zurechnungsfähig«, murmelte Kissel, »eher Totschlag. Jetzt wollte er Sie –« Er kratzte sich. »Warum?« fragte er dann.

»Ich weiß nicht.« Katjas Stimme klang gleichgültig. »Wegen dem Sterntaucher? Ich muß ihm etwas gesagt haben, das ihn erinnert hat. Es ging ihm sehr schlecht die ganze Zeit nach Robins Tod. Vielleicht hat er ihn schreien gehört, manchmal hat er sich die Ohren zugehalten, als ob er was hören würde. Robbi war so, ich meine – Robbi hat immer gern geschrien.« Sie sah niemanden an, sprach zur Decke. »Früher, wenn er im Laden sein Schokobrötchen haben wollte, hat er schon an der Tür angefangen zu kreischen, da ist sie gleich zu ihm hingerannt, an den ganzen Leuten vorbei, und hat es ihm gegeben, nur damit er still ist.«

»Wer?« Stockers Stimme war fast ein Flüstern.

»Na, diese Frau da –«

»Frau Manz«, sagte Ina.

»Ja«, sagte Katja und sah sie nicht an.

Stocker sah gequält aus. »Warum haben Sie uns einen falschen Namen genannt, warum haben Sie das alles verschwiegen? Sie haben Dorian ein falsches Alibi gegeben.« Er seufzte. »Das ist alles so unglücklich gelaufen.«

Katja schüttelte leicht den Kopf. »Das ist kein falscher Name. Mein Mann, den kenne ich jetzt über zwanzig Jahre, der hat mich immer so genannt, meine Eltern auch. Nur ich selber hab früher den zweiten Namen als ersten genommen. Aber man will nicht immer an alles erinnert werden, denn es hat sich sehr geändert, nicht? Ich wollte nicht, daß mich jemand kennt – von früher. Es war mir auch ganz recht so, wegen Dorian, da konnte er mich anreden, falls Sie das verstehen. Es wäre nicht gut für ihn gewesen, wenn ich Ihnen das alles gesagt hätte, dann hätten Sie ihn zwischengehabt, hätten ihn mir weggenommen. Das haben Sie ja nun doch getan. Ich habe ihm auch kein falsches Alibi gegeben, Sie haben mich immer gefragt, ob er hier war, als Robin starb.«

»Sie wollten ihn schützen«, fragte Stocker, »obwohl Sie wußten, daß er krank ist?«

»Er war da«, sagte sie. »Er hat mich besucht, wir haben geredet. Er hat mir von seinem Leben erzählt. Manchmal ist auch Robin gekommen, das war – sie waren beide da. Ich hab ja vor zehn Jahren nicht gedacht, daß ich sie je wiedersehen werde, und dann waren sie da, alle beide. Ich meine, ich hab rübergeguckt und hab sie beide da –« Sie stand auf und sah im Raum herum, als müßte sie sich im Dunkeln orientieren.

»Frau Kammer?« Kissels Stimme war leise und tastend. »Das heißt, Frau, ehm –«

»Egal«, sagte sie.

»Robin hat Sie erpreßt, ist das richtig? Warum?«

»Na ja, er wollte Geld«, sagte sie. »Er kam nicht hin. Das war nur so Gerede, er wußte doch nicht, wie man das macht. Er hat mein Zimmer durchsucht und zwei Videos gefunden.«

»Ich kenne sie«, sagte Kissel.

Sie nickte. »Ich habe sie mitgenommen, als ich von Kemper weg bin, als Druckmittel, damit er mich in Ruhe läßt und weil ich nicht wollte, daß jemand das sieht. Robbi sagte, er geht zur Polizei damit, wenn ich ihm nicht – ich weiß nicht, paar hundert oder tausend Mark gebe, die Summe änderte er dauernd. Ich konnte ihm aber nichts geben, da brauchte er gar kein Druckmittel, ich konnte es nicht, es war ja nichts da.« Sie lächelte leicht wie eine Mutter, die sich an ein kleines Malheur ihrer Kinder erinnert. »Er hat es immer wieder versucht – der Zwerg.«

»Wer hat Kemper getötet?« fragte Kissel.

»Ich weiß nicht – ist er tot?« Sie ging an ihm vorbei. »Wo wird Dorian begraben? Kann ich das bestimmen?«

»Natürlich«, murmelte er.

»Ich möchte, daß er bei Robin liegt.«

»Natürlich«, sagte er erneut. »Wir hätten da auch noch die Geschichte mit dem Herrn Belloff. Aber das machen wir später.«

»Wer ist das?«

»Na ja, der sitzt jetzt im Rollstuhl.« Kissel guckte auf den Boden. »Da sind Sie ein bißchen zu schnell gefahren damals.«

»Ach so«, sagte sie nur.

Geh nicht. Wenn du jetzt gehst, bist du ganz allein. Hör mir zu. Ina spürte, wie etwas in ihrer Hand zerbrach, das leere Glas vielleicht, das die ganze Zeit da stand und niemandem gehörte. Sie spürte Stockers festen Griff an ihrem Handgelenk, doch sie sah nicht hin, weil es nicht schmerzte und nur etwas Warmes über ihre Handfläche lief. »Ich wollte ihn nicht – « Sie setzte von neuem an, probierte das Wort, aber es kam nicht heraus.

Katja verzog die Lippen, als hätte sie etwas Widerwärtiges im Mund. Sie sah Stocker an, als sie leise sagte: »Sie hat dreimal auf ihn geschossen, aber sie wollte nicht.«

Er sollte doch nur weggehen da. Er sollte sie in Ruhe lassen.

Sie saß neben Stocker im Wagen, es war still. Nur einmal, vor einer Ampel, flüsterte er: »So ein elender Mist.« Kissel fuhr hinter ihnen. Er war ihrem Blick ausgewichen, als sie die Kneipe verließen, hatte zu Stocker gesagt: »Ich fahr mit ihrem Wagen«, als sei sie gar nicht da. »Die Schlüssel«, murmelte er dann, streckte die Hand aus und sah an ihr vorbei.

»Sie wissen das«, sagte Stocker, als er sie zu Hause absetzte. »Es wird eine genaue Untersuchung geben.«

»Ja«, sagte sie.

»Morgen sind Sie um zwölf im Präsidium, Sie werden abgeholt.«

»Ja. Gut.«

Tom saß am Küchentisch und löste ein Kreuzworträtsel wie ein alter Mann. Sie glaubte, daß nur alte Leute diese dämlichen Kästchen ausfüllten, jetzt hockte er da und kam kaum davon los.

»Papagei mit drei Buchstaben – ist doch immer dasselbe«, murmelte er. »Denen fällt auch nix ein.«

Also machte er das öfter.

Sie kochte Spaghetti und ließ ihn reden, sicher waren es Geschichten aus dem Hotel oder vom Fußball oder vom Schwager seiner Schwester. Sie goß ihm Rotwein nach und setzte sich neben ihn aufs Sofa. Im Fernseher lief ein Krimi, wurde gebrüllt und geballert und kreischten die Bremsen. Die ballernden Bullen steckten die Waffen ein und lebten weiter. Irgendwann schaltete er aus. Es war kurz vor Mitternacht.

»Was denn los?« fragte er. »Biste stumm oder was?«

»Gehst du ins Bett?«

»Jaaa –« Er sah sie ratlos an. »Du nicht?«

Doch, meinetwegen. Im Bett küßte sie ihn auf die Wange und verschränkte die Arme hinter dem Kopf. An der Decke hing so ein Spinnenfaden, verdammte Sauerei. An die hohen Decken kam man ja nicht heran, mußte mit dem Besenstiel auf die Leiter und ließ es dann lieber sein.

»Mach doch Licht aus«, murmelte er, und sie langte herüber und schaltete aus. Er rollte sich auf den Bauch und legte einen Arm um ihre Schulter; sie schob ihn weg und er fragte: »Was ist denn los, Mensch?«

»Ich hab einen getötet«, sagte sie.

Erst blieb es still, dann fragte er: »Wie meinst du das?«

»Getötet«, wiederholte sie. »Erschossen. Umgebracht, ermordet, abgeknallt.«

Er fuhr hoch, als wär eine Spinne im Bett, und schaltete das Licht wieder ein. Sie sah seine erschreckten Augen und hörte seine wispernde Stimme: »Wieso denn?«

»Drei Schüsse«, murmelte sie. »Sie sagt, es waren drei.«

Am nächsten Morgen lief Tom ihr in jedes Zimmer hinterher und guckte sie an wie ein kranker Hund.

»Was passiert denn jetzt?« fragte er.

»Sie werden das untersuchen. Ich weiß nicht, wie das geht.«

»Und dann?«

»Ich weiß es nicht.«

Er stand neben ihr am Fenster, stand bei ihr in der Küche, bis sie sagte: »Du gehst mir auf die Nerven.«

Nicole fragte weniger. Sie kam gegen zehn und sah aus, als hätte sie geweint. Ina wollte ihr sagen, daß sie so fremd aussah mit diesen verweinten Augen, nicht wie Nicole, die immer so kaltblütig war, so überlegen. Sie sagte: »Ich wollte ihn nicht töten.«

»Ich weiß«, sagte Nicole.

»Wie willst du das wissen? Ich hab dreimal geschossen, vielleicht wollte ich es doch.«

Nicole nahm sie in die Arme, doch sie konnte es nicht spüren.

Sie standen am Fenster und redeten nicht viel. Nicole sprach mit Tom über Nichtigkeiten, Tom beschwerte sich, daß man ihm nichts sagte. Nicole wollte sie ins Präsidium fahren, als es soweit war, »dann muß dich niemand abholen«, sagte sie – abholen wie bei einer Vorladung, hieß das vielleicht, abführen, vorführen – doch als Ina vor dem Streifenwagen stand, fiel ihr ein, daß Dorian da dringesessen hatte, und sie sagte: »Ich kann da nicht rein.«

Sie sah sein Lächeln und hörte seine Mutter sagen: Weißt du, wie viele Vögel es gibt? Sie war so, hatte eine Freundin über Katja gesagt, sie ging mit großen Augen durchs Leben.

»Das ist ein anderer«, sagte Nicole. »Ein anderer Wagen.«

»Das glaub ich dir nicht.«

»Bitte, Ina.« Nicoles Stimme zitterte. »Wir müssen pünktlich sein.«

Im Präsidium gab Pagelsdorf ihr stumm die Hand. Fremde Männer saßen bei ihm, darunter ein Glatzkopf, der sie mit *Frau Oberkommissarin* anredete, was sich anhörte, als würde sie das nicht mehr lange bleiben – oder ein Leben lang, wie man es nahm. Es war egal.

Sie fragten zwei Stunden lang immer dasselbe. Wer stand wo, wer sagte was, warum war sie ohne Kollegen gekommen? Sie hatte nicht gewußt, wie es war, vernommen zu werden, sie sah den Glatzkopf auf- und abgehen, und da fiel ihr ein, daß sie das auch immer so machte, hin und her und im Kreis herum, was die Gedanken wegsperrte in einen engen, dunklen Raum. Man sollte das nicht so machen, sollte sitzenbleiben.

»Fiel er nach dem ersten Schuß?«

»Nein –« Sie schloß die Augen. »Er hatte immer noch die Waffe in ihrem Mund.«

»Fiel er nach dem zweiten?«

Sie wußte es nicht. Sie erinnerte sich nicht an den zweiten Schuß, schon gar nicht an den dritten.

»Haben Sie denn überhaupt wahrgenommen, wie er fiel?«

»Ja, er –« Sie versuchte das dunkle Bild zurückzuholen, doch fielen ihr erneut nur die Geräusche ein, das Gurgeln und das leise Murmeln und Katjas Stimme dann: »Er atmet nicht.«

»Vielleicht haben Sie von oben auf ihn geschossen, als er schon am Boden lag«, sagte der Glatzkopf, da sprang Pagelsdorf auf und schrie: »Gucken Sie sich doch das Obduktionsergebnis an, das hätte man festgestellt«, doch der Glatzkopf wandte sich ihr zu und fragte: »Haben Sie?«

»Ich glaube nicht«, sagte sie. »Nein, ich hab die ganze Zeit seine

Waffe gesehen. Die Waffe in ihrem Mund.«

»Absurd«, rief Pagelsdorf, »das sind absurde Fragen.«

Sie fingen an zu streiten. Pagelsdorf und ein anderer, der bisher geschwiegen hatte, nannten Katja eine Geisel. Der Täter, das war Dorian, der Täter, sagten sie, sollte daran gehindert werden, seinen Vorstoß gegen Leben und Gesundheit der Geisel fortzusetzen, also war der gezielte tödliche Schuß angemessen, die Gefahr abzuwehren. Wir haben aber hier, entgegnete der Glatzkopf, keinen gezielten tödlichen Schuß, weil dieser nach Ansicht aller Rechtsmediziner nur möglich wäre durch einen Treffer in das zentrale Nervensystem des Gehirns, einem Fünfmarkstückgroßen Bereich, der –

»Absurd«, schrie Pagelsdorf, »eine absurde Argumentation, jetzt werfen Sie ihr vor, daß sie ihn nicht in den Kopf geschossen hat?«

Sie hörte nicht mehr zu. Sie dachte, die reden über etwas anderes, nicht darüber, daß sie Dorian Katja weggenommen hatte, so war das doch, so mußte man das sehen. Noch niemals hatte sie Pagelsdorf schreien gehört. Irgendwann war es vorbei, er sagte: »Für heute.«

Aber vorbei ist es nie, ich werd damit leben, Katja, oder auch nicht. Keine Ahnung, wie das wird, keine Ahnung, ob es geht.

Tom redete zu Hause, stellte lauter Fragen, doch gab sie wohl die falschen Antworten, was sie daran merkte, daß er sich wieder beschwerte.

»Hör doch auf«, sagte sie, »laß mich in Ruhe.«

Als er am späten Nachmittag zur Arbeit mußte, stellte sie sich ans Fenster, bis es dunkel wurde, dann verließ sie das Haus. Sie ging zu Fuß, es war ziemlich weit, doch die Füße machten das von selber. Eine kleine Ewigkeit stand sie vor dem *Taubenschlag* und sah dann Karl Hufnagel hinterm Tresen stehen. Mit bösen Augen starrte er ihr entgegen; sie ging hin und fragte leise: »Wie geht es ihr?«

»Sie unterstehen sich was«, zischte er. »Wieso laufen Sie noch frei rum?«

»Ich weiß nicht«, sagte sie.

»Kommen her und knallen meiner Frau den Sohn ab« – er keuchte – »sind wir hier in Südamerika?« Er warf ein leeres Glas ins Wasser. »Sie haben hier Lokalverbot«, rief er, und sie nickte und sagte: »Gut«, als sie sie im dunklen Flur vor diesem Verschlag stehen sah. Sie sahen einander an, und Ina wollte ihr sagen: Komm raus, es ist so dunkel da drin, da hast du keine Wärme, und sie machte einen Schritt hin zu ihr, doch Katja drehte sich weg und ging in die Dunkelheit zurück.

So würde es bleiben, lichtlos, auch am Tag.

Sie ging hin und stand vor dem Haus, das passierte wie von selbst, als würde einer sie führen. Manchmal konnte sie ihren Schatten am Fenster sehen, es war auf der anderen Seite vom Haus. Katja, jetzt haben wir kein einziges Mal miteinander geredet. So ist das immer, man stellt sich was vor. Doch einmal werden wir vielleicht reden, richtig reden, und ich werde dir zuhören und alles erklären. Manchmal verlernt man das Reden ja, die fragen mich dauernd im Präsidium, und ich krieg nichts heraus. Mit Tom ist das auch so, ich weiß nicht mehr, was ich ihm sagen soll, also ist es jetzt sehr ruhig bei uns. Abende ohne Geräusch, kennst du die? Ja, klar. Wenn du nur hörst, wie der andere sich bewegt, wie er eine Tür schlägt oder in der Küche das Wasser laufen läßt, meinst du, es ist niemand da. Aber du, wenn du ganz allein da oben bist, allein mit den Bildern vielleicht, mit dem Tod, dann kannst du doch nicht atmen, also komm raus. Paß auf, ich warte hier, das sagt sich so leicht, aber was soll ich sonst tun?

Warten, Steinchen wegkicken, nicht auf die wenigen Fußgänger achten, die sie blöd anguckten, weil sie hier bewegungslos im Dunkeln stand. Doch dann geschah etwas, sie hatte ja nicht mehr daran geglaubt und spürte es, noch bevor sie es sah – der alte Bulleninstinkt, man kriegte alles mit, vielleicht weil man ängstlicher als andere Menschen war. Da kam sie auf sie zu und schien einen Moment lang die alte, nein, die junge Katja auf dem Video zu sein, wie sie über eine Wiese lief, gerade, mit erhobenem Kopf.

Ja. Sicher. Man mußte nur richtig sehen.

Stumm standen sie einander gegenüber, bis Katja sich eine Zigarette anzündete und die Flamme durch ihre grauen Augen sprang. »Morgen«, sagte sie dann und schwieg ein paar Sekunden, »morgen wird Dorian begraben. Ich möchte nicht, daß Sie dabei sind.«

»Nein«, sagte Ina.

»Man geht nicht zum Begräbnis eines Menschen, den man getötet hat.«

»Nein.«

Katja drehte die Zigarette zwischen Daumen und Zeigefinger. »Hier werde ich nicht mehr sein, es ist vorbei jetzt. Ich ertrag auch die Leute nicht.«

»Und Ihr Mann?« fragte Ina.

»Den hab ich noch nie ertragen.« Sie fror. Sie sah aus, als würde sie zersplittern jeden Moment. »Aber er ist kein schlechter Mensch. Er hat mir den Gefallen getan, mit Dorian nicht allzuviel zu reden, er kannte ihn ja noch von früher. Dorian war verrückt nach seinem Schlagzeug. Dieser kleine Kerl hinter dem riesigen Ding, das war –« Als sie in den Himmel sah, konnte Ina das alte Foto sehen, auf dem sie nachts auf einer Straße stand und die Hände hob, als sei es leicht, die Sterne zu fangen.

»Warum haben Sie ihn geheiratet?«

»Weil er das wollte.« Katja warf ihre angerauchte Zigarette auf den Boden. »Er wollte schon vor zwanzig Jahren, da hab ich ihn gefragt, ob er sie noch alle hätte. Aber dann hatte er zwei Zimmer und Arbeit, und ich hatte keine.« Sie schien ein wenig zu lächeln, als sie sagte: »Das ist halt so.« Ein merkwürdiger Glanz lag in ihren Augen, der die Pupillen zusammenzog – nimmst wieder was gegen die Schmerzen, stimmt's? Pillen, Stoff gegen die Schmerzen da drin.

Nein, ich weiß nicht, wie das ist, wollte sie ihr sagen, was hab ich schon erlebt? Du hast alles erlebt, kann man das so sagen? Alles Schöne vielleicht, alles Böse. Aber das Schlimmste ist meine Schuld, geh nicht weg.

»Er sitzt lieber am Tresen«, sagte Katja, »als daß er dahinter steht.«

Ja, konnte sein. War doch menschlich. Als Kissel am Tresen stand, hatte er sie gefragt, wo Robin war, kurz bevor er starb, und Katja hatte auf ihn gedeutet und gesagt: Da am Tresen hat er gesessen, da, neben Ihnen. Dorian saß am Tisch, sagte sie, am selben Tisch, an dem Stocker die Vernehmung nach den Todesschüssen führte. Robbi hat Dorian angeschrien, sagte sie – Ina sah sie an. Wie ein Leuchten im Nebel konnte man einen Moment lang nur Katjas graue Augen sehen, alles andere, die Straße und die Häuser waren schwarz. Sie flüsterte: »Sie haben gesagt, Robin hat Dorian angeschrien.«

»Ja.« Katjas Blick war auf sie gerichtet, als müsse sie sie festnageln. »Guck sie dir an, sagt er, das ist unsere Mutter, diese Hure da. Dorian wollte das nicht hören. Er konnte nicht, ich glaube, es hätte ihn zerstört.«

»Robin saß am Tresen und Dorian am Tisch.«

»Ja.«

»Aber wenn man einen anschreit, dann –« Ina sah die Glut von Katjas Zigarette am Boden verlöschen. »Dann guckt man den doch an?«

»Ja. Sicher.«

»Robin hat sich also umgedreht zu ihm?«

»Natürlich.«

Ina schloß die Augen. »Robin wurde aber von hinten erstochen.«

»Ja.«

»Dorian ist durch die Kneipe auf ihn zu, mit dem Messer in der Hand, und da dreht Robin ihm wieder den Rücken zu?« Sie schüttelte den Kopf. »Nein, das macht man nicht. Wenn man doch sieht, daß jemand mit dem Messer kommt –«

»Dorian hatte kein Messer.«

»– und er rennt doch auch nicht an ihm vorbei, hinter den Tresen –« Sie schwieg. Ja. Katja hatte es gesagt. »Er hatte kein Messer«, wiederholte sie.

»Er hat nichts getan.« Katja legte die Hände aneinander, als wollte sie beten. »Ich war nicht auf Robbis Beerdigung.«

»Weil man nicht zur Beerdigung eines Menschen geht, den man –« Ina ging einen Schritt zurück.

»Ja, weil es eine Beleidigung für den Toten ist.« Katja sah sie ruhig an. »Ich verteidige mich nicht«, sagte sie, was fast ein wenig spöttisch klang.

Vielleicht spielten sie ein Spiel hier, es konnte doch nicht sein; Ina zog die Schultern hoch. »Doch, Sie müssen. Sie *müssen* etwas sagen.«

»Es war nicht Robin.« Katja lehnte sich gegen die Hauswand. »In diesem Moment war er jemand anders. Ich habe es nicht verstanden, ich habe die ganzen Jahre nicht verstanden. Das waren so viele Jahre, da war ich nicht wach. Die Schmerzen waren schon da, die Schmerzen im Körper, aber sonst war nichts, kein Gefühl, kein Wille, nur dieses Zugeknalltsein von Pillen und Drogen. Aber meine Kinder waren da, irgendwo im Kopf. Ich war immer bei ihnen, Tag und Nacht, aber wie sollten sie das wissen? Ich habe sie wiedergesehen, in dem Schuppen, da waren sie gerade gestorben.« Wieder hob sie den Kopf; der Himmel war schwarz, und sie sprach ihn an. »Das war meine Strafe. Das war das Ende, aber dann seh ich Dorian wieder, und er tut, als wär nichts gewesen, als wär ich irgendeine Schlampe, mit der er Mitleid hat. Das war besser als nichts, weil – ich hatte ihn ja wieder irgendwie. Ich hab Bücher darüber gelesen, aber was sind Bücher, das half ihm auch nicht. Es war sein Schutz, daß er sich so verhalten hat. Ich wollte sie beide sehen, natürlich, aber Robbi war anders, voller Haß, es gab kein Wort, mit dem er mich nicht beschimpft hat, das war wie in dem Schuppen. Er kam nicht wirklich in die Kneipe, um sich von Dorian Geld zu pumpen, das waren doch immer nur kleine Beträge, nein, er kam, um mir alles zurückzugeben, heimzuzahlen. Und er konnte das, konnte schreien, demütigen, schlagen, trotzdem hab ich ihn besser verstanden als Dorian, das war menschlicher mit ihm.«

Ina fragte: »Haben Sie nie mit ihm geredet? Ihm alles erklärt?«

Katja sah an ihr vorbei. »Was denn erklären? Daß ich ihn allein ließ, mich weggeklinkt hab aus der Welt? Daß ich angefangen habe, ihn zu hassen? An diesem Tag war es stärker als alles andere, denn er sollte Dorian nicht weh tun, weil Dorian nicht weggehen würde, das hab ich gewußt, und ich wollte ihn behalten, ich wollte sie beide nicht noch einmal verlieren, aber Robbi hatte ich schon längst verloren, und Dorian wollte ich nicht auch –« Sie schwieg und sah sich um, als erkenne sie die Straße nicht mehr und das Haus, an dessen Wand sie lehnte, schmal und zerbrechlich wie eine Puppe, die nur noch von ein paar Fäden gehalten wird, Fäden, die reißen werden jeden Moment.

»Gott, wie er schrie«, sagte sie nach einer Weile. »Ich konnte ihn nicht mehr erkennen, es war nicht Robbi, sein Gesicht war anders, älter, er hatte das Gesicht und die Stimme aller Kerle in dem Schuppen, deren Geschrei hab ich auch jahrelang gehört. Dann dreht er sich um und brüllt er Dorian an, guck hin, schreit er, guck sie dir an, die Hure, die Schlampe. Hör auf, hab ich ihm gesagt, laß ihn in Ruhe, ich hab doch gesehen, daß er ihn kaputtmacht, daß er das nicht aushält, ich hab seine Augen gesehen, Dorians Augen.« Sie sah auf ihre zitternden Hände. »Er sollte aufhören. Ich habe noch nie jemanden so gehaßt. Und ich hab ihn getötet.«

»Sie wollten es nicht«, sagte Ina.

»Ich wollte es so sehr wie Sie.« Wieder schien sie ganz leicht zu lächeln. »Sie wollten Dorian auch töten, es ist nur ein Moment, da ist die Hölle im Kopf. Ich sah Robbi da liegen und dachte, ich hätte ihn nur vom Hocker gestoßen. Aber er blutete so. Dorian ist dann rausgelaufen. Dann kommt er wieder herein und fragt: Wo kommt das Blut her, hat sich jemand verletzt? Später fragt er: Ist Robin nach Hause?«

»Sie haben Robin weggebracht«, sagte Ina. »Auf den Friedhof.«

»Ja, nach einer Weile. Ich hab ihn saubermachen wollen, aber ich bekam den nicht sauber, er sollte nicht so bluten. Ich wollte ihn nicht weglassen. Er hat plötzlich wieder wie ein kleiner Junge ausgesehen, im Gesicht meine ich, so wie ich ihn kannte, so friedlich. Und schön. Haben Sie ihn gesehen?«

»Ja«, sagte Ina. »Als würd' er schlafen.«

Katja sah sie an, einen langen Moment, und es war nicht so, wie das manchmal ist, wenn jemand einen anguckte und man den Kopf drehen wollte. »Charly hatte sein Auto da«, sagte sie dann. »Ich hab ihn dann dahin gebracht. Ich wußte nicht, wohin sonst.« Sie wollte sich wieder eine Zigarette anzünden, doch ihre Hände zitterten zu stark, darum ließ sie beides fallen, die Zigarette und das Feuerzeug. Doch sie stand ruhig da und sah in den Himmel. Keine Sterne. »Vielleicht«, sagte sie nach einer Weile, »hätte er überlebt. Dorian, meine ich, im Innern. Wenn er ein Ziel gefunden oder sich richtig verliebt hätte, dann vielleicht. Er ist immer ein kleiner Junge geblieben, ein kleiner Junge mit einem Beruf und einer eigenen Wohnung.«

»Ja«, murmelte Ina. »Er ist in Ihre Nähe gezogen, ganz im Innern hat er es gewußt, nicht?«

»Sicher.« Katja trat mit der Fußspitze gegen die Zigarettenpackung, die ihr aus der Hand gefallen war. »Aber er hätte mich nie in seine Wohnung gelassen, das nun nicht.«

»Ich wollte ihn nicht töten«, sagte Ina.

»Doch, Sie wollten. Er hätte abdrücken sollen, dann wären wir da alle besser rausgekommen.«

Ina spürte ihre Beine zittern. Auf dem alten Video stolperte der kleine Robin in Katjas Arme; ist die zu schwer, fragte sie Dorian, der die Kamera hielt. Sie legte den Kopf schief und schnitt Grimassen, da konnte man im Hintergrund sein Lachen hören, Dorian lachte so sehr, daß er die Kamera nicht richtig halten konnte und das ganze Bild zu hüpfen begann. So guckte man von einer Welt in die andere, aus der Hölle in den Himmel, und so hatte Ina die ganze Zeit an Katja gedacht, an die Frau mit dem Lächeln in den Augen, die Frau auf der Bühne, die Gedichte las. Wenn sie das bloß sagen könnte, aber es wäre sicher falsch jetzt und ungehörig.

»Können Sie –« Sie räusperte sich. »Können Sie diese Gedichte noch?«

»Welche?«

»Na, dieser Lorca, wo kommt der eigentlich her?«

Katja sah sie an, als verstünde sie nicht. »Aus Spanien«, sagte sie dann. »Aber der ist schon ziemlich lange tot.«

»Ach so. Ja, ich meine nur.«

»Nach Dorians Begräbnis werden Sie mich festnehmen«, sagte Katja. »Oder Ihre Kollegen, Sie sind ja nicht da.«

»Meine Kollegen auch nicht. Es gibt keinen Grund, ich meine, wir gehen nur dahin, wenn wir glauben, daß jemand – also, wenn wir jemanden suchen.«

»Dann sagen Sie ihnen, daß es einen Grund gibt.« Katja machte eine Bewegung, als müsse sie sich eine Jacke enger um die Schultern ziehen. Doch sie trug keine. »Sonst geh ich einfach los, bis ihr mich einholt.« Sie ging auf das grüne Schild des *Taubenschlag* zu und drehte sich noch einmal um. »Gehen Sie nach Hause, es wird kälter.« Dann öffnete sie die Tür, und man hörte zwei Sekunden lang eine jaulende Musik, bevor es wieder still war, still und leer auf der Straße.

Ja, wenn du losgehst, wirst du eingeholt, ich glaube schon. Du kommst nirgendwo an. Wenn du zurückkommst, werde ich dasein, glaubst du mir das? Oder ich werde Ausschau halten, bist du zu weit weg, da hab ich jetzt ein bißchen Übung drin und werde dich wiederfinden, ja, vielleicht. Ina sah auf die Uhr – schon weit nach Mitternacht. Eine Frau und ein Hund schlichen vorbei, und eine Autotür schlug zu. Es wurde kälter.

Bill Pronzini

Blauer Skorpion

Aus dem Amerikanischen von
Maria Czedik-Eysenberg

Band 15419

»Fräulein Einsam. So nannte er sie, so hatte er sie von Anfang an eingeschätzt. Aber es war mehr als nur ein Name, und sie war mehr als nur eine einsame Frau. Sie war die einsamste und traurigste Frau, der er je begegnet war.«

Als sie Selbstmord begeht, ist dies für Jim Messenger, Steuerberater und Jazz-Liebhaber aus San Francisco, Grund genug, der Sache nachzugehen und die Wahrheit ans Licht zu bringen. Und es ist eine schreckliche Wahrheit, die er kennen lernen wird ...

Fischer Taschenbuch Verlag

fi 15419 / 1

Bill Pronzini
SchattenNächte
Roman
Aus dem Amerikanischen von Irmengard Gabler
Band 15709

»... herausfordernd modern und noir mit einem bedenkenswürdigen Ende«
New Mystery Reviews

Nick Hendryx ist auf der Jagd: Er jagt den Mann, der seine Frau angefahren hat und dann Fahrerflucht beging. Cam Callagher ist ein erfolgreicher Weinhändler aus Los Alegres, dem es an nichts zu mangeln scheint. Als Nick Hendryx glaubt, in Cam Callagher den Mann erkannt zu haben, hinter dem er schon so lange her ist, entsteht ein teuflischer Plan ...

Fischer Taschenbuch Verlag

fi 15709 / 1

Bill Pronzini

Dunkler Morgen

Aus dem Amerikanischen von Irmengard Gabler

Band 15710

Jack Hollis hat sich endlich durchgerungen, das zu tun, was getan werden muss: Der Mann seiner Tochter Angela, David Rakubian, muss ins Jenseits befördert werden. Er bedroht Angela und ihren Sohn, auch gerichtliche Anordnungen fruchten nichts, und die Polizei schreitet nicht ein. Doch der Versuch, das Opfer an einen stillen Ort zu locken, um ihn dort umzubringen, scheitert.

Aber trotzdem ist ihm einer zuvorgekommen und Jack Hollis glaubt, den Täter zu kennen. Ein spannender Kriminalroman, den man so schnell nicht wieder vergisst.

Fischer Taschenbuch Verlag

fi 15710 / 1

Marcia Muller

Die Reihenfolge
entspricht der Chronologie der Serie

Dieser Sonntag hat's in sich
Kriminalroman
Aus dem Amerikanischen von Gabriele Graf
Band 14713

Mord ohne Leiche
Kriminalroman
Aus dem Amerikanischen
von Monika Blaich und Klaus Kamberger
Band 14541

Tote Pracht
Kriminalroman
Aus dem Amerikanischen von Gabriele Graf
Band 14542

Niemandsland
Kriminalroman
Aus dem Amerikanischen
von Monika Blaich und Klaus Kamberger
Band 14543

Fischer Taschenbuch Verlag

fi 555 019 / 1 / a

Carlene Thompson

Schwarz zur Erinnerung
Roman
Aus dem Amerikanischen von Ann Anders
Band 14227

Sieh mich nicht an
Roman
Aus dem Amerikanischen von Anne Steeb
Band 14538

Heute Nacht oder nie
Roman
Aus dem Amerikanischen von Anne Steeb
Band 14779

Im Falle meines Todes
Roman
Aus dem Amerikanischen von Anne Steeb
Band 14835

Kalt ist die Nacht
Roman
Aus dem Amerikanischen von Irmengard Gabler
Band 14977

Vergiss, wenn du kannst
Roman
Aus dem Amerikanischen von Irmengard Gabler
Band 15235

Fischer Taschenbuch Verlag

fi 555 002 / 2

Kristín Marja Baldursdóttir
Kühl graut der Morgen
Roman
Aus dem Isländischen von Dr. Coletta Bürling
Band 15586

Thórsteina Thórsdóttir ist eine äußerst attraktive Lehrerin an einer isländischen Schule. Bei ihren Schülern ist sie wegen ihrer Strenge und Scharfzüngigkeit gefürchtet. Ihre Kolleginnen schwanken zwischen Faszination und Neid – Thorstéina hat einen rassigen Liebhaber in Frankreich, glänzt in ausgefallener Garderobe und man munkelt, sie sei unglaublich reich. Doch als ein junger Mathematiklehrer an ihre Schule versetzt wird, ist sie gezwungen, noch einmal ganz andere Saiten aufzuziehen ...

Unendlich traurig.
Unendlich spannend.
Unendlich schön.

Jan Costin Wagner
Eismond
Roman
308 Seiten · geb. mit SU
€ 19,90 (D) · sFr 38,–
ISBN 3-8218-0699-0

Sanna, die junge Frau von Kimmo Joentaa, ist gestorben – eingeschlafen und nicht mehr aufgewacht. Wie in Trance versucht der finnische Kommissar ins Leben zurückzufinden. Als er an den Tatort einer im Schlaf ermordeten Frau gerufen wird, ahnt Kimmo sofort, dass ihn mit dem Mörder etwas Seltsames verbindet: der Wunsch, den Tod zu verstehen …

Jan Costin Wagner ist ein Roman von unheimlicher literarischer Kraft gelungen, ein Buch voller überraschender Wendungen und psychologischer Tiefe.